华　章
传奇派

品味无限不循环的人生

大汉绣衣使

无庸夫人

黄虫子 著

重庆出版集团 重庆出版社

图书在版编目（CIP）数据

大汉绣衣使：无庸夫人 / 黄虫子著. — 重庆：重庆出版社，2023.7
ISBN 978-7-229-17551-1

Ⅰ. ①大… Ⅱ. ①黄… Ⅲ. ①长篇小说—中国—当代 Ⅳ. ①I247.5

中国版本图书馆CIP数据核字（2023）第058236号

大汉绣衣使：无庸夫人
DA HAN XIUYISHI : WUYONG FUREN

黄虫子　著

出　　品：华章同人
出版监制：徐宪江　秦　琥
特约策划：一页好故事
责任编辑：王昌凤
营销编辑：史青苗　刘晓艳
责任校对：杨　婧
责任印制：白　珂
封面设计：正西设计
封面题字：沙砚之

重庆出版集团
重庆出版社　出版
（重庆市南岸区南滨路162号1幢）
北京毅峰迅捷印刷有限公司　印刷
重庆出版集团图书发行有限公司　发行
邮购电话：010-85869375
全国新华书店经销

开本：880mm×1230mm　1/32　印张：16.875　字数：400千
2023年7月第1版　2023年7月第1次印刷
定价：59.80元

如有印装质量问题，请致电023-61520678

版权所有，侵权必究

关山如钥
以开天地之锁
人心似针
以破玄妙之机
天下熙攘
逐利来往
欲壑未满兮老将至
功名无限兮时有穷

大事年表

前206年　汉王元年　　　谒者尹恢随汉王刘邦投入楚汉战争，任将军，从击诸侯。

前205年　汉王二年　　　尹恢为右丞相守淮阳，协同左丞相韩信作战。

前202年　汉王五年　　　刘邦在山东定陶氾水之阳称帝，端木家崭露头角，子弟任官职。

前200年　高帝七年　　　刘邦出击匈奴，被围于白登。朱家突破封锁送来寒衣，刘邦令其组建"烽火青衫"。

前189年　惠帝六年　　　无庸无用出生。

前169年　文帝十一年　　无庸夫人出生。
　　　　　　　　　　　　无庸无用初创图谱。

前156年　景帝元年　　　刘彻出生。

前152年　景帝五年　　　烽火青衫首领江决犯法，故城侯尹恢的儿子尹开正运用刀笔之利徇私将其放走。经同衙掾吏张汤告发，受到免职处罚，被发配河西为奴，改名尹梁邑。
　　　　　　　　　　　　因罪证尽毁江决绝处逢生，继续控制"烽火青衫"，令朝野忌惮。

前150年　景帝七年　　　立刘彻为太子。

前147年　景帝中元三年　尹鹏颜出生。

前146年　景帝中元四年　《无庸图谱》完成，震动天下，无庸家成为被追逐的猎物。

前145年　景帝中元五年　司马迁出生。
　　　　　　　　　　　　王贺出生。
　　　　　　　　　　　　无庸雉出生。

前141年　武帝元年　　　皇太子刘彻嗣位。

前140年　武帝建元元年　甘夫邂逅楼兰公主，约定终身。

前139年　武帝建元二年　刘彻田猎入住柏谷镇来思山庄，遇到诸怯夫人。半月后出行遇盗，十三名随从阵亡。

前138年　武帝建元三年　张骞应募出使西域。沮渠倚华出生。

前133年	武帝元光二年	武帝谋划诱歼军臣单于于马邑失败，此后汉匈彻底决裂，拉开大规模战争的序幕。 豪杰涌入河西，抢夺《无庸图谱》。 尹梁邑纵火烧毁无庸宅邸，盗取舆图逃亡，不知所踪。
前130年	武帝元光五年	汉通西南夷。使唐蒙通夜郎，置犍为郡，使司马相如等通邛、筰、冉、斯榆，置十余县。 田甲进入关中，与张汤相识。
前127年	武帝元朔二年	春，匈奴入上谷、渔阳，遣卫青等击之，逐匈奴白羊、楼烦王，取河南地，置朔方郡。 田甲劝告张汤修习经济货殖之学，掌握敛财的本领，以备大用。
前126年	武帝元朔三年	刘彻对豪强宣战，诛杀大侠郭解，朱安世逃亡。 追杀江决，杀于卫满朝鲜。江猎率"烽火青衫"北走匈奴。 张骞出使归来。刘彻赐甘夫楼兰箭庐，甘夫远赴河西办理马政，训练向导，驯养群狼，建造祁连岩屋。 匈奴军臣单于死，左谷蠡王伊稚斜篡位，太子於单归汉，不久病故，起造大墓葬于抚远镇。
前125年	武帝元朔四年	前将军赵信投降匈奴。 牧民在祁连山偶遇尹梁邑，天下再度瞩目追逐《无庸图谱》。
前124年	武帝元朔五年	春，匈奴右贤王数侵扰朔方，遣卫青将三万骑，护四将军兵，又别遣两将军凡十余万人击之，大胜。 王贺入官为郎。
前123年	武帝元朔六年	二月，大将军卫青统六将军击匈奴。四月，复击之。 剽姚校尉霍去病首战成名，封冠军侯。 甘夫把自称无庸夫人的向导送往军中。
前121年	武帝元狩二年	刘彻与右北平太守路博德访无庸无用。 尹鹏颜投军。 三月，骠骑将军霍去病将万骑击匈奴。夏，复将

三万骑击之。

匈奴昆邪王密谋归汉。大行李息统兵在黄河边上修筑城池，接待匈奴使者，飞驰长安报告。刘彻派霍去病领兵前往迎接。

秋，匈奴昆邪王杀休屠王，并其众四万余人降汉，献《石漆火术》。汉庭徙匈奴降者置陇西、北地、朔方、云中、代五郡。

义渠昆邪迁居抚远镇，入驻终南汉宅。

置酒泉郡，端木义容出任酒泉太守。

根据义渠昆邪的提议，汉军在埋葬休屠部死难者的土地上造筑营垒，居民和商贾称之为汉军亭。

酒泉郡丞胡笳一改造昆邪兵营，准备建造弱水置。

前119年 武帝元狩四年　春，卫青、霍去病各将五万骑分道击匈奴。卫青与单于会战，伊稚斜遁走。霍去病深入两千余里，封狼居胥山。

前将军李广以无庸夫人为向导，奉命赶赴战地。向导探路时失踪，导致迷途失期，未能完成合围单于的计划，李广自杀，拉开惊天阴谋的序幕。

目录

楔　　　子　漠北之战 / 001
第 一 章　廷尉张汤 / 008
第 二 章　前将军 / 023
第 三 章　驭狼胡女 / 044
第 四 章　酒泉郡 / 079
第 五 章　无庸无用 / 105
第 六 章　弱水置 / 133
第 七 章　未央宫 / 158
第 八 章　祁连岩屋 / 181
第 九 章　烽火青衫 / 201
第 十 章　绣衣使者 / 234
第 十 一 章　楼兰箭庐 / 264
第 十 二 章　义渠昆邪 / 292
第 十 三 章　匈奴郡主 / 329
第 十 四 章　右谷蠡王 / 354

第十五章　於单大墓 / 379

第十六章　上林盛宴 / 401

第十七章　郎中司马迁 / 421

第十八章　鸣蝉卫 / 443

第十九章　柏谷亭侯 / 466

第二十章　春秋决狱 / 486

第二十一章　天子之犁 / 518

楔子
漠北之战

元狩四年，漠北，大风赤如血。

百草枯黄，满目凋敝。苍茫的大地上，遍布士兵、民夫、骡马的尸体，堆满战车、军械、辎重的残骸。黑色的寒鸦、花斑的野狗、灰色的豺狼，享受着天地创生以来最大的一场盛宴。

校尉李敢领一支千余人的汉军骑士，顶着扑面的沙砾，逆风穿越谷地。他们历经苦战，人马浴血，伤痕累累，兵器残损，粮草殆尽。

年轻的士兵引颈高歌，唱一首刚从边塞老兵那里学会的歌曲。

日不显目兮黑云多，月不可视兮风飞沙。
纵恣蒙水成江河，周流灌注兮转扬波。

随风砸来一面旌旗，裹住他干裂的嘴，歌声戛然而止。

大风止歇，烟尘缓缓消散，前方影影绰绰闪现一些杂乱的影像，依稀听见战马沉闷的鼻音、战刀出鞘的金石声、弩箭上弦的铮铮声。

汉军前锋与万余匈奴骑兵骤然遭遇。将士稍作犹疑，列阵以待。

数月前，五万汉兵出代郡，北进两千里，越过大沙漠，发起一场残酷的决战，铁骑至处，匈奴冰消瓦解。本以为，这片辽阔的战地上北兵已一扫而空，不承想，突然冒出一支齐装满员、毫发无损的铁骑精兵。

这支匈奴军的容貌、装束、兵器竟与汉军高度相似：戴鞮瞀，穿革甲，负羊皮木盾一面，挎环首刀一口，持七石弩一具，背桦木箭五十支。数千具弩机平举，白缨飘飘，宛如在荒漠上绽开了一望无垠的星芒草。

当时的弩按强度计算，最弱一石、最强十石，配饰不同颜色的缨带作为标记。汉军通常使用四石、五石，至于红缨六石，一般配属到射声营、强弩营等善射的精锐部队。能开白缨七石的射手，可谓顶级的精兵。

李敢居于队前，身长马大，视野开阔。他浓眉紧蹙，胃部痉挛，微微弓腰，几乎呕吐。当年，刘邦征讨英布，见其军阵若同项羽，深感厌恶，这种恶感来自灵魂深处刻骨铭心的恐惧。

军阵裂开，一匹栗色大马越众而出，马上坐着两人：前者垂首低眉，帽檐上插着红色雕羽；后者伸长左臂，搂着他的腰身——原来，匈奴兵捕获了汉军斥候，掐断了敌情后传的渠道，得以悄然迫近、不露行迹。

后坐者拍拍斥候的肩，显得友好亲昵，好似并肩战斗的袍泽一样，单手把他提上并辔的黑马，军阵往前推移，吞没了斥候的身影。领兵的匈奴主将现身了，他面戴护具，右手持黑旗调度军队，左肩挎一把大黄弩。

此弩负力十石，可射三百余步。放眼汉境，仅强弩将军、强弩都尉寥寥数人配此利器。而实际战例仅出现过一次：飞将军李广四千骑出征，遇敌四万，飞矢如雨，汉军死者过半，李广射杀敌军裨将数人，敌人不敢靠近，坚持到援军抵达。

军阵渐近，颜色渐明，匈奴主将收了令旗，展开弩机，扯掉面部的护具，苍狼一般睨视着獠牙下的猎物。他面色阴冷，披散头发，袒露左肩，配饰华贵，仪仗威严，俨然王爵的姿态。

汉军惊疑不定，顾盼议论："怎么行军图谱上没有此人的画像？"

"莫非匈奴单于又封王了？"

负责警戒候望的老兵右手遮着额头挡住阳光，眯着眼睛打量一阵，失声叫道："翕侯，我大汉天子钦封的翕侯……"

原来如此！只有他，才可以在如此短暂的时间内招揽汉地北遁的逃兵、流民、奴仆、罪犯、隶臣、行商、游侠，生造出一支高仿的"汉军"部队啊！

像风吹过山岗，行伍草一样动荡。李敢悚然敛容，喃喃自语："前将军，好久不见。"他的眉宇比北境的沟壑还深，暗自寻思："此人长在汉军为将，深知我军，又谙熟兵法之妙，有备而来，这一战，恐怕要作全军死节的准备了。"

故人相逢，分外眼红。匈奴王冷酷地一笑，不说一句空话，令两翼以扇形包抄，中军控弦，列队缓进，另选两名千骑长领本部人马绕击汉军后队。

整个漠北战局，汉军摧枯拉朽，匈奴军一触即溃，一名汉卒可敌五名匈奴兵。此时、此地，匈奴却形成了局部优势。汉军前锋抛弃辎重，轻装突进，无法依托战车设立防线；弓弩射程不及匈奴，箭量亦不足，无论格战还是对射，均处于绝对的下风。

眼看敌阵逼近，须发可见，即将形成合围，李敢回顾身后，沉声道："尹先生，悔不听你的劝告，孤军突出，以致于此。"

一位面色黝黑、背图囊黑刀、士卒装束的年轻人盯着前方。他双眸静谧，好似万里沙碛上唯一的一块绿洲、一眼清泉。他语气舒缓而坚定地道："校尉，请准我领三百勇士先发制人，击其首领。"

这个主意，实在大胆。李敢迟疑间，狂风再起，七步之内不见形状。黑面士卒借此良机，扯一块黑布裹住马眼，长啸一声，单骑突出，疾驰一百步外。李敢右手握拳，往前一击，令三百精骑紧急跟上。

黑面士卒全力策马，狂飙一般掠过沙尘漫天的土地，骤然出现在匈奴重装中军面前。他从背上拔出炭火一般的漆黑长刀，临空砍落。两马交错，匈奴王猝不及防，半面脸颊被削落，教马蹄踏烂成泥。刀锋切入骨肉，接触到血，好似热油遇到火星、好似木炭投入烈火，顷刻燃透，如出炉的铁水一般灼灼炫目。

后队三百壮士似尖刀继之，于匈奴中军正面扎出一道深深的血口。数百匈奴射雕手弩机方举，尚未瞄准击发，手臂已然断落。李敢抓住战机，率主力紧随其后，七百骑兵急速启动，深入创口扩大创面，好似乱刀搅碎穹窿瓜。匈奴军阵遭此重击，错愕散乱，中军率先崩溃，卷旗逃命。两翼与后队见中军溃败，战心尽失，四散而去。得利时蜂拥蚁聚，失利时鸟兽四散，赝品毕竟成色不足，浮华的东西一旦扫空，便露出它流寇本色。匈奴兵来得突兀，去得迅速，半刻钟不到，遭遇战打完了。

残阳迫近西极，烽烟止息，天地一阵清朗，火烧云似吸饱了将士的血，热烈地堆积于山巅。汉军前锋追至一座大山之下，计算伤亡，折损了十数骑人马。

不时，东南方烟尘弥天，旌旗大张，浩浩汤汤有若洪流——骠骑将军率领的四万主力到了。

将军问："谁最先破的阵？"

李敢道："尹鹏颜。"

将军肃颜敛容，端正身形，恭恭敬敬向黑面士卒行礼。士卒以士人之礼回复，他背上的长刀滴着热血，岩浆一样的刀身逐渐褪去热烈，重化作一根阴冷的黑炭。

将军举起马鞭，指着山巅问道："此为何山？"

李敢喝问道："谁知道山的名字？"

黑面士卒从背囊中抽出一个卷轴，扔到半空，军司马赵破奴一把抓住，两名负责警戒、瞭望的军候迅疾展开。众人定睛来看这面行军图，颤声道："狼居胥山！"

声浪以将旗为核心，一波一波向外扩张，形成盖过朔风与狂沙的浪潮。将士齐声应道："狼居胥山！"

风沙燥烈，卷击大地，沙漠深处行进着一支疲惫绝望的汉军，与大自然的威力相比,他们渺小似一队迷路的蝼蚁。士兵们拿不稳仪仗,将旗脱手,不知飞向何处。须发皆白的郎中令、前将军李广舒展猿臂,探手马鞍下摸出一幅绢制行军地图,才看过两眼图就被大风扯烂。

军候管敢翻身下马去追残片,李广嘶声叫道:"回来!"

管敢站定身子,喊道:"将军,失了行军图,我们如何走出这片沙漠啊?"

李广厌恶地丢了残图,恨声道:"这图完全错谬,根本不值一文。"

管敢叹息道:"如若尹先生随同我军,还要舆图做甚啊!"

李广握拳砸向马首,触及马鬃时又收住,满腹不甘地怅然道:"天下只有一个尹鹏颜,此时在骠骑将军处,连大将军都抢不到。我们作为大将军麾下的一旅偏师,哪有资格请得尹先生?"

众僚属连声哀叹,完全没了主意。

李广道:"速令向导来见。"

管敢十分犹疑,半晌不作回应。

李广以为风声太大,部下听不清楚,加大了音量:"向导,传向导来见我!"

管敢咬牙道:"将军,向导无庸夫人失踪了。"

李广脸色煞白,颤声道:"失踪了?"

"一个时辰前,无庸夫人循着风来的方向前去察看道路,至今未归。下走已经派过三批斥候去找,依然一无所获。"说到此处,管敢再也忍不住,跺脚扼腕道,"奉使君培养和推荐的人怎么这么荒唐啊?若非此贼,我们也不会误入这见鬼的地方……"

李广断然喝道:"住口,奉使君岂是你能随意臧否的?"

正在此时,前方候望的军吏叫道:"无庸夫人回来了。"

众人精神大振,抬眼去看,沙尘里影影绰绰出现一道人影,跟跄而至。定睛一看,这人戴皮质武冠,缀皮条和麻绳编织的铠甲,不是向导，而是大将军卫青麾下负责传令的羽檄飞骑。飞骑脸上皮开肉绽，丢马失弓，看来路途艰辛，苦行许久，几乎耗尽了体力。他寻到前军，强撑的一口气顷刻泄去，直直栽倒。管敢急传医者调治，军吏们指挥士兵搭起军帐，暂时挡住风沙。

不时，飞骑醒来，勉力坐直身子向李广行礼，呈上一个插着雕羽的密封赤白书囊，嘴里吐出带血的沙砾："大将军言，请前将军和众幕僚一同阅处。"管敢接了，捧过头顶，李广不接。管敢稍稍犹疑，解开捆住书囊的绳索，取出里面的尺牍，拆开第二道捆绳，抠掉封泥，拿掉封检，急急翻看，越看神色越凝重。

这道军令用密语写成，他清清嗓子，一字一句轻声念读简上文字，译传转述："今日上午，大军与单于本部接战，军阵交织，僵持不下，战事极其惨烈。大将军羽檄急令，前将军与右将军赵食其两部，按照分兵前的计划，卯时前速速赶往战地西北角，封堵逃敌，擒杀单于。"

军令宣布完毕，李广寂然不语，管敢颤声问道："此时是何时辰？"

沙石漫天，不辨晨昏，士吏取来铜铸的滴漏，众人一看，时至戌时三刻，比约定的会师时间足足晚了七个时辰。众人惊疑忿惧，相对无语，李广面色阴沉，踉跄北行十余步，立在苍茫的天地之间。不时，风止沙息，日落月升，千里大漠一片静谧。

本朝军法规定，大敌当前，不及时出击，死刑；军队未能按照预定日期赶到战场，失期罪，斩。此法承续春秋战国，十分严苛，动辄杀人，但并非全无转圜的余地。元狩二年，张骞领兵万余做李广后卫，因行动迟缓，贻误战机，判死，最终出钱赎罪。连凿穿西域的博望侯都会迷路，何况他人？

想到博望侯的先例，幕僚们存了一线希望——时也命也，战功得不到就算了，老将军拿出区区五十万钱来应对了军纪国法，从此解甲归田，安度余生去吧。

之后，将士们满怀忧惧、心事重重走出荒漠，寻至一片水草地扎营。一片晨光中，大将军麾下长史任安奉命送来干粮和酒慰劳将士，他进入帅帐向李广行礼，言语谦卑地询问迷路的情况。李广坐于军帐面色平和地饮酒，眼神里不见一丝波澜。管敢代为回禀："请长史稍待，不时即有军情简报奉上。"

时至中午，大将军军令再至，急令前军幕府人员前往中军对簿。接到命令，帐内沉寂如死，众人向将军行礼，正待出帐，李广霍然起身，拦住这些运势不佳的部属，沉声道："此事与诸公无关，一切过错，李广全力担之。"

任安苦等在营地，直至日暮不见前军幕僚出来，十分焦急，正待进帐催促，突听军帐内一声惊呼、人影散乱，抬眼一看，一腔热血喷溅于篷壁之上。任安大惊，领兵闯入，但见帐内一片凌乱，将士们或捶胸顿足，或号啕大哭，或咬牙战栗，哀恸得如同失去父兄。

文景时期硕果仅存的宿将、前将军李广，自刭而死[1]。

---

[1] 关于李广自杀，《资治通鉴·汉纪十一》载：前将军广与右将军食其军无导，惑失道，后大将军，不及单于战。大将军引还，过幕南，乃遇二将军。大将军使长史责问广、食其失道状，急责广之幕府对簿。广曰："诸校尉无罪，乃我自失道，吾今自上簿至莫府。……"遂引刀自刭。《史记·李将军列传》载：大将军与单于接战，单于遁走，弗能得而还。南绝幕，遇前将军、右将军。广已见大将军，还入军。大将军使长史持糒醪遗广，因问广、食其失道状，青欲上书报天子军曲折。广未对，大将军使长史急责广之幕府对簿。广曰："诸校尉无罪，乃我自失道。……"遂引刀自刭。

第一章
廷尉张汤

一辆黑缯车盖、玄色旗帜的朱轮轩车向着北方缓缓行进。车顶插一根苍劲笔直的竹竿，上面迎风飘扬着黑白相间的牦牛尾，显得既神秘又威严。十数名武士戴赤帻、着綦履、配直刀、跨河曲骏马，隔着十余步团团护卫。

俗话说，"仕宦不止车生耳"，车厢两侧装配红色长板"轓"的，多为秩两千石以上的大官。森严的仪仗，彰显出车中人尊贵的身份。

队伍中间还有几辆辎车，拉着被褥饮食、案牍文书。其中一辆掀去了帷盖，装着刀、锯、钻、凿、鞭、棒、棰、杖、绳、锤、枷、杻、锁、斧钺、钳钛、竹签、铁针等刑具，令人望而生畏。

路上骑士络绎不绝，高举传递军事捷报的露布驰向东南方，驰向大汉王朝的首都长安。人马皆因身负喜讯，显得轻快而亢奋。

大将军麾下、步骑相杂的汉军自北而来，前锋已抵甘泉，后卫还蜿蜒阴山之上——这是移师关中的趋势啊。至于为何不还师大本营定襄，中下级军官与普通士卒不知内情，不敢妄自猜测。或许，天子准备整肃军队，补充行伍，再度用兵——元狩二年，一年之内不也打了两次河西之战吗？

军旅内，将士人人带伤，战马匹匹浴血，兵器尽数毁坏，可见刚刚结束的大战是何等惨烈。数百辆双辕大车混杂行伍中，一部分载着辎重粮草，一部分拉着阵亡将士的遗骸，一部分装着匈奴人的首级。

整个队伍似一条从骨山肉浆里钻出的长蛇,散发着浓郁的血腥味。

轩车迎面撞上人潮,立刻被晦气裹挟,乘客连连干呕,强忍不适,以尖细生硬的食指和中指挑开车帘,露出一线颜面往外观察——以前,他陪天子检阅进京献捷的兵都是打理干净了的,个个衣甲鲜亮,气宇轩昂,何曾想到真正的行伍如此狼狈凄苦?他心间一颤,轻声喝道:"让路。"

唯一近身的随从听到指令颇觉诧异,骑着骡子[1]靠近车窗,毫不客气地埋怨道:"廷尉乃九卿重臣,为何规避卑贱的士卒?于礼不合,于礼不合。"

此人四十岁上下,一张脸圆润饱满,十个指头纤细白皙,唇角的胡子最为神妙,左一半硬似钢针,右一半软如蚕丝,中间一根长长的红毛隔开阴阳两界,不知上天怎么养出如此品种。与相貌匹配的,是与众不同的装束,非汉非胡,也不是西域或身毒的装扮,黑袍外披了一领紫色的斗篷,各种奇形怪状的配饰挂满胸口,亮闪闪的,甚是夺目,整个乱搭、拼凑,兼具各种元素。他说话的声音有时舒缓有时急促,有时温润有时尖刻。不像一个护卫,倒像一名商贾。

车中人缩回若隐若现的一缕眉目,食指轻捂口鼻,长声叹息:"礼?若没有这些卑贱的士卒弃身锋刃,杀走匈奴,伊稚斜的快马弯刀入了长安,我到哪里摆公卿的架子,和谁讲礼?田甲,你军人出身,忘本了吗?"

听了这种冠冕堂皇的话,田甲嗤之以鼻,冷笑道:"我不曾忘本。我提醒你的是,你持天子符节,趋行千里,深入大漠,追查前将军李广自裁的原因,问其迷道失期的缘由,即使大将军卫青也可提来询鞫,何况士兵?当兵的一向凶顽,又立下旷世奇功,愈发骄横,你切不可屈尊降贵,折了身份,让他们轻视啊!"

车中人一听顿时醒悟,收敛了慈悲心肠,整整衣冠正色道:"田

---

[1] 先秦时,人们用马和驴杂交出骡,极其珍贵,只供王公贵戚玩赏驱用。

公啊，你说得有几分道理，我听从了。"说着传令驭手当道驻车。

军人虽然粗糙，但管事的军官却看得懂车驾、旗帜和服饰，知道车顶悬挂的旌旗、节杖出自帝国的权力中枢未央宫，代表着天子的权威，推测乘员的身份非同一般，因此不来驱赶。校尉、军司马、军候、千人、屯长、队率等大大小小的军官指挥士兵，屏气凝神，左右绕行。

荒野上，轩车似一把利刃，迎面劈开军伍。

车帘缓缓挑起，驭手赶忙殷勤伺候，两名护卫跳下马来，一高一低伏于车下，车中人踩着人肉台阶下地站定。这位贵官身材矮小，面容清瘦，脸上没有一丝赘肉，眼内刀光闪闪，锋利冰凉。他戴长冠，佩美玉，穿一袭黑袍，脚蹬绣着花纹的革履，猎猎风中隐隐露出白色的内衣、绛色的裤袜，显得炫目而庄重。奉天子谕令办差期间，没有私情，只有公事，即使长路行进，身处偏僻，他也穿着朝服，衣冠服色皆合礼法，这真是一个讲究分寸到了变态程度的人。

刚刚踏上北方冰冻的大地，一股寒彻之气从脚心突入头顶，贵官不由得打了几个寒战。田甲从侍卫手上接过一袭大氅，裹住他的身躯。两人闭住口鼻，急步穿过汉军队列，走到上风方向，立于荒草连天的莽原望着远方。

星星点点的农耕之民紧随大军，进驻铁蹄踏过的游牧之地。他们凿山引水，举火烧荒，烈火吞噬了树木、野草，烧出一片焦黑。一名农夫顶着凌厉的风霜，扶着铁犁，高举皮鞭赶着一头羸弱的老牛奋力耕田。冻土翻卷，草根拔起，虫蚁仓皇逃窜，农夫毫不怜悯，脚步蹒跚而坚定地向前跋涉。

良久，待腥味渐淡，呼吸稍微顺畅了些，贵官叹道："用兵攻战叫战争。剑在前，犁随后，播种扎根、生息繁衍，才叫征服。"

田甲对理论性的东西毫无兴趣，他心心念念的是现实的危机，问出憋在喉咙里很久的问题："君信，你可知此行的凶险？"

这位被称为"君信"的贵官，原来是当今天子最宠信的重臣、最倚重的利刃，帝国顶级的司法天才、理财专家、造陵大师——廷尉张汤。自天地开辟以来，他可能是中土行至此处的身份最显赫的文官。

侍卫们挥舞直刀厉声呵斥，驱赶靠近的鬣狗。张汤面无表情地看着，喃喃道："凶险的事，你我见得还少吗？"

田甲道："直入大军，面斥主将，查找李广死因，这等不可思议的差事，只有你君信先生敢于揽过来办。"

张汤轻轻摇头，叹息道："萋萋古道，兵革千里，漫漫黄沙，三军帅帐，不算凶险。最凶险的，是那庙堂之高，温柔长安。"

朔风正烈，带走每一缕热气，摧残着人的肉身和精神。田甲面上似结了厚厚的一层坚冰，他面色一沉，冷峻地道："长史朱买臣、右内史王朝、守丞相长史边通数次聚会密谋，欲对廷尉不利，我一一记录在案，收集了周详的证据。你须做好应战的准备。"

张汤的目光转作柔和，手掌扶着田甲的腰，指尖轻轻拍打，真诚地道："到了我这样的位置，有几个政敌也是正常的，无妨。有你这样的朋友，却显得十分奢侈了。"

田甲道："他们的背后，可是太子少傅、武强侯庄青翟。"

张汤苦笑道："如之奈何？"

风霜极冷，整张脸都冻僵了，趁嘴还能动，田甲急切地道："这件事你交给我办，我带人宰了他们。"

张汤收了手，匿于宽衣大袖中，目光一冷："我身为廷尉，虽然杀人很多，但我用的是律令，不是刺客。"

田甲道："不劳你亲自动手，无须请朱笔御批。我不是你们衙门的人，我办事有我自己的方法。"

张汤上前半步，一张威严的脸几乎贴上田甲的鼻翼，眼神狠戾，缓缓道："我管辖的区域，十数年来没有一起谋刺狱事。如果你杀人，我会杀了你。"

毫无征兆地，风止了，张汤话语的尾音显得出奇高亢。

田甲心间一寒，知道他一向不会说笑，从来言出必行，胆怯地闭紧了嘴巴。

张汤凌厉之气不减,继续咄咄逼人,严肃地道:"田甲,你记住,《越宫律》的每一个字,都是我的心血,是从我五脏六腑呕出来的,它比我活得长,我这一具肉身和它相比算得了什么?我来世间一趟,为的就是它。我的原则你牢牢记住,即使明日就死,我也不会践踏它。"

张汤的《越宫律》与萧何的《九章律》、叔孙通的《傍章》、赵禹的《朝律》统称"汉律六十篇",构成了本朝律令[1]的基本框架。其中,《九章律》为司法之根本。而《越宫律》讲宫廷警卫,维护天子的尊严、保护天子的安全,同寻常的刺杀事件根本扯不上关系,与世间的公平正义毫不相干。

而且,事实上,廷尉管全国刑狱,一个郡县每年发生十几次杀人案件治安还算好的,整个汉朝疆域一年的刺杀狱事,汇总起来是很庞大的数字,怎么可能十几年没有一起呢?

不过,这一段连张汤自己都感动的倾诉,对田甲倒很对症——他厌恶读书,不习律令,这寥寥数语一下把他唬住了,张汤再次树立了高大的形象。

漠北的天气一向暴烈,招呼都不打就变脸。一弹指间,风骤起,冰霜大作,箭矢般砸向头顶,刮走人们说出的每一个字,三步之内只看到唇齿在动,却听不见人声。

近人伺机的鬣狗毫无征兆地四散避走,汉军行伍内战鼓雷动,吹响尖利的牛角军号。将士们立住脚步,兵器朝向道路两侧,长蛇瞬间变成刺猬。急速的应变,有条不紊的行动,展现出一支精锐铁军的风采,令人叹为观止。

---

[1] 先帝的指示叫律,当朝皇帝的旨意叫令,皇帝驾崩后,令就会变成律。所谓的汉家律令,主要的篇幅其实是体现天子的意志。张汤揣测上意以行司法,或许才是参悟了法治的本质。

田甲一凛，拉着张汤深一脚浅一脚、跟跟跄跄向军阵靠拢，同时喝令卫士警戒。

远方峻岭与长天相接之处燃起烟尘，一队十余人的骑兵趁着天地之威纵马而来。为首一人，三十六七岁年纪，满面赤黑，好似精铁，背弓提枪，穿着生麻制成的白色丧服，在红衣黑铠的队伍中分外显眼。

顷刻间骑士已到眼前，刮起的旋风几乎击倒荒原上的枯树，众食腐动物惊惧奔散。田甲停止奔逃，张开双臂护翼廷尉，卫士们立足躬身，用身体形成壁垒。骑士根本不打算避让，径直冲来，马力十分暴烈，撞翻卫队。两批人狭路相逢，短暂交手，张汤使用的官衙胥吏遭这些军装武士一撞，如巨石砸中碗盏一般，汁水飞溅，简直不堪一击。

骑士不但视廷尉的卫士为无物，也不把大将军麾下的百战雄师放在眼里，他们喑恶叱咤，长鞭挥舞，纵马穿过汉军军阵，惊得驴马乱跑，辎车倾覆，人头乱滚。骑士风一般卷过荒漠，顷刻间化作数枚黑点。

士兵们乱纷纷去抢首级——一颗值一金，可兑换一万钱。

田甲大怒，一路小跑，挥舞着双臂对长蛇军阵叫道："大胆！谁？这是谁，胆敢冲犯廷尉？"

最近的一名队率听到责问急步跑出行伍，到张汤面前行礼："廷尉息怒，这是骠骑将军帐下的将士。"

春，有星孛于东北。夏，有长星出于西北。

星孛、长星即彗星，它还有一个名字：蚩尤旗——大规模战争的征兆。

这一年春天，大汉天子刘彻调集骑兵十四万，随军战马十四万，步兵及转运夫十万，由卫青、霍去病统率，分东、西两路北击匈奴。

漠北大战，汉帝国对匈奴战争最大规模的一战，双方竭尽全力，赌上国运。

周秦以降，汉兴以来，华夏和匈奴一直如影随形，时和时战，纠缠不清。无数的军民化作白骨，无数的城乡毁于一旦，无数的财富消耗殆尽，小规模的边境冲突此起彼伏，无法彻底解决问题。从高祖受困白登山七天七夜，到吕后遭受蛮族书信羞辱，大汉整整忍了几十年，是到了孤注一掷、倾其所有进行一次大决战的时候了。无数名将未能完成的功业，千百年来滚烫青史的荣光，落在一对舅甥身上。

逐水草而居、飘忽无踪的匈奴横行了数百年，突然遭受毁灭性打击，因为，他们不幸遇到了那个时代天才的骑兵将领——卫青、霍去病，这对帝国双璧，用兵之奇，胆略之大，比匈奴人还不可捉摸。

两人各率骑兵五万分别出定襄和代郡，寻歼匈奴主力。在此之前，汉匈交手无数，大汉即使取胜，亦不过胜在边境，无关大局。卫青、霍去病挥师远征，直捣王庭，锻造了一支凶悍的野战劲旅，令汉家威仪达于蛮荒，从此收放自如。

大将军卫青的帅帐设在阴山以北风沙不及之处，守着一潭浅浅的清水，已经十天了。作为一支擅长机动攻坚的大军，指挥中枢长时间留置一个地方，实在不合常规。主帅一向与士卒同甘共苦、并肩战斗，这次却远离军队，仅由数百亲兵护卫，其间透露出的信号令人不寒而栗——按照朝廷的号令，北征大军陆续南返，前锋进抵甘泉附近，主力过了九原郡，踏足上郡，再过十数日就将全部抵达关中，一旦有变，这支庞大的军队根本无法及时回援。

匈奴一向聚合不定，即使主力溃散，零散的部队依然出没战地，短时间内拼凑一支千人骑兵突击汉军营垒，也不是没有可能。

但这正是卫青的稳妥之处，符合他一贯的性格和作风。办理军事，他从来豪迈不拘；面对政治，他一向谨慎低调。他必须原地驻留，困居案发现场，等待天子使者的审查和处置。

凯歌高奏、辉煌灿烂的局面下，一道阴影笼罩着人心。军中发生了一件天大的事，此事处理不好，会掩盖赫赫军功，吞噬三军士气，令无数人身死名灭——前将军李广自杀了。

陇西成纪李家，世代簪缨望族。李广做过陇西都尉、骑郎将、右北平太守、郎中令。他擅长骑射，参与平定七国之乱，夺得叛军军旗，长期驻守边地，威震匈奴，人称"飞将军"，乃文景时期一等的名将。刘彻发动漠北之战，李广几次请求随行，天子因他年老没有答允，在他多次苦求后勉强同意他出任前将军。

汉军出塞后，卫青捕获匈奴兵，探听到单于驻地。面对稍纵即逝的战机，他立即行动，自带精兵追逐，同时命令李广和右将军赵食其合兵从东路出击，以作策应。想不到，这支军队却出了问题：行到大漠深处，向导无庸夫人突然失踪，前军、右军迷路。

卫青一路顺遂抵达战地与单于展开会战，击溃匈奴主力军团，单于逃跑，因策应的前、右两军没有跟上，活捉单于的千古奇功化作泡影——哪怕数百士兵堵住漏洞，张网以待，也不至于让单于逃脱啊。

作战计划如此完美，作战行动如此干脆，却误于手下的将领，以致功亏一篑。相比外甥霍去病的功绩，卫青好似隐遁于太阳炫目光辉下的星辰，这个落差太大了。卫青心绪难平，极其愤懑，无奈收整军队，南行渡过沙漠，遇到姗姗来迟的李广和赵食其。李广谒见大将军，双方无话可说，略微谈了几句，李广回归本队。

作为重要的偏师，前军和右军的行动必须如实描述清楚，一并奏闻天子。于是，卫青草撰报文，向未央宫报告军情。随后，他派长史任安送干粮和酒给李广，借机询问迷路的情况，李广没有回答。卫青保持了一贯的风度，不和李广直接冲突，而是采取灵活措施，急令任安调查前军幕府人员。

事已至此，李广打破沉默，说军吏们无罪，是自己迷失道路，将亲自到大将军处受审对质，随后却改变主意，拔刀自刭了。

宿将李广，汉军的一面旗帜，威望烈如骄阳。他出身卒伍、弃身锋刃、攻坚作战的形象，比身为外戚、天子贵幸、空降领兵的卫青，更能赢得士兵的敬意。将士收到死讯，三军痛哭；黔首听说噩耗，举国落泪。

从军法和律令上看，卫青的行为并没有失当与过分的地方，他对待前辈李广已经给足了颜面，并未仗势威逼。不过，朝野、军中、民间的舆论还是一致指向卫青，让他措手不及、无力招架。面对被动的局面、巨大的压力，卫青能做的，就是等在原地接受询鞫。

田甲持廷尉名谒拦住一名路过的校尉，要了一份通传全军的征战邸报，张汤读了两卷，心血热烈。受塞外凌厉风霜和胜利之师气势的影响，他豪情勃发，不再坐车，骑了一匹马，与田甲并辔而行。

田甲见他有些亢奋，索性泼上一瓢冷水："当前，卫皇后受宠，大将军又立下赫赫战功，你去审查他，他不危险，濒危的是你吧？"

张汤的脸色冷凝起来，食指和拇指揉搓着粗粝的缰绳："我能如何？就此打退堂鼓，还是再往前走五百里，像赵信一样投降匈奴？"

田甲正色道："当今天子刻薄猜忌，动辄杀人，横死的大臣实在太多了。我觉得，你这个打算不失为上策。"

今年朝廷启动算缗，全面征税，颁布《告缗令》，严令商人申报财产缴纳赋税。隐匿不报或报不完全的，罚戍边一年，没收全部本钱，以其中一半奖赏揭发者。苛暴如此，富商巨贾皆落网中，大量破灭。商人厌惧敲骨吸髓的当今天子，常起逃离之念，但绝望到如此程度，还是超出了张汤的认知。他一时愕然，惊悚得像亲见黄河决堤、渭水溃坝，立即挥手驱逐侍卫，伸手堵田甲的臭嘴，低声喝道："荒唐。"

侍卫们早已习惯，他们侍奉的主人秘密太多、行事太冷，堪称官僚队伍最阴诡之人，一旦他与商界最神秘的田甲凑在一起，他们便识趣地退避十步开外。纵使如此，距离依然不足以让廷尉放心，于是，他们马上散到二十步之外。

田甲讪笑道："话是你说出来的，我表示支持，你倒责我荒唐，真是岂有此理。"

张汤长于辩论，听了田甲的话却无法辩驳。田甲说话一向没有章法，时常胡言乱语，一旦接腔，他更兴奋，不知又说出些什么不堪的言论。为防不测，张汤干脆闭口不言。

田甲道："君信，我提醒你，降匈未尝不可，但往前走五百里可能不够，往前走一千里，也未必遇得到他们。我闻说，匈奴单于生死不明，右谷蠡王自立，率部众退出漠北往极寒之地去了。你若打定主意投诚，一定得加快速度。哈哈！"

张汤见他说得兴起，担心这些戏谑之言被有心人听去，惹来祸患，赶紧转移话题："你对赵信这人有了解吗？"

田甲一抖缰绳，两腿夹紧，傲然道："天下还有我没掌握的情报、我不认识的人？"

这种话，其他人说起，大多自吹自擂，从田甲嘴里吐出，张汤却不反感，也不反驳，倒生出一股肃然之意，洗耳恭听——他太了解田甲的本事了，太阳和月亮照耀的地方，一切人间秘辛，似乎都装在他腰下的皮囊里。

田甲道："此人匈奴贵族出身，不知本名，战败归降你们，改名赵信，被封为翕侯，多次立下战功——叛徒一向如此，对故国的攻击比敌人还凶狠刻薄。元朔四年，县官[1]定谋，出定襄北征。这一战，汉军斩杀匈奴一万九千余人，可谓战果辉煌。但是，亦有美中不足之处，前将军赵信、右将军苏建率领的三千骑全军覆没。赵信降而复叛，又归了匈奴。"

张汤挥手止住田甲滔滔不绝的讲述，思索片刻，喃喃道："停一下，我想想。元朔四年、元狩四年，都是四年。大军完胜，前军、右军劳师无功……何其相似，几乎一模一样。这是命运的安排吗？"

田甲道："你还忘记了一点，赵信和李广，可都是前将军。"

张汤长声叹息："前将军、前将军，一把刀的刀尖总是最先损耗。李广部下的军官很多封侯，偏偏他一到关键时期就出问题，与侯

---

[1] 当时，天子、国家、朝廷皆以县官称之。

爵无缘。此次出征，天子认为他命运多舛，不吉利，本不放他来。这一来，果然……"

田甲道："赵信久领汉军，熟悉汉地情况，大有用处，因此，伊稚斜慷慨地封他为王，又把姊姊嫁给他，筑城真颜山上，名为'赵信城'，储集物资，作为漠北的战略支点。呵呵，两个前将军，一个北逃，封王；一个南守，自杀。换了你，怎么选？"

张汤悚然，环顾四周，侍卫均处远端，下风方向一个人都没有，稍稍心宽。他用食指抵住两唇，沉声道："住口，点到为止，不许再说。"

田甲似乎憋屈很久了，压抑太深了，到了新辟的疆域，脱离了汉家的威势，理智溃坝决堤，情绪肆意倾泻，大声道："李广的错误，不在迷路。他若苟全性命，径直北去，以他在汉匈两国的威望，休说封侯，封王也是唾手可得。单于拜他做校王，尊贵用事，替他筑造十座'李广城'，威慑汉疆，完全不在话下。"

风太烈，吹得话语七零八落，但还是有个别字词撞入卫士的耳朵，引得他们好奇张望，侧耳倾听——其中可蛰伏着天子的眼线啊！张汤满面惶恐，挥鞭抽打田甲的肩，厉声道："闭嘴！"

田甲纵声大笑，打上一鞭，策骡闯入漫天风雪之中，高声歌唱道：

> 亡我祁连山，使我六畜不蕃息；失我焉支山，使我嫁妇无颜色。
>
> 天地苍苍风凉薄，血泪横流刀光起，卫霍束甲入朝堂，其人前程谁可知？

前军军帐内停着一具硕大的楠木棺椁，精雕细刻，极其厚重。众将校依次而入，以军礼祭祀。制作棺椁的树木取自阴山，乃将士一刀一斧凿刻而成。大将军卫青端坐前端左侧，面色悲戚，眼角犹带泪痕。他出身贫寒,以骑奴身份替公主服务,因机缘巧合,做讴者的姊姊卫子夫受到刘彻宠爱,这才摆脱奴隶身份,历经七次大战,做到执掌三军的大将。即使显贵如此,他依然不忘根本,宽厚慈悲,低调谦卑,因此深得众心。如今,另一位同样享有崇高声誉的将军愤然自杀,两颗并明的星辰,于朗朗高天之上离奇碰撞,众目睽睽之下陨落了一颗。

舆情汹汹,说大将军逼死了李广。

猛兽狭路相逢,必有一番龙争虎斗;皎月出于晴空,必然逐退残星。英雄聚首,命数真的会互相冲犯,导致你死我活的结果吗?

朔风大作,帷帐似将腾空而去。陷身风暴的卫青百味丛生,不甘、不平,又有些惶恐。不甘的是,明明是李广执行军令不力,导致军事行动关键部分失败,责任却被全部推到主帅身上。不平的是,本来可凭借擒获匈奴单于的功绩,与霍去病封狼居胥的战功相提并论,如今却落得惨淡收场。惶恐的是,李氏乃名门世家,精耕秦汉军政两途百余年,出将入相俊才辈出,朝野声望甚巨,自己无意间得罪了这个山岳一般险峻、沧海一样深邃的宗族,一旦天子的恩宠衰减,卫家就将承受弥天的祸患。

思前想后,卫青心乱如麻,完全不像一个率领数万精骑直捣匈奴王庭、猎杀名王的将领,倒似一个狐疑多虑的无能庸夫。立于三军阵前,他像闪电一样锋利爽快;面对政治人事,他如闺秀一般愁肠百转。或许,卫青的天命仅仅局限于战场。

为显示坦然无私,卫青把近卫亲兵留在大帐,仅带一名军候[1]、两名文职军吏去往前军驻地。他不带校尉、军司马,不带主管军法的幕僚,而是带了下一阶位的领兵军官同行——这位军候名叫李绪,祖籍陇西成纪,平素与前军诸多僚属亲善——显然是委婉地表达和解的善意。

---

[1] 当时汉军野战部队由将军统领,设"莫府",管辖若干部。校尉统大部,军司马统小部;部下设若干曲,首领称军候或千人,比六百石。

此时不能用任安了，此人虽然忠直，但任侠顽固，面对微妙的、容易失衡的环节，认知肤浅、行动迟缓，极可能坏事。

前军老兵五百人留守原地，为李广举行丧礼，待上峰号令再护送南返——他们这些老兄弟，跟随李广时间最短的也十五年了。此时，如果谁别有用心，随便蛊惑一下，说不定就能轻易组织起一场叛乱，斩杀卫青。诛除汉朝排名第一的大将，北走匈奴，这可是泼天的富贵啊！作为肩扛国家命运的主将，卫青只身犯险的行为，真的太不理性了。部下心腹将校劝告过他，但他依然义无反顾，还是来了。

祭礼已毕，卫青挥手令官兵出帐，留李绪伺候。前军隶属大将军，众军吏、士兵也是他的部下，大家虽然犹豫，还不敢公然抗命，衔恨而去。卫青长长吁了一口气，感觉浑身酸痛疲惫，倚靠在帐壁上轻声问道："少卿，廷尉到哪里了？"

以"少卿"作字的青年才俊可不少——大将军卫青的长史任安、前将军李广的孙子李陵、右将军苏建的儿子苏武。谁能想到，未来，这些"少卿"会彼此纠葛、恩怨交加，上演一出出令人惊愕的悲喜剧呢？

此时，李绪的处境极其尴尬。他被大将军亲选同行，前军将校抵触他，视作外人；他同前军有旧，大将军猜忌他，拿他当工具。他吞咽了一口苦涩的唾液，回复道："下走方才接斥候急报，轩车过了阴山，距此处一个时辰的脚程。"

卫青看看案前的滴漏，沉吟道："你计算的方法不对。廷尉并非一般羸弱的文官，他未必坐车，也可能骑马。官府用来办公的河曲马日行五百里，再过半个时辰或许就到了。"

李绪道："卑职想不明白，大将军为何不亲自迎接，为何不在帅帐接待？"他的话语里暗含委屈，他本不愿来的。

卫青道："廷尉最讲规矩，素不受私情干扰。我一个待审之人，岂敢与他私相授受？再说，我们若私自相见，事情就说不清楚了。我于客地恭候，听从他的处置，这是待罪之人的本分啊。"

李绪道:"大将军立下旷世奇功……"

"且休再说。"卫青道,"炎炎者灭,隆隆者绝。物极必反,反则灾变。勇略震主者身危,而功盖天下者不赏。"他怏怏起身,抚摩着李广的棺木许久不动,长长叹气。

本朝第一任大将军韩信的悲剧殷鉴不远,同为大将军的卫青能独善其身吗?

当他少年时代还在山上牧猪时,当他青年时代还在平阳侯府做骑奴时,李广已是明星一般璀璨的将领,是他儿时的楷模。那时,李广若能和他说上一句话,他定然视作毕生荣耀。若能跟随李广做执鞭之士,他付出性命亦在所不惜。随着命运的改变,这位一等的名将名义上竟然做了他的下属,他除了欣喜若狂,更多的是诚惶诚恐,对李广发自肺腑的敬仰不因职务的提升、身份的显贵而改变,不过碍于秩序,不便表现出来罢了。此时,当初的楷模躺在棺椁里,当年的孩童站在木盒外,造化弄人,实在令人百味丛生,欷歔叹息。

"唉,李将军,你魂归此处,未尝不好。"卫青透过军帐的排气飘窗,遥望若隐若现的山岭。冥冥中,他在一瞬间似乎意识到,虽然肉身尚温热,还能活十数年,但自己的使命已经完成,是收刀还鞘的时候了。"若我葬于阴山,俯视北境,守卫汉土,此生再无遗憾。"

伴随着剧烈的风雷之声,帐外突然传来一阵急促的马蹄声,似骤雨由远及近,铺洒而来。

李绪拔出佩刀,惊诧道:"匈奴兵!"

卫青神色不变,从容道:"不是。"

李绪更为惊恐,颤声叫道:"莫非,前军反了?"

卫道:"骠骑将军的弟兄到了。"

话音方落,面目一凉,满帐灯火被风淹没,一闪而灭。一骑快马踏破军帐,径直冲撞进来,一名身着重孝的骑士从马上跃身直扑,撞倒卫青,拳脚相交,顷刻间打得他头破血流。李绪大惊,正待上前救护,帐篷早被十数人用铁钩扯开,暴露在长天之下,两名士兵挥舞环首刀架上脖颈，抵着胸膛控制住李绪。

事发突然，一切让人措手不及。李绪顾不得危险，大声呵斥道："大将军在此，你们要造反吗？"

骑士面目狰狞，凑近卫青面目，冷冷道："造反又怎样？我这就反了。"

卫青淡淡一笑，虽然脸上一团血污，却依然保持着从容不迫、和善慈悲的神态，眼神像春风一般和煦。骑士反倒愣住，拳头高悬于卫青的脑门上，无法砸下。

"李敢，刚才的话你再说一遍，"一个阴森威严的声音刺破风暴，扎进众人耳膜，好似地府鬼魂的咒语，"我一定族灭你门，杀尽给李将军送葬之人。"

李敢听到这句话渐渐放松了攥紧的拳头。

士兵们收了刀枪，行予军礼，全军肃然，有人朗声传报："廷尉至！"

第二章
前将军

阴山，平地凸起，直插遥天，分割南北，区别胡汉，地势险峻，兵家必争。不仅如此，它还是一个天然的武器库——制造战车、箭杆、器械的木材均仰其供给。谁夺占此山，谁便占据绝对的势能，从地利与资源上全面碾压对手。

数日前，汉军凯旋，翻山南归，留下一些军队在此建了三百堡垒据守驻防。相对于绵长的山岭而言，这些砸下去的钉子还是太稀薄，留下了大量空隙，豺狼虎豹潜伏其间，游刃有余。

此时，阴山热闹一阵，又恢复了一贯的安静和冷凝。一名身穿兽皮、面巾遮脸的牧人一边躬身疾走，一边警觉地察看周边环境，无声无息来到一面长满草木的峭壁下。耳边听见铁锤敲击錾子、錾子划凿岩石的声音，他抬起头，树木掩映，仅看见几点斑驳的光。

牧人左右顾盼，确认无人跟踪，压低声音道："小民养羊三百只，昨晚生了两羔，今日汉家厨膳夫来，订下羊肉五百斤，说明天上午送予王师犒军，须尽早屠宰清洗。我家人手不足，听说贵宅人丁兴旺，特来商借。敢言之。"

暗语说毕，凿壁声戛然而止，一个苍劲的声音好似九天闪电，穿透斑驳的树影，临空扎来："我家也没几个青壮，你若不信，上来看吧。"

不时，一根青藤蛇一般甩下来。牧人左看右看，再次确认环境安全，两手抓紧拉扯几下，顺着青藤往上爬。攀爬两丈有余，青藤已到根部，离目标还差三尺。头顶峭壁上修了一条栈道，铺着几根木料，站着两人。一人手握毛笔，以朱砂绘画；一人手持铁锤和錾子，照着线条敲凿印痕。画面上，日月、星辰、草场、河流一应俱全，山羊、盘羊、骆驼、虎狼出没，一人骑骏马，穿汉朝一等贵官的服色，挎匈奴弯刀，牵苍狗，领十数骑，张弓射向一匹麋鹿。好一幅热闹的狩猎图。

牧人眼界大开，却无暇欣赏，心中生出一阵愠怒——因这两个人，几乎是踩在他的头顶，靴底的污泥毫不客气地掉落到他的身上。

"客，我这阴山岩画精彩吗？"持笔者笑问道。

牧人悬于半空，陷入兵法所说的"挂地"，进退不得，为了保持身体平衡，不得不用力，一使劲儿满脸刺痛，让他心情大坏，两眼喷火："我奉大单于命，来见冢蝮。"

冢蝮，潜伏在坟墓里的黑蛇——真是个阴诡可怖的代号。

执笔者根本不受影响，专心致志地描画，足足过了几十个弹指，借蘸墨的间隙随口道："是我。"

牧人两手酸软，浑身冷汗，加上面目痛不可支，情绪崩坏，羞怒道："你就这样待客吗？我可是大单于的……"

"大……？"冢蝮轻蔑地笑着，毫不客气地打断他的话，又画了几笔，"哼，幸好我苦心救他，在汉军最薄弱的阵线外面点了一缕狼烟，指点生路。不然，他早已落到卫青手上，变成封爵领赏的筹码了。可他呢？一度想杀我。愚蠢！我问你，你妻舅——我们的大单于，找到啦？"

牧人一愣，答道："依然下落不明。"

"不错，算得上一个好消息。"冢蝮畅意地笑道，"你为何姗姗来迟？"

牧人道："我会战前接到指令，大单于命你启动'冷春计划'，全部小蝮同时出洞，咬断道路，咬杀主将，阻止汉军向北推进。"

"晚了，因你迟迟不到，我错过了行动的最好时机。好在我主动作为，率先发起攻击。可惜，行动仓促，仅仅叫醒了一条冬眠的蛇，咬杀了李广。"冢蝮讥笑道，"如今，你带着一条过期的命令来见我，还有甚意义？"

牧人道："送卫青的首级。"

朱笔掉落，凿壁声同时停止。

牧人道："冢蝮，我的身份和地位不比你低，请你与我平等对话。"

轮到冢蝮吃惊了，他蹲下来慢慢捡起毛笔，居高临下盯着脚下的牧人。牧人仰面看去，木柴缝隙间，看不清这条黑蛇的面目，但见左鬓一枚红色的胎记，蓄饱了血，薄薄的皮肤兜不住，血水似乎马上就会漏下来，不禁悚然。

冢蝮道："首级呢？"

牧人道："我的部下探听到，卫青仅仅带了三个人造访前军。"

冢蝮精神一振，问道："你确定？"

牧人道："我亲眼所见，蛰伏汉军的弟兄亦传信来，证实此人正是卫青。"

冢蝮长长吁了一口气，拍拍凿壁人的肩，指指脚下。

凿壁人趴下去，探出生铁一般粗糙的左手，牧人一把抓住，仰见此人面若橘皮，眼球黑白之间点着一粒嫣红。右手掌残缺，白骨森然可见——身逢乱世，几人得全？肢体残损还算幸运，毕竟还有命在。他不及细想，借力翻身上了栈道，揉揉僵硬的手臂，连连喘息。

冢蝮食指一动，令凿壁人回避。"一个就地雇佣的老石匠，聋哑还不识字，但也须防备泄密。"待人走远，冢蝮沉吟道，"刘彻拔擢缺乏根基的新贵代替旧贵，泥腿子洗干净手足涌入朝堂，从功臣、世家、宗室手上抢夺权力，从而加固天子的势力，卫青是他们的扛鼎人物。如果我们杀掉他，朝廷的格局就变了。"

牧人道："还有一个好消息，张汤也来了。"

冢蝮大叫一声，一拳击在岩壁上，急切地问道："他来做甚？"

牧人坐下来，一边按捏胳膊一边道："提审相关人等，追查李广自杀一案。"

冢蠛道："我明白了，李广一死，天下舆论的矛头直指卫青，他为了安抚军心、自证清白，因此到前军祭祀。而张汤奉刘彻的号令前来办差，一将一臣，都到了漠北这个荒凉的地方。"

"汉朝的武将，以大将军卫青、骠骑将军霍去病为尊；文臣，以丞相李蔡、廷尉张汤为贵。"牧人咬牙切齿地道，"刘彻发动外战前先打了一场搜刮全国的内战，张汤，正是这场旷日持久的残酷战争的主将。他不但是个凶狠的司法官，还是个敛财高手，若没有他穷尽名目搜刮来的金钱，汉军这辆沉重的战车根本不可能滚滚向前，碾压我们的牧场和帐篷。"

冢蠛眼神一厉，握紧毛笔："我们组织一次攻击就能斩杀汉廷数一数二的两个人物，实在是千载难逢的机会。"

牧人道："前军里留守的士兵不过五百，尚有三十余名我的弟兄。李广死了，人人忐惧不安，稍作刺激，就能为我所用。"

冢蠛并没有被一连串的好消息冲昏头脑，他思虑甚为周密，担忧地问道："卫青的大帐相距多远，还有多少人？"

牧人道："两百里，不足千人。半天内无法驰援。"

冢蠛追问道："南归的汉军，后队行至何处？"

牧人道："最后一队已越过阴山，间隔二百五十里。"

"按照我大匈奴的规矩，你的名位在我之上，你和大单于的关系也比我与他亲密……但是，如今办事的地方我相对谙熟，正在办的这件事我业已经营多年，因此大单于把你配属于我，接受我的调度。此为公事。值此失地千里、大败亏输、生死存亡的关头，个人的身份颜面就不要计较了。我失礼的地方，还请见谅。你我现在名为主从，实为兄弟，我向你保证，阴山以北的土地、帐篷、牛羊、财帛、武士，我一概不要，首功归你，我只要拿回我丢失的东西即可。"冢蠛先和颜悦色地安抚盟友，随即从怀里取出一块木板，按在牧人手上，口气一变，坚决而严厉，"上面绘着我驻兵的地点、写着我调兵的方法，你速去传令，今日子时动手，明日辰时，送卫青、张汤的首级给我。"

冢蠛渴望重回故地、再造辉煌，牧人盼望将功折罪、洗刷耻辱，共同的目标把两人捆绑在一起，谁也离不开谁的支持。话既然说开了，便精诚合作，牧人决定按照单于的分工，摆正自己的位置，当即行面见上司之礼，沉声道："奉令。"

"事情既紧急又机密，记住，必须稳妥周全，不可留下蛛丝马迹。"冢蠛大喜，话音温和，推心置腹，"此时你海阔天空，我还困于囚笼，千万不要牵涉到我。"

牧人道："你放心，匈奴地界知道你真实身份的，不过大单于和我罢了。"

说完这句话，牧人情知失言，禁不住打了一个寒战——冢蠛行踪诡秘，几乎瞒住整个天下，他们这个阵营，知情人寥寥无几，一个是他的上司，一个是他的下属，危急时刻，他会舍弃谁求得自保呢？一定是杀部属灭口啊。

冢蠛看出他的疑虑，赶忙转移话题："闻说你的城烧毁了，你的兵溃散了？"

牧人两眼一黑，咬牙道："是。"

"城毁了，还能重筑；兵溃了，还能再招。"冢蠛笑问道，"相破了，还能复原吗？"

朔风吹荡，面巾拍打面目，为脓血污染，腥臭逼人，牧人但觉脸颊阵阵剧痛，牙关紧咬，愤恨不已。

冢蠛道："汉匈两国的战将，说到临阵决敌的本领，你可排进前五，因此大单于才调拨你到我的麾下，策应我的行动。我很好奇，谁伤了你？"

牧人恨声道："尹鹏颜。"

听了这个陌生的名字，冢蠛表示不解。

牧人道:"尹梁邑的儿子。"

冢蝖肃然:"那个无庸家的逃奴?"

牧人道:"是。"

冢蝖神游八荒,过了许久才回归现实,缓缓坐下:"尹梁邑放火烧毁主人宅邸,盗走无用先生的图谱,十四年来天下人都在找他,却无一人知其踪迹。想不到,他的儿子出现在霍去病军中……"

牧人道:"霍去病自领军以来,出河谷、越高山、穿莽林、过草场、涉大漠,从未迷失道路,次次神速精准。"

冢蝖倒吸一口凉气,惊喜各半,两手一使劲毛笔硬生生折断,沉声道:"你务必盯紧此人,谁寻得尹鹏颜,谁就将主导汉匈之间生死存亡的大决战。"

牧人胸口一荡,咬牙颔首。

一阵山风袭来,枝叶蜂鸣,冢蝖挥挥手,疲惫地道:"退。"

牧人满怀心事,怒目圆睁下得山来,按照木板指示,转过几处沟壑,来到一个山谷外,手掌击七下,手背叩六下,取刀砍断一棵小树。不多时,谷内发出窸窸窣窣的响声,一队麻衣死士鱼贯而出,手持兵器,垂首肃立。粗略一看,竟有两百人之多。

牧人取下面巾,露出一张残损的脸,这张脸白骨森森,血肉淋漓,至丑至恶,众武士大惊,连困睡枝头的猫头鹰见了都吓得嘶鸣一声,中箭一般踉跄飞走。

前军军帐临时设了一个审判堂。卫青脱掉甲胄,徒手站于堂下,军士绑着李敢于右侧待命。

卫青道:"我与君侯并无仇怨,军人切磋武艺,受些轻伤,不算斗殴。请廷尉明察。"

漠北之战期间,李敢以校尉身份跟随霍去病出征,夺得左贤王的战鼓和旗帜,斩首极多,朝廷叙功褒奖,赐其爵关内侯[1],食邑二百户。据说,文书已盖印玺,即将下达。目前恩命刚刚拟制,尚未正式传布全军,卫青提前以侯礼相待,甚至用上列侯的称谓"君侯",很明显是屈尊降贵,存了取好和解的意思。

张汤道:"大将军,我奉天子诏令来查前将军李广自杀一事,至于你和李敢的恩怨,不属于我职权裁夺的范围。"说罢挥手示意。

众军得令,欢天喜地,迅速解开李敢身上的绳索,退到一边。他们跟随李广经年,本来就是李家的心腹弟兄。

张汤道:"军队的事,不劳我一个司法官操心。既然大将军不计较,这件事到此为止。校尉,此案与骠骑将军麾下军人无涉,我要办差了,你退下吧。"

李敢向前两步,两拳一抱,责问道:"家父尸骨未寒,我千里奔丧,是为苦主。廷尉既然审案,为何逐我?"

张汤沉吟半晌:"你可留下折辩,非问勿答。"

李广生有三个儿子,长子李当户、次子李椒均已亡故,唯幼子李敢撑持门户。这位将门虎子自小从军,表现非凡。元狩二年,他随父出征,被四万匈奴骑兵包围,士兵十分害怕,阵脚大乱。他亲率几十名骑兵直插匈奴兵阵,从左右两翼突出,回来报告说:"匈奴很容易对付啊!"将士们这才安心。

李敢,不愧一个敢字。他敢于领数十兵直面数万敌军,冲阵破敌。听说阿翁含冤身死,他便脱离本职,狂奔三日,直扑卫青部前军军帐,出手殴伤大将军。他勇于公战,亦勇于私斗,胆略令三军钦服,连卫青都欣赏敬畏,不愿树敌。因此卫青不顾自己麻烦缠身,先开口替他辩解,希望双方互相包容、达成和解。

---

[1] 关内侯,秦汉二十等爵位的第十九等,仅低于列侯,有其号,无封国,能按规定户数征收租税,通常赐予立下军功的将领。卫青第一次领兵作战,取得龙城大捷,受封的爵位也是关内侯。

张汤道："诸位同僚，我乃朝廷的司法官，原本不该问军旅的事，但是，此次奉天子诏，按律查狱，职责所系，不得不问个仔细。本官的问题，大多涉及军事，若属机密，尽可不答；若与案情相关，不得隐瞒，必须如实供述。"

卫青当即表态："廷尉但问无妨，下走知无不言，言无不尽。"

张汤道："大将军，战前你为何分兵，令李广绕道迂回？"

卫青道："兵法，奇正相合，不可孤立无援，因此，下走令李广领偏师游击，护卫侧翼。"

张汤道："不对。我闻说，接到你的号令，李广曾向你请求，他言，其职务是前将军，应居于三军之前，大将军却命令他从东路出兵，不合常理。况且，他从少年时便与匈奴作战，至今才得到一次对阵单于的机会，愿做前锋。是不是？"

卫青颇为吃惊，不知张汤从何得知这些私密的对话，想到当时不过六七人在场，其中一定有长安某些衙署的奸细，不由得脊背发凉。

张汤道："大将军，李广可曾说过上述的话？"

卫青硬着头皮回答："一字不差。"

张汤道："公孙敖刚刚丢掉侯爵任中将军随你出征，你怀着私心，想让他跟你一起会猎单于，建立旷世奇功，因此故意调开李广。是不是？"

诸人听到这样直接的问话，皆出乎意料。卫青毛骨悚然，缄口不言。李敢眼中恨意更深，两手紧握，止不住浑身战栗。

张汤道："前将军不得前，中将军不居中，下官不懂兵法，敢问大将军，这是哪家的兵法？"

卫青口拙，一向不善言辞，面对张汤的逼问，完全无力招架。无论多骁悍的宿将、名将都怕狱吏，何况其首领廷尉？

张汤道："公孙敖最初以骑郎的身份侍奉天子，你们相识于寒微，关系很好。建元三年，卫夫人怀孕，引起皇后的嫉妒，后党挟持了你，意图杀害。公孙敖听到消息，不惜得罪整个外戚，顶着泼天的灾祸率领壮士赶来，从刀口救下你，使你免遭一死。这样深厚的感情，真的值得你徇私报答啊！"

卫青汗下，内衣尽湿。

李敢喝道："卫青，廷尉明察秋毫，由不得你狡辩，你若是条汉子，就说清楚！"

满帐军士多为李家旧人，别人立功，他们受审，深感委屈，有了廷尉和李敢撑腰，又占着公理，不由窃窃私语，面露厌恨之色。

卫青无奈，不得不辩驳反击，声音干涩地道："大军出师前曾请巫者占卜，神仙认为，李广年老，命运不好，若让他作为前锋，恐不利军事。"

这句话，是天子的本意，刘彻一再警告和暗示卫青，关键时刻、关键部位不要使用李广。但卫青不能暴露天子的心思，因此借巫师的嘴来堵众人之口。李敢及将士听了，想起李广多舛的命运，确如神仙所言，天命如此，实在令人悲怆，不禁垂目自伤，暗暗叹息。

张汤嘴角裂开一丝冷笑，将水杯凑到唇边，盯着堂下。卫青不畏刀剑，这几声豺狼之音却教他不由心惊。

张汤停顿片刻，饮了一口凉水，冷冷道："这个公孙敖，元光六年率一万骑兵出击，折损七千，本当斩首，缴纳赎金后贬为庶人。元朔六年担任中将军，与你两次进兵，未立寸功。元狩二年担任将军，与骠骑将军从北地郡出塞分兵前进，又在沙漠里迷路，因延误约定的时间判处死刑，再次缴纳赎金，贬为庶民。我问你，大将军，公孙敖和李广相比，谁的运气更好一些？你怎么不找神仙也问上一问？莫非，神仙管得了李广，管不了公孙敖吗？"

卫青瞠目结舌，无法调集一词一句作答。将士听了，愤懑替代了伤感，群起鼓噪，有人竟拔出兵刃来。军帐内像煮了一锅沸水，被薄薄的毡布盖着，随时可能喷溅而出。

"来人，"张汤眉眼一沉，凶光乍现，冷厉地道，"笞！"

左右四名卫士阔步下堂，不由分说按倒两名叫声最大的军吏，抽出五尺长的竹棰，噼噼啪啪各打了一百下，直打得两人皮开肉绽，流血昏死。张汤抽取随侍卫士的佩刀，重重砸在桌上："咆哮公堂者，绝不宽纵。第一次，笞一百；第二次，笞两百。"

威慑之下，满堂鸦雀无声。将士们这才知道，张汤不是替谁做主，而是真正立身端正，主持公道。廷尉没有私人的立场，他的立场全写在大汉律令上。

张汤伸出手来，左右递上一封爰书。张汤环顾众人，目光停留在卫青面上："你们排挤李广，李广也知道内情，所以坚决要求你改变调令。他用人生最后的尊严与你抗衡，争取本该属于自己的权益，你不但不答允，还令长史发送文书到李广的幕府，催促他立即进兵。李广十分悲愤，不向你告辞就领兵启程了。大将军，我问你，你的决策与前军、右军迷失道路一点关系都没有吗？"

廷尉所言皆为事实，不容辩驳，卫青满腹苦水，无奈应承下来："有。"

张汤追问道："什么关系？"

卫青道："军令急促，导致匆忙行军，不备向导，因此迷路。"

张汤道："大将军直率，敢于担当。你这句话，我一旦写下来，呈到天子面前，你知道会惹出多少祸事吗？"

卫青苦涩地道："下走一力承担，与他人无关。"

张汤抽出一份卷宗，看了许久，幽幽道："你说不备向导也不尽然，我看，向导还是有的，不过，并非正式使用的人员，而是尚未获得资格、闲置待选的备员。这个人叫无庸夫人——好奇怪的名字。诸位，你们谁见过这个无庸夫人？"

前军军候管敢上前行礼："回禀廷尉，我们大都见过，他一直在军中，当先引路，受下走调度，随同我们行进百余里。"

张汤道："此人现在何处？"

管敢道："进军途中失踪了，令人寻过，至今未见踪迹。"

张汤沉吟半晌，面目略显疲态："今日天晚，到此为止。散了。"

走出审判堂，张汤缓步荒原，看看冷月，尝尝清风，身上一阵阵发寒，肺腑一丝丝恐惧。身后，停放李广灵柩的帐篷灯火摇曳，李敢扶棺恸哭，声如豺狼。留守的五百士兵环绕着军帐，持械肃立，替主将站岗警卫，一颗斗大的流星划破天际，坠入西极。此情此景，令张汤胸口一热，望着天地相接之处，朗声道："公道自在人心。李将军，你保护的土地树木茂盛，你庇护的黔首繁衍生长，你的功勋铭刻天地，一个侯爵，对你而言，又算什么？"

站了一刻钟，想了一刻钟，忧虑了一刻钟，张汤信步来到自己下榻的帐篷，挑开帘子，见里面灯火通明，水果齐备，床榻温软，还摆着一个硕大的木桶，装满蒸汽缭绕、水温宜人的热水，不禁欢喜起来。田甲懒散地坐着，熬煮一釜清水，又从贴身处摸出一个密封的布囊，倒出些黑褐色的茶末放进去，拿木勺缓缓搅拌，清香渐生。不时，香茶煎煮完成，他用布包了茶釜，缓缓倒进瓷盏，举手相邀。

汉朝人饮茶，不仅仅一泡了之，程序十分复杂。置身刀口舔血的军旅，哪有这样的慢功夫从容煎煮品茗，还是装在囊内的水和酒来得方便。

在这非常时期、冷僻塞外，竟然饮到了汉家的热茶，张汤欢喜道："田公，煞费苦心啊！"

田甲道："茶，与我无关。"

张汤深感意外："咦？"

田甲道："李广的旧日兄弟替你安排的。"

张汤心间一荡，感叹道："想不到粗鄙的军人也这般细致。"

田甲道："这些汉子看上去粗鄙，对待恩人却细致入微。"

张汤道："对了，我忘了你当过兵。"

田甲道："我当的，可是月氏兵。"

张汤笑道："我知道。"

田甲道："当兵苦、累、险，需要患难相扶、生死与共，因此最讲感情。李广一生征战，不得清闲，却蒙冤身死，连个侯爵都不是。

跟着他的弟兄，个个有大功于国家，却被抛弃在荒原上。别人立功受赏，他们束手待审，坐以待毙，两相比较，悬殊太大，实在令人绝望。你来了，三言两语说得卫青哑口无言，实际上已经认错，他们真的感激你。"

张汤一言不发，脸色越来越阴沉，一连饮了六盏茶，过了许久才叹息道："天子喜欢新贵，总是用新贵摧毁旧贵。李家作为秦汉以来的世家大族，一向受到朝廷的猜忌。如今，卫、霍两族如日中天，天子爱他、惜他、重他，不会真的秉持公道。这个案子，可能连昭雪的一天都不会有。我在这里无论做甚，都是没有用的。我啊，要辜负将士们的一片好心了。"

茶釜悬于瓷盏之上，汁液淋漓，田甲讶异地问道："既然这样，天子为何选派你来？你不是来寻找真相的吗？"

张汤收回取茶的手，环抱于胸，食指和拇指轻轻拈搓："我不是来寻找真相的，我是来制造真相的。"

田甲悚然道："你说的话我不懂。"

张汤道："天子希望我找到一个合适的理由，替大将军脱罪，化解狱事产生的矛盾。"

田甲道："既然如此，你应该秘密审理，拖上三月半年，待舆论平息了，从容公布审理结论，而不应该当着众人的面，一再逼问大将军。"

张汤道："官方的爰书，自然没有真相。但是，天道昭昭，我不敢欺瞒鬼神，我要让大家知道真相，真相藏于人心，带出这个荒漠，传诸天下、标注青史、留存后人。"

田甲听了，击节赞赏："君信，我没看错你。"

张汤道："说实话，我其实也是李将军的一个仰慕者。"

田甲放下茶釜，取布擦拭茶台，幽幽道："李广年轻力壮的时代，项羽、章邯、英布、韩信、曹参、周勃、灌婴这些旧日战将尽数凋落，卫青、霍去病这些新的名将尚未诞生，放眼天下，仅周亚夫、李广两位一等的将军统领汉军，深孚众望。这是一个千载难逢的空白期，极容易脱颖而出。天意如此眷顾他们，周亚夫把握住了，一战成名。可惜，李广一再错失机会，辜负了时运。"

"景帝正式对军功贵族下手，砍断了他们的大纛周亚夫。今上继承父志变本加厉，不但削夺枝叶，还锄其根本。"张汤怅然叹息，"有甚分别吗？周亚夫和李广一样，也是廷尉终结的。"

田甲道："有一些分别。周亚夫是廷尉逼死的，李广不是。君信，整个朝廷，能这样办事的人，只有你一个。你尽力了，他会理解你的。"说着续了一盏茶，推到张汤面前。

两人举盏，饮了一口。

田甲问出一个关键的问题："你的爰书准备怎么写？"

张汤掀开袍服，自贴身处取出一份烫金文书递给田甲。田甲狐疑不已，拿过来，余温尚存，看了一眼脸色大变。

张汤道："大将军奉天子令调度王师北击匈奴，临战前以李广为偏师，策应主力，堵截清扫漏网之敌，此为大将军职分之事，符合军纪和兵法。李广之死，盖因失职，保全名节与部众，与大将军没有直接关系。"

田甲错愕问道："这就是你拿来给天子、百官、苦主和黔首看的狱事结论？你何时写的？"

张汤道："二月八日。"

田甲张大嘴巴，颤声道："什么？"

张汤神态安闲，缓缓道："二月八日。"

田甲一脸难以置信："那岂不是你接到诏令的第二天，出长安的前一天？"

张汤道："是。"

田甲道："原来你早有定见。真相不重要，重要的是让各方满意，是不是？"

张汤道："你窥破了察狱的天机。"

田甲拍打着凭几，非议道："当兵的都说你刚正不阿，却不知你这样办案。"

这正是张汤的狡诈之处——示人于表面上的公正，好掩盖本质上的偏畸，暗示朝廷给予的压力太大，自己尽力了，让当事人不好质疑责怪他，堂而皇之地遂行私欲。

张汤道："顺从天意，审决狱事，化解矛盾，有错吗？"

田甲道："你说的这个'天'，不是别人，正是当今天子。"

张汤用缄默表示承认。

"离京前我拜访中书谒者令石庆，向他问计，石庆闭门不纳。我理解他，毕竟陪伴天子左右，即使揣测到圣意，也不便说些什么。走到上郡宜君驿，巳时三刻，你们都睡了，食啬夫送来一盏温汤，这盏与众不同，是石头凿的。喝了汤后，碗壁上露出四个字……不了了之，"张汤长长吁了一口气，抱拢双臂，裹紧衣裤，"不了了之。案情不能明了，事情办结了。你仔细体味其间的意味。"

石碗、温汤，石庆、张汤，官僚们的语言实在晦涩深奥啊。过了许久，田甲回过神来，担忧地道："成纪李家是秦汉以来的世家大族，李广做到手握重兵的边郡太守、执掌禁卫武力的卫尉和郎中令，无论在野在朝，都拥有强大的势力，不是一个可以忽略无视的小人物，他们不会稀里糊涂地接受这个草率偏狭的结论。此案若要了结，不能不杀人。我问你，如此轻描淡写，连一个问责的人都没有，何以堵塞天下人的口舌？"

张汤道："怪在向导身上。反正，他已经失踪了。"

田甲闭着眼睛思索了半天，枯坐至半夜，逐渐想明白了关键的环节，理解了张汤的行为。他的心绪缓慢平息下来，商人趋利避害的本能逐渐苏醒，理智代替了冲动，务实取代了激愤，从一个质疑者转变成了同谋。他泼去残茶，一边取新茶烹煮一边道："对。大将军确有私心，剥夺李广直接对敌的机会，但是，如果李广没有迷路，按时填补侧翼的空隙，还是赶得上最后决战的，甚至能捕获单于。这件奇功，比公孙敖的陷阵之功不知大了多少。"

张汤道："大将军即使有错，不过错在私心，而非逼李广去死。而且，天子早有暗示，不用李广，这点私心也就成了公心。我若处置卫青，置天子于何地？至于这个向导，种种迹象看来，极其可疑。我准备顺着这条线索查下去。"

田甲道："前军未尝遇敌，不存在作战行动，理论上讲，军中重点保护的向导应该安然无恙才对。可是，向导却凭空消失了，一定有问题。害得一支大军迷路，不能执行作战计划，还间接害死一位名将，此等罪人，必须掘地三尺找出来，挫骨扬灰，同时，夷灭三族，斩草除根。"

张汤意味深长地道："看来你对大汉的律法很精通嘛。"

田甲倒满茶盏，脸色阴冷："下一步，是不是到无庸家杀人？"

张汤道："是。"

田甲道："无庸家，所在何方？"

张汤手按茶盏，感受其灼肉的刺痛感，半闭眉目轻声道："酒泉郡。"

这天半夜，前军一位候长领四名士兵例行巡夜，见一个军帐没有熄灭灯火，内部人影散乱，不知在做什么。李广治军一向随意，不要求士兵严格依照行伍行进和驻扎，但夜间按时就寝、管制灯火则属一条铁规，任何人不得触犯，否则就不是军队而是乌合之众了。此时大战虽然停止，但毕竟还在匈奴故地，军法依然森严。候长挑开帐篷，闯进去斥责道："将军定下的规矩，你们忘记了吗？"

帐内聚集着十二名戎装兵士，左臂系着红绸，目光阴冷，神色诡异，绝对不是即将就寝的状态，而是整装待发参与夜战的模样。一名候史装束的人缓缓站直身子，拿起桌上的长刀，冷冷道："哪位将军？"

巡夜的军人都是百战老兵、战火里熬出来的幸存者，什么场面没有见过？但他看到这名候史的面目，还是陡然吓了一跳，心脏缩紧——此人右边脸被利器削掉一半，森森白骨反射着阴冷的灯光，丝丝残肉毛发一样悬垂下来，猩红的色泽像刚砍开的猪肉，整个帐篷弥漫着令人作呕的血腥味。

候长呆立片刻，稳住心神："前将军。"

残面人道："李广死了，哪来的军令？"

李将军素得士心，汉军弟兄提到他都带一声尊称，此人直呼其名，口出狂言，实在无礼。候长闻言勃然大怒，右手按上刀柄，正要拔刀，突然手腕一热，鲜血喷溅，不由愕然低头，这才发现自己的手已经断了。不等他叫出声，额骨一凉，当面挨了一刀，武士们猿猴一般飞身扑来，刀光闪闪，剑声蚀骨，顷刻间，巡夜的军兵全部死于非命。

残面人看着满地的尸骸，肌肉抽搐一下，戴上面巾，冷酷地下令："行动。"

这些人蒙住面目，提着兵刃，拿着茅草，一走而空。同时，营地东方另一个帐篷又走出同样装束的十数人，急速散布到全军各处。几十个弹指后，漆黑的天空划过一道亮光，两支叛军一起点火，大声鼓噪："校尉军令，击杀卫青，击杀卫青！"他们一边叫喊，一边突入各个军帐，搜寻卫青、张汤。五名骁悍之徒直扑灵堂，去杀李敢。

前军将士本来都是百战精锐，时常刀口舔血，营寨被攻击实属家常便饭，早就养成了处变不惊的脾性。但叛军呼喊的口号迷惑了他们，且这些人服装与自己一样，有些还是相熟的战友，让他们糊涂起来，以为这些人真的在为李广报仇。因此，大部分人并不阻挡，还有一部分人干脆加入他们的队伍，呼朋唤友，一起去找卫青。

廷尉亲自问案，虽然没有正式裁决说卫青犯罪，但卫青一向谨慎，为了表明认罪伏法的心迹，主动戴上枷锁，禁闭在一个小帐篷内。这位威震天下的大将，此时此刻和砧板上的肉没什么区别。叛军裹挟着十多名前军将士，杀到卫青自囚的军帐，一拥而入。幸好李绪一直在旁看顾，两名军吏虽司文职，武力却不弱，拼死挡住。另一边，张汤和李敢身陷重围，凭借仅存的数名护卫勉强抵抗。

与此同时，军寨前火把大举，两百余名麻衣武士持械突入，与叛军合兵一处，满寨杀人。

李敢砍翻数人，杀出一条血道，大声喝道："众弟兄，斩贼，斩贼！"

可惜场面混乱，他的话很难听清楚，士兵们根本无从分辨敌我，他的指令无人执行。叛军与麻衣武士步步逼近，李绪被俘，卫青、张汤和李敢的卫士都被杀尽，三人仓皇奔走，无意间凑在一起，退守帅帐后的一座小土丘，背靠一堵石壁，靠李敢顶在前方阻挡杀手。

张汤嘶声叫道："校尉，校尉，你一个人，无法带我们杀出重围啊！"

李敢连发七箭，射倒六名敌兵，箭囊已空。他丢了长弓，用卷刃的短刀拼死抵抗，却身手不停，言语从容："廷尉，我死了，你才会死。"

张汤叫道："大将军有私心，但他绝对不是害死李将军的凶手。导致你阿翁自杀的，是那个向导无庸夫人，以及背后操控他的人。"

李敢一个人面对一百余人的围攻，浑身浴血，已经无暇回复。张汤使劲拉扯卫青的枷锁，哪里打得开——军吏们做事太实诚了，连装样子都不会，竟然给大将军用了真的刑具。

卫青道："廷尉，你来杀我，不用救我。"

张汤苦笑道："大将军，我杀了你，我还能活吗？"

伤损了十余人后，残面人改变战术，长啸一声，攻击行动暂时停止，众人退到三十步开外。张汤面露喜色，以为敌人准备劝降或撤围。卫青、李敢却脸色苍白。卫青抓着张汤的手，沉声道："拖累廷尉了。"

张汤顿时明白过来，悚然道："弓箭？"

卫青道："有幸与廷尉同死。"

张汤惶恐，连声喊道："李敢，李敢，李校尉！"

李敢不再犹豫，倒转刀身迎面斩落，砍掉卫青的枷锁。卫青捡起一杆长枪，以枷锁作盾，李敢换了一把长刀，两人护住张汤，大喝一声，并肩向前。他们的速度好比疾风骤雨，径直往敌人众多处狂奔。对方的弓箭手刚刚就位，就被杀翻数人，其余来不及挽弓，仓促间退避而去。趁这个时机，李敢厉声道："众弟兄，快来保护廷尉！蒙面者，穿麻衣者，一律格杀！"

外面的前军分清了敌友，迅速组成无数个战斗小队，四面聚拢。残面人见情势有变，拨出五十人扼守通向土山的要道，驱使一百余人加紧攻击。两名汉将陷入重围，始终打不透敌阵，苦撑半刻钟，脚下倒伏着二十具敌人的尸体，刀枪折损，已不堪使用。

此时，百战老兵踏血杀人，迅速扫清了外围，不顾一切冲击救援。他们兵力占优，作战技能上乘，对付当面之敌本不在话下。可惜，土山实在陡峭，徒手攀爬都不容易，何况山上布满甲兵，攻了三次，次次铩羽退回。将士们不肯罢休，再次整队冲击。

麻衣杀手舍生忘命，仗着人多，又付出五条人命的代价，一拥而上，打掉对手的兵器，将刀架在三人脖颈上。残面人登高大喊："谁再上前，我先杀李敢！"

将士们无奈，停住脚步，先机已失，根本不可能从刀下救人了。

张汤发髻散乱，满面污血，仰天叫道："田甲，田甲，速来救我！"

残面人讥笑道："廷尉，你放心，他肯定跑了。"

死到临头，张汤还保持着司法官擅长查人阴私的习惯，问道："你们是什么人？"

残面人道："我们是一群蒙冤受屈、在大汉生存不下去的可怜人。我们斩杀卫青、张汤，带着首级投奔匈奴，自寻一条生路。校尉，有兴趣吗？"

卫青轻蔑地道："你们准备投奔的人，已经溃散两千里外。首级送到，早已腐烂，大单于恐怕分辨不出真假，到时定你们冒功骗赏之罪。"

残面人道:"所以,我们改变主意了,我们带活人回去。活人,大单于还是认识的。尤其是你,卫青,他肯定吃你的肉,挖空你的头颅做成夜壶。"

张汤听了如释重负,拊掌道:"好好好,不立即死就好。说不定啊,双方签下一份合约,交换战俘,我还能回到长安。"

残面人笑道:"如果汉匈双方因为廷尉就此罢兵言和,也算一件功德。"

李敢傲然道:"击灭匈奴,乃我大汉倾尽数代积蓄、倾注全国之力一定要达成的战略,牺牲了无数的壮士,岂会因为一个人的身家性命而轻易改变?"

残面人道:"校尉,汉朝对你父子有何恩德,不如跟着我们投奔匈奴王庭吧!你到了北方,不失王爵;你的兄弟,我保证官升三级,有牧场、有牛羊、有家园。你不替自己打算,也要为你阿翁留下的袍泽谋条出路吧?你应该猜得到,他们一旦回到长安会遭遇什么。"

李敢道:"笑话,你区区一个降人,怎么保证我得王爵、将士官升三级?"这句话石破天惊,李敢竟然凭借过人的敏锐性,判断出对方的来历。这种睿智天然生成,出自世家子弟与众不同的悟性。

残面人情知说漏了嘴,索性扯下面巾,朝向李敢,问道:"这下你信了吧?"

李敢猜想,这是一个谙熟汉地却为匈奴效力的人,联系战时与匈奴骑兵的遭遇,大胆地推断出此人的真实身份。果不其然!李敢既惊惧又厌恶,握紧刀把,冷冷道:"赵信。"

翕侯赵信。

赵信挤出一丝笑容,奋力想说句亲热的话,但声音出口还是冷冰冰的:"校尉,别来无恙。"

过去李敢与赵信虽无交往,但同为军人,彼此知名,在漠北还打了一仗,今日异域相逢,也算故人。他面带讥讽地问道:"伤口还疼吗?"

赵信恨声道："疼。"

卫青道："漠北大战，你的军阵远在后方，你身为王爵，领兵一万，侍卫九百观兵大漠，我深感好奇，谁能砍伤你？"

赵信眉目一痛，咬牙道："霍去病麾下，一个无名士卒。"

卫青诧异道："无名士卒？就凭这一刀，完全够格封侯了。可是，骠骑将军帐下的勇士我尽知姓名，大军上报朝廷的立功将士名册按例送我一册备份，我逐一看过，并无此人的记载，也没有呈报这件战功。"霍去病年轻气盛，从不吝啬保举，经常慷慨地替部下谋取功名，按例，如此大功，他根本不会隐匿啊？

赵信道："你们汉人从来赏罚不分、奖惩不明，使英雄沉沦，功业泯灭。经年来，所见所感，你还不习惯吗？如果你能活下来，务必把他的名字写进功劳簿，告知太史令一一记述之。可惜了，随着你们死去，单骑突入万军之中砍伤匈奴自次王的英雄事迹，也要湮没于黄沙了。"

汉匈之战正从壁垒森严的阵地战转向暴风骤雨的突击战，急需勇猛无畏的年轻将领统领汉军，深入大漠。卫青胸内热血沸腾，朗声问道："此人姓甚名谁？"

李敢道："尹鹏颜。"

赵信道："尹鹏颜。"

卫青喃喃重复这个名字，一脸迷惑。张汤心意一动，眼睛迸出亮光。

赵信道："校尉，跟我走。"

李敢笑道："多谢你的美意，我要辜负你了。"

赵信真诚地道："我这种平庸之人都得王爵，何况校尉！"

"我李家世代为将，父子一生忠烈，岂能为了苟活背叛国家？无须多言。"李敢说罢，大声叫道，"众将士听令！"

前军老兵齐声应道："听校尉号令！"

李敢道："不必管我生死，刀剑在手，杀！"

将士闻令不再犹疑，这支由李广打造出的劲旅恢复了豪勇热血的本性，一声喊，逆战反推，杀得居高阻击的敌人手忙脚乱，顷刻间，阵线被扎出无数破洞，眼看即将突破。

赵信深知飞将军麾下将士的一等武力和钢铁意志，他担心人质被汉军夺回，再次改变主意，厉声道："格杀！"

武士们手臂一扬，挥刀斩落。最近的汉军士兵在百步之外，根本无法救援。即使神仙，也阻止不了这场杀戮。大汉朝的名臣宿将，耳边响彻凌厉的刀风，隐隐听到来自幽深地府的残忍召唤。

第三章
驭狼胡女

廷尉张汤骑着一匹通体墨黑的高头大马，迎着漫天的风沙穿行在河西大地上。漠北遇险之后，他及时调整思路，认识到正装多有不便，立即改变一贯坚持的体面，脱去官服，换了一身绯红色的便装。河西风物与内地不同，甚苍凉甚雄浑，张汤举起马鞭，眺望层层山峦，豪情勃发："骠骑将军，乃我大汉最璀璨的一颗星辰。若非他的战功，此地不为我有也！"

黄河以西，祁连山与合黎山之间的狭长地带，古称河西，又称河西走廊，是中原地区通往西域的咽喉要道。这里一向弱肉强食，频繁更换主人，西戎、乌孙、大月氏相继占作领地。冒顿单于崛起于北方，打败大月氏，迫其西徙，以昆邪王、休屠王各领一地，控制西域各国，向南与羌人联合，从西威胁大汉王朝。

对此，大汉忧惧，时刻担心悬在头顶的重剑斩落下来。终于等到刘彻登上帝位，他在张骞凿穿西域带来的情报的基础上，选拔霍去病担任主将，一年之内发动两次河西之战。霍去病不辱使命，将金城、河西、祁连山至盐泽的敌人扫荡一空，砍断匈奴右臂，切断匈羌联系，夺得祁连山北麓最大的马场，为最终的漠北大决战扫清了后路。汉朝边民得到休养生息，陇西、北地、上郡的边防部队减少一半，降低了军费开支，减轻了黔首的赋税与劳役负担。

一等的英雄人物，从来不是厚积薄发，而是横空出世的。

"骠骑将军不但有功于国家，前些日子还救了廷尉一命……"田甲扬鞭击打马腹，快骑扬起点点烟尘，"君信，我听说敌人追杀时你方寸大乱，就差跪地求饶了。这可不是一位重臣该有的表现啊，实在出乎我的意料。"

张汤脸色一变，责问道："我被敌人围攻死到临头之际你去了哪里？"

田甲一副心安理得的模样，恬不知耻地道："兵变之时我恰好如厕，看情形不妙，亏我机灵，跳入粪池，躲到半夜，这才逃得性命。"

张汤怒道："有你这样做朋友的吗？"

田甲道："跟着你来的十几个人，跟着李敢来的十几个人，跟着卫青来的两个人，都讲义气，结果呢？他们都死了。"

张汤咬牙道："你为甚不死？"

田甲道："我死了，谁给你拉起这支队伍？"

张汤环顾左右，虽然旌旗和节杖都收了起来，略微少了些权势熏天的霸道，但一百名骑士、三十个民夫、七十匹骏马、四十头骆驼簇拥着他，浩浩荡荡，击风踏沙，甚是威风。

骑士来自军队，民夫出于郡县，奉令、奉召前来。夺下河西，朝廷将在祁连山以北，合黎山以南，乌鞘岭以西遍设亭鄣、坞堡和烽燧，建立千里边防线，这些军人中的一半叙功领取了吏职文书，完成护送任务后便就地驻守，担任候官、塞尉、令史、士吏、候史、候长、燧长等军官，大者为都尉之副，领数百人、千余人；小者为烽燧之长，领两三人、三十余人。

张汤斥道："他们与你有何关系？这都是骠骑将军送给我的。"

田甲道："那你可知，他们如此听话、这么殷勤，是因为什么？"

张汤道："有骠骑将军的军令，有我廷尉的威严，他们自然恭顺勤勉。"

田甲道："骠骑将军的军令，不过压迫出三成恭顺勤勉；廷尉的威严，不过压榨出两成恭顺勤勉。他们这一路上对你可是诚心诚意，十分周到，这多出的五成从哪里来，你不觉得奇怪吗？"

张汤道:"你做了甚?"

田甲道:"我给他们开俸金。"

张汤哑然:"俸金?"

田甲道:"军官一天三百钱、士兵一天一百钱、民夫一天五十钱,马匹骆驼的饲料我一概保障,还能吃回扣。"

"一日三餐,我全额报销。"

"我还买了十八张硬弓、三百支箭,随意使用。"

"你说,他们服不服?"

大手笔,着实慷慨![1]

开俸金、予廪食、赐兵器,由此产生的巨额费用,田甲一力承担。钢铁虽硬,遇阻即折;金银虽软,无坚不摧!张汤表示无语。

"他一定不会平白无故地好心,他一定不是真心诚意地为了我。"张汤寻思,"他的生意大多犯禁,比如与匈奴人、西域人贸易,走私盐铁牟取暴利。他提前投资,讨好即将到任的边军军官,腐

---

[1] 当时塞尉月俸两千钱、候长一千六百钱、燧长六百至九百钱——仅够买一把剑。这屈指可数的卖命钱、辛苦钱还时常拖欠,有时转运不力,甚至两三个月、半年不发饷。至于士兵,服役之人得钱更少,运气好的,上官慈悲的,年底发八十钱、百钱福利了事。因为乏财可用,又不得不生存,军中折借、赊买现象普遍,到期还不出来引发纠纷殴斗的情况,频繁发生,以致各军塞不得不细致记录,预判风险,并作为内部巡察的重要检视内容之一。

至于民夫,替政府佣工,一个月收入两千钱;替私人帮工,一天十至三十钱。当时,能一天吃够三顿饭的,非富即贵,普通黔首、兵卒一天只吃两餐,第一餐朝食,第二餐晡食,且素食为主。如果哪天军营下令椎牛宰羊,那往往意味着大战在即,口腹之欲须拿命去换。高帝刘邦的儿子、淮南王刘长涉嫌谋反,发配蜀地。文帝特意下诏关照他沿路的饮食问题,允许他一日三餐,每日配五斤肉、二斗酒。刘长贵为龙子、王爵,一天三顿饭、喝酒吃肉这样的事,竟然还须皇帝特批。

汉军对武器的管理十分严格,一刀、一弓、一矢的来去存废皆有章可依、有迹可循,禁止军人使用制式装备射猎自肥,甚至出现过服役十数年的燧长丢了一张弓被勒令除名的。田甲采购私器供其使用,意味着将士们有机会猎取野味,改善伙食,这对于很少有机会品尝荤腥的军人来说,无疑也是一大福利。

蚀洞穿边军的查缉防线……"

漫漫长路，极其寂寥，大家骑在牲畜上左右摇摆，昏昏欲睡。趁着间隙，张汤把随员从头到尾仔细品鉴了一遍——看人识人，这是一名顶级司法官基本的素质。他修习吏道数十年，大半辈子用来琢磨人，养成如炬的目光、蚀骨的眼力，见面皮而知心肺。

目光扫过队内人畜，张汤的眼睛好似深潭之水，冷峻沉寂，不起一丝波澜。突然，他眸子一亮，但见一名骑士，中等身材，面黑嘴阔，相貌略好于常人，身形挺拔，若刀若剑，与委顿蜷缩的同伴截然不同。他两眼黑白分明，清澈闪亮，直直地注视前方，风沙直击之下凛然不避。他的行李别无其他，鞍下挂着一个长条竹笸，背上背着一把没有刀鞘的长刀，刀身漆黑，炭一般阴冷，并非汉军的制式装备。数十里走下来，此人腰板挺得笔直，臀部以上分毫不动。他穿着低级士卒的服装，受一名燧长差遣，原本卑微至极，然身形气韵比领兵大将还要开阔潇洒。张汤行走朝堂，交游天下顶级的文人武士、风流贤达，可谓阅人无数，这般上等人物若瀚海之珠，屈指可数，忍不住啧啧称奇，眷爱非常。

张汤越看越喜，若有所思，拉着马缰，居高临下喝道："田甲，醒醒。"

此时田甲弃马，换了一种出行方式，他一个人占据了两匹骆驼，骆驼之间张了一面巨网，供他蜷卧。网眼上挂满美酒、瓜果和水囊，骑士前后左右护卫，防止骆驼惊走，伤到金主——朝廷规定，商人不得骑马，但并不影响田甲享用更金贵的骡子、骆驼。他睡得酣熟，风沙又大，哪里听得见？张汤向一名士兵讨来水囊，拔掉木塞，迎面倾倒。冰凉的清水凌空洒落，田甲受水所激，骤然惊醒，手脚乱动，叫道："下雨啦！下雨啦！快接水卖钱啊！"

待看清是堂堂廷尉在使坏，他抹净面皮，气愤地抗议道："你贵为九卿，却举止轻浮，令人齿冷。若你的政敌参你一本，说你行止失仪，你这官还想不想做了？"

张汤丢还水囊，笑骂道："本该用尿浇你的，我慈悲，改作水，你磕头谢恩吧。"

随从听了哄然大笑。张汤侧眼看去，唯独那名黑面骑士不受干扰，依然一副无所知闻的样子。

田甲道："你吵醒我，又请我办啥大事？"

张汤盯着黑面骑士道："你说对了。我这次北上西行，除了审查前将军自杀一案，还奉了一道密旨，真的要办一件大事。"

左右听到"密旨"两字，不敢耽搁，各自散去。牵骆驼的放长绳索，保持在十步之外。田甲好奇起，扒拉着网兜，伸长了脖颈，急切问道："什么密旨？快讲，快讲！"

张汤道："你一个江湖浪人，有甚资格与闻庙堂的机密啊？"

田甲怒道："我又没给你上刑逼你讲，是你嘴痒自己说出来的。我不问了，你吞皮囊里憋死自己吧。"

张汤正色道："当今天子御极之前，大汉王朝面临着四大危机，匈奴犯边、勋贵弄权、诸侯坐大、豪强横行，这些问题不解决，不知何时，大汉就会像大秦一样暴亡。"

田甲道："天子生逢其时，堪当其任，他做得不错。无论拜宗庙叙功，还是登泰山奏报太一天神，都能交一份满分试卷，拿一个好成绩。"

张汤道："任重道远，不过开了头而已。尤其这个勋贵弄权，牵涉之人非亲即故，亲手剔除自己身上的腐肉，谈何容易？至今腹心之处还在隐隐作痛。要彻底完成背负的历史使命，他还缺一把刀。"

田甲奇道："满朝僚佐、郡县百官、三军将士皆为其所用，他要剑有剑，要盾有盾，要矛有矛……怎么，还差一把刀？"

"不然。"张汤道，"天下大小事务，有的冠冕堂皇，有的阴诡险峻，不同的事，有不同的症结，用不同的工具。你说的这些，都是堂堂之阵，摆在明面上的。"

田甲两眼放光："他需要能够穿行于不见天日之处的暗器吗？"

张汤捋须颔首:"对。"

田甲道:"组建一个仅仅听命于天子的隐秘组织?"

张汤道:"是啊。你想想,如果现在就有这样一把利器,手持节杖和虎符,四处巡视督察,发现不法问题可代天子行事,当机立断,威震州郡,我还用千里迢迢出来吃苦吗?"

田甲一听,兴致愈浓:"兵法曰,以正合,以奇胜。历来的行政,以正为主,以奇为辅,大有裨益。"

张汤道:"这个组织的人,必须极其忠诚,极其精干,极其隐秘。核心成员五六人,配属书吏和杂役数十人。"

田甲道:"我猜得不错的话,他让你物色鹰犬。有甚标准?"

张汤道:"犯官闲吏、骄兵悍将、罪犯囚徒、江湖异士、市井流氓、外邦异族、男女老幼,一概不论,有用即可。"

田甲笑道:"如此不问身份,不讲出处,形形色色,良莠不分,最终的结果,只有一种可能,就是……"说到此处,他故意停顿不言,眯起眼睛,卖弄关子。

张汤道:"就是?"

田甲道:"他将得到一个全天下最精密的组织,他将掌握一把全天下最锋利的快刀。"

张汤颔首微笑:"值得期待。"说完目光一暗,陷入深沉的忧虑之中——真的组建了这样一个团队,会不会削弱廷尉府的权力呢?管不了那么多了,天子言,明年让我从九卿进位三公,做御史大夫。司法的事,没必要考虑得如此久远。

田甲不知他的心思转了比黄河还曲折的几个弯,继续沿着刚才的话题问道:"你有合适的人选吗?"

张汤的目光不怀好意地熨烫在田甲的肥脸上,定定地看了片刻,看得田甲毛骨悚然、手脚冰凉。随即,他鸟网一般的目光缓缓移动,罩向黑面武士,眼神深邃而锋利,幽幽道:"我找到两个人。"

祁连山东侧的乌鞘岭，东望陇东，西逐河西，历来为兵家必争之地。此处水草丰茂，朝廷专门选派官吏饲养军马，供给军用。

一行旅人经过数百里人烟稀少的荒原来到山下，人马疲惫不堪。张汤下马，躲到一座背风的沙丘后，席地而坐。他招手喊田甲过来，从贴身处掏出一张绢帛按在地上，抓几块褐色的石块压着，原来是一幅半尺见方的地图："我打算歇息两天再往前走。"

田甲蹙眉道："据我所知，方圆三十里内没有像样的市镇，难道设营露宿吗？到了夜间，风雨一来，苦不堪言啊！还不如……"

"你往西北走三里，到祁连山南麓，折转向正南，穿过一片草场，跨过一条封冻的溪流……"张汤搓搓手，摩擦出几丝暖意，僵硬的手指在图上缓缓划动，落到一个红点上，"这里新设了一个军屯，军队已经移防了，但黔首来了，商贸繁荣、物资丰沛，足可保障我们。"

田甲一脸疑惑，奇道："这块地方你竟然比我还熟？图哪儿来的？"说着伸手去抢。

张汤早有防备，一把收了图，小心翼翼地折叠藏到怀里，得意地笑道："临行前骠骑将军同我密商一夜，亲手相送，这可是当今天下最详尽精密的舆图，一村一寨一道一堡，纤毫毕现、真山真水，据图筹策，一览无遗——对了，据说宫廷的密探才会使用。"

田甲道："整个河西地图，他都给你啦？恐怕拿十匹骆驼也驮不下吧？"

张汤道："怎么可能？我仅得一张，描绘此地三十里内的风物。"

田甲疑惑道："这里有何奇异之处，以至于将军专门赠图于你？"

张汤的食指绕着拇指一圈圈揉搓，诡秘地道："他未说原因，只是提醒我，找山下的镇子补充一些物资、吃一顿饱饭，然后进山拜访一位故人。"

"故人？"田甲耐不得烦，最怕猜度人的心事，听了这话，感觉朔风切割脑袋一般隐隐生疼，哼了一声，打马先行。

按照规定，奉旨公干，一路上官方设置的亭、邮、驿、传、置，以及军队系统的烽燧、亭鄣，都可凭借符传获取饮食。不过，廷尉的侍从队伍过于庞大，不是每个场所都负担得起的，即使紧急备办也须时日，与其进去空等挨饿，徒生烦恼，不如自我保障。

依据张汤说的路线，田甲果然寻到一个名叫汉军亭的小镇——到了花钱的地方，他一下如鱼得水，当即摆出一副慷慨大度的模样，颐指气使，包了三四个店铺，准备了麦饭、豆饭、韭菜、芥菜、葵和浊酒，待张汤来到，东向坐了，便热热闹闹地开起席来。

田甲不知，这个镇地下三尺深处草草埋着八千亡魂，为压住邪祟，设军寨以镇之。后来军队西移，防备边事，人虽走了，营寨还在，附近山民和胡汉客商贪图方便，聚集其间。去年太行山以东发大水，天子派遣使者开郡县府库救济，财货不够赈灾，于是徙贫民七十万至乌孙故地，今年继续移民充实昆邪、休屠两部留下的空间。此亭补得百姓一千一百三十一口，日渐造出一个繁荣的市镇。

朝廷九卿之一的廷尉亲临，消息顷刻传遍山野。边镇太小，没有官，仅有一名亭啬夫王尊、一名马卒赵良，带着一腔杀好洗净的羊赶来相见。张汤热情相邀，请两人左右作陪。两名皂衣小吏诚惶诚恐，北向坐了，席间过于谦恭紧张，汤水洒了一地。

"若非两位，我等岂得肉吃？"边镇苦寒，肉是稀缺之物，喝了一口热腾腾的羊肉汤，张汤舒舒服服地吁了一口气。

王、赵小心逢迎，殷勤伺候，身形谦卑，话语谨慎，希望给廷尉留下良好的印象。

宴席将终，张汤似乎不经意地问道："奉使君住在镇上吗？"

王尊道："回禀廷尉，奉使君不住镇上的房屋，住祁连山的帐篷。"

"方圆五百里，他可是最大的官，还有朝廷钦封的爵位，连酒泉太守见了他都要行礼。陛下有意增设三郡，以凉州刺史部统领。我看哪，即使四郡之长官，见了他也要问安。"张汤笑道，"奉使君身份贵重，不忘根本，自苦如此，令人敬佩啊！"

赵良道："奉使君言，养马之人，必须像马一样，食山岭，居草场,不可贪图享受,与马离心离德。"

张汤听了击节赞赏,投箸桌上,站起身来振作衣冠,回顾赵良温声道:"他吃得苦,我也不喜欢享福。劳烦贤弟带我进山,当面请教。"

让朝廷一等贵官称一声贤弟,赵良欢喜得满面通红,自此可在外人面前说我廷尉兄长如何如何了。他两腿一软,差点跪倒,颤声应道:"诺。"

张汤哈哈大笑,笑声里暗藏着几点不易察觉的颤音。

"我无以为报,赠几个小钱襄助公用,略表寸心。"

张汤轻轻挥手,田甲取出两枚圆形的银币递将过去。两人一看,不禁眉开眼笑,装模作样推辞一阵,急忙伸手抢过,紧紧攥着。年初刘彻实行任期以来第三次币制改革,使用白金,银币自此诞生。币面分三等,圆形的龙币值三千钱,方形的马币值五百钱,椭圆形的龟币值三百钱,币面印着精美的图案。钱币铸造甚少,仅仅流通于三辅地区,祁连山漫长的荒凉之地一向闻说其名不见其形。

刹那间一人得了一枚上等龙币,凭空收入三千钱,好似金山砸到面前一般[1],怎不让人欣喜若狂?

黑面骑士坐着饮茶,茶盏触碰到唇角,余光看着王尊、赵良,面上浮现浅浅的冷笑。

一行人正欲出店,一名县衙贼曹史、一名边军候长带人一拥而入,把张汤等人逆推回来。求盗、士兵占据席位,言语粗鲁,拍着桌子呼喊店家上酒上菜。数目众多的捕盗之人聚集一个小镇,左近肯定发生了大事,又或重要的罪犯流窜到此,总之,并非吉兆。

田甲见周围过于喧闹,建议张汤不必逗留,先去办事。张汤颔首同意,附耳低声说了一句。田甲满面狐疑,目光穿过人群,去看那名

---

[1] 当时,各边郡都尉麾下辖百里、领属吏二十一人的候官,月俸不足三千钱;其副官塞尉,不过两千钱;至于一线驻防的候长、守烽燧的资深燧长,一个月拿到手的,仅仅一千六百钱、九百钱。有的燧长职级低微,带兵两三人,月薪区区六百钱,糊口都不够。

黑面武士，迟疑道："明白了。"

安排妥当，田甲翻检辎重车上一口木箱的箱底，拿出一袭貂裘披在张汤身上，张汤犹豫片刻，刚要脱下，又想到什么，不再拒绝，裹紧身躯闯入漫天飞雪、苍茫天地。

田甲伸着食指一一指点，随机选了十名侍卫，包括黑面武士。每名军人各带兵器和水粮，骑马轻装出镇，踏雪上山。

市镇各处挂了数块木板，抄录了来自长安的《缉捕告令》："令河西诸郡县守令并都尉，捕逃犯朱……严以防范，勤巡各处隘口，不得有误。"

风雪甚大，赶路要紧，众人不及细看。

身后王尊喊道："廷尉，最近盗贼出没，务必小心。"他枯坐片刻，趁人不备绕至后门，脚步匆匆往西去了。

山中白雪皑皑，好似倒满面粉的仓库，仅仅露出些许灰色的树木。过去若非老猎手，贸然闯入必定迷路。半个月前，在奉使君的主持下，调拨民夫修筑了一条供战马通行的便道，每隔五十步插一块路牌，定期清理，进山的路才显露痕迹。众人行了两三里，遍体生寒，双手拿不住缰绳，这个时候若出现紧急情况，根本无法使用兵器抵御。

田甲一向话多，忍不住心事，正要张嘴说话，口里喷出一团浓雾，不由吓了一跳。许久，他才开口道："养马，奉使君为甚选择这样一个苦寒之地？"

赵良道："他还嫌不够冷。漠北的冷，田公感受过吗？那才是彻骨的冷，教人绝望的冷。这些马都是要拉到比漠北更北的荒凉之地对匈奴作战的，提前适应才可用于战阵。"

九霄之上砸下来数声凄厉的嘶鸣，三只大雕张着羽翼，缓缓掠过头顶。前方道路上，现出几个影影绰绰的黑点，越来越近，勉强看清是一些动物。雪雾里，这些畜生眼中凶光凌厉，毛发如钢。侍卫用手掌挡住眼前的雪花，七嘴八舌议论："好多猎狗啊！这样的冷天，竟然还有人外出打猎，佩服佩服。"

田甲一看，差点从马上惊得掉下来，伸手去抢弓箭，哪里拿得出，全部掉落马下。他又去拔刀，刀也握不住，不禁手指前方，颤声道："狼，狼……"

侍卫大惊，乱摸身上，兵器掉了一地，十分狼狈。马闻到上风方向刮来的狼的腥味，顷刻惊溃，有的蹒跚跑开，有的当即瘫倒，将士从马上掉落一半还多。黑面骑士取下脖颈上的黑布蒙住马眼，轻吁一声，勒紧缰绳，立在张汤身前七步处，稳稳地守住岗位。田甲大着胆子捡起一把刀，双手捧着挪到黑面骑士和张汤中间。

张汤苦笑道："就凭你，挡得住狼群？"

"田公，没事，没事。"赵良毫不惊慌，指着林间曲折的小道殷勤道，"廷尉，你看那是甚？"

张汤睁开迷蒙的双眼，穿过雪雾，但见树林里闪烁着一粒星火，一个妙龄女孩骑在一匹火红的神驹上，由群狼簇拥着慢慢走来。那女孩十八九岁，身材娇小，身形矫健，鼻梁俊挺，眼如碧玉，散发着不同于中土人士的异域风情。她戴着羊毛编织的毡帽，脸上涂着油脂，穿着麻葛制成的布衣，腰间扎着藤条，手腕上套着花环，东看看西看看，嘴里嘀嘀咕咕，不知说些什么。

顷刻间，狼群逼近，大张血口和利齿，喷溅热气，骄傲地扫视人类。头狼率先经过黑面骑士旁边，他手握刀把，神色好似千年冰川，既安静又冷酷。人和狼目光对视，眼睑长时间撑开，没有一个眨眼。雪落无声，时间无痕，不知过了多久，野性的头狼半闭眉目，垂下头颅，尾巴略微下垂，绕了一个浅浅的弧形，认输走掉。

女孩饶有兴趣地盯着黑面骑士浅浅一笑，两匹马擦肩而过。女孩与狼群靠近张汤的外围，众侍卫心胆皆裂，瑟瑟发抖，又有兵器掉落。

赵良满面放光，长揖行礼，客客气气道："倚华小娘，打猎去吗？"

女孩左手一抖，像凌空炸了一个爆竹，皮鞭打落赵良的裘帽，叱道："我跟你很熟吗？"

赵良改口赔笑道："沮渠姬尊贵，小人哪里高攀得起？我对你很熟，你对我不熟。"

女孩道："既然没有交情，为何这样亲密地叫我？"

赵良脸一黑，怏怏道："沮渠姬，我错了，以后我连名带姓称呼你。"

女孩哼了一声，带着令人恐惧的恶狼军团穿过林子远远去了。侍卫们捡起兵刃，搜寻马匹，重新聚拢，皆羞愧不已，低垂着头不敢与张汤的目光相触。

张汤感慨道："此女好生英武。"

赵良道："她叫沮渠倚华，住在祁连山的悬崖上。"

田甲心有余悸，气恨恨地道："山野村姑，没礼貌，缺家教。"

赵良道："田公说对了。这个女孩无父无母，孑然一身，独来独往，据说是吃狼奶长大的。五年前，下走初到此地，那时尚无汉军亭，仅有一些客商临时聚散的营地。她骑着一匹苍狼，牵着一匹黑狼，狼背上驮着一头豹子，寻人售卖，换一些日用品。当时我惊吓过度，直接从马上倒撞下来。你看，额头上还有半寸长的疤。"

众人想象当时的情景，都感到骇人。

田甲两眼掠过缕缕亮光，急切问道："大月氏人？"

赵良道："不，她自称乌孙人。这块土地原本是西戎的领地，乌孙赶走了西戎，大月氏赶走了乌孙，匈奴赶走了大月氏，我们汉人赶走了匈奴。数百年间，来来去去，主人换过好几批啦。"

张汤傲然道："我们来了，就不会走了，这里，将永远是我大汉的疆土。"

田甲道："天有不测风云，人事每多变迁，任重道远，道阻且长，这可不敢保证。"

赵良讪笑道："见到沮渠倚华，奉使君也就不远了。"

田甲奇道："沮渠倚华和奉使君有何关系？"

"似不相干。"赵良道，"不过，奉使君似乎对她颇为眷恋，小娘去哪儿，奉使君跟到哪儿。我曾受奉使君差遣当道送礼，可惜，她放狼咬我……"他为了取悦甘夫，私自送钱物给沮渠倚华，差点丢了性命，至今提起心肝还会颤抖。

众人暗自窃笑，都往男女情事方面去想——甘夫经过十数年的辛苦得了功名，不在长安享福，非得置身荒郊野岭苦度时光，与其说为了公事，不如说为了私情吧。不过，他一把年纪，追求的对象未免年轻了些。

又行了半个时辰，山路更为曲折险峻，路牌埋于积雪，偶尔露出斑斑边角。众人牵马缓行，来到一处稍微平坦的林地，看看已到申时便停驻下来，埋锅造饭，费了半晌工夫，才用燧石点上火。一名士兵搓温两手，拔出佩刀，砍向一棵半丈高的小树，准备用作燃料。张汤道："住手。诏书、府书曰，吏民毋得伐树木。"

此人迂腐到了变态的地步，莫非三公九卿皆如此？侍卫愕然，用眼神向上司燧长求助。燧长无奈，环顾四周，手指一棵枯朽的大树："伐。"

士兵应诺，走到树前站定身姿，两手握紧刀把挥刀便砍。不承想树洞内蛰伏着一窝胡蜂，受到惊吓一下炸了，蜂拥而出，到处蜇人。内地此时蜂巢早空，谁知这深山老林里众生顽强，还有活蜂。

田甲脱下袍服盖住自己和张汤，不停蹬蹭雪地，在侍卫帮助下弄出一个能容两人的雪坑。侍卫们一边遮蔽一边击打，忙乱许久才清除胡蜂，十三人出了七个猪头，疼得泪水涟涟，其中三个被蜂毒攻心，已经昏死，整个营地一片狼藉。田甲观察一阵，估算着安全了，扯掉长袍，扶起张汤在树下坐了。士兵煮好热水，候长送到张汤手上。

风波看似止歇，谁知还有后手。突然，树洞里射出两枚黑点，两只残存的胡蜂径直朝张汤飞去，绕着面目贴身鸣叫，看样子即刻便要发起攻击。山林一时沉寂，大家都呆住了。

护卫们从军多年，即使陷入匈奴的重围，也能依靠勇气死里求生撑到今天。但是，看到这两只胡蜂，他们预感到，这才是有生以来遇到的最大危机——让这些小昆虫蜇一下，不是小事。蜇死了算谁的？蜇得满面肿胀，廷尉颜面何存？难道要像乌孙人一样用面巾遮住脸吗？

河西收归大汉以来，代天子巡视的最高级别文官就是廷尉张汤。以这样的形象见奉使君，见酒泉太守，见河西民众，岂不是斯文扫地、贻笑大方？损了重臣威仪，害的是朝廷颜面，引起民众的轻视。如此丢脸的事一旦传到长安，肯定受到弹劾，说廷尉失仪，天子追究下来，少不得罚俸减官。廷尉成了笑柄，骠骑将军会轻饶护卫的军人吗？

两只微不足道的胡蜂，就将摧毁一个重臣的尊严，害死无数条人命。虫豸不懂人事的复杂多变，其间的干系，它们是根本想象不到的。

张汤捧着一盏热水凑在面前七寸处，右手僵直。他不能跑，不敢跑，跑不掉。这件事太荒唐了，完全出乎他的意料。他唇齿生涩，喉咙干燥，绝望至极。

命运的拐点出现了，胡蜂果然没有辜负上天的眷顾，完美地把握住时机。它们各自散开，一个在左一个在右，摇摇摆摆，行踪不定，盘旋着倒转身躯，尾部对准张汤的面目，一声令人毛骨悚然的蜂鸣，攻击。张汤认命了，闭紧双眼，等待羞辱降临。

电光石火之间，一道黑光急速掠过，斩落一只毒蜂。黑面骑士出手了。黑炭长刀切入蜂身，锋刃上划过一滴火星，一闪而灭。他刀速之快，几乎媲美闪电。那些饱经战阵的军人皆为识货之人，一个个呆滞一刻，随即爆发出热烈的喝彩，声浪之大，以至于树梢上的积雪纷纷坠落。

但他仅仅解决了一半问题，另一只胡蜂处在刀锋不及的一侧，威胁依然迫在眉睫。

几乎就在长刀出鞘的同时,一声尖利的脆响划过,一支羽箭呼啸着穿过密不透风的树林,画出一道长长的圆弧,绕过张汤手上的水杯,菱形的箭头急速旋转,击碎胡蜂,贴着他的鼻尖直直没入五步开外的苍松,箭身全部消失,仅尾羽微微震颤。

初步估计,射手处在五十步外,锋利的目力、精湛的箭法赢得了军人的齐声喝彩。[1]瞬息之间,一刀一箭神威乍现,他们欣赏到天底下顶级的武艺,实在不虚此行。

大家满脸仰慕与期待,望向林木深处。一位五十多岁的壮士阔步而出,他身材矮而粗壮,头大而圆,阔脸,高颧骨,宽鼻翼,厚眉,杏眼,胡须浓密,下巴留着一撮硬须,长长的耳垂穿孔,佩戴生铁耳环,头顶留着一束头发,其余全部剃光。他脚蹬皮鞋,肩披毛皮围巾,身穿长至小腿的两边开衩的宽松长袍,腰带两端垂在身前。他一手持弯刀,一手拿长弓,腰上系箭袋,垂于左腿之前,箭筒横吊背部,箭头朝着右边。

张汤凛然,但觉似曾相识,食指和拇指一起颤抖。突然他想起,这样的面貌,在漠北大战凯旋南归的汉军队列里见过。当时,他们已变作一颗颗血淋淋的首级,装满数百辆双辕大车。

与匈奴血战经年的军人毛发直竖,同时示警,叫道:"匈奴人!"他们立即应变,摆出战斗队形,占据防守与攻击的位置。

这人朗声笑道:"你们没有看错,我就是匈奴人。"他的口音十分奇异,节奏曲折,绵软悠长,好像混合了天下的曲调,形成一种别样的韵味。唯有走南闯北、游历四方的人,音调才会如此复杂。

张汤抖落雪花,屈身长揖,朗声笑道:"奉使君,久仰大名,今幸得见。"

---

[1] 汉军每年举行秋射,既是考核,也是竞技、娱乐。将士们每人发矢十二,以中六矢为标准。过六矢,则每矢赐劳十五日。劳不是体力劳动,而是计算服役功勋的单位。大约四年的劳可积累成一功,功达到一定程度就能论功升迁了。若这名射手参加秋射,全部上靶,一次积劳九十日,完全没有问题。

甘夫，匈奴人，擅长骑射，精通各国语言，曾被汉军俘虏，赏赐给堂邑侯陈午做家奴，因此也被称作堂邑父。

建元三年，他随张骞出使西域。西行路上艰险困苦，他凭借精湛的箭术猎取禽兽给使团充饥，两次被匈奴俘获，赤心不改，帮助张骞脱离险境，完成使命。

十三年后，张骞带着匈奴妻子元解忧和甘夫回到阔别许久的长安。当年声势浩大的百人探险队，像一柄铁锥凿穿西域后，剥落损毁，散落凋零，仅二人生还。

甘夫这位忠诚干练的助手、卫士、向导和翻译官，因其卓越的服务天下知名。如果没有甘夫的帮助，张骞极有可能命殒高山荒漠，对于汉朝人而言，河西以西的世界，还是一片空白。

元朔三年，刘彻封甘夫为奉使君，甘夫就此从官方的记载里消失。据说，他遁走河西，替朝廷巡视各处马场。[1]他和一般的马官不一

---

[1] 马是军队作战的重要工具和装备，骑兵是最具战斗力的兵种之一。马者，甲兵之本，国之大用。汉朝开国之初，皇室仅有厩马百余匹，民间马匹稀缺，难以编制一支强有力的骑兵，无法抵抗匈奴的入侵。为此，西汉王朝致力于马政建设，大力发展养马事业，建立了一整套马匹牧养和管理的严格制度。高祖时，丞相萧何作《律九章》，制定养马的法律。吕后时，明令禁止马匹外流，防止军资遗敌。文帝时，因养马费粮，一度限制马匹发展，晁错立即谏止，文帝接受他的建议，鼓励民间养马。景帝时，卫绾建议，马高五尺九寸以上，齿未平，不得出关。朝廷扩大边境游牧地区军马牧场的规模，军马养殖成为一项国家大政。

太仆位列九卿，是国家掌管车马的最高机关。边郡增设六牧师苑令，每令之下，设三丞为辅助。郡县设有主持马政的官吏，称马丞，诸侯国设仆官，下领厩长及厩丞，负责马政。这些机构平时保障传驿系统，战时则向军队提供战马。京师近郊分布着官马场，天子六厩专供皇室专用。边郡设六牧，领三十六个马场，分布在天水、陇西、安定、北地、西河、上郡。

汉初的马政制度虽然还不甚完备，但它为西汉王朝的进取创造了必要的条件。刘彻的士兵夺得河西天然马场，大汉具备了组建大规模骑兵集团、对敌匈奴的本钱和底气。尤其值得关注的是，中央的一些部门如廷尉府，也辖制牧场。

样,不仅是巡查和考评,而是出没草场,亲自养马,培养弟子,襄助马政。

作为廷尉的张汤,也须署理马政。客观地说,对这项工作,他三分懈怠、七分敷衍,仅仅派出两个属官到马场走走形式。自己不愿做、做不好的事,另一个人却认真刻苦地去做,而且做出显著的业绩,他在汗颜的同时深感敬佩。

甘夫委婉地表示,他的营地时常办一些隐秘的事,不宜为外人所知。张汤客随主便,令同行的侍卫隔着两道山箐远远等待。

他选黑面武士作为侍从,与田甲一起穿过莽林,来到甘夫设在深山的帐篷内,分宾主落座,简单作了介绍。天地冷寂,客人恨不得烧了帷帐取暖。朔风卷起帘子,依稀看见白雪皑皑的山岭上,一座奇峰突兀耸起,高逾十丈,山壁垂直,光滑如镜,山巅孤独地矗立着一栋石屋,门前晒着一些女孩子的换洗衣物。张汤和田甲会心一笑。

营地里,一群人忙忙碌碌,在林间燃起篝火,炙烤野味,熬煮山珍,不久热热闹闹开起宴席来。甘夫这些部属共计十余人,年龄大小不一,身材有胖有瘦,无一例外,相貌平平,和山下的村民几乎没有区别。不过,田甲隐隐感觉,这些人中的一部分绝对不是养马的马奴,更不是伺候人的仆役。

甘夫亲自动手,煎煮香茶,奉上肉食,斟满烈酒,与张汤、田甲大快朵颐。黑面武士立于二人身后,甘夫看了他的面相身形,瞩目黑炭长刀,神色有些诧异。他从柜内取了一个茶盏,倒入茶汁,捧到黑面武士面前:"这位弟兄,满饮一盏。"

黑面武士躬身致谢,捧起热茶一饮而尽,双手还了茶盏,随即恢复身姿,再度肃立。

宾主之间讲了几句客套话,张汤估算着来往的路途,担心天黑凶险,不敢耽搁太久,直接道:"这次叨扰奉使君,不为马政,为一件事,前军向导。"

田甲乍然一听,暗自心惊——原来,廷尉进山不是替骠骑将军探望故人，而是查案来了。甘夫与向导一事有何关联呢？

甘夫似乎早有准备，神色平静，从容道："无庸夫人？这个人，是我举荐到大将军幕府的。"

奉使君的情报果然神速，他已然洞察到前军中发生的事情，洞悉了张汤的来意。

听了这话，田甲豁然开朗，弄清楚了此次探访的目的，看来，骠骑将军已经获得一些线索，提供给廷尉使用。田甲道："我听说，他并未列入军籍。"

甘夫道："兵者，国之大事。组织一支军队、发动一场战争，需要耗费大量的人力、物力和财力，准备数年、十数年，甚至一个时代。有时，一支军队的成败、一次战斗的输赢足可动摇国本，影响国运。因此，从庙堂到军旅无一人敢怠慢。异域行军，除了将领、兵士、战马、粮秣、武器这些重要的因素，还要遴选一个好向导。向导好比眼睛，不但要懂得天文地理、山川形胜、列国风俗、语言文字，更要忠心耿耿，矢志不渝。这样的人，可遇而不可求，遍寻天下，实在屈指可数啊！"

张汤感慨道："奉使君你这样的人物，哪里寻得到第二个？"

甘夫道："这些年，除去马政外，朝廷委派我负责向导和译传事务——当然，事涉机密，这个任命是保密的。我根据天子的意图及主将的需求，从官宦世家与出身清白的民家遴选优等的子弟，经过严格筛选后仔细调教。天文地理、星象水利、作图看图、侦察捕俘、寻水生火、防寒避暑……计一百三十科目，三年学艺，考成合格，这才送到军队做一名普通的军士。操作兵器、骑马射箭、出操站哨、造饭行军……又过三年，一个青涩的少年，血性的青年，消磨到淡薄的程度，人近中年了，才有备选的资格。但他还不算正规的向导，需编入后备营，排队待命。在这期间，不得犯饮酒、聚赌、妄语的过错，不得与军人产生不必要的交往，不得接触外人，一年仅能与家人通信一次。纪律森严，非常人可以承受。当然，待遇丰厚，等同候长，大军一旦获胜，得到的赏赐惠及子孙，泽被家族，十分诱人。这个无庸夫人，今年五十岁，从军已经四年，一直没有获得正式向导的身份，没有执行过一次任务。这样的人，我有一个底单，东西两路大军十六个，其中李广的前军三个。我不知为甚，前将军偏偏选中他。"

田甲道："这样的选择，或许是随机的。"

甘夫道："不是。向导失职迷路的事件多次发生，将领因此丢失官职和爵位的不在少数，向导举族诛灭的惨剧数次上演，殷鉴不远啊，任何人都不敢在这个问题上敷衍。"

张汤道："正如奉使君所言，一些狱事交由廷尉府办，该杀的人，也是廷尉府杀。我还算了解一个大概。"

"既然廷尉主持过断狱一事，下走就不班门弄斧了。"甘夫道，"我们都知道，向导的选拔、训练和使用，是当今一等重要的大事。大漠辽阔荒凉，草原无边无际，寻找目标似大海捞针，没有合格称职的向导，满朝的将军即使一个人长三颗脑袋都不够砍的。"

张汤道："劳烦奉使君介绍一下这个向导的基本情况。"

"其人出身清白，为人勤勉，下走认为没有问题。但是，形势在变，人心叵测，人不可能一成不变。这些年发生了什么，我不敢猜测。"甘夫说着从榻下取出一个竹箧，打开铜锁，抽出最上面一本薄薄的卷宗递给张汤，"无庸夫人的全套资料。"

张汤一凛，面上故作深沉，从容接过，打开内页粗略一看，暗自点头——他作为主理司法的官吏，最讲究文书规范、案牍详备，看这些记录极其精细具体，甚至连祖上五代的来历去处都讲得清清楚楚，其人身上的疤痕印迹都说得明明白白，可见甘夫办事，真的是稳妥周全。这样一个人，追随张骞创下旷世奇功，实在理所当然。

张汤合上卷宗，食指轻轻点击："我闻说无庸夫人举族住在酒泉，大小一百二十一口。想不到，奉使君的资料更为详尽，连这些亲属的画像、特征、经历都做过记述。"

甘夫道："不是一百二十一口，是一百二十二口，有个女眷怀孕了。"说着,喟然长叹,面上颇为不忍。

"廷尉亲自出来办差,远行千里,还是第一次,可见这件狱事的重大程度。"田甲道,"这些人,按图索骥,都逃不过一刀。奉使君,你心疼了吗?"

甘夫道:"活生生的人命一条不留,田公,你不心疼?"

田甲道:"谁来心疼李广?"

甘夫道:"廷尉明察秋毫,不会放过一个坏人,也不会冤枉一个好人。若证明无庸夫人无罪,善莫大焉。"

田甲冷峻地道:"有罪无罪,不是奉使君和廷尉说了算,甚至不是当事人说了算。"

他这句话意味深长,宾主听了个明白,不禁低眉叹息。三人举杯,对饮一盏。

张汤道:"我一定秉公断狱,绝不徇私。"

说了一些闲话,因帐篷狭小,天气寒彻,不便留宿,张汤脱下貂裘大衣放在榻上,起身辞行。甘夫送到帐外半里处,双方行礼作别。田甲回首去看,见树影后羊粪一样撒下十几粒黑点,不禁肃然——这些秘密受训的"普通人",正如当年的无庸夫人,前程如何,实不可知。

风雪愈大,无法骑马,三人牵马而行。往原路走了一里多,身后响起一阵咯吱咯吱的脚步声,回头一看,甘夫大步赶上,与张汤相距甚近,躬身行礼,低声恳求道:"廷尉,下走有一件私事,还请成全。"

张汤虽然感到诧异,面色却依旧平静,温声道:"奉使君不必拘礼,请讲。"

甘夫手指山巅青石搭成的屋宇,口齿生涩地道:"我有一位故人,自小生长在山野,仅仅去过一次长安远郊,如今年岁渐长,还像野人一样,茹毛饮血,与禽兽为伴。长此以往,这可怎么得了……她精通各国语言,通晓诸族风俗,或能为廷尉分忧。"

田甲在一旁偷听,幽幽笑道:"你担心她嫁不掉?"

甘夫脸一红，竟然有些羞涩："是。"

张汤长叹一声，推心置腹沉声道："山外繁华，京城更是与众不同，去见见也好。但是，人世比山林凶险百倍，我亦提供不了恶狼、绝壁和石屋庇护她，此去未必安稳。而且，廷尉府替天子施展雷霆，得罪人不少，朝野欲生啖我肉者，比长安城头的杂草还要多。我一向战战兢兢、如履薄冰，时常有朝不保夕之感。你这位故人，愿意与我同行吗？"

甘夫道："我说了不算，廷尉屈尊降贵前去邀请，她可能也不给颜面。但是，有一个人，可说动她。"

田甲道："难道是我？"

甘夫尴尬又不失礼貌地赔田甲一笑。

张汤道："什么奇人，有如此魅力？"

甘夫道："这个人手上掌握着一部大书，分三卷，《地形图》《城邑图》和《驻军图》，详细标注天下形胜、名城重镇、险要关隘。据说，用的是梵文，我即使得到，也看不懂。我这位故人天性奇特，钻研百科，尤其喜爱图书典籍，对此仰慕不已，极其渴望一观。如果这个人来请，准她研习图册，人随图走，无论带她到哪里，她都不会拒绝。"

张汤听了，心血一下热烈起来。要知道，在这个时代治民理政、防守反击、行军作战、开疆拓土都少不了地图，而绘制地图非一人之力、一代之功，如果这个人真能做出这样一部图册，朝廷拿一个侯爵交换也算大占便宜。

田甲道："这位名士身在何处，尊姓大名？"

甘夫道："酒泉郡，尹鹏颜。"

张汤等人同侍卫会合原路出山，风雪暂时停了，天地一片沉静，众人见道路稍微和缓，上得马来，小心翼翼踏雪缓行。一路上，张汤回味着甘夫的每一句话，咀嚼着"尹鹏颜"三个字。他心间一动，勒马不前，等到那名黑面骑士，与他并辔齐驱，一起走了十里。

朝廷一品贵官与其他骑士接近，好似泰山临于头顶，虎狼现于榻侧，这些军人的身形言语都不自然，有些慌乱、有些急迫、有些做作。偏偏这个人，从头到尾保持一个姿势，连眉目、呼吸都没有改变，还是从容不迫、气定神闲的样子。经过这样严格的考验，张汤对他的好感又增了几分，咳嗽两声，侧身抱拳温声道："敢问先生高姓大名？"

黑面骑士放下缰绳，端端正正回予军礼："下走暴胜之。"

这个名字闻所未闻，张汤猜测可能报的假名，却不说破，笑问道："先生贵庚？"

暴胜之道："二十八岁。"

张汤捋须蹙眉，沉吟片刻，出于职业本能，他详尽研看过随行军人的《吏卒名籍》《吏卒廪名籍》《吏俸赋名籍》，知道他们中的一些人获得任命，将出任边军军官，"暴胜之"三字不在吏的序列中，而在卒的册簿上。他狐疑又惋惜地道："以先生的器宇来看极其显贵，为何将近而立之年，连区区一个燧长也没有做上？"

燧长，最低级的军官，管理烽火台，属候长，率卒三至三十名。

暴胜之道："下走从军时间晚，漠北大战前才奉召入的军旅。"

张汤道："原来如此。此次大战将士皆得功勋，先生有功劳上达天听吗？"

暴胜之道："未立寸功。"

张汤道："可惜可惜。骠骑将军突击两千里，封狼居胥，此等旷世功业竟然没有先生的份儿，实在令人扼腕。"

暴胜之道："因此，骠骑将军令下走侍从廷尉西行，赚些苦劳，挣一份前途。"

张汤道："但愿先生一路顺遂，不辜负骠骑将军的苦心。方才你斩落胡蜂，救我于窘迫，我会向将军说明，替你请功。"

身后传来一阵爆笑声。原来，田甲一直竖着耳朵偷听。张汤怒道:"田甲!"

田甲道:"将士们都是杀敌立功,这位兄弟却是斩蜂立功。廷尉,这件英雄事迹呈报上去,你教朝廷怎么封赏他呢?胡蜂校尉,还是落蜂将军?哈哈哈……笑话,笑话!"

面对这种羞辱,暴胜之神色不变,好似一尊塑像,随着马鞍起伏波浪一般向前移动。

张汤道:"附耳过来。"

田甲满面狐疑,脸贴到张汤唇边,突觉腮部一阵刺痛,不由大叫一声,捂着脸哇哇怪叫,差点掉下马来。原来,张汤生性忌刻,报复心极重,对两只小虫恨意未消,藏了一粒残损的胡蜂,拈捏泄愤,这时听了田甲的话,牵动怒火,趁其不备悄悄摸出来,将蜂针扎在田甲脸上。胡蜂虽死,蜂毒还在,不时田甲半张脸又红又肿,猪肝一样膨胀起来。

众人大感畅快,一路窃笑。随着田甲的脸越来越大,一名士兵终于忍俊不禁,扑哧笑出声来,大家不再强忍,哄然大笑。

马队走出山林,走到一片稍微平整的旷野间。山下与山上完全不同,积雪消融,露出些许沙土和枯草,显得极其凋敝荒凉。前方,一道干涸的溪流横亘西东,布满冰碴,一块破旧的木板上,黑炭混合朱砂,歪歪斜斜写着"汉军亭"三个大字,炊烟自屋顶升起,弥漫整个小镇。热饭、热汤和热炕近在眼前,多么美好啊!即将进镇,张汤驻马不前,眉额深锁,垂目看着鼻梁。

田甲一边揉搓冻僵的双手一边催促:"君信思念何人?走,快走吧,太冷了。"

许久,张汤双眼怒睁,眼眶内长出两把利刀,凶光闪烁,沉声道:"一个山中人。"

田甲见之心寒,壮着胆子轻声问道:"这个女人与甘夫何干?情人吗?他为甚不自己带到长安?"

张汤道:"甘夫有问题。"

田甲道:"我早看出他和这个女人不清不白,定有奸情。"

张汤喃喃道:"调查前军向导无庸夫人一事,仅你我和骠骑将军知道,我们离开漠北的前夜,临时决定到河西来。甘夫,一个僻处山野的人,怎么预知我们的行踪,还提前准备了向导的资料?"

原来,田甲和张汤思考的不是同一个问题。听了张汤的分析,田甲后背一凉,深感恐惧,过了几十个弹指,才接上话头:"甘夫乃当今第一情报高手,他的党羽爪牙遍布天下,替朝廷收集有用的资讯,汇聚于个人的私宅。即使三公九卿,也在监视之列。这是博望侯张骞请准天子给予的特权。广博瞻望,岂是浪得虚名!甘夫综合各种信息得出我们追寻无庸夫人的结论,也在情理之中。"

张汤的食指和拇指紧紧贴紧挤压,颤声道:"两次落入匈奴之手,十数年间滴水不漏,隐瞒住使团真实的意图,保护住正使张骞,这样的本事,简直等同于神仙。他的智慧机变、勇悍冷酷实在不容低估。无论甘夫是什么人,有什么错处,犯下什么重罪,你我都要记住,绝对不能与他为敌。"

田甲道:"我知道,这个案子,查到无庸夫人就必须终止,不能牵涉太多。背后的秘辛肯定极其骇人,背后的力量,一定极其恐怖。"

想到甘夫这样一等一的高手可能卷入狱事,张汤身心寒彻——甘夫故意露出破绽,绝非愚蠢冒失,而是敲山震虎,提醒警示,逼他适可而止。一念及此,张汤脸色煞白,身躯不受控制地抖动了两下。

"好冷的天。"张汤两手相握,夹紧臂膀,掩饰自己的失态。

张骞凿穿西域的团队总计一百多人,这些人陷身北境,如果单于或诸王得知他们联络大月氏夹击匈奴的真实意图,必定不会善罢甘休。但是,这么多人,十几年时间竟然连一句话都没有透出来,没有一条致命的情报钻进匈奴人的耳朵,真是匪夷所思。在这漫长的、险象环生的岁月里,甘夫到底做了什么?或许,甘夫有一种手段,令这些人承担不起背叛的代价。一个能有效挟制百余众的人、能对抗整个匈奴帝国的人，岂是可以随意窥测和冒犯的？

张汤思前想后，保全身家的打算理所当然地占据了上风，打定主意，尽快办好差遣，杀绝无庸家后立即回京，不再纠结此案。至于甘夫托付的事，必须办好。难得甘夫有事相求，恰好卖他一个人情。也算上天垂怜，给张汤从旋涡里挣脱活命的机会。

张汤长长吁了一口气，轻声道："多虑则扰，多思则怠。不想了，走，进镇吃饭睡觉。"

田甲沉声道："诺。"

众骑士扬鞭打马往镇内进发，突然，一名身披麻布、头戴斗笠的赤脚大汉跳下山崖，撞碎"汉军亭"木牌。他扛着一把锈迹斑斑的月形弯刀，风一般疾速奔跑。他的速度实在太快，从身侧一闪而过，没有人看清他的面目。不时，亭内警鼓大作，四面人声鼎沸，涌出许多手持兵刃的求盗、边军，粗略估算多达三百。仔细打量，正是张汤一行上山前拥到镇上的那些人。还有无数民夫，拿着木棍、竹竿、锄头，远远摇旗呐喊，虚张声势。旷野间响彻一片杂乱的喊声："不要走了大盗朱安世！"

当时战争频繁、徭役繁重，壮年男子有的远征打仗，有的承担郡县城垣、道路、桥梁、水利的修造任务，军粮、辎重、货物的输转任务，几乎被扫荡一空，地方很少见到，不知主事的官吏、军吏是如何纠集起数目如此众多的民夫的，可见此次追捕，兹事体大。

军号长鸣，山岭上一队五十余人的汉军骑兵纵马而来，他们面目粗粝，满目风霜，像从土里挖出的陶俑。从这些军人的服色来看，是驻防上郡的精锐边防部队——前上郡太守李广带出来的部队，果然兵味浓郁、野性十足。自从河西归附后，北境压力逐渐减轻，用于防备匈奴的驻防军终于可以集结调动起来，作为机动部队使用了。

王尊远远望见廷尉，满面欢喜，在五六个民夫簇拥下，小步快跑，近身行礼。田甲见他大汗淋漓，好像从热腾腾的炉灶里钻出来一般，甚觉惊奇，问道："啬夫，天冷如此，你还出汗，可是从别处急急赶来的？"

这句无心之言让王尊措手不及，慌乱起来，结结巴巴辩解道："田公说笑了，我一直都没有离开过市镇，众人可作证……都是襄助捕盗，急火攻心，跑得快了些……"

田甲无心听他讲话，眼光早被奔驰的汉军马队吸引过去。指挥围捕行动的军官年纪尚轻，二十岁上下，已是秩六百石、掌管一曲的军候。他瞧见田甲手上夺目的节杖不禁凛然，定睛看清持节的贵官异常吃惊，当即滚鞍下马，急行十数步上前见礼："下走韩延年，见过廷尉。"

张汤满面庄严，居高俯视，沉声道："军候捕盗吗？"

韩延年道："是。此人乃廷尉府发下缉捕告令，大索天下的剧寇。"

廷尉府编制过一本名册，记录着六十名大盗的名字，令各地军民限期追捕。人数实在不少，张汤不可能都认识。看围捕的阵仗，这人肯定非同寻常。

张汤笑道："真是机缘巧合。军候捉到此贼，不必千里辛苦送到长安，就在此处与我交割吧。"

韩延年道："我们已经追捕他三十三天，死伤了二十六名兄弟，折断他一条臂膀，洞穿六个创口。今日不惜代价、势在必得，但愿一战擒获，不负廷尉。"

张汤听罢，惊诧万端，抬眼去看这名陷入重围的盗贼，见此人不到四十岁，身形魁梧有若熊罴，脸面厚实却不显得臃肿，肌肉漆黑铁打一般，手指粗长如同生铁，不禁暗自赞叹。

"捕。"

一声令下，求盗首先攻击，他们缓步前行二十步，拉弓急射。朱安世突然发力，拔足狂奔，追兵进一步，他行三步，他跑得实在太快，箭矢力尽而坠，尽数落到身后。

旷野总有尽头，再往前十步便是一堵五六丈高的沙丘，绝非人力能够徒手翻越。三十余名求盗持长短兵器,一边呐喊一边结阵而进。朱安世转过身来立住脚步,浑然不惧,阔步突入人群左右劈砍,身形潇洒流畅,好似舞姬舞蹈一般。他的弯刀并不厚重,但对方武器一旦碰上,好似西域来的胡萝卜遇上吴地产的钢铁,尽迎刃削落。朱安世杀得兴起,收了弯刀倒插腰上,甩开两手大踏步往人多处撞来,民夫惊慌四散,让开一个硕大的缺口。一侧观战的求盗硬着头皮聚拢合围,企图封堵漏洞。朱安世大喝一声,用拳和肘应战,顷刻间,数十人面目开花、肢体折断,躺倒一地,惨叫声、求救声、呻吟声响成一片。

田甲看得目瞪口呆,连声感叹道:"勇士、勇士,我好像看到了当年的樊哙。"

张汤微微颔首,轻轻击掌,喃喃道:"朱安世,朱安世,我记起来了。"

王尊道:"回禀廷尉,郭解的门客。"

田甲一听,满目悚然,一颗心怦怦跳个不停。

王尊又殷勤地补充一句:"在廷尉府的严厉打击下,郭解党羽尽数伏诛,剩下这最后一个。"

张汤暗自点头——这条漏网之鱼,已经逃亡七个年头了。

始皇二十六年,秦并天下,祥瑞滋生。河内郡温城县令许望家生育一女许负,出生时手握玉玦,玉上隐约可见文王八卦图,刚满百日即能言语,实属神异。秦始皇大喜,送来黄金百镒,叮嘱许家善养其女。百姓好奇,蜂拥而至许府。女婴对来人呈现两种反应,大哭不止、喜笑颜开。哭者,不久厄运缠身;笑者,必定吉星高照。

十四年后的一个春日,沛公刘邦率部西进咸阳,途经温城。偏师入关的刘邦对前途充满疑惧,驻军城外,带着萧何、周勃、曹参等人进城谒见。许负目视客人,面露惊异之色,久久不语。刘邦追问缘由,许负道:"将军日角插天,乃帝王之表;从者亦非凡人,他日位极人臣。"

这一年,后来被称作汉元年,大汉王朝开辟之年、创生之年。

四年后,刘邦称帝,许负被封为鸣雌亭侯,时年十九岁,成为有史以来第一位女性侯爵。

中华文化,既有孔孟老庄的长江大河,又有阴阳形胜的暗河潜流,相士许负,中国人隐秘宿命观的窥视者,穿行于不见天日的阴诡之处。她无数次精准预测出天下的走势、人物的命运。她算出魏王豹的妻子薄姬当生天子;算出周亚夫三年封侯,八年拜相,九年饿死;算出文帝的男宠邓通贫饿而死。果不其然,一一应验。汉高帝的儿子文帝刘恒礼敬她,称许负夫妇为义母、义父,封其夫裴钺为洛商侯。文帝九年,许负五十大寿,刘恒举行盛大的庆贺仪式,席间,赐封其子裴洛为郎中令。[1]

许家聚齐了功臣、外戚的标签,下一步,还将囊括豪强的名号而自毁。许负精于计算,却算不到自己的家族将以黑恶势力的身份遭受清算。

后来,朝廷以"行侠"的罪名,诛杀了她的女婿。韩非子说,儒以文乱法,侠以武犯禁。所谓的行侠仗义,其实就是凭借武力,游走朝野,把控地方,在国家正统的司法体系之外自行其是,博取名声,以逞私欲。这样的人,历来受到政府的防范和打击。刘恒虽然尊崇许负,但在大是大非问题上极其克制和冷静,并未任由感情放纵。这位看似温平实则悍勇的帝王,以其精准的眼光、理性的行动,拉开了大汉王朝对豪强作战的序幕。

许家受戮的女婿留下一个著名的儿子——郭解。

郭解,河内轵人氏,个子矮小、其貌不扬。他窝藏亡命之徒,杀人越货,私自铸钱,盗掘坟墓,无所不做,但场面上却是一副公道正

---

[1] 史家将其列入《外戚世家》,而非记述奇人异事、奇闻异录的《滑稽列传》,俨然把许家归入皇亲国戚之列。

派、扶弱济困的形象。天下之人，无论品质高低、知识深浅、身份贵贱，都钦慕他、追随他，为他效力。

刘彻决心连根拔除地方豪强，从而稳定内部，集中力量用于西北的战争。元朔二年，未央宫发出诏令，各郡国的富人举家搬到茂陵居住。郭解申报家财三百万，不符合迁转的标准。地方官吏认为他瞒报了，依然列入名册。卫青专门进宫替他求情，希望准许他留在原籍。这样的善意触发了刘彻的隐忧，他极其愤怒，训斥道："堂堂大将军替一个平民说话，可见他的权势有多大，他怎么可能穷困？诏令已发，不可更改。"

卫青好心帮了倒忙，坚定了刘彻根除豪强的决心。

人们会聚到郭家，出钱一千万为郭解送行，热热闹闹，好似官员走马上任。更叫人惊诧的是，龙虎聚会的关中，竟然也折服于一介布衣。王侯将相、豪杰地主争相结交郭解。他的居所门庭若市，比显赫的将相还要热闹。

在这样的时候，郭家人依然不知警醒，不懂收敛，事情越闹越大。郭解的侄子砍掉上报名册官吏的脑袋，灭其门。苦主向衙门举报，门客追击告状的人，直接将其杀死于宫门外。轵县一个儒生说郭解的坏话，郭解的门客将其当街扑杀，割下舌头。

他们不知，这可不是宽纵的汉惠、文景时期，一双光芒万丈的眼睛，正从未央宫深处紧紧地盯着他们。对于这双眼睛的主人来说，匈奴这样的虎狼之国亦不过猎物，王土之内的侠客，不过蝼蚁一般的东西。面对名望隆重的郭解，一般的帝王也就罢了。刘彻容不得诸侯，更容不得豪强。天子不顾官员和民间的反对，下令捕捉郭解，杀尽他的宗族。

朱安世，真名已不可考，不知何地何族之人，替郭解杀人分忧，号称郭府"十彪"之首，一嘴獠牙不知啃噬了多少人命。官府围捕郭解时，他背负五把快刀，孤身一人毁墙杀出，捅死带队的贼曹掾史，从茂陵向东南，一路踏血步战，直抵长安直城门，背靠城墙，砍残全部刀具，抓起砍翻的尸骸硬生生堆出三十级台阶，爬上城楼跃入护城河，消失了整整两年。第三年，郭解忌日当天，他短暂现身，枭首当年参与灭门血案的涉事者十三人，在墙壁上留下姓名，再度消失。

郭解的党羽杀不完案子就结不了，长久积压，压成一桩悬案、一个祸患，万一哪天皇帝问起，或惹起弥天大祸。这个案子天子亲自督办，谁也不敢掉以轻心。朝廷明令，不但地方官吏需要主责捕盗，各路军兵也有襄助的职责。

一个多月前，遁走山林的朱安世露出行踪。武威、陇西、天水方圆千里的三个郡，调集两百名求盗自东而来，发动农夫提供情报，协力围堵；驻扎北地、上郡兵五百人往西南急行，确保万无一失。同时，西北方向酒泉、朔方军已经接到号令，堵塞关隘，阻断他逃亡西域和匈奴的通道。

第一次接战，求盗折损过半，折腾一阵，履行了职责，对上官有个交代，不再向前冒险，交替掩护着缓缓后撤。

眼看天色渐深，领兵的韩延年不愿继续拖延，以免再生意外。他挥舞将旗，一队二十余人的骑兵缓缓踏上旷野，张开两翼合围而进。

从战场上浴血生还的军人，一向看不起江湖豪客的武术架子，只将其看成卖艺的把式。明智的将领一向注重培养士兵的体能、勇气和团队协作能力，不在招数上下功夫。实战表明，江湖侠客根本不是组织严密的军队的对手。

当时流传着"一汉当五胡"的说法，二十名训练有素的汉军士兵结成战阵，完全可能击败一百名匈奴兵，用这样的战队对付一个游侠，似乎绰绰有余。随着军阵前推，民夫停止了呐喊，偌大的战地仅有马蹄声响，间杂着战马鼻腔发出的喷溅之声，似一辆钢铁战车向着目标碾压。朱安世毫无惧色，两膀用力，弯腰拔出一根枣树，折断枝条，让它变得锐利，似长了无数匕首横在胸前。

士兵们长矛在手、长刀出鞘，马队渐近，小跑起来，速度越来越快。双方锋芒相接的刹那，朱安世大喝一声跳起半丈高，连人带树跃身而起，树干迎面砸下。当先的一人一骑首当其冲，硬生生承受重击，人马皆碎，被打成一摊烂泥。随即，他单手提着树枝抡成圆环，如同一张血盆大口，呼啸噬人，越来越快，触者皆倒，顷刻间扫翻五骑。朱安世丢了枣树，喊一声，腱子肉块块隆起，左手按住尸身，右手一拧，硬生生拧下几颗首级。他两手十指铁钳般勾住头盔，张臂一拉，扯碎头盔，右手掏取首级，解开发髻挂在腰间。

整个战地充满了惨烈血腥的气息，将士为之胆寒，攻势顿挫，停住脚步。

韩延年大惧、大怒，举手示意，三名战兵跑向武刚车搬取装备，帮他穿戴狻猊兜鍪、鱼鳞铁甲。甲胄厚重，各种束缚的带子须严密捆扎，用时半刻方披挂严整。士兵扶韩延年上马，他调整衣甲和身姿，提一杆长矛。军人击鼓、吹号，以羽箭射住阵脚，俨然两军对决的堂堂之阵。韩延年单骑突出，挺矛直刺，一击中的——朱安世没有躲闪，反而迎上前去，用肩胛硬生生受了一矛。韩延年行军作战多年，从来没见过这种打法，大骇，急忙拔矛。朱安世随着对方的动作移步紧贴，长矛连拔三次，朱安世向前三步，矛依然卡在骨肉里。韩延年攥紧矛杆使劲扭动，意图扩大创洞。朱安世的铁爪牢牢握住矛杆，长矛动不得分毫。韩延年矛招用尽，右手往背上拔剑，打算削断对方的手臂。矛杆上力道一松，朱安世借势反击，抽刀比拔剑快了一闪念间，刀锋贴着矛身一削，韩延年左手三指皆断，大叫一声，往后仰避，跌落马下。甲胄沉重，韩延年像仰面朝天的乌龟，动弹不得，此时，一个小孩也能拿匕首轻易刺穿他的咽喉。众骑士见状大惊，不顾生死，一拥而上，冒险救援。朱安世持刀长啸，贴着大地滚进，手疾如风，马腿皆断，六名骑士几乎同时坠马，其余骑兵勒马而退。朱安世暂停攻击，铁戟一般立在荒原上。

朔风正烈，遍体生寒，战场陷入死寂，连马都骇然闭紧了口鼻，唯负伤的军人口吐血沫，发出猎物垂死时的喘息声。朱安世蹲下身子，双手伸进马腹，捧着血浆痛饮，随即席地而坐，折断枣树枝干取火点着，拿杀过人的刀割取马肉，就着火焰炙烤。刚刚燎掉表面的血水，还不到一成熟，他饿狼一般大口吞噬，顷刻间吃尽半匹马的精肉。

吃饱喝足的猛兽，较少攻击伤人。十三名军人丢了兵器，取下兜鍪，卸去皮甲，两手前伸，缓缓靠近。朱安世视而不见，任由他们救走韩延年和伤兵。

一名战兵走到朱安世面前，他十四五岁，队率装束，背一把白缨长弓，挎一柄狼皮鞘环首刀。朱安世眼角红肿溃烂，死死盯着他——少年一惊，倒退半步，随即倔强地站好。他的腿微微发抖，但柔嫩的面孔上满是凛然之气。

"上郡兵？李将军旧部。你们换防，去哪里？"

"到酒泉，教边军射术。"

"射术？你既精于此道，为何追我数日一直不射我？"

"我率领的屯边汉兵皆荆楚勇士、奇才、剑客，力可缚虎，射必中的，能自成一军独当一面。我们数十人，岂会以我之长占你便宜？"

朱安世笑了，污浊血腥的脸上露出一口白牙。他解下腰间的首级，逐一挂到少年手臂上。

年轻的队率屈身致谢，带着战友的头颅走到尸身跟前单膝跪下，一个个摆好。他眼角噙满泪水，眼睛好似水雾萦绕的长庚星。

双方僵持了一阵，左右烟尘大起，捕盗的主力三百人到了。在一名候史指挥下，弩兵迅速列阵，牛筋、竹木发出轻微的声响，战士们手指勾住悬刀、眼睛盯紧望山，弩箭瞄准目标，形成一个弧形，天下无敌的汉箭即将喷薄而出。朱安世抬头望向深邃阴暗的天空，随即放开两腿，垂下两手，坐在沙碛上，半闭眉目，彻底放松——或许，他知道无可幸免，放弃了战斗。就算钢铁身躯，经过七年的逃亡，三十三天的血战，也会疲惫厌倦。死，不丢人。就让一切结束吧，结束在河西冷酷绵长的朔风和黄沙里。

韩延年忍着剧痛奋力站直身子，举起右手，环顾将士，准备下达攻击的指令。他的手久久不曾放下。英雄一向惺惺相惜，何况，对方已经放过他一次。韩延年终究没有下达攻击的指令，他宁可犯法，也不愿继续履职。国法森严，当着廷尉的面这样的失职行为公然发生，罪无可赦，但他依然义无反顾。

"任立政请缨杀贼！"候史任立政越众而出，朗声道。

战地沉寂了六七个弹指，韩延年后退三步，表示默许。任立政接替指挥，缓缓举起手臂。射手们抬起杀人利器，凌厉的冷风切割弓弦，发出恐怖的死神之音。

作为廷尉府通令缉拿的重犯，其生死尚需廷尉决定，因此，任立政把目光投向张汤等待指令，从而决定射击的部位与攻击的烈度。

一直冷眼旁观的暴胜之移步张汤面前长揖，语调舒缓而词意坚决："廷尉所行之事极其凶险，愿善待壮士，以张羽翼。"

听了这话，张汤没有丝毫的犹豫，小步走入战局，耀眼的红袍似一团烈火，点亮整个荒原。射手担心伤着廷尉，不待号令，缓缓垂下弩机。

张汤走到那令人生畏的大盗面前站住，两人对视良久，朱安世额头上烙铁印烫的偌大伤疤狰狞而恐怖。张汤伸出右手，朱安世迟疑片刻，伸出血淋淋的右手与张汤两两相接，借着对方的力量，站起身来。他身材实在魁梧，比张汤还高出两个头，一官一盗立在空旷的沙砾上，好似一头黑熊和一只小鸡。黑熊一旦发作，顷刻间就能撕碎小鸡。

谁都爱樊哙一样的保镖，这相当于给自己的性命罩了一层硬甲。这个杀手，他存心收为己用了。田甲知他肺腑，不禁暗自叹气，连连摇头，狠狠地剐了暴胜之一眼，厉声提醒道："廷尉，你千万不要犯糊涂！此寇杀将士、屠官差，血案累累，罪不容赦，你若徇私放他，活贼匿奸，小心御史弹劾，天子怪罪，身死名灭。"

"活贼匿奸"一词出自韩非，意为包庇盗贼、隐藏奸邪，让这些必死之人存活。作为一位外儒内法、霸王道杂用的司法官，张汤如何不知？他悚然清醒，胸腹内生出三分悔意、七分惧意。不过，天子有意让他从九卿升任三公，做监察官之首的御史大夫，消息早已流布官场，御史们闻风最早，或不会轻举妄动得罪新上司吧？

恰在此时，东北方一座邻近的烽燧上白色狼烟骤然升起，直直冲上天际。众人惊疑，定睛一看，白烟中部偏左一尺三寸处还有一缕细细的黄烟。百姓不识究竟，众军却变了脸色，一副诧异的样子。

张汤挺直身子眺望北方，看有无马队扬起的烟尘。北境静谧，似无人烟。他惊疑不已，颤声问道："敌兵入寇了吗？"

一名年轻骑士持红旗纵马而至，负责候望的军人带消息来了："斥候陈步乐报，长安传讯。"

"何意？"

"纵盗勿捕。退。"

郡县捕吏、上郡边军一听，皆愕然无语。

"我带此人前往长安，有司自会秉公断狱。诸位尽可放心。"张汤大喜，面朝众人朗声道，"诸公，我们就此交割。你们的任务完成了，去吧。"

韩延年听了吐出长长的一口气，叉开两腿，伸展双臂，士兵卸下他的甲胄，收整装车。韩延年翻身上马，扬鞭一指北方："退。"

任立政等怒气勃勃，但军令如山，不容反抗，无奈之下不行礼、不应诺，带着伤亡的战友撤围而去。

朱安世步履蹒跚，踉跄向前三步，抽出腰间的月形弯刀，唇齿一动，平地似起一声惊雷："你叫什么名字？"

少年队率立住身形，朗声道："李陵。"

弯刀划出长长的弧线，凌空坠落，倒插入士兵脚下的沙土："送你。"

打打杀杀我厌倦了，暮气已生，希望有人取走我的刀，让我放松下来，余生过上正常的生活吧！

李陵冷漠地道："上好兵器，我李家多的是。"说着跃上马背，打上一鞭，急速去了——再锋利的神兵，一旦沾过战友的血，就是凶器，必于战阵之上夺取销毁，岂能因为爱慕占为己有？

　　"阁下与犬子同名啊！"张汤目光炯炯，亲手拔取弯刀，以衣袖抹净血迹，重新插到朱安世腰间，望着这个满脸疲倦但眼睛明亮的盗贼轻声道，"跟我走。"

　　朱安世道："诺。"

第四章
酒泉郡

众人立马山巅,眺望万里江山。目力所及,烽燧、亭鄣、坞堡串成一条绵长的线;村寨、毡房、牧场星辰般寥落地散布着——这就是帝国新辟的疆土,酒泉郡。

元狩二年,刘彻下诏置酒泉郡,辖休屠王、昆邪王故地,郡治禄福,领九县。这是河西设立的第一个汉郡。酒泉的来历有两个说法:一说"城下有金泉,其水若酒",因而得名;一说相传霍去病设宴庆功,倾御酒入泉与将士同饮,遂名。

太阳升起前一行人出汉军亭,走了不到三十里,张汤再度停下脚步,令军士扎下营寨,休息半天一夜再走。田甲第一个出来反对:"此处高居山顶,无遮无挡,白天暴晒、晚上风大,且远离城市,荒无人烟,野兽出没,万一有个好歹,怎么应付?太阳还在头顶,天色尚早,不如抓紧时间赶路,日落时分就能抵达一个小镇,到时歇息不迟。"

张汤一把拉住他扯到一边,低声道:"我等一个人。"

田甲奇道:"谁?"

张汤道:"暴先生。"

田甲讶然,良久方道:"他何时离队的,去了哪里?"

张汤道:"暴先生临时有事,告了十个时辰的假。"

田甲顿足叫道:"他私自脱离行伍,为何不向我报备?区区一个士兵,有他不多,没他不少,何必等他?"

张汤避而不答，幽幽笑道："他对沮渠倚华的狼很感兴趣，再次进山去了。"

田甲一听，感到极为不可思议。

张汤道："我累了，先睡了，明日辰时暴先生归来第一时间叫醒我。"说罢不顾田甲惊疑挑帘进了帐篷，十数个弹指后鼾声大作。

次日清晨，水雾烘托着炙热的太阳，直升天际。帐外，披甲执剑的将校举目远眺，映入眼帘的，是南飞的鸿雁，棉絮般淡薄的云朵，胡杨和红柳的枝叶随风微微轻摇，玉带般的弱水静静流淌，倒映着澄澈的蓝天。视野的尽头，凸起一段敦实的土色长城。点点烽燧，像博望侯、奉使君带回来的粒粒芝麻，缀在黄褐色的辽阔大地上。

十里外一骑绝尘，缕缕黄烟，黑面骑士暴胜之自东北方来。张汤不待通禀，似有预感，跑出帐篷。他长长吁了一口气，小步迎上，亲手抓住缰绳，面上带着温暖的微笑："先生到了。"

暴胜之下马行礼："廷尉久等了。"

士兵牵走马匹，张汤伸手把住暴胜之带着凉意的手臂，亲热地道："事情办得怎样？"

暴胜之道："对方同意我们的方案，于关键处设一据点，确保我等后路无忧。"

张汤闻言释然大笑："辛苦辛苦，来，进帐饮茶。"

这一进去用掉了两个时辰，热热闹闹，不时发出爽朗的笑声。日上三竿，阳光金灿灿的，照遍山岭。候长送中饭入内，不时出来，田甲伸手拦住，问道："这两个人搞甚名堂，胡言乱语、叽叽喳喳说些啥？"

候长道："田公，卑职听得不甚明白，仅仅听到'确实是个不可多得的人才''有备无患'几个词语。"

田甲好生气恼，近得身去，耳贴帐篷准备偷听。执勤的燧长劝阻道："田公，不妥、不妥。"

田甲勃然大怒，正待发作，两人掀帐而出，犹自欢欢喜喜，拉扯着说话。张汤道："先生连夜奔波，十分辛苦，我意，歇息半天，不,一天,明早再行赶路。可好?"

暴胜之道:"不敢耽搁廷尉办差,此时太阳温和,下走建议,就此西行吧。"

"善。"张汤回答,又转身对田甲道,"传我令,众军收整行装,即刻起行。"

田甲鼻腔一动,哼了一声,不作回应。一侧伺候的候官早已听到,迅速传令,将士们忙碌起来,不时营地拆卸一空,一行人驱赶牲口,顺着山脊寻路向西。

两刻钟后,队伍经过一处隘口,眼前豁然开朗。远远望去,千里江山尽在眼底,村寨渐密,星星点点,嵌于大地;牛羊成群,沐着朔风,踏冰逐草——酒泉郡治禄福,正在苍茫的天地交接之处,已遥遥可见。暴胜之眸子掠过一道热烈的光,墨黑的面上似涂了油彩。时隔年余,重返故园,怎不让人心潮悸动?他持缰立马,想起恩师经常吟咏的一首歌,不禁神思幽远,唇齿轻启,轻声念诵:

"关山如钥,以开天地之锁;人心……"

第一句刚出口,就被一阵问好声打断。张汤兴致高涨,面上闪亮,打马穿过行伍,高声道:"先生一路辛苦,进了城池,不必在我左右,尽快休息几天,洗洗风尘。"

暴胜之道:"敬谢廷尉美意,公事尚未完毕,下走不敢擅离职守。"

张汤道:"也是。我身边少不得先生,有劳了。"

说话间,山脚谷底出现一道黑线,依稀看见一队人马,举着旗帜,拉着辎重,自西往东而来。

张汤问道:"这是勾连西域和汉地的行商吗?"

众人应和道:"廷尉英明,应为商贾不假。"

张汤道:"先生?"

"队伍里虽汉胡混杂,但为首者装束华贵,不像极西之地来往的行商。"暴胜之道,"看旌旗和仪仗,并非商贾,而是官吏。"

隔着十余里竟然能看到来者的服饰、旗号,此等本事,实属天赋异禀。

张汤颔首微笑:"方圆数百里之内没有其他府衙,出没的官吏肯定来自郡县衙署。先生,劳烦你前去知会一声,告知我的行踪。"

暴胜之道:"诺。"说罢手持汉军短旗,轻装策马,扬起浅浅的烟尘,径直来到这支队伍面前。

一匹棕马上坐着一名锦衣贵官,他骤然遭遇汉军骑士,不禁吃了一惊,双手下意识一勒。骏马扬蹄长啸,差点把主人掀下脊背。官员定睛一看,来人军阶低微,又非斥候,不禁深感诧异。

暴胜之目光如炬,从装束上一眼看清这名官吏的身份,抱拳行礼:"敢问尊官,可是酒泉郡端木太守?"

太守,比二千石的高级官员,佩戴银印青绶,封疆任事,有些大郡的主官职权不弱于春秋战国时的诸侯。锦衣官员稍稍迟疑,颤声道:"正是下官。这位弟兄,骠骑将军亲临了吗?"他说完这句话似乎用了十成精神,说得上气不接下气,原本圆润饱满的脸上血色尽失,极其惊骇。

暴胜之谦声道:"下走是骠骑将军帐下士兵,奉令侍从廷尉巡视河西。将军未到,廷尉已到。"

锦衣贵官松了半口气,喉咙一阵闷响,脸上补了几分血色,犹自心有余悸,喃喃道:"有劳,有劳。下官端木义容,闻说廷尉奉旨西行,特来迎候,还请当先引导,容我拜谒。"

暴胜之勒转马头,引着这队人迎向廷尉。端木义容试探道:"听阁下口音,似乎河西人氏?"

暴胜之道:"下走正是府君治下黔首。"

端木义容道:"不敢不敢。阁下侍从将军、追随廷尉,前程远大,此次归乡,若得闲暇,下官备薄酒一杯替你接风。千万不要推辞,过两日我当面来请。"

暴胜之道:"一切听凭廷尉做主。"

这句不留情面的回答,算是公然拒绝了。地方大员私交朝廷贵官的下属素来机密，怎么可能向上官请准？区区一个士兵，如此无礼，令端木义容又羞又怒，羞怒之后，更多的是深不见底的恐惧。

廷尉的队伍定定地立在山上，居高临下，冷峻而傲慢，摆足了九卿的架势。山岭极其险峻，太守和随从弃马步行，手足并用，甚是狼狈。客方以逸待劳，主方气喘吁吁。经过漫长而羞耻的半刻钟，端木义容满面油汗，浑身灰土，爬到廷尉脚下，俯身垂首，行礼致意。

元狩四年冬，河西收归大汉两年后，酒泉太守端木义容领长史、功曹史、五官掾、督邮等属官十人，掾吏和郡兵五十人，车骑二十乘，于焉支山下迎接廷尉张汤。

这里离治所尚远，太守出城相迎，以示客人的尊贵。张汤踩着侍卫的脊背从容下马，抖抖衣襟，扯扯袖子，迈着方步，向前扶住端木义容的双臂，宾主见礼，说了几句闲话。

端木义容道："边疆苦寒，朝廷重臣都不愿来，想不到廷尉光临，实在令下走欢喜。"

张汤道："府君说笑了，骠骑将军不是重臣吗？他不领兵来，哪有酒泉，哪有你这个官职？"

端木义容左右打脸，连声道："下走荒谬，竟然忘了骠骑将军。"他攀爬赶路，两手污浊，打得又很认真，脸上留下一堆凌乱的指印。

张汤爽朗大笑，侧身站定，举手引荐："这位是河西名士、漠北大战的功臣、我的朋友暴胜之先生。"

一语既出，众皆愕然。

据元狩二年官方统计，酒泉郡在册一万八千户，七万六千余人。太守作为牧民之官，虽做不到人人尽识，但世家大族、官宦豪强、名门富商里出类拔萃的人物，还是装在胸腹的。寻遍河西，并未听说有一位名叫暴胜之的，何来名士之说？堂堂廷尉，如此语句谦恭地介绍一个士卒，令端木义容深感费解，一时呆住，过得片刻才醒悟过来，正式拱手见礼。

张汤看向人群远端，笑道："这位是我的门客田甲。"

此时，田甲正在东张西望，指指点点，念念有词，估算酒泉太守的行头和仪仗到底值多少钱。听到这个名字，端木义容颇觉诧异，一脸狐疑。田甲双眼圆睁，快步走来，喝道："你瞪着眼睛看我，什么意思？"

端木义容眼前一亮："田先生祖籍蒙县吗？"

一句话问得田甲错愕不已，过了许久才开口道："荒唐，我乃长安人氏。"

端木义容释然，笑道："景帝时期，梁国蒙县有一名狱吏，恰好与先生同姓同名。梁孝王的中大夫韩安国犯了罪，囚禁监狱，田甲虐待羞辱他。韩安国愤愤不平地说，死灰难道不会燃烧吗？田甲毫不示弱，轻蔑地说，如果你能复燃，我用尿溺灭你。不久，朝廷任命韩安国为梁国内史，一夜之间从囚徒变成秩二千石高官。田甲听到消息，马上逃跑了……"

张汤听了纵声大笑。田甲怒不可遏，振臂叫道："我与你萍水相逢，无冤无仇，你为何羞辱我？"

端木义容忍住笑，作揖赔罪："廷尉和田公旅途劳顿，下走因此说些消遣的话，活跃气氛，以洗风尘。田公勿怪。"

田甲犹自愤愤不平："战国时有一名贵族，天生神勇，曾劫持齐王，也叫田甲，你怎么不说？"

端木义容道："下走读书少，只知本朝人物，不知先秦人物。先生学养深厚，佩服佩服。"

张汤忍俊不禁，讪笑道："这个田甲挟持齐愍王的时间，为周赧王二十一年、赵惠文王五年、秦昭襄王十三年、楚顷襄王五年，距今一百七十五年了，田公，你活的时间这么长吗？"

听到张汤报数一样说出当年的史实，众人皆觉惊诧，张汤的学识实在深不可测。田甲涨红了脸，悻悻不悦。

"这位奇士田甲，出奔魏国，任魏相，促成燕、赵合纵攻齐，确实是一等的纵横家。"张汤赶紧安慰他，"田公，你虽然不是他，但也有他的气概。你虽然做不了丞相，但你的财富顶得上一个国君。人生如此，夫复何求啊？"

田甲嘟着嘴，郁闷地道："那又怎样？这个齐国的田甲，还不是和梁国的田甲一样，最终落荒而逃？"

众人闻言大笑。

"田甲劫王"事件，导致齐、魏、韩三国同盟终结，后果严重。这位早已湮没历史尘埃的田甲，一度改变了天下的形势。不知此时身在酒泉的田甲，又会干出多少不可思议的事情。

哄笑声里，暴胜之两眉间的阴云越发浓重——这位酒泉太守，言辞谦卑，屈尊降贵向一个士兵示好，却敢于冒犯廷尉尊贵的朋友和同盟者，其间的关节，实在深邃莫测。宾主看似一团和气，但笑意盈盈间激荡的凶险，比河西的风霜还烈，令人寒到骨髓。

此时的河西，十分荒凉苦寒，土路、土墙、土房，黔首衣不蔽体、食不果腹。纵使如此，衙门、兵营及一切附属设施却是少不得的。因河西新近纳入版图，缺乏工匠，酒泉郡用于邮传和接待来往官吏、军人、使节的驿站迟迟未竣，闻说廷尉将至，郡丞胡笳一做主，因地制宜，选取昆邪王当年驻兵的军营，参照西行路上的模范驿站"悬泉亭"格局，加紧改建，起造"弱水置"。

原定计划，弱水置的形制为一座方形小城堡，门朝东，四周筑高大的院墙，边长三十三步，西南角设突出坞体的角楼。坞墙用长两尺、宽一尺、厚半尺的土坯垒砌而成。西壁、北壁建造平房十一组三十八间，为住宿区；东、北侧为办公区；西南角建马厩三间；南侧造庖厨。

因时间仓促，到廷尉亲临时才完成了一半有余，仅造屋两层，二十多间客房，置啬夫以下皆暂住工棚。坞外西部空地上堆积大量杂物、砂土。挡风墙过于低矮，风沙直灌，搞得内部一塌糊涂。

工程迟缓的进度出乎端木义容的意料，他后悔在出城迎接廷尉之前没有亲自来看一次。惶急之下，他满脸怒容，正待发作，想起馆舍的营建、布置由郡丞负责，硬生生地咽下恨意，迁怒其他属吏。他招手叫来置啬夫，恶狠狠沉声骂道："砂土为何不及时清理，留着请赏啊？"

"府君，并非下走懈怠啊……"置啬夫委屈地道，"昨日亥时三刻，清走了全部砂土，还洒水三遍，碾平，下走验看过。谁承想今日寅时一刻，又凭空多出一堆。"

辩解实在荒唐，完全是信口雌黄蔑视上官，端木义容大怒，挥鞭欲打，又想起郡丞主责此事，置啬夫胆敢编造借口，一定得了他的授意，无奈忍住，心里寻思另觅机会，找一个错处，把驿站办事的胥吏全部收拾了，出一口恶气。

端木义容恳请张汤入住昆邪王旧宅改造而成的太守衙门，张汤拒绝了，坚持要求按照朝廷确定的章程下榻驿站。端木义容深知廷尉的脾性，不敢坚持。

一行人走进草草建成的弱水置，晾晒蓬草的、刷马的、编篱笆的、汲水的停了手里的活计，规避行礼，几名站在房顶清除沙子、尘土的人灰头土脸跪下来，以免显得比皇差高大。"风沙太大了，两个时辰必须清理一次，不然房顶可能塌掉。"端木义容赔笑解释道。

"辛苦。你们即使躺床上一事不做，也是替我汉家出力啊！"张汤驻足一堆蓬草、苣草、破布前，手指轻拈秆茎，饶有兴致地问，"驿马吃这物什？"

端木义容道："回禀廷尉，这是根据《塞上烽火品约》规定，储备齐全，用来传递军情的烽火燃料。"

"哦。"张汤淡淡地道。

置啬夫差遣传舍佐接待宾客，安排住宿。上房一间留与尊客，空间不大，设施齐备，帷帐低垂，打扫得纤尘不染，既隐秘又温馨。

众人洗手、净面，稍稍安顿，转至食肆，席间早已摆好粱肉盛宴,铺了莞草编织、黄铜镇住四角的方席。左边放着带骨的肉、粟饭、麦饭;右边放着纯肉、甘豆羹、汤饼;微远放着鱼脍肉炙;蘸肉的酸汁、酱料,调味的葱、姜、蒜、豉一应俱全;盂、碗、杯、樽、卮、盘、箸、匕等餐具琳琅满目。

端木义容见膳食丰盛,足以取悦廷尉,心绪转好,消除了报复驿站吏卒的誓言,暗自责怪自己脾性躁急,不懂得体恤下属。他满面喜色,小步趋行,蹲坐下去,象征性地亲手调整了座席,以表殷勤之意。

张汤坐北面南,宾主簇拥落座。众仆佣侍立伺候,厨佐穿梭忙碌,送来庭院里炭火烤炙的鸡肉、猪肉、羊肉。厨啬夫抱来一只土坛,当着众人的面打开,满室醇香,原来是一坛经过连续投料、重复酿制的酎酒。张汤笑盈盈举手挡住,戏言道:"三人以上无故聚饮,罚金四两。"

"用餐不饮酒,相当于未用。"端木义容笑道,"如此,可否令从者另起一席,下走单独伺候廷尉膳食?"

众人帮腔道:"两人不算违制,甚好、甚好。"一边克制地起哄,一边起身避席。

张汤苦笑道:"诸公说笑了,实在是不胜酒力。坐坐坐。"

端木义容两掌相击:"廷尉不饮酒,上些饮品吧。"

厨啬夫闻令,叫人在主桌旁摆了一张小方桌,顷刻摆满饮料:除了鲜奶,还有米汁制成的酸浆、调配蜂蜜的蜜浆、水果酿造的果浆、北境秘制的湿酪……

张汤满面春风,向厨啬夫、厨佐行礼致谢。众人大惊,跪伏答礼。张汤一一亲手扶起,笑容可掬,真诚地道:"与其媚于奥,宁媚于灶。"[1]

众人受到礼遇,尤其感激,口中称谢,服务得越发殷勤。端木

---

[1] 此言出自《论语》,意思是,与其讨好祭祀的奥神,不如取悦掌厨的灶神,好好享受口腹之欲。

义容叫来录事掾史，令他记下，给每名服务人员加劳十五日、赐两百四十钱——抵得上每个成年人每年向国家缴纳算钱的两倍了。

整个弱水置都得了好处，气氛却突然沉郁下来，众吏面色晦暗，眉额锁紧，有人还咬牙切齿嘟囔两句，不知骂的什么。张汤诧异。

端木义容陪着张汤用过晚餐，恭送客房安歇，查验了热水、沐具，另辟一室，叫来置啬夫，以及置、传舍、食厨、厩、驿、骑置六个职能单位的吏目和杂役，一再叮嘱，絮絮叨叨说了半个时辰。重点讲到：置外西部平地，不允许堆砌砂土和杂物，那是廷尉凭窗一眼就看得到的；廷尉卧房屋顶，必须半个时辰清扫一次，严禁砂石堆积。打扫前，须提前向值班的候官报备，以免误会误伤。要找准时机打扫，绝对不允许干扰廷尉歇息；院墙加高两尺三寸，尽可能挡住常见的风沙。

交代完毕，他眉头紧蹙，出门半里又折返回去，遣快骑去传门下督贼曹、医曹掾史，带警卫、医工来，就近找馆舍住下，随时待命。又再次召集主要吏员，就相关细节问题仔细言说，说罢依旧不能放心，令提供服务的仆佣均来相见，亲自吩咐水火被褥等琐碎事项，确保无虞。他垂首出了弱水置，对着张汤的房间端端正正行了一礼，快快走了。

天使一行安顿下来，风尘尽净，金蟾高悬，难得逢到一个静谧的傍晚，张汤私问田甲："置吏们不爱钱吗？怎么得了赏，反而悲观愤怒呢？"

田甲道："郡县供给各驿置的钱每年都有定数，收支自负。为了运转以及谋取些私利，一些额外的服务，比如添灯油、烧热水、加草料、洗马，旅人都是要额外付钱的。提供的免费食物，也是越粗粝便宜越好。一旦超出预算，诸吏均须出钱平账，赔补亏空。我们这一席，值得两三户中产之家一年的开销，置啬夫原本还可以向郡府申报，求钱销账。可太守把公帑化作私恩，散给了众人，一定不会再给钱。下一步，置啬夫与主要的几个属吏，为了接住我们这趟差事，都将破产了。"

张汤道:"置啬夫根据太守的指示领了钱物,先用来销账,结余再行发放。可好?"

"不好。"田甲道,"典守财务出纳的少府史、主理货币盐铁事的金曹掾史是一定不会同意的。出公款赏赐私人,项目没有出处,比曹掾史检核尾数时,《钱谷簿》做不平,主上计之事的计曹掾史绝对不会签字接收账簿。他们可不会因上官想做个好人就拿自己的前程冒险。"

"如此说来,不但赏赐兑现不了,本该找补的钱也不会拨付了?"

"是。太守衙门也有人想截留这笔钱,他们的开销更多、窟窿更大。"

原来如此!长安来的官吏走后,驿置依据太守口信向郡府讨钱,有司说,无私钱赏人;按收支账目向郡府要钱,有司说,太守已经给过了。每一个部门存在的主要任务是解决其他部门存在产生的问题,高层、中层、底层自有其微妙的规则,各守章程,按律办事,个个履职谁也没错,却保管把事情搞砸。豺狼行路,毁了多少虫豸的巢穴啊。此太守高峻不接地气,一番善举,一片好心,倒害了众人,招致怨恨。

张汤道:"酒泉诸吏的事我管不了,跟我们从漠北来的人,你可看顾好。"

弱水置房间少,住不下许多人。各处馆舍费用繁巨,也不是民夫住得起的。田甲太忙,无暇管他们,可以想见,为了省几个钱,他们今晚,包括归家的长途,一定是露宿荒野或谁家的屋檐下。

这时军候来报,说民夫们用了餐,收整了行装,可以遣散了。田甲用实际行动证明他与官吏们完全不同,他不说空话,不兜圈子,直接取钱补贴随行民夫,还赠送了五峰骆驼。张汤一一辞行,说几句暖心的话表示感谢,赠送几件小礼物,给予一份亲笔书写送达郡县长官的文书,替其美言。

军人们见状，也悄悄给钱。他们薪俸微薄，但慷慨洒脱。"拿着授职文书，定下岗位，到职一月便可领钱。不惧。"他们寻思着。

这些贫苦的农民承受着繁重的赋税、徭役，对于国家而言，就是一些会说话的牲口，他们一文不值，只有体力稍微有用，消耗完后像药渣一样被倒进泥土里。此次被郡县紧急征调，服侍高天之上的大官出行，一路穿得暖、吃得饱，还有钱拿，真是出乎意料，这可能是他们苦难卑微的一生，与虎狼一般敲骨吸髓的官府打交道的过程中，唯一值得回味的亮色了。众人千恩万谢，跪辞而去。

端木义容匆匆回到府衙，屏退左右，吹灭灯火，一个人坐在幽暗的官衙发呆。

一人不打招呼，径直入内，拿燧石重新点亮铜釭灯。微弱的光焰好似正午的太阳，令端木义容两眼昏花，眩晕作呕。这个人三十岁上下，白面短髯，看上去十分干练，正是本郡郡丞胡笳一。

端木义容长声叹息，皮囊装不住精气神，流失殆尽，浑身乏力，面如死灰一般。

胡笳一道："何必如此？"

端木义容道："天底下最威严的是天子，最冷酷的是廷尉。张汤这一支笔下杀掉多少人，你不晓得吗？"见胡笳一不作回应，接着道："淮南、衡山、江都三个封王私自组建军队、铸造武器、雕刻玉玺，谋刺大将军，反迹昭彰，事情败露后，陛下尚有恻隐之心，打算网开一面，留下几个人，张汤力争劝说绝不姑息，对这些皇族子弟毫不手软，一律处死，株连屠灭数万人。经过这个事件，他深得陛下信任，由此位列九卿。他的官职，是用人血熬出来的，他比地府主人还可怕，你不知道吗？"

胡笳一细长的身子似乎游离于灯光之外，显得既阴森又模糊，他怜悯地看着亮处的太守，毫不客气地道："这栋宅邸，原本属于昆邪王。昆邪王一代枭雄，刀口舔血，杀灭各族，打下宏大的基业，如今尽在你手。你即使比不过他，为了配得上这些产业，至少也得有些胆气吧？我问你，你怕甚？"

端木义容手足冰凉，颤声叫道："廷尉身份贵重，亲自办的案件，要么涉及王公贵族，要么牵涉谋逆造反，他不会平白无故来到河西。他来，一定是来杀人的，而且不只杀一个人。他持节出一次函谷关，关东便掉落一堆脑袋，刑场像西域长满寒瓜的农田。这样一个魔王，千里迢迢，离京出来办差，不杀几千人，怎么可能罢休？"

胡笳一冷笑数声，走出暗影箕踞端木义容对面，脸凑过去，一字一字道："本郡在编军民七万六千七百二十六人，一次杀几千，岂不是诛除一成？这些人分散在东西长一千四百里、南北宽一千一百里的广袤土地上，你看看他的卫队，不过百余骑士，搜捕、问案、诛杀……一套程序做下来，短时间内如何能够办到？"说着他连连摇头，一副鄙夷同情的样子，长叹一声道："廷尉张汤擅长揣摩上意，他整治的人，一定是天子想治罪的，他放纵的人，一定是天子想宽恕的。面对豪强和官吏，设法构造爰书，施以刑法。你和他素无交集，他不会无端赶来杀你。除非，陛下对你不满。我问你，你得罪天子了吗？"

端木义容毫不羞怒，好像早已习惯副官说话的方式，他存着几分侥幸，急切地道："我已经两年没有踏足长安，不知天心是否变了，圣眷是否薄了。但是，治民、进贤、决讼、检奸诸事，均无大错。关东迁徙来的数十万奸猾吏民，大部分妥善安置，关禁森严，使其无法逃遁。朝廷和骠骑将军安排下来的差事，我从不拖延，补充大军的战马、民夫、军械、粮草，都在任务的基础上增添三成，保质保量。我修了三座坚城、一百座烽燧堡，十一次击退匈奴属国自西域发起的攻击……我不敢冒领功劳，但自信没有错处。可是，伺候好了骠骑将军，难免怠慢了其他将军，以及这个大官，那个贵人，怎么可能事无巨细、滴水不漏、皆大欢喜？何况，天子喜怒无常，天威难测啊！"

"我一向观察着朝廷的形势，当前局面整体向好，汉军经过漠北大战,已经触碰到匈奴的咽喉,下一步,就是直击首脑了。河西这条臂膀需要稳固才能牢牢抓住西域,使这些仆从无法支援匈奴,似乎没有杀人的必要。不过……"胡笳一眉头紧蹙,咬牙道,"必须尽快探得张汤的来意,做好应变的准备。"

端木义容道:"张汤带来的护卫都是当年跟随骠骑将军西征的将士,有几个相熟的,一路上我令人私下问过,都说不知道。"

胡笳一道:"因此,我们唯一的出路,就是撬开田甲的嘴。"

说起田甲,端木义容更为惶恐,失声叫道:"这个人是张汤的心腹,你还叫我用言语撩拨他,我至今忐忑,百思不得其解,这不是自寻死路吗?"

胡笳一道:"事情紧急了,一刻也耽搁不得,因此我建议你,一见到他就羞辱他。他满腔愤懑,必定忌恨你,一忌恨你,就会亲近你的政敌。你的政敌是谁?当然是我这个虎视眈眈的佐贰官。张汤作为一名重臣,离开长安到任何地方一定是经过天子批准的。他奉圣谕巡视河西,无论做什么,其中一个职责必然是考察官吏,还报天子。他老于吏道,行事严谨,讲求证据,肯定派田甲去衙门和市井间打探,了解到太守温平懦弱,郡丞霸道激进,从而得出我不甘人下、咄咄逼人的结论。日暮时分,我去见田甲,摆一桌酒数落你,表达我的憎恨和野心,喝到半酣,诱导他透出口风。"

端木义容一颗心狂乱跳动,嘶声道:"你了解他吗,他到底是什么人?"

胡笳一道:"张汤为人狡诈,喜欢玩弄智谋驾驭他人。他蔑视对方,表面上仍能表现出敬慕之情。他年轻时担任掾吏,与长安的富商鱼翁叔、田甲结交,关系十分密切,这两个人给予他巨大的财力支持,帮助他直达九卿的职位。鱼翁叔比较低调,投资的人富贵了,他立即退隐幕后,闷声发大财去了。这个田甲却不甘寂寞,主动跑到张汤的衙署做了一个幕客,帮助他办理后勤,出些主意。这个人的资料我查了两天,就了解这些。"

端木义容跳起来，握着胡笳一的手颤声道："仲达兄，我的身家性命，全部托付于你了。"

太守手心潮湿，不受控制地颤抖，胡笳一既厌恶又忧虑，他忍着不适，紧紧握住，面色阴沉、语句悲怆："对于此事，我没有十足的把握。你尽快收拾细软送到乐涫，一旦听到不利的风声，马上逃往西域。兄长，我这就去了。唉，我们的家眷都在长安啊，怎么来得及？"

端木义容喃喃道："去吧去吧。"说罢颓然坐倒，勉强抬起手来转动灯盘手柄，熄灭灯火。

黑暗教人恐惧，但有些幽暗的人心，唯有彻底埋藏于黑幕，才感觉到一点点虚弱的安全感。

枯坐几十个弹指，风沙大作，打得窗棂噼啪作响。突然，木门咯吱一声，像刀划在石头上，令人毛骨悚然——一个人猛地推门闯入，端木义容吓得屎尿齐出。恍惚中，依稀看到胡笳一的面目，端木义容气息稍稍平和，一颗心犹自乱蹦乱跳。

胡笳一道："如果张汤来杀你，我绝对救不了你。这件要命的事，找不准人，百药莫救。你记住，向尹鹏颜求助，或有一线生机。"

一场夜宴持续到丑时，田甲醉了。

胡笳一道："田公好酒量，一点不像京城的人，倒像我们河西人。"

田甲醉眼蒙眬，两腮嫣红，指指自己，指头轻佻地点在胡笳一鼻梁上，舌头打卷，结结巴巴问道："京城人与河西人，有何不同啊？"

胡笳一道："京城人，天子脚下，自然要文明些。河西人，山川僻远，自然要粗犷些。"

田甲道："我不是京城人，我是河西人。"

一个个字若鼓槌击打鼓面，胡笳一颇为诧异，凝神细听。

田甲道："你们这个所谓的酒泉郡，原本是我们大月氏的牧场。

匈奴人霸占了它,你们赶走了匈奴人……"

胡笳一面色一振:"我们的天子一直希望联络到大月氏,一起对付匈奴。河西之地,随时欢迎你们。"

田甲饮了一杯,双拳擂击桌面,怆然流泪道:"我的族人,已经远走西极,家园残破、乡土枯竭、祖茔倾颓,一切不复当年,他们不会归来了。"

胡笳一一手举起酒杯,一手按住田甲右肩,劝慰道:"兄长不必伤感,来,满饮杯中酒,莫问身后事。"

两人又饮了一阵,情投意合,大有相见恨晚之感。

田甲道:"河西,我的故人已经不多,认识的屈指可数。我听说最近出了一位青年才俊,姓尹名鹏颜,字公子,眼有日精,姿形长雅,垂臂下膝,堂堂有天人之貌!风头一时无两,颇具我之神韵。郡丞你接触过吗?"

胡笳一悚然,装作平静的样子缓声道:"下走做本郡副官,于风物人情有一些了解,可惜没有听说过这位名士。或许,他生在河西,但建功立业、扬名立万于他处,因此错过了。兄长器重他,我立即着人寻访,带来相见。"

田甲道:"不必带来见我,见不出甚名堂。带去见廷尉,廷尉一直念叨他,说要好生栽培,衣钵相传。"

胡笳一吃惊不小,过了许久才回过神来:"尹鹏颜好福气,能得到廷尉的青睐。"

田甲道:"天子的御座上摆着一本图册,记录着散落民间的英才。半年前,他兴致好,准许廷尉抄写一份。廷尉对其他人都不动心,唯独看上这个尹鹏颜。据说,他是法家大师真正的嫡系传人,吏道精熟,俨然当年韩非的风采。"

胡笳一暗自寻思,吏道精熟,这可不是尹鹏颜的本事,看来田甲和廷尉对他的认识还很粗浅,他看破不说破,顺着田甲的话头,试探道:"本朝儒法杂用,外儒内法,器重儒生,亦重视胥吏。兄长,下走斗胆问一句，此次前来，是专程寻访尹鹏颜吗？"

田甲道："不。"

胡笳一嗓子一紧，颤声问道："那是为甚？"

田甲醉中酒杯脱手，头颅重重砸在桌上，酒液从唇齿间喷溅而出，黏液滴淌，吐出两个令人心胆皆裂的字："杀人。"

胡笳一如坠冰窟，手足冰凉，连声询问，田甲早已沉醉不醒。话说到关键处，这人梦周公去了，胡笳一又急又气，暗自责怪自己，一心把人灌醉却忘记了火候，这下砸来两个字，如此骇人，还不如不来，糊糊涂涂一直到死，省得担惊受怕。他一连叫了数声，推搡几下，田甲不动分毫。无奈他咳嗽两声，门外进来医曹掾史和两个仆役，拦腰抬腿将田甲安顿到床上，检查了脉搏、心跳和呼吸，喂了半盏醒酒的酸汁，擦净唇齿面目，盖好被褥。

其间胡笳一又喊了数次，得不到回应，门外闪烁几道人影，都是前来复命的下属。胡笳一长叹一声，声息出口吓了自己一跳，眉眼低垂，怏怏踱出卧房，关了房门，侧耳细听，里面鼾声大作。他眉目一变，凶光乍现，声音虽轻言辞狠厉，问道："尹鹏颜现在何处？"

一人回答："闲云野鹤，不知所踪。"

胡笳一厉声道："快找，连夜找。"说着两眼光芒一收，满面暗淡，又是一阵叹息，脚步匆匆下楼去了。

黑漆漆的屋宇内，田甲骤然睁开两眼，精光四射，嘴角一咧轻声冷笑。他坐直身子，看着窗户上随着猛烈的风影影绰绰砸来的沙粒，自言自语道："来到酒泉，岂能不饮个痛快？"说着翻身下榻，翻箱倒柜，拍泥开封，就着窗外的边关冷月又灌了数碗烈酒，这才心满意足，沉沉睡去。

翌日一早，张汤尚在洗漱，透过窗户一看，太守、郡丞、长史、司马、督邮掾及一应属吏都立在楼下等着。这日冰雪不大，但也没及膝部，满面风霜，遍体冰凌，可想而知，他们来了不止两个时辰。

张汤笑道："田公，你昨晚做了什么，令他们如此恐惧？"

田甲斜躺榻上，懒洋洋地品尝着一盏热羊奶，含含糊糊道："我什么也不做，什么也不说。"他饮酒过度，整个人散发着酒味，已经没有半点人味，他到哪里，哪里就变作一个酒坊，闻之令人作呕。

张汤道："什么也不做，什么也不说？"

田甲道："君信兄，就是因为不做不说，他们才越发胆寒。"

张汤微微一笑："请太守来见。"说着披了一件裘衣，到公厅坐下，吃些胡饼，饮些热奶。屋宇内早已摆上十数盆炭火，烧得暖春一般。

不时，端木义容小步急趋，一边走一边拍打衣裳，冰雪一路掉落，形成一条蜿蜒的水渍。他进堂行礼，恭恭敬敬立在一边，因受寒太过，冷热交杂，浑身颤抖。

张汤道："坐。"

端木义容行礼谢坐，其谦卑的行止，与初次见面时又不相同。

张汤道："如今地方有甚难办的事吗？"

端木义容道："难办的还不是御敌、治安诸事，而是安置移民。接连两年，国家往河西补充百姓数十万，他们本为流民，一贫如洗，即使有几个钱粮，也在途中耗尽了。完全依赖官府供给粮食、衣物、木材、种子、农具、牲畜，才存活下去，起房盖屋，开辟土地，放牧牛羊。"

"辛苦了。"张汤精耕财政，深知其负重之巨，真诚地道，"明年迁徙来的百姓，包括边军，只会更多，府君须做好准备。"

端木义容愁苦地应道："诺。"

"待得两三年百姓安生了，滋生赋税，各牧场养马卖钱，府君的日子会越来越好过。"张汤安慰道。

"两三年？"端木义容满嘴苦涩，暗自寻思，"下走一个开荒的人、耕田的人、引水的人、播种的人，只怕做的是苦力，收获时，怕轮不到我。"

张汤道:"京城差事繁巨,我不能过久逗留贵地,数日内必须办妥差事。还望府君全力相助。"

端木义容屈身回应:"廷尉尽管吩咐,下走一定略尽绵薄。"

张汤道:"临行前,天子令我顺道勘察官声、军情和民意,回京后一并奏报。酒泉设置于元狩二年,本为昆邪王属地,情势十分复杂,朝廷一直牵挂。两年来,一切太平否?"

端木义容道:"天子和廷尉问起,下走不敢欺瞒,毕竟归化的时间短,民风甚是刁顽,非重兵、重典、重刑不足制之。"

这句话颇合实情,还有一层言外之意:河西形势复杂,熟悉地理风俗的官吏十分难得,不宜随意臧否、过度责罚,一切以平安稳定为主,切不可无事生非、自毁长城,搅乱好不容易建立起来的官僚体系,增添变数。

以作风阴狠、手段毒辣著称的廷尉,完全赞同端木太守的观点。张汤神情一振,斩钉截铁地道:"你的见识,深合我心。此地是我大汉和西域、匈奴交织的地区,游商、细作、逃犯、异族、遗民杂处,易生奸伪,主政者不可过于慈悲、过于幼稚。"

端木义容得了一丝暖意,逐渐恢复了神智,言语舒缓了一些:"下走才见浅薄,幸好朝廷不弃,选拔为第一任太守,受任以来,战战兢兢,唯恐辜负了国家。下走的眷属皆在长安,自任此职,未曾回家见过一面。扪心自问,办事还算勤勉,经过一些事务的历练,上下还算有些章法。郡内虽然做不到路不拾遗、夜不闭户,但大局不坏,形势向好。这些,例行巡边的御史做过测评,基本认可。不过,长安的一些官吏不懂边塞的复杂和辛苦,一味追求宽仁慈悲,说我过于严苛暴躁,有人数次呈报奏表,要拿我下狱问罪。"

严苛暴躁?不对。我接的密报,说你软弱不胜任。至于为何表现出苛暴的政风,全拜你的佐贰官所赐吧!张汤也不揭穿,含蓄一笑,说道:"本朝官制,三年一次考核。你履职不足三年,尚无须应考。不过,一年时间转瞬即逝,朝廷不久就会派遣官员来,查验酒泉的户口、钱谷和治安，以定升黜。在此之前，我会把你的苦心上告天子，替你做主。"

官吏们当众讲冠冕堂皇的话，那就是骗人的前奏。张汤作出的承诺，连他自己都不尽相信。

端木义容起身避席，跪伏于地，又留下一摊水渍。这几句话说得客套，却是双方的一次交锋、一次试探。廷尉允诺一年之期，替他美言考成之事，端木义容从对话里得出积极的信号，初步判断，廷尉此行的矛头并非针对自己，至少还有一年时间用于转圜，略微心宽。

张汤坦然受了他的大礼，示意侍卫送一件大氅来，换掉太守湿透的外衣。

端木义容重归本座，唇角禁不住露出一缕浅浅的笑意。

突然，杯盏轻轻砸于桌上，好似凭空炸了一颗惊雷，张汤言语突兀，声息严厉："不过，你的辖区还是出事了。"

几个字，好似冰雹穿透房顶，砸中端木义容的天灵，温馨和谐的气氛一扫而空，酒泉太守霍然离座，两膝酸软，几乎支撑不住身体的重量，身子矮了两寸，颤声道："廷尉……"

张汤道："酒泉郡在籍的商贾无庸夫人，由地方作保举荐到大军充任向导，但他心怀叵测，引军队走向迷途，导致合围匈奴单于的战略失败、前将军自杀身死。这件事，酒泉罪责难逃。"

话说得凶狠，其实破绽极大：一个郡数十万众，少说也有两三百背井离乡，替衙门和军队办事，如果任何一个出了问题就问郡官的错处，区区几个官吏怎么够问？再说，无庸夫人奉调之时酒泉郡尚未设置，端木义容还未任职呢。廷尉点出无庸夫人的名字，罪状触目惊心，事实上，他已经出了本郡辖区，而且军地泾渭分明，他不管立功还是犯罪都和太守关系不大。下一步郡县作保时汲取教训，谨慎一些，严格一些，也就是了。

端木义容一下放宽了心，全身补充了力量，坦然道："回禀廷尉，酒泉郡的民众触犯刑律，牧民之官难辞其咎，下走甘愿领罪，接受处罚。"他抬起头来,话锋一转:"下走对本郡在朝廷和军队服务的人都不敢放松,一一造册,早晚查看,避免奸人混迹掺杂,生出祸乱。这个无庸夫人,因职责重大,更是多留了一份心眼,对他的情况早已谙熟。但是,无庸夫人奉召东行参与向导集训之时,酒泉郡还在匈奴王的治下。他从军之后并未重返本郡,本郡的汉官没有一人接触过他。上述事实,还请廷尉明察。"

张汤神色稍缓:"府君坐着说话。"

端木义容再次致谢,坐回席上。

"这些情况我都了解,因此没有责怪你的意思。但是,责任总不能不追,追根溯源,不在酒泉,又在哪里?无庸夫人离乡时,这块土地管事的可是匈奴人义渠昆邪。哈哈,我总不能回复天子,建议他拿义渠昆邪去问罪。"张汤道,"你说,这件事到底怎么办?"

端木义容沉吟道:"此事,非昆邪王、休屠王种下的因果。恕下走斗胆,说一句公道话,博望侯与奉使君有必要接受质询。"

张汤见他攀咬两位重臣,略感惊讶:"咦?说说理由。"

端木义容鼓起勇气道:"元朔三年,也就是七年前,博望侯和奉使君出使归来,秘密穿过匈奴王控制的河西招募了一批溃兵、土匪、奸商及刁民,三十余人,作为向导和译官培养。无庸夫人就在名册上。"

这个太守实在不简单,连这些旧事都掌握得一清二楚,令人由衷佩服。与这样的人为友抑或为敌,都是一件十分危险的事情。

张汤半闭双目,问道:"这么说来,是博望侯和奉使君的问题吗?"

端木义容道:"下走不敢。"

张汤想起甘夫的种种反常行为,联系端木义容的猜测,更加觉得事情的真相非同寻常,面含鼓励柔声道:"大胆假设,小心求证,知无不言,言无不尽。你我私下交流,都是替天子分忧,不必自设禁忌。"

端木义容露出一副可怜相:"这些话传开,得罪博望侯与奉使君,下走死无葬身之地了。"

"府君位尊德重，不宜自轻。"张汤道，"此处没有第三个人，话出你口，消融我耳。我向你保证，一个字都不会透露出去。"

端木义容感激落泪："敬谢廷尉。"说着再度起身行礼，张汤挥手阻止。端木义容心一横，声音干涩而坚决地道："南方之橘移植淮河之北就会变成枳，此水土不同也。向导出了问题，不该问此人籍贯所在地的官吏，应该问训练和举荐向导的人啊！"

北境收获了枳子，却去怪罪河西的土地公，何其荒谬！张汤捋须颔首，早已心领神会。两人又说了一些官场上的套话，张汤举盏送客，到了门前，叮嘱道："还须劳烦府君替我准备三百精干的兵士和求盗，等我指令，我早晚有用。"

炭火虽热，却让人感到朔风再度扑面，直击心魄——人数如此众多，一时哪里拼凑得齐全？人数如此众多，所行之事必定重大！端木义容一凛，强忍惊诧，颤声道："奉令。"

访客远去，脚步声已不可闻，屏风后转出田甲，幽幽冷笑道："端木义容啊端木义容，为了洗干净自己，连张骞、甘夫都敢咬，他真是疯了。"

张汤道："我们再逼一下，说不定他连骠骑将军一并拉扯进来。"

田甲道："是啊，毕竟酒泉是骠骑将军带兵打下来的，一开始，这些向导也是骠骑将军委托甘夫培训的。不对啊，那时，骠骑将军还是个偏师将领，哪有资格过问向导的事情？大将军，对，追到底的话，大将军与天子才是始作俑者。甘夫依照他们的指令收纳了这个无庸夫人，以致酿成大祸。"

张汤道："住口，越说越离谱了。"

田甲换了一个话题，讲出心里的疑问："抓捕无庸全族，我们人手足够，何必动用郡兵？"

张汤道："不然。我们带来的军吏和士兵是国家攻坚克难的战士，没有地方执法拘捕之权，拿人属于民事，必须使用求盗和郡兵才合规程。"

田甲不以为然，讥笑道："你们读书人，讲究名正言顺，十分啰唆。"

张汤正色道："廷尉不守法，天下上行下效，必然枉法。"

田甲道："你叫我查端木义容，我查了，这个人出身端正，没有问题。"说着递过去一卷卷宗。

张汤道："我嫌竹片冷，你直接说。"

田甲道："端木义容的祖上，活动于山东定陶一带。汉五年，端木家的打谷场设祭坛，高祖即位于定陶汜水之阳。端木家的子弟作为历史的见证者，从此自带光环，世代为官。本朝夺得河西后，天子选派端木义容镇守酒泉，希望他像八十多年前的先祖一样，见证一个崭新时代的勃兴。"

张汤道："西戎人、乌孙人、大月氏人、匈奴人、汉人，来来往往，其间夹杂着西域诸国的进退经营，这个地方实在太复杂了。我总觉得，复杂的地方，人绝对是复杂的。我有一种预感，端木义容不像他的身世那样清白。我很好奇，他究竟长着一副什么样的心肠，他背后到底做了些什么。"

田甲道："朝廷设立官衙，不过短短两年时间，端木义容面对错综复杂的环境，能够实现有效治理、地方平安无事，算得上能吏，我们不必盯着他，更不要苛刻地问责他。"

张汤道："你不是说他羞辱过你，你要报复吗？怎么，倒替他说起话来了？"

田甲道："这里又阴冷又干燥，赶紧把人抓来杀了回京去吧，你和一个太守斗心眼，有啥意思？万一他忿惧之下乱了阵脚，杀掉你我，以河西之地作为礼物投奔匈奴，我们不但丢了性命，还有可能沦为国家的罪人、历史的笑柄，亏了，太亏了。"

张汤道："天子传来密旨，令我不但查案，还要审查边郡官吏及驻军将领。我不接触端木义容，不出言恐吓一下，掌握一些情况，回去怎么向天子交代？"

田甲道:"你注意点分寸,敲打两下就罢了,不要玩火。毕竟在人家地盘上,他尊重你,你就是高高在上的九卿;他打定主意杀你,你不过是案板上的一块肥肉。"他一边说一边连连咳嗽,长声叹息抱怨,打了两个寒战,大声喝叫杂役更换炭火。

张汤道:"你不是大月氏人,从小生长在河西吗?怎么,回到老家一点不欢喜,还怨声载道,你忘本了?"

田甲道:"我说的话你也信?我还说过我是长安人、汉中人、淮阴人、百越人……"

张汤道:"你到底是哪里人?"

田甲定定地盯着他,严肃地道:"君信,我不是人,我是神。财神,你的财神。"

府衙幽深的密室内,端木义容紧张地踱步,胡笳一面色阴沉,手持行灯站在一幅地图前焦急地测算着,嘴里嘀嘀咕咕。

端木义容道:"表面上,张汤来查无庸夫人,其实……"

胡笳一道:"你觉得他识破了我们的底牌?"

端木义容道:"今日上午他同我谈话,郑重承诺一个字也不会泄露。但是,屏风后面却藏着一个人,拿笔详细记录。"

胡笳一道:"田甲。"

端木义容道:"这个人完全查不出来历行踪,好似天上掉下来的,鬼神莫测。"

胡笳一道:"你既然知道张汤设有埋伏,为何还说这么多,矛头直指张骞和甘夫?这不是授人以柄,同时得罪两个大人物吗?"

端木义容道:"我不愚蠢,我说的每个字都自有深意,目的是提醒张汤,叫他知难而退,不要追查下去。"

胡笳一道:"你不了解张汤。查不查、怎么查、查什么,他从来不管,他在乎的是天子的态度。如果天子的本意是不查,即使伸手就摸到锦缎黄金,他也会缩回来;如果天子的意思是查,即使前方是烧红的炭火，他也一定用手去抓。他连皇亲国戚都杀，一个博望侯、一个奉使君算不得什么，吓不住他。"说着凑上前来丢掉行灯，斩钉截铁地道："我决定，向冢蟍急速报告。"

半截灯芯带着油脂滴落在地板上，闪耀数下，几乎引燃帷帐，好在瞬息之间就熄灭了。端木义容无端吓了一跳，连连摆手，低声嘶吼道："一旦上报就会留下痕迹，你不要命了？"

胡笳一道："我们如果丢了冢蟍的大本营，他肯定弄死我们。到了这样紧急的时候，不能犹疑了。"

端木义容还是有一些主见的，但是，一旦当着胡笳一的面，就会方寸大乱。听了胡笳一的话，他立即改变主意，长叹一声，手指地图上的一个黑点道："罢了罢了。既然这样，我联络赵信。你看，他已经到了附近，藏身于一座废弃的军堡内，隔着一百五十里路。"

胡笳一唇角一阵哆嗦，满面鄙夷，恼怒地道："你想死吗？赵信那张脸那么刺眼。张汤绝对在他身边埋着暗哨，让他知道我们同赵信勾连来往，你和我还有命吗？"

端木义容不解，狐疑地道："上报可是你说的，怎么，你改主意了？"

胡笳一道："赵信一直以为，他这个主子的身份仅有大单于和他知道，其实，早在朝廷设立酒泉、选定主副官佐的第三天，冢蟍就与你接触——甚至，还早于赵信。我们对于冢蟍的分量，一点不比赵信轻。我意……"

端木义容大吃一惊，脸上一下变作灰色，不受控制地抽搐，连连摆手道："这两年，我素来通过赵信建立联络，现在也不便绕开赵信直接对话吧？"

胡笳一鼻腔发出轻蔑的声响："赵信不过是冢蟍的一条狗，你找狗做甚，你要面见主人啊。主人才能救你。"

端木义容道："怎么联络冢蟍，用飞鸟还是快骑？"

"我亲自跑一趟，对他讲廷尉府已经摸到他的外围，叫他引兵入寇，杀张汤。"胡笳一咄咄逼人，"你快告诉我冢蠊的姓名。"

端木义容被这个胆大妄为的计划吓得浑身颤抖，哀求道："你忘了，仲达，我是太守，守土有责。一旦匈奴攻破城池，害死廷尉，我难逃一死啊！"

胡笳一怅然道："你我现在还奢望活着吗？匈奴兵一到，你我会力战而死，成为举国哀思的烈士，从而保存我们的家人，延续两家的富贵。当然，趁乱假死也不是不可，下半生隐姓埋名就是了。"

端木义容道："活着当然比死了好。你我下半生，去哪里？"

胡笳一眉目一痛，怏怏道："汉匈两族势力所及，皆不容你我。我听说，远去西域千里有一个地方，叫作身毒。"

早在张骞通西域之前，蜀郡的布匹和邛都的竹手杖便经身毒输送到大夏，视线开阔的胡笳一预设的退路，实在开阔辽远。

端木义容长声叹息："在河西做官，夹在汉匈两块石磨之间，谁还能全身而退？罢了，或许，唯有这个办法，我们才挣得脱汉朝给予的枷锁、甩得开匈奴强加的魔咒。"

胡笳一打了一个寒战，忧思深重的眼眸里露出浓重的惊怖之色，沉声道："魔咒不是匈奴给的，是你我自找的。"

第五章
无庸无用

这一日，朗朗青天掩盖了暗潮涌动，天色极好，满目碧蓝。衙门里事情也少，胡笳一干练，早早办完公务，回到郊区树林掩映的家里。

屋顶落着一些飞鸟，庭院堆满落叶，显得极其静谧。

胡笳一踩着树叶，穿过铺满沙砾、长着百草的庭院，左手斜伸攀扯着花枝，信步走到厨房。

房门原本虚掩，突然洞开——好像主人走路带来的风撞开了它。刹那间，胡笳一面上的轻松惬意一扫而空，见了鬼似的，握紧拳头，浑身颤抖。

但见灶内柴火熊熊，桌上佳肴琳琅，一坛打开封泥的马奶酒幽香扑鼻，好一幅温馨的居家画面。

作为一个独居的单身汉，私宅平白无故多了一餐饭食，没有比这场景更骇人的了。胡笳一快步前移，抓起一根柴火护住身体。

一人一边击掌，一边缓步而出，发出豺狼之声，笑道："郡丞，好敏锐的身手。"

胡笳一惊恐不定，叫道："自次王！"

赵信。

这位摇摆穿梭于汉匈之间的传奇人物[1]冒险来到酒泉,潜入郡丞胡笳一的私宅,还亲手做了一顿丰盛的饭菜。阳光射进幽暗的厨房,斑驳的窗花打在此人溃烂的脸上,显得说不出的阴森恐怖。

赵信笑道:"郡丞,来,边吃边说。"他不笑还好,一笑白森森的骨骸应声而动,脸部的残肉挤成一堆,显得十分诡异。

胡笳一坐到席间,强忍着不适,赵信一连饮了两杯,胡笳一抿了一口。

赵信道:"李广死了。"

胡笳一道:"彩。"

赵信道:"我会嘉奖你们,你要什么?"

胡笳一意味深长地道:"这是冢蛾的意思?"

赵信一愣,半面脸上阴云密布,过了片刻,气恼而无奈地承认:"是。"

胡笳一暗自冷笑,讥讽地道:"替他办事是我的福分,一无所求。"

赵信道:"你知道你要的冢蛾不会给,索性不要,是不是?"

胡笳一避而不答,转换话题:"自次王,张汤似乎对我们产生了怀疑。"

赵信道:"张汤没有证据,尽管放心。"

胡笳一道:"万一露出破绽呢?"

---

[1] 匈奴单于之下设左、右贤王,左、右谷蠡王。这四个王最为尊贵,谓之"四角"。其下,有大都尉、大当户等贵族和大臣。还有一个重要的王叫日逐王,权位在左贤王之下、右贤王之上,掌管税赋和征兵。日逐王同样分左右,次于左、右贤王,左、右谷蠡王,与左、右温禺鞮王及左、右渐将王并称,号为"六角"。"四角"与"六角"合称"十王",均为单于子弟,有继承单于尊位的资格。匈奴的部落首领也够格封王,比如昆邪部、休屠部、白羊部的首领,称昆邪王、休屠王、白羊王。这些王互不统属,名义上归属单于。单于和太子为第一等级,十王为第二等级,部落王为第三等级。史书还记载了一个自次王——单于给降将赵信的优待,地位很高,名义上竟然高于左贤王。至于真正的地位,当然得看自身的实力。

赵信放下酒杯，幽幽道："那你和端木义容就会死，死在汉朝的廷尉杀你们之前。"

胡笳一既悲且愤，牙齿交错，力道相加，几乎碎裂。

赵信道："我见你卧房内有远行的行装，但是，衣衫甚薄，不像西行的样子。你准备到长安去？郡丞，长安也冷啊，不见天日，寒彻如地窖冰窟。"

"我们汉朝的上计制度，你可能不太清楚……"胡笳一倒吸一口凉气，讲出早已准备好的一套说辞，"每年，天下郡国须登记户口屯田、钱谷出入、盗贼多少等诸多事项，装入箧中，由郡丞、王国长史送往长安，向朝廷汇报……"

"哈哈哈！"赵信发出一阵讥讽的狂笑，打断他的表演，"事情确实如此，但你把时间吞了，诓我不懂汉制。计断年末，时在九月，现在急着动身，为时过早了吧？"

眼看对方面如死灰，赵信十分畅意，追问道："你作为边郡官吏，而且是副官，不是主官，未奉明诏私自进京是死罪。你潜入长安，意欲何为？"

阳光洒满屋宇，两侧人影散乱，刀光闪闪，胡笳一汗下如浆，索性拼一把，沉声道："我与端木义容商议，面见冢螇，向他请兵。"

赵信惊愕地问道："冢螇，你知道他的身份？请兵？请什么兵，汉兵？"

"你不必惊诧，我认识冢螇的时间比你长。"看着赵信吃惊的表情，胡笳一一阵畅快，说了一句玩笑话，"至于请兵，当然是匈奴兵。难道还能请汉兵不成？"其实，此时此刻，端木义容依然犹豫，还没有如实告知冢螇的姓名，胡笳一如此一说，主要是借冢螇的名号震慑赵信，使他投鼠忌器罢了。

赵信神色狠戾，沉声道："冢螇手上除了几条见不得光的小螇，哪里有兵？平时都是我们单线联系，谁给你们直接面对冢螇的权力？哼，请匈奴兵，为甚不找我？"

"恕我直言，自次王，我敢信任你吗？你投匈奴后，单于把姊姊嫁于你，给你封王，为你筑城，待遇不可谓不厚。你向单于献计，说大漠广阔，如果收兵退往漠北，待汉军远征疲惫，可一战而胜。单于对你言听计从，结果呢？汉朝将计就计，趁匈奴军团北移西线空虚，一举夺占河西，随即长驱漠北，歼敌九万，差点猎杀单于……汉匈百年对决，胜负的天平是你打破的啊！攻守形势的逆转，全拜你所赐啊！今年以来，你一次领兵、一次刺杀，在占据先机和优势的情况下，事情都办砸了……我们可不敢把身家性命全部押在你的赌桌上。"胡笳一深知赵信，若向他屈服他肯定蔑视，轻贱如猪狗，若舍命打下他的气焰，倒有一线生机，因此心一横，豁出去说个痛快，"你到河西来，不是监工，是赎罪，替匈奴拿回你丢失的东西。请你认清身份、摆正位置，收起嚣张跋扈、颐指气使的态度，谦虚一点争取我们的合作。"

赵信又羞又怒，五指用力，酒杯应手而碎："酒泉到长安何止千里，来回须多少时间？你们肯定昏头了。我看你不是请兵，是事情紧急了，担心祸及自身，跟冢蝛讨价还价吧？我问你，你此次进京，是举报他还是要挟他？"随着厉声喝问，厨房外兵器叮当作响，人影更为散乱。

胡笳一知道，此地偏僻，一言不慎必然血溅三尺，对方会消失得无影无踪。他让自己冷静下来，稳住心神，重取了一个酒杯倒满酒，摆到客人面前，从容道："我的斥候回报，有人说你远遁漠北，有人说你死在前军军营的乱箭之下，我可没有本事寻找死人，或深入荒漠大海捞针……这才无奈东去，求见冢蝛，重新恢复联系，何错之有？如果找得到你，我何必舍近求远？"

赵信面色稍微缓和，丑陋的脸上掠过一丝恨意："我确实差点死了。"

那场突击作战，赵信的死士控制了张汤、卫青和李敢，屠刀高举，即将落下。突然，骤雨般密集的羽箭呼啸而至，仅仅一波射击，便精准地将死士尽数钉在地上。这支奇兵,不是卫青大营的侍卫,也不是南行大军的后卫,而是骠骑将军亲自率领的三千得胜之师,大汉最精锐的骑士、最精良的弓兵、最可怖的杀手。

原来,李广自杀的消息传到霍去病部,作为前锋的李敢悲愤至极,不向主将呈报,立即脱离军队,赶往卫青军团前军大营。霍去病与李敢一路患难征进,相知甚深,不用猜就知道李敢一定会找卫青复仇——军功家族的世家子弟李敢,并不忌惮出身寒微的卫、霍,甚至还有些轻视他们,这是两个阶层根深蒂固的对立,不会因为天子一时的恩宠、朝廷一次的任命而骤然改变。霍去病担心舅父的安危,正迟疑之时接到一份密令,上写寥寥数语,说的都是关键。看罢他心绪大定,亲率三千铁骑紧随其后,意图阻止一场箭在弦上的火拼,谁承想阴差阳错,及时突入前军军营,摧毁赵信的计划,救出了大汉朝三名重要的将臣。

清除了奸细和贼寇,死里逃生的众人坐下来心平气和地分析了局势,达成表面的谅解,随即各自行动。李敢、卫青接受廷尉的调停,饮酒三杯,暂且放下恩怨,各归本职,等待天子最终的裁决。

霍去病分兵一千,护送卫青归营,同时建议张汤前往河西查处向导,终结狱事——这个提议与张汤的设想不谋而合。霍去病当即抽调甲士一百、战马与骆驼若干,保护张汤至酒泉公干。

当时,一个小小的军营会聚了各种各样的人物,秩序大乱。赵信中箭倒地,没有死透,凭借残损污烂的脸藏在积尸之下,诈死骗过搜寻补刀的汉兵。半夜,他趁着混乱和夜幕滚下山坡,避开巡军耳目,跌跌撞撞爬至阴山北麓的秘密据点。冢蜺已经走了,留下三十死士、两万一千钱和一封书信。

信写在白桦木牍上,长一尺,上面盖着一块木板作封检,用绳索紧紧捆住,其上押印一块蛇形封泥。

信上说,张汤已寻踪西去,追查向导的来历去处,以他的精明老练,或会发现酒泉郡主要官吏的真实面目,令赵信紧急追踪,必要时斩杀这个帮助刘彻聚敛军费的重臣，保住酒泉这处重要的基地。

河西乃匈奴右臂，得失直接关系天下大局，而张汤的敛财之术，更是汉军滚滚向前的根本动力。赵信得令，不敢怠慢，立即急行河西。

往深了想，河西的丢失，赵信难辞其咎，执行此次任务虽然不能从明面上彻底收回河西，但是，若能帮助两名已经驯服的汉官存续权位，暗地里控制河西，也算将功折罪，对单于有一个交代。

他必须办成这件大事，一点点恢复个人的尊严！

争夺河流的战斗胜负已分，是抢夺暗河的时候了。

汉匈之间的较量，从朗朗天日之下转向幽幽九渊之深，从堂堂之阵变成暗箭阴谋。

赵信向胡笳一和盘托出计划："冢蜮既然和你们联络过，不隐瞒自己的身份，证明对你们十分信任，以性命相托，否则你们也不会为其所用。冢蜮的指令十分明确，立即杀掉张汤。他一死，万事皆休；他不死，我们都得死。"

赵信的阐述肯定有所保留，或许，冢蜮还交代过，一旦郡官露出行迹，暴露身份，立即切割舍弃，杀人灭口。对此，胡笳一心知肚明，但骑虎难下，没有更好的办法，唯有迎合取巧，苟全性命："我同意，与自次王联手对付张汤。"

赵信满意地颔首赞许："这件事办成了，我替你向冢蜮请功求情，让你离职，与家人团聚，从此做一个富家翁，不问世事，逍遥度日。"

对于这个在两大阵营之间来回切换身份、不知忠贞为何物的人，胡笳一根本不相信他的任何承诺——不过，自己内外交困，左支右绌，已经到了抓稻草救命的时候，无奈硬着头皮，做出满心欢喜的样子。

两人饮了几杯冷酒，越饮越冷。一缕阳光自窗花射入，落到面前，依稀看到室内飘荡着细微的粉尘。赵信变了脸色，右手微颤，酒杯轻轻摇摆，沉声道："你不觉得有什么不对吗？"

胡笳一心肝一紧："什么？"

赵信道:"看我的杯子。"

胡笳一定睛打量,并未发现端倪。

赵信唇角拧成一团,幽幽道:"落到杯口的灰尘,比其他地方密集一点。"

胡笳一一听若受雷击,整个人不受控制地战栗,猛抬头去看屋顶。赵信丢了酒杯,拔刀在手,跳上桌面,纵身一跃,刀尖自椽子之间穿出击碎瓦片,同时他左手拉住房梁挂住身子,又连刺两刀。待他抽出利器准备刺出第四刀时,手上长刀一轻,惊得他全身力道尽失,直直掉落,把桌椅碗盏砸了个粉碎——这把纵横沙场的一等利刃,不知被什么尖锐之物削落了一半,切口极其光滑锋利,可见对方使用的兵器,似非人间所有。

外间闯进来数名麻衣武士,一边救护赵信,一边逼向胡笳一。胡笳一踉跄摔倒,面如死灰。赵信的声息犹自散乱,颤声道:"不干他事。"

武士退避数步,簇拥着赵信,警戒四方。

赵信道:"屋顶上有人吗?"

武士道:"没有。"

赵信觉得不可思议,再问道:"你们十三个人都未察觉?"

武士听了此话十分惶恐,一人道:"外面水池、槐树、青石岗,还潜伏着六七名弟兄,下走问问。"

不时,此人跌跌撞撞推门而入,满脸惨白,断断续续道:"有两位弟兄……看到他了。"

赵信惊喜参半,急道:"叫他们来见我。"

武士道:"他们,他们死了。"

胡笳一骑了一匹快马,逆着朔风怏怏回城。他不时抚摸左胸处,袍服内贴身压着一张羊皮图谱,绘制着原昆邪兵营,现弱水置的地形、建筑概况,甚至包括地下工程。图谱像一团芒刺,放走了胸膛里的热血，遗留一腔冰凉——主持勘察、改建驿站时，他根本想不到地下还有机巧啊。

他记起置啬夫专门报告过，堆积杂物的空地上凭空多了一堆砂土，为此差点儿被太守责罚。胡笳一认为，绝对是附近的奸邪之民图省事倾倒的，不足为奇，因为此类情况只出现过一次，没有引起重视，他还把置啬夫骂了一顿，警告其以后不要用这种小事来烦扰他。

现在才知道，早在张汤光顾弱水置之前，赵信的阴谋就已经启动了。

为了接待廷尉，弱水置全力施工，产生了大量建筑垃圾。赵信的人偷懒、托大，把挖掘出来的砂土悄悄运送到废物堆积区，利用郡县两级衙门雇佣的车父拉走。谁承想张汤抵达的前一天突然停工清场，他们不掌握进度，照样堆积砂土，差点暴露。

弱水置地下肯定有文章，除非万不得已，绝对不能擅入。胡笳一心有余悸地警告自己。

胡笳一走到夯土筑造的城门口，迎面撞见贼曹掾史，奉太守的命令出城传他。胡笳一见城门紧闭、旌旗大张、郡兵严阵以待，似大战将临，不禁一阵惊悸，急问道："发生了甚事？"

贼曹掾史道："廷尉下令，着太守领兵三百，捕囚无庸全族。太守已经赶往罪人家里，就等郡丞了。"

郡丞管民政，长史掌兵马，捕盗一事属于长史的职分。不过，在太守的纵容下，胡笳一侵夺长史的权力，抢了用兵之权。他听了传报略微心宽，随着贼曹掾史引路前往城西，穿过整个属于无庸产业的街区，来到一栋大宅前。宅院高峻，长宽超过一里，青石朱门矗立于万千土房中间，显得鹤立鸡群。抬眼看去，雕楼巍巍，未央宫给人的震撼不过如此——当年，耄老向官府举报，说私宅比府衙还高三尺，僭越了。骠骑将军因此派了半营兵入驻三天，当作望楼，避免闲言。汉军撤走后，留下一面黑边红旗震慑群丑，无人再敢多言。楼宇用材丰富，不惜成本采自四方，计有杉木、松木、栗木、榉木、柏木、楠木、橡木、水曲柳和柞木，雕花配饰，光彩夺目。

门下督贼曹、兵曹掾史、贼曹掾史、决曹掾史等，与兵事、盗事相关的官吏都到了。端木义容满面倦容，委顿地骑在马上指挥捕盗。数队军兵和求盗破门而入，见人就抓，这一队人马好似捅开蜂巢的竹竿，惹出一阵喧闹。

胡笳一靠近端木义容，阴沉着脸轻声道："借一步说话。"

端木义容眉头一紧，两人下了马，行到墙根，看看七步之内再无他人，胡笳一三言两语，转述与赵信相见一事。端木义容听了胡笳一的密报，惊骇得满脸苍白，喃喃自语道："这可怎么办，真要杀掉张汤？"

胡笳一道："张汤未必知道我们的底细，他来酒泉目的很简单，追查无庸夫人。无庸夫人这条线，我们干干净净，不会受到牵累。是长安那个人，冢蟟，过于惊恐了，惊弓之鸟，反应过度。他最近自不量力，蠢蠢欲动，虽然害死李广，也惹出不少麻烦。唉，迟早祸及你我。"

是谁打草惊蛇，把一条隆冬时节蛰伏在坟墓里的毒蛇引出来了呢？还是这条蛇不甘寂寞、不自量力，贸然现身？

端木义容道："前方战事吃紧，匈奴大军溃散，形势窘迫了，估计单于十分慌乱，因此严令冢蟟抓紧行动，缓解压力，他无奈之下才冒险惹事的。"

胡笳一恨声道："明争不过就用暗算，可怜了你我两颗棋子。"

端木义容沉声道："不如挥兵出城，宰了赵信，向张汤自首吧。"

胡笳一道："到了这个时候，你怎么还这么幼稚？刘彻、张汤全是恶鬼一样的人物，没有过错都要杀人，何况这种谋逆大罪？我们两家的眷属尽在长安，苟全性命于朝廷的屠刀之下，赵信的一颗人头，换不回你我两家几十颗人头。再说，我们出卖赵信，消息传到长安，冢蟟绝对不会善罢甘休，我们的家眷……"

端木义容听了，黯然无语。此时，他们肩负着捕盗的重任，在阖城军民眼里威风凛凛，好比猎手。事实上，捕盗之人亦困囚笼也。在

113

另一个看不见的战场，太守、郡丞不过两个可怜的猎物而已，谁生谁死，还不确定呢。

胡笳一道："方才赵信潜入我家，与我商谈，不知屋顶上却伏着一个人……"

这句话雪上加霜，几乎扯断了端木义容紧绷的神经，他失声叫道："谁？"

胡笳一道："你说谁？除了张汤的眼线，还会有谁？"

端木义容若坠冰窟，浑身冰凉，正午的太阳也融不去他透体的寒意。

突然，宅院内一阵喧闹，人群大乱，十几个兵士和求盗头破血流溃逃出来。一团锦绣涌至眼前，好似朝霞落入人间，把灰白惨淡的空气点缀得异常鲜明。

一个锦衣女子提着一把杀牛尖刀追到门前，闯入者不备，皆落荒而逃。他们迫于雌威，避走数步，又爱恋颜色，舍不得远离，保持一个相对安全的距离，目光像洒向大地的雨水，尽数落到那女子身上。

她身材纤细，面色白皙，眼睛清澈干净，比深山里的泉水还要透明几分。她盘着高耸的云髻，插着晶莹的玉簪，穿着彩凤乘云绣丝衣，衣摆长而尖，通身紧窄，彩带束腰，美玉相佩，长裙曳地，行走如风。

那时裙装常见，一般的汉家女子也穿这种款式，奇异的是，她这一身，用了不同的材料，丝帛、绸锦、麻葛，甚至还有产自西域、尚不为中土所知的棉纱。除了用料，用色也极其璀璨，汇聚了白、青、黑、红、黄及其衍生的诸色。一般来说，服装若用色过杂会给人俗艳浮夸的感觉，但经过巧匠的精心调配、混搭，这身衣裳浑然天成，无一处不舒服，无一处不恰好，无一处不适宜。

裙带飘闪，环佩叮当，那女子一现身，好似流淌来一团绮丽的花簇。

郡兵与求盗忘记担负的职责，看得痴了。

"太守办差,谁敢抗拒?杀无赦!"胡笳一跑到官民对峙的前线振臂厉声,用刀背猛击左右军人的背,催促他们履职捕人。

接到郡丞的指示,一名骑士醒悟过来,打马向前,举起马刀迎头劈下。他的攻势看似凌厉,其实手下留情,不过用了三成力,一待对方束手则立即收刀。想不到,女子的反应既迅捷又干脆,她身子后仰躲过刀锋,右手一拉把骑士扯下马,左手一按马背飞身而上,娇喝一声,拍马往路口奔去。精湛的骑术,赢得一片赞叹之声。

城门已闭,城池极小,胡笳一不担心她逃掉。但是,一介女流在他眼皮底下公然逃脱,令他颜面大损,加上这几日忧惧过甚,心绪极其杂乱,需要一个发泄的出口,他怒火勃发,厉声叫道:"弓弩手何在?"

严令催逼之下,十数名郡兵围追射击,阵势极其骇人,但并未用足力气。箭矢嘶鸣,纷纷坠落女子身后,砸在夯土上,落入沙碛间,叮叮当当,脆响如雨。

胡笳一躁怒起来,抢过一名士兵的长弓,探手箭壶,接连开弓射出三箭。他箭道甚精,力度刚猛,直击女子脊梁,惊得追兵一阵失声叫喊。危急时刻,不知从何处飞来数枚甲片挡住箭锋,金属碰撞的铿锵之音甚是好听。

混乱的现场来了身份不明的人物,众人感到悚然,到处打量。胡笳一既惊且怒,喝令众人急速搜寻抛甲救人的高手,又抢了一壶箭,纵马追击,咬住不放。

与此同时,捕盗官急步来报,说士兵受到袭击。端木义容赶去一看,见一道排水沟里,一名郡兵像麻袋一样瘫软蜷缩着,教人剥了甲胄,伤情不至致命,但人已昏迷,呼喊十数声,得不到任何回应。当时甲胄为极其稀罕紧缺之物,很少配属到郡县的兵卒,这名士兵属于"省卒",临时从其他部队被征调借用,恰好披甲,为人所趁。

胡笳一追出半里,前面出现一堵用板土、石块、红柳、芦苇压制的土墙——城墙将近。女子两腿一紧,夹紧马腹,勒缰转向,马速稍减。胡笳一终于得到一个机会,再发两箭,箭箭用足力道。

一箭射中女子肩胛，一箭射中马腿，战马负痛不住，前蹄一软，偏离了方向，直直撞向城墙，撞得脑浆迸裂。千钧一发之时，女子借着战马往前的冲击之力，双手前伸，钩住墙头卷身跃上高墙，爬上高高的城垛，猎猎朔风，血浴彩衣，平添一种异样的美丽。众人远远仰望，惊叹于她的英武非常。

城防兵跑步靠拢，配合猎捕。胡笳一策马前行，举起马鞭，大声指斥道："杀伤官差，夺马拒捕，你要造反吗？"

女子虽然负伤，但创口尚处于麻木状态，感觉不到疼痛。她秀眉上扬，朗声道："你乃朝廷设在酒泉保护黔首的父母官，我家乃大汉的子民，你不爱护我们，却闯入民宅伤人，你这才是造反！"

胡笳一恨恨地往弓弦上搭箭，最近他诸事不顺，心绪烦躁，懒得辩论，非得开弓杀人才能平息无尽的愤懑与绝望。他压力过大，连搭两次，都因双手颤抖箭矢落地，往身侧箭壶一掏，壶内已空，怒意更炙，使劲砸了长弓。

端木义容策马追至，拿出一郡之长的威严申斥道："你家家主犯了重罪，我们按律来捕，你不要废话，有甚不满，到监狱去说。"

女子道："你说的家主是谁，犯了何种罪状，有没有缉捕爱书？"

端木义容道："无庸夫人。他害死了大汉的前将军。"

女子浑身一震，呆呆地立着，双肩战栗，面上甚是悲痛。

胡笳一厉声道："事已至此，你还敢狡辩？"

女子怆然道："我的阿翁已经物故七年了，你教他如何害人？"

一句话石破天惊，端木义容和胡笳一差点惊下马来。女子说罢，背部一阵剧痛，半身麻木，终于站立不住，滚下城墙，带动一缕昏黄的烟尘。

城墙上的兵丁一声喊，急往城下跑，甚至负责候望的兵也跑过来，急急去抢功劳——捕获一名盗贼，赐爵一级、得钱两万，获利极丰啊。

胡笳一手脚冰冷，抬头望着幽暗的天空，面上浮现一丝骇人的震恐之色。城防兵打开城门，郡兵和求盗一窝蜂出城，跌跌撞撞、乱纷纷扑向城下的乱葬岗，但见一摊血迹，人已没了踪迹。

张汤听了田甲关于围捕无庸家的报告，半晌无话可说。一开始，他不过迎合天子对大将军的眷顾之意，一心替人开脱，因此不远千里深入边野，来查一个无名小卒，让其背负一切，了结罪案，平息鼎沸的物议。骠骑将军明白他的心思，因此乐见其成，选派熟悉河西的甲士护卫襄助他远行办差。谁能想到无意之间竟然揭开了惊天秘案的盖子，触及骇人听闻的阴谋。

按照甘夫的说法，培养一名合格的向导需要训练三年、当兵三年，那就是六年。甘夫还说，无庸夫人已经服务军队四年。算下来，恰好是七年之数。

这说明什么？说明七年前，有人已经布局，冒名顶替，安插奸细，充任向导，要置北征的大军于死地。

时间拨转七个寒暑，元朔三年，张骞从西域归来，匈奴数万骑入塞，杀代郡太守，掠走千人。刘彻受到匈奴寇边的刺激，权衡了张骞的情报，决定倾其国力，赌上国运，与匈奴正式决战。他的意图刚刚表现出来，就有人对军队大做文章，而且还是致命的向导位置。此人思虑之深、布局之远，几近鬼神。

行军迷路的事件，不只李广部发生过，公孙敖也是数次迷途，其他将领几乎都面临过同样的困扰。他们迷路的原因，是技术性的，还是人为的？

谁妥善解决了这个问题，谁就能斩获战果，青史留名；谁受制于这个问题，谁就可能丧师败绩，身死名灭。

现在，危机猝不及防撞到张汤面前——

不仅仅是李广前军的问题，不仅仅是向导无庸夫人的问题，每一名向导都可能是奸细，整个帝国的铁血军团，都可能被他们带进陷阱。

案子办到这个程度，亦喜亦忧：喜的是，可据此呈报皇帝，周知天下，挽回大将军的声誉；忧的是，溃口决堤，须面对整个汉军集团,一一审查全部在职和离任的向导,审查使用和接触过他们的人,直至追查出幕后的棋手。

所有人都值得怀疑,每个人都可能是敌人,这些披甲之人,无论付出多少血汗、建立多大功勋,都将被视作凶嫌,金子、沙子一律经过筛子,逐一过廷尉的手。

到军营设置审案堂,得罪如日中天、咄咄逼人的军功集团,这可是一件危险的苦差啊!

张汤一句话也不想说,说不出,昏昏沉沉,头痛欲裂。他挥手令田甲退下,独坐屋内,思索了半个晚上。

城北一个僻静的酒馆,窗帘低垂,遮挡住一切外间的光明,赵信、端木义容和胡笳一穿着布衣,秘密聚会。

端木义容心有余悸,面色阴沉,有气无力地道:"冢螈,冢螈,潜伏坟墓的黑蛇,蛇信探出墓土、毒牙磨刀霍霍……我今日才知冢螈的手腕。"

"七年前,汉匈大战还未正式展开,冢螈就洞察世事,预判到今日,提早布局。这样的智慧,岂是寻常人可以猜度的?如今,他入居长安,游走未央,蛰伏玉阶之下,时机到了,一口咬住刘彻,这大汉朝邪毒攻心、轰然倒塌并非完全没有可能。你们要对未来有信心,不要犹豫观望,更不要悲观倦怠。"赵信停顿片刻,语气狠厉,补充道,"至于逃亡或背叛,更是不要动这样的念头,我警告两位,趁早断了这个妄想。休说匈奴地,即使大汉的萧墙、西域列国的王庭,都有冢螈的势力,悄无声息处理掉两个逃奴,易事耳。"

他称大汉的太守、郡丞作"奴",骨子里,可见轻蔑。

端木义容脸色苍白,眼眶暗黑,嗓音沙哑地道:"事已至此,自次王还不相信我们?"

赵信道:"你们相信自己吗?"

端木义容道:"以前确实动摇过,现在心如铁石。"

赵信道："你们不替自己想，也要替长安的眷属想。冢蜫手上还掌握着一支死士，几十条小蜫，呵呵，顷刻间制造几起灭门血案轻而易举。"

端木义容面如死灰，颓然坐倒。

胡笳一一直不出声，听了这句威胁味道十足的话，无边的惊怖化作悲愤，拍案而起，长刀出鞘，指着赵信面色凶狠地道："赵信，我问你，你叛匈归汉，背汉降匈，来来往往，反复不定，你有什么资格对我们指指点点？你不要逼人太甚，信不信我现在宰了你？"

赵信浑然不惧，冷冷道："你杀了我，我不缺垫背的。"

胡笳一胸脯起伏，嘶声叫道："你们敢动我的家人，我直入匈奴，杀你全家。"

赵信脸色一变，一脚踢翻桌子，弯刀出鞘，霍然跃起——他丧师降匈，留在汉地的家眷被汉朝诛除干净，像一只失去巢穴的寒鸟，哀恸悲鸣，幸好单于慈悲，妻以其姊，才重新组建家庭。对他而言，这是一道伤疤，亦是一个港湾，还是一条底线。胡笳一的话，让他品尝到对方以家人威胁的苦楚，不禁滋生一分自责，同时发出九分愤怒。

端木义容张开双臂挡住，苦劝道："两位不要说这些伤和气的话，如今，我们损益相伴，休戚与共。万一事情败露，我死，仲达死，我们两家要被朝廷诛杀，冢蜫一族无以计数的人也将身首异处。至于自次王，你的战略失败了，兵散了，物资损毁了，你作为大单于和冢蜫的联络人，冢蜫的计划是你复仇和翻身的唯一机会，一旦冢蜫也死了，你自然失去价值，你在北方，何以显贵呢？"

赵信神色稍缓，重又坐下。

胡笳一握紧刀把："以后谁敢用我的家人要挟我，我就和他拼命。"

胡笳一说出端木义容的心声，替两人出了一口恶气，端木义容十分感激，但又不敢惹怒赵信，因此来打圆场，勉强稳住场面。三人各怀心事，重新坐定，不咸不淡饮了几杯冷酒。

赵信压低声音，好言宽慰两人："一开始，冢蜫确实是控制了你们的家人，逼迫你们替他做事。但是，这几年来，你们也知道冢蜮如何对待你们，有没有对你们的家人不利。你们既然已经和我们结盟，就不能再分彼此。匈奴和汉朝的决战才刚刚开始，各有输赢，胜负未定，需要我们同心协力，建立功勋。汉家一向凉薄，当年连刘邦同年同月同日生的发小燕王卢绾都被逼遁走匈奴，是我们的大单于收留了他。如今，刘彻的刻薄比他祖宗还变本加厉，他诛杀的将领和大臣数不胜数，他换掉的丞相比指头还多。一些人未必有罪，甚至连错都算不上，就死了，有的还祸及宗族，被满门抄斩。两位做的这些事一旦败露，前程可想而知。不要犹疑了，你们把自己看作匈奴人吧！"

端木义容和胡茄一听了心里不是滋味，索性三缄其口。他们出身世家，深受国恩，做不到像赵信这样洒脱，换一个阵营像换一身衣服一样。

过了许久，胡茄一幽幽道："查清楚了吗，伤你的部下、以甲片挡住箭锋的人是谁？"

赵信神色一凛："张汤的侍卫死绝了，我不信他手下还有如此高手……"

"侍卫尽殁，可霍去病麾下百名战兵还在呢。"端木义容暗自寻思，眼前浮现一个人的相貌，一念及此，胸口欲裂，心脏似碎。但他念及此人的身份，一时又拿不准。

赵信转移话题，沉声道："冢蜮青鸟传书，交代一件大事。"

《山海经》记载，西王母养着三只青鸟，能够飞越千山万水传递信息，把幸福吉祥送到人间。据说，西王母给刘彻写信，由青鸟送抵汉宫。传说荒诞不经，不承想，此人竟然真的掌握了驱鸟秘术。

端木义容、胡茄一垂手肃立，等待指令。

赵信道："其实，这道命令你们已经在执行了。此时冢蜮正式授权，在酒泉郡，铲除张汤。"

两名汉官对视一眼，保持缄默。

赵信道："我们永远不要低估张汤，我们永远摸不透他掌握着什么，让他说不了话，才叫万全之策。这个潜伏在房顶上的人、替逃犯挡箭的人若是张汤的部下，说明他已经准备动手了。先下手为强，我们必须抢在前面。"

端木义容道："无庸家怎么处置？"

赵信道："先借张汤的手满门杀绝，断了追查向导的线索。"

胡笳一道："无庸夫人的小女儿无庸雉逃脱了。"

赵信道："我给你一天时间，必须追捕到她，旅店见到杀在旅店，树林见到杀在树林……不许她面见张汤及其扈从。"

端木义容道："无庸雉逃走前说的话，所闻者众，瞒不住的。"

赵信道："听到又能怎样？一名罪犯的女儿，信口雌黄之言能作为呈堂证供吗？杀了她，一切就死无对证了。"

胡笳一眉头一紧："当务之急，还有一件事。无庸夫人的墓地埋葬着他的真身，我们必须运走尸体，仅留衣冠，做出他诈死从军的假象。不然张汤一旦醒悟过来，带人勘验尸首，发现无庸夫人真的死了七年，那无庸雉将从罪犯家属变成证人。这个漏洞足以吞噬所有潜伏的细作，让冢螈的心血化作流水。"

赵信叹息道："要办的事情真是越来越多了，早知这样，我应该向冢螈多要些钱粮。"

他故意说这句俏皮话活跃气氛，没想到一向乏味的胡笳一竟然当了真，轻蔑地道："他一个长安帮闲的寓公，无数张嘴跟着吃饭，不跟你要钱已经算好的了，自次王你还想赚他的钱？"

赵信无语，过了半响尴尬地道："这样斗气的话不要讲了。我总结一下，现在，我们必须做四件事：第一，两个时辰内改造无庸夫人的墓穴；第二，明日午时促成张汤杀光无庸家满门；第三，后日子时杀尽张汤及其党羽；第四，与此同时，找到无庸雉灭口。"

胡笳一脸带讥讽："杀杀杀，四句话三个杀，你们匈奴人除了杀，还会使用脑袋吗？"

赵信冷冷地道："杀张汤需要动脑筋，杀你，用我的刀就够

121

了。"说着握刀而起，两步向前，逼近胡笳一。

胡笳一变了脸色。端木义容赶紧劝慰："罢了罢了，办事要紧，休得争执。"

赵信收刀入鞘，口气缓和，叹息道："我请准冢蜺，这件事办了，他找人来替你们的位置。你们到叶尼塞河去，由丁零王授予你们官职，权力大过太守。你们的家眷，冢蜺会精选护卫一路送到。"

两人根本不信匈奴人的承诺，但还是聊以自慰，怀着万千愁绪出了庭院，前去办事。不时，起风了，冷风一次次吹动窗子，切割着光影，赵信脸色铁青，透过窗间的缝隙盯着两名汉官的脊背，眸中杀意渐浓。

这一夜，丑时的更鼓打过，张汤依然没有入睡。他吹灭灯火，一个人枯坐于弱水置的客房，食指和拇指一圈圈揉绕，思索这些时日遇到的凶险之事。想了一阵，想不出眉目，他打算找个人商量，却发现身边根本没有稳妥可靠的人。

田甲一向荒谬，你让他筹办钱财、刺探情报没有问题，但要他开动脑筋，分析一下局势，拿出一个策略，这就要命了，他的馊主意肯定把你带到阴沟里去。至于那一百多个随从，像工具一样堆在面前，有些蛮力，用来搞个架势、装点门面还行，无法借助他们谋划大事。

张汤急需一个使用工具的人，危急时刻，张汤想到的，竟然是一位籍籍无名的卑贱士兵——暴胜之。他放开拇指和食指，轻敲桌面："来人。"

一名候长应声而入，行予军礼："下走在。"

张汤的本意是请他传暴胜之来见，突然心思一转，觉得不妥，又改了主意："有些困乏了，替我打一壶酒来。"

候长领受指令，倒退出去，掩上房门。

张汤随后开门出现在楼道里，两侧侍卫向他行礼，他视而不见，径直来到旁边的卧室外，轻轻敲击窗棂，喊道："田甲，田甲！"

一连叫了数声，毫无回应。屋里传出磨牙声、呼噜声，这个猪一样的家伙，雷打不动、刀劈不醒。张汤用力推门，房门上锁，里面似乎还用方桌挡住。张汤不禁苦笑起来："你说这人聪明吧，他又睡得像猪一样；你说他愚蠢吧，他还知道睡觉封门。"

本楼层属于守卫的重点，夜间警卫的将士多达六人，管事的候官见廷尉犹豫不定，赶忙过来分忧："廷尉召唤田公吗？"

张汤道："我有事和他商量。"

候官道："廷尉稍待，下走再去敲门。"

张汤道："算了，免得惊扰到其他房客。"事实上，除去他们这一个团队，已经没有其他客人了，都被婉言劝离，甚至直接赶走了。

候官道："下走翻窗进去。"说着用佩刀划开窗面，伸手拔掉插销，逾窗进屋，搬走桌椅，打开房门。

这个过程，即使再小心还是弄出了许多响动，静谧的夜间，显得尤其刺耳。田甲不为所动，身未翻、气息不变。张汤连声叹息，这个人虽然像猪一样懒散，但也算有福之人，有福之人，心不藏奸，睡得踏实。自己位极人臣，却没有如此福气，思虑过甚，无一日不焦躁，即使睡在家里，层层护卫，一夜也要醒来两三次，总是半睡半醒，迷迷糊糊，像狗一样，悬着一颗心。一念及此，张汤嫉妒得发狂，恨得咬牙，大步走到榻前一把掀开被褥，眼前是白花花一堆肥肉，这家伙竟然一丝不挂。

田甲好梦正酣，突然梦见小时候上房偷摘柿子却掉入荷塘，浑身一冷，睁开迷蒙的两眼依稀看见床头站着数道黑影，不由大骇，见了鬼一般嘶声大叫。

张汤甚是无语，按住他的胸口，捂住他的嘴巴，叱道："竖子，闭嘴。"

田甲总算清醒过来，急问道："你何时进来的，你怎么进来的？我设了机关，你怎么破解的？"问了一阵，见张汤不理，他犹自不解，喃喃道："我照着上古奇书布置的机关，为甚对你没用？"

张汤道："不是对我没用，是你没用，你的机关没用。"

田甲一手捂住关键部位，一手拖拽被褥缩至床角，颤声道："三更半夜，你摸到我床上，意欲何为？"

张汤道："我请你帮我传一个人。"

田甲勃然大怒，手指众军吏和士兵抢白道："霍去病给你一百个人，都是木偶吗？做传声筒又不需要动多少脑子，你随便叫一个人就能办的事，何必劳烦我？"

张汤挥手令军兵退下，坐到床边压低声音道："你和我讲过，无庸夫人已死七年了，李广的向导是冒名顶替的，对不对？"

田甲道："千真万确，我亲耳听无庸雉说的。如今，这个消息传遍半个郡了吧？"

张汤道："一个逃犯的话岂能轻易相信？我需要证据。你带无庸夫人到我面前。"

田甲又叫了一声，满面狐疑。

张汤诡秘一笑："你立即动身，到无庸家的祖坟，挖开墓穴看个究竟。"

田甲瞠目结舌，连连摆手，结结巴巴道："这种恶心恐怖的事我才不做呢。我拿钱，找郡县的仵作替你办事。"

"不是钱的问题。事涉机密，其他人我不放心，何况酒泉郡的掾吏。"张汤道，"我知道你不做，所以，我替你选了一个帮手。"

田甲道："谁？"

张汤嘴里吐出三个字："暴胜之。"

田甲满脸疑惑，问道："谁？闻所未闻，你雇了一个盗墓贼？"

张汤无语，唾液咽到肚子里，过了许久幽幽道："砍碎胡蜂的那个士兵。"

田甲断然拒绝，斩钉截铁地道："不去。"

张汤凑近，食指和拇指捏捏田甲的鼻尖，用他那只每次签字都要夺走几条人命的右手环抱着田甲的脖子，拉近了，热辣黏稠的呼吸令人作呕,他手掌拍打田甲的背,充满诱惑的声音魔咒一般从嗓子眼儿流淌而出:"无庸家族有两大本事天下闻名,一个制图,一个机关。说不准啊,墓穴里有制作机关的图卷。"

田甲一听态度大变,面露欢喜之色,一脚蹬开被子,一边穿衣一边道:"好好好,我有了机关,就能阻止你这种奇奇怪怪的人随意进我的房间,从此夜夜高枕无忧。"

张汤咽了几次口水,胸口堵得隐隐作痛。

"那个……那个什么暴、暴……暴胜之,他刀法好,跟着我去能帮我壮胆。不过,还不够,你再调派些人手跟去。"田甲跳下床,声震屋宇,"候官,候官……"

张汤赶紧捂他的嘴,怒道:"此事极其机密,不能多增一人。"

田甲道:"由不得你,这些人我养着,我一呼百应,我去叫人,他们敢不跟去!"

一团乌云落在张汤面上,他语调深沉,冷酷地道:"你一介草民,役使国家的经制之师,此为僭越弄兵、诛灭九族的大罪。你摸摸你的脑袋,问它想不想身首异处?"

田甲闻之悚然,口气一软,犹自不甘:"暴胜之,一个用刀的,挖土用得到刀吗?你不如找一个会用锄头的屯军随我去。"沉吟片刻又叫道:"难道他不是国家在编的士兵?哼,用一个兵是死罪,用一百个也是死罪,我替你办事,却自寻死路,你以为我蠢吗?再说,找图卷何必非得掘墓,抄家不行吗?"

张汤无语,哀声求告:"田公,求你了。"

田甲虽然说话云里雾里,显得很不可靠,但也知道张汤半夜找他办的事情绝对机密和重要,他脸上带着戏谑之色,嘴里胡言乱语,行动倒干脆直接,立即套好衣服,穿上木屐,推开门急急去了。

张汤看着他的背影一时释然,心中充满了无限感激——经年来,每到关键时刻,田甲对他有求必应,从不退缩观望。有这样一位嘴冷心热的好朋友,实在令人感到温暖。

过了片刻，田甲仓皇归来，脸色发白，闩紧房门颤声道："暴胜之失踪了，同屋的军士都不知他去了哪里。"

张汤一听，好似骤然掉进蒸笼，满身汗出。入住弱水置之前早有严令，任何人不许私自外出，违令者持骠骑将军授予的令符斩之，主管候官开除军籍、下狱论罪。诸军吏畏怯，互相盯防，看得极其严密。不知这个暴胜之用什么方法脱离了众人的视线，又去了哪里，要去做甚。

酒泉城西，夜浓胜墨。

三道黑影全身披挂，腿和手上绑着铁皮，头上戴着铁盔，潜入一片阴森冰凉的墓地，在荒草残碑间摸索寻找。树上的寒鸦不时发出凄厉阴森的鸣叫，令一切充满了诡异的气氛。

无庸家族的墓地入口立着两块硕大的石碑，一块清白，写着无庸源流，一块赭红，写着炎汉忠烈。河西归纳汉土不久，汉人的墓地不多。但无庸家与众不同，他们早于霍去病的汉军在当地繁衍了五代，墓地内留下几十座坟茔。家族墓地的东南角被划成陵园，埋葬着数千征伐河西时牺牲和病故的汉军将士。

无庸家族并非纯粹的汉人血统，他们通过数代联姻融合了各族的血脉，可以说，这个家族，正是时代浪潮下民族大融合最直观的见证者与参与者。

当年，霍去病苦心寻找墓地埋葬阵亡的袍泽弟兄，但各处都是戈壁和盐碱，与中土大不相同，他担心弟兄们不喜燥烈，无法安眠，为此专门勘踏，耽搁了许多时日。

因担心鬼魂留恋人间，生出邪祟，汉人流行厚葬，让逝者能在地底下好好地生活。贵者天子，修建陵墓；富者官商，修筑祠堂；即使普通人家，很多也不惜变卖家业、耗尽家财。无庸家作为边地汉民，从来注重丧葬，连土都是从黄河边上转运过来的，整个墓地打理得和内地一般无二，定时超度祭祀，各项礼仪素来不缺，可谓生荣死哀。

宗族长老闻说大军需要墓地，立即军门自荐。霍去病亲自看过，十分满意，于是举行隆重的祭礼，安葬阵亡将士。

河西平定后，朝廷三次表彰无庸家的义举，赏赐颇丰，但都被无庸家推辞了。从此，无庸家和大汉朝廷搭上关系，被纳入汉军的保护范围，同时保持着若即若离的状态，不亲密亦不疏远。

出这个主意的，竟然是无庸夫人的女公子无庸雉。无庸雉认为，河西之地虽然归属大汉，但处于汉、匈、西域诸国之间，各色人等往来频繁，前日归乌孙，昨日归大月氏，今日匈有，明日汉有，时势的风云一向诡谲，谁知道未来发生什么变数？局势未明之时贴上汉家的标签，以后一旦易主，必然引来祸端，因此，采取中立的态度比较稳妥理性。家主采纳了她的意见，该帮的忙，一律应承；能享受的待遇，一概推辞。

但是，他们毕竟出身中土，对汉家的血肉情义是天然存在的，宗族墓地收留了汉军将士的骸骨，立场和态度一目了然，还怎么左右摇摆、迟疑观望呢？因此，这几年来无庸家族逐渐打破持中守正的潜规，陆续有人出来做官做事，替来往的汉朝使节、驻防军队提供服务。

这个家族最优质的服务，就是向导。

早在文帝时期，无庸家出了一位奇才，名叫无庸无用。他闭门不出，陷入癫狂与迷醉状态，日夜观测星象，整整二十三年，通过星辰的运转竟然通透了大地经行的规律，用木炭绘制出数百张比例不一、大小各异的图谱。这些舆图极其珍贵，山川形胜、道路水源一目了然，受到各方觊觎，给无庸家族带来无穷祸患，终日盗贼不断，人口失踪——稍有势力的团伙就来绑架无庸家的人，以便诈取图册。整个家族像鹿群一样，忍受豺狼虎豹鹰隼蛇蝎的骚扰，处于朝不保夕、战战兢兢的境地。

终于有一日，一贴身仆役卷走了图谱，还把整栋楼宇烧作白地。仵作勘验后找到一具烧成黑炭的尸骨，出具一份爰书，认定无用先生葬身火场化作青烟。当时，酒泉处在大月氏的统治下，无常设官吏，管理粗疏，基层行政全部依靠自治，衙门没人查案，遑论追捕，全靠宗族的力量开展搜查，天长日久，不了了之。六年前，牧民在祁连山上偶遇这个窃图的贼仆，他自称尹梁邑。此人现身一次，再无踪迹。两年前，一位姓尹的青年突然声名鹊起，凭借《地形图》《城邑图》和《驻军图》名动河西，誉满天下，成为汉匈两大势力竞逐的对象。

天下人没有几个见过他的真面目，但大都听过他的名字——尹鹏颜。

这段往事酒泉人皆有耳闻，道听途说、添油加醋，演绎出许多版本。作为执政一方的封疆官吏，端木义容和胡笳一自然谙熟于胸。

当田甲说出尹鹏颜的名字，又说廷尉青睐他时，胡笳一点也不吃惊。当田甲说尹鹏颜是法家大师的传人，吏道精熟，有当年韩非的风采时，胡笳一百思不得其解——明明是堪舆家好不好？他和法家似乎没有关系吧？

这个田甲，满嘴昏话、胡话、谎话，不知哪句是真、哪句是假，这样的人，要么确实糊涂，要么故意装腔作势、包藏祸心、浑水摸鱼。

胡笳一向端木义容和盘托出自己的顾虑，端木义容倒吸一口凉气，意识到这是一个莫测的劲敌，增设了暗哨观察田甲。不过，田甲像泥鳅一样油滑，神出鬼没，时常脱离监视者的视线，从他身上一无所获。其人的诡诈，越发助长了酒泉两位官员的惧意。

三人寻找了两刻钟，总算看到一方墓碑，上面真真切切刻着无庸夫人的名字。旁边，就是那位旷世奇才无庸无用的归葬之地。

几代人攒了数十座坟茔，这次廷尉来杀人，一天之内就能超过这个数字。无庸家灭族的危机迫在眉睫，不知这些地下的祖先能不能护佑他们的血脉。

世人喜爱聪慧过人、富贵逼人的子孙，却不明白上天不会偏私一家一姓一人，任何收获都有代价。无庸家族的灾难，自无庸无用身上发轫，终于发展到摧毁一切的地步。

滞留于这样荒凉恐怖的地方，实在不是一件令人愉快的事。赵信十分气恼，一脚踢在墓碑上，恨恨道："明明是个男人，却起女人的名字。作怪，作怪！难怪死了也不得安宁。"

这次连一向和稀泥的端木义容也忍不住了，冷冷道："夫人这个词，并非女人专属，男人也可用。"

赵信道："不男不女、不阴不阳，哪个男人昏了头，会用夫人做名字？"

端木义容没好气地道："战国时有位铸剑大师，名叫徐夫人……"

赵信打断他的话，粗着嗓子闷声闷气道："现在不是卖弄学问的时候，快挖。"

太守、郡丞恨不得摸出一把徐夫人匕首，戳烂此贼的臭嘴。眼看天光将亮，两人不敢怠慢，挥舞工具试探着挖了几下，无异响异动，又重重挖了几下，一切平静，不像藏有机关的样子。三人身心稍安，锄头铲子一阵挥舞，推倒墓碑，半刻钟后挖开一个大大的口子，暴露出整个墓穴。初步目测，深达丈余，里面幽深漆黑，看不分明。

赵信带的部众极少，一路上对抗汉家严密的户籍制度、突破高度戒备的烽燧和关卡，扣除疾病、逃亡与战损，折损了一半有余。而且，邻近郡县极其勤勉尽职的官吏侦知，一伙不在籍的危险人物携带武器现身汉地，不敢怠慢，立即派捕吏、求盗追踪，还向酒泉郡发送预警、协查的爰书，知会各处，见者立捕。消息传至，官民积极响应，备兵器、负粮草追踪——刺激他们热情的，当然不是报效天子的忠心、守土一方的诚心，而是丰厚的回报。[1]吃过亏、折过人之后，赵

---

[1] 为了正面对抗匈奴，背后防止渗透，朝廷开出诱人的赏格：活捉一个王侯、将帅、酋长，官吏增秩二等，官奴可获得同样的奖励；活捉闲侯一人，官吏增秩二等，士兵赏钱十万，背负命案者以此抵罪；斩杀匈奴百骑长一人，可得赏金十万钱，官吏增秩二等。一个猎户昼夜潜伏射得一只獐子，不过钱数百，不够半月花费；一名农夫挥汗田间收得棉粮满仓，不过换钱三千，不够半年用度。匈奴人身上披挂、手中器具、项上人头，价值十万，抵得中产之家全部的资财。只要射出一箭，砍出一刀，就有收获。匈奴虽多，能多过河西百姓？匈奴虽强，能强过丰厚的利益？

信无奈,命幸存的部下化整为零,蛰伏待机。

至于酒泉郡,官吏、兵卒虽众,但朝廷耳目众多,几乎没有一个让人放心的,根本不敢使用,因此,太守、郡丞只得亲力亲为。此时此刻,若民众路过,见太守和郡丞亲自盗墓,定然大吃一惊。

赵信从背囊里取出一只陶缸,用食指和中指拈出一团浸泡了油脂的西域棉花,拿燧石点燃丢下墓穴,微弱的光线下看不见棺椁,仅有一个穿着汉人葬服、白布包裹的人形物。赵信喜不自胜:"还好还好,尸身还在。赶紧弄走。"

端木义容和胡笳一面面相觑,谁也不动。他们深知,汉族事死如生,极尽哀荣,宁可在阳宅上节省一些,也不会怠慢阴宅——汉人的墓葬,尤其富裕之家的家主连棺椁都没有,不合常理啊!

赵信看两人的面色一下明白过来,知道墓穴不能擅闯,里面定然凶险异常。他脑子一转,沉声道:"郡丞,你下去。"

胡笳一面色一冷,叫道:"为什么是我下去?"

赵信道:"我,王爵,据城食禄;端木府君,本郡主官,秩俸二千石;而你,副官,区区六百石。论资历、职级,你最低,你不下谁下?"

胡笳一又羞又怒,抗声道:"端木兄?"

端木义容避开他的眼光,嘴里含含糊糊,不知说些什么。

胡笳一心尖一凉:"自次王,我们三人同受冢蜮之令,你在一旁看着,什么也不做吗?"

赵信厉声道:"我奉大单于令,屈尊降贵,暂时配属冢蜮办事,他授我指挥调度之权,大小事务决断在我。怎么,你想抗命不成?"

事已至此,妥协危险重重,斗争倒有生机,胡笳一硬着头皮一字一句道:"冢蜮还说过,酒泉的事太守和郡丞自决,北方亲贵一概不作干涉。自次王,入乡随俗啊,你怎么把这句话生生吞到肚子里了?"他气恨难平,食指一伸,吐出两个字:"抓阄。"

行事遇阻,各怀鬼胎,唯有听从天意。抓阄这种解决纷争的方法,实在是人类最伟大、最聪明、最务实的发明之一。

赵信威令不行，亦无良策，自己身在河西，还有许多用得着他们的地方，不敢彻底撕破脸皮，因此，默然认可这个权宜之计。他当即从箭囊里取了三枚二尺四寸的箭矢，在其中一枚箭杆上刻个"下"字，请两人背过身去，三支箭并排插进泥土。准备妥当，两人转过身看了一阵，天光都要亮了，就是不伸手。

赵信急道："怎么，还要等多久？"

胡笛一道："你确定没有捣鬼？"

赵信手指四周的墓碑，气急败坏地道："到处都是鬼，几千个鬼，我哪有胆子捣鬼？叫你下去捣一个鬼你都不敢，还好意思责问我？"

端木义容铁青着脸不再说话，大脑一片空白，胸中血气奔涌，两手哆哆嗦嗦，取了一支箭凑到面前，借着星月之光见上面没有痕迹，舒了一口长气。

胡笛一心一横，战战兢兢取了一支箭，颤颤巍巍去看箭镞与箭杆交接处，发现一个歪歪倒倒的"下"字，不由魂飞魄散，呼吸不畅，颓然坐倒。他犹自不甘，一把拔出最后一支箭，发现上面光秃秃的，这才无奈认命，整个人都蒙了。

无庸家族拥有天下形势图谱的消息早已传遍四海，图谱失踪了，大家的第一念头当然是盗墓寻宝。十数年来，之所以无人敢踏足墓地，遑论盗掘，原因很简单：这位无庸无用不但是个堪舆奇才，还是个机关专家。据说，每个墓穴都自带弩机三副，一副在明，一副在暗，一副在棺木里、尸身内，让人防不胜防，无从破解。因此，胡笛一一再推脱，不想进入墓井。

端木义容三分不忍，三分畅意，四分畏怯，清清嗓子道："制作机关的无庸无用十四年前失踪了，无庸夫人死于七年前，谁来替无庸夫人设置机关呢？我推测，这个墓穴绝无机关。仲达尽管放心。"

赵信道："是是是，放宽心，做完差事，我请你喝酒，去除晦气。"说话间已急不可耐，开始往胡笛一腰间缠绕绳索。

听了他们的话，胡笛一惧心稍缓，挪步墓道，迟迟疑疑，逗留不进。不怕眼前有鬼，就怕背后有人，赵信两掌一推，胡笳一直直坠入。受到刺激，汗腺张开，经络收紧，浑浑噩噩的胡笳一突然醒了，恢复了他一贯的洞察明辨，凄厉地大叫一声，地上两人惊得毛骨悚然，差点放掉手上的绳索。

"无庸无用不是死去，是失踪！谁说他不会设置机关？无庸夫人是他儿子，肯定也会设计机关。你们两个存心害死我！"

赵信忍受他很久了，见他到了这个程度还要退缩，勃然大怒，两手一松，绳索急速下坠，胡笳一一百多斤的身子，从六尺高处重重砸在蚕蛹一般的白布包上。赵信举手挡住面目，退避数步，拖延片刻，心绪稍定，尽数投下随身携带的全部油脂棉花，但见地下一片透亮，胡笳一手上举着一块亮闪闪的东西，颤声叫道："没人。"

赵信和端木义容仅存的七成魂魄又散了六成，端木义容强自镇定，问道："你手上拿的什么？"

胡笳一道："面具。"

赵信十分惊诧："面具？"

胡笳一奋力一扔，那东西飞出墓穴，赵信伸手接住，看了一眼，像摸到鬼一样，震颤不已。端木义容壮起胆子定睛一看，面具为纯金打造，几十颗红宝石镶嵌出眼睛和一圈络腮胡子，大小、形制恰好可以盖住赵信半边残脸，几乎是为他量身定做的。

此情此景匪夷所思，一定触怒鬼神了。它们预测到有人擅闯，提前给赵信备了见面礼。

正惊疑不定时，耳边依稀听见一缕毒蛇吐信的轻微声响，随着一声凄厉的惨叫，树上的昏鸦闻之惊散，乱飞乱撞。

两人战战兢兢挡住面部，俯身看去，胡笳一仰面躺着，脖颈上插着半截树枝，印堂上点着一根绒线灯芯，幽光蛇信一般哧哧闪烁，随即一闪而灭。

冢蜮！

端木义容两腿一软，脑子里一个惊悚名字轰然炸开。

第六章
弱水置

寅时,张汤尚未就寝,与田甲对坐无语。屋外突然响起沉重的脚步声,值班的候长拔刀喝道:"来者何人?站住!"

一个温润平和的声音轻轻穿过窗户,似金珠落入玉盘,直击不眠人的耳膜:"暴胜之。"

候长道:"还不到你当值,赶快回房睡觉。没有我的指令,不许到处闲逛。"

话音未落,张汤赤着左脚风一般刮来,挤开候长欢喜地道:"贤弟,快快快……"

候长甚为犹豫:"廷尉?"

张汤一手扯着暴胜之的手臂,一手推着他急不可耐地往屋内拉拽。候长依然不依不饶,伸手挡住暴胜之的去路:"解开身后背囊,接受检查。"

暴胜之站定正要按照指令动作,却听张汤道:"不用不用,快,跟我进屋。"

候长虽心存疑虑,但见廷尉态度坚决,不再阻挡,收手放行,同时示意士兵聚拢,加强戒备,以防不测。

黑暗的屋子里,田甲伏在桌上半睡半醒,见两条影子急促逼近,其中一个背着硕大的布袋,不知装的什么,场面极其诡异。田甲一阵心慌,颤声道:"你,你……你背上,啥东西?"

暴胜之穿着一身漆黑的衣裳，头上盘着黑布，脚下黑履，腰间挎着黑色的包袱，好似剪了一块黑夜带到屋内。他放下布袋，解开捆绑的绳索。田甲点亮行灯，举着去看，看了一眼就差点晕倒，灯具重重砸落，油火四溅。借着微弱的光线，张汤看清了袋内事物，他虽然惊惧，还能勉强保持风度，亦惊亦喜，颤声道："无庸夫人。"

暴胜之惨然道："廷尉明鉴，此人已死了七年，可传件作查验，以证真伪。"河西风沙酷烈、墓室沙土干燥，墓主变作一具干尸，有经验的掾吏对照官府制发的"照身贴"详细勘验，填写尸格，依然能看出很多重要的内容。

张汤扶起行灯，重新点亮后摆上桌，举手相请，待暴胜之坐下又亲手倒了一盏温茶奉上。"既然贤弟勘验过，不必再请人看。"他说着挥一挥手，"田公，送到无庸家的墓地埋了，务必封堵好墓穴。"

田甲失声叫道："什么？"

张汤道："天已经亮了，不会诈尸，尽可放心。外面有军吏和士兵可供差遣，你监督着就是，无须自己动手。"

田甲嘟嘟囔囔，百般不情愿地叫来一名候长、两名燧长，将尸身捆扎严实，抬出卧室。

暴胜之取出四片木牍递过去，叮嘱道："墓地遍布机关，请务必按图进出，否则，灾祸莫测。"

田甲闻之一惊，狐疑不接："一个墓地，为何用四张图？"

暴胜之道："去处设置了两套机关，一套是无庸家的墓地，一套是大军的鱼丽军阵，因此用两张图。一旦有人进入，机关自行启动，出来时玄机已变，又要两张图。"

"上半夜我接斥候密报，说有人潜入无庸墓地，逗留许久。我的密谍胆小，不敢深入，徘徊于外围，因此未知究竟。"张汤插言道，"请问先生，他们为何没有触发机关？"

廷尉的耳目果然聪颖，廷尉的情报果然精准。暴胜之不作隐瞒，直言道："回禀廷尉，是下走暂时锁闭了机关，诱其深入。"

张汤得到准信，消除了疑虑，捋须颔首颇有意味地浅浅一笑。

田甲叫道："你为何要关？他们自投罗网，一起宰了，岂不便宜？"

暴胜之无语苦笑——匈奴单于的姊夫、大汉朝的太守，一旦死于私人墓地，汉匈岂会罢休，无庸家将被两块石磨磨成齑粉啊。

"看图，多看一眼，命长一分。"张汤拱手致谢，从暴胜之手上拿过木牍塞进田甲手里，提醒道。

田甲一凛，赶紧仔细研读图谱，不清楚的地方认真询问，确定无误了，才怀着忐忑之心一步一回头出门而去。

张汤看着暴胜之两眉之间，沉声道："先生对墓地好生熟悉啊！冒昧问一句，你和无用先生是什么关系？"

暴胜之似乎没有听到，闭口不答。张汤不以为忤，换了个话题，问道："先生要救无庸全族？"

这句话点醒了暴胜之，他面色一振，神态肃然，端端正正行礼道："无庸夫人没有参与整个阴谋，这是事实，有余骸为证，请廷尉明察。"

张汤面露不忍之色，神色间布满萧索气息："可是，天下许多事，从来讲利害，不讲事实。如果将真相公之于众，无庸家倒是死里逃生，先生想过没有，把假冒的无庸夫人送到行伍的奉使君、凿穿西域立下盖世奇功的博望侯，以及汉军数百向导和他们的担保人，都会受审查，不牵连数万人，不杀掉几千人，这个案子是不会罢休的。"他沉吟半晌，神思幽远，忧心忡忡地道："正是用兵之时，若因此惹得将士自危，乱了阵脚，自毁长城，可……"

暴胜之道："廷尉，自本朝元光二年天子起三十万大军伏击匈奴以来，至今已经十四年，龙城之战、河南之战、漠南之战、河西之战和漠北之战，哪一次不是挥兵数万，赌上国运？如果再行征伐，而当向导的人被敌人操控，要死多少士兵？一旦匈奴反击，城邑陷落，多少黔首会死？廷尉爱惜几个奸细，杀一个无辜的家族结案，不怕汉地陆沉、生灵涂炭吗？"

张汤深思其间的利弊，拇指指甲顶着食指，暗自用力，良久长声叹息："先生请坐，你容我从长计议。"

这种息事宁人以免引火烧身的消极态度，一向为官人们自保的秘诀，暴胜之何尝不知。因此，他不打算以道理和道义说服张汤，而是直接抛出利害，进行一次交换。暴胜之目光炯炯，声息低沉："下走得到一条情报，关乎廷尉性命，廷尉愿意听吗？"

"先生探得的消息，一定隐秘珍贵，一定生死攸关。"张汤悚然心惊，沉吟片刻正色道，"说说你的条件。"

暴胜之道："请廷尉据实上报，请旨清查军中向导，一则放过无辜之人，一则处置有罪之人。"

张汤半闭眉目，一直枯坐了几十个弹指。天色亮了，阳光刺穿窗面，打在木桌上，在已经冰凉的残茶液面留下一点点清亮的光。暴胜之道："廷尉。"

张汤牙齿相交，下定决心："情报。"

暴胜之道："单于和赵信之间存在一个枢机人物，主导了前军营地的刺杀行动。"

"我一直怀疑，赵信一个领兵的人怎么能训练并掌握那样毒辣的杀手。果不其然！"张汤沉吟道，"汉人还是匈奴人？可知姓名？"

暴胜之道："皆不知。此人代号'冢蜦'。"

张汤眉眼内发出蛇信般的幽光："蛰伏坟墓的黑蛇，伺机而动，兴云布雨。"

暴胜之道："酒泉郡设立的第一个月，太守履职的第二个月，冢蜦两次遣人用间，说服太守、郡丞为其所用。这两个人名为汉臣，实则汉奸。前些日子，匈奴自次王赵信奉冢蜦的号令，几乎与我们同时秘密潜入酒泉，与这两人合谋，欲出奇兵击杀廷尉。"

张汤听罢，后背冒出大片冷汗，面上却波澜不兴，手中茶杯微微起了涟漪。

暴胜之道:"前军遇袭,廷尉无恙,实属万幸。谁曾想到,廷尉竟然西行千里来揭向导的盖子。他们十分震恐,知道在廷尉面前根本捂不住罪案,索性再杀一次,以绝后患。"

张汤放下茶杯,食指指肚几乎被拇指尖锐的指甲刺破,一点感觉不到痛意——得罪甘夫和张骞及背后的势力固然十分危险,但身在边地,人物生疏,如果暴胜之所说不虚,真有威胁自己性命的阴谋酝酿,不得不两害相权取其轻,先顾眼前再说。作为一个精于世故的老吏,瞬息之间张汤大脑已运转千百次,选择了有利于自己的方案。

远行河西,原本是找寻整个事件最薄弱的一环来突破,罗织罪名灭族无庸,借用替罪羊取悦外戚和天子,从而规避自己的灾祸,哪里是为了真相和公道?事到如今,形势突变,灾祸喷薄欲出,他不得不同意暴胜之的建议,应承下来,做一个睿智、豪勇、有担当的忠臣了。张汤打定主意,手指松开化作巨掌拍于桌面:"我同意。"

暴胜之释然道:"好。"

张汤问出最关心的一个问题:"他们何时动手?"

"子时。"暴胜之道,停顿片刻补充道,"今夜。"

张汤神色一紧,故作镇定:"赵信、端木义容和胡笳一一起带队吗?"

暴胜之道:"胡笳一死了。"

张汤稍稍宽慰,随即看着他道:"你到底是什么人?"

暴胜之道:"下走一介小民,与无庸家有旧,见他举族遭灾,于心不忍,因此略尽绵薄。"

中午时分,厨啬夫领六名厨佐,用竹箧装着酒菜送到门前。执勤的燧长先行尝过,交由候长取银针检查,确认无毒,候长亲领三名下属捧到屋内。他抬眼一看,见低级士卒暴胜之与一等公卿对坐饮茶,深感惊诧。

张汤笑道:"劳烦贤弟,今日两人用餐,请把田甲那份一并送来。"

候长应诺，行礼告退，不时，饮食送到，摆满了桌面。

张汤道："来，先生，边吃边聊。"

暴胜之不讲虚礼，当即端起饭碗，拿起筷子，风卷残云，两人吃掉大半膳食。张汤放下碗筷，抹去嘴上的油渍，神态看似镇定，但语气已显急促："驻城郡兵一向受端木义容调遣，不值得信任。城外各处险要的汉军，远则三百里，近则七十里，我测算过，这一来一回，援军抵达已是明日上午，于事无补，不过收整残局。事态已经十分紧急了，先生有良策吗？"

暴胜之道："廷尉早有计较，无须下走班门弄斧吧？"

张汤长叹一声，满目忧怅："我心里一点底都没有，还请先生教我。"

时间极其紧迫，话说到这份儿上，暴胜之不再推辞，将菜碗摆成一圈，代表酒泉城池，城内以饭碗标注府衙楼馆，城外以酒杯代替兵营哨所，桌面正中摆上食盒，代替驿站。他取筷子蘸上汤汁，画出道路和通道。不过十几个弹指，整个酒泉郡郡治的山川险要清晰明了，尽在眼底。张汤俯瞰地形图谱，啧啧赞叹。

暴胜之举箸挑起饭粒，一一点在食盒上："这是将士的防守之法。"寥寥数下，士兵的站位、兵器的配置严密周全，合乎兵法，将弱水置防守得好似一个蜂巢。

暴胜之夹起一片熟肉，放于城东一堆民房内："此处看似一栋普通的民宅，平时用作客舍、提供膳食，其实是一家豪强的粮仓，为防盗匪、乱兵和流民，青石垒墙，生铁造梁，十分坚固，可请田公领一队人马，驻守策应。"

张汤颔首道："依从先生调度。"

暴胜之挑起一根羊骨，沉吟许久又放下。

张汤问道："这又是谁？"

暴胜之道："廷尉私藏的重器，应该重见天日了。"

张汤心照不宣，微微一笑："先生准备派作什么用场？"

暴胜之在桌面上画出一道汤痕："弱水置与郡衙之间，隔着两个街区、六百余步……"

张汤道："明白。"当即叫来一名谨慎稳妥的候长，讨了笔墨，手书一封，又取出一块玉佩，与信牍一并装入赤白书囊，沉声叮嘱道："出驿站门左转，过两个街口，有客舍名'威盛'，东厢柴房睡着一人，你交予他，令他依计行事。"

暴胜之一把抓住候长手臂，严肃地叮嘱道："切记，提醒他不伤猎物性命，要活的。"

士兵用命令的口气向军官交代事宜，候长有些不适，但慑于廷尉的权威，没有表露出来，只是含糊地哼了一声。待候长辞去，暴胜之仍不放心，追出门道："有劳尊官，请告知他，务必生擒。"交代完毕，重返室内，一副忧心忡忡的模样。

城内有兵、有求盗，但良莠不齐、敌我难辨，无法放心地使用。张汤手指"城"外西侧的一只酒杯，问道："这支军队谁在统领？"

"本郡中部尉竺曾。"暴胜之道，"平时不见虎符绝不轻动，战时一堆蓬草、一粒火星召之即来。"

张汤想起初涉弱水置见到的晾晒的蓬草、苣草与布，心中大慰，急令军吏前去收拢，严密守护，以备大用。[1]不过，驿站不比烽燧，示警传信的燃料类别、储量都赶不上前沿一线，不知烽火冲天能不能引起各军足够的重视，引来足额的战士。

"骠骑将军授我令符，可调河西诸军。"暴胜之道，"信使三批，不同装束，不同时间，已出城去了，中部尉会率先得知。"

张汤不甚知兵，从《吏卒名籍》《车父名籍》《属国胡骑兵马

---

[1] 汉军临敌划定了"战备等级"，按照规模，把来犯之敌分为十人以内、十至五百人、五百至一千人、一千至两千人、两千人以上几个等次，不同时间不同规模的敌人进犯，则点燃不同的物品发报，比如积薪、苣、草烽与布烽。布烽是标志物，草烽即柴草，积薪为柴草堆，苣指成捆的芦苇堆。敌人白天进犯，则点燃柴草；夜里进犯，则点燃苣火。信号一起，后方会派出数倍于敌的士兵赶来增援。

名籍》等名册上了解军事，以为一旦示警便能得到足额士兵的驰援，不由如释重负，往酒杯里倒满琼浆，双手捧予暴胜之，自己又倒取一杯，笑道："你我满饮此酒。"

事实上，边军分散各地，防线绵长，一个候官的辖区便长达百里，都尉名义上管辖数千人，危急时刻，都尉府能第一时间集结出动的不过直属队数百人而已，而且，还大多是些名编军籍而从事文牍事务的军吏，与其说是军人，不如说是官吏。至于一线作战部队，分成骑士、燧卒、田卒，还包括各种勤务兵、工程兵。河渠卒兴建水利工程，守谷卒保卫粮仓，望城卒守望城墙，除道卒打扫卫生清除积沙，养卒备办炊事，保障坞堡燧寨的粮、水、药、炊具、燃料等生活物资。官文场面上浩浩荡荡的万人大军，其实不过是撒到广袤大地的胡椒面。一名都尉统十名候官，每名候官领属吏二十一、兵三百，两三个时辰内能等来一百人，手持器械堪战的二三十人，已经算得上很有效率的精锐了。

眼看廷尉战意高涨、兴致勃勃，暴胜之暗自苦笑，说道："下走愿作奇兵，截断敌人后路。"

张汤大定，郑重行礼："先生鼎力相助，我无忧矣。"

不时，到威盛客舍传信的候长归来复命，奉上一片麻布，说指令已经传到。这块布取自受令人上衣胸口，作为接令的信物。

张汤叫来三名管事的军官，一一交代清楚。部署完毕，军吏们出门调度士兵，设置防线。燧长又送了些热汤和温酒来，两人饮了数盏，说些闲话，甚是惬意。过了一刻钟，屋外一阵喧闹，脚步杂乱，田甲回来了。

田甲裹挟着风沙径直撞门而入，静谧的气氛一扫而空，整个河西的苍凉顷刻间塞满屋宇。与他一起撞进房间的，还有一个捆扎严实的人。定睛一看，竟然是个女子。那女子穿着五颜六色的彩衣，好似滇国进贡京城的孔雀。这只孔雀带着二尺多长的桦木箭，浑身浴血，处于半昏迷状态。

暴胜之丢下酒杯,完全不顾张汤诧异的表情,急步过去扶那女子坐在胡床上,又扯掉绳索。他轻声呼唤,脸上似有利刃划过,眉目间满是疼意,肌肉不受控制地抽搐。随即,暴胜之打开随身背囊,取出一个黑色的小包袱,拿出一件件疗伤的器械和药材。他的手不由颤抖,器械掉落几次,发出沉闷的声响。摸索一阵,他拿出一把亮闪闪的刀,原来是胡医惯用的银刀。此刀虽小,毕竟也是一件武器,银刀在手,好比持械临阵。

片刻之后,暴胜之缓缓平静下来,眼神里的慌乱一扫而空,手背上的青筋逐渐隐退。他目光坚毅、动作沉稳、手法娴熟,一顿饭工夫,剪断女子肩胛上的箭杆,拔出箭头,清理了伤口。他摸出一块精铁,烧红了打算炙烤伤口,迟疑片刻,终究还是不忍。

田甲提醒道:"撒花椒粉,又能止血又能消毒。"

"荒唐,退一边去。"暴胜之粗暴地叱骂道。

田甲一片好心错付,大怒,正待发作,却见暴胜之从包袱的底层掏出一个小囊,解开捆扎的黑绳,往女子伤口上倒了一层清香扑鼻的粉末,不时,伤处血止,异味渐淡,俨然出现愈合的迹象。

田甲转怒为喜,敏锐地意识到这是难得的商机——若讨得处方,制成伤药,在这大争大战之世大有用场,必定财源滚滚。

"这是?"他小心试探,心道若真有用,你开个价。五千钱以内,绝不还价。

"大蓟、小蓟、荷叶、侧柏叶、茅根、茜根、山栀、大黄、牡丹皮、棕榈皮各九克,分别烧灰存性,研极细末,用纸包碗盖于地上一夕,出火毒。"暴胜之一边包扎,一边絮絮自语,毫不吝惜地倾囊相授,"内服更佳,先将白藕或萝卜捣汁,磨京墨半碗,调服五钱,食后服下。可解吐血、咯血、嗽血、衄血诸症。"

田甲大喜,念诵两遍,牢牢记住。

"萝卜?那是什么?"田甲问道。

不等暴胜之回答，张汤插话道："西域之西的物产，奉使君曾带种子归来，我亲眼见过。汉地知之者尚少。"

说话间，暴胜之瘫坐于地，大汗淋漓，经过极致专心的战斗，他完成了初步的治疗。

张汤轻轻颔首看向田甲，捋须微笑，眼里带着嘉许之意。田甲受到鼓励，精神一振，倒转茶壶咕噜咕噜喝了一阵，表情夸张、手舞足蹈。他正要大肆表功，突然看到桌上的残羹剩饭，刹那狂怒："我辛辛苦苦埋人，你们竟然吃了我的伙食？"

这一叫声震屋宇，吓了张汤一跳。原来这餐饭有几道河西特产，田甲花了不少功夫，费钱不少。外面值守的候长隔着窗户，轻声劝慰道："是下走疏忽了。田公稍待，您的一份厨房正在加热，马上送到。"

田甲止住怒气，倒了一杯冷酒一口饮尽："我冒险进入墓道，恰好碰到这个女人，仔细一看，不是逃走的无庸雉吗？她躲进墓地，有机关护身，任何人奈何不了她。哼，谁能想到田某来去自若？养她两天，送到衙门换些酒钱。"

张汤端坐桌前，将酒杯凑到唇角，饶有兴致地冷眼旁观，看情形，暴胜之和无庸雉关系非同一般。他心意一动，立即喝止田甲，冷峻地道："你富甲天下，真的缺几文酒钱吗？没出息。"

田甲叫道："你有出息，怎么一路用我的钱？"

张汤满脸赤红，指着田甲气得说不出话。过了片刻，他叫来候官，吩咐他通知驿丞，把床榻上的被褥更换一新。床铺收整过后，张汤不惜屈尊降贵，亲自动手帮暴胜之扶着无庸雉躺到床上休养。安顿好无庸雉，张汤扯着田甲，出门而去。

这个驿站有上房一间，住着张汤；中房三间，住了田甲和两名候官；下房二十间，住了九十余名候长、燧长等中低级军官和士兵。如今，剩下的仅有柴房。张汤让出上房，谁敢让九卿之一的廷尉住柴房？一名候官赶紧搬走。大家一阵手忙脚乱，按照身份调换房间。

不知不觉已到未时，阳烈气燥，热浪蒸人，生于长安东南杜县的张汤从未到过这样酷热的地方，实在忍耐不住，又想到郡县叛臣即将发动攻击，坐卧不宁。军人们抬来十数盆凉水放置屋内，勉强压住燥热。张汤心绪一凉，便有了计较，令他们抬着水盆来敲上房的门。

过了许久，屋内传出暴胜之的声音："进。"

张汤推门而入，军人放下水盆，尽数退出。暴胜之目光一直不离无庸雉苍白的脸，以至于不顾礼法忘了向张汤致意。他看似镇静，其实早已乱了方寸。张汤坐了半晌，暴胜之无意理会。张汤十分尴尬，走也不是，留也不是，一个劲儿倒酒自饮。不时酒壶尽空，张汤满脸赤红，眼神迷离，接着倒茶，不到半刻钟，一壶茶全数喝下。

熬了半个时辰，房门洞开，田甲毫不避讳地卷着一阵热浪直接推门进来，拉住张汤的手臂拽到自己房间。张汤恰好得了一个台阶，如释重负地喘了一口长气。

田甲道："你虽然职务高、身份贵，但窝藏逃犯，毕竟不妥。我问你，怎么和端木义容交代？"

张汤叫起屈来："人是你带来的，要说窝藏也是你。我把你交予捕盗官，换些酒钱就是。"

田甲道："你贵甲天下，真的缺这几文酒钱吗？没出息。"

张汤语塞，气得肝疼。

田甲道："无庸雉，无庸雉，这个'雉'，和本朝高祖的皇后一模一样，公然僭越，她不倒霉谁倒霉？全家下狱，肩上挨一箭，活该。"

张汤道："你不要凭空诅咒人家，名字不过是个符号。无庸姬出生时河西尚未纳入大汉版图，不存在避讳的问题。"

田甲道："这个无庸家族都是些神经病，无庸无用，无庸夫人，有这样的名字吗？"

张汤道："不懂就别乱说，无庸，这是上古复姓，比你们田家还要古老。"

田甲道："田氏再差也做了齐国国君，无庸做了什么？"

张汤道："姓姜的收留你们姓田的，不对，你的祖上原本姓陈。

姓姜的收留你们姓陈的,你们却恩将仇报,鸠占鹊巢,抢了人家的产业,你还好意思说?"

一讲到历史和典故,田甲脑袋就陷入糨糊状态,暗自叹气,索性闭紧了嘴巴。

张汤乘胜追击:"你若听着逆耳,可跟暴胜之讲,让他提醒无庸雉把名字改了。"

田甲头更疼了,他知道自己根本打不过暴胜之,既然打不过,自然说不服。两人你一句我一句,说些没有味道的话,连自己都觉得无聊。突然,隔壁传来一声巨响,似乎推倒了柜子,接着人声大作,刀声凌厉。张汤跑出客房冲到走道,见侍卫们各持兵器聚在客房外面,准备破门而入,不由心意一动,挥手止住,侧耳细听。

只听暴胜之道:"雉儿,雉……唉,你重伤在身,不能动怒,不能下床,哎呀……"

听动静,似乎无庸雉拿着一把刀,连砍数下,逼得暴胜之跟跄摔倒。暴胜之道:"罢了罢了,你杀了我吧,我……我累了,唉……"

无庸雉气息奄奄,语气凶狠:"你那贼爹,放火烧了我家祖宅,害死大父。你这贼子,拿着我家的宝刀和图谱招摇过市,欺世盗名……我不杀你,还有天理吗?"

听了这话,张汤面色一凛,又惊又喜,不再犹疑,直接用肩膀撞开房门,侍卫们一拥而入。此时,随着一声娇喝,炭刀凌空劈落,斩在暴胜之的肩上。刀刃见了血,好似木炭遇到火,顷刻间通体炙热,流淌着岩浆一样的灼流。

无庸雉一刀砍伤暴胜之,自己也呆住了。她痴痴地站着,握刀的手剧烈颤抖,有些畅意,更多的还是痛苦、心疼和懊恼:"你用来沽名钓誉的一切,哪一样不是我家的?连这把魅影血刀,刀背上也刻着'无庸'两个字……竖子,竖子……"

田甲不禁肃然——原来,这把木炭一般的兵刃,竟然是上古神兵魅影血刀。

传说，地府深处有一道深不见底的山谷，铺满熊熊炭火，专门烘烤世间罪大恶极之人。血肉烧成灰烬，灰烬再成灰烬，经过九千九百九十九年，无数的膏血汇聚在一起，凝结成一件神兵，似刀非刀，似剑非剑，形制奇特。一位神祇将其带到人间，埋藏于泰山顶峰的泥土里，受寒暑日月精气。百年前，秦皇嬴政登山封禅，血刀破土而出，第一次见到天日，好像泥巴一样炸裂开来，风一吹，无数粉末剥离飘散。眼看这件神兵将化作尘土，始皇十分不舍。丞相李斯通彻古今，畅晓阴阳，当即查询上古之书寻得良法，斩死囚百人，以血浸泡，神刀裂痕消弭。从此，每当月圆之时，此刀必须饮血，数年来杀人无数，这才安静下来，一月一次改作一年一次。天下底定，杀人的地方越来越少了，嬴政赐刀予秦将屠睢，自西北到东南，征伐岭南。屠睢死后，继任者赵佗因其邪恶不敢留存，令人投于大海。不知为何，此刀插入大鲸背部，逆水北上，现身淮河流域，辗转为韩信所得，天天佩带从不离身。楚汉决战垓下，数十万大军浴血争锋，血流盈野。韩信插血刀于两军对阵的战场，把伤亡士兵渗透到土壤里的热血吮吸一空。后来，韩信死于吕后之手，魅影血刀冰霜一般融化，踪迹全无。

不知这把奇诡的凶器，如何落到无庸家族手上。带着邪门之物的人，绝非等闲之辈。

看情形，无庸雉已经不会二次出手，张汤审时度势，抢先一步握住她的手腕，侍卫蜂拥而上，两刀一剑狠狠刺向无庸雉。暴胜之怒喝一声，迅即挡来，身上又披三处创口。

"退！"张汤挥散众人，令候长闭紧房门，不许靠近。无庸雉重创未愈，身心倦弱，一时动怒、一时用力，终于支撑不住，再次晕倒。

暴胜之肩背血流如注，满手殷红，他不顾自己的伤，扶住无庸雉软倒的身躯大口大口喘息。按照张汤的指令，一名医工带着两个徒弟紧急赶来疗治两人。

冲突平息下来，张汤得了些闲暇，这才有余力继续办理正事。他叫来田甲附耳叮嘱，让他前往城东勘察地利，提前布局。田甲知道事情紧急，不容差池，立即领了十数人前去营造基地。

张汤邀暴胜之对坐饮茶。暴胜之面色忧愁，一副心不在焉的样子，连茶水泼到衣襟上也浑然不知。一向沉稳庄重的黑面武士如此举止失措，前后反差冰火悬殊，令人十分好奇。

张汤道："先生好些了吗？"

暴胜之道："幸亏廷尉延请医工，及时疗治，无庸……气息平稳，我也行动自若了。敬谢廷尉。"

张汤道："先生不用谢我。我叫这个游医来，是应变自保，顺带看顾无庸姬。据先生的情报，今夜贼人将谋刺于我，一旦负伤，有个医工在，总能多一线希望。"

暴胜之浅浅一笑，茶杯贴在唇间，却忘了饮用。

张汤盯着暴胜之的眉目看了半晌，眉眼似笑非笑，意味深长地道："尹先生。"

事到如今，这位名满天下的奇才不再隐瞒身份，放下茶杯，站起行礼："尹鹏颜见过廷尉。"

"说来有缘，当年我曾与令尊同衙为吏。"张汤振作衣冠，举手邀请对方坐下，温声笑道，"先生与骠骑将军交情匪浅啊。"

尹鹏颜道："元狩二年，我们相识于河西。"

张汤道："我猜得不错的话，骠骑将军从朝廷处得到博望侯绘制的河西形胜图，一举打通向西的走廊。但是，更远的土地，他缺乏舆图，一无所知。经过河西之战，他意识到图谱的重要性，慕名前来拜访你，你替他参赞军机，规划行军路线……近年来，包括大将军在内，几乎每位将领都有过迷途失期的败绩，唯骠骑将军一击中的，从无偏差。朝野上下十分不解，为何一个二十岁左右的年轻人，纵横数千里，突入匈奴腹地，次次寻得主力决战，从不迷路？原来，有先生在幕后规划一切。"说着再次起身，恭恭敬敬行了一礼。

"图是死的，人是活的。骠骑将军海纳百川，用了许多匈奴降人，这是精准用兵的根本。"尹鹏颜回礼，从容道，"竹简上寥寥数笔，算不得什么，我不敢贪天之功。"

张汤道："此次漠北大战，关系汉家十万壮士的生命、千万黔首的命运，你自愿投身军旅，以普通士卒的身份替骠骑将军谋划行军事宜，同时亲赴战阵，击伤显贵的匈奴自次王，驱散毫发无损、养精蓄锐、汹汹而来、足可一举改变战局的万人大军。立下如此大功，却甘心以士兵自居，先生血性忠诚，一心替国家出力，从不顾及个人名位，令我十分佩服。"

尹鹏颜满目肃然，神色凛然："一切大义，大不过家国大义。我虽然一介白丁，对天下黔首的安康福祉亦有责任，不敢不略尽绵薄。"

张汤道："酒泉传出警报，祸及故人，因此，你主动离职，千里迢迢赶来救援。我说得不错吧？"

尹鹏颜道："廷尉，我心如铁石，无论千难万险，一定力保无庸家族平安无恙。"

霍去病选调一百余人随行河西，看似随意指派，其实早已做过功课，都是不认识尹鹏颜的，替他瞒住身份——骠骑将军率真直接，却也心细如发，体贴备至。

张汤道："先生你坦诚对我，我也披肝沥胆对你。在这之前，我一直顾虑奉使君和博望侯，希望息事宁人，免生波澜。如今，既然知道你背后有骠骑将军的支持，我不再迟疑，心如铁石，帮助你达成目标。"

庙堂的顶级大臣，江湖的风云人物，两个都是绝顶聪明之人，不必遮遮掩掩，这一席话说得极其直接。十个奉使君和博望侯打包也不及一个骠骑将军势力大，有了霍去病这位强援，廷尉府犯险主持公道的成本可忽略不计了。保住无庸全族不过举手之劳，却能示好天下瞩目的尹鹏颜，同如日中天的卫、霍外戚结盟，这样的事情，天予之，不可辞，张汤自然顺水推舟、乐见其成。

尹鹏颜释然一笑，算是与张汤正式达成共识。

张汤道："当今天子，乃秦皇、高帝以来第一英纵豪迈之主，他谋划的事业，开阔宏远，泽被千秋，今日，正是英雄用事的大好时机……"

尹鹏颜道："这是一个英雄辈出的时代，也是一个人头滚滚的时代。"

张汤道："庙堂之高，军旅之重，先生有意乎？"

尹鹏颜道："我不贪功，不任职，并非天性淡薄……"

张汤道："你不希望别人知道你的真实身份，因为这个身份背后，涉及一个人，古今以来天下难得的奇才——你阿翁敬爱的家主、你的授业恩师。"

尹鹏颜道："是。"

张汤道："奇才往往伴随着奇祸。无用先生为了避免祸患，周全家人，想出火遁的办法。你的阿翁，甘愿背负杀主作贼的污名，帮助他隐遁山林……令尊改名为梁邑，好一个尹梁邑！梁邑，不就是保护赵氏孤儿的大贤程婴的家乡吗？用这个名字，可见其忠心和苦心。令尊真是程婴一样的人啊！"

十几年来大家把阿翁当成蟊贼，唯有张汤明其心迹，这等知遇之情实在令人珍惜感激。尹鹏颜又一次向张汤行礼，张汤坦然受之。

张汤看向两个房间的隔墙，眉目含笑，饮了一口茶："汉匈数百年的恩怨，将在我们这个时代进行一次结算，无用先生虽然归隐山林，但依然不改一腔报国之心，令你下山襄助军机。可是，为了保护他、保护这个家族，你却不能向世人说出实情，亦不能向爱慕的姑娘作出解释。她一旦知道真相，必定前去寻找大父，难免露出行迹，甚至闹得尽人皆知，围猎追逐之人必然再次纷至沓来。一旦如此，无用先生还能躲到哪里去？今后很长的一段时间内，你在她面前，依然是贼人的儿子，一个欺世盗名的贼子……唉，你内心的苦楚，谁又得知？"

尹鹏颜道："一点点误会，不算甚，我不计较。"

张汤道："为国事不顾身，我十分敬佩你。但我还是要提醒你，你或许能保住你的师父和无庸家族，但你擅长勘测和制图的名声早已传布天下，你无意间替代了无用先生的位置，成为天下觊觎和追逐的人物。你的未来到底如何，实不可知。"

尹鹏颜道："我确实没有良法，因此使用假名。还请廷尉教诲。"

"当今天子，一代雄主，雷霆雨露，杀伐决断，皆极凌厉。我今为廷尉，操持千万人性命，何其畅快？明天却难保不会身首异处。说实话，我也不敢预测前途。"张汤苦笑道，"我但信天命，一向顺其自然，没有万全的策略教你。走一步看一步吧。"

众人皆见九卿的显贵，谁懂得他们的忧苦？这一番肺腑之言，道尽仕宦艰险，高处寒彻。

尹鹏颜举杯相请，惆怅而不失豪迈地道："奉教。"

经过一番透彻的长谈，张汤、尹鹏颜坦诚相见，彼此视作知己。到了张汤这个年纪、这个职位，本来很难再对谁全心全意，但他还是向尹鹏颜展示了自己真实的情感和抱负，甚至适当地袒露肺腑深处的软弱与忧惧，因为他知道，尹鹏颜是一个真正的君子，一个真正的国士，这个人，可并肩战斗，以应时势。

最重要的是，这个人不惹事、不生事，但出了事能扛事，能吃亏、不害人。

此时天色已黑，太阳落山后圭表和日晷无法使用，候官往中庭挂了一盏风灯，照着计时的漏壶定睛一看，已到亥时。如果叛臣的计划不变，再过半个时辰，攻击就会开始。面对这样急迫的局面，张汤还是稳住心神，决定办一件重要的事。

上房内，两名仆妇用凉毛巾敷无庸雉的额头，不久姑娘缓缓睁开了眼睛，依稀看到一个身着皮冠、身穿朝服、佩饰绶带的贵官。当时的臣僚们一年四季按五时着服，春季用青色，初夏用红色，季夏用黄色，秋季用白色，冬季用黑色，士大夫穿得差不多，一般人无法仅仅通过服色区分品阶，但可以通过冠带和绶带看出高低。无庸雉出身名门，颇具见识，虽然不知此人的身份，但看得出他同太守一般尊贵，

149

不由眼睛一亮，挣扎着起来坐直了身子。

田甲道："这位是廷尉张汤。"

无庸雉且惊且喜，颤声问道："你就是追查向导旧案的廷尉？"

田甲道："不算旧案，还新鲜着呢。"

无庸雉怆然道："廷尉察狱，是道听途说还是仔细勘察？你可晓得，我的阿翁七年前已经物故了？"

张汤道："我看过令尊的遗蜕，确认无疑。"

无庸雉又悲又喜，急切地道："这样说来，案情清楚了？廷尉，我的家人何时出狱？"

张汤道："狱事涉及军队，廷尉主理民政，我无权裁定，必须上达天子，知会大将军、大司马，廷议论处。"

无庸雉再度陷入绝望，满脸惊悸地道："如此折腾下来，少不得半年。监牢如同地府，老者风烛残年，小者嗷嗷待哺，谁能困居如此之久依然安然无恙？这……"

当时郡县遍设监狱，名目繁多，多达两千座，形成一整套严密的法规。按照《春秋》的义理，囚犯也有相应的权益，不得剥夺。然而，无论官面上写得多么天花乱坠，现实却是冷酷不堪——监狱外的人都活得猪狗不如，监狱内哪里会有好日子？郡狱黑暗污烂、通风不畅、狭促拥挤、狱卒凶横，令人不寒而栗，一旦被关进去，性命难保。

张汤唇角一挑，浅笑道："明日辰时，我东向长安。"

无庸雉闻之泪下，强撑着行礼："辛苦廷尉。"张汤给了她一线生机，不过，关山隔阻，来回旷日持久，亲人们撑得到天诏下达、阳光普照那一刻吗？

张汤道："你不必入狱，你作为证人，与我一道进宫面圣诉说详情，可好？"

无庸雉喜极："好好好，我随廷尉前去。我家有十余快骑，日行三百里，可供廷尉驱用。"

这小娘虽然面上哀婉，声带哭腔，但眼神坚定，语气从容，可见材质上乘，俨然大家风范。即使是长安城里皇亲国戚、名门世家的女子，能与之相比的也屈指可数。连张汤这样见惯公主名媛的人，亦由衷佩服。他暗自琢磨，她与尹鹏颜般配，好一对美玉璧人，不可不接触亲近，替她分忧。一念及此，眼里多了三分欢喜，面上增了一层温柔。

一缕朔风吹开窗户，张汤受冷气袭击，话语也冷凝了："按律，你必须收押郡狱，等待审查。即使进京，也要戴上枷锁、铁链……"

无庸雉毅然道："若能进京自诉，吃多少苦，受多少罪，我都不在乎。"

张汤眼色一变，沉声道："我有一个条件。"

无庸雉道："廷尉请讲。"

张汤道："你或许听说过，我这个人一向冷峻严酷，从不法外施恩。此次对你破例，是受了你一位故人的苦求……"

无庸雉何等聪明，一下猜到这故人是谁，不由身形僵硬，面容呆滞起来。

张汤道："他做这些出于至诚，不是用恩情要挟你，求得你的谅解。"

无庸雉切齿道："竖子素无好心。"

张汤道："他一起东行。"

无庸雉再也无法忍受，抗声道："廷尉！"

张汤道："他和骠骑将军相熟，你知道将军在天子心中的分量。他与我前去，有助于狱事往好的方向发展。"

提起骠骑将军，无庸雉两眼放光，看到了一线生机，不顾男女之防、尊卑有别，抓着张汤的手臂急切地道："当年捐献墓地安葬汉军将士，我们和将军接触过，将军尝言，若有所需，到长安找他。"

指尖入肉，小臂生疼，张汤咬牙忍住，做出庄重从容的样子，言语森然："骠骑将军、大将军各领一军，突击漠北匈奴，狱事发生在大将军部，并非骠骑将军部，两军各有主将，泾渭分明，骠骑将军怎么好接受你的请托，干扰大将军的军务？"

无庸雉放开手臂，坐回寝榻："我们无庸家说不动骠骑将军，那个人有甚本钱说得动他?"

张汤道:"他的名声早已传遍朝野,不只骠骑将军,连大将军和天子都极其欣赏他。朝廷需要人才,他是一个各方看好和器重的人物,一个长着天眼、能够观测山川形胜的天神,即使无庸家犯下逆天重罪,将军们和天子也会给他几分薄面,网开一面。"

无庸雉道:"他的名声怎么来的,廷尉你知道吗?是他做贼的父亲杀了我的大父,抢走图谱……"

张汤打断她的话语,面色严厉,冷酷地警告道:"你理性一些,这不是你一个人的好恶,这是无庸全族一百二十二条人命。"停顿片刻,又补充了一句:"如果你觉得自己还有讨价还价的资格,那你和你的族人还是一起死在酒泉郡狱吧!"说完,装作愤怒的样子拂袖而去。

"酒泉到长安,正常走,日行百里,耗时一个半月到两个月。若慢慢走,走半年,也不算消极怠工……"田甲叉着腰,怒道,"廷尉很生气,后果很严重,你不能在这里逗留了,起来,跟我走。"不由分说,扯着无庸雉的手臂拖下楼,扯出弱水置,往城东蹒跚行去。

张汤的心思极其缜密,他认识到,无庸雉一旦进京自诉,尹鹏颜必然护卫左右,并力东行。这样一来,就能把尹鹏颜牢牢拴在自己的战车上。狱事了结后,还能通过尹鹏颜,与蓬勃生长的卫、霍军功家族建立牢固的联盟。卫、霍的背后,可是皇后和太子啊。搞好与尹鹏颜的关系,无异于布局千里,巩固现实,把握未来。

张汤急急地走出客房,不是生一个女子的气,他这样的一等重臣,早就修炼出古井一般深邃的城府,不会感情用事了。他中断谈话,主要的原因是,漏壶里,已经滴出标注子时的第一粒沙。这意味着,赵信、端木义容两头困兽的攻击酝酿完毕,即将开始。张汤虽然隐隐不安,但还是稳操胜券,此时,他手上已经握有两张王牌——

一张尹鹏颜。

一张朱安世。

离开乌鞘岭西麓、祁连山南侧的汉军亭，朱安世似乎隐身了，没有人见过他，连田甲都以为，这人伤势过重，又逃亡了数十天，身体羸弱，滞留疗养。

事实上，朱安世不是一般人，他的身体也不是一般的骨肉，他长年生长在旷野沼泽，像一头凶猛的野兽，自我疗伤和恢复的能力远远超过普通的人类。当晚，他噬了十斤羊肉、三斤黍米、两斤胡饼，饮了半斤清水、一斤马奶、五斤烈酒，饮食一毕，倒头就睡，整个房间悄无声息。张汤一度以为他死了，要么失血而死，要么撑死。

田甲叫来镇上的医工，但进不了门，卧房从内锁死。战战兢兢等到天亮，密闭的房间雷声大作，朱安世铁塔一般的身影打在窗棂上，张汤又惊又喜。不时，朱安世撞门而出，他的衣衫依然血迹斑斑，各处伤口竟然大部分愈合，连疤痕都掉个干净。张汤和田甲看呆了，以为自己还在做梦。当即，张汤做出一个重要的决定，令朱安世换了一身民夫的衣服，潜身跟随，等待指示，执行秘密任务。

朱安世领取五十枚银质龙币，到镇上的铁匠铺打了一把重达八十斤的铁杖，背了三十斤熟羊肉，阔步走向大道一侧的荒原。这个山一样的庞然大物，好似一粒盐掉进大海中，从此消失得无影无踪。

张汤与这枚重武器保持单线联系，确保他藏在触手可及的地方。这个地方，如今叫威盛客舍。

赵信、端木义容的战术无非两个，一是领死士突入，一是纵火。尹鹏颜通晓阵法，精通调度军队、防守反击的战术，早早做好了准备。一百余名精锐汉军据守弱水置，将给敌人造成严重杀伤，延缓他们攻击的速度。坚持一些时间，郡治西郊的驻屯军必然赶到，到时里应外合，一举剿灭叛匪。至于纵火，倒也无妨——汉军强弩射程远过郡兵，敌人还没冲到施放火箭的位置就被射杀了。而且，各楼层已经按照尹鹏颜的调度，摆满了储水器皿，单点或多点纵火，完全可以控制。即使失控，集中兵力杀出一条血路，另换一个据点就是。而这个据点，设置于城东，田甲仔细勘察过，布置了人手。

时间像沙一样流淌，又过了半个时辰，北斗星移到头顶斜上方三个角度，冷月明晃晃照着重重楼宇。突然，屋顶像被流星砸中，烟火冲天，苣草毕毕剥剥，激烈地燃烧——张汤先发制人，烽火起了。

一声尖啸，一个球状物凌空砸落，发出沉闷的声响。

驿卒捧着行灯去看，看到一颗血淋淋的人头，满地的碎烂皮肉和脑髓，惊骇坐倒，手里的灯具脱手落地。油脂流淌，火焰引燃庭院枯草，地上烧出一片漆黑，院落烧开一片亮光。

流星划破天际，坠落西陲。屋顶上站着一个天神般伟岸的昂藏巨汉，发出阵阵惊雷之声："端木义容勾结匈奴，意图谋刺大汉廷尉，罪不容诛！朱安世奉令将其斩杀，余党速速缴械、伏地！否则，格杀勿论，祸及宗族！"

说话的间隙，但听脚步如风，兵器作响，不觉甲士迫近，几乎同时出手，毫不留情割断啬夫以下二十余人的脖颈。其中，自然有端木义容的党羽，但更多的还是普通的杂役——包括伺候无庸雉的女佣。这些人除了铺床叠被，备办膳食，还须治席、治革、治苇箧、守库、养马、定期清除屋顶上堆积的沙土，几乎一刻不得清闲，都是凭借苦力谋生养家的苦命人。张汤不分良莠，一概消灭，其人的阴狠冷酷可见一斑。

清除了内部的隐患，大家的眼光投向外围。比邻的楼宇、民居和街道，死一般沉寂。越安静，越令人窒息。未测的凶险，比现实的灾祸更可怖。

张汤挥动左臂，弱水置两侧的店铺同时点上火炬，照亮街道。

将士们手持兵器，浑身绷紧，苦等半个时辰。敌人深谙"一鼓作气、再而衰、三而竭"的道理，以不变应万变，后发制人。真是个极具耐心的可怕的劲敌。

天地间卷起大风，沙尘扑面。正街缓缓走来一人，身穿匈奴王爵服色，脸贴半面护具，整个人散发着腐败潮湿的气息，令人见之欲呕——似乎，盗墓贼变成僵尸出来了。

赵信。

他没有携带令人生畏的十石大黄弩，甚至手上连一寸长的兵器都没有，径直走到汉军弩箭的射程之内。将士们又亢奋又疑虑，箭锋对准他，等待击发的指令。

街角远端又出现一道身影，黑面武士尹鹏颜骑着一匹雄俊的河曲马，缓缓行至赵信身后。

张汤用尽了全部棋子，他的底牌打出来了，就看赵信手上握着什么，如何应对。

面对腹背受敌的困境，赵信毫不慌乱，似乎胸有成竹，半边脸上带着嘲讽的微笑。笑容是一种底气、一种挑衅、一种威胁。赵信肯定还有后手，不可能孤身前来，他的同党到底在哪里？

张汤拿不准对方的底细，高声喊道："赵信，河西已属大汉，你何必执迷不悟，逆天而为，自寻死路？"

赵信咳嗽数声，发出豺狼一般的嘶鸣："我夺不走河西，但我能斩杀夺走河西的人。"

谁是夺走河西的人？

他的阴谋昭然若揭，刺杀霍去病等名将，剪除张汤等重臣，让汉朝失去领兵的将领和汲取军费的大臣，釜底抽薪，阻止汉军炙热的烈焰继续向北燃烧。

张汤道："我已令壮士诛杀你的同伙端木义容，夺占郡衙，控制监牢。你没有援军了，降了吧。"

赵信笑道："上一次我投靠你们，得到侯爵之位，这一次，会受封王爵吗？"

张汤道："高祖杀白马与群臣盟誓，非刘氏而王者，天下共击之。你重归我朝，无法封王，但我坚信，依然不失侯爵尊位。景帝时不也封了五个匈奴将领为侯吗？匈奴太子於单、义渠昆邪归汉后……"

赵信打断他的话，冷笑道："你不用说了。对待天下英雄，匈奴开出的价码更高，大单于比刘彻更慷慨。哼，好好的王不做，做啥侯啊！"

匈奴人苟利所在，不知礼义，横恩滥赏，动辄封王。其实，整个匈奴人口相当于汉朝一个大郡，即使贵为王爵，空得其地，能收多少实惠？虚名罢了。而汉家之侯，可是真金白银、父子相传的。

这笔账，赵信算得清，不用帮他算。张汤冷峻地道："既然如此，留下你的首级吧。我保证把你和端木义容的发髻结在一起，高悬城楼，一起风干，不使你孤单。"

赵信哈哈大笑，声息既像豺狼，又像鬼魅。夜间的风沙充斥着阴森诡异的声音，众人听了，不禁毛骨悚然。随着几声急促凄厉的惨叫，灯火尽灭，十数颗脑袋瓜一样落地，点火之人尽数惨死——赵信的杀手现身了。赵信转身面向尹鹏颜，抚摸着脸上护具，幽幽道："你砍伤我的脸，又送我面具，我很感激。"

尹鹏颜道："些许礼物，不成敬意。"

赵信道："尹鹏颜，我这个人虽有许多不堪，但气量还算宏大。若你听我一言，归附匈奴，我当不计私仇，保你富贵。"

尹鹏颜道："不义而富且贵，于我如浮云。"

一道污血流淌到下巴，赵信脸上生疼，躁怒道："我宰了张汤，再取你性命。"说罢调转马头，盯着前方的驿站，若豺狼吠月一般，长声尖啸。

尾音未息，楼宇轻微颤抖，落下些许尘土，有若地震前的征兆。赵信并非天神，他长啸之威何至于此？尹鹏颜骤然惊觉，知剧变将生，眼里精光四射，不再迟疑，策马挥刀奔向赵信。

赵信眼角露出嘲讽的微笑："你砍过我一次，还能砍第二次吗？"

张汤及时下达号令："射！"

赵信嘶声道："落！"

整栋驿站带着旅客直直坠入地下，陷落了两丈有余，房顶比原来的地平还低。射手立脚不稳，箭镞擦着赵信头顶射入天空。黏稠的浆状物四面喷涌，顷刻间淹没馆舍。魅影血刀凌厉的锋刃切到赵信后脑，赵信身形一闪，鬼影一般消失了。

烟尘大作，气息浓郁，尹鹏颜浑身冰凉，厉声道："石漆。"

杀手们跃上街道，朝驿站狂奔十余步，同时站定张弓激射，点点火矢，猎猎流星，划破夜幕。

烈焰炸裂，地火汹汹，顷刻间彻底吞没弱水置。

第七章
未央宫

远征漠北的将士还师长安，全城大举灯火，载歌欢庆。巍巍未央，满目辉煌，食官长领厨工穿梭上下，文武皆着锦衣，聚饮宴乐。

高帝初定的十八侯之一曲城侯、剑术大师虫达的孙子——垣侯虫皇柔亲自表演了一套剑舞，为君臣佐酒助兴。

事实上，辉煌战绩的背后，是十一万军马的战损、数万将士的牺牲，无数支援前线人家的破败……不过，伤心欲绝属于那些蝼蚁般的母亲、妻子和孩子，在伟大的胜利面前，琐碎渺小到不值一提。

三十八岁、正当壮盛的大汉天子刘彻，与他的帝国一样，满面旭光。他神采飞扬，举金樽畅饮，酒至半酣，按着八服剑柄走出御座，胆气雄壮，身形舒展，更显得气宇非凡。

天子环顾众臣，目光热烈，借着酒意笑道："北境之敌散去，以后吾的战场，是不是要转移到这长安城中、龙首山上，把虫豸毒草、豺狼蛇蝎一扫而空？"

天下最强横霸道、狡诈阴毒之人，经过艰苦的斗争，在这浩浩长安、巍巍殿堂夺得一席之地，听了天子的话，想到自己或正是他口中所说的，蛰伏泥土的虫豸毒草、豺狼蛇蝎，犁庭扫闾的对象，不禁悚然汗下，一时战栗无声。

刘彻把新开辟的疆域图遍示诸臣，昂然道："漠北一战，匈奴远遁，吾欲再起大军，万里突击，锄其根本，灭其种姓，使其终不成我大汉祸患。随后，挥师百越、击灭西南诸夷、用兵朝鲜、平定羌人……四海之内，普天之下，尽为我大汉郡县。"

话锋转向外敌，百官恢复了神智，齐声喝彩，声震屋宇。

刘彻道："天下底定后，吾当效法秦皇，封禅泰山，把人间壮烈，上告天听。"

百官豪情在胸，以酒作贺，热烈非常。君臣各出一句，作成《柏梁诗》一首，悬于庙堂之上。君臣借着酒意，同声念诵一遍，抚掌而笑，抄录百余份，传诸全城，供军民品鉴。骠骑将军奉上狼居胥山之土和瀚海之水，大将军献上单于弯刀及长弓，刘彻大呼畅快，连饮三樽。满座公卿酩酊大醉，放浪形骸，不觉东方之既白。

随着晨光升起、普照天下的，是表彰有功将士的诏书。天恩浩荡，官职、爵位、封号和财帛滚滚而下。这一次大战斩获实在太大，彻底扭转了汉匈攻守的形势，各种赏赐一概不缺。

加封卫青、霍去病大司马，代太尉职，管理军事和政务。

霍去病的秩禄与大将军相同。

赐李敢爵关内侯、职郎中令，食邑二百户。

父子同时出兵，一个身死，一个封侯，李家总算又熬出一名汉侯，其间的得失命运，令人唏嘘不已。

比侯爵更尊贵的，是作为九卿之一的郎中令。大汉中枢卫成武力主要分为三类：北军、南军和郎卫，由中尉、卫尉、郎中令分领。北军负责城池，南军负责宫城，郎卫负责宫殿。守村子、守房门、守内宅——最贴身、最亲近的，当然是登堂入室的郎中令。天子把李广的旧职交还李敢，或者说，交付传统的军功集团，表达的，是补偿的善意、倚重的好意。

心腹之人，还是你；核心圈子，还是你们。

卧榻之侧，准他带刀宿卫，性命相托，谁敢说我猜忌成纪李氏？

当然，在目前的形势下，其信任的程度、纯度稀薄浓稠，只有局中人才感受得到，外人岂会尽知？

159

有时君臣之间产生了嫌隙，反而会刻意表现出非同寻常的亲近。作为李聃的后裔，李氏子孙可不敢忘记一句圣训：将欲歙之，必固张之；将欲弱之，必固强之；将欲废之，必固兴之；将欲取之，必固与之。

亘古以来，持械行走天子内室的臣子，几人得全？

将领不和，并非什么荣耀的事，卫青生性宽厚，有错在先，自此不提李敢冲撞的事情。一个帝王，既要明察秋毫，又要法外施恩。部下私自斗殴，有损汉军威严，令朝廷难堪，刘彻虽然接到密报，但当事人不提，恰好顺水推舟，当这件事没有发生。而且，旧贵与新贵矛盾重重，明争暗斗，天子得于居中调停、裁决对错，这是一件意义重大的事，有利于皇权的加固。

不过，前军迷途一件意外导致合围失败，单于遁走，好比冒死潜入深海拿到贝壳，却遗失了珍珠一样，教人扼腕叹息，上下皆不甘心，必须追查清楚。廷尉张汤的奏议及附件爰书早已送到，建议问罪向导。这是触动最少、波及最窄、牵涉最浅、损伤最小，但能安抚和平息各方争议的选择——朝廷公卿们秉持一个基本原则，办事的最高水准，不是找出真相、主持公道，而是摆平利害，即使不能皆大欢喜，也要勉强接受。

刘彻给卫青看文书，卫青表示坚决支持，收回了调查李广幕僚的军令。天子召卫青和李敢同桌用餐，卫青的外甥、李敢的上司霍去病作为中间人一侧作陪。席间，刘彻亲自讲和，承诺不追究李广劳师无功的责任，请李敢体谅大将军调度军队的难处。李敢愤懑难平，但不便当面顶撞，因此默然顺从。

奉天子的谕令，卫、李两将相对行礼、致意言和。温馨的画面、坦诚的言辞，让陪侍的内官深感欣慰。李敢的爵位、封邑无法与卫、霍相提并论，关内侯没有封国，不过一种荣誉和身份，他资历尚浅，在武将里的排序勉强进入前十，属于第二梯队。但他出任郎中令、宿卫宫室，且出身于一个显贵的军功家族，背后是源自秦代的陇西成纪豪族，全国的武装力量，尤其边郡一线，对这个家族满怀敬爱，因此，上下约定俗成，把继承了飞将军衣钵的李敢看作一名不可忽略的军中明星。

卫青、霍去病和李敢，帝国三名最重要的将领达成表面的契约，从此集中武力替大汉征伐四夷，开疆拓土。一切问题，看似迎刃而解。但在这桌面之外、汤锅之下，暗潮涌动，热浪滚滚，迷雾重重，不久，就将导致一系列血腥残忍的惨剧。

由一名普通向导引发的危机，令将门李家祖孙三代接踵坠入悲剧的命运罗网，从此声名扫地，直到七百多年以后，才由一位号称继承了成纪李氏血脉的皇帝洗刷干净。与此同时，天子锋利的佩剑骠骑将军霍去病，离奇折断，流星一般消失；刘彻倚仗的重剑大将军卫青，恩宠日薄，受尽猜忌而死。庙堂之高，潜入阴诡凶狠的敌人，使用神鬼莫测的手段诱导一场接一场的宫廷血案，最终迫使风华绝代的皇后香消玉殒，吞噬了帝国的继承人太子刘据。

经过高帝、惠帝、文帝、景帝数代经营，诛灭了暴秦、消灭了西楚、削弱了功臣、清除了藩镇、扫除了豪强、驱逐了匈奴的蒸蒸日上的大汉帝国，经过当今天子的苦心经营，艰难地登上顶峰。但是，盛世磅礴的帷幕下，崩塌与毁灭，在天子寝榻之侧，未央宫楼阁之深，酝酿、滋生，轰然作响，让一切灰飞烟灭。

这是一个英雄辈出的时代，这是一个人头滚滚的时代。元狩四年参与漠北大胜庆典的名臣宿将，大多不得好死。此时，他们欢欣鼓舞，满怀希望，对自己注定的宿命一无所知。

地火汹汹的时刻，能够挽救危局的，是一介布衣尹鹏颜。

可是，有确凿的证据表明，半个月前，他已经死在弱水置暴躁的烈焰里了。

宴饮的间隙，刘彻到殿后稍作歇息，中书谒者令石庆送上一份急行文书——见缝插针呈报的公文，所说之事定然极其紧急。

为防竹简倒刺伤人，石庆亲手拿丝绸抹平了毛边，涂上蜂蜡。石庆的父亲石奋，字天威，河内郡温县人，早年跟随刘邦，负责打扫的勤务，资格老，活得长，从汉高祖时期一直到刘彻当政初年，安排好子孙的前程，以八十余岁高龄善终。他的家族批量产出高官，二千石多达十三个。石奋及四个儿子皆二千石，五人一万石。汉景帝不禁感叹，一个家族尊贵到这种地步，你就叫万石君吧。

这个人没有特殊的才能，没有卓绝的军功，没有鲜明的特点，就是恭顺和听话，不随便开口，从不忤逆天子。即使休沐家居，石奋也每天穿着官服面见子孙，对他们称职位，不称名字。儿孙犯错，他不打不骂，而是背过身去绝食，直到儿孙负荆请罪，保证绝不再犯。这些举动，让子孙时刻绷紧脑袋里的弦，谨言慎行，避免了行差踏错。

像主父偃那样"生当五鼎食，死当五鼎烹"的有为之官，一个个身死名灭，而战战兢兢、如临深渊、如履薄冰、慵懒无为的石氏家族却日渐兴旺。继承了石奋血脉和衣钵的石庆，平时一句话也不乱说，一件事也不多做，好似一个不存在的可以忽略的人，因此，他深得圣心，是一个可以四两拨千斤的重要人物。

刘彻一看封面题跋，皱起眉头，狐疑地问道："酒泉郡中部尉竺曾？"

石庆道："部尉单独上书不合礼法，但是，酒泉的事实在过于蹊跷，非常时期，无奈如此。"[1]

正常情况下，寻常吏民可以私人身份伏阙上书，直达天子，但官吏向长安奏事，必须太守领衔，郡丞、都尉视情联署。如今，酒泉郡治下、都尉旗下，区区一个中部尉竟然直接上书，过去没有先例——

---

[1] 都尉掌地方驻军，秩比二千石。内地郡设一个都尉。边郡分置部都尉，以驻扎区位命名，分东部尉、中部尉、西部尉、南部尉、北部尉等。都尉之下设候、千人、司马等职，各有治所。凡边境或要塞所在，皆置尉，百里设尉一人，士史、尉史各二人，为镇守官，隶属所在郡的都尉。都尉同郡太守分治军民，地位次于太守，可开府置吏，有掾、卒史、属、书佐、功曹诸多属官。

对这样的违制之举,信奉儒家森严秩序、讲究和倡导礼法的刘彻,一向不会宽纵。

而且,本朝制定了严格的君臣书面交流典礼。[1] 军人竺曾于吏道毕竟生疏,幕僚们由军人转行,有些粗疏,行文的体例用错了,写成了"章",而非"奏""议"相合的文体。

他哼了一声,把文牍丢弃地上,半闭着眼,看上去极其生气。天子的心机比东海还深,他素无人类的寻常感情,从来心若止水,缺少波澜。但他经常表现出欢喜、悲伤和气恼的情绪,为的是威慑群僚、警示侍从。

"酒泉未置都尉。骠骑将军遴选了一名谙熟河西的军吏,赐职候官,随廷尉西去,拟培养历练两年,升作都尉,掌酒泉兵事。可惜,死了。"石庆轻声道,"酒泉太守端木义容、郡丞胡笳一,都死了。"

一听这话,似睡虎惊醒,刘彻猛然睁开眼睛,厉声问道:"张汤呢?"

石庆道:"葬身火海。"

刘彻酒意全消,露出难以置信的表情。石庆察言观色,拾起文书再次呈递。刘彻一把抢过,凑在油灯下阅读——可不能丢了河西,河西一丢,到西域的路便彻底断了。漠南和漠北刚刚开辟,没有河西这只伸出的臂膀拥抱护卫,恐怕也守不住。

闻说酒泉郡的主官和副官一起死了,刘彻以为匈奴纠集西域诸国,用兵河西,重夺酒泉,粗略看了文书前面的几句话,完全出乎意料。河西还在。

驻扎酒泉郡西郊的驻屯军中部尉竺曾奏报说,酒泉太守端木义容、郡丞胡笳一勾结匈奴自次王赵信,挖空廷尉张汤下榻的驿站,形

---

[1] 下行文分为四类:策书、制书、诏书、戒书。根据大臣陈述问题的性质,上行文分为四品:章、奏、表、议。其中,"章"用来谢恩,"奏"用来弹劾检举,"表"用来提出请求,"议"用来提出主张。

成一个深池，仅以木桩支撑，骤然间用绳索扯倒支架，致其整体陷落。池内灌满石漆，纵火点燃。顷刻间，驿站被烧作灰烬，张汤与一百余名汉军将士殒命烈火，骠骑将军精选的边军军官团灰飞烟灭，留下三百里烽燧无人驻守。同时，匈奴死士和叛乱党徒全城纵火，攻破田甲设置的后方策应基地，杀死张汤招募的名士尹鹏颜、勇士朱安世。

竺曾解释说，石漆，又称水肥、脂水、石脂、洧水，一种黏稠的、黑光如漆的液体，平时深藏地下，可掘取作为燃料，火力十分猛烈。酒泉郡玉门县的地下时常可见。民间传言，高奴县有洧水可燃。

高奴县离长安不远，秦末项羽分割秦地，立三个故秦降将为王，其中，董翳为翟王，都高奴。京畿附近还潜藏着此等奇物，也算长了见识。

读到此处，刘彻震惊万分，完全不敢相信，"啪"的一声简牍落地。

石庆道："张汤提早洞悉了贼党的阴谋，早早发下密信，和竺曾约定配合击贼。没承想，他连一个时辰都坚持不住，竺曾的军队还没入城，叛贼已经完成了攻击。但见阖城烈焰，亮如白昼。"

刘彻面色一沉："传诏卫尉，速速捕杀端木义容、胡笳一两族，当场斩决。"

执掌期门军、宿卫禁中的郎中令尚未到任，因此，天子暂调守卫宫城的卫尉登堂入室、贴身办差。卫尉直面天子和皇后，非心腹重臣不能担任。李广、韩安国、张骞皆一时良选。此时，刚刚从漠北前线调至长安的右北平太守路博德继任此职。[1] 捕人、杀人自有廷尉等司法官效劳，原本用不到也不该用卫尉，但天子震怒之下就便抄起手边的刀来用，谁敢置喙？

---

[1] 本朝，卫尉统率南军，主宫门、宫内设庐舍驻扎卫士，昼夜巡警，检察门籍，与主宫外的中尉互为表里。皇帝居未央宫，设未央卫尉；皇后居长乐宫，设长乐卫尉。长安城外的建章宫、甘泉宫，分设建章、甘泉卫尉。

石庆捡起简牍放置案上，奉谕持符节到殿前传旨。刘彻再次拿起文书，又看了一遍。

半个时辰不到，未央卫尉路博德满面烟火、披甲觐见。不待他说话，刘彻喝道："拔剑吾看。"

路博德哑然，汗下如浆，乌黑的脸上一片泥汀，他解下佩剑，捧给石庆转呈天子。

刘彻一把夺去，两手一拉，寒光出鞘，冷冷道："吾叫你杀人，你为何不听？为何剑上不见血腥？"

路博德颤声道："回禀君上，下臣奉谕兵分两路突入戚里，寻见两个乱臣的私宅。端木义容家里点着羊油连枝灯，热热闹闹，看上去与平时无异。事实上，人去楼空，一个人都不见了。"

此话一出，刘彻的眉毛微微抖了两下。

履新以来办的第一件皇差就办坏了，路博德竦然，故作镇定，沉声道："下臣正待掘地三尺、全面搜查，突然，地下和梁柱内涌出米汤一样浓稠的黑色液体，遇火即燃，刹那间，宅院烧成瓦砾。"

一名胡商模样的中年人戴着斗篷，穿过长安街市，来到城北太上皇庙左近一栋破败的民房外。他迟疑片刻，推门而入。残破的房门应手倒伏，房梁上蛛网密布，落下漫天灰尘。

来客不顾积灰三尺，坐到西侧墙角的一把竹椅上。但见面前桌上有一只破损的陶碟，放着三枚干瘪的橄榄。来客把碟子推到一边，取一枚橄榄放进露出的小坑中，一枚丢进脚下的凹陷处，一枚投到东墙的窟窿里。随着三声闷响，脚下木板裂开，竹椅缓缓下降。

地府之深，打开一个全新的世界。里面点着一盏人骑骆驼铜灯、两盏铜鎏金牛灯、三盏雁鱼灯，陈设奢华，满目锦绣，与一个王侯的温柔府邸没有多少区别。卧榻之上躺着一人，似乎久病畏寒，面部包裹得严严实实，左鬓一枚红色的胎记鲜红欲滴，分外夺目。听见响动，榻中人头颅不动，幽幽笑道："奉使君，你舍得回来啦？"

"地下气息本来就难于流通，点这么多灯，不怕闷死吗？"甘夫觉得匪夷所思，心中充满了厌恶。他掀开斗篷坐在案几前，倒了一杯酒，浅啜数口："长安繁华，我不习惯，我喜欢河西、塞外、漠北。"

榻中人道："大业一成，我改上林苑成牧场，摧毁长安宫墙，遍设帐篷，交给你管理，封你做中土匈王。"

甘夫冷冷道："不需要。"

榻中人道："我替你考虑，你却不稀罕？"

甘夫道："牧场、帐篷这些东西，西行百里到处都是。"

榻中人道："刘彻派遣屯军、迁徙黔首，逐步填充匈奴故地，烧荒犁田，种植庄稼。这些地方都会建造城邑，修造道路，遍布楼房。等你老了，往西走一千里，也未必见得到一片牧场、一顶帐篷。"

甘夫道："我不关心这样的事情。"

"你关心你的小日子、小心思，是不是？我听说，你托付沮渠倚华给张汤？"榻中人冷笑道，"你在长安也算有身份的人，楼兰箭庐宅邸宽敞，完全能安置羽翼之下，何必把心爱之人的未来，交给一个冷酷刻薄的陌生人呢？"

对方提起沮渠倚华，甘夫陡然紧张躁怒，冷冷道："因为我是一个没有未来的人。"

榻中人道："暴雨不终朝，刘彻这样雄烈的人，寿数不长，他一死，整个世界都是我们的。区区一个未来算甚？你我还将青史留名，传扬万代。"

甘夫道："我对你说的，委实提不起兴趣。"

榻中人以不容置疑的语气断然道："倚华精通西域各国语言文字、民俗风情，我用得着。你让她到我这里做事。"

甘夫听了，好似晴天突起霹雳，双手颤抖，酒洒了一地，良久沉声道："我替你做事就好，你不许打她的主意。"

榻中人叹息道："我明白了。你向张汤引荐她，其实是怕我看上她，对不对？哼，你以为找到姓张的鬼王做靠山，她就高枕无忧了吗？可惜，张汤死了。秩二千石以上的贵官多的是，你从头到尾数一遍，好生看一看，你觉得谁能保护她，尽管去。哼，卑躬幸进也好，卖身投靠也罢，我不拦着。"

甘夫以拳击桌，厉声道："河西之地到处是你的党羽，她必须离开。长安虽然凶险，毕竟天子脚下，你多少有些忌惮……我警告你，你若对她不利，我立即伏阙上书，告发你的阴事。"

榻中人眼神阴冷，语气却平和温柔，看来是极力压制心火，克制怒意，轻声道："一匹野狼，因一个女人变成了家犬。可悲！"

甘夫道："你记住，我的底线就是倚华。她若有事，你一定死。"

榻中人语气阴森，发出虫豸之声，笑道："我死无妨，可五郡数万众当陪我死，你不忍心吧？"

甘夫抢白道："我就是不忍心族人横死才帮你做事，你不要得寸进尺。"

榻中人道："好好好，我们早已说定条件，不必纠结讨论了。你继续践约，我郑重承诺不做对倚华不利的事，毕竟……唉，她不但是你的念想，也是我情之所系。"

甘夫语气稍缓，又倒了一杯，一口饮尽："我一进城就去端木和胡家，你还算有点良心，提前送走了他们。"

榻中人道："我不是讲良心，我是怕酷吏用刑他们扛不住，说出一些不合时宜的话。"

甘夫道："端木义容和胡笛一纵有天大的胆子，也不敢告知家人自己做下的脏事。你大可放心。"

榻中人道："哼，这两个人素来狡诈。他们表面守口如瓶，屋宇下、水池中、泥土里、墙壁内，各种隐蔽处，必定留下证据，交代机灵的子弟危急时拿出来用。"

甘夫道："因此，你把两家人迁到你控制的区域，烧毁宅子？"

榻中人道："严格意义上说，不是把两家人迁到我控制的区域，毕竟，我真正控制的区域，已经不存在了。"

甘夫一听大为震恐，一下跳起来，脸色苍白，颤声道："他们去了哪里？"

"沧海之中，有度朔之山。上有大桃木，其屈蟠三千里，其枝间东北曰鬼门，万鬼所出入也。神荼、郁垒守之。"榻中人拍拍床榻，冷酷地道，"他们去了比这个密室还深的去处，那是东岳大帝的领地——地府。"

"冢蝂，你……"

这一夜，未央宫收到的消息极其杂乱烦冗、凶险诡异，如果是位生性平庸、意志薄弱、精神委顿的君主，早就惶恐不安、方寸大乱了。但是，刘彻这样的人物，无事都要惹事，无险都要蹈险，寻常的生活让他觉得索然无味，动荡的生涯反而激发出旺盛的生命力和好奇心，让他精力充沛、神清气爽。

启明星打上窗影，天色亮了，刘彻似晨起朝阳，满面红光、精神饱满，令皇后卫子夫随行，嫔妃三十人、宫婢两百人、郎官三百人、期门军士五百人，簇拥帝后出长安直城门，往西南行去，下午进入皇家园林上林苑，来到烟波浩渺的镐池。帝后登上豫章大船，驶向池内。水面戈船数十条，楼船一百艘，船上立戈矛，四角飘幡旄。水波深处，筑有豫章台，石刻的鲸鱼时隐时现，长达三丈。据说，一遇雷雨，石鲸便高亢吼叫，鬐尾皆动。祭鲸求雨，十分灵验。

黄头郎、舟子、辑濯士向帝后行礼，口出颂词，划十七艘小船，载着贵人、美人、宫人、采女和宫婢穿梭于湖面。船上张凤盖，建华旗，作棹歌，杂以鼓吹奏乐。刘彻兴起，携卫子夫的手下了大船，亲自划着一条小船，木桨击波，缓缓游弋。小船上设有酒坛，满载琼浆，帝后举杯畅饮，不觉沉醉。

太阳渐高，波光粼粼，暖意袭人。皇后鬓发乌黑秀美，飘逸绮丽的风光之中，轻拂天子颜面。刘彻心动，像个与恋人初识的少年，凝视近在咫尺的佳人，痴痴说道："吾新作一歌，梓童，你想听听吗？"

"今夕何夕兮，搴舟中流。今日何日兮，得与王子同舟。"卫子夫欢喜笑道。

本朝开国之初百废待兴，朝廷奉行黄老之术，禁绝一切儒法思潮。刘彻的祖母窦太后更是无为而治坚定的支持者，但是，她长居宫室，见多识广，学养丰富，信奉"不学诗，无以言"的观念，留了一本儒家的《诗》，选取博学鸿儒教授孙儿。刘彻对这部书爱不释手，朝夕诵读，尊其为儒家经典，始称《诗经》。读诗启蒙的大汉天子增了几分浪漫潇洒，经常有感而发，作诗歌咏。

烟波阵阵，良辰美景，刘彻一边划桨，一边歌道：

> 秋风起兮白云飞，草木黄落兮雁南归。
> 兰有秀兮菊有芳，怀佳人兮不能忘。
> 泛楼船兮济汾河，横中流兮扬素波。
> 箫鼓鸣兮发棹歌，欢乐极兮哀情多。
> 少壮几时兮奈老何！

唱腔以高亢开始，突然变调哀婉，随即悲切凄惨。歌声未歇，刘彻怆然涕下，丢了船桨和酒杯掩面大哭，哀号之声不绝。岸上和舟船随侍诸人听了，皆感惊悸。

这位三十八岁的壮年天子，杀豪强、逐匈奴、扬波海上、虎视天下，春风得意之时，竟然生出时光荏苒、人生苦短的悲叹，实在令人匪夷所思。或许，带着天命来到人间的英雄，总能跳出人类的范围来看人类，他们披着一张人皮，血肉深处涌动着神魔的灵魂。

他们对人世的真相和无奈有着清晰及深刻的认识，他们具有莫名其妙的自信心、穿透时代的洞察力、敏感凄凉的悲情感。他们的神经质和精神分裂与生俱来，因此浑然无惧，又自怜自艾，喜怒无常——显然，刘彻正是这样一个人面神心的天上人物。

听了此曲，嫔妃、宫婢、侍卫、船工皆浑然不解，唯讴者出身的卫子夫怆然泪下，哭得不能自已。四海之滨、普天之下，她是刘彻唯一的知己，她得到万千宠爱，福泽胞弟与外甥，让奴隶一般的卫氏、霍氏外戚数年间勃兴，影响国家大政、历史进程，真的是理所当然。

小船缓缓靠岸，帝后弃舟上岸，携手走进搭在草地上的凉棚，席地而坐，饮一釜清茶，吃几碟糕点。卫子夫犹带泪痕，沉陷于伤感哀怜的意境。刘彻满面欢欣，完全看不出一丝惆怅悲痛，他变脸之快，若光似电，真是天威难测。

刘彻看着眼前人，像一个刚刚奉献厚礼的情郎，忍不住激动和得意，语句温柔，轻声道："梓童，我待你可好？"不待卫子夫说话，他左手一挥，朗声道："吾爱一人，一定倾囊相授。不但爱你，还爱屋及乌，泽被宗族——你那骑奴出身的兄弟，年少气盛的外甥，一旦从龙，也做了名将，掌兵十万，威名赫赫。吾赐予你的，不可谓不丰厚啊。"

卫子夫道："君上对妾从子的眷爱，连我这个做姨母的都觉得过于宽厚了。每次出征，您都给他最雄俊的战马、最精锐的士兵、最充沛的补给，甚至出塞前，听说西线更容易立功，不惜打乱庙算的布局，让他与西线的主将调换。您到底爱他什么？"

刘彻道："我爱他意气飞扬、光明磊落、锋利直接。"

卫子夫奇道："人不是应该低调谦卑吗？"

刘彻断然道："不。"

说罢，他令内官掀开棚顶，刹那间，千万道炫目的光华刺穿空域，洒满绿茵，铺下绚烂的金黄。刘彻仰望烈日，朗声道："天地之间的王者，并非天子，而是太阳。世间万物，无不围绕太阳经行。人的一生，须如太阳一般，童年清澈、少年明快、青年绚丽、中年热烈、老年淳厚、暮年慈祥。至于低调，哼，不过是本该明快、绚丽和热烈的时候，自我按捺心火、折损精神，主动做一个奴隶罢了。这些违背天道的人，苟且一世，又有多少富贵？"

卫子夫听罢释然，奉上美酒行礼致谢。刘彻哈哈大笑，一连饮了三盏。

酒食半酣，凉风吹来，池内波光粼粼，游鱼跳跃。刘彻起了玩心，回顾左右，问道："方才吾痛哭失声，皇后黯然流泪，依稀听见岸上饮泣。吾很好奇，还有谁，与吾共鸣？"

众人一听，惴惴忐忑，不知天子这句话是祸是福。

石庆道："启禀君上，有一人，听到'少壮几时兮奈老何'一句，掩面流泪，下臣因其失仪，把他逐走了。"

刘彻来了兴趣："想不到这水泊之间还有妙人。你赶他做甚，快快请来。"

石庆道："奉谕。"

不时，一名年轻郎官小步急趋，远远地行来，跪拜行礼，俯身地下。

秦、汉时，设有议郎、中郎、侍郎、郎中，属郎中令管辖，员额不定，最多时超过五千人。他们中大部分像宫婢一样，淹没于深宫，埋没于官僚，平平淡淡过了一生。但也有人因侍从天子，近水楼台，脱颖而出，一步登天，比如文景时代的大臣贾谊、晁错，本朝一度炙手可热的人物主父偃、庄助、朱买臣……

际遇各不相同，便有天渊之别。因此，许多郎官怀着远大理想，竭力表现，希望紧紧抓住机会，一举改变命运。

这样的中下层官吏，刘彻见得多了，知道他们不甘平庸，跃跃欲试，这次又是石庆顺着话头举荐，不知两人私下里有何等交易。一念及此，他语气冷淡，随口道："抬头。姓名？"

郎官闻声直起上半身，他身材修长、面色白皙、唇耳单薄，眉宇间隐藏刀剑之光，眼神里闪烁冰霜之利："陛下，下臣郎官王贺。"

刘彻道："你读过《诗》？"

郎官道："下臣读过。"

刘彻道："吟一首吾听。"

"诺。"郎官起立，松柏般站着，越发显得飘逸俊朗，一片彩色的云恰好经过，高悬长天。他举目远眺，双眸波光粼粼，清清嗓子，长袖轻舞，齐地音律汩汩流淌：

> 汉天子
> 未央夜半宫掖寒
> 遣使逐梦彩云南
> 五尺道
> 三铢钱
> 系于司马长卿鞍
> 凿穿绝域开汉边
>
> 皆言汉皇爱美人
> 乌孙天马与大宛
> 良工百锻八服剑
> 谁知君王重名士
> 搜罗天下遍求贤
>
> 我今名编山郎籍
> 青灯黄卷度华年
> 文思风流动长安
> 仕宦亦可镇幽燕
> 写就诗书三千言
> 用字如兵意凌然
>
> 天子若得开眼看
> 汉官执戟生文胆
> 大鹏一朝腾云起
> 霞光直上天海间

《彩云辞》，恰对天子的《秋风辞》，其才气、意气令人惊叹。

一曲吟罢，众皆愕然——天子的本意，是教他从《诗经》中选一首吟颂，他却自创了一首表达志向。这首诗说的是：天子梦见彩云，遣使南方追寻，遂定云南。其后选派司马长卿，也就是司马相如通西南夷，让他建立不世之功。我作为一名寻常郎官，身负远志大才，羡慕他的际遇，恳请圣天子于芸芸众生中一眼看到我，我的功业是他无法企及的。

刘彻沉吟许久，下面容冷凝深邃，说不上欣赏还是厌恶，语气干涩地问道："方才你哭甚？"

王贺道："下臣聆听天音，想起逝者如斯夫，不舍昼夜，文章不成，功名不就，年华老去，因此黯然神伤。"

刘彻听罢冷笑道："吾看你还很年轻，你多少岁，就生出这般老吏的心思？"

王贺道："下臣二十六岁。"

"平津侯公孙弘，生于高祖七年，四十岁习《春秋》，六十岁举贤良，不久即被罢免，驱赶回家，几经辗转，七十六岁终于做了吾的丞相。太傅辕固生，早年做清河王太傅，先帝时为《诗经》博士，几经沉浮，吾征召他时，已经九十高龄。他们不急，你急甚？"刘彻道，"你这样急功近利，必定心浮气躁，四处钻营，不能安于本职。天下事一塌糊涂，皆因尔等无事生非。"

听了如此严厉的指摘，石庆满面油汗。不承想，王贺却不畏怯，话语谦卑但气息铿锵，从容道："陛下若不急，为何御极一年便遣博望侯凿穿西域，准备用兵匈奴？不急，为何御极八年便起三十万兵，聚于马邑，合围单于？不急，为何十年之间接连发动龙城之战、河南之战、漠南之战、河西之战和漠北之战？不急，为何北境初定，便瞩目百越、西南诸夷、朝鲜和西羌……"

石庆嘴唇颤抖，汗下如浆，一脚踢倒王贺，颤声斥责道："大不敬。"他踉跄膝行，面对刘彻磕头流血，哭道："君上，下臣罪该万死，让此等狂徒烦扰圣驾。"

刘彻神色不变，酒杯半举，半晌不动。

"官人夺权，商人逐利，文人博名，此正道也，天经地义。"王贺朗声道，"英雄不待天时，而造天时；豪杰珍惜光阴，从不虚度。二十六岁，将近而立，念天地悠悠，白驹过隙，顷刻间化作尘土，好似没有来过，一念及此，让人战栗……"

话未说完，石庆爬到他面前，左右开弓，使劲击打，不时，王贺唇角上挨了几十巴掌，满口流血。石庆尚不罢休，叫道："武士何在？"

期门卫士急步上前，把王贺拖离天子视线所及之处。

方圆半里之内一片肃杀，众皆垂首战栗，心若击鼓，唯风卷落叶，坠入兰池，发出轻微的声响。过了许久，刘彻长长吁了一口气，望着远方神游太虚，怅然道："他说得没错，吾时常有时光易逝、人生苦短的忧思，吾时常急不可耐，想毕其功于一役，一天之内办好该办的事。吾从不懈怠，不敢辜负上天赋予吾的使命……"

石庆汗出，遍体泥泞，若受大雨，颤声道："君上……"

刘彻道："王贺，吾的知己。"说罢丢了金樽扬长而去。

得了这一句话，石庆释去重负，颓然坐倒在地。这说明天子并无怪罪的意思，当然，也没有褒奖的意愿。"大不敬"为十恶罪之六，当斩。他令人择牢囚禁王贺，等待天子发落。

不过，天子的事务实在太多，宠爱的人实在不少，这个郎官，或许就像千百个资质寻常又时运不佳的宫婢一样，慢慢被遗忘了。他像一件废旧家具，在一个暗无天日的囚笼内终生锁闭，消耗时光，冷清地死去，也不是没有可能。

缓缓走了半里，刘彻停住脚步："这个年轻人胆气超群，见识不凡，更重要的是，有一颗急切的心，恰好为吾所用。"

卫子夫道："君上看中的人，一向不会错的。"

刘彻眼眸内幽光一闪而灭，压低声音，神神秘秘地道："梓童，但不知为何，吾就是不喜欢他，还厌恶他。好像他要抢走吾的家产一般。"

这句莫名其妙的话吓了卫子夫一跳,瞬间连心肺都是冷的。

刘彻信步行了半晌,心血来潮,回顾左右:"太子长大了,不能滞留深宫,也不能久居这游弋之处,要随着吾的士兵纵马行猎,以增豪情。梓童,一会儿吾令人送来甲胄、弓矢和佩剑。吾今日得闲,现在亲自替他选一匹良驹,作为他的坐骑。"

卫子夫欢喜致谢:"谢君上恩典。"

刘据虽然被立为太子,但性格仁慈宽厚、温和谨慎,刘彻嫌他不像自己,担心他无法应对时局、继承大统、光大国家。前些年,王夫人生皇子刘闳,李姬生刘旦和刘胥,刘彻对太子的宠爱逐渐稀释,甚至有衰退的倾向,皇后和太子经常不安。

如今,天子赐剑,不但寄托着一名父亲希望儿子尚武强身的愿望,还蕴含着一位帝王对继承人的无限期许。[1]佩剑一旦赐下,宫闱、朝野和军旅都会看到,刘据的地位更为稳固,从而增强上下的忠诚,消减弟兄和诸侯的野心。至于骏马,孩子年方九岁,乘骑或有危险,不过,令侍卫们做好防护,应无大碍。

帝后坐于殿上,石庆传下令去,太仆公孙贺和助手太仆卿、太仆丞、太厩令、太厩丞、太厩尉,属官马厩令、马厩丞、马厩长前来见礼。公孙贺领受指令,急步来到皇室专用的天子六厩亲自挑选,着一百余名马奴牵着神驹,依次从天子、皇后面前经过。每过一匹,太仆就轻声介绍,以便帝后遴选,不知不觉看了三十余匹。

公孙贺道:"这些骏马皆产自河西,由酒泉郡各马场优选送来,臣又筛选了两次,养了半年……"

刘彻本来半闭着眼,突然失声笑起来。众人不知天子喜怒,惊疑不定。

---

[1] 汉制,自天子至于百官,无不佩剑,甚至县三百石、五吏、贼曹、督贼功曹这样的中下级官吏,亦人人带剑。刘彻的佩剑名曰"八服",须臾不离。成年仪式上,贵族男子正式接过佩剑,刘彻十六岁举行成人礼,继承大汉帝国。

公孙贺惶恐，伏地跪拜，额头触地，身躯微颤。

刘彻笑道："卿大可安心，吾笑的不是你。"

公孙贺道："臣有失仪之处，请君上申饬。"

刘彻道："你看看这些马奴，一个个含胸低头，余光却偷窥吾的嫔妃，十分有趣啊……"

听了此话，众人大惊，全部跪倒——婕妤、娙娥、容华、充依、美人、良人、八子、七子、长使、少使，发间簪珥瑁、项上垂珠玑，笑意盈盈、花团锦簇，个个是精挑细选的绝色美人，罗绮锦绣裹不住妙曼的身躯，举手投足掩不住流光溢彩，简直美若仙子，连马都忍不住频频顾盼，何况人乎？

公孙贺像从水里捞起来的一样，浑身淋漓，嗓音嘶哑颤声道："这些大胆狂徒，臣杀了他们。"

刘彻朗声笑道："你并非司法官，没资格喊打喊杀。你杀他们，吾就杀你。"

公孙贺不知所措，双肩颤抖。

刘彻道："吾的嫔妃能打动他们，说明吾有眼光，会寻佳人。吾不但不惩罚他们，还要嘉奖他们。"

众人不知天子这话是直抒胸臆还是正话反说，皆不敢回应。

刘彻道："马奴无罪。"

天子宽容，避免了一场大祸，众人如释重负，磕头谢恩，说着赞颂之词。

沉吟半晌，刘彻看向人与马之间，意味深长地道："有一人，自美人面前经过，面对花红柳绿、莺莺燕燕，竟然目不斜视，昂首而行。此人是石刻的吗？是铁铸的吗？"

公孙贺不知他说的是谁，汗水再次浴满全身。

刘彻手指一人："你，出来。"

众人斗胆抬眼窥探，见是一个形体魁伟、容貌威严、目光锐利的少年。他虽穿着下人的服饰，然而气韵平和，气质高贵，威风凛凛，犹如一尊突然现身的天神。想不到马奴中还有这等俊杰，众人皆吃了一惊。

少年牵着一匹黑若浓墨的高头大马越众而出，先向卫子夫行礼："愿皇后千秋万岁，长生无极。"又向刘彻行礼："愿陛下千秋万岁，长乐未央。"随即两腿并列，山岳一般肃立于帝后面前。他与天子近在咫尺，直面雷霆风霜，却神态从容，碧蓝的眼睛清澈似水，不起一丝涟漪。

刘彻顾盼左右，问道："太仆，你知道他的姓名来历吗？"

公孙贺这样的一等重臣，怎么会关注一个卑贱的奴隶？他不敢妄言，沉声道："臣失职，不知。"

刘彻道："你作为朝廷九卿，为何重马而轻人？你眼中有骏马百匹，却无人才一个。如此英雄，你竟然视而不见，枉费吾一番苦心，让你位列公卿。你一味向吾进马，却不荐人，太仆啊，你本末倒置了！"

面对严厉指责，公孙贺跪倒俯首。

刘彻温声问道："你姓甚名谁，何方人氏？"

马奴道："启禀陛下，奴婢贱名日䃅，河西人氏。"

他话语从容，语气温润，不卑不亢，隐隐带着些异域风情，好似歌曲音律，令人如沐春风。

"日䃅，日䃅，好奇怪的名字。"刘彻有些惊奇，心意一动，问道，"匈奴人？"

日䃅道："奴婢出身匈奴，但自小仰慕中土文化，恨不得生在汉家，读的是四书五经，爱的是老庄孔孟，两年前归汉，好似回家一般。时常庆幸，有生之年，归化大汉，终生做一汉人。"

这个回答十分稳妥，刘彻心花怒放，这说明在他治理下的大汉，不但能用快马利刀征服异族，还能用道德文章教化人心，而后者才是大道、正道、根本之道、持久之道。

刘彻道："你说两年前归汉，是河西之战后归附的吗？"

日䃅道："陛下圣明，是。"

刘彻道:"你仰慕中土文化?"

日磾道:"奴婢自小跟随汉儒研习汉文和汉语,穿着汉家服色,学习汉家礼仪。"

刘彻更觉好奇:"你请得起汉家儒生,想必家世显赫,你的父祖是谁?"

日磾道:"家父休屠。"

刘彻一听,"哎呀"一声,后背立起,身子前倾:"原来是休屠王的儿子。"

早年,匈奴休屠王和昆邪王据有河西。两年前,霍去病领兵收取此地,汉军兵势强大,两位匈奴王初战失利,比权量力,认为没有胜算,害怕单于惩罚,为求自保相约归降。事到临头,休屠后悔,义渠昆邪杀死他,吞其部众,归附汉朝。刘彻赐予义渠昆邪侯爵尊位。日磾与阿母、阿弟无所依归,黄门署收用养马,时年十四。

面对这个少年,刘彻似乎看到了当初的自己,身形挺拔、英气勃勃、满面光彩。他令人看座,邀日磾对坐畅谈。日磾坦然坐下,并无一丝窘迫,同时又持礼周正。众人深感敬服。

刘彻道:"你牵的马与众不同,是甚马?"

日磾道:"这是乌孙国王猎骄靡上供匈奴单于的神驹,单于赏赐给家父,奴婢自河西带至长安的。"

刘彻神采飞扬,欢喜道:"年前吾任命张骞为中郎将,率三百随员,携带金币、丝帛等财物数千万,牛羊万头,第二次出使西域。此行的目的,在于游说与匈奴素怀仇怨的乌孙,请其东归故地,重返河西,断匈奴右臂。吾听说乌孙马极其雄俊,令张骞务必带至,这些天日日思慕,希望立即见到。可惜,算算行程,张骞归来,少不得四五年,实在望眼欲穿……谁能想到,这深宫之内爱卿却养了一匹……快意,快意!"

说罢他离座上前,抚摸乌孙骏马,跨上马鞍,来往奔驰,蹄声如鼓,激起一阵烟尘。半刻后他翻身下马,丢了马鞭,兴致大好,令人摆上酒来，与日䃅对坐畅饮。

刘彻道："好马好马，吾忍不住夺你所爱了。"

日䃅道："普天之下莫非王土，率土之滨莫非王臣，天下的一切，包括匈奴的王庭，都是陛下的，何况区区一匹马。"说罢，口中吟咏道："天马徕兮从西极，经万里兮归有德。承灵威兮降外国，涉流沙兮四夷服。"

此少年竟然颂出天子亲作的《西极天马歌》，可见汉家的文治武功已流布四方，恩泽蛮夷。刘彻大悦，举杯相邀，笑意盈盈："吾无所不有，岂能夺你一马？"

日䃅道："奴婢……"

刘彻打断他的话，朗声道："吾不但不夺你的，吾还要给你。不可自贱，说什么奴婢奴婢，从此往后，你就是吾的马监。"

龙行从风雨，风雨化甘霖，顷刻之间，这个卑贱的奴隶跃升为掌管宫厩马匹的六百石内朝官。天恩既下，日䃅从容避席，领旨谢恩。

刘彻道："日䃅，日䃅，说起来有些生僻。既然要做汉人，你须知道，汉人有姓。骠骑将军征战河西，从你阿翁处夺得祭天的金人。今天，吾还你，赐你姓金。"

日䃅再次跪伏于地，感谢天子大海一般深厚的恩德。从此，一个名叫金日䃅的人正式登上历史舞台。这一年，他十六岁。

刘彻既获良驹，又得良才，欢悦万分，挥毫作了一曲《天马》，令宫人吟唱：

> 太一况，天马下，沾赤汗，沫流赭。
> 志俶傥，精权奇，筴浮云，晻上驰。
> 体容与，迣万里，今安匹，龙为友。

他实在太开心了，忘记了廷尉张汤和一百余名精锐将士殒命火海的弥天血案，忘记了京师重地、宫墙之侧两户数十口人凭空消失的诡秘大案。他关注的事情实在太多了，他的性格又如此潇洒浪漫，除了纵情恣意，人间几无正道，人生苦短，那些烦琐的事务，何必放在心上呢？

但是，他的敌人未尝停止行动。他们躲藏在阴暗的角落，咬牙切齿、虎视眈眈、磨刀霍霍。他们即将开始又一次致命的攻击。

第八章
祁连岩屋

苍茫的长天之下,祁连山草木枯黄,一片肃杀萧索。两匹马跌跌撞撞,力尽摔倒,口鼻喷着带血的泡沫。随着战马倒毙,三名骑士重重摔在冰冷的沙砾上,撞得头破血流。不过,比起他们原本带的伤痕,这一切都不算什么。

"马呀,马,这,怎么走路啊!"一个满面焦黑的胖子耷拉着眼皮,唉声叹气。

"你一个名列市籍的商贾,根本没有资格骑马。"

"君信,君信……你让我说你甚好?本以为跟着你这样的大官,狐假虎威,吃香喝辣,谁承想你霉运当头,丧门星高照,害得我好苦啊,好苦!"

张汤的袍服被烧出无数个破洞,脸上涂着嚼碎的草药,满嘴叫屈:"谁能想到,那楼凭空塌了。幸亏朱君一把抓住我,铁杖杵地,蹈火而行,这才捡得一条性命啊!"

朱安世挂着两根酸枣木,嘴巴张得老大,脸上带着傻乎乎的笑容:"田先生受惊了,你跑得好快,我在房顶上看到你丢下兄弟和物资,一溜烟跑了,佩服,佩服!"

田甲脸更黑了。

张汤训斥道:"田甲,如果不是你落荒而逃,守住阵线一刻钟等到郡兵救援,我们也不至于如此狼狈。"

田甲大声叫唤，装作没有听到。一想到那些准边军军官都战殁了，他的投资像晾晒的面粉遭遇暴雨全部泡汤，就感到肉痛；一想到杀手的疯狂与凶残，他就觉得心悸。他忍着痛从马上取下一把环首刀当作拐杖杵着，往前走了几步，脚下一动，牵扯到满身的伤口，疼得冒汗，索性丢了刀望着山下："汉军亭不远，我花钱雇几个民夫抬我们东行。"

朱安世道："不可。"

张汤道："汉军亭虽然带着'汉军'两个字，里面却没有汉军了。一旦暴露行踪，你我死无葬身之地。"

田甲道："黔首未必可靠，但啬夫和马卒却是县令辟用、在籍在册的胥吏，我叫他们来。"

朱安世幽幽道："连太守郡丞都不可靠，何况啬夫马卒？"

对整个河西的官吏，张汤至今心有余悸，认为朱安世的担忧不无道理："朱君说的是。田甲，休得废话，弓腰低头，用戈壁挡着身子，快走！"

"我们投奔奉使君。"张汤补充道。

荒凉的原野上，一名汉军士兵装束的年轻人蹒跚前行。他身负十余处创伤，血水染黑了军衣，正奋力拉扯着马缰，马上伏着一个锦衣女子，身子被衣带捆住，两手环抱，紧紧地绑在马颈上。身后，数十骑汉军装束的武士策马追赶，他们身形骁悍，手持长枪、长矛，背负弓箭，一边呐喊一边射箭。

利箭击中马臀，战马负痛狂嘶，脚步踉跄，不知何时就会倒下。箭尖触及女子的后背，发出金属之音，皆顺势弹开。他们在这样极其危险的情势下已经奔跑了十数里，人和马都耗尽了体力，完全靠疼痛保持清醒，勉强撑持。前方沟堑纵横，黄土千里，根本看不到一个人影，除了神仙，似乎已经没有人能拯救他们。

女子幽幽转醒，左手挣脱出来，往身后摸索，使劲拉扯。

"雉儿。"他两个字出口,带着些激动、生涩的味道,见对方面色不善,赶忙改口,"无庸姬,不要解开甲胄,你会受伤的。"

女子冷冷道:"尹鹏颜,我宁可死,也绝不接受你的恩惠。"

这两人正是爱恨情仇交织在一起的冤家对头,尹鹏颜和无庸雉。

弱水置坠入深坑起火燃烧的一瞬间,尹鹏颜想到的是无庸雉。大火冲天,驿站顷刻焚毁,半个街区陷入火海。无数蒙面的麻衣武士从地下、草中、屋内、树上涌出,见人就杀。

他知道对眼前的事已经无能为力,火是救不了的,一起出生入死的弟兄也是救不了的,廷尉张汤更是救不了的。他策马冲向田甲设置的备用据点,营地早已陷落了,幸存的士兵面对数十倍的敌人作最后的抵抗。一骑快马迎面冲出,田甲丢下同伴,落荒而逃,转眼消失在街角。

尹鹏颜策马逼近,武士们举弓乱射,河曲马悲鸣一声,重重砸在门上。尹鹏颜借势滚落,握紧魅影血刀拼杀而入。刀刃砍到敌人的身躯,吸到热血,瞬间变成炙热的铁浆。武士仓促遇敌,群起围拢,一层叠着一层轮番冲击。尹鹏颜杀伤十数人,艰难地蹚过庭院,逼近内间屋宇。

一名武士大喊道:"围住他,就是此人砍伤了自次王。"

尹鹏颜一颗人头值钱十万,一旦捕杀此人,定获赵信欢心,功名赏赐绝对少不了。这句话激起千万波澜,武士们既惊且怒,既惧且喜,杂声呐喊,攻击的势头越来越猛烈。

斥候把尹鹏颜的行踪急报赵信,不时,匈奴自次王赵信策马而来,立在院墙之下近距离盯着眼前之人,脸上的肌肉一阵抽搐,两颊刺痛,痛不可当。赵信满目怨毒,嘶声道:"尹鹏颜,你还记得我吗?"

尹鹏颜长啸一声,砍倒一人,逼退两人,以刀刃护住正面,朗声道:"我刀下杀伤的敌人成百上千,谁会记得你?呵呵,我忘记了,我们刚刚见过。"

赵信讥笑道:"死到临头还虚张声势、言辞浮夸,你们汉人,懂不懂一个'诚'字?"

尹鹏颜笑道:"不枉你在汉地生活了几年,学了些汉家文化。是想跟我辩论吗?"

"我辩不过你。"赵信道,"锵"的一声弯刀出鞘,"退下。"

武士闻令退到七步之外。赵信跃马直行,来到尹鹏颜面前。

尹鹏颜道:"你不会自逞勇猛,与我单挑吧?"

赵信道:"我们已经交过手,一对一我斗不过你。如今我人多势众,我也不会愚蠢到冒险和你决斗。"

尹鹏颜道:"这就奇怪了。你不让部众杀我,自己也不出手,你想用脸皮吓死我吗?"

赵信脸肉抽搐,恨声道:"等着,我剁烂你的脸。"

尹鹏颜道:"剁吧,凭本事来剁。"

赵信面目狰狞,狂笑道:"天下皆仰望你的才名,佩服你的智计,哼,谁知道完全是浪得虚名。你替张汤布防,看似固若金汤,其实不堪一击。如今张汤被烧成一堆炭,你输了,你彻底输了!我赢了这一局,我要让天下知道,你输了,你输了!"

尹鹏颜道:"我确实输了,这些年来我总是输多赢少,一向浪得虚名。我想不到你早已挖空弱水置,灌满石漆。说到害人,你真的是天地之间第一能人。可是,你堂堂一名战将、一位侯王,天下闻名,战胜一个小兵有甚荣耀呢?自次王,冷静点,别让你的弟兄笑话你,说你没见过世面。"

"此为天意,合该你们有此一劫。胡笳一贪图便宜,选用义渠昆邪驻兵的兵营改建弱水置,他不晓得,义渠昆邪是个打洞布防的高手,兵营下挖了无数地道,连通衙署,用于调兵、伏兵。我略作改造,把它变成了陷阱。"地利如此有利,战果却低于预期,赵信遗憾地道,"害人总比救人容易些,你不必妄自菲薄,你配得上做我的敌人,如果你能活下去,欢迎你继续对付我。"

尹鹏颜道："即使你跳进瀚海，变成一粒沙，我也会捞起来，把你磨成粉。"

赵信道："我对你尚有恻隐之心，你却狠心杀我，你真是残忍。"

尹鹏颜眼里痛意渐浓："一百多名身经百战的勇士，从两军阵前幸存下来，却死于你的阴谋。你记住，他们的冤魂，附在我的刀上，不杀你，他们无法长眠，不能转生……"

"你们也好不到哪里去，驿站那些无辜的人，包括两名仆妇，是谁杀的？她们的丈夫和孩子，今夜还在等待母亲呢。"赵信冷笑数声，"你一个将死之人，赌咒起誓有何意思？"

尹鹏颜听了这话若遭雷殛，整个人眩晕了数个弹指，慢慢恢复后痛不可支——清除驿站职员不是他的主意，他只是建议提前控制住人，没想到张汤不愿浪费人力看守他们，暗自下令一律杀死。不过，即使真的看管起来，他们还是逃不脱随后燃起的大火。这群可怜人身不由己地陷入虎狼设定的棋盘，早已注定悲惨的命运。尹鹏颜站定脚跟，身板挺直，手上用力握住长刀，冷冷道："谁生谁死尚未可知，你试试。"

血刀迫近马面，骏马嗅到数百年来的血腥阴诡之气，肝胆似破，长声嘶鸣，踉跄后退数步，前蹄扬起，差点把赵信掀下来。幸好赵信骑术精湛，稳住身形，勒紧缰绳，长声叹息："我三岁骑马、七岁上阵、九岁杀人、十岁领兵，纵横汉匈二十年，格斗刺杀，自恃鲜有敌手，直到遇见你……"

说话间，各处不易察觉的角落人影散乱，武士拆窗潜入屋宇，四处搜检。尹鹏颜不受控制地露出慌乱之色——前店后库的格局，使得这片建筑结构十分复杂，隐蔽角落繁多，便于隐藏，因此，无庸雉暂时还没有落到赵信手上。不过，她躲不了太久。

赵信笑道："聪明。"

尹鹏颜黯然道："我不聪明。"

赵信道："我的弟兄正在搜寻无庸姬，你想救她性命，就归附匈奴。我一向敬重英雄，你与我并肩作战，我们就是袍泽，之前的私仇既往不咎。"

尹鹏颜道："这是你的想法，你也尊重一下我的意见，这样，你砍烂我的脸，我们两清了，好不好？"

赵信讥笑道："人家本来就厌恶你，你再毁了容，岂不是更没有机会了？"

时间拖得越久，找到并救出无庸雉的希望越渺茫，尹鹏颜焦躁起来——他是一个极其沉稳的人，世界对于他好似一个镜像，他总像旁观者，涉入极浅，哪怕山崩地裂，照旧岿然不动。可是，一牵涉到无庸雉，他的心就乱了。

赵信本可杀掉尹鹏颜，但故意停止攻击说这些话来撩拨他，让他焦急，用心极其残忍险恶。他生长在荒漠草原，从小看惯猛兽戏弄猎物的场景，让弱小的一方遭受羞辱绝望而死，真是一件妙趣横生的事情。脸上的伤痛犹在，牵扯心肺，他满脸嘲讽，狠毒地看着这个猎物，既憎恨又畅快。

尹鹏颜的刀已经冷却，逐渐恢复了炭色，不能再等了。他纵身跃起，迎面斩下，一刀把赵信的马头劈成两半。这招凌厉的刀法足足练了十三年，疾如闪电，快如朔风，仅仅一个动作，没有多余的节奏。做完之后，对手通常已经伤了、死了，再不构成威胁，因此，根本不留后路、不备后手。

赵信吃过一次亏，一直保持着警惕，早有防备，他身躯坠落前，手臂带着利刃直直刺出，尹鹏颜出招完毕，立即仰面躺倒，避开赵信的刀尖，仅在右肩留下一道血口。

两人交手一合，各有输赢，都占不到绝对的便宜。赵信虽未受伤，已暗自吃惊，身形退到队伍后，不再冒险决斗。

一队盾牌手列队合围，好似一堵高墙，盾牌的间隙，短刀如同芒刺乱纷纷直击下盘。尹鹏颜立足不稳，跃上盾牌居高临下接连出手，刺倒几名武士砍出一个缺口，抢了一面木盾步战突围。一队长枪武士迎面围堵，对着尹鹏颜乱戳，其中一枪极其凶悍，竟然洞穿了盾牌。尹鹏颜丢下木盾，挥刀斩断数枚枪尖。正待前进，盾牌手早已追及，前方无数长枪一起扎来，穿透尹鹏颜的衣物，把他钉在盾墙上，两柄长刀架上颈部，冰凉的锋刃与血管只隔着薄薄的皮肤。

众人大声喝彩，叫道："捉住尹鹏颜了。"

阳光铺天盖地，刺得尹鹏颜满目眩晕，他勉强睁开一线，依稀看到，十步开外立着一只彩色的凤鸟。敌人押解着无庸雉，来见证他最后的时刻，这到底是宽容还是残忍？

赵信提着刀，一步一步靠近。他取下面罩，露出狰狞污浊的面目，冷酷地道："尹先生，我最后问你一次，你愿意做我的战友，还是敌人？"

敌人束手，大仇得报，赵信喜怒攻心，脸上的疤痕再次裂开，流出浓稠的污秽，连杀人无数、心肠狠硬的武士都忍不住作呕。

面临生与死的抉择，尹鹏颜似乎不想做一个答题的学生，他面色温柔，无忧无惧，目光穿透刀枪剑戟，暖声道："无庸姬。"

无庸雉恶狠狠盯着尹鹏颜，她希望用眼睛钉死他，目光却一点点失去力量，变得哀婉，满含怜悯——这个仇家的儿子让她厌恶憎恨，却次次包容她、屡屡舍命救她，她不知是继续恨下去，还是就此罢休。这个年轻人，在无庸家族的话语里，奸恶无耻，声名狼藉，好似阴沟的老鼠，见不得天日。但他还有另一个形象、另一张面孔藏在回忆里，阳光明媚，温和绚烂，质朴直率。

是传说错了、记忆错了，还是自己看错了？

她依稀记得，童年、少年时他们一起骑竹马、爬酸枣树。冒险到河谷探险被困住一天两夜，是他燃起篝火，讲上古英雄的故事，安慰她，让她睡在自己的臂弯里。她半夜梦醒，看到他稚嫩的脸上满满的坚毅，他手持木剑，像一名武士警惕地盯着野狼出没的黑暗之地，守护着她。

即使风沙若刀、豺狼嘶鸣、冷月荒凉，那一夜，她睡得那么甜美,甚至比睡在深宅大院的闺房里抱着温软的棉被还要香甜。多年以来,这依然是她最美好的一个夜晚。

他们的故事还有很多很多,回忆还有很多很多,时常浮现在眼前,有时温暖,有时蚀骨,滋养且吞噬着她的情感。

谁承想,一场大火过后,他随着做贼的阿翁消失了,从此踪迹全无,再度相见,时光已流逝了五千一百零三个日夜。

他从一个翩翩少年长成英气勃勃的青年,面上多了几丝沧桑和沉稳,但眉宇间的温柔与多情一如既往,还是那样动人心魄。

她对他充满了眷爱、充满了思念,但一直强迫自己,恨起来,必须恨起来,她盼望着有一天手刃仇人,让尹氏父子死在自己面前。这个念想刻骨入心,从未改变。

如今,匈奴人替她完成夙愿,她为什么一点高兴不起来,相反,还莫名悲怆?

面前的一切,不容她多想。人生啊,何尝不是?艰苦惨淡之时,无休无止;意犹未尽之时,戛然而止。

提议得不到回答,赵信羞怒异常,弯刀举过头顶——尹鹏颜,你的名声,传遍天下;你的奇技,万人追捧。原本以为你是神、是仙,战无不胜、无所不能。可惜啊,你现身河西,第一次策划就彻底失败。你眼睁睁看着廷尉消失、看着同伴死去,你连你爱的人都保护不了,甚至,你临死之时得到的依然是她的厌恨。你这样一个人,凭什么自称名士、名满天下,凭什么让公卿牵挂、天子倾心?哼,浪得虚名,浪得虚名!

该结束了,刺破一个华而不实的笑话。尹鹏颜,别过。

赵信面带讥讽与畅意,两手高举屠刀,五指紧握,刀光与阳光交织在一起,凌空洒落,耳边响起金属之音,尹鹏颜的脖颈为之一凉,一片血花洒落满地。

远方地平线上冒出一队骑兵,刮起一阵比朔风还烈的旋风。

田甲惊叫道:"来了,来了,他们追来了。朱安世,你找死啊!浪费时间说那么多废话,我们早该逃跑的啊!这下,这下完了,完了……"

朱安世二话不说,上下牙咬紧,背着张汤往山林深处狂奔。

为首的骑士往天空放了一支响箭,箭尾拉出长长的黑烟。汉军亭跑出来一大群民夫,带着锄头、镰刀、竹枪往山脚跑来。田甲回头一看,愤怒至极——领头的竟是拿了他巨款的啬夫王尊、马卒赵良。

田甲叫道:"河西不是归附大汉了吗,怎么连基层的掾吏都来杀我们?"

朱安世道:"你太低估匈奴的实力了。这样险恶的环境里,他们生存了多少年,汉朝的兵、吏和官才出现多少年?"

"东徙之民,要么赤贫,要么属于奸猾吏民,作奸犯科、杀人越货的事干起来轻车熟路。"在张汤眼里,整个河西的人都是罪犯,他憎恨又无奈地道,"军队打下一个地方容易,但建立一整套的民政体系,实现有效治理,极其困难。两年时间还是太短了,我看二十年差不多。"

田甲跑得气喘吁吁:"二十年,做梦啊!我们能活过二十个时辰,就算祖上积德了。"

又一支羽箭流星般划过天际,拉出红色的尾翼。这下,整座山林都醒了,无数捕鹿的猎手、伐薪的樵夫、采药的医工、放牧的马奴杀出来,参与围捕。匈奴人散则为民、聚则为兵的本事以前仅仅听说,如今亲身感受,一下叫人肝胆破裂、魂飞魄散。

朱安世像头牲口,仿佛不会疲倦。他旧伤未愈,腿上严重烧伤,逃跑时还中了两箭三刀,背着一个人竟然跑得比田甲还快。田甲满口白沫,痛苦得死去活来,一把拉住朱安世的衣摆,任由他拖着走。好在那衣服本来就是破的,一抓一个准,抠住洞口就不会轻易甩脱。

前后左右都有追兵,山上树上、水中地下纷纷冒出杀手,张汤看到生路已绝,心一横,哀叹道:"不跑了,不跑了。找块景致好的地儿，放我下来。"

田甲叫道："寻死还要找风水宝地？君信啊，我服我服，我佩服你啊！"

朱安世不说话，闭着嘴憋着一口气猛跑。张汤探手摸索，拔出朱安世的弯刀架在他的脖子上，沉声道："放下我。"

朱安世不理他，绕来绕去躲避前方冲来的人，躲闪左右砍来的刀，躲开身后射来的箭，一口气跑了三里地。

张汤手上用劲，刀刃割破朱安世的皮肤，嘶声喊道："放下我，你听到了吗？"

朱安世闷声闷气挤出一个字："不。"

田甲道："朱安世，廷尉的意思是让你不要管他，一个人逃走。朝廷的军队和求盗追捕你多年都没有抓到你，你一个人跑，一定能逃出生天。"

朱安世道："不。"

田甲道："你听廷尉的，放下他。如果你觉得不忍心，可以带上我。"

张汤道："对，你带田甲走。"

兜头挨了一棍，田甲陷入半昏迷状态，话语混乱，断断续续道："罢了罢了，我跑不动了，我留下来陪你。我早知道你会害死我。朱安世，你和我们非亲非故，你走吧，走吧。我囊中还有些钱，你拿上。你看看你，多可怜，衣服都破了……"他手上力道渐松，连衣襟都抓不住了。

朱安世一拳打瘫袭击田甲的人，扯出腰带拦腰捆住田甲，拖着他继续奔跑。他们踏过荆棘、穿过莽林，不知走了多久，不知目的何在，张汤依稀感觉到，这正是他第一次进山时走过的路。似乎，枯木犹在，蜂巢尚存，胡蜂发出尖利的嘶鸣，蜂拥追逐着猎物。追兵会聚成一股洪流，多达两百，三面合围，把猎物逼到一面峭壁之下。石壁光滑，高达二十余丈，根本无法攀爬。前路，彻底断了。

赵良激动得唇齿哆嗦，浑身颤抖，沙哑着嗓音叫道："张汤，投降吧！"

话未说完，头上挨了一鞭，骑兵领队斥责道："废话！直接动手，杀！"

王尊诣笑道："取下首级有赏格吗？"

骑士冷漠地道："不杀你、不屠镇就是赏格，你还奢求甚？"

众人凛然，手持兵器，步步逼近。

赵信的刀斩在一块飞来的铁甲上，铁甲化解了刀锋的力量，重重擦过尹鹏颜的脸颊，划出数点飞血，一片青紫。赵信面如死灰，犹自不甘，再次举刀斩落。

一个诡异锋利的声音数落道："赵信，冢蠊令你招降他，你却私自杀他。你厌恨嫉妒如此，不顾大局，你不想活了吗？"声息似在天上，似在地下，完全琢磨不透。此时天已透亮，正是阳气强烈的时候，整个空间却透着森森鬼气。

赵信叫道："杀了他，照样能获得《地形图》《城邑图》和《驻军图》。"

鬼声人道："蠢货。天下驻军、城邑朝夕改变，你拿到旧图，不知制图之法，有何用处？我大单于的宏图伟业，冢蠊的惊天布局，岂是用来帮你报私仇的？在冢蠊眼里，尹鹏颜比你管用一百倍。"

赵信心存不甘，叫道："可是……"好似凭空出现的流星，飞来一把长刀，砸碎他的门牙，让他满口喷血。

行伍内一名武士的兵器离奇脱手，武士惊诧莫名，站在原地左看右看，捂着流血的虎口，喃喃求饶道："自次王恕罪，不是，不是我……"

鬼声人道："赵信，冢蠊神机妙算，早已算出你会公报私仇，因此令我盯防着你。我再次警告，你敢动尹先生一根汗毛，你会死得比你的脸还难看。"

赵信又羞又怒，又悲又愤，但他不敢得罪这个权势熏天、阴诡凶狠的人，眼里凶光一闪，从尹鹏颜身上掠过："你给的东西，总有一天我会还回来。我将从眉毛处锯开你的头颅，融化了面具浇灌缝隙，做成酒器，捧在手心里，躺在图勒河畔的沙碛上，望着北上的大雁喝个酩酊大醉。"这句咒语，不但说给尹鹏颜听，也说给鬼声人听。鬼声人嗤之以鼻，冷冷地哼了一声。赵信咬紧牙关，转身就走。众武士见首领离去，收整兵器，带着伤亡的同伴撤围而去。

鬼声人道："尹先生，得罪了。暂且委屈你进屋休息一晚。我们没有合适体贴的丫鬟，就请无庸姬照顾你吧。"

城郭上激荡着冷峻的山风，城市内火光热烈炸响，酒泉郡治像掉进油锅的煎饼，发生着惨烈的变化。一阵接一阵热烈的军号响起，汉军驻防四境的东部尉、中部尉、西部尉、南部尉、北部尉相继领兵杀到。

随着麻衣武士撤走，门外涌来七十余名青衣武士，有老有少，有男有女，各背着一个偌大的行军背囊，装得鼓鼓囊囊，乍一看，估计每人负重不少于一百三十斤。青衣武士拖走尸体，冲洗血迹，脱去战斗装束，将衣甲、服饰、兵器堆积起来捆扎严实，然后装进几个布囊，丢进穿城而过的河流。他们自背囊内取出民装、劳作工具穿戴整齐，一些人变身商贩、农夫和工匠，四散而去；一些人变作贾人、店家佣和顾客，厨房里刀俎响动，饭菜飘香，屋宇间宾客来往，饮酒吃肉。顷刻之间，一处杀伐之地被改造成一个热闹的旅馆食肆。

无庸雉已经多年未踏足江湖，眼前所见让她目瞪口呆，尚未回过神来，已被捆绑结实，推搡到后院一个偏僻的客房里。这些凶神恶煞的伧夫，竟然表现出温情调皮的一面，把尹鹏颜和他日思夜想的无庸雉面对面捆在一起。尹鹏颜死里逃生，拥抱温香软玉，真是从地府到天界。他心跳如鼓，手足不知放于何处，身心愉悦满足，连逃走的念头也打消了。无庸雉羞怒相杂，气恨万分，却动不了，一时束手无策。

尹鹏颜按捺住内心的窃喜，装作一副无奈的样子，含含糊糊挤出几个音节:"雉儿,哦,无庸姬,我无意轻薄,实在是无可奈何啊。"

无庸雉喉咙发干,羞怒至极,叫道:"竖子,无耻,无耻!"

朱安世放下张汤,解开腰带,提着弯刀迎敌而行,一连砍翻五人。但是,敌人潮水般全面决堤,自两翼突进,他这块顽石根本堵不住洪流。众人很快击倒朱安世,冲到张汤和田甲面前,两人惨然一笑,闭紧了眼睛。

"杀,不留活口。"

突然,一道黑影从悬崖上直直落下,把领头的骑士撞下马来。黑影一声嘶鸣,锋利的牙齿咬断人的喉管,热血喷溅一尺多高。紧接着,二十几道黑影一起冲入人群,搅得阵型大乱,一时人仰马翻。乌合的民夫率先大乱,叫道:"狼、狼、狼……"顷刻间惊骇四散,跑得一个不剩。

骑士们急速应变,抵挡片刻,付出了十人六马的代价,砍伤三匹恶狼。狼牙犹利,人马疲惫,无奈退出战局,到树林里整合队伍稍作歇息,准备以远程兵器为先导再次发起攻击。狼群围成一个半圆,护卫着张汤、田甲和朱安世。

田甲抹去满脸血污,连声叫道:"倚华,倚华!"

一人一马自左侧山林缓缓出来,马上骑士年轻英武,冷冷道:"闭嘴,你娘没教过你不要随便乱叫一个姑娘的名字吗?"

田甲闹了个红脸,窘迫不已。张汤仰望树荫之上灰暗斑驳的天空,纵声大笑。朱安世抹抹脸上的血污,傻乎乎地道:"啊,你养的狗好生厉害!"

沮渠倚华哼了一声,笑骂道:"你这汉子实在粗蠢,狗和狼都分不清?"

张汤道:"朱君用力过度,有些虚脱迷糊了,没有一点儿冒犯的意思。"

沮渠倚华道:"一点儿?这粗蠢的汉子冒犯了我全部的狼友,你数数,它们身上有多少花纹?你们汉人欺负人,从来这样轻描淡写吗?"

张汤摇头苦笑,狐疑地道:"小娘,你真的精通各国语言、通晓民俗风情吗?"

沮渠倚华大言不惭,昂然应道:"这还有假?"

田甲道:"甘夫骗人,说什么你精通各国语言、通晓民俗风情……一点儿、一点儿,分不清……我呸,大骗子!"

不提甘夫还好,一提甘夫,沮渠倚华突然火冒三丈,叫道:"灰黑红白,上!"

随着指令,狼群再度骚动。田甲受重力一击,仰面而倒,一匹大狼扑倒他,硕大的狼头对着他的脑袋,锋利的狼牙闪着寒光,猩红的狼舌来回晃动,唾液流淌一脸。田甲大骇,屎尿齐出,惊骇得连呼吸都停止了。

张汤大惊,压低声音急切求情:"小娘,小娘……"

朱安世道:"算了,算了,小娘,田甲并非有意冒犯啊!"

沮渠倚华咬牙切齿,厉声道:"你若再在我面前提这个老贼的烂名字,我立即叫狼吃了你,把你变成屎。"说着发出一声尖啸,大狼听了指令松开爪子,退到两步开外。

过了许久,田甲依然不敢动弹。

张汤道:"你还不起来,地上很舒服吗?"

田甲面色惨白,结结巴巴道:"灰、黑、红、白,才来了一匹黑狼,还有灰狼、红狼、白狼未动……我不敢……"

张汤悚然心惊,好声求情:"小娘,你看……"

沮渠倚华哼了两声,拨转马头往山林去了。狼群收了爪牙利齿,撤围而去。

朱安世又好气又好笑:"灰黑红白是一匹狼的名字,不是四匹不同颜色的狼。"

张汤和田甲稍稍释然。

远远地传来敌人整队的口令,随即响起脚步声、喘息声和兵器声。

朱安世一手拉田甲，一手拉张汤，往前急行："他们又要发动攻击。我们到岩屋暂且躲避。"

屋宇之外，铁甲铮铮，响彻着汉军的脚步和口令。看来，大汉的将士已经重新控制了全城。他们逐屋逐户询问排查，缉拿奸细。一名燧长领两名士兵深入廊道，与囚禁尹鹏颜、无庸雉的房间一墙之隔，但就是无人敏锐地识破这栋屋宇的蹊跷，从而招引同伴、破门而入，救出两人。

青衣武士演戏的本事实在太高，他们态度谦卑、语言得体，滴水不漏，与一般的小民没有丝毫的区别。尹鹏颜暗自叹气，这些军人拿刀砍人天下第一，应对人情世故可以说一窍不通。指望他们根本不可能了，唯有想方设法自救。

整个河西驻军两万，酒泉郡周边百里之内，东部尉、中部尉、西部尉、南部尉、北部尉各领兵三千，一旦有事，半月内能抽调万余机动力量应对变局。可是，军队如鹰，盘旋在领地上空；官吏如犬，行走在街巷村寨。一个处于客位、一个处于主位，官吏才是地方真正的主人。

诚如张汤所言，军队打下一个地方容易，但实现有效治理极其困难，实在任重道远。如今，军队虽然忠勇精锐，但官吏阶层不可靠，朝廷对河西的治理依然无从谈起。仅看将领的战胜报文，不看官吏的履职情况，会产生极其荒谬的认识，从而下达离题万里的政令。若非亲临河西，身陷险境，张汤这样的朝廷公卿，怎么可能真正了解地方的真实情况？

世代居于河西的尹鹏颜对这一切洞若观火，深感痛心。面对诸多乱象，为了避免兵戈重起，河西成为各方势力角逐的四战之地，以致百姓遭殃。他有责任借助张汤的权势进京面圣，提出正确的建议，迅速安定这块辽阔的土地，让千万黔首过上平安祥和的生活。

国家大事难于一蹴而就，个人小事同样让人伤透脑筋。怀里的美人满眼鄙夷，怒目而视，温柔的拥抱透着无限的尴尬，这可怎么办才好啊？

无庸雉把这些边军当作救命的稻草，一边叫喊，一边扭动身躯，用脚猛踢墙壁，发出一阵阵响声。果然，士兵们停下脚步，满脸狐疑地四处打量。随同的贾人和店家佣站定了身子，右手摸向腰间。一场血腥的遭遇战，随时可能打响。

尹鹏颜不能再等了，他双臂紧紧抱住无庸雉。无庸雉又惊又怒，两眼喷火，使劲摆头。尹鹏颜一不做二不休，两手环抱，两腿用劲，把无庸雉牢牢盘在身下，使其动弹不得。

屋外，巡查的燧长疑虑愈深，凑到窗前往里窥探。贾人、店家佣移动脚步，看似不经意的转换，其实已占据了攻击的最佳位置、封堵了一切可能的出口。

无庸雉又羞又怒，大叫一声。士兵依稀听见人声，同时手按刀把。

危急时刻，尹鹏颜唇齿出击，堵住无庸雉的嘴。无庸雉几乎要疯了，满脸涨红，口中咿咿呜呜。

屋外，一名店家佣抬着汤盘走来，脚下一滑突然摔倒，地下一片狼藉，污了众人的衣物鞋袜。贾人勃然大怒，冲过去踢了几脚，大声叱责。店家佣们冲来帮腔、劝架，趁机高声吆喝，弄出许多声音，盖住了屋内的声音。

贾人打得实在凶狠，连士兵都看不下去了，领队的燧长赶紧过去劝解。贾人顺势作个人情，埋怨道："这盆汤用了十种药材熬了三天两夜，要卖五十大钱，却叫你这蠢货毁了。若非军候替你说情，我，我……军候，下人粗蠢，惊扰到您，见谅见谅。这边请，小心地滑。"

店家佣们簇拥并奉承着士兵，礼送出门。这些军人领受了任务，须在极短时间内搜遍全城，根本不可能在一个旅店停留太久。

确认士兵走远，尹鹏颜才移开嘴巴，两人怔怔地看着对方，气氛十分尴尬。不知过了多久，无庸雉从羞怒中清醒过来，怒道："小人、役夫、竖子、鄙夫、鼠子……"她手足被缚，无法打人，唯有以语言攻击平息内心山呼海啸般跌宕的情绪，数落了一刻钟，愤怒了一刻钟，直到疲惫不堪、无力说话。

尹鹏颜神色不变，一直心平气和，待她讲累了，找到间隙柔声道："进到旅馆的边军不过三人，而店里的武士不少于三十人。你方才若大声喊叫，惊动士兵，他们不但救不了我们，还会被杀……我也是迫于无奈……"

无庸雉这才明白尹鹏颜的苦心，他在极其凶险的时刻，考虑的不仅仅是自己，还有别人，可谓十分慈悲周全。儿时记忆的尹鹏颜、长辈嘴里的尹鹏颜，与此时亲眼所见的尹鹏颜截然不同。总有一个是假的，或者说，总有一个是真的。一次满怀仇恨的亲吻换回三条生命，值得还是不值得？无庸雉心乱如麻。

尹鹏颜道："上一代的恩怨，总有日渐清晰的一天。无庸姬，我们的当务之急是逃出去。脱离险境，任打任罚，我听之任之，不作辩驳。至于图谱，我可全部奉还。不过，拿着这些东西实在凶险，我还是当着你的面烧毁了吧。"

不提这个话题还好，一提无庸雉怒火重燃，痛斥道："你们全家都是些无耻无良的小人，你比你爹还要无耻，还要无良。你爹尚有些廉耻，盗取了我家的图谱，还懂得躲起来，不敢见人。你却拿着招摇过市，沽名钓誉，赚取名利。"

尹鹏颜借汉军北征，举世瞩目的大好时机，向天下展示三套舆图，转移了人们追寻无庸图册的视线，让无庸无用安然养老，确保了无庸家族的安全——这种投身饲虎、舍身救人、吸引乱箭的侠义之举，在无庸雉看来既卑鄙又恶心，一文不值。尹鹏颜满嘴苦涩，无法自证清白。

此时的局面虽然凶险，但已是最好的状态。一旦无庸雉听说无用先生还活着，可能会以为这是他的诡辩之词，随即必然寻找求证，难免弄得人尽皆知。到那时师父和阿翁一定会成为天下追逐的猎物，无庸全族必然成为坏人要挟师父的工具，无庸家族的末日为时不远。

经年来，尹梁邑和尹鹏颜父子两代对无庸家真可谓极尽忠诚，化解无数艰险,却背负骂名,成为各方攻击的目标、天下侧目的小人,实在有苦难言。一念及此,尹鹏颜胸腹深处升起一腔愤懑之情、一股无名之火。他忍不住想倾倒出一切,化解指摘、释放委屈,但是,一看到无庸雉干净、纯粹的眼睛,他就屈服了,打消了自辩的念头。忍辱负重吧,男人总要有些担当。

无庸家定居河西,地处边陲,但也是诗书传家,无庸雉从小受过严格的教育,于礼仪方面尤其精到。她说着说着,突然发现自己竟然使用了最为恶毒的词语,最为不堪的腔调,这与她从小接受的教育、一贯的素养格格不入。她虽然出奇愤怒,却再也骂不出口,慢慢闭紧了嘴巴,一阵困倦袭来,终于带着复杂的思绪睡着了。

尹鹏颜看着怀里的佳人,又悲哀又爱怜,又幸福又惶恐。不知不觉,冷月悬挂夜空,天黑了。此情此景,让他想到当年河谷里,风声、水声、蛙声,美好的一夜。情景相似,处境完全不同。今天,是忧喜参半的一天,未知明天,是怎样的一天。

众人来到山箐下,站于石壁间仰望岩屋,要想往上攀爬,根本无处踏足、无法借力,好一个上天无路的境地。唯有一根悬垂下来的青藤,静静地落在眼前。莫非,岩屋的主人和客人都是借助藤蔓上下的吗?

沮渠倚华下了马,抱抱马首,附耳叮咛,炭火一般热烈的神驹扬蹄而去,好似一团火苗投入林间。沮渠倚华抓着青藤,脚踏岩壁,猿猴似的攀附而上,不过片刻已经到了石壁之上。不时,上面丢下一个布囊,沮渠倚华朗声道:"朱安世,你观察我半个月了,你应该知道怎么用。"

朱安世尴尬一笑,连声咳嗽。

狼群退到悬崖前百步,急速奔跑,不停加速,眼看就要撞上青色的山壁,突然,十匹狼一跃而起,又十匹狼踩着同伴的背脊,跃上半山,最后十匹狼连跳两次,借助两批同伴的力量,跃上岩屋前的平台。剩下的二十五匹狼再分成三组,重复一次这样惊险的跳跃。不时，山崖下仅剩两匹苍狼，它们与山上的同伴相对嘶吼，彼此致意，随即隐遁山林去了。

张汤和田甲几乎不相信自己的眼睛。

朱安世道："这些恶兽皆甘夫亲自训练，从狼崽开始，足足用了六年时间。"

张汤惊讶不已："那岂不是说，奉使君从西域归来未作丝毫停歇，就进山捕捉狼崽，开始训练？"

朱安世道："诚如廷尉所言。"

用心用情如此，就为保护一个女孩，连张汤这样铁石心肠、杀人如麻的酷吏都震惊了。

田甲伸手去摸那条近在咫尺的青藤，朱安世大喝一声，闪电般出手击打田甲的手腕，差点打折他的手骨。

田甲叫道："你疯了，打我做甚？"

朱安世道："你仔细看。"

田甲定睛一看，大吃一惊，原来这条青藤不是真正的、自然生长的青藤，而是人工制作的麻绳，涂上青色的植物颜料，足可乱真。凑近再看，他不由倒吸一口凉气，藤内潜伏着密密麻麻的铁针，一旦空手抓上，手掌绝对被穿透。

张汤道："针上是不是涂有剧毒？"

朱安世道："是。"

田甲惊呼道："这小娘是神吗，她怎么上去的？"

朱安世捡起布囊，取出一副长满无数孔洞的手套给田甲戴上，握着田甲的手，小心翼翼靠近青藤。

田甲惶恐万分，叫道："你小心些。"

但听咔嗒一声，手套与藤蔓洞针相合，紧紧扣在一起。

田甲犹自惊惧狐疑，连声问道："怎么上去，上去了怎么解开？"

朱安世拉动青藤上的一根铁线，田甲脚下一空，扶摇直上，直插云霄，一路哇哇惊叫。上到山巅平台，朱安世一扭铁线，手套脱落，田甲长长吁了一口气，抽出手掌将手套丢下山来。

朱安世捡起手套，帮张汤戴好、扣好。

张汤道："我也问一个问题。"

朱安世道："廷尉请讲。"

张汤道："朱君你作为一个逃犯，为什么潜伏山林，窥视奉使君和沮渠倚华？"

朱安世面色一紧，张大嘴巴，过了许久方才合拢，结结巴巴道："奉使君，是野外生存的高手，我，我……"

张汤道："你想偷师学艺，以便和士兵、求盗周旋？"

听了这个台阶式的解释，朱安世赶忙点头："正是，正是。"

张汤阅人无数，窥见朱安世的神态，心里阴云密布。看来，这个莽汉并非人们所见的那样简单。张汤存了一丝疑虑，但未现于辞色，沉吟半晌，指着高峻的石壁问道："山壁青苔下隐藏着许多小孔，这是用来发射暗器的吗？"

朱安世道："是。一旦敌人用云梯或绳索攀登，可安坐岩屋，触发机关，一一击落。"

张汤正待攀爬，又转过身道："还有一个问题。"

朱安世一惊。

防守弱水置前尹鹏颜一再叮嘱，生擒端木义容，目的是从他嘴里问出冢蝓的名字，朱安世为何杀了他，提着首级现身？是传令的候长失误了，还是朱安世故意为之？那个候长已经死了，事情变成了悬案。张汤的大脑像轩车车轴一样旋转，唇齿间却吐出一句与心思完全不同的话："我看，这女子好像并不喜欢奉使君。"

朱安世释然，轻松地接腔道："岂止不喜欢，完全是憎恨。廷尉，别问了，敌人就要攻过来了。"他微一沉吟，笑道："不过廷尉放心，她虽然不买奉使君的账，对来往的山民还算亲切，讲究待客之道。放心，不会连一杯水、一餐饭也要不到。"

张汤喉咙耸动，咽下好多唾液，肚子咕噜咕噜一阵响动。

第九章
烽火青衫

天光乍亮，一名青衣人带着一男一女两个店家佣，送来满满一桌丰盛的菜肴，他们体贴周到，甚至摆了一只陶罐，下面烧着炭火，里面烹煮着羊肉。

这人三十六七岁年纪，身形文弱，面色苍白，眼神略显疲惫，似一名长期自困于书斋的儒生，但浑身透出一种刀兵之气，给人干练骁悍的感觉。他不来之前屋内平和静谧，他一出现，整个屋子如深秋的阔叶林，一片萧索凋敝，连头顶的瓦片似乎都会顷刻碎裂，齑粉一般飘洒下来。

店家佣解开尹鹏颜、无庸雉的绳索，无庸雉一把推开尹鹏颜，退避到三步之外。她自知无法逃脱，索性吃饱了再说，坐到席间，好一个风卷残云。

青衣人静静地看着食客，面上阴冷，眼睛明亮，良久发出朔风吹击金戈般尖利的声音："我是个小人物，就不做介绍了。尹先生，冢蜮让我带一句话来，你不用投奔匈奴，也不必说出无用先生的下落，你只要告诉我们观测星象以定地理的秘术，我们验证后，你就可带着无庸姬离开。"

无庸雉听到"无用先生的下落"几个字，使劲握住餐具，惊讶地盯着青衣人。

尹鹏颜自始至终低垂着头，一边吃一边道："阁下从刀口下救我，又赠我和无庸姬美食，我感激不尽。你需要《地形图》《城邑图》和《驻军图》，我不会吝啬，愿意默写一份双手奉上。至于秘术，不过以讹传讹，并不存在，切不可当真。事实上，长天与大地虽然两相照应，但天地悬殊，完全不同，怎么可能观天而知地呢？"

青衣人嘴角一翘，冷漠地道："这些舆图确实精妙，不过，我们已经获得备份，不劳烦先生了。"

尹鹏颜听了暗自心惊。原来如此，三套重要的图谱仅仅在霍去病的军帐展现过两次，当时参与机密的不过五六个人，谁有这样的本事盗取复制呢？莫非，骠骑将军的中军大帐也进了奸细？一念及此，不觉全身寒彻。

青衣人近前两步，两手按住桌面，盯着尹鹏颜眉目，目光炯炯，直截了当："无用先生身体羸弱，一年有两百天卧病在床，年轻时从未走出酒泉游历四方，却能遍知天下地利，他如果不是从星象里得到启示，又是从哪里得到的呢？莫非，这些图谱是天授予他的？"沉吟片刻，他若有所思地道："而且，前后二十年的两套舆图我都拿到了，两相对照，发现霍去病用的大致格局不差，但和旧图不尽相同。盖因风物变了，图也变了。如果说无用先生已经物故，那是谁替他修订图谱的呢？好生奇怪。"

听他屡次提起大父的名讳，无庸雉瞪圆了眼睛。

尹鹏颜双眸含笑，道："这个，建议阁下找无用先生问一下。"

青衣人笑道："你以为我不敢闯无庸家的墓地吗？"

试探出这句话，尹鹏颜放心了，还好，对于师父活着这件事，青衣人还不能确定。尹鹏颜从容饮了两杯酒，用了些肉，抹抹嘴，与他目光相触："我没有你需要的东西，你杀了我吧。"

青衣人叹道："我不想杀人。"他停顿片刻站直身子，蹙眉道："我这辈子杀人太多了，比我吃掉的羊还多，每次杀人我都恶心，呕吐不止，苦胆水一滴不剩，空了。"

尹鹏颜展颜一笑，轻声道："想不到烽火青衫的首领江猎，竟然如此温柔慈悲。"

青衣人惊诧地看着尹鹏颜，足足半炷香工夫才幽幽道："你知道得太多了，杀人这种恶心的事，可能，我还得再做一次。"

尹鹏颜两手一摊，从容道："请便。"

"你算准了我会来？"青衣人诧然道。

尹鹏颜浅浅一笑，他的笑如此和煦温暖，与江猎的气场截然不同。三月春风和凛冽冬风相击相融，整个屋子塞满了激荡的风云。

高祖之时长安一带豪强遍地，最凶悍的一支首推朱家，一介布衣，却能交游诸侯，师友公卿，其生意遍及天下，包括岭南、百越、西域和匈奴。高祖与冒顿单于作战困于白登山，十数万大军手指冻掉十之二三，一座山上掉落几万根手指，何其惨烈骇人。朱家不知用何种方法竟然从容穿过重围，给汉军送来御寒的冬衣。刘邦感谢朱家的雪中送炭，又对其势力感到担忧，战后选派一些楚汉战争时百战不死的精锐老兵送予其作为私人部曲，名义上护卫，其实行监视之事。两人都是旷世豪杰，彼此心照不宣，达成默契，一个送一个收，各取所需，皆大欢喜。

当年，烽火炙热，朱家送来的绒衣皆为青色，刘邦十分感激，提笔写下"烽火青衫"相赠，御笔既下，理所当然成为这支精锐战队的名称。

文景之时，朝廷穷尽名目削弱藩镇，对豪强的管控相对松弛，烽火青衫迅速壮大，太守、县令这些地方大员忌惮他们的权势，不敢管束。烽火青衫野草般蔓延，发展到连朱家的继承人都感到恐惧的地步。他为求自保，壮士断腕，主动把生意和武装交给一个名叫江决的门客，举家搬到滇国去了。

果然，新天子刘彻不同于父祖，即位后迅速巩固了权威，一旦利器在手，先拿豪强开刀，杀了当时的几个标杆性人物，灭其宗族，追杀余党。江决预见到危险，率精锐潜逃，狂奔两千里，跑到卫满朝鲜的地界。他跑得够快够远，不过，依然逃不脱天威浩荡，死于追兵之手。

刘彻一不做二不休，下令斩草除根，灭门江家，死士一个不留。

江决的儿子江猎本来还像父亲一样，有些苟且的心思，这下退无可退，逃无可逃，索性带着残存的烽火青衫重返汉地，出雁门一路北上西行，斩杀官吏、攻击军队，硬是杀出一条血路，投奔了匈奴。他行进的路线，恰好是李广和卫青后来出击匈奴的路线，漠北大战的东部战线。

人既弃之，我自取之，汉地的毒物到了匈奴地，一下变成了珍品，逃犯变身娇客，匈奴单于大喜，赠予宗族女子为妻，收留全体死士，半个月不到又准备封赠江猎为王。江猎认为，世间的官场好比价值万金的垃圾场，世人若苍蝇逐臭，孜孜以求，一旦进入，想独善其身、保持清白是绝对不可能的，因此坚决推辞，不要官爵与供给，仅仅商取一个小城安置家属和部众。从此，他来往于汉匈之间走私贸易，自给自足，誓死效忠匈奴单于，替其渗透西域和汉土，刺探情报、刺杀官吏、煽动民变、收买豪杰，做一些阴诡之事。

同时，他提出一个条件，准许江家世代掌控烽火青衫，员额保持三百名，伤亡增补不可逾越此数。单于不假思索，立即同意，亲自与江猎歃血为盟，以示庄重。

毫不夸张，烽火青衫是当时最凶悍的特种兵、最锋利的杀人机器。论堂堂之阵，烽火青衫毕竟人数少，并不擅长。论刺杀、下毒、侦察、构陷这些诡秘凶残之事，天下没有几个人敢与之为敌。甚至匈奴自次王赵信见到江猎，也像豺狗见了雪豹，怀恨避走。

近年来，汉匈对抗一日烈过一日，单于顾及个人安危，借调烽火青衫的主力随身护卫，他们的主要活动地点是匈奴和西域，从不在汉地出现，似乎销声匿迹了，汉地的官民几乎忘记了他们。

江猎参与此次谋刺张汤、围捕尹鹏颜的行动，说明了一个问题，匈奴王庭在吃了大亏之后，深刻认识到舆图的重要性，以至于把保护王室安全这样要命的大事放到次要位置，不惜一切代价也要夺得制作图谱的方法。

不过，匈奴单于伊稚斜在漠北大战的关键时刻失踪了，目前生死不明，直接调派和指挥烽火青衫的，或许并非单于。当然，昨天发生的事表明，这个人更不可能是赵信。赵信在匈奴的资历没有江猎老，根基亦不如江猎深厚。江家虽然没有领受王爵，但地位与王等同。此次烽火青衫背后的人物，非同等闲。

尹鹏颜见多识广，对这些过往之事多有研究，更兼头脑缜密，前后各项琐事自脑海一过，一团乱麻逐渐理成线索有了定见。

他知道，自己的性命保住了，一念及此，面上浮现出一丝温暖的笑容："你也在追图谱，所以，我提前送了消息给你。幸好赵信闹的动静太大，你闻风而至，及时赶到了。"

张汤、田甲和朱安世进到岩屋，惊讶地发现这个悬崖上的屋宇，竟是厚达七尺的青石为墙，厚逾三尺的精铁造顶。比邻的山岭皆不如它高，而且至少隔着三里。天下任何兵器，包括抛石机，都无法立足周围的地理击毁它。除非化身飞禽，攻击发起于九天之上。

墙壁上挂满长弓、短弓和弩箭，三间偏房堆满箭矢、药品、粮食与饮水。岩屋后还有一块菜地和一处圈舍，数十匹恶狼安安静静地蜷伏着，像家犬一样温和，唯有那双凶悍的眼睛，表明它们狼族的身份。

可以说，此处地理之险、人工之巧，几乎是天下第一安全的所在，他们粗略一看深感震撼，对甘夫增了几分敬意——世间没有几个人能像他一样，为心爱之人做这么多、这么好。

更让人意想不到的是，石桌上竟然摆满了热腾腾的酒菜和水果。沮渠倚华一改高傲冷酷的表情，热情地邀请客人落座，像一个初见舅姑的小娘，忐忑不安地等待家长对自己手艺的评价。

这时，墙壁上发出小鸡啄米般的轻微响动，不用出去看就知道追兵到了，他们用硬弩朝岩屋射击。山壁下不时传来惊恐的嘶叫声，不用看，肯定有人手掌被洞穿，有人被利箭射中。众人相视一笑，心情大好。

田甲道:"倚华,你变了。"

听到这个称呼,张汤倒吸了一口凉气,沮渠倚华一定又要挖苦田甲了:你娘没教过你,不要随便乱叫一个姑娘的名字吗?

谁承想,沮渠倚华语句温和,笑盈盈地道:"田先生,我没变。我本来就是个有礼貌的女孩子。"

田甲叫道:"不对,你一直都凶巴巴的。"

沮渠倚华道:"凶没有错,喜也没有错。在外面凶,因为我们萍水相逢,我又不是卖笑的,何必对你们笑?在家里喜,因为你们来到我家,就是我的客人,我当然要热情大方。"

话音方落,只听得一阵掌声,张汤笑道:"秀外慧中,恩怨分明,好孩子,好孩子。"

沮渠倚华喜笑颜开,正要说几句客套话继续展现自己的素养,突然,一点征兆没有的情况下,只听一声闷响——朱安世铁塔一般的身躯轰然倒地,头重重砸在青石餐桌上,登时晕厥。

三人大惊,慌忙上前检视。沮渠倚华用剪刀剪开朱安世破烂的衣裳,大家都愣住了,心疼得流下眼泪。只见他身上新伤叠着旧伤,几乎没有一块完整的皮肉,尤其是两脚、两腿,已经严重烧伤,血肉淋漓。

在这样的情况下,朱安世拼着一口残存的气息,忍着一身磔刑般的疼痛,把张汤带出烈火滚滚、刀枪林立的酒泉城,驱马数十里,背着他躲避追兵,翻越十里山岭,逃出生天。每个人都以为朱安世是铁人,谁能想到他也是爹生娘养、血肉之躯,他的伤比谁都重——大战之前,他刚刚被无数的士兵和求盗追捕了几十天啊。

廷尉府审决的人犯,实施酷刑的没有一万也有三千,很多是张汤亲自监刑,各种残忍的肉刑他见得多了,一向心如铁石,不起波澜。此时,伤在朱安世身上,让他触目惊心,嘴唇抽搐不止。

田甲想到自己因为绝望和偷懒缀住朱安世的衣襟,任他绑在腰上拖着走,自私如此,不禁懊悔得号啕大哭,鼻涕眼泪流了一地。这是他有生以来，哭得最悲痛、最真切的一次。

江猎道："你知道，我不会杀你。"

尹鹏颜道："如果我活下来让你为难，你可以杀了我。"

江猎道："既然有过盟约，我自然不会违背。家父欠令尊一条命，恰好今天还了吧。我们江湖人，失信一次，祸患无穷。"

"也是。"尹鹏颜沉吟半晌，推心置腹地道，"当然，你带那么多人，千里迢迢、人吃马嚼的，花了很多钱，什么也没得到，就还了一笔旧债，我也不好教你吃亏。这样，我把一处藏金窟的地址告诉你。"

"藏金窟？"江猎浑然不信，"你不像有钱的样子。"

尹鹏颜道："你别看不起人，我没钱，但我有消息，有时消息比钱值钱。这笔钱其实是秦人的。当年，公子扶苏、上将蒙恬拥兵三十万扼守长城一线，赵高、李斯矫诏杀扶苏，将士寒透了心，一日之间散去三万大军。蒙恬埋了这三万人当月的军饷，回京自诉、自杀……后来，王离领北军南下，同项羽会战于巨鹿，全军覆没。乱世汹汹，黄沙滚滚，匈奴人趁机南进，这笔钱就此湮没了……"

江猎精神一振："你不送给汉朝皇帝，送给我？"

"这和送给汉朝皇帝的意义是一样的。"尹鹏颜正色道，"唉，北境实在太苦了。一苦你们就不安生，就会凭借快马弯刀劫掠汉地，谋财害命——如今，烽火青衫可是唯一一支敢于深入南境的利刃了。你挖取自用，贴补部曲家属的生活，解决单于等贵族的燃眉之急，用钱暂时买得北境消停也是好的。"

"记住，这些钱你只能拿一半。"尹鹏颜郑重叮嘱，"剩下的，劳烦送给弱水殉职者的眷属——包括军人、啬夫和仆佣，补偿酒泉受祸乱伤害的人家。对于你来说，很容易探得户籍、名籍等相关讯息。"

"这个……"江猎有些诧异，赈灾不是汉朝官府的差事吗，跟我有什么关系？

"我信不过衙门。你守信用，我知道你一钱也不会私吞。"尹鹏颜道,"闲话少说,附耳过来。"

两个男人,唇齿贴着耳朵,一个说不清楚,一个听不明白,一个一次次追问,一个一句句解答,絮絮叨叨说了半天。一旁的无庸雉胸腹里酸水翻涌,差点恶心得呕吐。

半顿饭工夫,总算讲完了钱的事。江猎十分满意,笑容可掬地道:"当初令尊若非私自放走家父,也不会失去中涓的职务,被朝廷驱逐到酒泉为奴。若令尊保住官职,你这样的世家子弟也不会遗落草莽,至今还是一介白丁。"

尹鹏颜余光看向无庸雉又迅速收回,笑道:"我不晓得家父怎么看待这个事情,但我对命运的安排满怀感激。如果时光倒流,我希望一切照旧。"

江猎锋利的眼神中闪过一缕柔和,故意问道:"令尊担着血海的干系这样做,害得自己从官变奴,对你有甚好处?"

尹鹏颜两牙一咬,调动平生最大的勇气,沉声道:"让我遇到无庸姬。"

江猎纵声大笑,无庸雉抓起一盏茶直直泼在尹鹏颜面上。尹鹏颜岿然不动,脸上还是一副温暖的笑容。

江猎取出手帕替尹鹏颜擦拭,趁机用手指弹弹他的黑脸,连声叹气:"人家不喜欢你,你长这么漂亮,又有甚用?"

尹鹏颜手指滚热的羊肉汤:"这就是漂亮的用处,长得丑,热汤早就扑面了。"

话音未落,羊肉汤果然倾盆而至。尹鹏颜和江猎惊骇大叫,几乎同时跌倒,连滚带爬赶紧躲到墙角,扯起衣角自保。

无庸雉面带嘲讽,手指尹鹏颜厉声道:"我用茶不用汤,并非对你手下留情,是怕烫着自己的手。既然你喜欢汤,我成全你。"

青衣武士听到屋内异响,担心有变,不待号令一拥而入,门倒窗毁,顷刻间进来十数人。他们望见江猎竟然与囚徒尹鹏颜搂抱在一起,蜷缩角落瑟瑟发抖,不禁万般诧异。

江猎回过神来，喝道："退。"

武士行礼退出，犹自狐疑不解，却不敢私相议论，各种猜测和想法烂在肚子里，憋得他们发疯。

过了一会儿，江猎抖抖衣襟站直身子，稳住心绪，重新做出严肃庄重的样子："半个时辰后，我带弟兄们撤围，你看看没什么问题，就可以走了。"

尹鹏颜道："善。"

江猎咳嗽两声，冷冷道："不过，我们江家欠你们尹家可不是两条命，是一条命。"说着故作凶狠，拿眼光去射无庸雉，无庸雉连冷笑都懒得给，面上毫无反应。

尹鹏颜道："买一送一吧。"

江猎道："没有这种便宜的生意。"

尹鹏颜道："你总得付利息。"

江猎道："我看哪，利息不愿意跟你走。"

尹鹏颜长声叹息，装作惶急无措的模样。两个男人一唱一和，像唱戏一样，观众自始至终不发一言，嗤之以鼻，两人都感觉无聊。在这样尴尬的时刻，无庸雉却出人意料地说了一句："利息愿意跟本金走。"

江猎被这句话砸得头晕眼花，尹鹏颜惊喜叫道："真的？"

无庸雉道："为了救我的家人，我暂且认贼作父。"

尹鹏颜像个小孩一样蹦起三尺高，连声道："好好好。"

江猎道："认贼作父，不对吧？应该是认贼作夫。"

无庸雉颜色冷峻，数落道："你一个杀手不去杀人，一天插科打诨，像个优伶一样讲些自以为是的无聊笑话，有意思吗？"

尹鹏颜立即站到无庸雉一边，补上一刀："江先生，稳重些。"

江猎无语，站了许久，不知如何报复这两个无情无义的人。尹鹏颜欢喜疯了，无暇理他；无庸雉闭着眼睛，不愿理他。江猎觉得好生无趣，拱拱手，拉开门径直走了。

这次奇异的会面自此终结。未来漫长的日子里，江猎再没见过尹鹏颜和无庸雉。他们的一生，交集是如此稀少，萍水相逢而已。

江猎、尹鹏颜根本想不到，尹鹏颜这一次东去长安，将缔造一个诡谲凶狠的组织，作为天子衣带上的暗器，名号存续了五百年，直到大秦天王苻坚时还在使用。

他们更想不到，二十八年后，江猎的儿子受到刘彻信重，恩宠一度超过满朝文武，他全盘继承尹鹏颜的府衙与官职，带领尹鹏颜苦心草创的团队掀起一场宫廷大乱，导致皇后、太子和数万人横死，让这个生于阴暗却不失光明的组织从此声名狼藉，埋葬在历史的垃圾堆里不见天日。

屋内陷入了沉寂，半刻后，屋外也安静下来。无庸雉走到门口，手拉门销，恶声恶气地道："还不走？"

尹鹏颜道："不走。"

无庸雉以为他戏弄自己，怒道："找死。"

尹鹏颜道："不找死，找竺曾。"

酒泉郡中部尉竺曾不待敌情明朗，不等部队集结，领尉府直属队百余人率先突入城池，分割兵力交给候官、塞尉、候长，令他们一边救治受伤的军民，一边搜捕作乱的贼寇。

石漆猛烈，迅速把馆舍烧作灰烬，全无扑救的价值。弱水置由军营改建，位置相对独立，没有多余的建筑，堵住火势蔓延的方向，避免延烧民家即可。

他不到受损的城区指挥调度，而是找一处僻静的宅邸设了军寨，叫来擅长文辞、颇具见识的几名令史和士吏商量了半个晚上，写成一封紧急奏章，令骑士快马送往长安。

其间，他亲自挑选裁煮得法、大小适宜的桦木片，以布擦拭，抹除毛糙刺手之处。他嫌木牍不够干燥，担心字迹洇湿影响观感，亲手烘烤了一遍。最后，用丝线捆扎成卷。

"你们未曾到过长安，我也未曾到过。但我的父亲是长安人，他年轻的时候，亲眼看见一片荒凉的、连杂草都不长的土地上，突然来了沙砾一样多的能工巧匠，汇聚起来自全国各地的财帛、花木、奇石，建盖了高峻的大楼，千门百户，仅一个殿便能容纳万人。凌空修建的复道像彩虹横跨章城门，直通龙首山，抵达未央宫。"竺曾对部曲和掾吏道，"天下郡县列国，酒泉是最荒的荒地，但谁敢说，不会出现上达天庭的捷径呢？"

"一等的人物从不沉迷旧章，抱残守缺，他素来勇于前行，欢迎新的方式，热爱新的人生。

"每一次剧变都会产生裂痕，照进天光。今日，我与诸公苦战十个时辰，一起搭建天梯。"

一切忙完，已经到了次日正午，自出兵以来竺曾水米未进，这才觉得困倦，伏在临时的军帐内昏昏欲睡。突然，竺曾感觉到有什么不对，军人的敏锐让他意识到危险迫近，瞬间清醒，猛抬起头，同时抓起桌上环首刀直直刺出。

士卒出身的中部尉竺曾，靠着精湛的刀法，大战七场，小战二十一场，功绩簿上积攒了六十三颗匈奴勇士的首级，这才脱颖而出，成为一名封城而守的将领。如此短促的距离、狭窄的空间，能避开他这一刀的人，世间屈指可数。

擅自闯入营寨的不速之客并非神仙，果然躲不开这把快刀。刀尖轻易刺穿衣物，就在插入腹部的瞬间，竺曾收住力道。

血肉之躯挡不住竺曾的刀，但令符可以。一面烫金的寒铁撞上竺曾双眼射出的光芒，上面雕刻着两排篆文，左侧为"大汉骠骑"四个深黑的阳文；右侧为"行塞省兵"四个赭红的阴文。

竺曾定睛一看，眼前站着一名身形笔挺的青年、一名衣衫锦绣的女子，两人脸色极其憔悴，看上去疲惫不堪，但眼神十分温和，好似一汪碧蓝的潭水。

竺曾还刀入鞘，向来人行予军礼。

类似的寒铁兵牌不过做了三块，一块相当于兵符，骠骑将军随身佩戴；一块相当于令符，交由中军将官临机调动部队；一块相当于信物，用于巡查、视察各军。如今，这块威严的兵牌现身酒泉，持令之人肯定身份尊贵，绝对不能怠慢。

驻守河西的军队基本是霍去病的旧部，金戈铁马并肩战斗的岁月，黄土荒漠，流血流汗，一天顶得上平时一千天，弟兄们结下了深厚的感情。竺曾见到霍去病的令符，感到威严又亲切。

来人扶起竺曾："下走尹鹏颜，来酒泉办一件私事，须劳烦校尉。"

竺曾又惊又喜。惊的是，他在呈送长安的报文里明确说过，尹鹏颜已经死了，犯下失察谎报之罪。喜的是，尹鹏颜这位天下瞩目的人物，竟然现身眼前，好似一道通向宫廷深处的桥梁，让自己的未来平添许多可能。他一闪念间，颤声道："先生就是凭借《地形图》《城邑图》和《驻军图》，为大军先导，帮助骠骑将军直捣匈奴王庭的尹鹏颜尹先生？"

尹鹏颜微微颔首，无庸雉连连冷笑。竺曾看在眼里，有些疑惑。看起来，这两名客人之间有着极其深厚的矛盾，争斗得不可开交，又唇齿相依，彼此有求于对方。

竺曾虽然觉得奇怪，却懂得分寸，没有自寻烦恼多嘴去问，伸手请两人落座，令士兵奉上热茶，谦恭地道："两年前，下走有幸追随将军征伐河西，战后得了功名，留守屯边，一直关注着北方的战事，恨不得插上双翼重归将军麾下，横行漠北，直捣王庭。可惜啊，可惜，无奈困守边城，眼睁睁看着将士们立下旷世奇功……今日，先生持将军令符到，如见将军本人。先生有甚要办的事，尽管盼咐，下走能做的，绝不推辞。"

尹鹏颜道："弱水置火起时，我依稀见到一名将士蹈火而出，晕倒在地，待前去救护，却已寻不见了。烦请校尉仔细查访，一旦寻获，立即延请擅长岐黄之术的医工治疗，同时选快骑前往长安，告知我一声。"

竺曾肃然道："都是当兵吃粮的自家兄弟，先生稍待。"说罢当即叫来一名候官，令他亲领所部，余事不做，专门寻人。

候官不是普通的军官，一个部尉掌十名候官，候官辖军吏二十一人，士卒三百人，辖区百里，能量极大。为了办尹先生的事，竺曾调用了麾下十分之一的力量。

"想必校尉也闻说了，大将军麾下前将军李广迷失道路，因此自杀。诸多的细节，十分复杂，有司下定论之前不好详说。"尹鹏颜抱拳致谢，继续道，"向导无庸夫人疑似涉案，酒泉郡将其全家下狱。如今真相尚不分明，朝廷也没有令旨下来，本郡太守和郡丞皆已身故，中部尉为诸校尉之首，按律，此时校尉自动替补为酒泉最高军事长官。行政官缺失，校尉连政事也须担当起来。无庸家与我有旧，为公为私，我前来叨扰，提出一条建议，愿校尉采鉴……"

权力一到，有求于己的人接踵而至，这就是自军入政、军政兼通的大吉之兆吗？竺曾暗自点头，满心欢喜，面上依然谦恭："先生请讲。"

尹鹏颜道："无庸家事涉大军、朝野瞩目，人犯一旦出事，日后廷尉府问起，查无人证，不好交代。敢请校尉履职期间保护好他们，不使一人伤亡，直到朝廷的命令下达，再依明诏定夺。"

弱水置附近幸存的黔首亲眼见馆舍塌陷，张汤坠火，但是，张汤虽死，廷尉却是长存的。尹鹏颜提到的廷尉，可能过不了多久就会走马上任，他要办的第一件大事，自然是酒泉的案子。竺曾肃然道："这个案子牵涉甚大，无庸夫人又是重要涉案人员，即使没有先生的嘱托，下走也会加倍小心。"

尹鹏颜道："这些凶残的杀手，校尉你是见识过的，切不可掉以轻心。监牢里，人物杂乱……"

"我立即前往郡狱，提取人犯，囚禁军营。"竺曾听出他的意思，索性卖个人情，好生结交这位能够通天的人，郑重道，"请先生放心，除非匈奴起大兵来夺河西，否则，方圆一千里内，没人敢袭击我的营地。"他这句话不算吹牛，汉军兵势之强、气势之盛，冠绝天下，无论江猎还是赵信，正面攻击，无异虎口夺食，绝无胜算。

无庸雉终于开口，语气里带着七分欣慰、三分担心："赵信这样的亡命之徒，连李广的军营都敢攻击，校尉……"

竺曾一怔，片刻后坚定地道："小娘，我已经收到漠北的军报，十分震惊。我提醒驻防各处的军兵守好烽燧、亭鄣，加紧巡察边境、平整天田，备齐烟火之物，及时示警。

"前将军丧葬期间留守的士兵极少，而且，漠北匈奴一空，将士不作防备，因此教匈奴武士突入。河西不同于漠北，乃四战之地，局势复杂，驻军以来，将士皆提心吊胆，日日练兵、天天战备，烽燧见敌，点燃烽火，全境皆知。

"而且，都尉府驻地离边境百余里，一旦有事，能闻警而动，急速战备。下走领众弟兄早晚戒备，以精兵、硬弩和武刚车设置营寨，确保无虞。"

武刚车是汉军的战车，长二丈，阔一丈四，外侧布长矛，内侧置大盾，蒙牛皮犀甲。漠北之战时大将军以武刚车环绕为营，而纵五千骑冲击匈奴，击败单于率领的主力军团。

无庸雉身心稍稍宽慰，庄重行礼："劳烦都尉了。"

虽然做不到十足放心，但除了托付竺曾，已经没有更好的办法，尹鹏颜得到竺曾的承诺，十分快慰，起身致谢。无庸雉露出久违的笑容，这些天来她心力交瘁，总算看到一线生机。佳人一笑，尹鹏颜禁不住满面春风，无庸雉心肠一狠，脸上再度涂满冰霜。

这一切竺曾看在眼里，他早已心知肚明，知道这个女子正是逃遁的无庸雉，无庸家与尹先生关系匪浅，而尹先生是上达天听的人物，于是更增了三分小心，尽力向无庸家族提供保护——这几乎成了他未来很长一段时间内最重要的军事任务。

尹鹏颜脱下浆洗得发白的绒衣，庄重地捧到竺曾面前。竺曾一看，竟是木炭绘制的《酒泉形胜详图》《河西山川略图》，欢喜得几乎发狂，双手颤抖着接过，双膝着地行跪拜大礼。

作为一个有志于边事的将领，这图谱实在太珍贵了。从此，河西的山川形胜，兵势险要，尽在囊中。

竺曾行伍出身，看似粗人一个，其实心思极其细腻。在敌情不明的情况下，他敢于冒险，仅带百人之兵第一个冲进郡城火中取栗，不忙着救火，不急着捕盗，而把主要精力用在撰写呈报朝廷的报文上。这份文书又极其机密，不与其他几个部尉商量和联署，急急送往长安，就是为了借这个时机，让天子记住自己的功绩与名字，实在是用心良苦。

他的心胸，绝对不局限于区区一个酒泉，郡都尉的职权还承载不了他的野心——广袤的河西才设了一个郡，无法满足治理的需求，据说，朝廷还将增设三个郡，归属凉州刺史部统辖，到时将授一个部帅的职务下来，至于给谁，显而易见，就是天子知名、朝廷放心、谙熟河西的人。这次酒泉大乱给了竺曾一个崭露头角的机会，加上尹鹏颜的图谱，无异于好风借力，一飞冲天指日可待。

两人都聪明，彼此心照不宣，轻描淡写、举手投足之间达成了协议，像老朋友一样亲热，说了一些军旅旧事。竺曾心细若发，既然收了客人的衣裳，自然不会令对方受寒，专门令军吏取来一套崭新的军衣，赠予尹鹏颜。

随即，他亲手选取一块木牍，以手掌摩擦数次，拿笔蘸满墨汁，写了一份通行符传：

酒泉郡中部尉竺曾言，士尹鹏颜公等为骠骑尊客，以令入关。当舍传舍，从者如律令。

毕竟握刀久了，疏于握笔，几处字迹超出了木牍的范围，看起来残缺不全；前面的字写得过于长大，后面余地不足，不得不把字写得短小狭促。竺曾尴尬地笑着打算重写一块，尹鹏颜婉言表示无妨，一边致谢一边取了去。

有了这道证明，便是执行公务，可沿途获得亨、邮、驿、传、置提供的，符合身份的膳食、住宿、车马、干草等服务。

虽然达不到接待乌孙贵人的标准——米四升、酒半斗、肉两斤，吃七分饱、喝九成足、睡五成暖是没有问题的。

此行一路向东，关山千里，五十至九十里一置，须经过三十多个驿置呢。

尹鹏颜、无庸雉告辞出来，竺曾一直送到帐外。

无庸雉径直往城西走去，尹鹏颜知道她要去探视亲人，打算跟上以防不测，但见无庸雉眼带怒意，他赶紧告退，低声叮嘱道："半个时辰后，我们城东相见。"

河西险恶、情势紧迫，一刻也不敢耽搁，尹鹏颜决定尽快出城，东行长安。竺曾一向机敏，见骠骑将军看重的人爱慕这位无庸姬，索性好人做到底，派了一名塞尉、九名士兵暗中保护着无庸雉，同时调兵把无庸一家迁移到军营。

日头落到遥远的西域方向，城墙边起了狂躁的风沙。本来是驻马歇息的时候，尹鹏颜却即将远行。他站在城墙边，一次次举目远眺，既满怀期盼又隐隐不安。

此情此景，好似当年背着父母和族长翻墙出来苦等无庸姬，两个小伙伴相对欢笑，携手而行，跋山涉水，探索广袤荒凉的未知之地。为此，他挨过无数棍棒，时常禁闭禁足，但秉性从不更改。即使家长再反对，每次都能等到心仪的姑娘。时隔经年，这次，还能等到吗？

随着年纪渐长，无庸姬梳妆打扮的时间越来越长了，以前不过一个时辰，如今陡然翻了一番还多。

太阳彻底消失前一弹指，灰黄的天地之间，点点彩色的光影闪烁着、跳跃着，由远及近——无庸雉换了一身彩衣，带着一个箱包，骑着一匹青马翩翩行来，远远看去，似起了一道彩虹、绽了一簇鲜花。整个河西，再没有比这更美的景致、更好的黄昏。尹鹏颜痴了。

跟随护卫的塞尉、士兵一哄而散，此次冗长、乏味的安保任务历时半日，耗尽了他们对女性一大半美好的想象。

无庸雉看到尹鹏颜穿着士兵的戎装，备了一辆轺车，冷冷哼了一声，目不斜视，打马出城。她用行动表明，自己并非一个需要保护的弱女子，她完全可以骑着马走到长安。尹鹏颜略显尴尬，把马车还给守城的军士，解下缰绳骑上枣红色的辕马策马追上，似一粒灰尘，落入苍茫的河西大地。

城外，一名士兵站在驿亭前眺望，看见两骑出城立即向同伴示意。十名靠着货车打盹、等得百无聊赖的军人瞬间来了精神，跳起身来跑向吃草的坐骑，干脆利索地翻身上了马背，于路边列队。

他们皆戴鞮鍪、穿革甲、负铁皮木盾，挎环首刀一口，背六石弩一具[1]、箭五十支，威风凛凛，令人望而生畏。

领头的军官打马相迎，抱拳行礼："先生，下走酒泉中部尉麾下候长儿尚。我等皆是服役期满的老兵，恰好东归还家，中部尉令我等与先生、小娘同行，一路上，还请先生多多关照。"

尹鹏颜定睛一看，此人年岁已长，四五十年纪，额上一道刀疤，像边境夯土堆砌、隆起的长墙；脸颊一处箭洞，深达两寸，形似一座孤傲的坞堡；头顶两处锤伤，几乎损及颅骨，好比削平的城障。他眼神锋利，眉目间隐隐伏着几丝怨愤，语气谦卑，声音刚强，并无一丝讨好取悦的意思，一看就是个身经百战的老兵、桀骜不驯的勇士。

此时并非老兵退役的时节，酒泉时逢大乱，正是用兵的非常时期，朝廷不会准许士兵离职，军官亦不敢私自放兵卸甲，即使服役期满，亦将强迫或说服其"自愿"留用。但竺曾为了结好尹鹏颜以及他背后的骠骑将军，竟然罔顾军法，擅自调拨部队作为私人护卫，可见其人胆大包天且胆略过人。他的部属亦非凡品，这个候长很会说话，

---

1 汉军制式弓弩，弱者三石，强者十石，六石弩力四十二斤，射程一百八十五步，非精兵锐卒不能使用。

明明是奉竺曾的命令护送两人，却说成请保护的对象多多关照。看来，竺曾不但精通人情世故，对部属的调教也极其用心。

骑士们每人两匹马，一匹坐人，一匹满载物资。另备三辆货车、三名驭手，车厢上盖着毡布，车辙甚深。粗略一看，绝不仅仅是饮水、干粮和换洗衣物等生活用品，应该还满载着河西特产、西域奇珍，甚至还有结余下来的军费、趁乱盗取的郡府的公帑。

情势已经很明朗了，竺曾希望把握住关键时期，交好各方器重的名士尹鹏颜，同时，借机输送利益，向朝廷说得上话的公卿送礼。他的目的十分明确，获得酒泉乃至河西驻军主将的兵符。他思虑周全、机心深远，俨然名将气象。这等人一旦获得职权，以其精明干练、雷厉风行，必能稳住边疆，于国家大有裨益。

不过，尹鹏颜判断，他的算盘可能无法成功。刘彻一向使用私人和新人，领兵的从来沾亲带故，河西这样重要的地区，绝不敢交给一个不相熟的校尉。

何况，酒泉太守、郡丞反迹昭彰，必然引发天子的疑虑，连带着怀疑驻军。朝廷肯定委派信得过的大臣与将领前来主持，短期内应该不会就地拔擢疆帅。他能不能躲过审查，保住现职还不好说，遑论谋到酒泉都尉、河西部帅的职位。

漠北大战滋生了那么多军功贵族，正愁没有地方安置任命呢。他们中即将产生一位幸运儿，获得驻防河西的重任与荣耀。

至于给予竺曾的褒奖，现有一个比较合适的方式——骠骑将军选派的一百余名边军军官尽数战殁，下一步不再派人了，准许竺曾与诸部尉自选军吏，充任候官、候长、燧长等职，让他们拔擢一些私人，收获一些实惠。

仅此而已，不会再多了，多求便是奢望。

天时地利人和，不可偏废，有些事，是无法靠算计和经营得来的。一念及此，尹鹏颜暗自叹了口气，拱手致谢道："劳烦候长与诸位。到了长安，我手书一封，向酒泉主事将吏致谢。"

众军听了，两眼放光，眉目飞扬，一名燧长欢喜道："不敢不敢，我等弟兄有福，能接受先生差遣，以后同袍泽说起，个个脸上有光。"话才出口，但觉面上打来一阵寒霜，原来是儿尚冷冷地盯着他，他赶紧收住话头，诺诺而退。

军人们得了骠骑将军幕客的庄重承诺，对未来更有信心，果然一路尽心尽责，殷勤伺候，旅途安排得妥妥当当、舒舒服服。他们办事虽不如田甲周全，但比田甲快捷，尹鹏颜觉得，去时比来时一路更为顺遂，不知不觉同行了一百三十余里，距祁连山下的汉军亭不过半个时辰脚程。

天色渐暗，稀薄的星光照耀着大地，战士们击响夜鼓，迎接夜晚的到来。经尹鹏颜同意，负责营寨的士吏选定一个开阔平坦、背山临水之处，设下行营。

借着昏黄的火光，有的士兵穿针引线，编织炸裂的蹴鞠，缝补破烂的戎衣；有的军官正在书写家信，表达对亲人、恋人的思念，"谨伏地再拜，怨己无能，谢兄嫂供养双亲，万幸辞谢。今得传尺牍，问音声，意中快也……""致问春君，幸毋相忘……"有的老兵用桐木、胡杨木雕刻尖尖的人脸，叫它"辟邪"。远戍河西，身处苦寒之地，走出了神灵的视线，征人们得不到河伯、山君、社神的庇佑，于是将这些木制人头深深地插入土地，以此来驱散胡地的异鬼冤魂，保佑全军的平安；有人用桃木雕刻护身符"刚卯"，刻上"庶疫刚瘅""莫我敢当"等祝福语，保佑众弟兄远离疾病、顺遂平安，上了战场旗开得胜、一往无前。

"我五十一日前寄出的信，得到回音了吗？"儿尚忐忑地问出一句憋了很久的话。

负责收发文书的候史道："哪一封？"

"写给杨掾的。"看来，儿尚已经习惯了书信石沉大海、迟迟不得，他不待对方回应，羞赧地低垂着头踉跄走了。

候史在背后叹息道："求杨掾何用？贷粟一斛、求他办理还乡之事……都是麻烦，交情又浅，人家怎么可能理会嘛。"

儿尚提了一个酒囊，走到戈壁荒丘之上怏怏而饮，一时沉醉，夜风寒烈，身子不受控制地摇摆。两名士兵担心他不胜酒力失足坠落，赶忙过去扶持。儿尚暴怒，大声呵斥，挥舞手臂打人。士兵不敢靠近，快快而退。

不时，又有一人近身，儿尚大怒，抽出环首刀正待砍人，出鞘一半停住。

尹鹏颜道："候长，风甚冷。"

儿尚醉眼迷离而凶悍未减，伸手过去，嗓音嘶哑："夜间湿冷，先生饮一口吧。"

尹鹏颜不接酒，坐下看着他的眉目直言道："候长似有满腹心事？"

儿尚一连饮了两大口浊酒，喉咙一阵颤动，饮罢沉声道："先生神目如电。下走确有一些烦心事，不吐不快，又无人可说。"

尹鹏颜道："若候长不弃，我愿听听候长心曲。"

儿尚道："我本长安良家子，从军三十一年了，不怕先生笑话，军龄比竺曾还长十一年，但职务远不及。当然，我惆怅的并非权位，若论功绩，如何与先生相比？先生甘心做一个士卒，若我因位卑而厌恨，在先生面前，岂非贻笑大方？"

普通士卒二十三岁应征，服役两年，第一年为卫士，第二年为材官骑士，即使战时留用，时间也不会太长，退役后还有机会被地方选为亭长、啬夫等基层胥吏。军官则不同，身份高于士兵，但少了进退之间的自由，儿尚为一个序列倒数第二的军吏职务，持刀征战、荷戈边塞，旷日持久，不知归期，殊为可叹。

并非所有将士都能赶上远征异域的史诗级战役，即使赶上了，也不过是累积将坛的一粒微不足道的沙子。多数边关军人面对的，是零敲碎打的小规模边境袭扰，鸡零狗碎的逃亡与走私，以及繁重且枯燥的劳作训练、漫长而乏味的冷凝候望。

有多少英雄赞歌，就有多少背井离乡，多少孤儿寡母。

尹鹏颜饱含同情地问道："候长忧惧的，是这暗无天日、看不见希望的日子吗？"

"是。"儿尚眼睛一亮，又复暗淡，沉吟片刻将酒囊凑到唇边一饮而尽，"国家到处用兵，兵员极其匮乏，老兵尤其珍贵。此时，漠北方定，河西骚动，正是用人之时，我在雁门服役十年、北地驻守九年、随军征战十年、河西等了两年，看不到移防退役的可能……"

尹鹏颜道："此行长安，恰好归家看看。"

儿尚眼色狠厉，攥紧酒囊，皮革几乎破裂，怅恨道："竺曾心细，知我苦楚，有意周全，又知我年长，办事稳妥，因此托付于东行重任。于公于私，都是极其妥当的安排。可惜，可惜，他不知，我已经无家可归，无家可归……

"以前，我倚墙而立，眺望东方。路的尽头，会起一缕淡淡的烟尘，车父赶着牛车，送来虽然粗粝但足可御寒的衣裳。针脚一如既往毛糙，却扎满了柔情蜜意。可是，今年我修书回去，说春寒料峭，我身上冷，心里也冷，却得不到回音了……"话未毕，涕泪已下。

"先生擅长制图，胸中装着天下沟壑、经络、阡陌、交通……我没有这等本事，但是，论及河西到长安的路，我日夜思量、历历在目，或比先生还要清晰。

"从河西西极返回长安，大致六段路程。最西一段，有厩置八所，传马三百六十匹，依次是玉门置、龙勒置、遮要置、悬泉置、鱼离置、广至置、冥安置、渊泉置；第二段贯穿酒泉，渊泉至干齐五十八里、干齐至沙头八十五里、沙头至玉门九十九里；第三段的起点叫表是，表是至祁连七十里、祁连至昭武六十一里、昭武至觻得六十二里、觻得至氐池五十四里、氐池至屋兰五十里、屋兰至钧耆五十里、钧耆至日勒五十里、日勒至删丹八十七里；第四段从显美开始，显美至姑臧七十五里、姑臧至小张掖六十七里、小张掖至揟次六十里、揟次至鸇里九十里、鸇里至居延九十里、居延至媪围九十里；第五段乃月氏故地，高平至平林八十里、平林至泾阳六十里、泾阳至乌氏五十里；第六段，我叫它京畿段，此时踏足关中，长安在望。义置至好止七十五里、好止至茯置七十五里、茯置至茂陵三十五里、茂陵至长安七十里。穿过直城门，顺着横贯驰道旁边的民道往前走一千三百步，左转，避开一截秦时残墙，踩着坝埂绕过一个长满芦苇的池塘……这就到家了，我把食指和拇指放到唇边，吹出鸢鸟一般的三声长啸，女娃从大槐树的树荫下跑出来，嘴里喊着阿翁、阿翁……"

老兵不善言辞，又喝醉了酒，絮絮叨叨，喃喃说出些晦涩拗口的地名，换了其他听众一定感到乏味，恰好用来催眠。尹鹏颜却心间肃然，不禁暗自嗟叹，充满了怜悯之意。

戈壁深处响起细碎的脚步声，一名燧长急步而来，立在沙丘下，低声道："候长，汉军亭来人了。"他话音出口突觉不妥，抬头一看，丘上不只儿尚一人，自知失言，立即闭口垂目。

儿尚一愣，足足过了两三个弹指，酒意一扫而空，怒道："我派去安排行程饭食的兄弟归队，何必向我禀报？多事，下去。"

燧长战战兢兢看了一眼尹鹏颜，默然而退。

尹鹏颜笑道："候长辛苦，保重身体，我先去睡了。"

儿尚若有所思，干燥开裂的脸颊越发暗淡，半晌，疲惫地道："先生辛苦，早些歇息。前途尽管放心。"

不时，荒僻的原野上传来一阵苍凉的歌声：

　　高田种小麦，终久不成穗。男儿在他乡，焉得不憔悴。

这天半夜，天甚冷，风更烈，无庸雉裹紧被褥，半睡半醒，辗转反侧。突然，清冷的月光把一个人影打在帐篷上。有人偷窥！她又惊又怒——她的帐篷设在高敞背风的沙丘腰眼里，距离最近的单兵帐篷三十步，若非极度紧急，同行之人是绝对不会非请而至的。

无庸雉屏气凝神，从枕下取出一枚半尺长的弩机，对准暗影，弩箭穿透篷壁激射而出，随着一声沉闷压抑的声音，来人应声而倒，抽搐几下，再无动静。

虽然危机解除，但毕竟杀伤了一条人命，无庸雉大着胆子慢慢掀开帐幕，探出脚步。干冷的空气冻僵了她的身体和神智，还未适应外面的环境、看清眼前的情势，砂土里探出一只手，抓住她的脚踝，无庸雉不由惊叫一声。

尹鹏颜仰躺着看天，幽幽道："太狠了，无冤无仇，痛下杀手。我不得不管教一下。"

无庸雉见是尹鹏颜，一颗心瞬间放下来，比夜空还安宁——她自己都觉得奇怪，不是对这个人满怀憎恨吗？为什么见到他，惧意尽消，如释重负？说实话，她虽然表现出一副凶顽的模样，其实内心极其脆弱，这是她十余年来第一次出远门，置身举目无亲的荒野，一直都战战兢兢的，对那个传说中的长安城满怀忌惮。她完全不像硬撑的那样坚强。

尹鹏颜轻声道："无庸姬，玄机铁弩不能乱用，会死人的。换了其他人，就被你杀了。杀人不是什么好事，你不想做噩梦的话就听我的，收好弩箭。"

无庸雉回过神来，冷冷道："你们做贼的把我家的神器都摸透了，很好，你连玄机铁弩都知道。我问你，你何时来偷？"

家宅里虽然财货山积，珠玉盈门，但值得珍爱的寥寥无几——这把弩，是阿翁遗留下来为数不多的纪念品。

尹鹏颜叹了口气，苦笑道："我没有偷你家的东西。"

无庸雉道："你爹偷了传给你，一转手就不算偷啦？"

尹鹏颜蹙眉道："我们暂且不说这个，我和你商量一件事。"

无庸雉道："我们没有什么可商量的。"她做出要走的姿态，却仅仅扭了一下身子，脚纹丝不动。

一阵冷风击来，尹鹏颜似乎得了喉疾，喘息道："前面就是汉军亭了，这不是一处温柔的小镇，而是一个龙潭虎穴。我们不能继续前进，要避开大道，穿过祁连山的密林，绕道东行。"

无庸雉深感震惊。

尹鹏颜道："前些日子我和廷尉路过此处，田甲先生以龙币赠送啬夫和马卒，他们表现得分外欢喜，但是我看出这欢喜完全是一种表演，他们根本不在乎那点钱。谁能把价值三千钱的龙币视作无物？非富即贵。他们的身份不过微末小吏，薪资微薄，哪里来的底气？肯定别处得钱，而且收入丰厚。"

"你的眼光太窄了。"无庸雉嗤之以鼻，"谁说小吏只得薪资？有些基层胥吏占据山林、控制牧场、经营田产、把控商路，其富抵国。"

尹鹏颜脸色渐显苍白，声音低沉下去，缓缓道："因此，我暗中调查，发现他们果然在做一些阴诡的事情，拿着汉朝的钱粮，还领取匈奴人的经费，甚至蒙面为盗，劫掠客商，谋财害命。"

无庸雉道："我无钱让他们抢，也没得罪他们，我怕甚？"说话间，她感觉小腿一阵颤抖，尹鹏颜的手抽风一样乱动，不禁又羞又气，用劲往内收回。

尹鹏颜腕劲一散，指头松弛，放开了无庸雉的脚，有气无力地指指马队和堆积的财货："这些就是惹祸的燃料。"

"哦。"无庸雉狐疑道，"你打算和他们分道扬镳？"

尹鹏颜道："是。"

无庸雉一脸鄙夷："他们一路伺候你，遇到危险你却打定主意开溜，果然不讲义气，没有道德。"说着手一摔，大步往儿尚的军帐走去。

"你去提醒儿尚？"尹鹏颜一边急促喘息，一边沉声叫道，"我劝你趁早打消这个念头。"

无庸雉冷冷道："为何？"

尹鹏颜胸脯起伏，咳嗽许久，挤出几缕声音："因为，队伍里有亭啬夫和马卒的内应。"

无庸雉倒吸了一口凉气，转身道："那更要和儿尚讲清楚，提醒他早做戒备。"

尹鹏颜面对静朗的天空，长长吐出一口气："你同内应讲他们的阴谋，这有甚好处？"

无庸雉大吃一惊，两腿千斤沉重，无法移动分毫。

尹鹏颜咳嗽不止，唇角越发青紫："扎营之时东边来了一人，牧民装扮，形迹十分可疑。我潜身跟随，果然不出所料，此人带来汉军亭的行动计划，约定儿尚同时下手，亭取人质、兵取财货。儿尚本来迟疑，禁不住此人威逼利诱，竟然叹息屈从。唉，自驻防河西以来，连年征战，朝不保夕，关山万里，归期遥遥，回到内地的希望越来越渺茫，有些人终其一生可能都无法与父母妻儿再次相见，众弟兄早已厌倦了。而儿尚，本来怀着一个念想，有朝一日重回长安，可惜啊，他的妻子终于忍无可忍，带着女儿与人私奔而去……这个奸夫家大业大，乃一方豪强，不然也不敢胆大妄为到诱骗军人之妻。向这样的人寻仇，无权无势怎么行？候长月俸一千六百钱，有时输转不力，两三个月才领取一次，生活极其清苦，甚至到了举债度日的地步。这些财物，相当于一名候长一百三十年的军饷，任谁都难免动心。竺曾为人周全，却想不到人心复杂，事态曲折，忠诚与背叛不过一线之隔。这队兵里到底还有谁同谋，实不可知。最好的方法，就是趁他们里应外合杀人越货之前，赶紧脱离这场是非。

"儿尚与汉军亭合作，还不仅仅为了谋财。他麾下的士兵极其精悍，如果用财货作为诱饵，令其触犯国法，置其于盗贼的处境，便能为他所用向奸夫寻仇了。"

讲清楚面临的情况，尹鹏颜又补充道："来时我曾向廷尉告假半日，暗中调查王尊、赵良等人，确定他们一直左右摇摆、两头取利、勾连匈奴，准备切断我们的后路，防止廷尉逃出河西……酒泉城大乱，不知廷尉是否幸免；即使侥幸逃生，若无接应，恐怕也过不了汉军亭这一关。"说到此处，他不由得连声叹息，侧目望向远方祁连山绵延起伏的山脉。

无庸雉定定地看着尹鹏颜，看了几个弹指。尹鹏颜一阵心慌，躲开她的目光，喃喃道："你看我做甚？"

无庸雉道："既然你打定主意要走，为什么一直躺着？你疯了吗？"童年时、少年时两人外出游玩，尹鹏颜喜欢舒展四肢、仰面朝天，看星移斗转、风云变幻，一看就是好几个时辰，因此，无庸雉对他此时的造型并不感到惊奇——不过，这一次，她隐隐感觉到一丝不安。

说话间，炭刀炙热地燃烧起来，好似流星带着火坠落荒原，照得半个帐篷灯具一般通红。一股殷红的血从尹鹏颜身下流淌出来，流过炭刀的锋刃，蜿蜒渗透进沙砾的缝隙里。

无庸雉捂住嘴，心疼、懊恼、慌乱……百种滋味涌上心头——原来，凶悍的玄机铁弩一击中的，洞穿了尹鹏颜的脊背。

她气得狠狠丢了这具制作精良、造价不菲的弩机，心里才稍稍感到好受一些。

尹鹏颜骑在枣红马上摇摇欲坠，勉强坚持着。无庸雉骑着青马，并辔而行。她心绪极其复杂，对身侧这个男人既厌恶又担心。厌恶早已有之，担心却不是怕自己失去依靠，走不到长安，而是一种亲人般的牵挂。她竭力抵抗和排斥这种感觉，把它像蛇毒、脓水一样挤出身体，但是，既已中毒，怎么会一点痕迹不留地全部断根呢？这种莫名其妙、挥之不去的情愫，是童年时就种下的吗？

两人两骑走出临时营寨，寨门前五十步处沙窝里燃烧着一堆小小的篝火，一名燧长领着一名警戒的士兵从哨位现身，手指在环首刀圆环上一圈圈缠绕，挤出几丝冷冻的笑纹，小心问道："先生，天色还早，这就要上路了吗？"

儿尚知兵，即使在茫茫沙碛上设营，也巧妙地借助地利，依托戈壁，最大限度扼制进出的通道，降低外敌侵袭的风险。两名军人占据的位置，好比长绳上的第一个绳结，必须解开才能继续前行。

尹鹏颜道："闷得慌，我和无庸姬到山脚散散心。"

燧长语气谦卑，但神色冷峻："方才候长传下令来，今早提前一个时辰赶路，中午恰好赶到汉军亭，吃一餐热饭菜，住上一夜。下走看时间也差不多了，先生还是不要单独行动好，以免走失。"

尹鹏颜道："我和候长说过了，不会耽搁许久。"

燧长根本不信，问道："真的？"说着挥挥手，令士兵去找儿尚证实。

尹鹏颜笑道："我并非候长的部属，一切都须听他指令吗？"

燧长断然道："你任过骠骑将军帐下军职，不，士兵，应该明白，军队里只有一个人说了算。"他以为汉军亭近在眼前，尹鹏颜已是瓮中之鳖，因此说话越来越生硬放肆。

查证的士兵一路小跑，瞬间接近候长军帐沉声报告，得到回应挑帘而入。无庸雉一颗心提到喉咙，燧长的手按上刀把。帐篷里一阵喧闹，人影杂乱，儿尚领着五名士兵持械冲出。原来，他们未曾入睡，一直和衣枕戈，等待杀人的良机。

燧长终于证实自己的判断，没有片刻犹豫，直接抽刀攻击。尹鹏颜身子纹丝不动，仅仅手腕一沉，两人几乎同时动手，燧长稍早，但尹鹏颜更快，黑光一闪，化作赤光，燧长后仰倒下。星火飞溅、篝火熄灭，魅影血刀若火如浆，好似凭空多了一根火把，照得战马惊骇嘶鸣，扬蹄冲出。

突破了明哨还有暗哨，一百步外两名士兵腰挎环首刀，左臂抬于胸前架着弩机、手按悬刀冲下山丘，摆出架势，切断正道。尹鹏颜大叫道："盗贼袭击营地，仔细戒备。"趁两人犹豫之间，疾驰靠近，突然勒紧缰绳，坐骑立起踢倒一人，同时炭刀带着尖利之声当面斩落。第二名士兵大惊，往左侧闪避。尹鹏颜趁其脚步踉跄，伸手提上马背，掌切脖颈击晕了他，剥了铠甲弃人于地，随后拉着无庸雉的马缰大喝一声，两匹马借着戈壁的遮挡往山林方向狂奔。

营地大乱，士兵牵来战马，儿尚领兵急追。前方烟尘四起，杀出一队服色各异的蒙面骑士——汉军亭来人接应了。两支力量通过红旗和鸣镝联络，一起夹攻追击。

两马并驾齐驱，马蹄交错，尹鹏颜靠近无庸雉，把铠甲披在她身上，收紧带子，捆扎结实。他负伤甚重，手上替无庸雉披甲，失了重心，即刻掉下马来。用来拉车的辕马不同于战马，受惊后难于控制，突然解脱束缚，扬蹄便跑，很快不见了踪影。

身后箭如雨下，好生骇人。好在追兵得了儿尚的号令，须生擒两人作为人质，一旦不利，挟持着逃出汉地，因此没有痛下杀手，大部分箭矢皆射向战马。青马中了两矢，异常狂躁，无庸雉哪里见过这种场面，一时情急，摇摇欲坠，差点掉下马来。尹鹏颜忍着痛，拉紧马缰控制住狂奔的坐骑，抽出衣带，把无庸雉捆在马颈上，两人一马蹒跚逃命。

"弩！弩！弩……"尹鹏颜喊道。

"丢了，我把它弄丢了。"无庸雉两眼一黑，懊恼地回答。

远远地矗立着一座烽燧，高扬着汉军旗帜，尹鹏颜牵扯着青马冲进警戒区，避开边军设置的铃索、陷阱，踏得一片平整的细沙天田凌乱不堪。

牛角军号鸣响，夯土环绕的木门裂开，冲出一条灰犬、两名边兵，一是燧长，一是步卒。汉兵来了！无庸雉大喜。身后叛军稍稍犹疑，全队停滞了两个弹指，彼此颔首示意，继续围上来。灰犬对着行伍狂吠，儿尚麾下一名士兵焦躁，策马冲过去，一枪砸断了它的脊梁。

汉军装束的人竟然击杀了军犬？敌友未辨，燧长、步卒惊疑之下停住了脚步。尹鹏颜勉力抬起血肉模糊的面目，掏出一面令符示于两人，喝道："留下弩机和箭矢，退去，谨守本职，不许误事。"

方才，烽燧上候望的士兵发现一男一女被一队汉军追赶，以为肯定是逃兵或私奔的逃奴，于是向燧长报告。燧长当即命令一名士兵点燃火炬，守着蓬草、苣草等待指令随时点燃，向其他据点示警，自己则带着剩下的一名士兵披挂出堡，侦察情况，参与围捕，以免失职受罚。此时他定睛一看，见是上将令牌，不由大惊，当即奉上一具弩、六支箭，行礼退避，重回烽燧去了。[1]

叛军长长吁了一口气，握住兵器的手略微松弛，保持射程之外的距离，继续策马追击。

对于他们而言，这是一个利好的局面——尹鹏颜夺器而不调兵，避免了他们与边军的正面冲突！如果尹鹏颜命令边军抵抗，他们不得不杀伤守卫烽燧的军人，烽火一燃，千里边防线同时发动，事后他们要想蛰伏河西或朝西北方向逃跑，就很难了。

儿尚愣住，满目诧异，不知不觉落后队伍数十步。

一路上又经过一个小型亭鄣，守卫的戍卒不明究竟，诧异地俯视着他们。

尹鹏颜持有骠骑将军信物，可调用河西驻军，却宁可置身险地，也不靠近求援，只是挥舞令符，驱赶前来查看的军卒。

无庸雉冰雪聪明，看出了尹鹏颜的心思——

汉律森严，逮到盗抢一钱的人，便用鞭、杖或竹板抽打五百次，脸上刺字，从事筑城等重体力劳动六年。剽劫部都尉上供京师的物资、钱财，价值不菲，此等大罪，一旦抓获，绝对活不成了，一定是孤注一掷，杀尽挡道之人。

此段防区东部偏南，平素受到袭扰较少，驻守的军队屈指可数。一个孤立的卡点，守燧士兵少则两三人，多则十余人，从事候望烽火、日迹天田、伐茭饲马、码砖砌墙等劳作，战斗力等同民夫。万一收留他们，或替他们阻挡叛军，必遭攻击，白白送了将士性命。

自顾不暇，还体恤别人；生死攸关，还怜惜人命。尹鹏颜，你到

---

[1] 当时军中的制式兵器都严格编号登记，上级衙署会派专人早晚查验，一旦丢失、损毁将受到夺劳、罚体的处罚，甚至削爵降职、定罪量刑。曾有一名爵位为公乘的燧长巡查天田时被人打晕，夺去短弓一把，候官部依照律令，报请都尉府同意，令其削职待罪。但是，上官持令征调，则理所当然必须服从，立即上缴武器。

底是什么人？

因弩箭在手，敌人忌惮，两名逃人争得了一百五十步转圜的空间。不知不觉天光渐亮，尹鹏颜拨转马头，迎着太阳走。日上三竿，光芒照人，追兵睁不开眼，无奈低垂眼睑，视线不出马首。尹鹏颜勒马转身，以明击暗，射落五名迫近的兵卒。

前方，戈壁已尽，霍然展开一片辽阔而荒凉的原野，视线大开，毫无遮挡，凶险愈甚。唯有冲进左侧山脚的树林，尚有一线生机。不过，此时距山林还有七百多步，敌人合围已成，逃出生天的概率极其微小了。

同伴落马刺激得追兵凶性大发，罔顾儿尚的命令开弓便射。尹鹏颜右手挥舞魅影血刀格挡长箭，苦苦强撑，又往前走了百步，背部挨了一箭，额头让流矢划出一条深深的血槽。

无庸雉强迫自己冷静，两手摸索，解开捆住自己的衣带。尹鹏颜按住她的手，轻轻摇头，勉强挤出几丝生硬的笑纹，好似开了一半就被霜雹打掉的花——他连微笑的力气都没有了。

无庸雉冷冷道："尹鹏颜，我宁可死，也绝不接受你的恩惠。"说着挣脱双手，尽力拉扯，想拉他上马，很快，她意识到这完全是徒劳的。她两腿一动，尹鹏颜牢牢按住。无庸雉也明白，如果她下马，两人一个也走不掉，无奈俯身折断尹鹏颜背后的箭杆，解下甲胄，捆在他的背上。尹鹏颜的神智已然模糊，弩机脱手，任由她动作，披上早已残损不堪的甲衣。他面上的血水渐浓，气力散尽，却欢喜满足地笑着，享受这一刻的温存。他拼尽最后一口力气，炭刀杵地，望着远方，打算再冲锋三百步，护送无庸雉冲进树林。

此时，山林内又杀出一群人，堵住了唯一的去路，切断了最后的生机。尹鹏颜撑开血淋淋的眼皮一看，领头的不是别人，正是亭啬夫王尊、马卒赵良。这下他们腹背受敌，后有追兵，前有堵截，彻底陷入绝境。

王尊领着两人提着一把切草的铡刀当先突击，一改唯唯诺诺的小吏形象，恢复凶悍匪徒的本来面目，没有一句废话，招招直击要害。尹鹏颜以魅影血刀相应，把铡刀砍出一个缺口。但这刀实在太厚，纵使削铁如泥的魅影血刀，也不能砍透。王尊暂时退后两步，两名随从左右夹击。尹鹏颜凭着手快奋力刺倒两人，刀身陷在对方骨骼里，来不及拔出。王尊抓住时机，铡刀当头砍下，尹鹏颜避无可避。

电光石火之间，尹鹏颜眼前血光飞溅，定睛一看，一枚铁箭洞穿王尊的颅骨。无庸雉站在马前，举着空空的弩机呕吐不止。生死攸关的时刻，她鼓起勇气，一击致命，救下仇家尹鹏颜。

尹鹏颜展颜一笑，大为快慰。无庸雉手足无措，既有杀人后的惶恐，又有救人后的迷惘，一时呆住，弩机掉落。

众盗再度聚拢，一步步合围逼近。

突然，高天通红，狂风大作，烟尘四起，沙砾噼噼啪啪砸向人马，骑士纷纷坠落，群马惊散。众人愕然，呼叫声刚出口，立即停止，满嘴塞了泥沙。一堵数十丈高、百余丈长的土墙轰隆隆碾压迫近——令人骇然的黄雾平地生成，大展神威。

后来，郡县上报长安的邸报如此记述：

> 西北大风，昏尘蔽天，霾雾蔽日，着人如墨。

无庸雉凛然，她想起国史记录的八十六年前那场决定命运的彭城大战——当时项羽大破汉军，围汉王三匝。于是大风从西北而起，折木发屋，扬沙石，窈冥昼晦，逢迎楚军。楚军大乱，坏散，而汉王乃得与数十骑遁去。

做一回幸运的汉王吧！尹鹏颜借着稍纵即逝的良机，拼尽力气用极快的速度抓起弩机，紧闭双眼盲行数步，从马上扯下一名摇摇欲坠的士兵，夺了行囊，打开箭壶，搭上箭矢连连击发，靠近者应声而倒。前方撕开一个出口，尹鹏颜用不容置疑的口气喝令无庸雉上马，牵着马以弩机对着逼近的敌人，借沙尘之威驾驭推力，蹒跚前行。当面之敌灰头土脸，勉力睁眼，看见箭锋近在咫尺大骇，纷纷退避。

沙尘来得快，去得快，转瞬滚至东北方。

短短二十余个弹指，视界逐渐清朗，猎手、猎物骤然重现彼此面前。赵良抖发髻、抹面皮，连声咳嗽，涕泪齐下，叫道："弟兄们，他只有三支箭了，拼了命不要，我们也必须干掉他！他一旦逃出河西，我们死无葬身之地！"说着，纠集起六七人再度形成防线，一步步推进。

酒泉中部尉麾下的叛军、汉军亭潜伏的贼寇合兵一处，呐喊着潮水般涌来。尹鹏颜连续击发，射倒三人，弩机已空。

"候长，自次王命令我们，杀掉尹鹏颜。他会派兵接应你们出境，尽管放心。"赵良心思缜密，混乱时刻还不忘记安抚自己的盟友。

儿尚默然，勒马后退两步，冷峻而悲悯地看着眼前的一切。

尹鹏颜面色平静，仰视无庸雉，好似仰望高天之上的白玉盘，目光温柔："雉儿，我们又能一起携手游历了，以前看完了大地，以后，我们去看天上。"

无庸雉口舌发干，嗓子里像堵了沙砾，发不出声音。当前的情况令她极其惊怕，尹鹏颜的表现让她百味丛生。她想说些什么，却一个字也说不出来。

尹鹏颜道："我不辩解，我仅仅说一句，我的阿翁，没有做过对不起无庸家的事。"如果时间还允许，他一定还想说一句话，"我爱恋你，一如当初"。可惜，他看似没有机会了。

敌人蜂拥而至，击落魅影血刀，无数兵器凶狠攻击，战马负痛，满口血沫地跌落尘埃，无庸雉从马上摔倒，尹鹏颜奋力抱住她，两人滚倒在地，冰凉和坚硬的沙碛吞没了他们。

无庸雉在极其惊恐和绝望的一刹那，看到一双旭日般温暖的目光，热烈地打在身上。她记起当年，一脚踩空，从山岭上跌倒，尹鹏颜飞身一跃，紧紧抱着她，一起滚下岩崖。那天的阳光好亮，却亮不过怀中人的双眸。那一次意外之后，家人再不允许她与尹鹏颜私自外出,尤其不能出城。但是,尹鹏颜总有办法。鞭打和禁闭根本阻挡不了他,他一次次准时出现在闺房外、窗户下,带着她朝向光明神秘的未知世界。无庸夫人请求阿翁无庸无用,在两人来往的通道上设置机关,阻止他们的冒险。没想到,两百年来第一的机关高手无用先生极尽才智,却依然挡不住孙女的脚步,她总是悄无声息、不辞而别、不翼而飞,纵情山岭与深谷。

每次看到儿子百思不得其解的狐疑表情,恨铁不成钢的无力气恼,无用先生总是意味深长地暗自微笑——他行动不便,大半生困于床榻,他深知天地广大,妙趣无穷,他岂能使用冰冷的器械,控制住孙女自由的灵魂和浪漫的情感?更何况,这个少年,正是他唯一中意的孙女婿人选呢。

同样令人想不到的是,那次冒险之后的第三十三天,无庸雉没有等到践约的人,倒等来了一场大火。这场火让她失去了慈祥宽厚的大父,失去了破土萌芽的爱情,失去了人生的一切颜色。

或许,一个视线灰暗的人,才会把心思用在衣服的色彩上吧?

十四年后,这个人突然出现,阴差阳错,带领她走进又一场冒险。依然那样惊险刺激,但人和心境早已不同。以前萦绕的,是浓情蜜意,现在剩下的,是厌恨与无法言说的百味丛生。

西边,一座孤零零的烽燧上烽火乍起,直冲云霄,随即群烽响应,像陨石急坠平湖,战讯惊涛骇浪一般喷射奔涌,直传一千三百里。

第十章
绣衣使者

叛军围杀尹鹏颜之后第五十一天，上林苑秋色更浓，一队苍雁掠过开阔的天空消融于天际。刘彻骑着乌孙良驹扬鞭奔驰，跑得身上热气蒸腾。路边凉棚下站着数人，肃立伺候。

石庆从马厩过来，宾客上前数步见礼问好，石庆拱手道："廷尉辛苦了。"

张汤笑道："臣汤不辛苦，这几位小友受苦了。"说着，举手向石庆介绍此次进宫的随员："勇士朱安世、译传沮渠倚华、行商田甲……"

三人躬身道："见过中书谒者令。"

石庆逐次审视三人，朱安世、沮渠倚华身穿新制的衣裳，一个雄壮、一个英武，煞是好看，而田甲套了一身粗粝的葛衣，浆洗得发白，还亲手挖了几个破洞——张汤暗自苦笑，太装了，即使他的仆从行头也比这个好些，不知他从哪里拆借来的。

秦以降，商人归入卑贱的"市籍"，从自身到孙辈三代，都是朝廷用兵时首要的征伐对象。商人不许穿丝衣、乘车马，子孙不得任官、占田地，须加倍缴纳赋税。此次朝圣，田甲还知些敬畏，特意装扮一番，符合其贱民的身份。

石庆的眼睛浮光掠影一扫，若有所思，良久后笑道："久仰久仰，我看过廷尉亲撰的爰书，三位此行替朝廷识破了酒泉郡的奸伪，涤荡了河西,功不可没啊。"他面色一变,语气沉郁:"可惜尹鹏颜……"

众人神色黯然,显得心情十分沉重。

"怪我救援不够及时,冲出祁连山突入战地时,尹鹏颜已经伤重倒地,无庸姬伏于其上,以身庇护,还是于事无补。"张汤两指轻轻捻搓,体贴地道,"不过,石公,他的图谱早已交给沮渠姬,未曾遗失,大军用时不致误事。"

说话间,刘彻疾驰而至,轻叱勒马,骏马扬起前蹄,长声嘶鸣,随即稳稳站住。众人仰视当今天子,这世上最有势力的男人,但见刘彻身形挺拔,面额微潮,气息平和,俯视一切,好似青龙现鳞甲于九霄,尽显王者气象。众人跪下叩拜,满口称颂。

刘彻端坐马上,沉声道:"张汤,酒泉郡、汉军亭,该死的人,吾已经替你杀了。可是,吾思慕尹鹏颜,你却迟迟不能带来,让吾望穿秋水,好生失望。"

张汤道:"陛下,都是下臣的错。"

刘彻道:"你躲在奉使君造的岩屋高枕无忧,忘记了还有同伴冒死荒野。围困你的人早已撤围而去,你竟然毫无反应,不跟进侦察,耽搁了半个时辰,坐视他们合围尹鹏颜。你可知道,吾对匈奴数次大战尹先生所起的作用?他若不测,你的罪,比逼死李广还重。此时,尹鹏颜殁于河西的传闻已流布天下,骠骑将军传来急行文书,满卷泣血,奏请吾诛杀你。附议的文武官员已达六十人之多……张汤,你……"

张汤惶恐,伏地认罪,不敢折辩。

刘彻目光移动看了许久,微微叹了口气,语气突然温和下来,突兀地问道:"朱安世,吾族灭郭解,你不厌恨吾吧?"

朱安世道:"草民一直厌恨君上,从未释怀。"

众人闻之大惊,石庆低声责难:"大胆。"

刘彻纵声大笑:"善。朱安世,吾也一直厌恨着你,想起旧日时光，时时刻刻厌恨着你。因此，吾还要用公事劳烦你。吾封你校尉之职，你跟着廷尉办差去吧。"

听了天子的话众皆释然，张汤尤其轻松，似卸去千斤重担，洗掉满身泥垢——"跟着廷尉办差"，说明天子已然宽恕了他。

天子烈火一般的目光炙烤田甲头顶，冷峻地问道："阁下哪里人？"

见多识广的田甲不慌不忙，从容答道："回陛下，草民上郡人氏。"

刘彻嘲弄道："乌孙、大月氏、长安、吴郡、岭南、百越、滇国……"

田甲骇然跪倒，脑中一片空白——这些来历，都是他向不同人编造过的。连掌握着严密情报网络、调度着全国密探斥候、朝夕相处的廷尉张汤，也不知他真实的来历，但天子却能一一言说出来，可见早在数年前，自己就受到朝廷的监控。一念及此，他不禁瑟瑟发抖。

石庆奉上一本薄薄的册子，刘彻念诵着封面上的文字："上争王者之利，下锢齐民之业。哼，向上与国家争利，向下垄断黔首谋生之路，国家遇到财政危机时，你们巨富之家无动于衷。吾不削弱尔等，天理难容。"

"吾送你一件人情。"刘彻手一扬，像农夫给鸡撒粟米，丢了册子。

田甲双手颤抖俯身拾起，打开内页，浊血上脑，几乎晕倒——不过十数页缣帛，画着些图画，把他的身世来历、性情行迹记录得清清楚楚，几乎没有一字不准，没有一件遗漏。

"自荚钱通行以来，吾父祖改革币制六次，你取铜锡杂以铅铁伪造五次。市面上流通一百钱，便有三钱为你盗铸。最近，你又私造龙币、马币和龟币，纹饰做得比衡水三官坊还精细两分，大发横财，扰乱市场，其罪当诛。"

"陛下，'白金三品'谬矣，恐不长久。"不知哪里来的勇气，田甲嘶声道，"请容下走说来。"

"咦？"刘彻诧然。

田甲道："今年上半年，银一两值四十二文三铢钱，龙币一枚重八两，实际价值三百三十六钱，但官方定价却高达三千，溢价八倍有余，提供服务和商品的人们当然不乐意收这样虚浮的钱。但啬夫、吏卒却有办法强迫小民接受，一想到不知多少穷苦百姓、辛勤商贾倒霉，下走便觉于心不忍。"

石庆嗤之以鼻，斥骂道："竖子，区区三千钱算甚？你不见作价四十万钱的白鹿皮尚未硝制好，便被预订一空？"

为满足皇帝恢宏的抱负、奢侈的享受、慷慨的赏赐，官僚们穷尽名目敛集财富。张汤建议，杀白鹿，硝鹿皮，切成一尺见方的小块，画上彩绘，标价四十万钱，白鹿币应时而生。

"龙币如何能与鹿币相提并论？"田甲梗着脖子，抗声道，"鹿币卖给诸侯王，做贡玉的垫子，朝廷抢劫贵人的浮财未尝不可。龙币却搜刮百姓的口袋，杀人不见血哪！"

石庆愠怒，又担心失仪受罚，强自忍了。

"田甲，你住口吧！"张汤哀叹道。

刘彻觉得有趣，问道："廷尉，这个人的底细你清楚吗？"

张汤枯瘦的身体一下变成铅，比方才沉重了百倍，颤声道："下臣愚钝，不甚了了。"

"你寒微时贪图他的钱财，与他结成兄弟。他对你极其慷慨，前后耗费数百万钱打点公卿，包括吾身边的近臣，这才有你乘风而起、位极人臣的机缘。"刘彻道，"如今，他的投资成功了，你打算怎么回报他？"

张汤闻之惊骇，汗透重衣，磕头出血。上林苑的深秋，时空静止了一瞬间，对于当事人来说，似乎过了几个百年。

元朔二年，朝廷颁布《迁茂陵令》，令天下拥有三百万钱以上的巨富豪门，一律迁徙到关中腹地、泾渭之交的茂陵。连郭解那样凶顽霸道、财货不足的人都迁了，谁承想，法网如此严密，普天之下，竟然走脱了一个田甲。田甲的资财何止千万，他又如此高调，游走京师，交接亲贵，有司却视而不见，任他招摇逍遥，实在匪夷所思。

刘彻道："田甲，吾封你做酒乐公，感谢你替朝廷扶持了一名柱石之臣。"话音突兀，字字铿锵，像高峻的山上突然掉下来一堆石头。

阳光从天上倾泻下来，在刘彻身上形成炫目的光环，自下而上仰望天子，如太一天神一般，危乎高哉——原来，帝王的心思如此深邃，天威浩荡，雷霆雨露，诚非虚言。张汤和田甲又惊又喜，连连磕头，脑门与青石板相撞，发出沉闷的声音。

刘彻道："朝廷开销实在太大，没有多余的钱给你，这个公爵，没有封邑，不领薪俸，不必朝会，任你逍遥。"

田甲高呼："陛下千秋万岁，长乐未央。"欢喜得差点晕厥。

"你们回去盘点一下家资，看是否达到四万钱，差缺的部分尽快补上，同时向官府申报，缴纳四算税赋。退。"天子搓搓手，抖动缰绳，两腿一夹，昂着头走了。

一万钱相当于一斤黄金，一算为一百二十钱。

众人一听，疑惑不解。张汤听了，捋须微笑。

天子立定、转身，突兀喝道："廷尉，你还笑得出？你此行办差，折损吾一百将士，犯下'亡士多罪'，死刑，幸交钱可赎。你速去，查验律条，拿钱足额缴纳府库，教库吏写个执结，开个花名，取来吾看。两日内钱不到，要你好过。宫刑。"

张汤愕然，先是负绶囊装钱处一痛，随即胯下撕裂般疼。

至于沮渠倚华，自始至终天子仅仅看了两眼，未说一词一句。作为参谒诸人中唯一的女人，目标如此显著、形象如此突出，天子却视而不见，实在令人费解。

这日半夜，星光暗淡，深宫冷寂，一人头戴斗篷，一人持刀随行，像两把匕首，悄然地、锋利地划破暗夜。

长秋门值班门候沉声喝道:"来者何人?站住。"

持刀人缓步走到面前,门候借着微弱的火炬一看,赶忙行予军礼:"将军。"

原来,此人竟是自己的顶头上司,卫尉路博德。

路博德出示令符:"开门。"

士兵急急动手,宫门裂开一条细缝。两人踏着月光,悄悄走到街上,早有一辆黑幔轺车等着。路博德服侍斗篷人上车,令驭手离去,亲自驾车避开驰道,穿过几个街区,来到覆盎门左近。

轺车右转,通过鲁班造的横桥进入泉鸠里,绕行片刻,停在一栋偏僻的院落前,门楣上匾牌残毁,形貌不全,依稀可见"湖县"二字。刘彻不解其意,正待询问,一闪念间,觉得题跋与正事无关,便不再问。

两人下了轺车,院门洞开,一人戴绢制委貌冠、穿绛边皂衣、配银印青绶,小步疾趋跪下行礼,沉声道:"陛下。"

天子微服出宫,行踪甚是机密,张汤却着朝服相见,显得格格不入,还可能泄密。但这正是张汤的精细之处,不管何时何地、何等情势,一定着朝服面见天子。当然,他明面上行堂堂之阵,背后亦不乏阴诡之事。天子对此心知肚明,却不反感,还认为他持礼谦恭、行事分明,敬爱君上,上古名臣不过如此。

"张卿,你谙熟长安,我考一考你。"夜风甚凉,使人愉悦,刘彻生出玩心,戏问道,"覆盎门与洛门相距多远?"

"十三里二百一十步。"张汤不假思索,答案脱口而出。

刘彻浅浅一笑不置可否,一边步入室内,一边道:"张卿,你放心,今日吾连太仆都不带,仅有卫尉随从,机密应可保障。"

张汤的食指、拇指互相缠绕,暗暗使劲,面上平静地道:"卫尉乃心腹忠直之士,下臣无疑。"说着当先引路,经过玄关、庭院、回廊,来到后院偏房。房门虚掩,里面点着青铜豆形烛钎灯,星火幽幽,照着一张檀木软床,床上斜躺一人。

张汤推门，侧身相请："边军救护太迟，受伤颇重，依然不能见礼，下臣惶恐，请陛下申饬。"

不等榻上人行礼问好，刘彻先拱手致意："尹先生。"

一个清朗醇厚的声音穿透黑暗，尹鹏颜道："陛下。"

原来，搜捕剧寇朱安世的候长韩延年与廷尉交割清楚后正待归建，突然接到未央密旨，令他游弋祁连山一带，与尹鹏颜保持十里远近，紧密护卫。

未央宫直接向一名低级军官下令，实在不同寻常——这正是天子的细心之处。霍去病派尹鹏颜脱离大军前往险地，刘彻一开始表示支持，随后感到忧惧，急召卫尉商议，令他调拨一支部队确保尹鹏颜安全，同时暗藏了一份心思：防备他离队遁走。路博德对照地图，发现韩延年部恰好游击附近，因此亲至城垣点燃烽火，通过烽燧、亭鄣、坞壁传信，河西驻军接令，选快骑追寻韩延年，中途将其截住。这道未雨绸缪的军令果然发挥奇效，关键时刻保全了尹鹏颜的性命。

"面带旭光，不怒而灼灼，真天人也！"刘彻阅人无数，尤其喜爱英俊长大者，竟被眼前人普通却耐人寻味的相貌吸引，禁不住由衷赞叹。他在榻边坐下，握着尹鹏颜的手仔细打量，像面见一个老朋友，温声道："霍去病年轻，肩负军国之责，吾一直不太放心，幸好有先生相助，这才千里突进，接连战胜。此等功绩，吾岂不知，岂不感激？"说着起立，对着床榻恭恭敬敬行了一礼。

张、路见之大惊。天子行礼，常见两种情景：一是宗庙祭祀历代先祖，一是丞相登殿时起身致意。除此，天下谁还受得起？

尹鹏颜勉强坐直身子："陛下褒奖，我感激不尽。"他虽然重伤未愈，语气低沉，但语调舒缓，不卑不亢，不因天子的礼遇而稍微变色。

刘彻道："昔齐襄公复九世之仇，《春秋》大之。高帝白登之困、吕后奴书之耻，在吾的手上得以洗刷，吾心甚慰。前日祭告太庙，吾不但呈报了卫青、霍去病等一应将臣的名字，还向高帝陈述了先生的功绩。"

尹鹏颜道："臣不敢贪天之功，都是先师无用先生……"

刘彻打断他的话，意味深长地道："先师？"

尹鹏颜神色一紧："恩师不问世事许久，他早已把自己当作另一个世界的人了。"

刘彻纵声大笑，许久之后幽幽道："你以为无用先生派遣你襄助军机，是出于家国大义吗？如果不是吾亲自逼他，他怎么可能让你下山！"

尹鹏颜、张汤惊诧瞠目。

刘彻道："路卿，你说说。"

"诺。"身后灯光不及的暗影处，转出卫尉路博德，缓声道，"当初君上用兵三十万，于马邑设伏诱击匈奴，因办事的人不称其职，坐视机密泄露，以致功亏一篑，耗费巨大而一无所获。自此之后，朝廷用兵极其谨慎持重，各方调度事无巨细，君上亲自审视各项规划，确保万无一失才敢施行。但是，行军迷途的问题一直得不到根本解决，数次贻误军机。为此，君上调遣举国之力，搜寻天下惯于制图的名士、来往南北的游商，但凡有用，尽数收纳。可是，这些人无论一千一万，都比不过无用先生一人。大家都说无用先生物故了，偏偏君上圣聪独断，认为起火一事极其蹊跷，为此，暗中调查一起失联的家臣尹梁邑。无用先生困居床榻，销声匿迹，但尹梁邑先生却须出来采买，总会留下行踪。种种迹象表明，他是一位胸怀坦荡的忠贞之人，绝对不会做出杀主夺物的大恶之事。"

天下视阿翁为贼，天子却知他识他，真不愧一代英明之主。尹鹏颜卸下千斤重负，长长吁了一口郁气，好似沉闷的屋内突然开了窗户，透进空气和阳光来。

路博德道："为此，君上不惜驱动三千人，秘密搜索天下，终于寻到无用先生的踪迹。君上不用太仆，传我从右北平潜行进京，令我驾车，以游历为名亲赴边远，面见无用先生。无用先生因自己一身大才窥破天机，作出了图谱，家族多受祸患，担心贻害子孙，坚决推辞。君上无奈，为天下计，以无庸全族的性命相胁迫，无用先生这才应命。"

话说到这里，尹、张这才明白事情的来龙去脉。

路博德道："不过，无用先生年老了，他一旦出山，随军远征，面临莫测的危险，身体如何吃得消？他不怕死，但再度现身后豺狼闻讯猎食，毒蛛编织罗网，无庸家族将永无宁日。此时，又是忠诚的尹家主动担当，替家主出来冒险。尹梁邑先生的儿子尹鹏颜，把一切扛在肩上，甚至不惜让自己的下半生时刻处在刀锋上，背负着卖主求荣、奸盗取利的污名，前往军营……"

突然，隔壁房间一声脆响，似乎打碎了茶具。路博德长剑出鞘，护卫刘彻。

刘彻从容摆手，声气和缓地道："路卿，莫要慌乱。张汤，你奏报说无庸家一位巾帼英雄一并前来，何不唤来见吾？"

张汤道："陛下，下臣马上教她觐见。"

不时，一道彩翼翩翩行到门前，无庸雉俏脸带泪，哽咽无声。她视炫目的天子如无物，径直走到榻边单膝跪下，紧贴床沿，握着尹鹏颜的手，泪水如早晨的露珠，布满了山冈和森林。

路博德正要开言呵斥，刘彻以眉目阻止。

无庸雉咽泣道："你为甚不说清楚？"

尹鹏颜百感交集，颤声道："这些事情说不清楚。"

"如果你讲出来，我自然能够理解。"

"保护无庸家，是阿翁和我的责任。"

"这不是你的责任，这是我的责任。"

"你们既然都喜欢揽责任，不如一起面对吧。"刘彻击掌笑道。天子酷过烈日，却不乏和煦之时，尤其敏于人间情事，他见了面前一双璧人，心生欢喜，不经意间溢出一缕温柔之意。

听到这话尹鹏颜呛了一下，咳嗽不止，失声道："陛下……"

"女子年十五以上至三十不嫁，罚金五算。长安不比河西，婚姻须遵照律令，早日成婚以免犯法。"刘彻道，"你娶了无庸姬，两家合为一家。女婿有半子之责,你们夫妇共同分担,岂不妙哉!"说着得意地哈哈大笑。张、路皆笑,路博德收了剑,身躯放松,手臂垂下,气氛轻松愉悦。

张汤赶紧提醒:"尹先生,天子赐婚,荣耀非常,还不拜谢?"

尹鹏颜又惊又喜,反而害羞起来没了计较,喃喃道:"这个,这个……"

无庸雉正式见礼,跪拜后挺身说道:"我嫁他没问题,但是,陛下,你既然亲自主婚,难道不送礼物吗?"

路博德苦笑笑道:"你和谁说话呢,没大没小,没有分寸?边地不知礼仪的野丫头。"

刘彻觉得有趣,好奇地问道:"你说,要甚?吾有的,不吝啬,都给你。"

无庸雉道:"我需要出席婚礼的人。"

张汤听了,暗自点头,对这个聪明的姑娘又多了几分好感。

刘彻一愣:"人?你要多少?以尹先生雷霆一般的贤名,大婚之日满朝公卿都会慕名云聚,送上一份厚礼,讨上一杯酒饮,以期给自己平添光彩。至于民间,吾传旨立至,一个县、一个郡够不够?"

无庸雉道:"我要我的家人出席见证。"

刘彻恍然大悟,朗声笑道:"善。"

一个"善"字,保住了无庸家一百多条人命。无庸雉上前扶着尹鹏颜,一人榻上、一人榻下向刘彻行跪拜大礼。

"起。"

"无庸家族襄助军机、葬我将士、问道图远,有大功于天下。即刻烽火传信,令酒泉释放其族人,免除赋税徭役,赠钱十万以资褒奖。"

刘彻收了笑容,目光冷峻,厉声道:"路博德,你传下令去,以后,任何人,不管任何理由,骚扰其家等同谋逆,杀!"

屋内仅剩刘彻、尹鹏颜,两人就着一盏雁足灯相谈竟夜。史家记录此事感慨地描述,商鞅见秦孝公、韩信见汉高帝不过如此。

但是,商鞅、韩信的结局,可不美妙啊。

刘彻道:"先生这次出手徒劳无功,坐视廷尉走到绝路,自己差点丢掉性命。那个幕后之人,叫甚?冢蜺!实非等闲,吾一想起就觉得愤怒。"

尹鹏颜道:"盛名之下其实难副,我区区一凡人,亦有算计不到之处。"

刘彻道:"吾闻说,一个女人救了张汤?"

尹鹏颜道:"胡女沮渠倚华。"

刘彻道:"可靠吗?"

尹鹏颜道:"亦敌亦友,转换之间,须看朝廷怎么对她。"

"山岭荒凉,却也闲适,她逍遥自在,为何牵涉山外的纠纷?为何不惜得罪强大的敌人,冒险相救?为何还跟着你们来到长安?"刘彻沉吟道,"哼,长安,虎狼窝、英雄冢……"

尹鹏颜道:"臣陪同廷尉经过汉军亭和祁连山,无意间侦知其间潜伏的阴谋,当时无人可用,因此向廷尉请准再次进山说服沮渠倚华,请她作我们的后援。"

刘彻露出狐疑的表情,问道:"她同意了?"

"我向她承诺,替她保护一个故人。"尹鹏颜道,"此人出于一些微妙的原因,替冢蜺做事……"

刘彻道:"故人?"

尹鹏颜取出一幅画像递交刘彻,刘彻看了一阵,面色极其复杂——显然,他已然知悉此人暗地里做的一切,还是忍不住痛心。过了许久,刘彻幽幽道:"吾早已疑他,不瞒你说,李广自杀的消息传到长安,吾就启动应急方案,密令河西的探子前去调查这个人。"

天子的心机,实在缜密啊。天子的行动,实在迅速啊。

尹鹏颜道:"陛下寻获确凿的证据了吗?"

"一无所获。此人若古井深邃,这些日子风声太紧,他岂不知?

因此终止异动。吾那探子……"刘彻欲言又止，蹙眉道，"倒露出了行踪。哼，此人借力打力，竟然向军队举报……局面一度十分狼狈，逼得吾烽火传信，方解了困厄。"

天子直接指挥的密谍，水平可想而知，一交手却败于此人，可见其多么睿智骁悍。

尹鹏颜手指轻点画像："敢问陛下，如何处置此人？"

刘彻道："先生既然与沮渠倚华有过承诺，而沮渠倚华确实履行了合约，吾卖你一个人情，不使你失信。吾承诺，不杀他，仅软禁他。"说罢长声叹息，惋惜地道："他天性洒脱，野兽一般，一旦用笼子束缚起来，肯定痛不欲生，还不如要了他的命。"

争得如此结果，已经很难得了。据说此人虽然天性热爱自由，但年轻和中年时吃苦太多、负累太重，身心朽坏，未来几年恐怕会突然垮掉，困卧床榻。即使天子放纵他，他也无法驰骋了。尹鹏颜释然："敬谢陛下。"

刘彻道："先生但有所请，吾无一不准。吾是否可以提一个私人请求？"

天子的话如此委婉礼貌，换了其他人，定然惶恐感激，尹鹏颜深知兹事体大，不敢让情绪冲昏头脑，他神色如常，语句和缓："请陛下指示。"

刘彻道："吾希望先生留居长安做官，襄助吾底定北方、开阔四野。"

听了天子的要求，尹鹏颜心中一紧——他本无意功名，之所以抛头露面，不过是受了恩师的嘱托，下山替无庸家族脱罪。无论进入军寨做幕僚，还是跟着廷尉进长安，目标始终坚定，从无更易。如今，天子亲口承诺，无庸家举族脱罪，大事已了，没有任何理由再滞留庙堂之高，陷身虎口，徒增危险。

天威难测啊，哪一分功名，不长在十分祸患之上？

见尹鹏颜沉吟不语，刘彻坦然相待——从无庸无用到尹梁邑，都是这般超然出世，他们培养的子弟自然也是类似的风格。如果尹鹏颜一口应承下来，反而出乎意料。

刘彻道："尹先生，吾问你，你生于百族交缠混杂之地，如果能够选择，你愿意做匈奴人，还是汉人？"

"我中原第一王朝大夏，后裔淳维，商时迁居北方，逐水草而居，子孙繁衍成了匈奴。汉匈本为兄弟，同祖同源，同样十月怀胎、爹娘生养，不分彼此。其后，两族逐渐繁衍兴盛，交融接触，其间难免利害冲突导致争斗，一斗起来，旷日持久，连绵百年，闹得生灵涂炭、黔首遭殃，何其凄惨。"尹鹏颜不作正面回答，"臣唯愿干戈止歇、天下太平，汉匈混同一体，百姓安居乐业。"

尹鹏颜毫不讳言，直抒胸臆，表达自己的真实意见。这些话在汉匈势同水火、决死争锋的时代，向一位力主对匈作战的帝王说起，实在离经叛道。刘彻听了不置可否，两掌相击，路博德闻声而入，送上三张缣帛，躬身而退。刘彻递上第一张缣帛，亲手移动雁足灯，以增光亮。尹鹏颜认真查看，越看越觉心惊。

刘彻道："这些资料极其机密，乃四方汇聚而来供庙算之用的。这是大汉四海之内的户口、人丁、财货数据，你仔细看看，与文景之时相比已经减少了三分之一。"说着举杯饮了一口，神色甚是悲切。"经过连年战争，华夏大地早已满目疮痍，被沉重的赋税劫掠一空的城市和乡村，只剩下老人躲在残垣断壁下哀泣。士兵搂着别人的妻子，盗匪劫走他们的妻女，孩子被随意丢弃路上，村庄到处布满尸体，良田荒芜无人耕种。各郡县的集市极其萧条，物资匮乏，几乎看不到人，奸商趁机囤积居奇，操纵物价，经济濒临崩溃。漠南、漠北广袤的北方，战争过后引发饥荒，瘟疫扫荡了一切生命，战争发展到极端，带来人口灭绝。吾初步估算了一下，待彻底打垮匈奴，平息兵燹，天下户口或将减半……"

天子浪漫好文，描述社会现实的话语洋溢着文学的美感，同时激荡着血腥的苦难，尹鹏颜听罢悚然心惊，想起河西之地的凋敝，不觉满面含霜、神色凄凉。

刘彻一饮而尽，递上第二张缣帛，换了一种声调，慷慨道："你再看看。这是吾下一步的招抚计划，吾打算以精锐驻屯边塞，勒兵不战，遣十数使者驰入匈奴各王领地引其南归，以我大汉之圣道，化解匈奴之兵祸，从此，开辟出一个太平盛世，传诸子孙。先帝在时，收纳五名匈奴降将，皆赐侯爵；元朔三年，吾接纳匈奴太子於单，封涉安侯；元狩二年，吾招抚义渠昆邪十万众，封漯阴侯，以陇西、北地、朔方、云中和代五郡纳其部众。吾还要选拔南归匈奴里的俊良贤才，若金日䃅者，任其做官，以为表率……如此经营十数年，海纳百川、天下归心。何必苦百姓而劳将士呢？"

这些私密的话，一旦传诸朝野，必然引起思想混乱，动摇军民作战的决心，刘彻从未对人说过。尹鹏颜不曾想到，一向杀伐刚猛、强横示人的大汉天子，有着如此悲天悯人的心胸，他不但为前线的辉煌胜利欢欣鼓舞，也为后方的人间苦难黯然神伤。为此，他不惜否定自己，早早布局，改弦更张，化干戈为玉帛，让百姓休养生息。一个立体、全面与鲜活的帝王就在面前，尹鹏颜不禁肃然起敬，忍着剧痛坐直身子。

刘彻知道自己的规划已然令尹鹏颜动心，甚觉欣慰，笑意盈盈道："先生当知，吾并非穷兵黩武之主。吾胸怀宽广，视天下黔首为赤子，无论南北，不分汉匈。吾既为天子，当为天下谋取福利，而非局限于汉地一隅。"

尹鹏颜肃然道："臣替苍生，敬谢陛下。"他口里的苍生，不光是一条条鲜活的人命，还包括冲锋的战马、输转的骡驴，以及开春时因战祸逼迫未见天日而殒命的牛羔、羊羔。

刘彻道："但是，匈奴虽然遁走，天下并不太平，有人操控着一支阴诡可怖的力量，往军队安插奸细，游走西域、河西和五郡，企图制造祸乱——这个人，你我所知的，仅有一个代号，冢螌。他是一个人还是一个组织，不得而知。他一旦得逞，半壁江山再无宁日，非天天用兵杀人不可。且五郡临近长安，好比悬在头顶的利刃，不知何时凌空刺落。吾时常忧惧，夜半惊醒不能安枕。"说着递上第三张缣帛："这是两年来各地爆发的祸事，目标皆指向这个幕后之人。"

巨人虽强，驱动他庞大身躯的心脏，不过一团柔软的肉而已，一刺即可致命。

尹鹏颜拿来细看，越发感到惊骇。锦帛上记载了三十二次刺杀、十六次用间、十五次暴乱，大多不为人知，但造成了惨重损失，前将军李广自杀一案不过其中一件。记录显示，汉庭派驻管理南归匈奴的官吏接连横死，查不到原因；秘密派往北境执行游说任务的使者尽数死于路途，找不到凶徒。

刘彻道："先生乃深藏宝山的利刃，吾希望你替吾分忧，为国家效力，找出这个人，消弭祸端。这样，朝廷才能实施招抚计划，达成天下太平的宏愿。"

尹鹏颜双手奉还锦帛："陛下拥有天下人才，满朝皆英俊之辈，为何托付重任于我？"

刘彻道："吾不主动招揽天下人才，吾如何拥有天下？"

一道倩影照耀窗前，庭中，一人吟诵道：

盖有非常之功，必待非常之人，故马或奔踶而致千里，士或有负俗之累而立功名。夫泛驾之马，跅弛之士，亦在御之而已。其令州郡察吏民有茂材异等可为将相及使绝国者。

要建立不同一般的事业，必须依靠卓越的人才。有的马奔跑踢人，却能行千里；有的人受到世俗讥讽，却能建立功名。这些不受拘束的马和放纵不羁的人，在于如何驾驭他们罢了。朕命令各州各郡，官吏与黔首，一旦发现超群出众的优秀人才，一律不拘一格选送到朝廷，担任将相，或出使遥远的国度。

这正是天子的《求茂材异等诏书》，一道诏令，开启一个"非常之人"建立"非常之功"的壮丽时代。多少士人读了无不热血沸腾，击节感叹。

如此动人心魄的文字,由无庸姬绵软纯净的音调读来,更具特殊的魅力。

保全家人、做主赐婚,这两件事令无庸雉感激不尽,她希望尹鹏颜以实际行动给予回报。

连无庸雉都替刘彻背书,建议尹鹏颜襄助国政,可见刘彻做足了功课、给够了诚意,尹鹏颜还有什么理由拒绝?

刘彻恳切地道:"尹先生,廷尉府、中尉府已教冢蝛的眼线看紧了,吾需要一支秘密的作战部队,出奇制胜。你是吾唯一中意的首领。"

尹鹏颜依然留存着最后一丝犹豫,沉吟半晌方道:"兹事体大,容我请准阿翁和师父,再行回禀。"

事态紧急,如何容得他辗转千里之遥,来回请示?刘彻羞怒,无名之火骤然生于肺腑——天子之怒,伏尸百万,流血千里,岂是一介布衣承受得起的?

窗外,无庸雉朗声道:"人生大义,大不过家国大义。尹鹏颜,我替大父做主了,你领受诏令吧。"

这句话,好似骄阳射穿尘封百年的暗室,扫清一切迷障,两个男人听了,眉目凛然。

面对隐秘的暗线斗争形势,刘彻作出一个重大决定,成立一支秘密小分队,直属天子,围绕前将军李广迷失道路一事,顺着假冒的无庸夫人留下的线索,追查潜藏在汉军中的奸细,揪出幕后主使冢蝛,捣毁邪恶组织。

任务极其艰险,几乎不可能完成。

目前所知的有可能接触对方核心机密的端木义容死了,联络员赵信不知所踪,他一旦遁走大漠,好比蜉蝣入海,九天掠光,根本不可能寻觅到丝毫影踪。至于汉军亭的几个低级爪牙,连赵信部下的百骑长都接触不到，根本没有调查的价值。最让人担心的是，起源于中土、用墨家学说武装、执行法家纪律的烽火青衫，为匈奴所用。这样一支锋利的秘密的机动力量、特种部队，足可四两拨千斤，改天换日。目前，刘彻手上还没有与之匹敌的组织。仓促组建的小分队能不能与之比权量力、克敌制胜，谁也没有把握。

刘彻仔细审阅了张汤提交的方案，就着灯火亲自修改了一些地方。计议已定，天光乍亮。刘彻端坐厅堂，面色十分严肃。张汤、路博德侍立两侧，田甲、朱安世、无庸雉、沮渠倚华立于堂下，尹鹏颜躺卧榻上。众人屏气凝神，等待指令。

过了许久，刘彻扫视诸人，开言道："吾意，设立一支秘密司法分队，持节杖虎符，四处巡视督察，发现奸伪不法，无须奏报，可代天子行事。"

天子授予的权力实在太大，众人肃然。这样陡然兴起的组织，好比虎狼之药，好比暴风骤雨，来时轻捷，去亦神速。圣眷在时，自然高效锋利；一旦天子移情，攻击必然接踵而至，毁灭只在瞬息之间。

刘彻道："分队暂由廷尉张汤统领，尹鹏颜任直指使者，调度一切。下属文吏称'治狱吏'，战兵称'讨奸兵'。授予田甲治粟校尉职衔，负责薪资粮秣、兵器服色、车马旗帜、伤亡抚恤诸项事务；授予朱安世格战校尉职衔，负责训练、突击、刺杀、处决等作战行动；授予沮渠倚华诸胡校尉职衔，负责收集匈奴、西域等处情报，监管商贾，翻译衔接。全衙编制员额三十人，其中十人由路博德精选期门军[1]补充，十人由石庆选拔郎官补缺。其余人等，准许直指使者直接招募，无论官人、商人、军人、胡人、罪人，但有可取，尽可收用。"

刘彻用人从来不依章法，经常后来者居上，年轻人得以脱颖而

---

1 期门军，建元三年置，选陇西、天水、安定、北地、上郡、西河等六郡良家子组成，地位近郎官，执武器随从皇帝出行。因"期诸殿门"，故称期门，隶属郎中令，皆勇武智能之士，出了很多名将。

出。寥寥数语，封赠了几个秩六百石[1]以上的重要官吏。原来，天子上次召见时专门提醒大家盘点家资，就是准备授官了——朝野共识，资产丰厚的人更顾名誉，无须急切地敛财，因此相对清廉，之前规定家产十万钱以上才有做官的资格，景帝时放宽到四万钱，本朝继承旧制，但增设了一个条件：每万钱缴纳一百二十文赋税。

相比在基层一线苦熬、从军三十一年、舍命参战无数、累劳积功仅得候长之职的儿尚，以及大部分与儿尚一样的官吏、军人，这些凭借天子一句话便荣升校尉的人，真的太幸运了。都尉之下，隔着部都尉、候官、塞尉等难以逾越的沟壑，才到月俸一千六百钱的候长。

对京师高衙之人横恩滥赏，对边鄙偏远之士寡恩薄情，这不正是亘古以来的常态吗？

刘彻抑制盘剥商人到了极致，同时准许他们做官，加入官僚集团。商贾出身的田甲获利最丰，按照汉制，他从此脱离低贱的"市籍"，获得高贵的"官籍"了，尤其难得的是，六百石及其以上的官与"宗室籍"的凤子龙孙一样，父母妻儿受优待，儿子不用缴纳赋税、无须服役，逃脱了被掠夺、被征伐的命运。

田甲走南闯北、到处营宅留情，他的子嗣，可不少啊。

众人领受令旨，尹鹏颜接了寒铁节杖和白金虎符。他喜忧参半，眉额轻蹙，目光看向自己的部属，肺腑一紧——朱安世，你为何抗命砍下端木义容的首级？仅仅是为了衬托你的出场、增添威慑效果吗？你可知道，这颗脑袋里，装着当今最大的秘密——冢蜺啊？

张汤手捧毛笔、锦帛，请求道："《礼记》说，师出有名，名正方能言顺，请陛下赐名。"

刘彻拿着笔杆思索半晌，没有满意的名号。他缓步走到窗边，一

---

[1] 太史令、太乐令、太祝令、太宰令、太卜令、祭酒、博士、中散大夫、谏议大夫、议郎、常侍谒者、南北宫卫士令、左右都候、考工令、符节令、侍御史、御史员、郡丞、长史、县令皆六百石官。

轮钩月挂住鲁班横桥，天空高远清澈，人间静谧温柔。他心间一颤，回转身来，目光自诸臣面目扫过，望见无庸雉灿烂的衣裳和配饰，沐浴着明暗交杂的灯光，洒下满室的璀璨，不由心意一动，欢喜道："有了。"

他在盆中洗净两手，舒展胸中意气，挥毫写下四个字。张汤与路博德各持帛书一端，以天子墨宝遍示众人，大家一看，精神振奋，齐声喝彩。但见御笔亲书，写的是——

绣衣使者。

路博德赶着轺车缓缓行进在长安的街道上，刘彻居中端坐，张汤、尹鹏颜左右参乘，车厢狭促，几乎挤作一堆，臣子们十分窘迫。

一匹马，承载了四个贵人，好比倒霉的百姓，靠一把锄头、一把镰刀、一具肉身，扛着王侯将相、官吏僚佐们的千秋伟业、鸿鹄大志，不堪重负、苦不堪言。

刘彻道："刚才聚会的，都是一等私密的人，不过，毕竟人多，有些话不好细说。张汤，吾问你，这个沮渠倚华到底甚来历，可靠吗？"

不问朱安世，问沮渠倚华，天子待人接物的角度果然不同寻常。而且，他口里的称呼变了，不是张卿，而是张汤，亲密感大减，一副公事公办的模样。

张汤道："陛下，可靠。"

天子一句话问了两个问题，张汤仅仅回复了一个，而且不说理由，刘彻略感不快，蹙眉道："来历？"

张汤道："请陛下恕罪，下臣还不能说。她是打开阴谋世界的钥匙，唯一可能刺破对方防线的利器。"

天子的面色从晴朗转向阴沉，毫不掩饰不快的感觉——其实，他的眼线遍及天下，有专门的密探潜伏祁连山绘制图谱传至宫禁，加上昨晚与尹鹏颜会谈，早已摸清沮渠倚华的根底，多此一问，不过考察一下张汤的嘴是否真像传说的那样紧。经过测试，这个人城府比尹鹏颜深太多了。

事以密成，语以泄败。君不密失其臣，臣不密失其身。张汤，确实是一名称职的司法官。完美过关！

刘彻道："你们定个时间，向吾交差。"

张汤道："三个月内，机构设置完成、人员尽数到位，明确各自职责，制定且熟悉全套章程，我们将迅速展开行动。"

"三个月？"刘彻怒道，"廷尉你好生从容啊！这等事，何必三月，三天就够了。"

张汤深感震惊，三天怎么组建一个团队呢？这根本是不可能的啊。即使完成必要的爰书案牍，理顺待遇保障，设置办公场所及用具，至少也得十天半月。不过，道理虽然如此，抵不住天子满目阴沉，张汤沉声道："奉谕。"

"大司农的钱，程序走不完，一时拨转不来，先从廷尉府公用经费支取吧，不算挪用。"刘彻贴心地道，"一个月内大军不会出动，等待你们清除奸细。但是，一旦逾越这个期限，贻误军机，你们罪不容诛。"

天子给予三十天察狱时间，张汤好似看到自己生命倒数的沙漏，已经掉下第一粒沙砾，悚然道："诺。"

刘彻道："尹先生。"

尹鹏颜道："陛下。"

"这是有司收集的情报，均属绝密，你一个人看，或许有所助益。"刘彻亲手自座下取出一个锁闭的檀木箱子，推到尹鹏颜跟前，正色道，"兵法云，以正合以奇胜。暗处有暗，终达光明，吾另选一干练之人襄助此事。"

张汤、尹鹏颜闻之心惊，帝王的权术果然非同一般。他对这个组织极其慷慨，不吝官禄，大胆放权，但是，本质上还是不放心，要安插一颗隐秘的棋子，作为自己的耳目。

绣衣使者本来是一个秘密组织，一个秘密组织还要设置一个秘密的人，其间的顾虑、心机，看似多此一举，其实深不可测。

尹鹏颜如何不懂他的心思，回应道："一切听凭陛下裁断。"

刘彻取出随身佩剑，斩下左边衣袖，裁成两块，将一块交给尹鹏颜："你好生收藏，你的这个部下在一旁策应你的行动。必要时，你们以衣袖上的纹路印证，表明身份，以免误会。"

张汤肚肠内翻江倒海，面色复杂，又迅速恢复了平静。

尹鹏颜双手接过暧昧的断袖，贴身藏好："谢陛下。"

"陛下赐臣重礼，臣亦有一物呈报陛下。"尹鹏颜的语气前所未有地柔和，甚至还蕴含着一点点取悦讨好的味道，"致问天子，幸毋相忘。"说着小心翼翼地从贴身处取出一卷红缨捆扎的木牍，躬身举过头顶。

他不能直接呈报天子，因为名义上的上司张汤同乘。张汤懂得其间的规矩，跪下屈身，手臂弯弯绕绕避免触碰到天子，用极别扭的姿势拿到木牍，打开略微看了一眼，不禁哑然。

"写着些什么？"刘彻警惕地问。

张汤小声道："人的名字。"

刘彻突然觉得胃部肿胀，浊气上升，近乎呕吐——臣下私递的名册，必定是替人求官的。这种事原本寻常，文武百官皆有举荐人才的义务。不过，以前的奸相田蚡嚣张跋扈，做得太过分了，他列上名单的要么是亲属故旧，要么是金主财东，纯为门户私计、利害使然，还不容置疑，必须依文授官，给新登帝位的天子强烈的压迫感、羞辱感，让他产生了极重的心理疾病。如此隐疾，过了十余年，依然挥之不退，隐隐作痛，念之作呕。

一股无名之火升起，天子厌恶至极，愤怒到连哼一声的回应都不给。

"吾心疼这马，一个身子拉了四个人。"轺车行了三里远近，车速越来越慢，刘彻听得粗重的喘息声，意识到马背马腿可能要断了，于是吩咐道，"张汤，下去吧，吾等你的消息。"

张汤行礼，屈身下车，这才发现自己被丢到闹市里，穿着朝廷一等贵官的服色，十分显眼，进退不得，无比尴尬。他食指搓揉着拇指，一圈圈缓解焦躁的情绪，随后硬着头皮渗入人群，低垂着头，脚步匆匆地走了。

　　如果有一天，大汉这辆轰隆隆向前的战车出了问题，需要一个人下车，张汤一定会首当其冲吧？

　　天色越来越亮，行人越来越多，而张汤现身街市，暴露出车中人显贵的身份，出于职业习惯，路博德担心引起不必要的麻烦，挥鞭打马，想尽快回宫。刘彻道："善骑不如稳持辔，慢慢走，不急。"

　　慢慢走？还不是想和尹先生同乘更长的时间，他真值得君王如此眷恋吗？路博德暗自寻思。

　　刘彻道："那个狂悖的郎官，姓甚名谁？"

　　"咦……"路博德答不上来，思索了两个弹指，才犹犹豫豫挤出两个生涩的字，"王贺。"

　　刘彻道："你去传吾的话，任命他做绣衣使者的文牍校尉，专门制定制度、设计章程、侦破案件，明日起与尹先生协同察狱。你告诉他，吾用他的一颗功利之心，他若有所建树，吾必遂他心志。"

　　路博德道："奉谕。"

　　刘彻道："尹先生，这个人有些胆气，又没名气，帮你办事再合适不过。吾给他见习期七天，如果堪用，你大胆使用，若不堪用，杀，以免机密泄露。"

　　尹鹏颜面色一凛，迟疑道："诺。"

　　刘彻神色严峻，紧盯他的右手，面带诧异之色，问道："你为何紧紧攥着一块破布？"

　　尹鹏颜不解："这是陛下亲赐的与文牍校尉联络的信物。"

　　刘彻道："你都知道他的姓名身份了，还要信物做甚？"

　　尹鹏颜天资聪慧、悟性极高，几乎没有不懂的事，这次却一头雾水、满脑糨糊。

刘彻道:"罢了,这不过是吾用来戏弄张汤的,让他胡思乱想,费尽心思。此布毫无价值,丢了吧。"

尹鹏颜又好气又好笑,却不敢笑,但觉车内一团凛然之气,忙贴身收了衣袖,声音干涩地道:"奉谕。"

宫内出来一名郎官办差,各处皆有记录,怎么可能瞒得过手眼通天的廷尉?天子不过借这个小伎俩警示张汤,任何领域、任何岗位,包括廷尉府职权管辖的一切地方,都有来自九霄之上的阳光,照得清清楚楚、明明白白,休得作伪、自行其是。一句话:瞒下,随便你;欺上,断然不行。

刘彻道:"先生伤重,还能办差吗?"

尹鹏颜但觉浑身刺痛,直言道:"办不了。"

刘彻道:"路卿,吾的丹丸给他。"

路博德递来一个布囊,羡慕地道:"这是天师苦心炼制的仙丹,君上舍不得吃,令我贴身珍藏。直指使者,你好福气……"

"吾何尝不知那些方士术士都是些骗人的东西,这药看似神奇,其实没甚用处,如果有用,嬴政现在还活着,继续做他的皇帝。可是啊,人生一世,无论天子还是草民,总得有个念想,这就是一个念想。"朝野批评他沉迷方术,刘彻作出早已看透一切的表情,似乎在作辩解,"尹先生,希望你服下后尽快痊愈,不要误了正事。"

尹鹏颜道:"谨遵谕令。"沉吟片刻,郑重道:"陛下,今日亥时,请卫尉、廷尉、北军中尉和长安令到方才的地点密会商议。另外,还需五名宫廷画工。"

路博德一脸迷惑,忍不住问道:"画工何用?"

尹鹏颜笑而不语。

刘彻道:"准。"

尹鹏颜屈身抱拳,行礼致谢。

"冢蚁,再大的蚁也不过是一条蛇,不是蛟,不是龙。"刘彻道,"打草惊蛇,草在哪里,你就去哪里。尹先生,办事去吧。"

尹鹏颜左臂挟着檀木箱，咬牙忍痛下车，一瘸一拐走到路边，靠着一堵夯土墙勉强站直身子，恭送天子车驾远去。炙热的太阳直射头顶，若置身蒸笼，燥热不已。但他的心肺与外部环境截然不同，一片寒彻，好似千年冰霜。

前方旌旗大张，车骑辚辚，期门军接驾来了。他们用极快的速度拉走废马，换了一匹强壮的新马。辕马轻快转身，离开市道，驶上驰道，车轮与路面摩擦，轻轻作响。车中过于冷寂，路博德为了缓和气氛，无话找话，轻声道："无庸姬颇识大体，见识胜过许多须眉男儿，竟然支持尹先生替国家办事。"

"哼，你可低估了这女子。"天子鼻腔里发出不屑一顾的嗤声，"她知道，奇才无庸无用导致的奇祸连骠骑将军都救不了，除了把家族纳入吾的保护范围，别无他途。这就像被饿狼围猎的羚羊，主动冲进羊圈，寻求牧人的庇护。一旦狼散了，她会裹挟着尹先生立即逃走的。"

深沉浓郁的困意袭来，天子缓缓闭上了眼睛。

君臣密会的翌日寅时，尹鹏颜早早起床，梳洗完毕，坐于庭院内一张竹席上，举着茶杯看天上的风云。他在等两个人完成一项任务。沮渠倚华进来，行礼坐下，置长鞭于桌上。尹鹏颜眉目肃然，递过去一叠写着行动计划的锦帛。

尹鹏颜道："沮渠姬，这个诸胡校尉一职一旦任上，就是朝廷在籍的官吏，代表朝廷的威严和体面，不可随意舍弃，行止须依章法，你明白吗？"

沮渠倚华："直指使者放心，倚华不至于把这种天大的事当作儿戏。"

尹鹏颜得到肯定的答复略为心安，正式称呼她的官职，正色道："校尉你辞别河西到长安来，唯一的目标，是消解那个人的罪状，使他免遭刑戮。这点私心，天子何尝不知，亦有网开一面成全你的意思。如今，我们调查的方向正在此人身上，切勿半途而废，务必尽力帮我达成目标。"

沮渠倚华坐直身子，两眼射出明亮的光："如果他的罪证坐实，是不是要死？"

尹鹏颜道："岂止死便能罢休？祸及三族，死无遗类矣。你本清白，完全可置身事外，朝廷正式的任职命令尚未下达，你此时归返河西，不算弃官潜逃。你好生思量吧。"

"既然来了，岂有一走了之的道理？"沮渠倚华淡然一笑，沉吟片刻啜嚅道："以直指使者看来，这个人涉案的可能性占到几成？"

尹鹏颜道："我不愿欺瞒校尉，我认为，他肯定是狱事的关键人物。豕蜒作恶，他推波助澜，如今差的不过证据而已。而呈堂证供呼之欲出，一一呈现，你无法替他洗清确凿的罪证。"

沮渠倚华挤出几丝笑纹："我何尝不知这个人是救不了的，不过，如果我侥幸立下功劳，是否能将功折罪，减轻他的责任？"

尹鹏颜道："赏罚必须分明，真相不是可以交易的器物。天子与廷尉皆刚猛之人，指望他们法外施恩，可能性极小。"

沮渠倚华道："直指使者为何尽说实话，你不会拿一个虚无缥缈的希望，哄骗着我替你分忧吗？"

尹鹏颜道："沮渠姬救过我的命，我岂能骗你？"这里说的救命，是祁连山之上岩屋之内，她冒险采药，熬汤调理，整整二十余天的救护恩情。

沮渠倚华展颜一笑，收了锦帛，拿起长鞭往外走去。

尹鹏颜轻声唤道："沮渠姬。"

沮渠倚华道："你们汉人说过，知其不可为而为之，圣人也。我不做什么圣人，我但求无愧于心。"说着脚步不停，径直去了。

尹鹏颜两眼精光收敛，好似两潭碧水，不知深达几何。

巡行河西之时，他把后路交予素昧平生的沮渠倚华，幸好倚华及时赶到，驱散贼寇，救出张汤。如今，前方莫测的虎穴内，他再度以性命相托，生死攸关之时，沮渠倚华还能力挽狂澜吗？

对此，他连一成的把握都没有。这是一个赌局，胜则惨胜，输则尽墨。不得不赌。

时至今日，一些模糊的线索逐渐清晰了。

奇才无庸无用制作舆图，声名远扬的同时给家人带来无穷祸患，因此，家臣尹梁邑出谋协助，借火遁走，归隐山林。刘彻掌权后，倾尽国力对匈奴用兵，他不信无庸无用真的仙去，全力搜寻终于获得对方行踪，于是采取威逼手段，迫使无用先生派遣弟子尹鹏颜下山，襄助霍去病用兵。

与此同时，一个阴诡的组织借助无庸家的名声，选派一名细作冒充无用先生的儿子无庸夫人投效卫青部，意图把大军引入歧途，一举围歼。当时，河西虚悬在外，属匈奴地，其人来历难以查证。卫青一向审慎，亲自考察此人本领，发现盛名之下其实难副，并不堪用，因此搁置观望一冷数年，眼看这枚闲棋将一事无成。

恰在此时，漠北大战拉开序幕，前将军李广年迈，与匈奴对阵的机会越来越少，他预感到这是自己最后一次出征，急切苦求请缨。而卫青藏着一点私心，不准他当先攻击，令他领兵绕行。大将军背后深藏着天子的授意，李广不得不屈服，便打算找一个优良的向导，借助其精熟地理的优长，急速前进节省时间，及时赶往战地参与会战。他中意的向导，自然是名声在外的无庸族人。

这样一来，阴差阳错，闲子突然启动，爆发出惊骇的杀伤力。这个冒充的奸细没有祸害到大将军，但折其一指，把前军带离既定的行军路线，迷道失期，致使合围失败、单于遁走，直接导致旷世名将李广引刀自裁。

目前能够确定的是，无庸夫人早已物故，这个向导纯属假冒。至于他去了何方，背后谁人主使，皆无从查证、无从得知。

事实上，他虽然涉案，但其人的死活已经不重要了。

无庸雉从屋内款步出来，笑盈盈地看着尹鹏颜。她初点妆容，容颜鲜艳，比漫天的旭光还多了几分颜色。尹鹏颜胸膛里涌出一股暖意，回报以热烈的欢笑。两个月前，无庸雉还对他刻骨厌恨、横眉冷对，如今两人已经是郎情妾意、温馨和美的情侣，怎不让人欣慰感慨？

早年，尹梁邑保全了无用先生，间接保护了无庸全族。现在，尹鹏颜洗刷了无庸家的嫌疑，让整个家族恢复了正常的生活状态。深情太深，无以言表，一个微笑足矣。

尹鹏颜道："雉儿，不必这般早起。"

无庸雉道："阿郎起床了，我怎么还睡得着？"

尹鹏颜道："我们不睡一张床，我起床早晚，与你何干？"

听到这样痞子似的话，无庸雉满脸通红，不知如何来接。恰好，一道人影投射门外，缓解了无庸雉的尴尬，她急急道："来客了。"说着心怦怦乱跳，小步走进后院的厨房。

尹鹏颜不看也知道来人是谁。这栋宅邸，原属一名罪臣，抄家杀人后荒废了十多年，左近街区住户寥寥。为了行事方便，处静养伤，他顺从石庆的安排，借居其间。这个时候找来的人，想必就是天子钦定的郎官王贺。

太阳从屋宇后升起，王贺背着书囊，满脸沐着阳光，显得十分精神。他身材修长、面阔唇厚、气韵华贵、眼神温和，像一个饱读诗书的儒生，让人心生好感，与刘彻嘴里那个功利且急切的形象大不一样。这位世家公子，似乎比朝阳还要明媚些，好一个满庭生辉。尹鹏颜相貌端正，但不过普通，说到赏心悦目，与王贺相比，还差了一些。

王贺玉立庭院向尹鹏颜行礼，声息温柔悦耳，唇齿之间，言如珠玉，缓缓流淌："绣衣使者文牍校尉王贺，见过直指使者。"

尹鹏颜道："我宿疾未愈，无法回礼，还请翁孺先生见谅。请坐。"

上司叫出自己的字，王贺知道他早已做足了功课，更加屏气凝神，以免出错。无庸雉奉上清茶和水果，摆放在庭院里的石桌上。王贺向女主人致谢，礼数妥帖周全。连无庸雉这样受过严格礼仪训练、一向孤傲挑剔的人，都找不出他的毛病。

尹鹏颜目光炯炯，看向王贺双眼之间："一切事项，卫尉已向你说明，我不赘述了。再过一月，大军即将集结北上，而隐遁在我们内部的奸细还没有着落，天子实在忧心。我们的任务，两个，一则查出前将军自杀的诱因，一则清除蛰伏军队的细作。"他隐匿了另一个重要的任务：追查冢蜮。此事极度机密，不说为妙。

王贺早已明了事情的因果，亦想到一些对策，却故作愚钝，满脸疑惑地道："都说向导有问题，全部撤换不就行了，为何还要大动干戈？朝廷派员追查，弄得一支出征前的军队互相猜忌、人人自危、自折士气，得不偿失啊！"

这句话问得很有心计，目的在于窥测尹鹏颜的真实意图。

尹鹏颜不喜欢互相试探，索性把话明说："翁孺先生尽可直言，不必顾虑，你我坦诚不疑，才能办好天子交代的事。"

经此一问，王贺看出尹鹏颜是个明白人，不再绕来绕去，直言道："军中向导，算上备选的，多达千人，可以肯定大部分是好的。培养一个堪用的向导，动辄数年，如果因噎废食，全部清除，大军的征进必遥遥无期。"他举杯唇角，饮了半口茶，接着道："另外，当前对匈奴作战，我们已经占据绝对的优势，从戎立功的机会千载难逢、回报丰厚，而危险越来越小。向导一职，既不用冲锋陷阵，又能建功立业，今后卸甲退役，还能凭借资历与本事谋得使者的身份，代表大汉周游列国，名利双收，成了一门大有前途的生意。因此，不少官宦富贵人家送子弟到军队充任此职，下走估算了一下，六百石以上官员举荐的人，不少于三百；皇亲国戚安插的人，不少于一百；富商巨贾购买的名额，不少于两百……"说着打开身后的书囊，取出一份色彩斑斓的卷宗放到桌上，往前推送三寸，是一本向导名册。

尹鹏颜翻阅数页，粗略看了两眼，里面详细记载着汉军向导的家世来历、品行功绩，不禁暗自吃惊，想不到一日之间，王贺竟然调查出这样重要而详尽的情报。由他充任文牍校尉，真的是一等良选。

王贺手指卷轴条目上的红色："直指使者，你看，这些都是惹不起的人。砸了他们的饭碗前程，你我死路一条。"

为方便上官阅读记诵，王贺用七种颜色将向导分成七类。其中，朱砂涂抹备注的显贵非常，皆为一触即死的凶神。

尹鹏颜合上卷宗，以掌覆盖其上："校尉辛苦了，你的资料十分重要。"

"石渠阁和天禄阁设有典藏案牍的库房，琳琅满目、浩若烟海，令人叹为观止。"王贺轻轻一叹，显得萧索落寞，又带着几分怡然自得，"可惜，青灯黄卷，枯燥至极，又无金银又无富贵，长年乏人问津，积灰三寸。五千郎官，我是唯一浸泡其间的人。"

本朝，公文也染上了官僚制的通病，用来欺上瞒下，"缘饰文字，巧言丑诋"。公文壅滞庞杂，效率低下，"文书盈于几阁，典者不能遍睹"。那些聪明的官吏，都是不会、不愿在案牍耗无益的时间和精力的。

"如今朝野作风虚浮到这种程度了？"尹鹏颜道，"除了校尉，还有人关注这些典籍吗？"

"还有一人，太史令司马谈的儿子司马迁。元朔三年，他二十岁，开始游历天下，从京师向东南，出武关至宛，南下襄樊到江陵。渡江，溯沅水至湘西，折向东南到九嶷。北上长沙，到汨罗屈原沉渊处凭吊，越洞庭，出长江，顺流东下。登庐山，观禹疏九江，辗转钱塘。上会稽，探禹穴，观春申君宫室。行姑苏，望五湖。向北渡江，过淮阴，至临淄、曲阜，足迹遍及齐鲁，观孔子留下的遗风……此时，他或行至鄹、薛和彭城一带。下一步，他将前往秦汉之际豪杰人物的故乡，楚汉相争的战场，经沛、丰、砀、睢阳，至梁，回到长安。"王贺两眼放光，热切地道，"我常与他躺卧案牍之上读书吟咏，畅谈终夜不觉困倦。"

尹鹏颜听了他的讲述，由衷佩服："本朝开国丞相萧何，掾吏出身，辅佐高帝进入关中。当时，嬴氏皇族搜刮天下，经营咸阳数百年，宫室巍峨，府库充盈，美人如玉。众将争抢金帛女子，唯他弃而不取，一头扎进档案馆，抢收律令图书。仰仗萧何对文书资料的收集和掌控，楚汉逐鹿，汉具知天下地理形势、户口强弱，在斗争中占尽先机，萧何也据此巩固了自己无可替代的地位。你和司马先生，是萧相国一般的人啊！"

面对这番褒奖，王贺毫不谦让，昂然道："天意若钟情于我，做一个名相，也不算甚。"他进门谦卑，言辞小心，一旦登堂入室，立即绽放出满目华彩。他口气虽大，但才配其志，并不显得突兀虚妄。

无庸雉奉上饭食，两人用过早餐，说了些闲话。时近中午，该办正事了。尹鹏颜问道："下一步校尉可有打算？"

王贺还来不及回答，无庸雉恰好添茶近前，动了嬉戏之心，在一旁笑道："不如你们写于竹简上交给我，我看一看，是臭味相投，还是同床异梦。"

王贺笑道："与直指使者同床的，可不是我。"

无庸雉愠怒，满脸红彻，丢下茶具进屋去了。

一个初任官员，第一次面见长官，竟然出言戏谑，冒犯上司的内眷，这是极其失礼和危险的行为。王贺一开始展现出来的风度翩翩、深谋远虑，被这一句话击得云消雨散，暴露出他的本来面目。这人一直屈居下僚，郁郁不得其志，真正的原因，就在这一点点失德轻薄之处。天子明察秋毫，真的没有看错人。

这个小插曲并未影响事情的进展，不久便被宾主忘掉。

日上三竿，天地一片光明。趁着怡人的暖意，两人蘸上茶汁，各自书写，然后将手心一照，不禁相视而笑：

楼兰箭庐。

第十一章
楼兰箭庐

经西安门出长安往南一百二十里，迎面撞上一座碧障插遥天的大山，地形险阻、道路崎岖、山谷遍布，这便是秦岭第一著名的胜景——终南山。关中河山百二，以终南为最胜；终南千里茸翠，以楼观为最佳。先秦时，应周朝大夫、关令将军尹喜邀请，李聃著《道德经》五千言。后来，尹喜草创楼观，嬴政在楼观之南筑庙祀李聃，刘彻于说经台北建老子祠。

终南山南麓，旷野百里，一马平川，有一个繁荣的市镇，长着一片蘑菇一样的帐篷，这就是远近闻名的抚远镇。近年来，两千归附的匈奴人陆续迁居其间，形成一个聚集区。

最初汉廷严禁边界贸易，严禁向外国人出售铁器，严禁带钱出关，为此抓捕了与南附匈奴交易的汉民五百余人，定了枭首之刑。幸好，主爵都尉汲黯据理力争，不但保住了他们的项上人头，还扫清了抚远商贸的一切障碍。

汉民闻风而来，行商贸易，教授汉语，匈汉杂居，互通有无，日渐融洽。一些匈奴人穿起汉人的衣冠，住进汉人的房子，品尝汉人的酒肉，还到楼观修道、学经，第二代新居民已经诞生。

不过，草原民族的特性不可能轻易改变，依然有不少游牧北方的人们留居汉地经年，保持着传统的习俗。朝廷持开放包容的态度，顺其自然，任其自由，严禁官吏和民众无端干涉。

民居环绕的开阔地带，风水顺畅之处，屹立着一座山一样高峻的坟茔，写着"大汉涉安侯於单公之墓"十个大字。墓前香火旺盛，朝拜祭祀的人络绎不绝。墓主非同一般，乃是匈奴军臣单于的儿子、当今大单于伊稚斜的侄子。他本来是北境尊位的第一继承人，若非节外生枝，此时应该是威风凛凛的匈奴大单于。

元朔三年，侥幸逃过马邑伏击的军臣单于死了，其弟左谷蠡王伊稚斜立即叛乱，攻击太子於单，於单仓促无备，逃奔大汉，汉朝封他为涉安侯。正牌王储落入敌手，威胁时刻存在，伊稚斜忿惧，屡次遣兵，寇掠代郡、雁门、定襄、上郡，企图迫使汉朝交出於单，剪除后患。

武力威慑，文景时期是有效的，但此时，大汉的国力已不同以往，大汉的天子已不同父祖，刘彻反击的决心因此越发坚定，发起一次比一次猛烈的战斗。

不过，於单降汉，区区数月就患病故去了，没有发挥制衡、瓦解匈奴的作用。

当时，满朝公卿出席葬礼，期门军护卫着於单的棺椁隆重下葬，刚从匈奴逃归的太中大夫张骞、奉使君甘夫持天子符节，代天子亲临致哀。甘夫替他洗刷身子，穿上匈奴人传统的服饰。各地归附的匈奴人蜂拥而来，竟有六万之数，多如漫山野草，哭拜七天才渐渐散去。自愿结庐守墓的北方遗民近三十家。

这一年，天子的母亲孝景皇后王姞薨逝，於单的葬礼与太后相比毫不逊色。

葬礼过去七年，大墓形同闹市。於单作为匈奴王庭在南方职权最高、身份最贵的人物，逐渐神化，变成南附匈奴人的一个念想、一面图腾，越来越诡异了。他活着的时候几乎一事无成——做不好王储，当不上单于，连棋子与筹码的角色也出乎意料地过早退场、演出失败——死了之后，却像辽远天空的星辰一样，吸引着虔诚真挚的目光，凝聚着惶恐悲凉的人心，给予远离家园的匈奴人无限慰藉，实在造化弄人。

"快，汉人征兵了。立功可以封侯啊！"

十数少年背着弓矢打马而过，弄得街道鸡飞狗跳，居民和商贩们一边躲避一边训斥。骂归骂，还是羡慕他们的好身手，投予赞誉的目光。

三名头戴混元巾、交领斜襟、方士装束、北人相貌的食客走出一家客舍，差点被奔马撞倒。

对于族人的数典忘祖，客舍贾人憎恶万分，背后诅咒："做啥不好，做道人！他们以为有机会接皇差，替皇帝求长生药吗？"

"可怜可怜，射雕男儿再次纵马北境，却替敌人作战。"一名穿匈奴服装、戴防风纱巾的肥硕男子枯坐席间，叹息道。他不在乎族人变易发饰、改变职业，他担忧的是，青壮胡人热衷投军，去做汉军吏卒。

"冢蜮，哦，主公，下走听说，三年内汉廷将精选六千匈奴人，补充北军与霍去病部。"贾人带着谄媚之态凑过来，余光不受控制地瞄向客人左鬓的红色肉瘤，一阵接一阵心悸，勉强克制住喉咙的不适感低声道，"赵破奴封了从骠侯、高不识得了宜冠侯、赵安稽拜了昌武侯、复陆支授了杜侯、伊即轩领了众利侯，叛徒的示范作用是无限的。"

说话间，店外再次喧闹，数量更多的匈奴少年亢奋地嘶叫着，奔向镇外的汉军录兵营。

贾人哭丧着脸抱怨道："主公，我看他们已经适应了汉地的生活，不思匈奴了。"

酒碗重重砸在桌上，冢蜮责骂道："禽梨，你这个忘本的东西！"

禽梨，暗黑组织内一条中等体型的黑蜮，他受到指摘，惶急自辩："下走说的是实情，不敢欺瞒。这些少年随父母归汉时，小者三四岁，大者八九岁，河西的事忘得差不多了。汉军制服一穿，身心便切断了与过往的一切牵连，成为汉家之人了。"

冢蜮听了，举起酒碗凑近唇边，肚肠一寒，喃喃道："金日䃅，金日䃅，他是个不一样的少年，他的记忆可真够深刻的，他对过去念念不忘。我倒希望他忘了匈奴，忘了河西，可是……"说着打了个寒战，连声叹息，肥厚的脖颈泌出油汗，泅湿大片衣领。

禽棃道:"我们匈奴人,目前在朝廷前途最好的就是金日䃅。下走听说,他担任马监仅两月,又要升迁了。"

"什么?"酒碗掉落,碎成一堆,汁液飞溅,冢蜧原地蹦起来,失声道,"他一旦得势,我死无葬身之地了。唉!"

禽棃赶紧擦拭干净,换了一口碗,新开了一坛酒。冢蜧浑浑噩噩地坐倒,一连饮了数碗,喝得酩酊大醉。

时间与恐惧混合,揉碎了,融于酒,不经意地流走。过了一会儿,冢蜧费劲地抬起硕大的头颅,问道:"甘夫最近来过吗?"

禽棃道:"没来过。"

冢蜧道:"他果然首鼠两端,背叛了我们的大计。"

禽棃道:"背叛不敢说,但确实敷衍了。毕竟,主公的规划十分宏大,或非一朝一夕能够达成,而他已经做了汉朝的奉使君,俸禄丰厚、地位尊崇,何苦冒险呢?"

"年轻时吃尽苦头浑然不惧的勇士,年老了却软成一摊烂泥。"冢蜧道,"可恨的是,沮渠倚华已经离开河西,归附到张汤的羽翼之下,我拿捏不住甘夫了。"

"不然。"禽棃道,"如果甘夫替主公效力的事泄露出去,他也活不成。他是一条好汉,素不怕死,但一想到牵涉张骞,就会掂量后果。"

冢蜧眼睛一亮:"你去警告他,告知利害。如果他出卖我,我就伏阙槌鼓,上告刘彻,让张骞受他牵累下狱而死。哼,到时他们凿穿西域的功绩就成了一场笑话。"他捂着嘴想了一阵,沮丧地道:"不对,年前张骞再度奉命西行,前往乌孙,少则三年,多则五年,归期遥遥,他好比投林之鸟、漏网之鱼。这番说辞,可能要挟不到甘夫。"

禽棃冷冷一笑,附耳道:"张骞走了,元解忧可还在长安呢。"

冢蜧大喜:"善。"

当年张骞前往西域寻找月氏,为匈奴捕获,羁留软禁了十年。单于为软化拉拢他,威逼利诱,把一位名叫元解忧的匈奴女子嫁给他,成家立业、生儿育女。但是,张骞牢记使命、持汉节不失,始终没有忘记皇帝交付的任务。他趁匈奴人不备，果断地辞别妻儿，与甘夫逃出匈奴王庭，穿过匈奴人的控制区，继续大宛、康居和月氏之行。返程时，再度陷落，甘夫帮助他虎口脱险，带着元解忧和儿子回到长安。

患难与共的岁月，让甘夫与元解忧结下深厚的情谊，他们是同族，有更多的情感共鸣。甘夫在汉地真正的朋友，就是这个匈奴女子。这种情谊，与张骞的主从、上下、朋友之情相比，一点也不逊色。

用元解忧作为筹码，甘夫肯定就范，这是毫无疑问的。

冢蛷、禽桼窃窃私语半晌，越说越亢奋，音量一句比一句大。好在客舍生意冷清，北人嗓音本来就大，吵吵嚷嚷也不会惹人注目。

这时，数道黑影毫无征兆地刺入，炫目的阳光下门外来了一队人马。一人牵着白驹，头戴斗笠，遮住面目；一人躺卧行军担架上，由两个杂役抬着，一个医工伺候着。被褥甚厚，包裹严实。

一条小蜈——店家佣铜离咳嗽两声，向交谈正酣的两人示警。随即，他小步疾趋，伸长两臂上前迎接，殷勤问道："客，用餐还是住店？最近盘查甚严，须出示照身贴和符传方可登记入住啊！"

牵马人身形挺拔，面貌俊朗，好似一块映日美玉，闪烁着夺目的光彩。他没有移步进店，打量着铜离笑道："你这个匈奴人说起汉话清清楚楚，不看你的面貌，我都区分不出了。"

铜离道："汉匈一家，不分彼此，我既然归附大汉，就是汉朝子民。"

这人浅浅一笑，不置可否，问道："请问，楼兰箭庐怎么走？"

话音似刀，直击人心，冢蛷与禽桼脸色骤变，冢蛷赶忙转过身去，面朝墙壁，用酒碗遮挡颜面。禽桼稳住心神，小步过去，躬身伺候，举手相请："楼兰箭庐离此甚远，隔着十六里地，都是山路，十分曲折险峻，客官不如用些饭菜再行前去。"

这人道："我们有急事，不便耽搁。贾人既然知道路途，可否请一向导，当先指引，我们奉上佣金。"

禽棃道:"我和箭庐主人有些交情,今日生意冷淡,恰好闲暇,客若支付钱钞,自然极好,我带诸位去吧。敢问尊客高姓大名?"

这人道:"你拿钱办事,认得钱就好,何必问人姓名?"

禽棃赔笑道:"也是。"停顿片刻,小心问道:"客病了吗?箭庐主人擅长制作伤药,售价一克十金……"

担架微微颤抖,一只手抓紧被角——病势沉重之人一旦获得希望,总会激动一些。

禽棃探到究竟,稍稍心安,弓着身来到冢蛱面前,轻声道:"客,我有事外出,你饮醉了酒,务必安心静养,不必顾虑外间的事。若下人服侍不周,尽可告我,我归来整治他们。"

两人目光对视,彼此心照不宣,冢蛱又灌了半碗烈酒,佯作大醉,脑袋重重砸在桌上,不时,鼾声大作。

禽棃一边穿衣,一边叹息道:"行路之人,刀口上讨生活,不易,应该自重自爱,体恤自己。明知不胜酒力,还要放开肚皮喝,岂能不醉?唉,酒是穿肠毒药啊,我这辈子造孽,竟以售卖毒药为生。"

来人一点也不焦急,在一旁等待,看贴心的店家安顿他的客人。铜离牵来一匹没有鞍鞯的马,禽棃一跃而上,两腿夹紧马腹轻喝一声,打上两鞭,当先赶路。客人眉目一沉,居后跟随。

蹄声渐淡,不速之客远去,冢蛱顷刻转醒,目光阴森,招手叫来铜离,警惕地问道:"你看清了吗?"

铜离颤声道:"担架上一人,乃新到长安的名士尹鹏颜。另一人未曾见过,不过,他腰间隐约凸显出一块五寸长两寸宽的硬物,据其形状,当为未央宫中下级武官使用的腰牌。我看,要么是个内臣,要么是个郎官。"

冢蛱狐疑道:"他们来做甚?莫非,嗅到气味了?"

铜离道:"尹鹏颜伤势沉重,来寻箭庐主人疗伤救命,或无其他深意吧。"

冢蛱道:"你想得太简单了。城中宫中名医云集,皆为国手。尹鹏颜亦通岐黄之术，功力甚深。他不安心静养，却跋山涉水到抚远寻求偏方，哪有这种道理？他不是那种无知盲从的小民，岂会相信世上有包治百病的灵丹妙药？再说，甘夫作为国家的封君，须定期入宫朝会，尹鹏颜在长安等他便是，何必劳心费力、损伤身体专程造访呢？"

铜离张口欲言，冢蜺打断他的话头："即使看病，也是无庸嬅陪着来，一个宫廷之人……"说到此处心间一紧，急切道："你领三十弟兄前去设伏。一队十人，从两侧山岭滚下乱石；一队十人，当先堵截；一队十人，断绝后路。"

铜离吃了一惊，不假思索提出反对意见："如此一来，肯定误伤禽梨。而且，此地离长安不过百余里，驻军顷刻便到……"

冢蜺勃然变色，恐吓道："连我的号令也不听了吗？"

铜离惶恐跪下，冢蜺抓牢领口一把提起，阴狠地呵斥道："你跪我就是害我，站直了，别教人看到。"

铜离亦属狠厉之人，见惯风浪，既然主人决心已定，除了全力以赴没有别的选择，当即打定主意领受任务："冢蜺差遣，下走竭力办好。"说着快步去到厨房，取了一把短刀藏进怀里，往外走去。

一缕风吹进来，冢蜺油腻的脖颈一凉，突然改了主意，沉声道："回来。"

铜离一惊，躬身折返，桌前候令。

冢蜺道："算了，休得轻举妄动。这两个人平白无故找楼兰箭庐，如果是诱饵，我们就暴露了。这样，你快马绕路进山，提前和甘夫交代一声，让他做好准备，言语之间休露破绽。"

铜离顿时释然，眉宇舒展开："诺。"

"等等。"冢蜺再度叫住铜离，压低声音叮嘱道，"告诉甘夫，如果他们来寻线索，勿迟疑，立即杀掉。甘夫办了此事，由他远走高飞，我不阻挡。"

铜离道："诺。"

店家佣走后，冢蜺心事重重地坐了许久，然后踉跄离开店铺，扯掉面上的遮挡之物，从背后看去，阳光打在他头顶，袍服熠熠生辉，满街之人皆向他问好致意。一个肥硕的背影，逐渐融入繁华的市井。

楼兰箭庐，位于终南山北麓，树木、水源、阳光、风物上佳之处。少府调遣三百工匠，历时半年修造出一栋豪宅，天子用玉盘装盛纯金钥匙，亲手赐予奉使君。

此处宅邸名字奇怪，引起众人的猜测议论——箭庐好理解，说甘夫善射，收藏天下名弓利箭。至于楼兰，一个西域小国，不知与甘夫有何关系。好奇好事者相继来问，甘夫皆缄默不语。慢慢地，问的人少了，楼兰箭庐的名号却响了。

甘夫是个顶尖的神射手，帮助张骞沟通西域，由此拉开河西之战的序幕。本朝对外的战争，是他和张骞点燃的引线。此时，他主理对外出使的事务，兼管三十六个马场的巡视考成，掌握着许多精通西域与匈奴风情的向导。满朝上下，大到各路兵马出动，小到往四方派出密使、斥候、奸细，都须征询他的意见，请求他的帮助。获得情报后，亦需托他甄别筛选、提炼汇总、去伪存真、分析研判，供庙算之用。汉匈争雄的历史大局里，甘夫并非一个无足轻重的小人物。

尹、王两人拜访甘夫目标明确，第一件大事，是搞清楚前军向导的真正来历。留给他们察狱的时间不多了，每一天都极其宝贵。换句话说，时间有限，大军起行之前办不好此事，天子一定杀人祭旗。

天子新打了一把名叫"绣衣使者"的刀，第一次使用，若不堪用，以后绝不会再用。不用的后果，就是丢弃、锈蚀和损毁。组织尚在草创，案牍、制度非一朝之功，慢慢来便是，而向导一事等不得。尹鹏颜、王贺深知利害，他们密商一夜，决定立即执行"打草"计划。尹鹏颜伤重，亦强撑病体远行办差。

一行人出了市镇，来到郊外。一块高敞开阔的平地上，插着一杆汉军大旗，一面黑边白旗，上书"录兵"两个大字，十余名军吏正在征选士兵，主要考究骑射的基本功。匈奴骑士牵着马，背着弓矢，排起长队,目测不少于五百人,还有人源源不断地从四面八方赶来应征。

面对此情此景,王贺既感到欣喜,又觉得担忧,他甚至弄不清哪种感觉是真切的。

往山里走了五里远近,恰巧遇到匈奴人出殡,悠扬悲怆的曲调响彻山谷。无数装扮成鬼神的人簇拥着一名年老的花脸祭师,举着火把,舞蹈、吟唱、跪拜。蔽旧的牛车拉来三十多具尸体,卷席包裹,有男有女、有老有少,见者动容。

王贺知其风俗,却装出厌恶的模样,叹道:"晦气,流年不利,出门就遇丧事。"

禽棃道:"生生死死,辗转轮回,很正常啊。"

王贺掩着口鼻,蹙眉道:"发生了瘟疫?为何一次死这么多人?"

禽棃道:"不是。这些人不是一天死的,前前后后几十天。皆因祭师太忙了,攒够数量,才集中超度一次。"

"他口中念诵什么?"

"超度亡魂登天的咒语。"

"匈奴人都懂这些神奇的东西吗?"

"不,整个抚远镇,仅蛮貊一位大祭师。方圆百里内物故的匈奴人都需要他来超度,否则,不能登天往生啊。"

"你们存心累死他啊,为何不多培养几个祭师?"

"谈何容易?一个普通人成为祭师,修行何止二十年?还要徒步前往祭祀祖先的圣地龙城,风餐露宿三年,日日跪拜,等待神示,获得神的恩准才可代表神与人间沟通。而且礼仪十分复杂,过程极其艰苦,一时半会儿说不清楚。十年前,卫青突击龙城,捣毁祭台,缴获祭品,祭师星散各处。两年前,霍去病又扫荡了河西,夺走休屠部的祭天金人。这个行业元气大伤,至今未能恢复。"

尹鹏颜听罢心意一动,挥手令抬架的杂役停住脚步,一直看了两刻钟,直到祭礼结束。他眉目示意一名医工附耳过来,仔细聆听他的话。指令口述完毕,尹鹏颜用仅够两人听见的音量,郑重叮嘱道:

"这件事很重要,不可贻误。"说着一把抓住医工手臂,手上用劲,几乎掐断他的胳膊。

医工负痛,咧嘴道:"直指使者放心,下走记住了。"

人生苦短,早晚归去,尹鹏颜躺平身躯,舒展四肢,让自己看起来更像一具尸体,敛眉轻吟道:

蒿里谁家地?聚敛魂魄无贤愚。
鬼伯一何相催促?人命不得少踟蹰。

众人继续前行,半个时辰后转过一道山岭,巍峨雄壮的楼兰箭庐撞到眼前,乍一看,似乎比终南山最高的山峰还要险峻些。

"尊客稍待。"禽棃沉声道,说着径直上前拍门。

过了几十个弹指,庐内才响起拖沓的脚步声;又过了几十个弹指,大门缓缓裂开一条缝隙,一只鸟爪般的手探出来推门;耗时十几个弹指,两扇朱漆大门之间总算能容一人。身穿葛衣的阍者艰难地抬起右腿,跨在门槛上,右手藏于怀内,左手举至前额往外张望。他抬起浑浊的眼睛,左眸黑白之间缀着一粒嫣红的斑点,颜色浓得可怖。他茫然地看着来客,不说话、不致意。这是个年过半百的男人,面似橘皮,肩背薄弱,像饿了十天半月水米未进的鬣狗,一副大病初愈的模样。不知甘夫到哪里寻了一个山民,替他看守门户。堂堂国家封君,对于个人的生活起居实在过于草率敷衍了。

王贺上阶,忍着对方身上散发的馊臭,奉上一块宽且厚的木牍,提行写着一个大大的"谒"字,竖行两排字,亮明身份,表明来意:

绣衣直指尹鹏颜
再拜请奉使君足下

阍者不接,王贺无奈,口述一遍,阍者充耳不闻。禽棃一脸嫌弃,捂着鼻子,附耳高声通传。阍者迟疑良久,收了名谒蹒跚去了——走路的速度,比爬还慢。

半刻钟后，甘夫接报亲自出迎。他身形挺拔、脚步矫健，一个人改变了整个的气氛，迟缓沉郁之气一扫而空，整个山岭充满了率直、干脆、明快的节奏。

开春水暖，大部分马场顺利度过严冬，一切走上了正轨，不劳奉使君耗费心神。祁连山下条件艰苦，天子爱惜这位年长的勇士，专门遣快骑传令命他东归好生静养。半个月来，甘夫深居简出，逍遥度日，直到客人前来拜访，打破一段难得的清闲时光。他早已得到抚远镇店家佣的密报，却还是装出诧异的样子："两位是？哦，认出来了，使君，你曾随廷尉光临过下走设于祁连山的营帐。幸会，幸会。"

尹鹏颜半坐，行礼致意："尹鹏颜见过奉使君。"

甘夫眼前一亮，真诚地道："原来是名满天下的尹先生，久仰，久仰。如果当年博望侯得到先生的襄助，何必滞留匈奴十余年？"

尹鹏颜道："如果不滞留匈奴，博望侯怎会遇到贤妻？"

像风刺穿胸膛，甘夫一愣，数个弹指后强笑道："也是，一切的曲折最终造就今天，都是好的。"

尹鹏颜看着高悬门楣的匾牌，意味深长地道："敢问奉使君，楼兰王庭的曲折，到底是好还是不好呢？"

这句话问得十分直接突兀，若是局外人听了定然一头雾水，不明所以，甘夫一听脸色骤变，立在门前，长久不动。双方僵持许久，目光碰撞，刀锋一样凌厉。禽犁居于其中，但觉方圆数丈之内杀气凛冽，不禁汗毛直竖。

每一个都是聪明人，每一句话都直接交锋，不遮不掩，畅快淋漓。

王贺上前见礼，打破僵局："下走姓贝，名叫中郎，是尹先生的朋友，一向仰慕奉使君忠义，借此良机前来拜谒。今日有幸，见面更胜闻名。"

甘夫脸色稍缓，举手相邀："请。"

"奉使君，下走认识很多年轻机灵的人，若你需要仆佣，尽管开口。"禽犁提醒道，"贵府的阍者年老羸弱，他从哪里来的？或不堪用。"

甘夫淡淡地道："年老昏聩的人也年轻机灵过。我自有主张。"

王贺取出一些钱钞赠予禽棃，禽棃收了，轻声喊道："奉使君，下走去了。务必招待好客人。"

一个店铺的贾人不过一介草民，竟然用命令的口气叮嘱国家的封君照顾好客人，看来，他们的关系非同一般。甘夫性格粗犷，从不在族人面前摆架子，有几个亲密的民间友人也是理所当然。甘夫挥挥手表示晓得了，随即一撩衣袍当先引路，一行人在身后跟随，几经辗转，穿过庭院、廊宇来到客厅，分宾主坐下。

众杂役、医工扶着尹鹏颜斜坐客位，随即退避而去。

没来之前，王贺以为楼兰箭庐与匈奴人的居所差不多，亲眼见到这栋宅邸，才发现里面没有一点塞外风情，纯粹是一栋汉家官绅的住宅。庭院里栽种着一棵硕大的桂树，其枝干极其苍劲。与汉人住宅不同的是，庭院两侧设着环形马厩，养着十余匹骏马。客厅悬挂着三把劲弓，柴火一样堆满羽箭。屋内悬挂着巨幅布帛，遮挡住门外往里窥探的视线。这座碧瓦朱檐的府邸，除去一位六十多岁的阍者，没有多余的下人，不知奉使君平常如何排遣寂寞。或许，正是离群索居的孤独，养成他野兽一般的身体、心智与武力，让他成为那个时代最坚强、最神秘的传奇人物之一。

甘夫从墙壁上取下酒囊，倒了三碗放在桌上。桌面斑驳，布满疤痕，散发着大树的芬芳。

尹鹏颜直言道："我们前来叨扰奉使君，不为其他，还是问向导的事。"

甘夫道："先生替廷尉办差吗？"

王贺道："不，尹先生接的是天子诏令。"

两位贵客的话音，如同凌厉的朔风——该来的总算来了，见惯风雨的甘夫反而冷静下来，他的话像他的箭，一寸多余的路都不会绕，直接道:"无庸夫人是我训练后送到军前的,为什么选他?因为向导太多,好比宫妃和郎官,很难脱颖而出,而军事任重,数年、十数年甚至数十年都未必组织一次远征和会战。一旦接到战令,将领们便高度紧张,赔上十分小心,通常精挑细选,还要向朝廷报备,接受秘密审查,程序实在复杂、标准十分严苛。许多向导耗尽青壮时光,不过作了陪衬,一生毫无作为。而无庸家族的人名声在外,为增强选中的概率,我举荐了无庸夫人。可惜,大将军还是不用他,以致闲置经年。"

尹鹏颜道:"大将军不用,前将军用了。"

王贺接口道:"一用就出事了。"

甘夫道:"我愿意承担责任。"

尹鹏颜缓缓道:"举荐失当的责任?"

不待甘夫表态,王贺身体前倾,目光锋利:"还是荐人不察的责任?"

长久的寂静无声。

这两个不速之客,一个言语温和,一个咄咄逼人,长刀短剑交替进攻,打得甘夫连连败退。他决定不再退守,而是站稳身形,迎头痛击,手握酒碗,严肃地道:"安插奸细的责任。"

石破天惊,满室寒彻。王贺想不到他就这样轻易承认了,倒弄个措手不及。

尹鹏颜道:"奉使君,引入奸细、祸害王师、毁坏国家,这可是枭首抄家的大罪。"

王贺颤声道:"你想清楚。"

甘夫讥讽道:"说假话你们不信,讲真话你们也不信,你们教我怎么办?"

王贺厉声道:"假冒的无庸夫人,真是你的奸细?"

甘夫道:"是。"

王贺道:"意欲何为?"

甘夫道:"你们攻击我的国家,围击我的袍泽,我一个匈奴人,自然要反抗，反抗的方法就是令汉军误入歧途，丧师溃败，无功而返。"

王贺一惊，神色复杂："敢作敢当，好。奉使君，我敬佩你，好汉子。"

尹鹏颜道："感谢奉使君坦诚相告。"

甘夫冷笑道："不用谢我，因为，我从来不欺瞒死人。"

此话脱口，如利刃封喉。王贺尚无反应，尹鹏颜已经行动——他翻身滚落，猛按桌子，掀翻一桌残酒，负起桌面挡住，拉着王贺往门外急奔。

前面，客厅厚重的木门不知受到何种力量的驱动，急速关闭。甘夫抓弓在手，从脚下取箭直射，顷刻之间连发三矢。这三箭首尾相连，均射在同一个地方，三股力道相加，洞穿木桌，锋利的箭刃刺破尹鹏颜的脊背，沁出滴滴殷红。幸好木桌甚厚，木质坚实，卡住箭锋，仅仅伤到皮肉。

尹鹏颜趁甘夫重新抓取箭矢的间隙，抡起木桌撞击窗户。桌窗相击，好似撞在磐石上，他虎口震裂，指骨差点折断，定睛一看，每道窗户都封上了铁条。

甘夫从容取箭，背着两个箭壶，拉开强弓搭上三枚铁箭，缓步逼近。传说他射技惊人，攻击时右手一般备三枚凿有血槽的铁箭，能同时上弦射出，也能留一箭射两箭，或留两箭射一箭。这样的好处是，一击不中、一击不致命还有后手，能立即补救。

当年，刘彻精选的百人使团成员个个是文武兼备、一等一的智勇之士，弓马娴熟，英武骁悍，最后却仅剩甘夫一人陪着张骞生还，他凭借的，绝对不只运气。

两个猎物蜷缩桌后，等待见血封喉的神兵利器夺走他们的性命。王贺悲鸣道："我早就应该想到，他既然和盘托出，肯定动了杀心。"说着看向尹鹏颜，惊讶地问道："你的伤，何时好的？"

"我的伤没有好，我从小比较迟钝，对疼痛不敏感。"尹鹏颜咧着嘴，满脸痛楚，因伤口崩裂，衣裳被脓血大片、大片地洇透了，

"我这是垂死挣扎、最后一搏。"

王贺连连叹气,想说几句,嘴唇不受控制地颤抖,一个音节也发不出。

脚步声混合着滴漏声一点点迫近,甘夫毛茸茸的靴子敲击着地面,好似生命倒计时的余音。尹鹏颜情知龟缩无益,索性推开木桌,扶着窗户尽力挺直身躯,整整衣冠直视甘夫,长叹一声:"奉使君箭下,岂有苟且逃生的猎物?躲不掉的,算了,死得体面点吧。"

王贺怆然坐倒,一张粉面颜色尽褪,白灰一般惨淡。

甘夫靠前一步,拉满弓做出击发的姿势盯着王贺,眸子炯炯,冷冷道:"未央有五千郎官,发迹的机会不过五千分之一,但是,暴毙的概率也是五千分之一。偏偏你犯险蹈祸,来终南山惹我。"他箭锋转向尹鹏颜,不无惋惜地道:"当年,高帝闻说韩信身死,且喜且怜之,我今日对你亦怀此情。你本一代名士,何苦聪明如此,但凡愚钝一些,也不至于早夭。"说罢连连叹气,面带不忍之色,眼神却越发锋利凶狠。

猎手与猎物之间,仅仅隔着一块屏风般遮挡视线的薄布,不过二十步远近。猎手利器在手,杀心大炽,猎物连说话的胆气都没有了,屋宇内充满肃杀的气息、绝望的喘息。

甘夫感觉自己说话太多了,短短半刻钟说了过去半年的话,如此啰唆,是因为年老体衰、精神孱弱了吗?他十分懊恼和自责,心肠一硬,沉声喝道:"见谅,两位,我们就此别过!"说着手臂一沉,食指放开,弓弦击风,凄厉作声,两枚铁箭呼啸而出,直击两人面目。

廷尉府公廨,张汤终于处理完一天的政务,心中还有十数件事乱麻一般牵困着、萦绕着。他挥手逐退属官和幕僚,信步走到庭院,望着灰暗的天空,食指和拇指紧贴挤压,神色十分忧虑。

廷尉府之外增设了一个直属天子的同质机构,对于张汤而言,是一种无限的危机——绣衣使者的职权任务,大部分与廷尉府交叉重叠，其间的界限未曾明确，也不可能明确，完全是个含混的灰色地带。这意味着，廷尉的核心权力受到蚕食与挑战，大汉的朝堂之上将崛起同廷尉分庭抗礼的绣衣直指。

刘彻交代张汤名义上代管绣衣使者，但这不过是一句空话。如果不是存心稀释剥夺这份权力，保持原状，加强廷尉府就行了，何必多此一举，组建什么绣衣使者？而且，行至半途，刘彻故意赶张汤下车，向尹鹏颜密授机宜，态度已经十分鲜明——绣衣使者的核心机密、核心力量，你不能染指。

如果张汤愚钝一些，真的相信刘彻场面上的话，攥紧绣衣使者，那这个新的机构必定成为他祸患的源头。与君王争权，等同谋逆，张汤可不敢长这样的胆子。

衙门内，最开心的是田甲。他之所以欢喜，不是因为获得治粟校尉的官身，他的人生目标并非做官，他最爱的是钱，他对钱没有兴趣，但对花钱很感兴趣。有了这个治粟校尉的身份，朝廷会把大量的经费拨转到他手上，由他调度开销，以后逐月都有进账，不必考虑成本产出，尽情挥霍就是，简直美妙至极。

他从库房出来，手上把玩着绣衣使者衙门财帛收支的印章，腰下皮囊里装着六百石官印、装满天下诸国各种钱币，身后跟着两个理财的计吏，意气风发，脚步轻快。远远地看到张汤，田甲喜笑颜开，一路小跑着叫道："廷尉，廷尉……"

张汤道："大声喧哗，成何体统？"

田甲道："我今日才知做官的妙趣。做官，比做生意好啊！做生意，要拼了命赚取利润，养自己的伙计、缴纳沉重的赋税，精打细算，半夜失眠。做官？呵呵，朝廷替你养着弟兄，定期得钱，实在太爽了。我看哪，难的是做官的过程，一旦获得官身，猪都可以颐指气使、建功立业。"

张汤苦笑道："哪像你说的这么容易？厨城门西市问斩的无数大臣，你没看到吗？我提醒你，你花钱大手大脚，肆意妄为，又不喜欢做账，以前用你自己的钱，你怎么用是你的事，如今用朝廷的钱，一毫一厘都须清楚明白。否则，就是贪污挪用、虚耗公帑，轻则去职，重则杀头。你仔细掂量，千万小心。"

田甲倒吸一口凉气，闭紧了嘴巴，良久方道："我请了两个管账的兄弟，他们吏道精熟，一定不会出问题。"

两名计吏敛目低眉，向张汤行礼。

张汤道："以后，两位不占绣衣使者的编制，算在我廷尉府上。不是我要管你的账目，而是替你把关，避免祸患。"

田甲道："极好，极好。你们谢过廷尉，办差去吧。"

待两人走远，张汤轻轻叹息，推心置腹地道："你性子粗疏，一向不注意细节，漏洞实在太多。小吏奸猾，你须防备他们欺骗你。到时做些假账，或干脆不辞而别，卷走你的钱，你还要承担领导责任，替他们填补亏空。我告诉你，衙门到处是陷阱，一着不慎，满盘皆输。"

田甲气焰尽消，神情委顿，兴味索然地道："好吧。"

张汤道："朝廷连年用兵，国库早已空了。天子无奈，千方百计扩充财源，甚至想出用鹿皮作钱的主意，还动辄降罪，抄没大臣和富商的家产，以作军资。你名声在外，大家都知道你有钱，陛下封你一个校尉，谁知道是不是看上了你的钱，过些天找一个错处，按照罪官处置，籍没你的财产呢。你今天收了朝廷一文钱，明天可能要吐出一百文啊！"

一席话绵里带针，刺得田甲到处漏气，他面似草灰，唇角青紫，捂着耳朵，佝偻着背，一步一挪垂头丧气走了。

盐铁专卖、告缗算缗、洗劫富商，这些替朝廷开源节流的奇思妙想，大多出自张汤手笔。他深知用什么方法能吓住田甲，拿捏在手中。搞了这么一出，灭掉田甲的威风，张汤心情大好，一扫阴霾，咧嘴一笑。

弓弦方动，箭矢飞出，随着一声清脆的响声，长鞭蛇一般突兀飞舞，卷住第一支利箭。帷帐后突然闪现一道人影，挡在甘夫和目标之间。此人与第二支箭间隔十五步左右，若击尹、王，必先洞穿其身。

浮光掠影之际，甘夫骤然见到此人，立刻方寸大乱，汗似血喷，下意识地扯动弓弦，第三支箭接踵击发，以更快的速度绕了个浅浅的弧线，贴着那人衣襟击落另一支箭。

事发紧急，完全凭借着本能化解了这必中的一击，即使甘夫这样见惯风浪的人也惊出一身冷汗，手上一软，长弓坠地。

沮渠倚华站得笔直，目光如利刃一样扎向甘夫，甘夫不敢直视，头颅低垂。

王贺捂着胸口喘息不止，过了许久，喃喃道："尹先生，幸好你的冒险成功了。我不知中了什么邪，竟然同意你的计划。"

尹鹏颜淡然一笑："我肯定，诸胡校尉言出必行，不会抛弃我们。"说罢，他旧伤新伤一起发作，全身剧痛，重重砸在地上，抱紧双臂连连抽搐，口鼻糊满血沫。

王贺蹲下身来拉着尹鹏颜的手，急切地问道："你还坚持得住吗？"

尹鹏颜唇齿相击，颤声道："坚持不住……"

沮渠倚华取出一个布囊，倒了一枚黑色的药丸垫到尹鹏颜舌尖下。过了片刻，尹鹏颜不再嘶声喘息，起伏的胸口慢慢平息。

方才甘夫持弓射猎，气势灼灼，好似浑身充满力量的野猪，此时，精气散泄，如同伏枥的老牛。王贺抬头看着他："奉使君，尹先生提出到楼兰箭庐冒险，我坚决反对。他说已经说动诸胡校尉提前潜入，可保无恙。我实在想不出，你为何忌惮她？"

甘夫眉目间痛意渐浓，仿佛一瞬间苍老了。

王贺收了目光，移望身边的女子。他不便直视，微微低头，仅看见她鼻翼下的部分，即使如此，心脏还是按捺不住地狂跳。他提醒自己，这很正常，被一箭之威惊破了胆，不丢人。稳住心神，他用一种自己都感到奇怪的音调，喃喃道："沮渠姬，我以为你不会来。"

沮渠倚华怒道："你是谁？你再胡言乱语，我宰了你。"

王贺没来由地慌乱，嘴里不受控制地倒出一堆话："我在宫中办差，与尹先生交情甚厚，近日得闲恰好陪他进山散心。沮渠姬，我看得出你和他不熟，他却以性命相托，而你不负重托，准时出现在奉使君的府上。你们之间彼此信任、生死相托的情义，实在令人感动啊！"

沮渠倚华讥讽道："你说话阴阳怪气，不像尹先生的朋友，倒像前来监军的宦官。哼，不男不女的东西，离我远点。我救的是尹先生，可不是你。你自己小心，甘夫这人饮狼奶、吃生肉长大，素来凶残，未尝不会杀你。"

王贺听她语气凶狠，吓得闭紧了嘴巴。甘夫吞咽着苦水，无言以对，看上去倒像受到五经博士训斥的太学弟子，满腹委屈，楚楚可怜。

尹鹏颜声如游丝，断断续续道："奉使君，你方才自认往军队派遣奸细，是一时激愤，还是事实真相？兹事体大，开不得玩笑，我希望听你再说一次。"

沮渠倚华紧张起来，侧眼看向甘夫，欲言又止，似有所期待。

甘夫苦笑道："尹先生心肠慈悲，不希望我受到国法的惩处，其中情谊我心领了。大丈夫一言既出，绝不掺假。你尽管用作呈堂证供，定我的罪就是。"

尹鹏颜面色不忍，连声叹息。沮渠倚华背过身去，眼泪早已决堤。

王贺两眼放光，击掌道："想不到这泼天血案如此容易就破了，奉使君，随我们回城吧。"

说话间，府邸外人喊马嘶，脚步杂乱，似有千军万马蜂拥而至。

王贺由喜转惊，脸色大变，指摘道："甘夫，你竟然欺瞒朝廷，养着这么多党羽。私蓄部曲，这可是抄家枭首的大罪！"

甘夫苦笑不已。

尹鹏颜紧咬牙关，伸手把住窗户，竭力站起："快走，这不是奉使君的部下。"

"沮渠姬，快，跟着我，走！"王贺惊疑之下，逃命的本能占了上风，振作精神，蹲下身子背起尹鹏颜。沮渠倚华击破一块窗面，伸手转动窗棂上的木条，客厅大门轰然洞开。三人冲出屋子，顺着走廊狂奔。

此时，敌人攻破大门，闯进庭院，兵器森森作响。他们定睛一看，阍者伏尸门内，右掌白骨森森，领头的禽黎凶器上还滴着血。铜离高声鼓噪，指挥凶徒包抄合围。沮渠倚华见已经无法突出楼兰箭庐，决定就地坚守，掩护王贺、尹鹏颜先行撤离，她冲到前面，用身体翼庇两人——这样的防守毫无意义，潮水一般的敌人迟早淹没他们。王贺不知哪来的力气，一把扯着沮渠倚华的腰带，把她甩到身后。沮渠倚华羞怒之下举鞭就打，王贺硬生生受了一鞭，头破血流。他脑袋一破，受了风，反倒清醒起来，几十种逃生办法涌至天灵，可惜，此情此景凶险至极，一个也不管用。

绝境中，尹鹏颜喝道："往前冲十六步。"

王贺得到指令，奋力前行，跑够十六步之数。尹鹏颜抽出炭刀，斩落左侧厢房的铜锁，叫道："拉。"

上官如此谙熟楼兰箭庐，让王贺、沮渠倚华感到诧异。毕竟，他们想象不到，天子赐予的檀木箱里装着些什么神奇的物事。

王贺拉开厚重的木门一头扎进去，三人冲进幽深的屋子，闩了门，推倒大量杂物封堵了入口。一百余名身着麻衣的杀手迅速合围，堵住内外通道。屋内一片漆黑，咫尺之内两不相见，面前木柜甚多，比人还高，不知储存着什么稀奇的东西。

黑暗里，尹鹏颜的声音显得尤其清晰："沮渠姬，你到过这里吗？"

沮渠倚华犹疑片刻："两年前来过。"

尹鹏颜道:"请你当先引路,我们往'著雍大荒落'区走。"

天干分为阏逢、旃蒙、柔兆、强圉、著雍、屠维、上章、重光、玄默、昭阳。地支分为困敦、赤奋若、摄提格、单阏、执徐、大荒落、敦牂、协洽、涒滩、作噩、阉茂、大渊献。"著雍大荒落"即戊巳。

据说,司马迁精于此道,并将研究成果写成一篇文章——《天官书》。

沮渠倚华道:"你们跟着我的脚步,不许乱走,小心触动机关。"

听说内藏机关,王贺心头一紧,急步跟上。三人小心翼翼,一步一步,经过一条长长的甬道,往深处摸索。转过几个弯,透过屋顶上的云母明瓦,射进来几缕余晖,眼睛慢慢适应内部的环境,他们借着微光一看,两侧布满木柜,摆着无数卷轴和文书。正面一块硕大的白幡上朱砂混合牛血作颜料,血淋淋的几个红字分外夺目:"汉廷密库,擅闯者杀。"

尹鹏颜嘴角上翘,浅浅一笑:"甘夫的私家档案室麒麟阁。"

王贺两眼放光,几乎照亮暗室,唇角炸开,牙齿似将弹射出来,失声叫道:"什么?"

沮渠倚华愠怒道:"你又打坏主意?"

王贺目光灼灼,直视对方俊美的面容,亢奋地道:"沮渠姬,你的职责是研究大汉之外广阔的世界,向朝廷提供胡人的资讯,你不会不知道奉使君的密库有多珍贵吧?"

沮渠倚华嘲笑道:"你这个死宦官,懂得太多了。"

王贺急道:"我不是宦官,我是郎官。"

麒麟阁虽然归属私人,但记载的大多是西域诸国和匈奴的风土人情,储存着张骞西行收集的所有私密资料、全部研究成果,十数年风餐露宿、筚路蓝缕取来的情报,素为朝廷看重,具备国家档案馆的部分功能,一向拨有专门的经费,用于防火、防盗、防虫和防潮。鉴于库房的重要程度,仅博望侯、奉使君两人有资格进入,朝廷早下严令,无关人员,擅闯者,一律格杀。

至于阁名，并非随意为之，乃当今天子狩猎时猎得麒麟，欢喜之下，因此赐名。

一个偶然的机会，沮渠倚华误入秘阁，从此打开一扇新世界的大门，她不舍昼夜、通宵诵读，一直过了半年，不过穷尽典籍的百分之一。即使涉猎不多，她的学养和见识已经超越世间大部分堪舆家、旅行家和测绘家。至于她为何能够深入浸淫而不被察觉，或者说，被察觉而不受驱赶与处罚，原因不得而知，令王贺十分迷惑。

情势由不得他们多想，身后杀手撞开户牖，径直尾随而来。他们过于低估这个库室了，这不仅是一个储存图书的书房，还是一个坚固的堡垒，其间防卫森严、危机四伏，比禁宫深处还凶险。他们根本想不到，这里珍藏的资料对国家有多重要。天子仅仅赐予奉使君一栋宅子吗？不，他同时赋予的是守护密库的重任。

空气凄厉地嘶鸣，数点星火极速飞溅，射倒当先的武士。追兵受此一击，气势顿挫，哀号声大作，推推搡搡，仓皇逃出室内。

禽梨叫道："甘夫，赶快闭合机关，我进去杀人。"

甘夫冷冷道："一旦开启，无法关闭。"

禽梨焦躁不已："你什么意思？都这个时候了，你还庇护刘彻的鹰犬？他们活下来，你就会死。"

甘夫道："你放眼看去，整个大汉天下谁不是刘彻的鹰犬？你有胆量就冲进去，怕死就速退。"

铜离大怒，拔刀冲向甘夫，数名杀手不待号令一起攻击。为今之计，是挟持甘夫逼迫他解除机关进阁杀人，否则三名治狱、讨奸的汉官一旦逃脱，阴谋必然败露。

甘夫冷笑，猿臂舒展，张开弓弦一箭射穿铜离的头颅，随即箭箭见血又放倒五人，刹那之间逼退敌手。双方隔着一片梁柱，僵持对骂。

禽梨威胁道："甘夫，竖子，冢蜮不会放过你的。"

甘夫笑道："这些兄弟里，你是唯一知道冢蜮真实面目的。如今你暴露了身份，你以为冢蜮会放过你？"

禽棃被这句话吓住了，结结巴巴道："我宰了屋内的人，怎么会暴露？"

甘夫道："你在我家杀人，掂量过后果吗？"

禽棃厉声叫道："弟兄们，甘夫叛变了，围住，杀掉！否则，我们死无葬身之地！"

对于武士们而言，这场生死之战一旦失败，他们的生命亦将戛然而止。他们没有绝对的胜算，不得不舍命一搏，众人迅速分成两部分，硬着头皮，一部分围攻甘夫，一部分再次突击麒麟阁。

沮渠倚华点燃一只小火把，照亮两丈之地。

王贺眼前一亮，浑然忘记身处险境，举着拳头兴奋地道："想不到，我们竟然误入了宝库。"

青灯黄卷，积灰三尺，一向枯燥乏味，寻常人避之唯恐不及。第一次见到比自己还喜爱案牍的人，沮渠倚华十分惊奇。

王贺遍览各柜的形制、颜色、用材，径直走到货柜左端第三格编号甲陆的红色区域，按两下突出的铜铆钉，打开一个长箧，取出一份卷轴："你看，这些文牍都有编号，这本书叫总纲。"

果然是术业专攻、学有专长。尹鹏颜暗自点头，增了几分敬意。

王贺把卷宗凑到亮处看，见内页用奇怪的文字密密麻麻记载了一些条目，大为失望："可惜我不懂异族文字。"

沮渠倚华侧头瞄了一眼："上古楼兰文字。记着匈奴、西域诸国的文献和汉地的风物。"

王贺大喜，一把抓住沮渠倚华的手，急切地道："我要找近五年来汉匈关系的记录，尤其是匈奴人对汉军的描述。"

一位青年男子如此失态，携手以问，肌肤相接，沮渠倚华又羞又怒，使劲甩开。

尹鹏颜肺腑一片澈明："翁孺，陛下没有看错你。"

沮渠倚华冰雪聪明，顷刻间理解了王贺的意图，问道："你认为在这些记述里，有匈奴奸细的资料？"

纵使局势凶险,一旦说到其擅长的领域,王贺便平静下来,异常沉稳,他的语气不急不徐、恰到好处:"甘夫负责汉军向导的招募和训练,他引荐补充的人,自然大部分是身家清白的,少部分人是肩负着秘密使命的。这些人深入军队,潜伏作间,一定要认识汉军、谙熟汉军,入门的课程必然与寻常的向导不同,除了常规的科目,一定涉及汉军的军情、营制、纪律和战术等事宜,一定涉及潜伏、伪装、刺探和用间等事项。我们查一查什么人接触过这些资料,或能寻着线索,整理出一份名册……"

沮渠倚华站着不动,神情甚是犹豫。

王贺连声道:"沮渠姬,沮渠姬……"

沮渠倚华断然道:"不可。"

王贺道:"为甚?"

沮渠倚华目间一痛:"我找资料给你,那个人,那个人就会死。"

王贺十分诧异,问道:"那个人是谁,你担心什么?"

沮渠倚华缓缓蹲到墙角,哀伤地抱着两腿将头伏在膝盖之上。

王贺一拍头,他的脑袋挨了一鞭,这一拍之下头皮撕裂,疼意凛然。他一闪念间想通了暗含的关节,推测沮渠倚华和甘夫交情匪浅:"奉使君有大功于国家,即使受到胁迫做错了事,我想,朝廷也会法外施恩。沮渠姬不必顾虑。"

沮渠倚华双肩微颤,声息全无。

王贺道:"甘夫如果犯罪自然要受惩处,而且,如果他招供属实,那他犯下的就不是小罪,而是灭族的大罪。天威浩荡,若风若雨无孔不入,沮渠姬,你替他遮掩,肯定是挡不住的。"

杀手举着牛皮盾牌步步逼近,已经突入十步有余。他们拿庭院里拆来的长木条敲打地面和房顶,不时触动机关,弩箭呼啸,到处乱飞。这些暗器总有用完的时候,不出半刻,杀手就会攻到面前。

电光石火之间不能再等,尹鹏颜直言道:"沮渠姬,提供关键证据,找出幕后主使冢嵹,借助朝廷的力量收其下狱,斩断触须,清除党羽，你的阿翁才可能脱离他的控制。"

王贺惊愕万分，沮渠倚华抬起头，满面泪痕。

尹鹏颜道："二十一年前，匈奴单于帐下一名骁勇的射雕手，以上国武士的身份经过楼兰，楼兰王设国宴相待。席间，射雕手偶遇楼兰公主，两人一见钟情，私订终身。半年后，单于为了抢在汉朝之前控制西域，对楼兰用兵，杀死楼兰王。造化弄人，射雕手正是此战的前锋。身为军人，他根本无从选择。面对国恨家仇，楼兰公主悲怆之下视情人为仇人。此时她已怀身孕，逃出匈奴人的追捕后前往汉地，希望借兵复仇。射雕手探听到消息，叛离匈奴，一路追寻。楼兰公主历经艰险，穿过八百里瀚海、越过茫茫戈壁与河谷，走到祁连山下产下一女，伤重不治，随即物故。临终时，她写下婴儿的身世，将其托付给一户月氏牧民。射雕手一直没有找到妻女，直到六年前才寻得消息……"

沮渠倚华闻之泪下，低声抽泣。王贺一下明白了整件事的来龙去脉，他一次次伸手，伸向姑娘的肩膀，刚接触到衣物，又慢慢收回，掌变成拳，紧紧握着。

尹鹏颜道："女孩长大后，养父母告知她身世，她厌恨父亲，不愿相认。射雕手放弃长安舒适的生活，遁走山林，费尽心机建盖了岩屋，驯养了狼群……其实，女孩是如此眷恋父母，渴望父爱，她表面对抗，实质上接受了一切。两年前的春冬之交，为躲避战乱，她甚至乘坐阿翁安排的马车到楼兰箭庐避险。父女心照不宣，用一种看似疏离其实亲密的方式相处着。"

泪水模糊了沮渠倚华的面目，想起去世的阿母，已经没有一点点印象，她不禁悲从中来。

"奉使君，天地间第一稳重坚韧之人，他陷身匈奴数年，坚守底线，不露行迹，经过百般考验终于完成任务。但是，当廷尉前往祁连山造访，仅面聊片刻，这样一位人杰，为什么立即拿出准备好的无庸夫人全套资料，出乎意料地露出破绽呢？是传说名不副实还是他年老昏聩了?"尹鹏颜自问自答,"他其实已经做好了牺牲的准备,主动自首——否则,我和翁孺不可能直接到楼兰箭庐来。他不惜一死,同时委婉地提出条件,让廷尉容留、宽赦并保护你。"

原来祁连山短暂的见面,交易即已达成,用一种微妙隐晦的方式。方才甘夫张弓射击,即使沮渠倚华不现身,他也会随即击落箭矢——这是他最后的尊严与体面,他绝不投降,他只是技不如人,战斗失利被俘。

"阿翁。"简简单单两个字,经过十多年的厌恨、纠结、渴望、辗转反侧和欲言又止,终于伴随着磅礴的热泪,冲破薄薄的唇齿,像岩浆一样奔涌、激射、绽放。

王贺道:"沮渠姬,痛痛快快哭一场吧、喊一声吧,把心底的郁结全部释放出来,干干净净、淋漓尽致。"

尹鹏颜道:"狱事一旦悬而不决,冢蛷必杀奉使君灭口。沮渠姬,不如尽快找出关键证据,引朝廷派兵介入保护奉使君,再从长计议。奉使君功大,天子用他之处甚多,性命或可保全。"

"按照亲亲得相首匿的原则,你包庇你的阿翁,你无罪。"王贺道,"可是,沮渠姬,匈奴是你的敌人,汉朝是你的朋友。当年你的阿母向汉廷借兵未果,如今汉军全力攻打匈奴,你应该帮助汉军,清除奸细,让大汉的铁骑直捣匈奴王庭,告慰她在天之灵。"

沮渠倚华抹去眼泪,站在两人面前,她又恢复了阳光洒脱的本来面目,手指右侧第七排书架。尹鹏颜一步步挨上前去,扶着书柜仔细搜寻,看到书架上的灰色标签,压制住激动的心情拉开木箧,取出一本两百多页的兽皮卷宗,粗略看了两眼。封面上不着一字,里面详尽记载着汉军军情,以及潜伏用间的技巧,还有数张批改过的试卷,尤其珍贵的是,竟然还有作卷人的编号和奉使君的亲笔点评。

王贺道:"对不对?"

尹鹏颜点点头。

作为一位忠义君子,甘夫绝对不会背叛团队、出卖战友,更不会把奸细的名录拱手相送,但他为了沮渠倚华,一再调低底线,没有销毁培训奸细的资料、容许女儿潜入查看和整理。当他默许这一切发生时,内心一定是极其愧疚自责的吧。

王贺精神一振,急切道:"可否借我一观?"

尹鹏颜递去册簿,王贺拿在手上,双目炯炯,拇指揉搓,书页像落入狂风中,急速翻动,不过刹那,一本书翻完。王贺眨眨眼,满眼赤红,眉目含笑,递还尹鹏颜。尹鹏颜暗自吃惊,伸手接过,贴身放好。

此时,武士突击而入,远远瞧见这一幕慌乱起来,叫道:"千骑长,汉人拿走了一套卷宗。"

禽棃浑身冰凉,肝胆皆碎,恶狠狠下令:"不惜一切代价,冲过去宰了他们。"

作为可以牺牲、完全不值得怜惜的"代价",武士们惶恐而绝望:"机关密布,无法靠近啊!"

禽棃道:"我向冢蝛请准,向诸位担保,战死的兄弟封百骑长,羊一千、牛八百,抚恤其家,子孙继承官职。快快快,宰了他们!"

在恐惧和利欲的催逼下,武士们鼓起勇气,再度冒险前行。王贺背着尹鹏颜绕柜而走,沮渠倚华身负大堆竹简当成铠甲,殿后遮挡。

此时,库房外马蹄声急,奔来一匹骏马。不等马匹驻足,骑士一跃而下,跌跌撞撞冲到庭院,一脚踩空,踉跄摔倒,撞在花台上。他不顾口鼻喷血,嘶声喊道:"千骑长,汉军来了,全是北军精锐!"

一股苦味从肺腑往上升腾,经过喉咙凝滞口腔,禽棃颤声问道:"哪里?"

骑士道:"已突入抚远镇,一路追着我,马上……马上就到了。"

"噗……"禽棃口里喷出一摊污秽之物,心一横,嘴脸狰狞,"放火,人和书一起烧掉!"

不用冒险突击了,武士们如释重负,纷纷扯来近身的卷宗,用燧石打火点燃往屋内投掷,一边投一边倒退。书卷遇到明火立即剧烈燃烧起来，满室红光，热浪逼人，几十个弹指之后，房顶被烧穿，瓦片纷纷坠落。

望见烟火，甘夫大骇，两腿一软差点摔倒。他圆睁双眼，眼角崩裂，血泪汨汨，随即大喝一声，拿着两支箭跳进人群乱扎乱刺。一人拼命，百人披靡，武士们气势顿挫，四处退避。甘夫长啸一声冲到禽棃面前。禽棃嫌火不烈，正脱衣引火烧窗，仓促无备之时，被弓弦勒住脖颈。甘夫发疯了，嘶吼着用尽全身力量企图活活勒死他。禽棃竭力挣扎，发出野兽般的哀号，牙齿咬碎，满口污血。他部下的死士一拥而上，拼命围拢救援。

杀人容易，救火来不及了。此时，火势蔓延开来，麒麟阁浴于火神的咆哮中，户牖尽毁，火焰暴涨，舔舐着一切可燃之物，连室外的走道都被烈焰淹没了，空气中噼噼啪啪炸响。甘夫十数年的心血、一生的挚爱，毁了，他绝望愤怒到极点，情急之下放开禽棃，一脚踢翻挡在前面的武士，两肘撞开数人，迎着火舌踏进火海，往屋内阔步逆行。他的身影隐没在烟火深处，依稀看见一只着火的左手，连连拍击墙壁上的一处凸点。

"啊，痛快、痛快！"禽棃恶毒畅意地狂笑，白眼一翻，口吐污秽之物晕死在烈焰烟幕前。

此时，一阵骇人的杂响传来，最先起火、受火最重的案牍室坍塌了。

第十二章
义渠昆邪

烈火围困三人之时，甘夫的一计重拍打开一条生路，一面档案柜缓缓移开，露出一个直径三尺的大洞。困兽顾不得其他，翻身滚入。房梁和书柜砸下来，彻底淹没方才站立的地方。

逃出险境，暂时平安，沮渠倚华终于控制不住情绪，两肩剧烈地颤抖，两手捂住面目，泪水从指缝间流淌而下。王贺犹疑片刻，放下尹鹏颜，张开双臂抱住她。

凶险的生死关头，一直缺位、不称职的父亲舍命冲入火海，按动机关，救了女儿的命。父女透过烟火两两相望，父亲温柔微笑，女儿泣不成声。他的生死，无人得知。生还的概率，真的是极其微小了。

待眼睛适应了地下密室之后，王贺发现，这是一间女性的闺房，女儿家的一应用物全部齐备。床榻前的墙壁上挂着一幅绣像，像上的女子穿着西域裙装，清秀的蛾眉，深邃的双眼，薄唇轻抿，俊美而忧郁，细看和沮渠倚华竟有七八分相似——不用猜，这正是甘夫的妻子，那位至情至性、命运多舛的楼兰公主。

多年来甘夫并没有忘记她，从未亲近任何女人。在他隐秘的内心深处，在他华丽的屋宇之下，妻子始终占据着无可替代的位置。不知多少个日夜，甘夫一个人躲进密室看着熟悉的一幕，回忆甜蜜的过去，黯然神伤、追悔不已。谁能体会、理解一位钢铁汉子的柔情蜜意？

大火烧裂头顶的木板，往室内逼来，大量灰烬掉入，引燃蚊帐、纱帘，波及邻近的物品。王贺一边扑火自救，一边爬上床去卷起绣像，塞到沮渠倚华手上。沮渠倚华紧紧抱着绣像，任由泪水决堤。

阿母生下她，喂了两三次奶，没几天就离世了，她对于阿母没有丝毫的印象，仅仅听养父母描述过。她心灵的深处，一直萦绕着一个幽深的黑洞、一个模糊的身影，填不满、照不亮，痛苦时刻吞噬着她。如今，怀抱阿母的绣像，犹如阿母现身眼前。她紧紧抱着阿母，一刻也不愿分离。

屋内烟雾弥漫，呛得人咳嗽不止。温度急速升高，连头发都蜷缩起来。火灾中，一开始真正致命的不是火，而是烟。烟雾越发浓烈，狭小的环境已不适合人生存。

尹鹏颜虽然内心慌乱，但表面依然从容镇定，目光一遍遍扫过墙壁、地面和家具，寻找另一个逃生的出口。

火势已经失控，王贺放下生死，站到沮渠倚华面前，温柔一笑："我叫王贺。"他握着沮渠倚华的手，轻声道："我今天第一次见到你，你一直在哭，能不能笑一笑？"

沮渠倚华本来是山野间长大的孩子，性格粗犷，无忧无虑，今天的变故太多，才哭个不停。她用袖子抹去眼泪，展颜一笑，这一笑的光芒一度照亮暗室，盖过熊熊火光。

王贺道："我在宫中做郎官，做了五年一事无成，实在不甘心，因此领受任务出来办差。这一办就惹火烧身，成了这个样子。"

沮渠倚华道："官有什么好做的。"

王贺道："下辈子，我肯定不做官了。"

沮渠倚华道："不做官，做甚？"

这个问题不复杂，却一下问倒王贺，他从未想过人生的另一种可能。

沮渠倚华道："随我到祁连山养狼吧。"

王贺欢喜道："诺。"

尹鹏颜面露苦笑，他喉咙发干，有些疼、有些甜。他知道时间不多了，不来打扰他们。他远远看着沮渠倚华，眼前人幻化成无庸雉的模样。古往今来，无数人在类似的暗无天日的地方悄然死去，多年后，黄土掩盖一切，爱恨情仇不复存在。

大量热流与毒气灌入，沮渠倚华、王贺软软坐倒，好似睡着一般。他们两手相携，安安静静地并肩——灾难经常表现出残酷的壮美，而生命正是这种美最惊心动魄的部分。他们像极了当年山岭上看云卷云舒的楼兰公主和甘夫。子女的命运，会比父母好一些吗？此时此刻，这样的展望，显得太奢侈了。

智计百出、天下闻名的尹鹏颜，毕竟是人不是神，在没有工具可用的情况下，他无法战胜烈火，无法凿穿生路。他的脑海中闪烁着一片片模糊的影像，他被一种绵软却坚决的力量，裹挟到一个幽深的通道里，四壁发出眩目的光，前面深邃黑暗，不知前路多长，通向何方。无数恶兽张牙舞爪，包围了他，撕扯他的胸膛，扯出内脏。獠牙咬住喉咙，体液汩汩，从每个毛孔流失。他的身躯、五脏六腑，像河西的沙碛一样干燥。烈火烧出的风，顷刻间，就将把他当成尘埃吹走。

尹鹏颜再也支撑不住，手抚胸口蜷缩墙角，口鼻泌出浑浊的黏液和血水。

突然，通道上方接连闷响，缓缓裂开。透过呛人而炙热的烟火，尹鹏颜依稀看见一线光，看到一张肥硕富态、笑容可掬的中年人的脸——乂渠昆邪。

尹鹏颜再次苏醒，发现自己躺在一张柔软的床上。人间迎来又一个早晨，阳光妙曼，空气里充满了欢欣的气氛。一个肥硕的身影临窗闲坐，满面含笑，捧着一把胡琴，脚尖轻点，清亮悠扬的乐声从指下流淌而出。

此情此景，如何不让人欢喜？

尹鹏颜身上好几处包裹着伤药，面部的燎伤已然无恙，甚至脊背的箭伤亦不再疼痛。匈奴神药，果然名不虚传。他缓缓下床，踮起脚踩到地上，虽隐隐疼痛，但不妨碍站立。整整衣冠，尹鹏颜轻声致意："君侯。"

漯阴侯属于尊贵的县侯，且掌控五个边郡，势力远超中小王国，称一声"君侯"恰如其分。

义渠昆邪放下胡琴，笑道："先生醒了？医工说，听听音乐，可缓解焦虑。先生乃此中圣手，下走班门弄斧弹了一曲，不知打扰到先生的美梦否？"

尹鹏颜道："差点儿一梦不醒，还能睁眼，实属福气。打扰得好，我好生喜欢。"

义渠昆邪道："先生睡了一天两夜，你的同伴来看过两次你都毫无反应。饿了吧？"

尹鹏颜道："饥肠辘辘，吃得下一头牛。"

当时，耕牛十分珍贵，王法禁杀，犯禁者刑。尹鹏颜不过随口一说，权当一个比喻，不承想义渠昆邪一听，当即展颜欢笑，击掌道："走，我请你吃全牛宴。"说着拉起尹鹏颜，推开楠木门走进层层叠叠的楼台亭阁。两名仆役抬着软床、携带餐具跟随。

这栋深宅大院里，蛰伏和跳跃着无数壮硕的猎犬，个个龙背豹腿、齿如精钢，伸着猩红的舌头，双眸阴森冷酷，恶狠狠盯着初来乍到的客人。无论多勇武强壮的汉子，与任意一只对决，恐怕都没有胜算。尹鹏颜心间一凛，视线所及，犬的形貌、毛色、强弱、数量纤毫毕现，全录入脑海——猎犬不少于两百只，似乎比人还多，俨然是宅邸真正的主人。在这支恶犬军团的保护下，义渠昆邪的大宅可谓密不透风、固若金汤。

宾主下得山岭，步入一个空旷的牧场。十里平川，草长莺飞，骏马飞驰，人们纵情欢歌，美食微香袭人。这就是抚远镇最肥美的一处草场，匈奴昆邪王、大汉漯阴侯的专属领地。

元狩二年，霍去病收河西，俘虏义渠昆邪的儿子及相国、都尉诸多要员。单于震怒，打算诛杀丢失战略要地的昆邪王和休屠王。事态紧急，义渠昆邪、休屠商量，打算率领四万余人，号称十万，投降汉朝。事到临头，休屠后悔，昆邪当机立断杀死盟友，帮助霍去病顺利接收。因其身份显贵、功勋卓著、威望遍及匈奴部族，刘彻封他县侯，食邑万户，划拨陇西、北地、朔方、云中、代五郡，纳其部众。

这一年秋季，朝廷集结两万辆车迎接南归匈奴，给予丰厚的安家费，全体匈奴降人的衣食花费由国家供应，导致财政吃紧，府库尽空。刘彻直接减少御膳，解下御马送去，出内府的私产养活他们。刘彻倾力发动战争，更倾力招降纳叛，他希望不战而屈人之兵，实现天下归汉的理想。

义渠昆邪投桃报李，入住抚远镇，在纪念李聃的楼观左近建盖一栋汉家风格的宅邸，起名"终南汉宅"——既可理解为终南山下汉人的住宅，又可理解为终此一生，在南方做一名真正的汉人。

宴会热闹非凡，不但有烧烤的全牛，还有全鸡、全猪、全羊、全骆驼。族人载歌载舞，从日升吃到日落。匈奴人纷纷来敬酒，尹鹏颜斜靠软床，来者不拒，不时已经半醉。

义渠昆邪指着终南山东麓的山林，意味深长地道："你的两个朋友平安无事，一早进山散步去了。"

尹鹏颜苦笑道："他们真会享受。"

"昨日军队、地方相关人等集会，发了事件简报，讨论了应对措施。先生的两位同伴通传了当时的情况，包括麒麟阁的遭遇……"义渠昆邪肥厚的右手按住胸口，轻轻拍打，"楼兰箭庐一事实在凶险，我现在想起来，心肝还在颤抖。"

尹鹏颜道："若非君侯及时赶到，我等早成灰烬了。"

"此地乃我辖区，我担负着治安之责，谁承想竟然爆发猎杀朝廷命官的大案，我的罪过啊！我准备上书朝廷，请求责罚，接受申饬。直指使者无恙，我心甚慰……"义渠昆邪面色一紧，又急切地道，"可惜，甘夫失踪了。先生知道他的行踪吗？"

朝廷任官的程序耗时极长，此时绣衣直指的任命文书墨迹未干，顶多送出宫廷，于长安传阅，一定未能传布到抚远，而义渠昆邪已经口称尹鹏颜的官职，他的消息实在过于灵通了，上纲上线来讲，窥视朝政机密的嫌疑已然坐实。义渠昆邪话语出口突觉不妥，立即改口，继续以"先生"相称。

尹鹏颜道："我身在室内，受大火围困，旋即昏迷，不省人事。君侯，你们外围的人应该比我更清楚吧？"

义渠昆邪尴尬一笑，随即两眼凶光直射，恨声道："想不到他竟然是这样一个心怀叵测的人，私自安插奸细。好在先生目光如炬，一眼识破。如今廷尉府发下爰书，大索天下，我亦传令部众，一旦遇到，不惜代价立即擒拿，献予朝廷。"

尹鹏颜道："君侯憎恨他？"

义渠昆邪道："汉匈连年大战，双方死伤惨重，我们异族降人一向受到猜忌，时常需要自我约束，才能得到中土官民的认同。这样自律下去，和睦相处数代，双方求同存异，兼容共生，汉匈一家，也就好了。甘夫叛逆事件一出，影响极坏，过去苦心经营维系的大好局面荡然无存。汉人都说，你看哪，匈奴人包藏祸心，靠不住。这样一来，增添了双方的对立、摩擦与冲突，很多人生活受到干扰，前途受到限制，甚至为此丢掉性命。我作为南归匈奴的首领，深感压力。先生……"

尹鹏颜神色一紧，咀嚼牛肉的嘴停止了动作，伸向烤鸡的手悬停在半空，窘迫地道："原来君侯邀我享受歌舞美食，不为消遣，而是有事吩咐。"

义渠昆邪眼睛一亮，精神一振，硕大的脑袋凑到半尺之内："朝野上下，闻先生大名若雷霆贯耳，无论天子还是公卿，甚至普通的士卒和黔首，皆仰慕你、信服你。我希望先生多多说我们匈奴人的好，改变大家的观念。事实上，汉地比匈奴地温柔富庶太多了，大部分匈奴人不想惹事，个个希望好好生活，好好过日子。"

尹鹏颜一听，原来不是什么难办的事，不由笑颜绽开，唇齿大动，捞起一只鸡腿，慷慨地道："匈奴乃夏后氏之苗裔，与汉人一样，皆为华夏兄弟，原本没有分别。襄助两族和睦，功德一件，我当略尽绵薄。"

义渠昆邪面露喜色："有劳了，有劳了！"举起酒杯与尹鹏颜共饮。

"还有一件事。"饮至沉醉，义渠昆邪道，"女娃写的简报上说，甘夫制作了一本教程，记录着汉军诸多军情，内藏受教人员的记载，可从中甄别出疑似奸细的名单。我希望尽快找出这些人，若属我的部众，绝不姑息，全部清除，从而弥合汉匈之间的隔阂，修复双方的关系。"

天哪，沮渠倚华真是一点城府都没有，竟然当众谈论此类顶级机密。尹鹏颜一下变得愤怒而焦躁。

义渠昆邪察言观色，安慰道："先生放心，我作为地主，是会务的筹备人。女娃交来简报，我一看便知事关重大，做主压住了，没有公开传阅。"

"还好，还好！君侯，关键时刻，还是你这样的长者知轻重、识大体啊！"尹鹏颜致谢，面色欣然，沉吟片刻道，"对，这个资料的存在好似一把剪刀，会随时剪开兄弟之间的血肉联系。"

义渠昆邪拉他坐下，奉上一杯酒，嗓音嘶哑，沉声问道："先生，你准备呈报廷尉吗？"

尹鹏颜道："暂时没有这个打算。此时事态尚未清楚，贸然奏报，天子一定责令廷尉调查审理，廷尉府一旦介入，难免用力过猛，牵连无辜，引起三军骚乱，掀起狂风巨浪。"

义渠昆邪由衷赞叹道："先生行事，极其稳妥。"

尹鹏颜浅浅一笑，俯首低眉浅呷半口，咂嘴道："可惜啊，那本册簿无端失踪了。"

义渠昆邪脸色煞白，失声叫道："什么？"

尹鹏颜放下酒杯，摸摸腹部，怅然道："原本贴身放着的，醒来就不见了。"

义渠昆邪满脸难以置信的神色，他借族人前来敬酒的时机转过脸去，捧杯挡住面目，三分失望、七分惶恐。

王贺、沮渠倚华一路砍伐杂木，开辟出一条通道，钻沟越坎，穿过人迹罕至的山林，绕道往长安方向赶路。

沮渠倚华道："留尹先生一个人在抚远镇，你真的放心？"

王贺取出水囊递给沮渠倚华，含笑看她饮了两口，温声道："抚远镇或许孕育着惊天的大阴谋，总要有人潜入调查。我们的对手眼线众多，私自进入是不可能的，很快就会暴露，不如光明正大地查。府衙上上下下，谁能比尹先生更合适？"

沮渠倚华道："我不担心他的机变，我担心他带着要命的资料，引来敌人的攻击。"

王贺道："那份册簿啊，已经焚毁了。"

沮渠倚华惊讶不已。

王贺道："密室顶部烧塌的一刻，丢进火里烧掉了。"

沮渠倚华更加迷惑，问道："这么重要的密件，为甚主动烧毁？"

"义渠昆邪到了。"王贺道，"不烧的话，就落到匈奴人手上了。"

沮渠倚华道："你们疑他？"

王贺道："不只疑他，我们防备所有人。"

沮渠倚华道："烧掉证据，奸细就逍遥法外啦！"

王贺笑道："不。"

沮渠倚华道："你把我说糊涂了。"

王贺道："我全部背下来了。"

沮渠倚华一听嘴巴大张，盯着王贺许久，犹自不信，疑惑地问道："翻阅一遍，就……"

王贺道："是。"

沮渠倚华合上嘴巴，刚喝下去的水顺着唇角挤出来，由衷地道："天才。"

王贺道："真正的天才是尹鹏颜。在那样混乱的时刻，他竟然猜到我已经背下所有内容，当机立断烧掉册簿。昨日凌晨，他苏醒了，借我们探视的机会，往我手心写字，交代了下一步的行动计划。他命令你我，立即返回长安。"

躲过监视写字不难，难的是主动握着"昏迷者"的手接收信号，并充分理解、高效执行——王贺，才智超群。沮渠倚华叹道："天子和廷尉选人，眼光实在独到啊！"

王贺道："每个人都有自己的天赋，这是上天给予的恩惠，同时也是捆人的锁链、祸患的种子。"

沮渠倚华似懂非懂，问道："假设义渠昆邪有问题，我们来他的地盘调查，他肯定忌惮憎恨我们，却为何出手相救？"

"救我们？他哪有这种好心。他想杀甘夫，杀尹先生和我，为此不惜冒险，派出手下的干将禽棃。可惜，禽棃行事迟缓，他不放心，便带着死士追到楼兰箭庐。"王贺冷笑一声，"不巧，汉军紧随其后，几乎同时赶到。令人意外的是，这支用来作战的军队，除了兵刃还带着救火工具，拎着水桶。他们迅速扑灭了火灾，控制了局势。不时，汉军冲进麒麟阁，逐次清理火场，逼近密室上端。这时他出手杀人已经来不及了，如果军队救走我们对他极其不利，因此，他先行进入火场救人，以疗伤为名将我们监控在眼皮底下。"

沮渠倚华豁然开朗，但依然心存疑虑，问道："你的意思是，即使义渠昆邪不掘开地板，汉军也来得及……"

王贺道："是。"说罢，他眉宇间闪烁出一缕光彩，长叹一声，"尹先生真乃天神。"

沮渠倚华道："莫非北军是他引来的？"

王贺道："皇城禁卫岂会轻出？调遣中央最精锐的卫戍部队，不提前谋划怎么行？尹先生前往抚远镇之前，就请准天子备下这一支奇兵。双方约定，举火为号。"

"时间算得真好，恰好在义渠昆邪进入楼兰箭庐之后、我们尚未被烧死的短暂间隙。汉军来了，救人而不带走人，原来，这都是商量好的啊……"沮渠倚华恍然大悟，"不过，为何调北军，而非南军？"

王贺道："南军在未央、长乐两宫之内的城垣下驻扎，敌人监视严密，一旦出宫，必然泄密。而北军居于长安城内的北面，其中一部游击城外，时值战时，时常调动野训，一日之间行军百里实属常态。而且，前些日子灞上发生了一起山火，危及文帝霸陵，朝廷急调北军襄助扑火，采购了不少灭火工具。"

以前闻说尹鹏颜的名声，已让人倾慕不已，经此一事，沮渠倚华更是佩服得五体投地。

王贺迟疑许久后看向沮渠倚华，却不敢直视，沮渠倚华察觉后看过来，他的目光便像受惊的兔子一样跑走了。

沮渠倚华道："你想说什么？"

"我说出来，你别生气……"王贺欲言又止。

"嗯？"

"我感觉义渠昆邪看你的眼神，藏着不好言说的内容，让我很不舒服。"王贺鼓起勇气，语气急促，像一个连夜往邻居家大门前倒药渣的人，恨不得一甩手倒了赶快逃跑，"而且，他对我充满了怨毒之气，厌恶嫉恨，凶光足可杀人……"

沮渠倚华脸色大变，"啪"的一声长鞭出手。她过激的反应，把自己都吓了一跳。

"看！"王贺手指山下，激动地喊道。

沮渠倚华举目眺望，只见一队快骑打着一面帛制金丝黑旗——用于告捷的露布——往长安方向疾驰。

沮渠倚华悄悄收了鞭远远看着，慢慢平息了心绪，问道："这是向长安汇报军情的期门军吗？"

王贺道："是期门军不假，天子专门派出近卫武士出城办差了。你仔细看，他们还带着一个人。"

沮渠倚华定睛一看，果然，带队军官的马上横架一人，捆绑得十分严实。

王贺整张脸舒展开来："这是抚远镇一个客舍的贾人。"

沮渠倚华又惊又喜："禽犁？"

王贺浅浅一笑："是他。围攻我们的贼寇牙缝里都藏有毒物，汉军抵达时尽数咬破药丸自杀。这个禽犁是奉使君弓弦所伤，又吸入烟气，昏迷了，因此侥幸活下来，成为本案的关键证人。本来要第一时间送到廷尉府，可又担心他伤重死于路途，因此让他歇了一天一夜，服了些汤药，这才上路。"说着，王贺面上不禁露出淡淡的喜色，随着禽犁落网，不信以廷尉府的本事撬不开他的嘴。到时问得一卷供状，搜捕出冢蛾，案子告破，他这个深入虎穴直击真相的功臣少不得叙功受赏，增添在天子心中的分量。

转过一道山岭，眼前豁然开阔，长安巍巍城池已然在望，王贺眺望城郭，神色萧索，长长叹了口气。

沮渠倚华心头一紧，问道："又怎么了？你不要吓我。"

王贺突然变脸，垂泪道："呜呼，我悲怆莫名，痛不欲生。"

沮渠倚华心脏收紧。

王贺一副忧悒的模样，喃喃道："佳人同路，风餐露宿，多么美好！可惜，说些无用的公事，还没倾诉我的心事路就走完了，好苦啊，好可怜啊！"

沮渠倚华脸一红，一颗心乱跳，有几分窘迫又有几分欢喜，赶忙还了水囊小步疾行，又想到阿翁生死未卜，一下悲伤起来。转瞬之间，心境变化了无数次。

下午时分，一队期门军押着禽犁抵近长安城清明门外——汉长安共十二门，此门位于东面正中，原本不是最近的一道门，但朝廷为求稳妥，故意令这一队押送钦犯的军士绕城而入，以避人耳目。门候早已得到斥候急报，守在桥上，笑盈盈地道："恭喜都伯立下奇功。中书谒者令亲自来接，在城楼下茶馆饮茶，等候多时了。"

此次，期门军未参与第一阶段的行动，他们随后跟进，押送钦犯。这种影响和决定大局的核心任务，非天子近卫不可信任。期门军统领百人的军官都伯无且听说石庆亲来，精神一振，满目肃然："请门候带路，我立即前去拜见。"说罢令部下牵住马，刀枪出鞘，严密戒备，押着钦犯跟在门候身后大步进城。

城门校尉听见马蹄声响，向石庆示意，石庆放下茶盏走出茶肆，当道肃立，左右簇拥着十数名期门军士兵。两队人马会合，总数二十一人。无且上前殷勤见礼，正待说几句客套话，石庆轻喝一声挥手打断，快步走到马前。士兵提起禽黎的发髻，石庆打量了两眼，翻身上马，转头对众将士道："诸位，我等同僚一道侍从天子，朝夕相处，不必拘礼。天子与廷尉亲自审案，办事要紧，走！"

一行人不敢怠慢，上得马来，无且举鞭击打马腹，当先急急赶路。不时，行至尚冠前街。街市上人声鼎沸，恶臭御风扑鼻。前队缓缓停住脚步，埋头骑马的石庆折腰前倾，差点撞到马头上。

无且折返，向石庆禀报："石公，一辆人力板车撞上一辆拉粪的牛车，粪汁四溅，比鞋底还厚，十分恶心，一时清理不净。事故引发连锁反应，撞坏一面土墙，砸伤两个商贩，居民聚拢挖土救人，家属闻讯来闹，乱哄哄地堵住街道。清理完毕，或须等待半个时辰。"

此时他们所处的位置是尚冠前街内史府南侧，再往前行左转经过明光宫宫墙即可行至武库，抵达未央宫。石庆沉吟不语——天子的日程安排得十分紧凑，连丞相见他都是见缝插针。自己办的差看上去很重要，放在天子面前，不过无数大事中的一件，久等恐误了时间。但是，一旦继续前进，身上沾染污秽之物，如何面圣？都去换一遍衣服，用时更久。当然，骑马通过或不会沾染粪水，但苦主们见到官人，肯定前来寻求裁断，纠缠不清。他思前顾后，不免犹疑。

无且察言观色，看透他的心事，一心替中书谒者令分忧，想出一个权衡之计："下走建议，折返清明门，转道霸城门，朝直城门方向经武库、相府至未央宫。"不等石庆回应，又补充道："下走时常参与城防演练，这些道路，步行、骑马、驾车均测量过时间，顶多耽搁一刻钟。"

石庆拿定主意："善。"

无且行礼而退，拨转马头令士兵折向东行。再度经过清明门前的街区，谁承想这里竟然也不太平，突见街口火起，竟是一棵大槐树烧着了，烈火冲天、浓烟滚滚，枝叶随着狂风乱飞，波及数十户人家，百姓蜂拥而出，拿着水桶、火钩救火。还不等石庆看清情势，一名满面烟火、胡须烧掉大半的耄老远远跑来，挥舞双臂叫道："好了好了，大军到了，我们有救了。"

无且越众而出，挥舞着马鞭呵斥道："赶快避让，休得挡路！"

耄老大怒，白发白须一起竖起，指斥道："年轻人，你这是和长辈说话的口气吗？我壮年时做过孝文皇帝御前的屯骑校尉，领兵七百，护卫宫室，那时你在哪儿呢？"

本朝军兵众多，名目繁杂，一般人弄不清楚。[1]耄老自称的屯骑校

---

1 北军是汉军的精锐部队，长官为中垒校尉，其下，屯骑校尉掌骑士，步兵校尉掌上林苑屯兵，越骑校尉掌越骑，长水校尉掌长水宣曲胡骑。南军为守卫皇宫的部队，长官为卫尉，其下主兵的有南宫卫士令、北宫卫士令、左右都候，另有宫掖门司马七人主管宫门守卫。

长安另有守城部队，由城门校尉统领。还有非正规军：执金吾率领的缇骑，负责治安。虎贲中郎将下辖左右仆射、左右陛长，率领虎贲郎。郎中令下辖三个中郎将，管理三署郎，三署郎组成郎中骑，是主力骑兵部队，后来成为仪仗队和候补官员的训练班。

地方部队则归各郡都尉率领，边郡的边防军由长史率领，各王国由中尉率领，县和侯国由尉率领，边县设置障塞尉。

战争期间派出将军，率领临时编组的作战部队。将军下设长史、司马辅助，部队分若干部，由部校尉和军司马率领，部下设曲，由军候率领，五百人一曲，下有屯，设屯长，五十人一屯。

尉，属于北军八校尉之一，是国家核心武力的骑兵军官，职权远在普通的校尉之上。这并非一个可以等闲视之的人物。

他这样一说，谁也无法证实，当然也无法证伪。京城一向如此，骗子横行，也有无数身份显赫的人潜藏市井。

无且惊疑不定，语调舒缓下来："太公，我们领了宫中的令旨急办一件差事，必须立即复命，不能在此耽搁。"

耄老傲然冷笑，一股"当年我勇冠三军而你们一代不如一代"的蔑视感："天子脚下，黔首遭灾，负有守土之责的军人视而不见，这样的事到哪里也说不过去。即使君上亲临，恐怕也不会坐视不管。年轻人，能救多少是多少，尽力即可；若不救，哼，不是我吓你，这一条街烧了，群情鼎沸，朝廷为平民怨，定然杀你的头！"

无且心惊，回转身看向石庆，石庆一向谨慎，感觉不妥，没有及时表态。耄老怒不可遏大声咒骂，聚起十数人，都是些老头老太，团团围住队伍，指指点点、推推搡搡。

老人家差点把石庆扯下马来，石庆窘迫之下，恐激起民变，不由得改变主意："诸位乡亲，我拨十名军士帮你们灭火。另选快骑通知城门校尉，令其急速驰援。你们看，可好？"

耄老不依不饶，叫道："十个人当得什么？我们要全部的人。如此大的火势，城门守军必定看到了，不劳烦你去请。可他们驻得远，道路又梗阻，短时间内怎么赶得到？"

石庆无奈："罢了罢了，闲话休说，留三名军人看管钦犯，其余全力救火。"

这些军士大多为长安城的良家子弟，平素又受到忠君爱民的教育，看到火起，黔首受灾，早已按捺不住，盼望施予援手。他们得了这句话，当即大喜，迎着烟火奋勇向前，散布到漫长曲折的街区。

因路途遥远、情势复杂，仅用区区三个侍卫押解重犯继续前行，变数甚多、风险甚大，谁也不敢掉以轻心。石庆打算在火光通明之处看好钦犯，以防不测，待火灭了再收拢队伍护卫着一起回宫。

谁承想火场太大，一直扑救了一个时辰还不见平息。清明门守军、内史府胥吏和附近居民赶来救助，火势依然压制不住。现场越发混乱，堵得水泄不通。事态发展到这个地步，集合士兵撤离也不可能了，石庆焦躁起来。

突然，马蹄声若骤雨般打在夯土地面上，一骑快马疾驰而来，骑士身着禁卫官服饰，背上插着深黑恶虎旌旗，隔着十余步，立于乱麻麻的车仗人群间高声叫道："天子久等石公不到，极其震怒，令尔等速速复命。石公不必进宫，天子车驾往上林苑去了。"说罢奋力丢来一个书囊，调转马头急急离去。

骑士装束鲜明，一看就是负责传递指令的谒者，他来去如风，无人看清面目，可见事态紧急。士兵捡起书囊交予无且，无且迅速查验，见此囊青布缝制，不敢细看，立即呈送石庆。石庆捧着，但觉阴冷沉重，解开捆扎囊口的绳子探手取出一物，定睛一看，原来是一面漆黑的寒铁，雕刻着鹰隼，绘制着虎豹，闪烁着阴森的光芒，不禁满面肃然："确实是禁宫传达一级密令的飞鹰虎豹牌。"

当时重要的文书多以织物裁制的书囊包裹，用绳索捆扎囊口，附上木检与封泥，称"封事"。不同类别的文书以不同的颜色区分，皇帝玺书用青色，宫廷行文用绿色，臣下密奏用黑色，传递紧急情报用赤白色。

青不轻出，一旦发出，非同小可。

上林苑在终南山以北、周至县以东、曲江池以西，须穿越整个长安城，出西方的直城门，长途奔走。这个皇家园林跨长安、咸阳、周至、户、蓝田五县，纵横三百里，有灞、浐、泾、渭、沣、滈、涝、潏八水。天子置身何处，还是一个未知数。如此一来，跟过去又要耗费大量时间，天子肝火正盛，岂能拖延？

石庆不敢怠慢，令无且收拢士兵，哪里找得齐全？勉强拼凑了一个小队，连上禽犁，一行九人匆匆往城西急行。当时聚集火场的兵卒不少，城门守军数百之众，但石庆虽然为亲贵，却无权调遣王师，担擅用天子之兵的大罪。

直到日暮时分才穿过城市,一行人出了直城门,与日光一起落到长安西郊的荒原上。野草漫天,淹没人身,眼前撞来一片凶恶的杂木树林,无数倦鸟缓缓飞入,突又受惊四散,直射昏黄的天空。石庆受冷风一激,骤然惊醒。

他招手叫来无且,沉声道:"我突然想起,屯骑校尉一职由当今天子设置,孝文皇帝时并没有这个军职。"

无且惊得魂飞魄散:"老贼骗人,石公,我们上当了!"

石庆汗下,颤声道:"走。"

无且抽刀在手,叫道:"急速返城,不许逗留!"

来不及了!林间缓缓走出十人,东、南、北分别又出十人,一半持长枪一半举弓弩。这些骤然现身的人数量不多,但气势逼人,站的位置恰到好处,封堵了进退的通道。

日暮之时,两名蒙面武士手持短刀,轮流扛着一只硕大的布袋,急步穿过树林,里面的东西不时挣扎,发出沉闷的声音。他们潜入一道深谷,早有一人拿着锄头等待,面前尽是新土,原来是提前挖了一个深坑。武士不由分说,把布袋丢进坑里。

"禽梨,我们不忍心你受磔刑,也不愿你暴尸荒野,专门选了这处吉壤做你的葬地,不枉你我兄弟一场。别怪我们无情,你身份暴露,先走一步,黄泉路上,带好照身帖和符传,写好店簿、订好房间、备好酒菜——我们担着血海干系,做着刀口舔血的差事,不打算活太久,也不可能活太久,很快就来陪你了。"一名首领模样的人冷酷又深情地道,"待冢蝝大业完成,必追封你一个官爵,让你的子孙享用。"说着手一挥,部下接令,锄头急速飞舞,不时,布袋填埋一半有余,袋中人不甘心,动得越发激烈。

眼看深坑即将填满,一名填土之人突然停住,面色骇然。武士十分诧异,顺着他的眼光看去,但见灌木深处立起一头黑熊,扛着一柄铁杖，背着一把弯刀，满目森然，面含讥笑地俯视着他们。

熊黑虽巨，毕竟只有一头，武士急速应变，取出兵器，摆好战斗队形，准备厮杀。

首领唇齿发干，黯然道："兄弟，算了，我们放弃吧。"说着不顾两人惊诧的目光，先行躺进坑里，闭紧了眼睛。他两手抓土，两脚乱蹬，喉咙颤动，嘴角现出两道血痕，顷刻间断气不治。两名武士大骇，一人壮着胆子，颤声道："你，你是谁？"

黑熊瓮声瓮气道："朱安世。"

武士们彻底绝望，兵器离手坠地。

一人道："你一直跟踪我们？"

方才武士们奉冢蚬急令，占据最佳攻击位置，以绝对优势兵力设伏，一举夺得禽梨，立即送往山谷，其他同伴继续围击官军。他们不知道的是，朱安世突然闯入战地，横冲直撞，迅速改变战局，杀尽设伏之人，随即追踪而来。

朱安世走出藏身地，树木折断倒伏，硬生生蹚出一条路来，松软的土地战栗着，好似正在发生一场小型地震。他走到坑边，看着坑内的一个活人、一个死人，面露不忍之色："我的上司，绣衣直指尹鹏颜尹先生出城之前特别交代我，隔着期门军一箭之地，同步赶往抚远镇。待汉军捕得钦犯，他又叫人传来密令，让我暗中护卫，以备不测。"

剩余的武士相对惨笑，咬破毒囊，经过短暂的挣扎，同时死于面前。

其实，他们完全可以在长安远郊杀掉禽梨，避免意外。可是，数年前的一个下午，这些被时代浪潮裹挟至异域的人，无意间误入这个山谷，发现它像极了家乡皋兰山的谷地，大家不约而同陷入沉默，安安静静地坐着、躺着，直到星月满天。不记得谁，好像禽梨，也可能另有其人，轻声叹息："我若死去，你们务必葬我于此啊。拜托啦！"

朱安世闭紧了一双眸子，他想起自己的过往，胸膛里充满了悲凉之气。他提起布袋，割开袋口透进去一丝活气，查实袋中人身份，扯掉堵嘴的麻布。禽棃一边喘气一边咳嗽，涕泪齐下。

朱安世挥动铁杖又挖了两个坑，一一拖动武士的尸身轻轻摆放好，之后填土起坟，搬来一块青石，拿杖头狠戳打出一个平面，用弯刀刻上"匈奴勇士"四个字立在坟前。然后他取下腰间酒壶，将酒倾倒在墓前，这才食指、拇指一插，抠住布袋一端拖着走向谷口。

落日没于远山，天光收敛，朱安世一手抓铁杖一手提布袋，驱马入城。远远地，无且领数名士兵策马前来，于七步之外翻身下马跪在面前，沉声道："感谢格战校尉重获钦犯，救我等兄弟性命！"

他满面血污，胸口还残留着半支断箭，右手耷拉，看来已经断了。他属下的军人，算上紧急召集归建的扑火队，仅存十一人，大部分带伤，喘息不止，可见方才的战斗多么血腥残酷。

"起。"朱安世伸手相扶，"不必客气，你们已经尽力了。石公可好？"

无且道："幸好校尉搅乱战局，弟兄们舍命相救，中书谒者令毫发未伤，他先行入宫，向陛下禀报去了。"

朱安世听罢，略微心宽——天子近臣石庆平安无恙，期门军丢失钦犯的罪责必得宽宏。如果石庆死伤了，可能要拉几十条人命陪葬。朱安世不是那种感情细腻的人，但他一日之间见过太多牺牲，不愿意任何人再遭不测，即使这个人素昧平生，或与他为敌。

众士兵接手，从布袋内扯出半死的禽棃，灌了半袋凉水使他稍稍清醒，然后用绳索捆住他的手脚，由两人半扶半拉再度上路。

禽棃的样貌，与前日相比似乎衰老了二十岁。汉军捕获他时，他的同伴尽数咬破牙缝间的毒囊自杀。军中用毒高手查验，发现此毒由鸩羽、乌头、砒石合制而成，毒性极烈，无药可救。期门军无法确定到底哪颗牙齿藏毒，藏了几颗毒，因担心这唯一的证人再寻短见，便敲掉了他全部的牙齿。敲击时伤及他嘴唇，砸得人形尽失，好在他性命无忧，还能叫喊呻吟，言语无碍。请医工调治一下，不影响受审招供。

无且蹒跚靠近,用残存的左手拉着朱安世的马缰奋力前行。他负伤极重、步履踉跄,朱安世坦然受之——他以如此刚烈干脆的方式表达男人之间的敬意,无论如何是不应该拒绝的。

"哒哒哒",街道远端赶来三骑,身负刑具。为首的掾吏穿着一袭灰地菱纹袍服,朗声道:"奉廷尉令,与众弟兄一起带钦犯入宫。"说着递上一份文书。

连廷尉府的人都来了!看来石庆所言不虚,天子和廷尉一刻也等不得,变未央宫作审案衙门,要立即审决。

无且接过文书定睛验看,确认无疑,想到敌人连禁宫调兵的令符都能伪造,何况廷尉府区区一张缣帛,心中甚是忐忑。

对于触犯法律者,本朝根据危害后果来决定量刑的轻重,《贼律》规定:"矫制,害者,弃市;不害,罚金四两。"假托皇帝命令造成危害,处以死刑;没有造成危害,则罚金四两。矫诏这等恶劣的行为,最低惩罚仅仅是罚金四两,跟"三人以上无故聚饮"一样。处罚的弹性太大、受人为干扰太多,导致一些人铤而走险,大肆伪造文书。随着造假技术越来越精湛,分辨的难度越来越大。

恰在此时,一名什长近身附耳:"都伯,家兄在廷尉府当差,时常与同僚相聚,我数次参与宴会,这三个人确为掾吏无疑。"

听了心腹弟兄的佐证,无且稍微放松。又想到有万人敌朱安世压阵,即使这三个人来历不明、心怀叵测,骤然出手伤人抢人,恐怕也占不到便宜。想到这一层,他释然道:"善。"

掾吏道:"都伯,恕我直言,你们这样押送重犯过于托大了,为何不用槛车?"

"令史君有所不知,槛车虽然稳妥,但速度太慢,不敢用来办急如星火的皇差;再说,槛车笨重,若遭受攻击,运转迟缓,不易脱困。因此,我们用了军中俘敌的方法。"无且解释道。

"禽桀是重犯,或有党羽在逃,廷尉说,他的同伙皆孔武有力之辈，有的天生神力，两手一拉，木枷碎裂、铁链折断。诸位，务必小心，不可有失。"掾吏做出一副专业人士的模样，"军队捆人的器械恐不保险，我带来廷尉府专门拘押囚犯的枷锁。来人，加固。"

同行的求盗接令，拿出一面木枷卡住钦犯脖颈，套上扣好。另一名求盗拿来一根长索，穿过木枷，捆扎严实，紧紧拉着绳头飞身上马。

求盗靠近时，禽梨闻到一股奇妙的气味，看到一双阴冷的眼睛，他垂死的灵魂骤然振作，望着马上骑士的背影，腹内滋生一丝微弱的希望——活命已不可求，问案过后一定逃不掉磔刑处死，能死得干脆，也算结局圆满。

在大汉帝国最精锐的士兵、最干练的求盗押解下，人犯禽梨在清冷的长安街上缓缓行进了三百步，这是他余生为数不多的步伐吗？不知不觉，走到一座巍峨森严的府邸前，那是早已故去的淮阴侯韩信旧宅，院墙高峻，看不清内部风物，倒有一株硕大的槐树从庭院伸展出来，横亘半个街道，遮蔽天日。七十七年来，人们怀着朝圣之心秘密前来，祭奠瞻仰这位旷古罕见的一等战神。官府多次禁绝，毫无效果。长安令上书，建议将其彻底夷平，解除不臣之心，天子因北上用兵，须激励将士胆气，不置可否。

牵拉绳索的求盗悄悄往绳头系了一把匕首。

禽梨抬眼看着头顶的枝叶，展颜一笑。那名求盗突然启动，振臂一甩，匕首带着长绳流星一般往上激射，穿透树叶间的缝隙挂在一根枝条上，悬垂下来。求盗大喝一声，向前扯住绳头，打马撞开士兵长啸疾驰。禽梨发出恶毒畅快的笑声，涕泪齐飞，借助这股拉扯的力道飞身而起，直上两丈，没于树荫。掾吏、另一名求盗挥舞兵器打乱期门军队伍，随即策马扬鞭刺破昏暗的空域，一眨眼不见了踪影。

整个救援行动持续不过几个弹指。无且拉马缰的手还未松开，朱安世的弯刀仅出鞘一半。

那名主动证明掾吏身份的军吏满脸惊诧绝望，谁能想到，廷尉府也潜伏了冢蜮的人，时间如此之长、隐藏如此之深。

311

期门军个个浑浑噩噩，眼睁睁看着一切发生。

突然，笑声戛然而止，树上掉下一颗血淋淋的脑袋，重重砸中一匹马，骏马嘶鸣扬蹄掀翻骑士。众人看清头颅的模样，如坠冰窟。片刻之后，大家醒悟过来，向着昌牌官差逃走的方向胡乱射箭，用戈矛往树荫深处乱扎乱戳。乱了十几个弹指，树上毫无动静，唯点点血迹滴落。想到身上承担的泼天干系，众人汗下如浆，惊得肝胆破裂。一群人转向府门，乱砸门锁。待大门撞开，飞出许多阴诡的鸟虫，黑漆漆、阴森森，除了残垣断壁、枯树杂草，哪里还有一个活人？

他们战战兢兢搜检许久，终于在一口枯井里找到了禽梨的无头尸体。

楼兰箭庐大战之后第三天，一切看似恢复了平静。但在和平的面纱之下，暗潮涌动，诸事剧变。

长安城北一处偏僻的民宅内，豆形灯火焰悄无声息地燃烧，几人秘密聚会。他们是朝廷新晋的贵人——田甲、沮渠倚华和朱安世。

绣衣使者作为天子批准、朝廷明令设置的机构，官署与廷尉府一墙之隔，用的是一栋旧楼，挂"御制绣衣工坊"牌匾，长安城的居民大多听说过，也有好事者专门前来打探，看上去与寻常的官衙没有多少区别。据朝廷公文说，这个新设的部门负责军政两个系统制式服装与旌旗徽标的设计、制作和采购，相当于一个后勤保障机构。居民们看到正式行文，皆降低了兴趣，倒有些商人觅到商机，进府推销游说，真教他们做成了几单生意。

其实，府衙不过掩人耳目，经常出没的都是些低级职员，办些日常琐务。一旦涉及核心机密，几位主责的校尉就会商定一个临时场所，私下议决。这些分布各地的场所被称作"浆房"。治粟校尉田甲的任务之一，就是挑选、物色这样的秘密据点。聚会之前，他已经在里面住了一夜。

作为影子成员的王贺不能与会。知道他真实身份的，仅有刘彻、路博德、尹鹏颜等人，现在，又多了一个沮渠倚华——对于张汤严密的情报系统而言，王贺好比雪地里的一点猩红，昭然若揭。不过，他即使洞悉一切，也会装作浑然不觉。王贺第一次办事就泄露了底牌，其人狂浪招摇的秉性显露无遗。难怪天子用他，却不信任他。

沮渠倚华站在灯影里，首先通报狱事进展："诸位，我与尹先生前往楼兰箭庐质询甘夫。因其爵位尊贵，在此之前，尹先生按律进宫面圣，请旨同意。陛下知道此行凶险，因此令掌管南军的卫尉路博德会同北军中尉，领兵两百前后递进，以作策应。我们见到甘夫，他承认往大军安插奸细，并向我们发动攻击，与此同时，叛乱党徒百余人杀到。仓促之间，尹先生同我退避到一个储存档案的密室，无意间找到记载奸细的册簿。敌人探听到汉军前锋迫近，放火焚烧密室，企图毁灭痕迹。幸好汉军及时赶到，救出我们。"

这份通报真真假假，非局内人不能分辨真伪，但基本说清楚了事实，算得上一份有价值的简报。

田甲一向狡黠，当即听出破绽，毫不客气地问道："无意间找到，哪有这样的好事？沮渠姬，你提前进入过密室吧？"

沮渠倚华直言道："是。尹先生令我事先潜入。"

田甲调侃道："论到做贼，我们这位顶头上司，实在是古往今来数一数二的人才。"没有人搭理他，田甲顾盼左右，咳嗽数声。

沮渠倚华道："目前，大将军、骠骑将军会同卫尉、北军中尉按图索骥在各军清理细作，而廷尉府也派属官前往军营，代天子监督一切事宜。这些事我们不必操心，我们的任务是，找出幕后主使。这个代号冢螟的人，绝对不是甘夫，他顶多算个联络员、执行者。"

田甲问道："大汉的封君不过一颗棋子？背后这个人非同小可。你们寻获的证物里，有没有关于此人的线索？"

沮渠倚华道："没有。任何用于诡秘事务的卷宗与文书，按理皆不会记录首领。"

田甲叹息道："唯一可能突破的活口禽梨死了，唉，可惜，

313

可惜。"

沮渠倚华道："尹先生的智计已经十分惊人，想不到这个人一着不成，竟然还有后手，这一次，他与尹先生打了个平手，本领不相上下……"

田甲打断她的话："不是不相上下，而是更胜一筹。从戒备森严的期门军手里救人倒也罢了，从朱君眼皮底下抢人杀人，这需要非凡的胆略与武力。这一次他赢了，尹先生输了。我想知道，尹先生怎么安排下一步的行动？"

沮渠倚华道："我们查证，禽棃三年前来到抚远，经营旅馆。楼兰箭庐方圆三十里，除抚远外荒无人烟。我们根据来往的路程、时间推算出，围攻我们的杀手来自这个匈汉杂居的市镇，目前已逐户排查，把那些男丁外出的人家登记在册。"

朱安世担忧尹鹏颜的安危，急急问道："尹先生现在何处？"

沮渠倚华道："尹先生留守抚远镇进一步侦察。"

田甲道："汉军既已抵达战地，尹先生为何不返回长安？"

不等沮渠倚华回答，朱安世霍然跳起："尹先生身负重伤，连一个普通人都能击倒他，孤身一人深入虎穴实在危险，我去换他。"他身材高大，而房屋低矮，一时情急，头几乎撞破房顶。

沮渠倚华道："两位尽管放宽心，尹先生算准，敌人担心暴露身份，暂时不敢动他。"

朱安世抗声道："难道我们这次聚会，听完通报就完事了，一直坐着等吗？"

沮渠倚华道："是的，坐着等，等抚远镇的好消息。"

朱安世愠怒道："你们要等自己等，我不等了。"说罢转身闯进厢房，去收整兵刃和行李。

"眼睁睁看着禽棃在眼皮底下消失，身首异处，朱君如何咽得下这口气？此时此刻，他不但顾及尹先生的安危，更想找到那个戏弄他的冢蛾，报羞辱之仇。"沮渠倚华双眸星光闪闪，苦笑道，"田公，下一步的行动交给你了。"说着递上一个榆木箱子，一卷漆黑帛书。

田甲满脸狐疑，打开木箱一看，整整齐齐放着数十张画像，还有一个锦囊。他拉开囊口的布带，眼光钻进袋子，好似被烫到一样，连人带椅往后跌倒。沮渠倚华笑盈盈地打开帛书，笋指轻轻展开。田甲定睛一看，上写寥寥数语，内容出乎意料，所行之事阴诡莫测，不禁大感惊诧。

沮渠倚华道："尹先生说，事情极其机密，执行前尽量保密。这件差遣少不得朱君，如今他要去抚远镇，你设法阻止他。"

田甲叫道："沮渠姬，说得容易！他肥大的一个身子、恶来一样的蛮力，我如何阻止他？"

沮渠倚华浅浅一笑："我对此亦有疑问，专门问过尹先生。他说，英雄斗智不斗力，田公自有妙计，不必担心。"说着整理好木盒，随手一丢，榆木箱子滑入床下。

田甲一把抓过帛书又看了一遍，连声叹气，没好气地道："我哪有甚妙计？哼，这姓尹的，不知搞甚名堂，收拾了一个封君，如今又要对付一个侯爵。他不想活了？"

沮渠倚华抱拳笑道："我有事在身，田公，告辞。"

朱安世换了一身劲装，带了一包干粮，扛着铁杖走出卧室。一看田甲还在，他瓮声瓮气道："田公，你还坐得住？"

田甲一改萧索无聊的神色，拉住他，语气轻浮懒散地问道："你去哪里？朱君，你与尹鹏颜素昧平生，却如此牵挂他的安危，表现得过头了吧？"

朱安世道："我说得已经很明白了，抚远镇。尹先生一个人身处虎穴很危险，我去寻他，护送他归来。至于我为什么担心他，有两个原因。第一，他是我的长官，我有责任保证他的安全；第二，祁连山下，他向廷尉进言，救过我的命。"

"我闻说，早年汉军卫戍部队有军法，战时若部下救护不力，队长战死，全队处斩。"田甲幽幽道，"朱君当过兵？"

朱安世虎目里精光一闪，硕大的头颅凑过来，把田甲面上的光亮挡得严严实实，冷冷道："有些人学说话用了两年，学闭嘴却要一辈子。田公，你是不是死了嘴才会停？"

眼前的庞然大物，根本不像一颗人头，倒像一尊熊首，巨大的压迫感让田甲悚然，语气软下来："我死了，谁给你办伙食、发薪饷？朱君，开个玩笑，不必计较。你我办事要紧。"

朱安世轻蔑地冷笑，抓起铁杖正待出门，田甲壮起胆子，干咳两声，颤声笑道："朱君，稍待、稍待，你疑尹先生的智计和武力吗？"

朱安世道："不疑。"说着一步迈到街道中，两三步已走至巷道尽头。

"站住。"田甲鼓起勇气，沉声叫道，"奇了怪了，你和端木义容有仇吗？好粗的一条线，为甚一刀斩断了？"

一句话钉住一座山，朱安世站住了。

田甲暗叫"侥幸"，小跑过去一把抓住他的手臂，拉回屋子，用脚踢向床榻，往下拖拽："坐下，我有话说。"朱安世的手臂比田甲的大腿还粗，田甲拉了两把，好似扯一根铁柱，纹丝不动。

田甲苦笑一声："尹先生前往抚远镇之前与我密会，谈了半个时辰……"

朱安世一听这话，怒气冲冲地道："哼，我还知道，尹先生密令沮渠姬提前潜入楼兰箭庐打探消息，以做内应。他交付大事给你们，却晾着我做补漏的差事，难道是不信任我吗？哼，我杀端木义容，他不该杀？你们的头脑好复杂，满脑子阴谋诡计，因此看谁都是奸邪小人！"声音越大，底气越虚，完全是强辩了。

田甲正色道："我们各有各的职分，他不是赋予你策应王师、相机行事的重任了吗？如今尹先生留你在我身边，是有一件更大的差事要办，非你不可。"

朱安世想起自己执行所谓"相机行事"的重任时丢了钦犯，颜面扫地，不禁又生怒意，叫道："他给你和沮渠姬分配任务都是直接说，为何交代我的事要通过你？你是我的上司吗？"

想不到这看似粗蠢的大汉却有这般细腻的心思，还会争风吃醋，田甲两眼一黑，咳嗽两声："你想不想立一件旷世奇功？"

朱安世道："不想。"

田甲胸闷，停顿片刻，语气软弱地威胁道："你必须立这个功劳。"

朱安世道："我不稀罕。"

田甲道："我知道你加入绣衣使者不为功名，而是回报廷尉的活命之恩。但是，你休忘了，你还欠一个人天大的恩情。"

朱安世摸不着头脑，瓮声瓮气问道："我欠谁的恩情？"

田甲不再说话，蹲到床下取出木盒，打开盖子取出锦囊，长长吁了一口气。然后他解开捆扎口袋的绳索，倒出来一片黑乎乎的东西，手掌颤抖着伸到朱安世面前，强忍不适结结巴巴道："仔……仔细看。"

骤然见到此物，连杀人如麻、见惯生死的朱安世也吓了一跳，这竟然是一枚人耳。

田甲言语阴森，诡谲地道："你认识它吗？"

这个田甲太邪门了，随手摸出一片耳朵，卧榻之下不知收藏着多少阴诡恐怖的物事。朱安世吸口气道："你的东西，我如何认识？"

田甲长叹一声："你有了新主张汤，就忘掉旧主了吗？"

朱安世大骇，左手扯住田甲手掌，眼睛瞪得比牛眼大，一直看了许久，失声叫道："郭先生！"

田甲指骨差点断裂，龇牙咧嘴忍着，微微颔首："郭解的耳朵。"

铁杖落地，地板被砸出一个大洞。朱安世右手颤抖往前伸去，田甲把耳朵放到他蒲扇般的大手手心，朱安世捧起来凑到眼前，看了一阵，见耳骨后有两个针扎的孔洞，不禁怆然泪下。这两个洞，还是朱安世亲手扎的。当年他随郭解逃亡，伪装成胡商北行，为求逼真往耳朵上做了些文章，凿洞悬物、配饰羽毛。

田甲的手解脱出来，赶忙收于身后，长长吐了一口气，道："天子一向憎恨豪强，郭家满门抄斩，一个不留。他还听信方士的话，说郭解乃天上星宿下凡，身死魂在，迟早转世投胎，返阳报复，毁坏汉家天下。为了永绝后患，拆分郭解的尸骸为三十六份，贴上符咒分葬各处，使其不能聚拢为祸。这片耳朵，为某一处的残余。"

朱安世颤声道："你到底是谁？"

郭解的结局不算秘密，天下尽知，但归葬之地属于一等机密，知者寥寥。田甲偏偏洞悉其间秘辛，他的来历真的太诡异了。

田甲道："其实，我亦是郭解的一个故人。"

鉴于他一向信口开河、胡言乱语，朱安世根本不信，直言问道："我能做甚？"

田甲道："揪出这个案子的幕后主使，立下旷世奇功，然后面见天子，请求他准许收拢郭解的尸体合葬。"

朱安世左眼一亮、右眼一暗，狐疑道："既然方士早有预言，君上怎么可能准许我归葬郭先生？"

田甲道："方士，哼！这个醉心功名的小人，还不是猜透了天子的心思，顺着他的意图编出这些谣言，骗取天子的信任和金钱？方士的口供我已经拿到了，你立功后我送给你供状，你拿去呈报天子。"

朱安世看似憨直，其实不傻，知道这可能是个深坑，迟疑片刻："你有过面见君上的机会，为什么不直接呈报？"

田甲神色尴尬，辩解道："我，我说了那么多假话，连自己都分不清哪句真、哪句假，天子怎么可能信我？你一向忠直，平生不打诳语，我没有办法，因此托付使命于你。"说着伸手过来一把收了耳朵，轻轻攥住，坐到桌前等待朱安世的回答。

朱安世虎目含泪，眼角欲裂，过了许久，心一横："田公，你尽管说。"

田甲大喜，单腿蹲到木箱前，从里面挑出一幅画像卷起来，塞进怀里："走，我们马上去博望侯府。"

沮渠倚华来到一条侧街上，走进一栋破败的木屋，取出一些干粮，一边吃一边研究一叠羊皮图谱。她把卷上的胡人文字翻译成汉文，用毛笔记录在一张锦帛上。这些资料来自漠北，是匈奴人的练兵之法，最后一章专门介绍野外保命生存的方法，包括寻找隐蔽的藏身之地、寻觅和猎取食物。

霍去病从浩如烟海的战利品里挑选出数套图谱，交予尹鹏颜，希望他破译之后取其优长，用于训练麾下的将士，提高士兵的深入持久作战能力。尹鹏颜略懂胡语，然不精熟，为免遗漏和谬误迟迟未能完工，正待延请匈奴降人参与翻译时酒泉事起，这件大事便耽搁了，恰好沮渠倚华这位语言天才加入团队，便以此事相托。

沮渠倚华欣然接受，她在处理上司交办任务的同时也怀着一点私心，指望据此找到阿翁。甘夫本为匈奴武士，如果他还活着，可能使用类似的方法求生。通过研究这些资料或许能推测到他的藏身之处，借助不易察觉的蛛丝马迹找到他，及时给予援助。

正在勾画之间，她心意一动，急转脸看，窗外一道黑影好似鬼魂窥伺。她一把推开房门，长鞭画出弧线，蛇一般鸣叫着发起攻击。

来人责备道："校尉，休得莽撞。"

沮渠倚华急急收起力道，定睛一看，此人宫装打扮，面容严肃而慈悲，原来是中书谒者令石庆。不知这样一位重要的人物为何找到此处，沮渠倚华惊疑不定，忙上前见礼。

石庆道："借一步说话。"

两人来到室内一个僻静的角落，沮渠倚华道："敢问石公，钦犯横死，陛下有旨申饬降罪吗？"

石庆浅浅一笑："天子一点儿也不生气。"

这句话大出意料，沮渠倚华听了一时欢喜一时惊惧。

石庆道："尹先生何在？"

沮渠倚华道："直指使者尚在抚远镇办差。"

石庆道："甘夫葬身火海，奸细名册已经浮出水面，差事尽了，还办甚差？其他人呢？"

沮渠倚华深感诧异，狐疑道："冢蝂还未擒获，他们按照直指使者的指令,分头行动去了。"

石庆眉目收拢,连声叫道:"坏事,坏事!"

不知这句话从何说起,沮渠倚华心头一紧。

石庆跺跺脚,清清嗓子,恢复了镇定和庄严的面目,沉声道:"天子传谕。"

沮渠倚华一听,立即俯身跪下。

石庆道:"绣衣使者查实军中细作,立下大功,君上已传诏有司议功封赏。另外,君上交代,此案到此为止,不必再查,令直指使者尹鹏颜即刻从抚远镇退出,明日朝会后进宫见驾,述职交差。"说罢不等沮渠倚华反应过来,一抖衣袖快步走了。

纵然智慧练达,沮渠倚华也想不到这道诏令下达的缘由。正当进展顺利,距大功告成一步之遥的时候,严令行动终止,天子心意变化之快,实在让人匪夷所思——他和廷尉苦等,准备审理禽黎,石庆、朱安世却弄丢了关键证人,这种大罪,不说抄家下狱,怎么也要贬官罚俸,天子却一点儿也不生气。原因竟然是不打算追查了。

沮渠倚华嘀咕道:"莫非这个皇帝疯了?"

天威难测、不可测。她退归房内,坐着饮了半盏凉茶,眼前越来越亮——一旦案子到此结束,必然不会继续追查甘夫,这真是意外之喜啊!

绣衣直指不在长安城期间,沮渠倚华暂时担任禁宫与绣衣使者之间的联络员,面对一道突兀的诏令,涉及阿翁的生死存亡,于公于私,她都有必要搞清真伪、弄明缘由,因此只身赶往未央宫。她这个级别的官员想见天子很难,有时甚至排几个月也未必轮得上。但是,因为绣衣使者直接领受圣命,有来往通行的符传,即使见不到天子本人,面见禁宫总管禀报紧急事项亦在职分之内,不会有太大的阻碍。

还没走到宫门,街道一侧的食肆出来一个店家佣,笑嘻嘻行礼:"小娘,贝先生有请。"

沮渠倚华欢喜,忘记了诸多愁绪,不假思索快步进了食肆,按照店家佣的指引急步登楼，小步穿过甬道，推开一扇包厢的门。里面摆满菜肴，坐着化名"贝先生"的王贺。

王贺满面含笑："沮渠姬，请坐。中书谒者令出宫传旨啦？"

沮渠倚华坐下，拿起茶杯饮了半口："奇怪，天子突然改主意了。"

王贺道："上谕，抚远办差的军兵立即撤回。我刚刚听到消息，因此从宫里出来。"

沮渠倚华道："我听说陛下一贯坚韧固执，认准的事，一定会做到底，这次为何朝令夕改？"

王贺道："我不知天子真实的意图，我猜测，他可能吓坏了。"

沮渠倚华怔住，过了一会儿好奇地问："不可思议，天底下还有什么能够吓到他？"

王贺道："军中奸细数量之多、涉及范围之广、潜伏时间之长，令他感到恐惧。一天一夜不到，已经拘捕了一千三百人，问斩六十人。这些人绝不可能都有问题，大部分是受到牵累的无辜者。很多人被捕前都觉得诧异，叫屈喊冤，可毫无用处。"

沮渠倚华道："哪一次用兵，不杀敌数万自损八千？区区一千多人，还不至于动摇圣心吧？"

王贺道："暗处的一个敌人，比明处的一百个敌人更教人忌惮。好比卧室里来了一只蚊子，仅仅一只，但你一整夜都会顾虑重重、睡不安枕，担心它随时来吸你的血。多年前庙算初定，王师未出，而军队已渗入奸细。此次赌上国运，出师北征，仅仅死了一个前将军，而非全军覆没，仔细想来还算幸运。天子此时想必已经冷汗淋漓，真是既喜且惧啊！"

沮渠倚华道："从捕获的奸细那里可否问出冢蝂的线索？"

王贺道："廷尉和他手下那些人审案的手段，天下人有目共睹。嫌犯如果知些什么，定然全部吐出。他们不说，那就是不知了。继续催逼下去，必然胡乱攀扯，不如暂停讯狱。"

沮渠倚华脸上浮现出焦虑之色，轻声问道："他们，他们有没有攀扯……那个人？"

王贺道："沮渠姬放心，廷尉府未曾获得不利于奉使君的证词。"

沮渠倚华喃喃道："一切，仰仗尹先生了。希望他平安无恙，还探得有价值的线索。"

王贺道："指望尹先生不可能了。沮渠姬，中书谒者令说得很清楚，令尹先生立即退出抚远镇，述职交差。"

沮渠倚华迟疑半晌，终于说出沉郁已久的疑虑："天子做主终止调查，会不会是引蛇出洞之策，诱导那个，诱导奉使君主动现身、自投罗网？"

"不排除这个可能。"王贺关切地道，"沮渠姬你到京任职，欲有所求吗？"

沮渠倚华道："是。"

王贺道："你听从尹先生调遣，目的在于立功赎罪，替令尊开脱……"

沮渠倚华默认。

王贺道："你让我想起前朝的淳于缇萦。"

淳于缇萦，西汉临淄人，医学家淳于意的幼女。淳于意专志医术，辞去官职，不营家产，长期行医民间，不肯趋附王侯将相。赵王、胶西王、济南王和吴王召他去做宫廷医工，他一一谢绝。朱门高第、富豪权贵得不到他十分羞怒，因此联合起来罗织罪名，将他押送长安。淳于缇萦毅然西去京师上书汉文帝，痛陈阿翁无罪，愿充作官婢代父受刑。文帝十分感动，赦免淳于意，同时废除肉刑。

王贺把沮渠倚华比作淳于缇萦，实在是至高无上的荣耀，不过，并无言过其实之处——另一位来自河西的巾帼英雄无庸雉，也是这样的奇女子。

王贺提醒沮渠倚华："朝廷虽然中断调查，但对于查实的罪犯并不宽赦，廷尉府已经派出十数队人马，会同各郡县大索天下，搜捕奉使君。以廷尉府的办事能力和效率，寻获奉使君不过时间问题。在此之前我们找出冢蝮作为令尊赎罪的筹码，是最稳妥的策略。"

沮渠倚华沉吟片刻，神色一振："冢蝮藏得极深，接触到他的人，除了我的阿翁，就是赵信……要不，我们先寻赵信，撬开他的嘴？"

王贺道："赵信？沮渠姬过于乐观了。据北边传来的可靠消息，他最近潜身重建的赵信城养伤，全力加固城池作为抵御汉军的堡垒，同时逼迫俘获的李绪收拢溃兵，替他城下设寨严阵以待。此城是如今北方唯一的支点，一旦丢失，无险可守，匈奴可能举族尽灭。大汉出师在即，匈奴王庭惶惶不可终日，极其重视这座城的防卫，权衡利弊与轻重缓急，他绝对不敢擅离。我们如果赶往赵信城逼问他，不说危险程度可不可行，时间上一定是来不及的。"

沮渠倚华眼睛一亮："这个冢蝮，会不会是烽火青衫的首领江猎？"

王贺道："漠北之战时，匈奴单于伊稚斜与部众失散十余日，以至于被误认为战死沙场，右谷蠡王自立为单于。十几天后，伊稚斜单于复出，右谷蠡王乃去尊号。经过这一次波折，出身左谷蠡王、靠篡位起家的伊稚斜惊悸万分，担心自己的地位和生命受到威胁，急令烽火青衫放弃一切任务贴身护卫。他们早已从汉地全部撤走了。我肯定，江猎好比一把战刀、一个工具，他奉令行事，绝对不可能是主谋。"

沮渠倚华道："还有一种可能……"

王贺沉声道："义渠昆邪。"

两人的见识如此相同，让沮渠倚华一阵欢喜，怀着三分兴奋、七分疑惧，颤声道："除了他，还能有谁？"

王贺道："义渠昆邪作为五郡匈奴人的首领，驻节抚远镇，周围数十里包括楼兰箭庐的治安，他均有责任。楼兰箭庐受到不明身份人员的攻击，麒麟阁受创起火，立即前往查看弹压乃其职分。我们不能因为他出现在火场，就认定他与此事有牵连。不过，想来想去，还有谁嫌疑比他更大呢？"

沮渠倚华道："如今，一切还在猜测、判断和臆想阶段。"

王贺道："沮渠姬，天子诏令已下，中书谒者令不会向我们提供有价值的情报，亦不会同意我们贸然去到御前辩解。我意，此时不必进宫，与其去浪费时间，不如快刀斩乱麻，直击虎穴。如果我们找到确凿的证据，证实一切为义渠昆邪背后操纵，那就拘捕他，公告天下。"

沮渠倚华道："不对，我们若废格诏令，定会触怒天子，这样一来，我的阿翁罪责更重。"

王贺苦笑道："恕我直言，令尊已经罪不容诛，再增几成，又有多少干系？一旦我们行动迅速，尽快献俘宫阙，天子解除心腹大患，欢喜之下或能法外开恩，赐予奉使君一线生机。"

沮渠倚华依然犹疑："天子口谕已传到我处，我应该立即通知尹先生和田公、朱君才对啊！"

王贺击掌数下，数名卫士于门外致意，王贺吩咐道："上谕，令绣衣使者停止一切行动，立即聚于府衙待命，明日上午进宫面圣。你等速去传达。"

侍卫齐声应道："诺。"

王贺回顾沮渠倚华，笑道："我的安排你还满意吧？"

沮渠倚华犹自惊疑，问道："这些是什么人，你怎么拥有私人部曲？"

王贺道："我持绣衣使者令符，向长安令借了十数人使用。放心，他们都是百里挑一的精悍勇士，不会误事的。"见沮渠倚华眉宇紧锁，王贺放下茶杯往外急行："我们还有七个时辰。"

沮渠倚华道："七个时辰？"

王贺道："明日辰时尹先生须入宫面圣，你算算是不是七个时辰？"

沮渠倚华无奈，怀着一颗忐忑之心不由自主跟着跑到街上。不时，两匹快马掠过街巷，往抚远镇急行。

夜半时分，温软舒适的床榻前，一道黑影幽幽浮动，月光刺透窗面，打在他猩红的左鬓上。他看着榻上沉睡的伤者，看了许久，长长叹了口气。

尹鹏颜道："你乃王侯之尊，还有什么不满意的？"

义渠昆邪握刀的手瑟瑟发抖，颤声道："催命的鬼睡在我的床上，我哪敢满意？"

尹鹏颜长笑一声，艰难地翻身下床，穿上鞋子："你杀了我，就没人催你的命了。"

义渠昆邪道："我一直想不通，你是怎么识破我的？"

尹鹏颜道："这要感谢王贺。"

义渠昆邪肚肠一紧："王贺？"

尹鹏颜道："他有一项过目不忘的本领，尤其擅长识人。一般人看人，看的是相貌，他不一样，无论这个人露出什么蛛丝马迹，即使一个背影、一条手臂、一只脚，他看一眼，终生不忘。甚至，其人的呼吸、脚步、穿衣的动作、放酒碗的声响，他亦能见微知著，窥一斑而知全豹。客舍的主人和店家佣皆有问题，客人自然也有嫌疑，他看过客人的背影，因此再次见到君侯时，特意绕到背后看了一眼，恰巧对上了。"

义渠昆邪听罢悚然，却不服气："你不过运气好，有幸得了一个奇才。"

尹鹏颜不作辩驳，浅浅一笑。

义渠昆邪道："不对，事情不会这么简单。"

尹鹏颜道："是。我进镇之前，另外安排了一组斥候装扮成道人，替我前行侦察、左右警戒、殿后收尾。"

义渠昆邪脸色煞白，终于认输："尹先生，你做事实在周全，我根本想不到你走后还有人紧盯那个店铺，还有人监视着我。"

尹鹏颜长叹一声："我这种瞻前顾后、事无巨细的性格很累人的，我天生是个劳碌命，比不得你逍遥自在。"

义渠昆邪嗓音沙哑，疲惫地道："王贺、沮渠倚华回到长安了吗？我到处找他们却找不到，我派出去监视他们的人竟然都死了，死在树林里，被自己带的狗活活咬死。这真是，真是，一件匪夷所思的事。"

尹鹏颜道："说不定他们还不知你的底细，你可冒一次险杀了我，试试消息会不会走漏。"

义渠昆邪道："我不敢冒险。"

尹鹏颜道："你老了，胆气衰微了，为什么还要往军队安插奸细，为什么还要胁迫酒泉的官吏替你办事，为什么还要勾连赵信，为什么还要蓄养死士？这一桩桩一件件，哪个不是冒险？"

义渠昆邪道："你不懂我的苦衷。"

尹鹏颜道："我肯定，你不是什么忠臣。如果你忠于匈奴，河西之战的关键时刻，你就不会背叛单于。你替单于办事也不是为了匈奴，你另有目的。"

义渠昆邪突然笑了，幽幽道："是，我承认，我就是冢蝛。可那又怎么样？一切说辞来自你和你的部下，一切都是你的臆想，你有证据吗？"

尹鹏颜道："我没有。"

义渠昆邪道："没有证据就是无中生有，凭空构陷。谁都知道，朝廷严令你一个月内察狱，时间极其急促。当前汉匈势同水火，嫁祸一个归降的匈奴人多么容易，害死了我你就能交差，你为了交差什么事做不出来？"

尹鹏颜苦笑不已，义渠昆邪说得好像也没错。

义渠昆邪道："这几天你我把酒言欢，相见恨晚，其实，早已兵戎相见，交手数合，各有输赢。你探得我的身份，我枭首证人禽棃，算扯平了，旗鼓相当。"停顿片刻，他凑近面目，沉声道："你我皆一世之雄，和则同利，斗则两损。我劝你不要搅入乱局，两败俱伤。你根本想不到，我在河西有多大的势力。你托付无庸全族的校尉竺曾，你以为他穿着汉军的服装，就是刘彻的人吗？你以为他甘心一直做一名校尉，不接受我的赏赐与诱惑吗？即使他不负重托，难保他的部下里没有我的人。哼，我现在虽然折断了数根爪牙，但依然能控制无庸家族，我随时能杀掉他们。"

尹鹏颜目光炯炯，若火一般："君侯，冒犯你的人估计都活不长吧。你给我出个主意，我应该怎么做？"

义渠昆邪道："你就当一切都没有发生过吧。"

尹鹏颜道："天下还有两个人，能坐实你的罪状。"

义渠昆邪浑然不惧，笑道："赵信？哼，他身处匈奴腹地，除非你们再起大兵，深入大漠三千里捉住他。大海捞针，来回六千里，要用多少时日？你算一算，在这期间，我有足够的时间从容灭他的口。"

尹鹏颜道："甘夫。"

义渠昆邪皱着眉头，恨恨地道："这倒是个祸患，因为他已经失控了，连我都不知他在哪里。张汤同他会面，我一直悬着心，因此不惜暴露抚远镇和酒泉的力量。这次你们去找他，我就知道大事不妙，令禽黎紧跟其后。谁承想，甘夫突然反叛帮你们逃走，我不放心，无奈跟进，前脚进门后脚却来了北军，我只得假装救火……我在假装，我的族人却那么实诚，真的拼命救火……顷刻之间，就扑灭了火。你说，这叫什么事啊！"说着连连叹气，拳头一次次砸在桌面上。

尹鹏颜面含怜悯："你怕了？"

义渠昆邪道："我怕了。他是我唯一的漏洞。"

尹鹏颜道："其实你完全不必担心，那么大的火、那么重的伤，他活着的可能性真的太小了。"

义渠昆邪道："你摸摸你的脸，烧伤好了吗？"

尹鹏颜笑道："敬谢君侯替我敷药，我英俊的相貌又恢复了。"

义渠昆邪咬牙道："你不用谢我，这副烧伤药是甘夫早年配好送给我的。他救得了你，更救得了他自己。区区一些烧伤，或许算不得甚。"说到此处，他但觉胆寒，又沉声道："一百个人的使团，十三年时间，面对数不尽的凶险之事，哪一件不比烈火残酷？除了正使，才活下来一个人。这个人怎么可能轻易死去？我不相信他死了。我们比一比，看谁先找到他。如果你先找到他，我就认命，俯首认罪。"

尹鹏颜道："这可是你说的，我这就去找他。"

义渠昆邪一凛，沉吟半晌，咬牙道："愿赌服输。"

尹鹏颜展颜一笑，极其平和、极其温暖，这样人畜无害的笑容，令义渠昆邪毛骨悚然。他稳住心神，试探着问道："你有十足的把握能找到他？"

尹鹏颜道："有，前提是他还在人世。"

义渠昆邪叫道："我有预感，相信我，他一定还活着。"

尹鹏颜道："如此说来，再过半个时辰我就找到他了。"

义渠昆邪大为惊骇，颤声问道："怎么找？"

尹鹏颜道："元解忧。"

第十三章
匈奴郡主

绣衣使者旗下的治狱吏、讨奸兵簇拥着田甲和朱安世，打马来到长安城西孝里市，围住一道朱漆大门，点起火把，猛烈捶门，高声喧哗。

门楣之上，黑板朱字，御笔亲书"博望侯府"。

一开始田甲想不明白，为何作为上官的尹鹏颜不直接向朱安世下达命令，还要费尽周折搞来郭解的耳朵。一路上，田甲开动脑筋想了半天，终于得出答案：朱安世一向仰慕甘夫，而甘夫是博望侯张骞的生死弟兄，如果直接让朱安世到博望侯府办事，朱安世极有可能抵触、排斥。但是，一旦搬出郭解，朱安世的态度就变了，他将按照尹先生的主张尽职尽责完成任务。

想到这一层，田甲暗自得意，夸赞自己聪明，但他仅仅自满了两个弹指，就恢复了正常的神智，对这种胡乱的猜测产生了怀疑。太牵强了。

但是，无论如何，朱安世毕竟跟着来了。如果没有这个帮手，自己一个刚刚脱离市籍的贱民，哪有底气闯进汉侯的府邸啊？

自接到天子的指令组建绣衣使者，展开行动不过两三日，尹鹏颜步步料敌先机、环环紧密相扣，完成了周密的布局，取得了辉煌的战果。当捕猎的巨网缓缓铺开时，田甲才真正领教到尹鹏颜一等的谋略，他对形势的洞察、对人心的把握，像鬼神一般深邃透彻。田甲走南闯北，游刃黑白之间，阅人无数，积数十年观感，没有一个人能比得上尹鹏颜。

阍者惊醒,府门裂开一条缝隙,眼神里带着狠戾的刀光,喝问道:"谁人半夜骚扰博望侯府,还有王法吗?"

田甲出示绣衣使者令牌,阍者打量一阵,轻蔑地道:"这是甚衙门,我怎么没有听说过?"

阍者根本没有想到,这竟然是他人生中的最后一句话。随着尾音吐出,一把铁杖从门缝上端劈下,把阍者的脑袋连带铜锁削成两半。凶神恶煞的魔王朱安世一马当先,踏血而入,讨奸兵撞开朱漆大门突入庭院——十数年来,长安城发生过无数抄家灭族的大事件,府邸里的杂役有些曾在大臣和宗室家服务,雇主的家族衰败了,这才投奔张家。他们看到这种场景,战战兢兢地跪满一地。

田甲道:"你们家主母呢?"

一名执事模样的人颤声道:"我家主人奉天子令,出使乌孙数月了。"

朱安世一脚踢倒他,执事后脑撞上花坛,血流不止。

田甲道:"我不问张骞,我问元解忧,她在什么地方?"

执事哭诉道:"她听到朝廷抄家的消息,翻墙走了。"

朱安世唇角挤出一丝讥讽的笑,铁杖一扫,热血喷溅,执事的头颅滚落水池,咕噜咕噜冒出一串血泡。

田甲装模作样捂着胸口,悲切地叫道:"该死的朱安世,你怎么这样暴力?你忘了朝廷怎么杀郭解全家的吗?那时你就跪在人群里,看一颗颗人头落地。怎么,现在轮到你抄家了,你却忘了本,变本加厉吗?"

朱安世哈哈大笑,拿刀东指西指,一一点卯,讨奸兵按他指令,将人一个个拉出人群,一排跪倒。朱安世一个字不问,连杀五人,不时浑身浴血,整个人好似地府来的恶鬼,胆小的仆役早已吓得昏死过去。杀到第六人时,那人涕泪齐下,凄厉地求饶道:"我招,我招。我们不是博望侯府的家人,我们是领了冢蝂密令,前来办差的。"

数名杂役一起叫喊起来，七嘴八舌呼救道："救命，救命，令史君救命！他们都是盗贼。"

朱安世和田甲相视一笑。

田甲喝问道："听仔细了，说出冢蝛的真实姓名！"

那人脸色煞白，发出一阵恶臭，裤管下流出些污浊的液体，直哀声道："小人真的不知，他这般身份的人，岂是小人能接触到的？！"

北军进驻抚远镇的同时，廷尉府和绣衣使者的求盗、治狱吏、讨奸兵随行突入，他们迅速排查了全镇数百户人家，要求两个时辰内外出的人丁必须归家，同时向主管官吏报备。两个时辰后依然没归位的，总计五十三人，由五名宫廷画工根据知情人的讲述仔细辨识，画影图传，紧急送往长安城的"浆房"交予沮渠倚华，然后装在榆木箱子里送予田甲。田甲和朱安世根据人物的相貌特点，逐一排查仆役，发现潜藏的十多名抚远镇居民。非常时期，这些人跑到博望侯府仅有一个理由，他们抢先一步控制了张骞的眷属。

朱安世知道事情紧急，慢慢审问结果难料，对这些双手沾过人血的凶顽之徒，唯有使用暴力才能解决问题。果然，杀掉几个人后，终于有一个人屈服，带着讨奸兵打开厢房。

房内场景令人作呕，十一具残缺的尸身堆砌在角落，衣服被剥得精光，一旁的柱子上捆着一位三十多岁的女子——博望侯的妻子元解忧。

眼前所见令朱安世愤怒不已，他一杖砸碎带路的盗贼，折转身大步流星又杀三人，凑够十一人之数，这才罢休。随行的讨奸兵在一旁看着极其震惊，他们第一次见到杀人如此干脆凶残的官差。田甲认为，绣衣使者身负钦命，应该按照律令行事，不能胡乱杀人，但他依然放纵朱安世的愤怒，坐视流血事件愈演愈烈，直到贼人全部被诛。

仆役们逃出鬼门关，跌跌撞撞跑向堆放同伴尸体的屋子，哭成一片。

不时，元解忧缓缓走到两位校尉面前一一行礼，用生涩的汉语从容道:"诸位光临寒舍,有失远迎。"

不愧是生长在草原大漠之上的匈奴贵族的后裔、单于钦封的郡主,她一个妇道人家,遭此血腥的变故,神色却一点也不慌张。对这样的巾帼英雄,田甲十分佩服,但还是满面冰霜,道:"夫人,你不用感谢我们。我们此行的目的,和这些杀手一样。"

元解忧笑道:"你们是官,他们是匪,怎么会一样?"

田甲道:"我们一样。而且,我们比匪还凶。匪杀人,会受到通缉,要偿命。官杀人,写一叠卷宗,构陷一个罪名,交代清楚,也就罢了。"

朱安世再次举起血淋淋的铁杖,悬在一个仆役头顶,此人大骇,两腿一软瘫倒在地,他怕哭声惹怒朱安世,不敢出声,喉咙里发出动物垂死时的音节。元解忧见识过他们的心肠手段,不再抱着苟且的念头,直言问道:"你们要找甘夫?"

田甲道:"他是你唯一的朋友。除了你和君侯,不会有人知道他在什么地方。"

元解忧道:"你们希望通过他追查冢蜮?"

田甲道:"是。"

元解忧道:"我帮你们寻找甘夫,他供出那个人,是不是能将功折罪?"问了这一句,又连连摇头,喃喃道:"以他的个性,根本不会出卖同伴。逼得太紧,他一定自杀。"

田甲道:"你不愿意帮我们?"

元解忧道:"我似乎帮不了你们。"

朱安世的铁杖作势劈下,杖下的仆役屎尿齐出,登时晕厥。

田甲冷冷道:"我给你一个选择,要甘夫,还是这满府的人?"

元解忧浅浅一笑:"好,你们放过我的家人,我带你们寻找甘夫。他受了重伤,无法动弹,你们马上就能见到他。"说着径直往府外走去。

仆役们哭喊着拉她,挽留她,元解忧惨然一笑,不受情绪的影响，冷酷地挣脱，大步出门。

义渠昆邪坐下来，倒了杯酒一饮而尽，咂咂嘴道："你想到的我也想到了，我早你一步令十一名弟兄控制了博望侯府。哈哈，你的人现在才去，晚了。"

尹鹏颜轻轻笑道："真的吗？"

义渠昆邪一下没了底气，但依然嘴硬道："这几个人，都是精锐中的精锐。"

尹鹏颜道："自商鞅变法以来，中土逐渐形成了严密的户籍制度，普天之下的民众繁衍生息、迁徙调动、伤亡籍没，皆载籍簿，留存痕迹。南归匈奴十数万众一直领取朝廷的钱粮赏赐，民政官早已登记在册，周详记载姓名、年龄、相貌。经长安令同意，这几天我的下属前往库房查阅抄录。他们查过抚远镇离家的男丁，专门造了一份名册。"

匈奴民政管理粗疏，哪里想得到这种精细之事？义渠昆邪大脑充血、两眼一黑，颤声道："那又怎样？"

尹鹏颜道："我的部下商请军队清查全镇人丁，将那些尚未归位的一一画影图传，急送长安，校尉们拿画像前往博望侯府按图索骥，立即就能找出这些人来。"

义渠昆邪犹自不服："找出来又怎样？绣衣使者麾下，校尉、治狱吏、讨奸兵有一个算一个，总数才三十人，机构初建，治牍、断狱、理财、炊事、打扫的杂役占了大半，能用来作战的不过十数人。"

"对付他们，一个人足够了。"尹鹏颜一字一字道，"祁连山、汉军亭，他的表现，你那些党羽可能向你描述过。"

格战校尉朱安世。

义渠昆邪闭紧了眼，好似烈酒入喉，分外呛人。时间随着山风流淌，小镇刁斗响起，三更了。义渠昆邪骤然伸手，抓住尹鹏颜左腕，惨然一笑："你陪我出去走走。"

尹鹏颜没有回避，从容笑道："携手夜游，太亲密了吧？"

义渠昆邪道："你一定要来，我让你看看，风景真美。"

尹鹏颜道："好。"

义渠昆邪已醉，踉跄出了终南汉宅，尹鹏颜宿伤未愈，几乎被他拉倒。两人都极其虚弱，斜靠在朱漆大门前俯视整个抚远镇。匈奴太子的大墓突兀地挡在面前，义渠昆邪眉宇间积累起无限的悲凉。镇内灯火寥落，人们安然入睡，偶尔听见几声鸡鸣狗吠。

义渠昆邪道："温馨吧？"

尹鹏颜道："嗯。"

义渠昆邪道："你还记得宴会上跳舞给你看的人吗？记得弹琴给你听的人吗？记得切肉给你吃的人吗？记得倒酒给你喝的人吗？"

尹鹏颜神情萧索，眸间掠过一丝痛意，情思悠长，缓缓道："记得。尤其记忆深刻的是，还有三个小男孩、两个小女孩送了几捧花给我。"

义渠昆邪眉眼里痛楚渐浓："他们都住在山下。"

尹鹏颜道："山下。"

义渠昆邪凄然道："你一旦向未央宫奏报，这两千一百一十六条生命就消失了。整个山谷、整片山岭，就会火光冲天、哀号四起、尸骸遍地。"

尹鹏颜眉目间涂上厚厚的痛苦之色。

义渠昆邪道："你的目的是拯救无庸家族，如今，他们已经脱离险境，你的任务完成了。这里发生的一切都和你没有关系，你有没有想过就此离开？"

尹鹏颜长久不语，痴痴地看着山脚，过了几十个弹指，语带锋芒，沉声道："那么，漠北自杀的李广将军怎么算？前军军营死伤的人命怎么算？弱水置身火海的将士怎么算？汉军亭无端殒命的人怎么算？"

义渠昆邪眼眶流淌出一阵绝望。

尹鹏颜道："为甚离开的不是你？"

义渠昆邪道："离开，你以为我不想？可是，抚远镇这两千多人，陇西、北地、朔方、云中、代五郡十万部众……我不管他们，他们怎么办？"

尹鹏颜厉声道："恰恰相反，你才是他们祸患的源头、悲剧的种子。就是因为你做的这些恶事，才置他们于险地、绝境。如果没有你，他们根本不用提心吊胆，根本不会遭遇飞来横祸。"

义渠昆邪喃喃自语，勉强安慰自己："我不相信，汉朝皇帝狠得下心一次杀几万人。"

尹鹏颜道："你忘记了骠骑将军仅带数名侍卫突入休屠部，调集大军，斩杀八千人？这样的杀伐，就在你眼皮底下发生过。将军能杀八千，皇帝为何不能杀八万？"

旧事重提，义渠昆邪浑身一颤，手足麻木，想起一些不堪的过往，神情更为痛苦悲凉。不时，云聚于顶，山风凌厉，好似遍野烽火、林立刀剑，掀起这个匈奴汉子的袍服，扯碎他的皮肉。义渠昆邪语气哀婉，带着商量和求饶的味道："我有三百眷属，如果我走了，他们怎么办？"

尹鹏颜道："你可以带他们走。"

义渠昆邪道："无论出北地、走上郡、踏九原，还是渡黄河、穿河西、凿西域，走到匈奴领地，漫漫长途，不止千里。我如果携带眷属遁走，肯定被廷尉和汉军追上。但是，留下他们，必然是坐以待毙。我……"

尹鹏颜感叹，对这个人充满了同情。但是，这种同情与他的身份和职责严重冲突。作为天子腰下一把暗器，绣衣使者的首领，岂能妇人之仁？

义渠昆邪道："你能设法保住我的眷属吗？有的话，我马上就走。"

尹鹏颜陷入深深的沉思，他开启智慧的宝库，搜寻一条或许根本不存在的万全之策。

突然，黑沉沉的身后传来两声冷笑，一个声音冷峻地道："想走，不可能了。"

元解忧缓步出门下阶，神态平和地转身回望"博望侯府"几个大字，然后步履稳健地往雍门方向行去。一队巡夜的士兵路过，领头的军吏见到生人，当先急奔而来，训斥道："大胆，你们不知宵禁之令吗？"

田甲出示绣衣校尉腰牌，军吏肃然，恭恭敬敬行礼，规避而去。

绣衣使者衙门诚然是一个制作和配给服饰的部门，但绣衣校尉佩戴的腰牌，却是期门军正经武职军官的令符，代表他们身份贵重，一向办理皇差，城防军的军吏们看得清楚，自然不敢招惹。

元解忧走在中间，田甲和朱安世行在左右，讨奸兵数人跟随身后，众人沉寂无语，一直走了半个时辰。夜风清冷，田甲鼻翼清凉，裹紧外衣："甘夫藏在哪里？"

元解忧道："你们在找他，那个人也在找他，当然要藏深一点儿。"

田甲道："那个人，就是你们说的冢蝫，我们追寻的幕后主使吗？"

元解忧道："这个你得问甘夫。"

田甲道："说说你和君侯在匈奴的往事吧。"

元解忧眉额间拂过一丝温柔，脚步不知不觉放缓："这些事和案子有关系吗？"

田甲道："没有关系。不过，我看路途还长，说说话免得无聊。"

元解忧笑道："我闻说廷尉的门客是个话痨，果然如此。"

田甲佯怒道："谁在背后说我？报上名来，我要构陷一番，算入贼党，咔嚓！"

元解忧道："我夫君说的。"

田甲喜道："君侯知道我？"

元解忧道:"不是我自夸,博望两个字确非浪得虚名。且不说长安,即使河西、西域、匈奴地,他知道的事情和人物也不少。"

田甲道:"看起来你很欣赏他。"

元解忧道:"不是看起来,而是行动上、精神上,无条件地、全身心地爱慕他、敬仰他。"

朱安世道:"对,君侯是当今天下第一等的大英雄。"

田甲道:"朱安世,你掺和甚,你知道甚?"

朱安世道:"我佩服他的野外生存能力。"

田甲道:"也是,穿越不毛之地,征服黄沙荒漠,不是一般人能够做到的。"

元解忧道:"夫君说,这不叫征服,要感谢大自然宽容慈悲,允许他活着通过。"

田甲道:"朱安世,说到野外生存能力,我们现在去搜捕的这个人,你佩不佩服?"

朱安世道:"佩服,十分佩服。尤其是他的箭术。"

元解忧道:"如果没有奉使君甘夫,也就没有博望侯张骞。"

田甲有些伤感,道:"现在逼得你带我们去寻他,他一旦落网,最终的结局,可是能抄家下狱、枭首示众,让你背叛朋友,真对不起你。"

元解忧笑道:"没什么。你们秉公察狱,无可厚非。甘夫的历史使命已经完成了,他功业不朽,常存于世,他的肉身何时死不重要。"

田甲听了感慨不已,沉吟半晌,转头看着朱安世问道:"你仰慕甘夫这样的英雄,一会儿见到他你会放过他吗?"

朱安世道:"不会。"

田甲颇觉诧异,喃喃道:"我以为你会。"

朱安世道:"我领受了天子的指令,背负着郭大侠的期待,不能因为仰慕谁而背弃职分和故主。"

田甲喉咙里翻卷着苦涩的滋味,幽幽道:"原来,你是一个把主子看得比道义贵重的人。"

朱安世神色凝重，长叹一声放弃折辩，算是默认了。

"田公，你错了。"元解忧道，"朱君不是怕对不起谁，而是不愿甘夫饱尝逃亡的痛苦。毕竟，那滋味真不好受。"

轻描淡写的一句话，挡住了一座山，朱安世车轮一般的脚步竟然停滞了两三个弹指。

又行了一阵，远远望见巍峨的阙楼，已然走到了长安西北方的雍门。城楼高峻，投下漆黑的暗影，人物显得渺小，备感压力。

田甲觉得有些不对，问道："甘夫不在城内？"

元解忧道："在。"

田甲更觉惊疑："哪里？"

元解忧手指雍门城楼。不等田甲回过神来，她径直登上阶梯，往城墙上走去。守卫城门的军人闻警而动，各持兵器聚拢过来，厉声喝问。田甲赶紧出示腰牌，一一解释。待他说明情况抬起头来，只见元解忧已经登上高耸突兀之处，站在墙垛上眺望西方，沐着凌厉的冷风，衣裙飘飘。

田甲终于醒悟，不觉大骇。他看见朱安世还在发呆，一脚踢在对方腿上，嘶声喊道："拦住她。"

朱安世狐疑地问道："什么？"

田甲叫道："她要跳楼了。"

朱安世若受雷击，大吼一声撞开面前的士兵，豹子一般往城楼上狂奔。

田甲叫道："元解忧，你不要忘记了你和张骞的孩子！"

元解忧浑身一颤，转过身来，眼角噙满泪水，脸上却从容欢喜。随即，春风般的笑意被黑漆漆的夜色吞噬了，一道身影迎风坠落，众人失声大叫。

朱安世肃立半途，虎目圆睁，眼泪不受控制地喷涌。田甲紧咬牙关，肌肉变形，好端端的一张脸好似迎面受了一记铁杖，骨肉皱巴巴贴在一起。

抚远镇，终南汉宅。云深月收，暗无天日，一场风暴即将来临。

王贺缓缓走出暗影，冷峻地道："君侯，归附汉朝是你主动的选择，朝廷待你不薄，天子宁可让几个郡的黔首食不果腹、衣不蔽体，也要养你的族人。关东发大水，朝廷不惜迁居七十万居民到关西，省下赈灾的粮食给你们匈奴人。不仅如此，天子还减少御膳，出内府私产养活你们，连天子驾车的马都送到镇里，供你驱策……亘古以来，有谁像天子一样对降人比对亲人还宽纵的？哼，你为何一次次反复，做出这些令人震惊的事情？"

义渠昆邪又惊又怒，目光惶急阴冷地扫向远方，搜寻他的护卫——终南汉宅楼宇重重，庭院幽深，方圆数里林木繁茂，明岗暗哨不可胜数，一向戒备森严，不知王贺用什么方法轻易突破了守卫的耳目。

十数头恶狼般凶悍的猎犬雀跃而来，摇头摆尾，亲热地簇拥着王贺，一颗狗头突然往后背倾倒，好似掉落一般，令人瞠目结舌。里面立起一道娇小的身影，迅速脱掉狗皮。

沮渠倚华。踏雪驱狼、纵横险恶山林的沮渠倚华。

狼犹如此，何况犬乎？义渠昆邪愕然，他视作铜墙铁壁的忠诚犬队，竟然成了最大的漏洞。前些时日那些监视王贺、沮渠倚华的人被自带的恶犬咬死，他早该想到，一定是受了沮渠倚华的驱使。如果自己头脑清晰一点，就应该立即警觉，及时调整终南汉宅的防护措施。

沮渠倚华不顾主人惊诧的表情，讥讽道："他在匈奴为王，在汉朝不过封侯，自然不满。"

"不对。高帝当年杀白马与群臣盟誓，非刘氏而王者，天下共击之。李广耗尽一生，也不过把封侯当作最高目标。侯爵，已经是异姓人最显赫的爵位了。"王贺说着，恭恭敬敬向尹鹏颜行礼，"绣衣使者文牍校尉王贺见过直指使者。"他这样一本正经，连沮渠倚华都吓了一跳。

作为同僚，王贺对上官有监督和规劝的义务，一旦坐实对方犯法，亦有举报与临机处置的权力。尹鹏颜明白，王贺这颗隐秘的棋子敢于公开身份，定然有所主张，于是按照规矩还以礼节。

王贺道："斗胆问一声，直指使者为什么私下与罪犯密谋，纵放他逍遥法外？"这一问，不说"是不是"，而说"为什么"，直接定性，不容辩驳，语带锋芒，字字诛心，可见王贺的凶狠与刻薄。

尹鹏颜从容道："因为我们没有证据。"

王贺道："证据？直指使者要多少我给多少。"

沮渠倚华讶然道："你……"

王贺道："廷尉、中尉、内史以及各郡县官府，都有拷问罪犯的刑具与手段，绣衣使者为甚不能有？"

沮渠倚华道："刑讯逼供，这不好吧？"

王贺道："拷问罪犯，违背了哪个律条？即使违背，我这个负责制定章程的文牍校尉，也有权删改增补，令严刑合法。"

尹鹏颜对酷吏素无好感，听了此话深感厌恶，沉声道："你有这个权力，但你的权力仅限于草撰爰书，至于批不批准，呈不呈报，必须我来做主。"

王贺浅浅一笑，冷冷道："如果天子知道你暗通贼寇，纵放罪犯，下旨申饬，你还有这个权力吗？"这句话说得直接赤裸，完全把尹鹏颜逼到死角，不得不应战了。双方一下剑拔弩张，空气里充满了肃杀之气。

不待尹鹏颜说话，王贺再来一击，厉声道："令尊当年私放烽火青衫的贼首，因此获罪，流放千里为奴。直指使者今日的行止不惜重蹈覆辙，父子何其相像！敢问尹家的传统，就是这样是非不分、拿公义作为私情的筹码吗？"

沮渠倚华不认同王贺咄咄逼人的方式，赶紧圆场："说到纵放罪犯，当年在芒砀山中，本朝高帝亦做过同样的事啊！"

王贺道："从哪条路来，就堵死哪条路。高帝放走囚犯，那是要造反的。今日明君在堂，天下太平，试问，陛下怎么可能容忍自己的臣子，模仿他的祖宗？如果司法官罔顾国法，想放就放，你当天子是秦始皇吗？"

义渠昆邪叫道："你才做校尉几天，就这样急不可耐地抢夺上司的位置？"这句话挑拨离间的意图十分明显，尹鹏颜、王贺何等机变，根本不接话。

四个人，四条心，形成对峙的局面，持续许久，谁也不知事态如何发展。无鞘的魅影血刀似乎感受到凌厉的杀机，骤然跳动一下，发出金石之音。王贺大为惊骇，脸色如蜡，勉强稳住心绪，但觉两腿发软。

山风劲吹，黑云没顶，大雨倾盆而下。山下，北军中尉领兵冒雨控制全镇，每家门前站着两人，严禁出入。恶犬军团听见鸡犬之声，有的跃上房顶，仰天长啸；有的缓步走出府门，目光炯炯注视着山下，磨牙舞爪，躁动不安。三十余名卫士开出府来，黑压压站了一地，握刀肃立，面相森严，有的瞩目义渠昆邪，有的盯住绣衣使者三名鹰犬，等待指令。人虽众多，却无一人说一词一字，可见其训练有素、纪律严明。

义渠昆邪长叹道："退下。"

一声令下，人与犬顷刻间走得干干净净，好似凭空消失了一般。尹鹏颜、王贺与沮渠倚华亲眼所见，既感佩服又觉恐惧。

此时山脚下跌跌撞撞跑上来一个人影，还未站定，就结结巴巴叫道："坏事了，坏事了，我们逼死了博望侯的妻子！"

一个更大的危机骤然降临，绣衣使者全衙上下一起掉进罗网，面临灭顶之灾。

听了田甲的阐述，尹鹏颜怔住，充满了愧疚。他的应变十分精准，计策十分精妙，几乎不留纰漏和空隙，千算万算，却不曾想到这位刚烈的匈奴女子毅然自杀。

漠北之战后，尹鹏颜主要策划了两件大事，一件抵御河西叛乱，一件追查元凶冢蛛，皆找准了症结、用对了方法，但无一例外，执行过程中事情发生不可抗拒的逆转，以致功败垂成、牵累无辜。

沮渠倚华想到，既然元解忧舍命隐瞒甘夫的行踪，那说明甘夫还活着，不由如释重负，但念及元解忧舍生取义，替阿翁牺牲生命，又禁不住悲怆流泪。

义渠昆邪暗自庆幸——禽梨已死，又找不到甘夫，自然取不到口供，狱事自此陷入困境。

元解忧用一种决绝惨烈的方式牺牲生命，永别丈夫和爱子，保全兄长一般的朋友甘夫，使他在最虚弱的时候得以休养疗伤。这样的情谊，唯有患难与共的故人才能理解。

但对于绣衣使者而言，这无异于一场灾难。目前他们不掌握确凿证据，狱事还没有告破，却逼死了一位侯爵夫人。这位夫人，不是一般的诰命贵妇，而是一个充满传奇色彩、举国敬仰、为汉朝做出过卓越贡献的奇女子。

如果不是她无条件地支持和保护自己的丈夫、大汉的英雄张骞，帮助他带着远方的情报与图谱回到长安，建元二年到元狩四年的人间奇迹都不会开启，一切还是文景时代那样风平浪静、隐忍苟且。

刘彻一定无法理解和同情属下的失败——吾叫你们侦破案件，可你们也不能害死博望侯的夫人啊！她并非涉案人员，不过是有可能知道逃犯行踪的人。而且，这个逃犯是不是真的有罪，还没有定论呢。

张骞出使西行替国家负重冒险，这个时候，朝廷却捣毁了他的家园，害死了他的夫人，无论从什么角度来看，都是十分刻薄的行为。

不管天子知不知情、有没有错，这个新机构绣衣使者，可是在他的授意下刚刚组建的。人们会理所当然地设想，没有天子的指使和暗示，谁有胆量、有必要，兴师动众对付一个弱女子？史家一旦把这个事件记录下来，传诸后世，后人怎么评价当今的天子？

一开始，尹鹏颜把沮渠倚华定为前往博望侯府的第一人选，毕竟，她和元解忧都是女人、同在域外长大，有许多共同语言，交流起来更为顺畅一些。但顾及闯进博望侯府的杀手过于凶狠，担心她历练不足，无法有效应对，因此不得不使用江湖经验丰富、办事狠厉的田甲。

结果，尹鹏颜百密一疏、田甲处置失当、朱安世救护不力，绣衣使者坠入必死的境地。

神仙也救不了他们。可以想见，朝野将舆情汹涌，要求裁撤这个机构，诛杀首领，余众按律领罪。覆巢之下，王贺作为其中的一枚鸟卵，又有什么资格全身而退？即使他侥幸置身事外，免责免罪，但有了这个失败的案底，以后出仕任官的机会也一定大受限制，或就此不得翻身。

义渠昆邪面含讥讽，阴森森地道："诸位，不但我要逃走，你们也不得不走了。"

王贺既失望又愤怒恐惧，厉声呵斥道："闭嘴！"

义渠昆邪嘲笑道："前途大好的文牍校尉，功名富贵泡汤了，挺失望的吧？如果你打算遁走匈奴，我胸怀宽广，不与你计较，我写一道符传，包你畅行无阻，保住狗命。"

王贺大怒，挥拳去打义渠昆邪。沮渠倚华措手不及，没有拉住，眼看王贺冲到义渠昆邪面前，铁拳直击，义渠昆邪就要吃亏。谁承想，肥硕的匈奴人燕子掠水一般闪过，谁也看不清他怎么出手的，王贺手臂一热，早已仰面躺倒，面上挨了两拳，胸口上踏了一只大脚。

一个深宫里的郎官，岂是荒漠草原上刀口舔血的武士的敌手？作为一名钦封的捕盗校尉，面对凶嫌，总会产生莫名其妙的优越感，王贺把义渠昆邪看作餐盘之肉，实在过于自大了。他吃这样的亏，连同伴都不会同情他。

义渠昆邪冷冷道："我怎么说也是朝廷封赠的漯阴侯，你一个小小的校尉，可以不尊重我这个人，却不应该冒犯我这个身份。"一边说一边抬起马靴，往他心尖踩下，这一脚至少三百斤力道，一旦踏准,对方不死也得重伤。

但不知为何,这脚下降不过两寸,尚未贴上衣裳,义渠昆邪已腾空而起,径直飞出七尺开外。尹鹏颜身形不乱,依然若松柏之玉立,但见左手指尖微微一颤,收进袖口。

王贺羞怒非常,同时深感后怕。瞬息之间,尹鹏颜不露声色地击败义渠昆邪,武力鬼神莫测。方才他气焰高涨,咄咄逼人,肆意向尹鹏颜倾泻,而尹鹏颜一直忍而不发。一旦动手,结果如何?他的行为,真是冒失和愚蠢。

沮渠倚华伸手扶起王贺,王贺脸色越发惨白,勉强站起,浑身若受针刺,十分难过。他在深宫一向不受重视,缺少尊严,因此绷着一张面皮,做出凛然不可侵犯的表象,以弥补内心的虚弱。此时当着爱慕的女子的面,他画皮被揭开,露出不堪的内部,实在狼狈不堪、可怜至极。

田甲查看义渠昆邪的伤情,见他未伤筋骨,只是暂时昏厥了,并无大碍。

这时,山下又来了一名吏装骑士,向着众人行礼:"下走在内史府当差,经绣衣使者文牍校尉商借襄助办差,见过诸位贵人。"

尹鹏颜、田甲面面相觑,十分困惑。绣衣使者办的是皇差,配有专属的士兵和掾吏,即使用到北军、南军和内史府管案牍的吏员,皆事先会商,准允方动。为何王贺不作请示,竟然调了内史府的人来用?其人胆大包天、行止乖张,实在可恶。

王贺暗自点头,这人果然按照自己的计划拖延至今。这个时间差,拿捏得恰到好处。想到尹鹏颜面临的窘境,能略微冲淡自己承受的羞辱,他不禁增了三分快意。

"直指使者,昨日傍晚中书谒者令前来传旨,说绣衣使者查实细作,龙心甚慰,交有司议功,给予封赏。"等待许久不见诸位官员回应,骑士咳嗽两声,再次行礼道,"上谕,到此为止,不必再查,令直指使者尹鹏颜立即退出抚远镇,明日朝会后进宫面圣,述职交差。"

不查了。这个消息来得太突然，纵使尹鹏颜智慧超群、机变过人，也犯了糊涂。义渠昆邪幽幽转醒，手足虽不能动，耳膜已经打开，听到这席话纵声大笑。

田甲骂道："你休作春秋大梦，我这就进宫去请天子剑杀你。"

义渠昆邪轻蔑地道："你不怕死就去，废格诏令，先死的是你。"

形势变了，考验着当事人的应变能力，尹鹏颜知道一旦处置不当，就是身死名灭。他让自己冷静下来，轻声问道："朱安世何在？"

田甲道："他在博望侯府善后。"

沮渠倚华听懂了上司问话的深意，尹先生希望用朱安世看管义渠昆邪，于是主动请缨："尹先生，你放心，我一个人看住义渠昆邪，你们赶快回城。"她又回转头来，对王贺道："文牍校尉，我们归属一个官衙，办理一件差事，一损俱损，我们的前途命运系于尹先生一身，如果谁为了一己之私、一人前途肆意妄为，我们都不会有好下场。希望你好生襄助，不可再生枝节。"

她这句话言辞考究，说得严肃庄重，这样的话，竟然出自荒凉偏僻之处生长的野丫头之口，出乎所有人意料。可见王贺的行为已然令她痛苦，她情绪复杂，爱恨交织，思索琢磨了许久才讲出话来。

王贺胸口一荡，口齿生涩，无言以对。

有沮渠倚华解除后顾之忧，尹鹏颜稍稍心安，他对着山下长啸三声，北军中尉接到信号，亲率一支五十人的士兵分队上得山来，交给沮渠倚华差遣。沮渠倚华立于士兵之前，手按长鞭，看着义渠昆邪。

义渠昆邪道："如果我现在逃走或调遣卫士与你搏斗，汉军是不是会屠灭全镇黔首？"

尹鹏颜道："你错了，他们都是大汉天子的子民，军人控制市镇，为的是确保黔首安全，不做你的杀人工具。"

义渠昆邪背负双手笑道："陛下既然不查了，有司定还我清白。这个月的官俸还没领取，我岂能一走了之？尹先生，我听从你的安排就是。"

345

沮渠倚华令士兵抓住义渠昆邪，带离终南汉宅，避开族人耳目，软禁在一个戒备森严的馆舍内。安排妥当，尹鹏颜、田甲和王贺打马往长安城狂奔。

三人来到城下，旭光初亮，恰好开门，他们顺势入城，往未央宫方向急行。尚未行进百步，张汤骑着一匹棕马迎面赶来，见到尹鹏颜，跳下马一把抓住他的手臂，急切地道："你们怎么逼死了博望侯的夫人？"

廷尉介入了，这件大案势必朝野皆知，引发天下舆论哗然。

尹鹏颜翻身下马："一应罪戾，我来承担。"

张汤黑着脸，沉声道："你担不起。这次应对不当的话，不只掉你一颗脑袋。"

尹鹏颜道："我现在进宫面圣。"

张汤道："我急急赶来，还不是为奉使君府上的事，此事虽大，但比起我要说的事就显得小了。我来提醒你，天子的心思变了，不愿追查下去，株连过多。你见到他，最好一味顺从，不要坚持，否则只会雪上加霜。"

狱事终止一事得到廷尉的证实，田甲在一旁听到，愈觉失望，忍不住感慨道："天威难测啊。好不容易撕开一道口子，却就此放弃了。可惜，可惜！"

王贺道："说不查就不查，这不是枉法吗？作为天下司法官吏的首领，廷尉，你有责任面谏天子啊！"

张汤一愣，沉吟片刻，故意问道："这位是？"

王贺突然想到自己隐秘的身份，未等尹鹏颜回复，行礼道："下走郎官王贺，奉圣谕传直指使者入宫面圣。"

张汤颔首致意，暗自冷笑。

田甲道："天子为何改了主意？"

张汤道："据说宫内一位重要人物向陛下建言，提议适可而止。

陛下不假思索,立即同意了。"

田甲失声叫道:"什么人有这样的影响力?皇后、嫔妃、大将军、骠骑将军还是太仆?"

张汤道:"这几日皇后居长乐宫,不在陛下身边。李姬侍奉圣驾,她素不干政,涉及公事的话一字不说。大将军和骠骑将军皆在军寨,准备开春北上用兵的军务。至于太仆,他的分寸一向拿捏得好,不可能提出干扰天心的建议。"

田甲道:"说来说去,脑袋生疼,我想不到谁还有这样的影响力。"

王贺道:"中大夫汲黯曾对天子说过,陛下用群臣,如积薪耳,后来者居上。朝廷里人来人往,一两个新秀脱颖而出受到青睐也是正常的。"

田甲摇头叹气:"不正常,不正常。"

张汤斥责道:"休得胡言乱语,天子心意已决,照做就是。"

田甲道:"你早想着甩开这摊子烂事,天子心思一转,你当然求之不得。你不晓得我们绣衣使者付出的辛劳、承担的风险,你……"

张汤脸一黑,笑骂道:"你翅膀长硬了,口口声声'我们绣衣使者',你想脱离我的阵营吗?"

田甲道:"原来你有阵营啊!天子最讨厌拉帮结派、结党营私,你这不是公然挑衅他吗?"

这个人口无遮拦,真是什么都敢说啊。张汤赶忙自辩,叫起屈来:"我哪有甚帮派……"

尹鹏颜见他们说开了,一时收不住,担心因此致祸,使得一塌糊涂的局面雪上加霜,忙劝慰道:"算了算了,休争口舌之利,徒然浪费时间,集中精力应对目前的局面才好。"

张汤目光炯炯,扫视三人片刻,冷峻地道:"诸位,我闻说天子决心一定,中书谒者令即出宫传旨,你们没有接到诏令吗?为何不及时终止?"

田甲叫道:"我哪里接到过什么诏令?尹先生,你接到过吗?对了,你是大官,定然传达给你了。我的尹先生啊,你为甚不及时告知我们?如果我们在博望侯府办差之时听到命令,元解忧无论如何也不会死去啊。"

尹鹏颜道:"我未接旨。我与你同时接的诏令,而且……"

田甲道:"而且,莫名其妙,是内史府一个掾吏代传的圣旨。"

听了田甲的话,众人都十分震惊。王贺惧怕他们深究下去,惶恐流汗。

张汤讶然道:"什么?"

过了十几个弹指,众人上马继续前行,一路无语。不时来到宫墙外,期门军值日的校尉一一查验来人,放入张、尹两人,伸手挡住王贺和田甲,斩钉截铁道:"其余人等,非召莫入。"

短短八个字,王贺脸色大变。

除非一等的蠢货,任何一个正常人听到这句话,都知道王贺向张汤说了假话,他根本不是什么奉谕传旨的使者。

张汤面色阴狠,以他严密的情报网络和通天彻地的手腕,早在皇差派下来的翌日就已洞察王贺肩负的秘密差遣,如今不过再次确认而已。但他必须装作没有反应,这毕竟是天子安插的暗哨,识破他的身份无异于窥破天机,对自己绝无好处。

原本以为,一进未央就能见到天子,毕竟这是早有令旨的一次会面,没想到两人在偏殿枯坐一个时辰,依然不得面圣。张汤有些焦急,拇指指甲抵紧食指指肚,问一旁伺候的内臣常融,常融不敢回答。不时,数名大臣从宣室前走廊过来,张汤迎上去,问一人道:"归命侯,陛下闲暇了?"

这位汉侯名叫唯许卢,是一个富贵清闲的妙人,平时不负责具体事务,天子心血来潮,偶尔将其招来问一些吃喝玩乐、飞鹰走狗、奇闻轶事。

唯许卢道："我等亦奉诏前来呈报几件大事，不过都吃了闭门羹，中书谒者令说，教我们候着。我看，诸位还是安心坐下，等等看吧。"

他这样的人一向帮闲，聊胜于无，自然不急，张汤处境与他截然不同，哪敢安坐，张汤道："陛下与什么尊贵的客人会面？"

唯许卢道："我听说，陛下抱着皇子闳儿观看武士击剑。"

刘闳生于元朔六年，今年四岁，他的母亲王夫人两年前物故。当年刘彻准备封其为王，王夫人病重，刘彻问她，你想儿子去往哪里？王夫人说，有君上在，我不必顾虑什么。刘彻说，虽然如此，你还是表达一下你的愿望吧。王夫人说，希望封在雒阳。雒阳即洛阳，王夫人不说则已，一说就要了一个大城。刘彻说，雒阳有武库敖仓，乃天下要冲。自先帝以来，无一个皇子封在雒阳为王的。除了这里，其他地方任你选择。王夫人没有作声。刘彻说，关东的国家没有比齐国更大的。齐国东边靠海，城郭庞大，仅临淄就有十万户，天下肥沃的土地没有比齐国更多的了。王夫人十分欣喜，因病势沉重，不能起身谢恩，便以手击头，表示感谢。

又过半个时辰，依然不得召见，张汤心急如焚，请求常融："有劳中官，兹事体大，我必须立即面圣。"

常融面貌谦恭，身形纹丝不动，低着头含笑不语。尹鹏颜自始至终垂目端坐，神态和动作不见丝毫异常，他见张汤急迫，出言相劝："我听骠骑将军说过，陛下观兵演武，一般不少于两个时辰。"

唯许卢道："对。通常的程序是，武士两相击剑，跳一段剑舞，好似鸿门宴上项庄项伯那样。剑术展示毕，一名武士披挂铠甲，握利剑，进入饲养野猪的鹿圈，一人决斗三彘，逐一刺死，好比景帝年间辕固生剑杀野猪。接着，又来三名神射手，弯弓射猎，三百步内击穿悬挂在绳索上的铜钱，如同先秦时代养由基百步穿杨。随即，百名将士排成方队，演示步兵对阵操法，模拟我大汉将士击灭匈奴。"他说得手舞足蹈、声情并茂、陶醉非常，引得众人一阵喝彩。闲人素来从容，背负着正事的人却无这般福分，他们一逢热闹，心如油煎，更显惶急。

张汤看看远处屋檐下的滴漏："两个时辰，这也差不多了啊。"

唯许卢道："今日不同往日。"

张汤道："有何不同？"

唯许卢带着几分得意，几分胆怯，压低声音道："廷尉你有所不知，陛下此时在为皇子配属辅臣呢。"

张汤一惊。

唯许卢道："前些日子陛下想到刘闳年纪渐长，决定精选五千兵护送东去就藩，让他替太子阿兄守好东方。刘闳眼睛一红，落下眼泪。陛下问他，为何哭了？刘闳回答，阿母离开了我，阿翁也不要我了吗？我当时亲眼所见，陛下想起王夫人十分伤感，长久不语，神色甚是悲伤，良久说道，我替你选一位年轻持重的千里驹辅佐你，让你少受些辛劳。"

众臣齐声欢呼："好聪明伶俐的皇子。"

唯许卢得意地捋须而笑："你们可知，陛下亲选的辅臣是谁？"

众臣急问道："谁？"

唯许卢清清嗓子正待开口显摆，才蹦出半个音节，殿门被撞开，一人断喝道："唯许卢，信口雌黄，你想死吗？"

众官听了大惊，站起行礼："中书谒者令。"

石庆满目锋利，冷冷道："唯许卢，你归汉不是一天两天了，依然改不了口无遮拦的坏习性。这里是大汉天子的厅堂，不是你匈奴单于的帷帐，由不得你胡说八道。"

唯许卢汗下，唯唯诺诺，语不成声。

"下去。"

石庆硬邦邦的话像石头般砸中唯许卢的脑袋，众官仓皇而走，顷刻间偏殿为之一空。张汤忙上前握着石庆的手，急切地问道："陛下得闲了？"

石庆道："廷尉，事务尚未了结，今天君上或许无暇见你和直指使者了。"

张汤失声道:"事情确实紧急啊!"

石庆道:"君上真的在精选辅臣,以作皇子的师友。此事涉及皇室,兹事体大,其余的事与之相比算不得紧急。"

张汤道:"辅臣一般配属太子,没闻说寻常皇子亦配辅臣的。"

石庆顾盼左右,见内臣离得甚远,身侧无多余人在,低声道:"朝廷公报即将下达,亦不算甚机密,我向廷尉说一说或也无妨。此次,君上替太子和皇子选定的伴读辅臣,是同一人。"

张汤惊诧万端:"是谁能得到陛下如此的亲近信赖?"

石庆看向尹鹏颜,目光一亮,意味深长地道:"依先生看来,谁人最为合适?"

尹鹏颜微微欠身:"外臣不敢妄议天子家事。"

石庆道:"君上早已说过,天子无家事、无私事,皆国事。"

张汤心思一动,手指天子专属的六厩方向:"莫非?"

石庆颔首回应。

惊疑之间又一名内臣出来,先向石庆行礼,又面向张汤和尹鹏颜致意:"廷尉、直指使者,下走王弼,陛下言,他最近新得了一匹良驹,请你们多多看顾。"

张汤道:"博望侯提前送乌孙马来了吗?"

内臣笑道:"这匹神驹,比乌孙马雄俊百倍。"

世间还有比乌孙马更好的马,那一定是传说中的汗血宝马了。张汤道:"恭喜陛下。"

王弼道:"直指使者,你不好奇吗?"

尹鹏颜道:"确实是一匹好马,完全能驮负着大汉龙子,承担起国之重任。"

王弼听了含笑而退。张汤醒悟,悚然心惊,颤抖的嘴唇吐出三个石破天惊的字:"金日磾。"

天子说的是人不是马。

石庆目送王弼走远，收回深邃悠长的目光，缓缓道："君上知道你们清除了军队的奸细，还知道你们查到了义渠昆邪。"

天子的耳目，实在太灵敏了。

石庆道："差事办得不错。不过，君上不会嘉奖你们，这件事也不必继续下去。"

两人站得笔直，等待石庆传达天子的决定。无论多么匪夷所思，他说什么，什么就是真相，就是合理。

"漠北之战时匈奴单于伊稚斜溃败失踪，右谷蠡王自立。想不到，十多天后伊稚斜突然现身，右谷蠡王立即去除尊号，向伊稚斜臣服。可是，你们知道，右谷蠡王毕竟性急了一些，他这次急不可耐地自立暴露了他的本心，引起各方猜忌。虽然单于没有明确表态，但右谷蠡王惊惧不安，进退维谷。"石庆道，"公然决裂，他还没有这个实力；从此屈服，又极其危险。北边待不下去了，因此，他准备率领部众南归。哼，天意弄人啊。如果前军行进顺利，与大军形成合围，擒杀伊稚斜，李广如愿封侯，右谷蠡王继承汗位，皆大欢喜，匈奴就少了这萧墙之祸。现在看来，伊稚斜逃脱还是有好处的。天佑大汉，天佑大汉！"

伊稚斜是军臣单于的胞弟，早年任左谷蠡王，阿兄死后他出兵攻击继任的从子於单，篡夺尊位，逼得从子逃亡汉朝。於单埋骨之处，演变成抚远镇。伊稚斜以左谷蠡王的身份发动叛乱，自然对实力相当的右谷蠡王保持戒备。此次，伊稚斜、右谷蠡王之间的裂痕已然形成，右谷蠡王效仿於单南归避祸，虽然有些无奈，却不失为一条出路。

於单虽为太子，南归时已丧失全部身家，仅数骑相随，且其人早逝，对汉朝聊胜于无。而右谷蠡王身份尊贵，为二十四长之二，地位仅次于左右贤王，坐拥半壁江山，部众数十万，如此显贵的匈奴贵部归附，将极具示范作用，引发连锁反应，进一步扩大漠北之战的战果，从根本上瓦解匈奴帝国。

战胜匈奴，不过是天子宏图的一小部分，彻底消灭匈奴才是他的终极目的。消灭匈奴，不可能采用杀光的蠢办法，而是让匈奴人蒙受教化，与汉人融合在一起，消除族群之间泾渭分明的隔离，实现四海之内皆兄弟的和谐状态。

此时义渠昆邪已然成为一面旗帜、一根标杆、一个模板，他必须活着，很好地活着，他必须安然无恙、富贵清闲。

张汤、尹鹏颜何等聪慧，已然明白天子终止追查狱事的初衷——为了千秋万代，一个人的生死、一个案件的真相不值一提。

石庆说完慵懒地垂下手臂，半闭着眉目。两人向石庆致意，缓缓后退。石庆的声音低沉而不失威严，在身后响起："金日䃅能解决博望侯夫人的事情，你们不用顾虑。"

不追究了？害死一位侯爵夫人，罪魁祸首毫发无损。

张汤、尹鹏颜如释重负，又深感费解，原本以为这是一件天大的事，想不到就这样轻描淡写化解了，完全出乎他们的意料。他们都是一等的人杰，什么场面没见过，什么事情想不到，什么方法不会用？但实在想不明白，这个少年是如何把一名贵妇的命案轻易抹平的。

第十四章
右谷蠡王

绣衣使者府衙内，众校尉和吏员、兵丁簇拥着尹鹏颜围方桌而坐。尹鹏颜苦着脸道："今日我们接办的第一件差遣已经完成，随后我会递交辞呈，自此隐去。我意，从诸位中举荐一人继任直指使者之职。唉，这个称呼实在拗口，我每次听到，都感觉有人往我脑袋里塞了一团乱麻，以后请诸位改个称呼吧。拜托。"

"本朝七十致仕，非得熬干骨血侍奉天子才可罢休。"田甲奇道，"好好的官做着，为何轻言去留啊，尹先生？"

尹鹏颜道："我到长安的初衷是存续无庸家族，后来听从天子的旨意，做一些具体的事务，襄助他消弭内患、结束战乱。如今，狱事已了，差遣已毕，何必恋栈不退呢？"

沮渠倚华道："先生走了，我也不会留下。"

尹鹏颜道："绣衣使者能够与闻机密，使用天下汇聚到廷尉府的情报。借助这个上佳的平台，便于治学，便于寻人。我建议你再等一等。"

话外之音，找到你阿翁甘夫再走不迟。沮渠倚华不置可否，抚摸着衣袖，神游八荒之外。

田甲道："办理财务十分凶险，我一定要辞职。"

尹鹏颜道："金钱化道润物，这样的大事，非田公不可。"

田甲道："你不要吹捧我，我受刑而死的话，你顶多撒两滴猫尿，转过头忘得一干二净，不会耽搁你和无庸姬寻欢作乐。"

尹鹏颜脸一黑，尴尬不已。

沮渠倚华道："猫尿？"

朱安世道："眼泪。"

沮渠倚华道："朱君，你怎么打算？"

朱安世道："我厌倦了江湖生活，我想安定下来，这份差事委实不错。"

沮渠倚华拊掌笑道："那就好，尹先生，你们都是些意志不坚定的人，唯有朱君懂得做贼的辛苦，珍惜当兵的恩典。你的职务让给他吧。"

众人一听，有的低头，有的仰首，不知如何回应她。

朱安世摩拳擦掌，喜道："好啊好啊！"

大家的脸一起黑了，半晌无语。

尹鹏颜看看坐在角落一言不发的王贺，问道："翁孺，你意如何？"

王贺虽然仅仅是一名郎官，任职校尉不久，但尹鹏颜已经调查了他的身世，惊讶地发现，这个年轻人竟然是先秦齐王后裔，西楚王朝济北王田安的曾孙、名士王遂的儿子，他天赋异禀、思虑周密，极具领导才能，又勇于任事，四顾左右，绣衣直指的位置交给他再合适不过。但尹鹏颜又隐隐地有些担心，这个人过于急切，行事刚猛，生性冷酷，他肯定会把绣衣使者带向辉煌，也可能让绣衣使者沾染无数的血腥、践踏骨肉，逐渐蜕化成一件阴损恐怖的凶器。

王贺不作正面回答，沉声道："尹先生，可否借一步说话？"

两人行至庭院，立在一潭碧水之前，有风吹拂，水面生纹。王贺道："尹先生贵为朱紫高官，对陛下有过承诺，又一向忠义，断然不会因为一件案子暂时停止了就草率离职。敢问尹先生，是不是以退为进，暗中继续调查？"

这个年轻人实在过于聪慧了，一语道破天机。面对直接的质问，尹鹏颜没有遮掩，微微点头。今日会议的核心内容有人肯定会透露给义渠昆邪，以定其心。无论未央宫怎么决定，绣衣使者最理性的策略是尽可能查清事实，固定证据。万一天子心血来潮，又重启调查呢？在这一点上，尹鹏颜与王贺不谋而合——不过，前者考虑的是大局，后者追求的是权位。

王贺亢奋起来，声音发颤："下走愿做度陈仓的韩信，替先生继续监视义渠昆邪。"

"正合我意，此事非翁孺不可。"尹鹏颜顺水推舟，"义渠昆邪身边不乏死士，我令朱安世配属你行动，确保无虞。你不急于出行，留在长安几天，我们尚需入宫面圣，详告了结上一阶段的诸多事务。"

王贺沉吟片刻，问道："狱事进展顺利，天子为何突然改变主意，命令我们停止追查？"

尹鹏颜道："义渠昆邪拥众四万余人，号十万，被封为漯阴侯、食邑万户。陇西、北地、朔方、云中、代五郡设五属国纳其部众，河间之地尽归统属。一旦骤然杀了他，此处匈奴必乱，要么荼毒地方、侵扰京城，要么降而复叛、溃围北去……"

王贺道："暂时放过他，待朝廷集中力量完成北征大业，再回师肃奸，公布确凿证据从容问罪，是不是？"

尹鹏颜道："或许，朝廷确有这样的打算。"

王贺道："朝廷有没有想过，万一大军尽数北去，关中空虚，汉匈相持期间义渠昆邪突然于后方发难，用兵直捣长安，如何应对？"

毫无征兆地，田甲从一棵巨树后跳出，附和道："对。本朝高帝之所以能够入关称王，就是因为秦军主力，一支三十万在北方防备匈奴，一支五十万在岭南征伐百越，关中几乎没有像样的兵力。不然以其区区万众，怎么可能攻入咸阳？殷鉴不远，不能重蹈覆辙啊。"

尹、王二人对望无语，田甲一激动，暴露了行踪，面色略带尴尬，嘀咕着什么迅速走了。

王贺道："今日上午陛下在未央宫召见唯许卢，密谈一个时辰。

尹先生，你知道里面的深意吗？"

景帝时期，匈奴将领唯许卢等五人归降汉朝，同时封侯。

不待尹鹏颜回答，王贺冷笑道："他的如意算盘打得好，妄想不费吹灰之力秘密招降匈奴实权人物，担心此时囚禁或斩杀义渠昆邪，做出坏的示范，吓走招抚对象。哼，如今手握重兵、占据要地、与单于分庭抗礼，又受到猜忌、朝不保夕的匈奴权贵，不是右谷蠡王，还能有谁？"

如此机密的军国大计，竟让王贺猜出八九分事实，这个人见微知著的本事，实在神鬼莫测。作为绣衣使者的首领，尹鹏颜不能公然表示赞誉，不能由着他的性子乱说，毕竟兹事体大，任何人不该妄自猜测评论。万一计划失败，追根溯源问责下来，又是一场弥天大祸。当年马邑之谋失败，不也杀了很多人吗？

尹鹏颜道："我看，朝廷三两个月内不会出兵，须等到招抚对象的准信。有南北军两支劲旅驻守京畿，有大将军与骠骑将军两部精锐拱卫左右，在此期间，关中的安全无须多虑。一旦大军北上，朝廷一定会调拨天下兵马，充实京师。翁孺，天子圣明，大臣自有决断，我们履行本职就好。"

王贺面含讥讽，冷冷道："尹先生，你真是高估了庙堂之上、殿陛之间的这些朽木禽兽。"

尹鹏颜道："我们奉令行事就是，何必多说。散了吧。"

王贺怀着心事，行礼而去。尹鹏颜立于庭院，听着水声，许久不动分毫，唯冷风吹击枝叶，振作衣角，不觉遍体寒彻。不时，一名治狱吏近前禀报："中书谒者令到了。"

这一天，朔风酷烈，中书谒者令石庆满脸堆笑，快步上阶。他身后，跟着十数名期门军军官、六七名天子亲随内臣，三辆双辕车满载琼浆玉液、绸缎金银。天子对绣衣使者十分满意，御赐甚丰，从此，绣衣使者作为一颗新星冉冉升起，闪耀在大汉权力格局构建的威严天空之上。天子尤其喜爱尹鹏颜，爱他金相玉质、矫矫不群、直接干脆、锋利高效，赐其玄铁令符一面，可自由出入宫禁，不经有司，密折奏事。

尹鹏颜迎出官衙，恭敬行礼："石公，辛苦了。"

石庆面色一沉，交代属员交割物资，无一句寒暄客套，单刀直入："今日出宫办差，专门来见先生，替天子问两个问题。其一，金日磾迅速崛起，朝野忧惧，以为君上对匈奴的战争国策即将改变。因此，人心多有异动，喜者不少，忧者亦多，三军尤其不安。先生怎么看待这个问题？"

尹鹏颜伸手相请："请石公入内叙话。"说罢当先引路，至客厅分宾主坐下。杂役送上清茶，尹鹏颜从容饮了一口，道："石公，天子捧出一个匈奴王的儿子给予丰厚待遇，做一个良好示范，怀柔慕远，引来异族倾心归附，这样长远的考虑，岂是我能够随意猜度的……"

石庆听出他的弦外之音："甚好。先生但办好本衙事务，不必管风云变幻、人事变迁。"天子需要一个做事的人，不需要一个干政的人；需要一个揣测上意的人，不需要一个窥伺名器的人。尹鹏颜的回答深合圣心，顺利通过测试。

石庆浅浅一笑，定定地看着尹鹏颜："第二件大事，君上着我问一问直指使者，如何处置义渠昆邪方才稳妥？"

这件事与绣衣使者的差遣有关，可以正面回答，尹鹏颜不假思索，直接道："陛下早有圣裁。"

石庆眼睛一亮："还请先生明说。"

尹鹏颜沉吟片刻："一切在于'漯阴'二字。"

石庆笑道："明白了，敬谢先生。以后先生需要周全的事情，尽可与我相商，能襄助一二，亦下走之福。"

两人的智慧都不差，言已至此，不必多说。

这时，内官王弼进堂禀报："石公，交割完毕。"

石庆道："善，你们回宫复命吧，我尚有事要办，随后跟来。"

王弼应诺，行礼辞去，尹鹏颜领众校尉送到门口，又折转身来，单独与石庆对坐饮茶。

石庆半闭眉目休息片刻，突然坐直身子，叫来亲随常融，问道："唯许卢到了吗？"

常融道："已经向他传达陛下的旨意，让他知道北上的使命，一早到绣衣使者府衙面谒石公。他应召而至，等候多时了。"

"传他进来。"石庆道，又回过头对尹鹏颜道，"下走此次出宫要办的差事极其繁巨，来去之间时间紧促，不敢耽搁。因此，商借先生宝地见一个人。"

尹鹏颜道："石公自便，不必客气。我先行告退了。"

石庆道："不算甚机密事务，先生留下听听罢。"

不时，匈奴人唯许卢快步来到堂前，行予礼节，说着赞颂之词。

"归命侯，君上令人拟好文书，授予你重任。"石庆道，"你秘密北行，潜入右谷蠡王营寨，送达大汉天子的致意。请他选派使者同来，与汉定盟。"

这等泼天的大事，石庆竟然轻描淡写，说"不算甚机密事务"。

唯许卢悚然，过了许久，嗓音干涩，挤出几个颤抖的字："这，下走，奉谕。"

"这是一件天大的功劳，亦是一件极其艰难的要务。办好了，朝廷增你封邑，泽被子孙。办不好……"石庆道，"你从北境来，匈奴不会留你，若汉天子亦不用你，你何以自处？务必掂量清楚，知道身负责任的重大。"

坊间传闻，一连五批北上的密使皆半途横死，不知是汉人杀了他们，还是匈奴人杀了他们。总之，汉匈内部都有些不愿意看到招抚计划成功的实权人物。唯许卢归汉以来享受着高官厚禄，却不需办事，数年来闲散惯了，仅仅学过几句汉话，而且是官话、套话和废话，除此百无一用。大汉天子突然付予他军国之重，叫他作为使者冒死勾连匈奴帝国的显贵人物，凭空丢来一座大山砸在肩上，令他惶恐万端，几乎窒息，喉咙生疼，一个音节也说不出来。

石庆轻叱道："归命侯！"

唯许卢这才结束梦游状态，满脸泌出油汗，嘶哑着嗓音道："下走晓得了。"又壮着胆子看向尹鹏颜，见他微闭眉目，似已睡去。

石庆挥挥衣袖："去吧，朝廷替你选好副使，编配使团。你们休整半天，明日一早出发。"

唯许卢两腿一软，膝盖重重砸在地上，磕了几个响头倒退出门，脚下接连踉跄，差点摔倒。他虽然无用，毕竟也是堂堂侯爵，却跪拜一个内官，自辱如此，可见其人不堪。他的背影刚刚消失在院墙外，尹鹏颜的眼睑猛然撑开，眼中精光四射。

"这个人不学无术，胆气薄弱，肯定会坏事的。君上原本不指望他。"石庆长叹一声，举起茶杯触到唇边，喃喃自语道，"君上设置这一队疑兵，实属无奈。"他余光看向尹鹏颜，意味深长地道："他作疑兵，谁作正兵？唉，如果甘夫在，天子何必如此忧心！"

总算图穷匕见，这个意思从石庆嘴里说出来，何尝不是源自天子的本意呢？天子一边拿唯许卢修栈道，一边想着用甘夫度陈仓。

尹鹏颜道："确实，放眼四海，再没有比甘夫更合适的人选了。可惜，他或许已经死了。"

石庆直视尹鹏颜，目光如炬："尹先生，据你看来，甘夫真的死了吗？"

尹鹏颜面无表情，亦不作答。屋内空气凝重起来。过了许久，尹鹏颜放下茶杯，正色道："我试着找找看。"

石庆伸出手把住尹鹏颜的手臂，轻轻抚摸："你的伤好了吗？"

尹鹏颜道："已无大碍。"

石庆眼神深邃："他的药既然能治好你，也能治好他，我始终相信他还活着。一场火劫，与他西行东归漫漫长途中遭遇的凶险相比，算不得甚。"

当时尹鹏颜遇火受伤，义渠昆邪用甘夫早年给予的伤药疗治，帮他迅速恢复，这件事的知情人屈指可数，不知石庆如何得知。看来，他的眼线已经进入义渠昆邪的核心圈子，正密切注视着这个匈奴人的一举一动。

石庆面色凝重，一字一句叮嘱道："再过三日早朝结束，辰时，君上在未央宫前殿等待直指使者领诸校尉复命，希望先生不辱使命，带来他想见的人。"

尹鹏颜道："奉谕。"

"另外，还有一件大事要办。右谷蠡王一旦南附，义渠昆邪的地位必然降低，甚至被取代，义渠昆邪肯定不愿意看到这样的局面。他掌握着严密的情报网络，我们的使节出城北上，他必然得到消息，为了自保，要么向单于通风报信，要么再度蠢动，甚至截杀使团。"石庆脸上颜色愈深，极其严肃地道，"直指使者，君上命令你，派人监视他，及时阻止他，同时确保他的绝对安全，一直到使者从北方平安归来。过去我有暗探在他身边，前些日子不慎暴露，那人已经死了。这件差事，现在交付于你。"

果然，天子还是不放心义渠昆邪，撤走明察，改作暗访。幸好此时绣衣使者已先人一步，做了颇合上意的安排。尹鹏颜行礼，领受严峻而凶险的任务。

西行的道路实在遥远凶险，苦主博望侯一两年内无法返回，亦不排除他涉险殉职的可能。元解忧自杀引起的风波，如果不去碰，过些时日也就冷了。对这件天大的事，刘彻睁一只眼闭一只眼，上上下下也就不管不问，竟然轻描淡写地沉寂下来，消散于无形。据说，这个冷处理的方法，出自新晋侍中、驸马都尉金日䃅——他帮助朝廷，以及组成朝廷的无数男人，欺负一个女人、一个族人，抹平了她在汉地的一切痕迹。

不久，长安城流传开一条半官方的消息，一伙盗贼闯入博望侯府，侯爵夫人元解忧不屈而死。绣衣使者闻警出动，奋勇战斗，杀死十一名贼人，悬首城楼、挫骨扬灰，报了血海深仇。

如此说来，田甲、朱安世等人不但无过，还有功了。但是，作为绣衣校尉，每个人都知道自己背负的罪孽，实在难辞其咎。

绣衣使者这个机构有着明确的职责和章程，除了私下察狱，还有许多采购、制作和收支的琐事要做，不到官吏休沐时期按理是不能离职的。但尹先生以办差辛苦为由，专门呈文内宫，请求法外施恩，予诸校尉一些闲暇，准许他们脱离岗位，享受数日假期——刀不用时，最好入鞘保存，没必要暴露于众人眼前，胡乱挥舞。

不过半日，批复下达：准。

事实上，这一切不过迷惑朝野的伎俩，绣衣使者箭在弦上，再次引弓射向目标。尹鹏颜单独召见田甲，递给他一幅图。田甲取过一看，不禁露出狐疑之色，上面画了一位匈奴少年，其人眉毛浓厚，下颌宽阔，面相极其雄壮，似有几分眼熟，又不知在何处见过。

尹鹏颜道："田公，你仅有两天半时间。你立即微服出城，务必找到这个人，转交我的亲笔信，带他和他的同伴来见我。"

田甲道："视其面相，非我汉家人氏。敢问尹先生，这个人长居何处？"

尹鹏颜道："陇西。"

田甲叫道："长安到陇西间隔近千里，如此短的时间，我如何来回啊？"

尹鹏颜笑道："前些日子，他的家人遇到一些变故，一位长辈远行，一位长辈物故，一位长辈负伤。他自陇西赶来，一则管家，一则祭拜，一则护理，目前住在城郊一个隐蔽的农舍里。一去一来一天足够，快去吧，去迟了他们就走了。"

他说着递过一个赭红书囊，内装一封书信、一张锦帛，帛上详细绘制着长安西北方雍门外的山川形胜、水道村落。其中一个村寨标注上红点，正是目标所在之处。田甲满面困惑，取了行路物品，抱拳行礼，出门办差。

朱安世一向独来独往，平时住在府衙，趁得空闲他也称病报假，竟然报了三个月。尹鹏颜委实放心不下，要求他写下详尽的行程。等了半天，朱安世的病书才重新送达。尹鹏颜感觉诧异，问道："朱君急着休沐，不过区区几个字，为何写了许久？"

朱安世道："恰巧遇到廷尉，向石渠阁商借一本书，他属下的书吏皆公务在身，看我得闲请我代跑一趟。我不便推辞，因此耽搁了。"

尹鹏颜听了不置可否，拿起竹片，见上面赫然写着：茂陵、夏阳、临晋、太原和河内轵。尹鹏颜的忧虑越发浓烈，提起笔来，重若千钧，批也不是不批也不是。思索良久，他置笔于卧虎笔架上，面露难色："朱君，你遍体宿伤，内外皆创，我岂不知？按理，你不呈报病书，我也要主动给你赐告[1]。然，最近看似平静，其实暗潮涌动，有些危机悄然酝酿。此时此刻，我离不开你。"

朱安世甚觉失望，垂首不语。

"你的忠贞、你的愿望，我岂能不知？不过，现在还不到时候，请稍等一些时日，我设法达成你的心愿。"尹鹏颜说着亲自取了胡床，请他坐下，"皇差下来了，我们有一件大事要办。这件事由翁孺负责，他一向精细睿智、擅长应变，但武力不足。你最擅长潜伏侦察、近战格斗，你护卫他潜入终南汉宅，日夜监视义渠昆邪，但有异动，立即报告。镇里我提前设了一个杂货铺、一个铁匠铺、一个马掌店，受沮渠姬节制，里面有我的眼线，这是画像，你仔细记着样貌。你得到情报，第一时间选择两人，错开脚程，走不同的道路设法向我传报。"

朱安世接过画像，贴身装好，沉声道："诺。"

看着朱安世墙壁一般的身躯萧索地离去，尹鹏颜有几分不忍，但他

1　汉朝时，吏员五日一休沐，上五天班可以休息一天，好好洗个澡。另外，夏至、冬至各休一天。除此之外，立功赏赐的假称作"予告"，因病告假称为"赐告"。

依然坚持己见，避免感情用事。这时无庸雉捧着一盘菜肴过来，笑道："天子叫你们休沐，原来全是假的。难怪朱君乘兴而来，败兴而归。"

尹鹏颜手指竹条："你看看他的行程。"

无庸雉一看："我明白了，他准备祭奠郭解。"

尹鹏颜道："对。茂陵是郭解的迁徙地，夏阳、临晋和太原是郭解的逃亡地，河内轵是郭解的出生地。这条路上有许多危难时刻帮助过郭解而闹得家破人亡的人，他作为唯一幸存的门客，要替家主看看故人，偿还旧债。"

无庸雉道："他拜祭归来，下一次告假可能不止三个月。"

尹鹏颜道："请天子恩准，宽赦郭解，收集三十六处尸骸合葬，至少需要一年时间。"

无庸雉沉吟道："砍掉端木义容的头，斩断牵连冢蜮的线索，这事尚未了却。他这一次去，会不会直接杀了义渠昆邪，让冢蜮彻底消失？"

尹鹏颜道："即使他砍我，我也伸着头给他砍，他手里的刀可不是一般的刀。"

两人你一言我一语说了半晌，一个讲了上句，另一个就能对出下句，字字知心、句句贴心，心意相通好似一人。世人说的高山流水、琴瑟和鸣，不过如此。谁能想到，不久前他们还是势同水火的仇家呢。

军队奉命解除抚远镇的警戒，陆续撤离。沮渠倚华放弃对义渠昆邪的监管，任其回归府邸。她接尹先生密令，蛰伏抚远近郊，掌握诸胡事务。过了半天，朝廷赏赐的财物由十辆辕车运到，义渠昆邪惊疑不定，壮着胆子跪迎接收。

翌日清晨，五名骑士护卫着一辆低调朴实的轺车缓缓驶来，车上下来的，竟然是天子的贴身执事石庆。义渠昆邪又惊又喜，小步疾行，俯身行礼："石公，石公，没想到你竟然亲自光临啊！"

石庆笑道:"君侯,抚远镇在你的治理下繁荣兴盛,名传四境。我慕名久矣,早想前来叨扰,无奈琐事缠身,今日才有机会。"

义渠昆邪道:"石公但有闲暇尽管前来,昆邪备好马奶酒、烤羊肉,盛装相待。"

两人一边说话,一边行路看景,来到市镇热闹之处。市井商贸发达,巷道人头攒动,大家各安本业,既从容又安详。看来,这几日的烦扰,包括军队的警戒、十数名外出青壮的失踪,皆无碍大局。人们对美好生活的向往,任何时候都是抑制不住的,如果和平持续十数年,他们肯定能在市镇的基础上创造一座繁华的城市。

石庆道:"这次行程极其匆忙,你的府邸我就不去了,我们就近寻一处食肆,边吃边说吧。"

义渠昆邪知道他要说的话非常重要,不敢耽搁,当即将其引到旁边一个还算整洁的店铺,驱散黔首,上几道菜肴,摆一壶老酒。

"前几日朝廷发下令来,皇子相继就藩。凤子龙孙开了个好头,我们享受爵位的臣子自然不能落后。"石庆屁股刚刚触碰到座席,不作丝毫客套,立即开言道,"你的封地在漯阴,受封以来一直没有就任,君上的意思,是时候前往履职了。他令我来,听听你的意见。"

漯阴,原属济南国。景帝时,济南王刘辟光参与七国之乱,朝廷杀之,改王国成郡县。从长安远行漯阴,关山隔阻,部众远离,免除了朝廷的猜忌、摆脱了叛乱的嫌疑,在当前的形势下,不失为一个消灾避祸的上好出路。刘彻这样打算,可谓用心良苦、天恩浩荡。至于说什么听取意见,不过是场面上的话,天子决心已定,哪里还有讨价还价的余地?

但是,义渠昆邪内心隐隐生发一丝不甘、三分恐惧。不甘的是,宏图大计自此化作泡影,再不能有所求索了。恐惧的是,王侯、官员死于就任和发配路上的先例实在太多了。朝廷担心引起部曲骚乱,不在关中杀他,保不准路上杀他。到时死无对证,写一个暴病而卒或遇匪身故,不过郡县小吏的举手之劳罢了。

另外，一旦右谷蠡王归降，汉朝获得更大的旗帜，或匈奴平定，从此构不成对汉朝的威胁，自己的价值必然急速缩水，一个县吏就能批捕处死他。当年的齐王、楚王、淮阴侯、大将军韩信，不就是失去军权，被拔除爪牙，困居一隅，身死妇人之手吗？王犹如此，何况于侯？从这个角度看前景实在不妙，还不如硬着头皮冒些风险，继续留守部族会聚之处，靠着手上数万人的本钱再撑几年、再赌一把。

义渠昆邪一代枭雄，值此生死攸关的时刻，保持着极致的清醒，他一闪念间，下定决心，言语温和，神色严肃，用一种稳重而沧桑的口音道："劳烦石公代启陛下，昆邪年老体弱，实在无法千里行路，还请陛下怜悯……"

代天子传诏十数年，第一次遇到废格诏令的人，石庆有些诧异，亦有些愠怒，毫不客气打断他的话，淡淡地道："数月前阁下还在阴山北麓的高崖上作画，怎么，不过几天就走不动路啦？"

义渠昆邪闻言大惊，因惊惶太甚，胡床战栗而倒，他跪伏于地，磕头不止。

石庆道："天子拥有四海，明察秋毫，我们做臣子的，一举一动尽在掌握，不必打甚如意算盘、动甚歪脑筋。你做的事，廷尉不知、大将军不知、骠骑将军不知、直指使者不知，君上尽知。如今，君上网开一面，你不透网而走，还想待价而沽、挟众取利，何其愚蠢啊！"

义渠昆邪颤声应道："罪臣知错了，罪臣马上东去，终生不再西行。"

石庆转怒为喜，展颜笑道："很好，君侯，到达任所，切勿怠慢，急速详告于我，我好奏闻天子。"

义渠昆邪心如死灰，浑浑噩噩应道："奉谕。"

石庆拂袖起立，走到店门，扶着轺车，义渠昆邪小步急趋，俯身地下，甘当垫脚上车之石。他如此殷勤自辱，引起来往居民一片哗然。

石庆神色严肃，坦然受之，左脚踩其脊背，正待抬脚攀登，东方疾驰来一匹骏马，骑士端坐马上，朗声道："圣谕，义渠昆邪不必就职，令其子义渠浑苏东行代理其职。"

天子的主意又改了，他不但不处罚义渠昆邪，不留义渠昆邪的儿子做人质，还让浑苏实质上出任漯阴侯，继续巩固和拓展这个家族的世袭权力。这不是一般的宽容，简直是到了放纵的地步。义渠昆邪张着嘴巴半晌无法合拢。欢喜、恐惧交织脑海，让他几乎晕倒。石庆对这一切早已洞若观火，面上装作惊疑不安，心中暗自讥笑。

天子长居深宫，于世道人心洞若观火，无一遗漏，他精通驭人之术——先逼部下到绝境，踩进泥浆，突然法外施恩，让其重获希望得到实惠。通过践踏人的尊严、蹂躏人的精神，来保证绝对的忠诚，实现有效控制。

若非此等帝王之术，岂能降服义渠昆邪这样百无禁忌的狠毒枭雄？

明棋撤围，暗子启动，落子入盘之时，坐镇调度的尹鹏颜稍得喘息。这一日他闲坐居室，突然想起一件事来，不禁眉宇深蹙，心头一紧。行走朝堂，看上去十分威风，但一着不慎便会卷入政争的旋涡，身死名灭——此次，除去天子、匈奴和义渠昆邪，还有一股强大的力量窥视搅局，操盘的人非富即贵，最小的一颗棋子也是太守县令。

念及深处，尹鹏颜左手一软，力道尽失，茶杯掉落地上。无庸雉在一侧看着，也不替他捡起。两人沉静许久，无庸雉浅笑道："阿郎，有些事没想清楚吗？"

尹鹏颜道："尚有些许疑惑。"

无庸雉重取了一只茶杯，续上半杯水："几乎每一个朝代，都会面临生死攸关的问题，比如，诸侯割据、宦官干政、外戚坐大、权臣侵主、豪强崛起、敌寇犯边……天子登位之时，匈奴虽然咄咄逼人，屡次袭击边境，但是，他们不是最可怕的劲敌。其实，祸患常生于萧墙之内。"

尹鹏颜心中一荡，接过茶杯，目光熨烫在无庸雉俊俏的脸上。

无庸雉道:"如今,匈奴溃散于漠北,诸侯得到抑制,豪强遭受重创,无宦官之祸,看起来挺好,但是,宗族、贵戚的力量依然盘根错节,时刻威胁着王权。他们滋生于皇室,趋附于裙带,伴随天子始终,永远存在,永远强大。"

尹鹏颜浅啜一口,颔首同意。

无庸雉道:"当年,义渠昆邪率部众降汉,朝廷征发车辆前去接运。官府无钱,便向黔首借马,有的人藏匿马匹,一时无法凑齐。天子大怒,要杀长安县令。汲黯坚决反对,建议把匈奴人作为奴婢,赏给战死者的家属,还要剥夺他们的财产补偿将士。他反对儒术、反对作战、反对招抚,提议恢复文景时代的和亲制度。这个人与形势和潮流作对,多次废格诏令。天子不认同他的主张,却没有进行处置,不过默然而已,最多背后说他愚直。仅仅是性格愚直吗?不,汲黯这个家族做卿大夫这样的高官整整七代,他代表了一股强大的势力,一种汹涌的暗潮。他这样的人,明的暗的,朝野上下,可不在少数。这些人,是国家的统治阶层,不可能全部罢黜或杀掉,还得用他们来办事。即使贵为天子,亦不得不存几分忌惮,求同存异,给予宽容和体谅。"

原来,河西无庸家族对天下形势、大汉朝局有着如此深刻的理解和认识。尹鹏颜听得出神,频频点头。

无庸雉道:"王贺这样一个祖先有过辉煌历史,自身才华出众、心高气傲,却郁郁不得志的寻常郎官,在办理皇差的同时想方设法结交宗室、外戚和朝臣,替他们办一些私事,亦合人情。"

这一点尹鹏颜早已想到,只是没有确定而已。无庸雉的话佐证了他的认识,令他肺腑间一片澈明。

尹鹏颜道:"你的意思是,王贺除了郎官与校尉的身份,还受到另一股势力的指使?"

"他能借来长安令的部下使用,事实还不清楚吗?"无庸雉道,"这些人未必是甚坏人,他们也是为国家、黔首考虑,不过采用的方法同天子不一样罢了。他们一贯坚持华夷之辨,坚信非我族类其心必异,坚决反对皇帝北上用兵,坚决反对耗费民财招抚匈奴。你到五郡看一看,日费千金养这些降人,一点不比打仗省钱啊!"

确实,收揽义渠昆邪十万众,朝廷集结了两万辆车,京畿有车马的人家均受滋扰。匈奴降人的衣食花费皆出财政,府库为之尽空。朝廷动用内府私产接济匈奴,连御膳都减了,御马送去拉车。关东水患,无钱赈济,不得不迁七十万黔首到关西谋生,百姓负担沉重、流离失所、苦不堪言。仅仅昆邪部、休屠部,就这样花钱,一旦右谷蠡王归降,数十万众南来,大汉要节衣缩食,养半个匈奴,不知产生多少祸事。

一场大战打下来,粮草辎重、恩赏将士,花费虽巨,都是一次性的,咬紧牙关苦一阵子,省出钱来也还能勉强应付。至于招降纳叛,帮助他们安家置业,落地生根,旷日持久,非一朝一夕之功,耗费的钱粮数以亿万计,完全是个填不满的无底洞。

和亲,不过下一道诏书,册封几位宗族女子,配一些嫁妆送到北方去,相比打仗与招揽,实在太廉价了。她们生的孩子成为单于、王、王子,匈奴就被改造成大汉的亲戚之国,场面虽然难看,效果实在不错。

宗室、贵戚和朝臣里的一些人虽然不敢公然反对天子的大政,却还是有所行动,希望用较小的成本形成既成事实,改变天子的心意,因而逐渐分化出一股隐秘而强大的力量,触角延伸到各处,其中一缕触须,恰好碰到王贺。

王贺替他们打探消息,泄露天子的规划,制造并引导舆论。

天子虽然授予王贺校尉之职,肯定他的才能,让他充任绣衣直指的副手,但不过作为工具而已,说到信任是没有的,前途也是暗淡的。在这样的境况下,他勾连一些强势之人,多备一条路,也是理所当然。

道理想清楚了、事情说明白了,尹鹏颜并没有因此释然,神色反而越来越凝重。天子是个目标专一的人，他既然订下招抚计划，遇到任何险阻，即使整个贵戚及文官集团的阳奉阴违，他都会视而不见，听而不闻，不动其心。如今，天子集中精力对付匈奴，无暇多线作战，对他们保持颜面、维系平衡，不会公然决裂。他底下的官吏，没有谁愚蠢到与整个亲贵集团和文官集团公然为敌。但是，他的厌恶、憎恨与日俱增，一旦理顺北边的事，一定不会善罢甘休，到时必然雷霆万钧，连根铲除他们。王贺作为突破口首当其冲，作为王贺长官的直指使者，亦难脱干系。

"阿郎，"无庸雉握住尹鹏颜冰凉的双手，轻声道，"这个长安城的风霜，比酒泉郡还要酷烈啊。"

尹鹏颜喟然长叹。

无庸雉温柔一笑："当今天子的胸怀好似长天大海，但有人才，无论华夷、不管贫贱一律收用，即使势同水火、兵戎相见的匈奴人，一旦归附，亦视同子民倾囊相授、坦诚对待。他不喜欢王贺的功利、不了解沮渠倚华的来历、不放心田甲的忠诚、不认同朱安世的愚忠，但是，他竟然准许这些人为国家效力，开设专门的官衙，授予显贵的职务，给予充足的保障。天威浩荡、天心开阔啊！阿郎，你是他欣赏和器重的人，专心办事就是，实不用顾虑重重。"

一席话宽慰了尹鹏颜的心，他本是极其聪慧透彻之人，一点即醒，一时释然，对无庸雉增添了更多的眷爱之意。

对于天子，尹鹏颜一向满怀感激，他心知肚明，这就是知己。对于知己，尹鹏颜不会以死相报，他送上的，是一件比死还珍贵的礼物——努力达成他的意图，襄助他的功业，通过他实现四海康宁、天下太平，一起缔造一个恢宏而慈悲的时代，让天下黔首，无论华夷汉匈，平安平静地活着。

说话间阍者禀报，长乐宫来人，求见先生和无庸姬。两人神色一肃，一起迎客。门外站着一名女官、两位宫婢。女官极年轻稚嫩，看起来不过十一二岁年纪，身材中等，肤色略黄，头小，发黑，椭圆脸，尖下巴。她解开皱着的眉头，笑意盎然，身形谦卑恭敬，抢先致意："尹先生，无庸姬，婢子名叫丽戎，字中夫，叨扰了。椒房[1]最近闲暇，闻说无庸姬制得好衣，商请入宫两天教授嫔妃、宫婢。无庸姬，你看可好？"

原来，无庸家族几乎人人有所痴迷，无用先生爱的是山川形胜、机关暗器，无庸姬爱的是风云变迁、衣冠服色，她身上五彩斑斓的衣裳件件亲手制作。天子第一次见到，深感惊艳，甚至由此得出"绣衣使者"的官衔名称。事实上，宫廷内设有少府、织室令等专属机构，管辖东织、西织，负责冠带宫服的制作，技艺、款式皆属一流，原本用不到民间的制衣师。然而，皇后一向有心，无意间听说"绣衣使者"名号的来历，为悦君上，也对无庸雉及她的彩衣产生了兴趣。

尹鹏颜、无庸雉放松下来，对视一笑。无庸雉爽快地道："想不到我粗劣的技艺竟然入了凤眼。我即刻进宫。"

丽戎欢喜道："婢子备了软轿，无庸姬，请。"

无庸雉道："烦请中官稍待。"回房收整了针线、布料、颜料和几套成衣，与尹鹏颜说了几句闲话，跟着丽戎去了。

从此，生于边地的无庸姬过上了衣绮罗、曳流黄、挟琴上高堂的富贵日子。

傍晚，尹鹏颜接见一名自抚远镇赶来的密探，询问匈奴人融合两族习俗修订的丧葬礼仪，他特别关心匈奴大祭师蛮貂的身体状况，叮嘱属下仔细记录，不得贻误。会见结束，他对当前的情势十分满意，手写一份票据，奖励带来好消息的密探三两黄金，告诉他七天后面见治粟校尉支取。

翌日午夜，尹鹏颜枯坐宅院，无法成眠，茶水已经饮过三釜，依

---

[1] 当时皇后的宫殿多以椒涂壁，用来取暖辟邪，因此，常用椒房称呼皇后，或代称其寝宫。

然不闻远方音讯，唯残月擦过屋脊，划出惨淡的光芒。终于，一阵粗重的脚步声踩过花厅，一人裹挟着寒风一路袭来，好生扰人清梦。尹鹏颜精神一振，好似听到天籁之音："来了。"当即站起，出屋、下阶、穿庭、过廊相迎。

田甲跑得甚急，几乎撞到尹鹏颜怀里，他面皮肿胀，惊喜之色满满当当，似乎要破肤而出，颤声道："他来了！"

光影暗淡之处，立着一个漆黑的身影，看不清眉目，显得十分隐秘诡异。

尹鹏颜急步上前行礼，热情地道："奉使君。"

来人掀开斗篷，露出一副沧桑冷峻的面目，沉声道："尹先生，我们又见面了。"

尹鹏颜道："厢房酒菜皆备，奉使君，请移步一叙。"

说话间，外间急步走来一名少年，面容俊朗、身材挺拔，一双眼睛干净清澈，似暗夜之星辰，透着缕缕清凉之气。他手上拿着马鞭，想必方才拴马去了。尹鹏颜笑道："这位小郎，可是张棉？"

少年上前一步，行庶民见官礼："张棉见过直指使者。"

天下很少有人知道张骞还有一个儿子。他留居匈奴十年，娶匈奴郡主，生下一子，名叫张棉，今年十四岁了。奉旨办差期间，不经恩准与敌国结亲，此为大罪。张骞担心天子责罚，因此出使归来时把儿子安置于陇西，仅带元解忧进京。数月前再次奉命出使，为解妻子孤寂之苦，他让儿子悄悄前来陪伴，装作采买的家奴栖身府内。

尹鹏颜决定调查甘夫之前设下许多暗桩，从外围入手展开全面调查，张骞夫妇作为甘夫的亲密伙伴，自然处于监控之列。其间审查博望侯府上下的户籍，探得一人，年少、貌美，偶尔来往，却没有任何档案记录，追查下去发现了张棉的存在。博望侯府血案爆发后，治粟校尉田甲负责丧礼，仪式进行了一半，张棉姗姗来迟。尹鹏颜突然想到，他远行进京不居家陪伴阿母，却逗留城郊，肯定在办重要的事情——甘夫与张骞夫妇情同手足，张棉作为甘夫的子侄，双方感情必然深厚，这件比陪伴阿母还重要的事，是不是照顾重伤的甘夫呢？一念及此，他立即让人追踪张棉，果然寻觅到甘夫的行踪。

但是，事情到此为止，尹鹏颜当成一个秘密，任由甘夫躲藏养伤，没有采取进一步的行动。若非寻使北上一事，甘夫的归宿会永远烂在尹鹏颜的肚子里，变成一个未解之谜。尹鹏颜不愿意捕戮甘夫的原因，一是敬仰他的本领与功绩，避免英雄收获惨淡的结局；二是对沮渠倚华的回报，感谢她给予自己的信任和支持；三是出于周全张棉的考量——无意间害死其母，必竭尽所能保全其子。一旦捕捉甘夫，张棉必因窝藏钦犯而获刑。这是尹鹏颜不愿意看到的结果。

前日石庆来访言说再三，尹鹏颜深知，一旦战端重开，汉匈上万军民将化作尘土，招抚计划善莫大焉，北上任重，事情紧急，由不得丝毫迟缓。比权量力，他仔细斟酌，修书一封，说清楚得失利弊，交付田甲前去谒见甘夫，请甘夫以戴罪之身入宫面圣，承担重任。

书信里，运笔极真、用情极切，满满家国大义。先说数十年来两国军民因对立与战争遭受的苦难，又说大汉天子和光同尘的长策远谋，恳请甘夫出山相助，襄助善举。再说天子未曾因甘夫一事迁怒沮渠倚华，依然爱惜其才，用作校尉，可见他宽宏大度。又说天子对甘夫一向敬爱、一直欣赏，连申饬都不忍心。一旦朝臣建言、廷尉问罪，愿以身家性命和绣衣直指的官爵当庭力争，确保甘夫平安无恙。

甘夫看了来书，心意已动，问张棉的意见。张棉面向叔父，目光坚定，语气铿锵："我闻说尹鹏颜乃天下名士，从不妄语，出言必信，又怀着一腔报效家国的热血，他已经侦知叔父的居所，却不派兵围捕，而是遣一人带一信前来游说，可见其心。叔父此去，不仅完成一项任务，还为千千万万普通的黔首、数十万刀口舔血的将士减少劳苦、保全性命。我始终坚信，叔父还有使命未了，这个使命，就是结束血腥的僵持局面，令天下太平、福泽苍生。"

这一席话，其他人说起来，有些空洞矫情，但张骞的儿子说起来，却无一字作伪、一词表演，言之有物，充满真情实感。甘夫闻之振奋,当即慨然应允。

宾主于厢房坐定,尹鹏颜亲手奉送饭菜,殷勤伺候。田甲告知尹鹏颜此行的见闻,尹鹏颜手捧酒杯,先向甘夫行礼,又向张棉行礼。张棉饮了一杯,回敬一杯:"下走一介布衣,不便与闻机密,先行告退了。"说罢,行礼辞去。

阿母已逝,阿翁未归,长安冷酷,何必停留?张棉祭拜过阿母,自此西去。[1]

田甲目送张棉的身影消失在树影亭台深处,久久不能释怀,这个少年,真像当年的自己,明快直接、坦荡清澈。良久,他借着酒意,问出一个如鲠在喉的问题:"奉使君一直忠义、一向淡薄,为何甘受义渠昆邪的驱使?"

甘夫长叹一声,饮了一杯:"说来话长。当年义渠昆邪曾向楼兰提亲,未成功,他对贱内念念不忘,用情实深。后来匈奴攻击楼兰,贱内不顾身怀有孕,东行向大汉借兵,流落至河西祁连山。此地乃昆邪领地,他接到消息立即赶来相救,延长了贱内两日性命,得以产下倚华。他又寻淳朴的农户,抚养倚华长大,每月送来钱粮,数年不缺。我归来后听说这些,对他实在感激。他向我和盘托出行动计划,又以倚华作为筹码,要求我参与同谋,我一开始拒绝,他竟然拔刀自残,几乎砍碎额骨。无奈之下……"

尹、田二人听罢,豁然开朗。这样的抉择,十分符合甘夫知恩图报的风格。可以想见,甘夫苦求张汤收沮渠倚华于羽翼之下,带入长安,其间不可言说之处在于,倚华年纪渐长,俨然复制了母亲的身形气质,义渠昆邪难免不存非分之想,而甘夫并无十足的把握与他相

---

[1] 后来,朝廷下诏赦免张棉,赐予亭驿的吏职。由于匈奴不断骚扰,张棉把驿站迁到张家川,后人称之为"张棉驿"。张棉职位卑微,不像父亲一样创造过历史,留下辉煌的名声,但他亦有自己的价值。丝绸之路开通后,张棉驿成了中原与西域之间商贸往来的重要据点,一直存续到清朝末年,为人们提供食宿,让漫漫长途的旅人洗去风尘,得到慰藉。

抗，不得不借助九卿之一的凶神廷尉保全女儿。确实，放眼天下，除了大汉天子、廷尉，能够在义渠昆邪的欲望下保全一个女孩的人实在屈指可数。义渠昆邪到底是个什么样的人？痴情的、念旧的，还是凶狠的、卑鄙的？似无明确的答案。人性的温暖和冷酷，干净与复杂，全在一念之间。

尹鹏颜看向墙壁上的魅影血刀胸口一荡，想起了无庸雉。她是他的爱人，何尝不像女儿一般？他愿意付出一切、承担一切，去保护她、爱护她，这一腔热血、一颗痴心与甘夫全无二致。他理解甘夫的所作所为，此时，他有义务帮助甘夫挣脱困局。说到脱困，替天子分忧，立功赎罪，则是当前最好的方法。

想清楚了其中的关节，尹鹏颜望向窗外越来越淡的星光、越来越亮的日色，举杯道："天子苦等奉使君，我们进宫吧。"

甘夫闻之神色一紧，迟疑片刻，咬紧牙齿，放松面皮，坦然道："善。"

踩着辰时的点，绣衣校尉和甘夫一行人来到未央宫。卫尉路博德早在门前等着，彼此匆匆见礼，自侧门而入，避开朝臣和卫士往深宫急行。这是一次极其机密的会面，即使史官司马谈、近臣东方朔亦不得与闻，里面的细节少有人知。

据说天子一改往常的闲适自然，赤着脚跑出殿外，把着甘夫的双臂连声叫道："奉使君啊，奉使君啊，吾好生想你，好生期盼你，好生寄望你！十数年忠贞不渝，为何归来后却行阴诡之事？"

甘夫正待请罪，天子断然止住，说他一向忠义，要保护陷身河西的女儿，还要保全数万南归的同胞，因此帮助义渠昆邪做事，此为父亲本分、节义之事，不必自责。甘夫流泪行礼。

天子胸怀宽广，连义渠昆邪都宽恕了，承诺不会牵累归附的匈奴族人。他们既然来了，在汉家的土地之上，穿汉家的衣裳，饮黄河之水，就是天子的子民。天子比任何人都爱惜他们。宽慰了甘夫的心，天子提出要求，请他辛苦一趟，招来右谷蠡王，立下这旷世奇功，朝廷不作奖赏，准功过相抵。事情办成后，或留居朝廷，或遁走山林，尽可随意。

随后，天子的目光投向田甲，言辞森严，狠狠敲打一阵，说他行事诡秘，与文武官员私交甚密，非人臣之道，务必深刻检讨，约束行为，以免自误。随即，天子盯着大汗淋漓的田甲浅浅一笑，温声表示，不再追究他的一切过往，条件是，田甲出任副使，辅佐奉使君北上。田甲水性，素来善看风头，随波逐流，当即屈服，装作感激涕零的模样，庄重承诺尊奉谕旨，替国家出力——反正他刚随张汤北行过，不在乎再走一次。

刘彻令内臣传王贺觐见。王贺虽任职校尉，职责一向隐秘，依然以郎官的身份驻守宫廷。他闻令即至，远远看到尹鹏颜、甘夫，不曾想到尹先生竟然找来了奉使君，大为惊诧。天子示意他近前来，轻声道："你是我的郎官、我的校尉，为何替我的臣子办事？"

每逢大事有静气，事态越发严峻，王贺愈加冷静。暗结朝臣之前，他预料到有这一天、有这一问，早已想好了说辞，壮着胆子道："陛下替大汉黔首开疆拓土、安定边塞，他们亦为天下苍生保全身家、苟全性命，都是为国为民，不过方法不同而已。"

"你还年轻，你不懂。"刘彻道，他目光炯炯，盯着王贺眉目半晌，"我不是要消灭匈奴，杀人是消灭不了匈奴的。他们的方法，令彼此隔离，不过一时之计，数十年后，百余年后，仍然祸患弥天。我要的是融合，四海之内莫非王土，率土之滨莫非王臣，各族合一，彼此亲爱……"说着击掌数下，石庆用玉盘托着一卷竹简送到，天子两手拿起，掂握数次，亲手交予王贺："中国有礼仪之大，故称夏；有服章之美，谓之华。华夷之辨，没有你理解的那样狭隘。认同我的即为袍泽，你好好领会。"

王贺跪下膝行，高举双手接过，有些沉重，轻轻捏握，判断重约汉制八斤。他心间澈明，略微放低定睛一看，果然是一部《春秋》，当即拜谢，领受天子的馈赠。

刘彻道："我的亲属、我的臣僚，他们不同意我这一件事的主张，但我不能疏远他们，只要不过分，我必须装作一无所知。因为尚有许多件事，需要他们去做，他们在大多数事情上是支持我的，尽心尽责的。王贺，我的心思与一般人不同，我能接纳曾为仇敌的匈奴人，亦能宽赦曾为叛臣的你。国家用人之处甚多，我爱你之才，希望你好生自爱，莫要恃才自误。"

王贺本来聪慧，一点即通，听了这几句肺腑之言，若拨云见日，感激涕下，长跪不起。自此之后，无论行到何处，他都背着一个竹制的书箱，至于装着什么，外人不得而知。

刘彻的眼睛已经看到未来数千年后，到时，骨头搭建桥梁，血水融化坚冰，汉匈真的融合为一，历史进程证明刘彻是对的。但在这漫长的过程中，还经历了无数血腥的战争、经历了五胡乱华的惨事。对于生活在当时的普通人来说，他们的生命太短暂了，他们的苦难十分现实，根本无法以千年为坐标来看待一件事，他们目光短浅，锱铢必较，求田问舍，顾及眼前的一日三餐、一亩三分，真的是再正常不过。刘彻像一个永远存在的神，他的治下能够跟随他点缀在未来历史天空的人实在太少了。而王贺，经历了一系列不可思议的事情，幸运地成了其中之一。时至今日，依然能寻得到他的名字。

尹鹏颜示意王贺，两人请准天子，移步殿外，相对低语。尹鹏颜令王贺立即前往抚远镇，与朱安世一起监视义渠昆邪。尹鹏颜十分器重王贺，尤其欣赏他勇于任事的作风，希望通过一件件具体的事务，让王贺充分展示个人能力，建立足以上达天听的功绩，增进天子的信赖，增强他忠诚于天子的信心，达到风云聚会、君臣相得的上佳状态。王贺接令，知其苦心，满口应承，当即收拾了行装，扮成一名行商，出宫城西去。

一开始王贺确实存着私心，主动创造机会接近天子，豪言幸进，甚至获得校尉之职后亦不满意，希望取悦亲贵重臣，在极短时间内获得职务的递升、权势的增长。但是，在绣衣使者这个官衙，他感受到的，不是暮气沉沉的推诿扯皮，不是你死我活的明争暗斗，而是一种积极办事的激情、一种舍我其谁的担当、一种患难与共的深情。这里的每一个人，各有缺点，各怀目标，但是，在尹鹏颜这位心地光明的上司的照耀下，他们变得清澈直接，胸怀中装满了家国大义，眼睛里看得到天下兴亡。他们把一份差遣做成了事业，这份事业一旦成功，受益的不仅仅是几个官僚，而是汉匈两国千千万万的百姓。

生于世家的读书人王贺，本性青春率真，那颗让功利熏染迷障的赤诚之心，终于自困厄处挣脱而出，好似连日阴雨后跃出山峦、普照大地的太阳。久违了，这样热烈的感觉，这般畅快的舒展！王贺立下誓言，心无旁骛，纵情向前，去做一两件利国利民的事，让自己的人生价值不但书写在史册上，更铭刻在人心里。

天子留尹鹏颜对坐饮茶，商谈一些迫在眉睫的军国大事——汉廷不会把鸡蛋放在同一个篮子里，不会同时仅做一件事，任何时候都是顾虑周全、多措并举、主次相辅、齐头并进。招抚的同时，用兵之事亦同步规划，如果右谷蠡王同意南归，则出兵卫其侧翼，以免他受到单于攻击；如果右谷蠡王拒绝合作，则王师尽出，一战剿灭。说到布阵行军，怎么少得了庙算？说起庙算，怎么少得了尹鹏颜尹先生？

诸事已毕，石庆挥手令众人散去，各自办差。一行人走出天子与重臣议事的殿堂，走在宽阔的广场上，人好似蚂蚁一样渺小。太阳热烈地光照头顶，一切显得暗淡。谁不畏惧太阳，谁不仰仗太阳？像个扫把星一样的田甲，大半生曾活得熠熠生辉，一触碰到太阳，立即光芒尽失。他深知，人眼不可与太阳忤视。想到北方的苦寒，他垂头丧气，内心充满了惶恐。想到此行的凶险，这位冒险家不禁热血沸腾，胸腹内燃起丝丝快意。

第十五章
於单大墓

终南汉宅像一粒肉馅,包裹它的是无边的深黑,里面连一盏灯都没有,气氛实在诡异。义渠昆邪吃过沮渠倚华的亏,担心有人用驭狼术再度潜入,遣散了所有的狗。

王贺会合了朱安世,两人做好充分的准备,躲过重重守卫潜入府邸,攀爬墙壁,伏身房顶,一路顺畅,如入无人之境。他们都感到惊讶——看来,义渠昆邪经过惨败,精神已经松懈,以致督促不力,守卫都松懈了。朱安世揭开瓦片,借着惨淡的月光见义渠昆邪的床榻上僵卧着一具尸体般的东西,鬼气森森,半个多时辰了一动不动。两人浑身冰凉,越来越觉得惊悸。

朱安世沉声道:"义渠昆邪点不起灯吗?"

王贺道:"恨不得替他出这个钱。你看,一个个侍卫、仆役,鬼一样悄无声息,走来走去,着实瘆人呢。"说着不禁打了个哆嗦,右手抓紧左手,指甲都掐进肉里了。

服侍的仆役清扫好屋宇,缓缓退出,关闭了房门。两人眉目示意,朱安世在椽子上挂好绳索,准备悬垂潜入,抵近侦察。

突然,床铺动了。义渠昆邪一脚踢飞被褥,大叫一声跳下床,呼哧呼哧大口喘气,满脸油汗,好似一条被甩到岸上垂死的鱼。门外的侍从听到响动,相对摇头,却无一人进来——这十余天,主人一到这个时候就发狂发疯,他们早已习惯了。义渠昆邪睁大眼珠,左右顾盼,突然踉跄靠近一面巨大的铜镜。他盯着镜中的自己,痴痴呆呆,张皇失措,随即狂笑一声,发疯似的扫倒镜前物品,凑近铜镜,照着左鬓。红色的胎记累积了热血,猪肝一般,显得越发恐怖。看了一阵,义渠昆邪全身颤抖,无声泪下,叫道:"为甚,为甚,为甚选我做这个傀儡!"

他这句话用的是匈奴语,窥伺的两人听不懂,但还是被他的表情和声调吓得不轻。王贺暗自寻思,尹先生算无遗策,还是有些纰漏,如果带来沮渠倚华听听他说什么,或能知其全貌。

义渠昆邪阴诡地笑着,毫无征兆地拔出一把牛耳弯刀,活生生切下鬓角的花斑,一时间满面血污,形似恶鬼。他疼得差点晕厥,咧着嘴,咬着牙,发出豺狼之音。眼前的景象实在太骇人了,连朱安世这样见惯险恶、身经百战的勇士都感到惊骇,王贺更是惊出一身冷汗,左脚一动,蹬开一堆瓦片。义渠昆邪依稀听到屋顶弄出的响动,半眯着眼四处搜寻,头颅缓缓抬起,污血淋漓。一旦发现屋顶有人,他一声令下,值守的百余精壮卫士就能拆了房子。两人神色一紧,王贺捂住了嘴巴,朱安世握紧了弯刀。

在这电光石火之间,地面发出阴沉的闷响,床榻缓缓裂开,一个穿着绛绢上衣、裤裆裤的人鬼魅一般钻出来,冷漠地道:"你不喜欢我给你的妆容吗?"

义渠昆邪惨然一笑:"你为甚不把你漂亮的脸蛋给我,却给我这样肮脏恐怖的印记?"

地中人坐下,从地上捡起酒壶和酒杯倒了一杯酒,自斟自饮,声音淳厚舒缓,一字一句道:"它已经和你的骨肉长在一起,它已经是你身体的一部分,你割掉它,自己受苦,何必呢?我给你的,就是命运给你的,你就愉快地接受吧。你忘了,你本来就是我的家奴啊!"

义渠昆邪痛苦地道:"一切事情,都是你出来做的。天下人都知道我义渠昆邪,这个长着恶心花斑的人,是一个蠢蠢欲动的奸贼……其实,归降汉朝后,我从未离开过抚远镇,我也不想离开抚远镇,我希望一辈子就这样活下去……"

地中人揭开半面斗篷,露出一模一样的斑纹,对着铜镜把玩欣赏:"我觉得挺好的,你不觉得吗?"

屋顶上的两人看不清他的面目,被眼前的一幕惊得屏住呼吸。义渠昆邪大口大口呕吐起来,地面一片污秽。

地中人道:"刘彻已经放过你,你还担心甚?"

义渠昆邪道:"他暂时容忍我,是为了招抚右谷蠡王。右谷蠡王一旦归附,我死期不远。"

地中人冷冷道:"右谷蠡王一旦背叛我们,我就宰了他。"

义渠昆邪叫道:"我现在就背叛你,你杀了我吧!"

地中人手一抖,一杯烈酒泼在义渠昆邪残损的面上,厉声道:"你再胡言乱语,我杀你全族!"

义渠昆邪怆然无泪,瘫坐地上,抓着桌腿,两眼茫然,污秽遍体,形同鬼魅。

地中人突兀地道:"赵信城再次筑造完工,积粟十万石,以李绪练兵驻守。我赏赐予你,改为'昆邪城',封你作自次王。"

义渠昆邪异常惊诧,问道:"大单于不是封过自次王了吗?"

地中人鼻腔发出轻蔑的哼声:"伊稚斜这种蠢货,用的也是蠢货。他封的自次王,献策,导致河西陷落、阴山防线空虚;据城,积粟被汉军焚烧殆尽;领兵,万人精骑一战败散;刺杀,教张汤和尹鹏颜逃出生天……至今干不成一件正事,无能无用,白白浪费我的爵位,我已杀了。"

义渠昆邪失声叫道:"你杀了赵信?"

地中人冷笑数声。

义渠昆邪道:"我明白了,天下知道你真实身份的人不过伊稚斜、赵信和我,你惧怕赵信暴露你,因此杀了他。我问你,你摸着良心说一句实话,何时杀我?"

地中人道:"你替我吸引汉人的目光,你还有用,你必须活着。"停顿半晌,讥讽道:"我不杀你,我等你背负着一切秘密死在刘彻的手上,到了那个时候,你就解脱了。作为补偿,我会保全你的部族。我起誓,再不骚扰他们,也不会调用与你关联的任何人参与我随后的行动。"

义渠昆邪又悲又喜,怅然道:"你真是厚道啊。"

地中人饮了一杯,丢掉酒杯:"伊稚斜,这个蠢货,也要死。"说罢一脚蹬倒义渠昆邪,拍拍他的脑袋:"我时刻在你卧榻之侧,不许耍花招。再会。"说着缓步走到床铺边,背对着义渠昆邪不知转动了什么机关,地面缓缓下沉,隐没了身形。空旷的卧房内,义渠昆邪颓然枯坐,悄无声息,不知死活。

王贺和朱安世面面相觑,长久不发一语,瓦片渐凉,夜露渐深而不自知。义渠昆邪不过一颗棋子!这真是一个惊天的消息。他并非冢蝓,不过是另一个人抛出来的诱饵。这个人骤然出现,看不清面目,听声音是个三十多岁的年轻人。看上去,他的地位远在赵信和义渠昆邪之上。地位如此高的人,匈奴屈指可数,左右贤王,还是左右谷蠡王?莫非……伊稚斜单于?不可能、不可能,单于怎么会冒险深入汉地。不是伊稚斜,这个人提起伊稚斜没有一丝一毫敬意,直呼其名,以蠢货相称——他应该是一个能和匈奴单于相提并论的人。

两人爬下房顶藏身暗处,揉揉僵硬的手脚,待身躯稍稍暖和了,低声商量一阵,觉得兹事体大,必须立即上报。

毕竟身在虎穴,事态严重,他们一时找不到潜身抚远调查诸胡事务的沮渠倚华,不放心尹先生早已布置的暗探,决定由王贺立即赶赴长安当面禀报。商议已定,朱安世吃过一些饭菜,再度攀爬房顶,严密监视。王贺越过山岭,寻到山谷间放养的坐骑,打马往长安急行。

翌日,尹鹏颜再次进宫接受天子的咨询。君臣正在饮茶,突然接到王贺的急报,气氛紧张起来。刘彻沉吟片刻,出奇冷峻:"目前诸事已了,只待北方,义渠昆邪断然不能出事。吾拨一支三百人的期门军,交予卫尉,令他驻防抚远,确保义渠昆邪安全。先生意下如何?"

时至今日,义渠昆邪依然是个重要的角色。不管这骤然现身的诡谲人物是谁,无论背后深藏着多少阴谋秘辛,一切都得让位于朝廷的招抚计划。而这个计划的一个关键因素是,义渠昆邪始终平安富贵,作为一个示范存在。不能让他死,这是给右谷蠡王看的;不能让他乱,这是让天子放心的。

尹鹏颜道:"抚远镇的情势十分复杂,臣请随军前行,襄助卫尉。"

刘彻笑道:"正合我意。别人我不放心,还须先生辛苦一趟。卫尉,尹先生参赞军机,有调兵用兵之权,你须尊重他的意见。"

路博德道:"奉谕。"

尹鹏颜道:"陛下,臣建议,期门军两百即可,另配北军工匠营士兵一百人,携带锄头、铲子和铁镐。"

刘彻道:"先生打算挖开义渠昆邪卧室的暗道,一探究竟吗?"

尹鹏颜道:"义渠昆邪还在终南汉宅,为免打草惊蛇,暂不挖掘。一旦要挖,也是从於单大墓开始。请工匠营的军人同去,见机行事。"

刘彻道:"可。"

他蹙眉沉吟片刻,补充道:"你们要以临敌的状态应对此事,兵器到武库领取锋利趁手的,车辆全部换成战车。"

石庆听罢,面目肃然,自朱漆木箧里取出两枚令符示与刘彻,经天子颔首同意,交予路博德。路博德接令,当即调拨两百精锐期门军、两百匹马、十辆既能运输辎重又能作战的武刚车整装待命,另选一名军吏持天子令出宫调度北军。不久,北军一名校尉进宫领命,一切准备妥当。

尹鹏颜、王贺随同军兵出城向南,一路上一边策马奔驰一边研究诸多细节,分析当前局势,说了半晌依然不得要领,唯有寄望身临一线,具体调查再作决定。救命如救火,谁也不敢松懈半分,众人打马奔驰,快骑似飓风一般卷过荒原,卷过山岗,卷过森林,半天的路程仅仅用了两个时辰,抚远镇遥遥在望了。尹鹏颜挥手,士兵勒马停下,偃旗息鼓,隐身山岭。尹鹏颜对路博德道:"大军旗号鲜明,骤然进入市镇,必定引起居民惊疑。将军,可否由我领数骑,着便装先行探路?将军领主力原地驻扎,视情而动。"

路博德听罢,扯掉战袍,露出里面的麻葛布衣,笑道:"末将早已准备妥当。尹先生,你破了义渠昆邪的诡计,他恨你入骨,全镇各色人等熟悉你的相貌,你贸然进去,恐有不测。这样,先生留守我进镇,如何?"

这个安排,或许又是天子的意思。天子请尹鹏颜来,主要还是让他做一个幕客。路博德既然做到替天子守门户的将领,一定有其精细之处,绝非赳赳武夫。因此,尹鹏颜顺水推舟:"将军辛苦了。"

路博德一声令下,五十余名士兵尽数下马,脱去军装,整顿行伍,装作一队西行贸易的商队,进镇去了。

尹鹏颜等人正在观望,突然山顶一阵乱响,像滚落了一块巨石。众人仓皇躲避,定睛看时,冲下来一匹黑炭般的战马,骑士铁塔般,黑沉沉的,似乎比石头还硬。尹鹏颜悚然,预感到大事不妙。

朱安世的声音雷霆般响起,几个字石破天惊:"义渠昆邪死了。"

尹鹏颜临此巨变,纵是心如古井,亦生波澜。王贺颤声道:"什么?"

朱安世滚鞍下马,牵着缰绳大步走向一条林间小道。尹、王二人随他避至僻静处。朱安世沉声道:"自从地中人现身后,我时刻戒备,圆睁双眼盯着义渠昆邪的卧室。义渠昆邪一直不动,过了两个多时辰突然暴怒,取下墙上利刀,猛砍床榻,砍烂床铺,随即疯了似的戳地。他的面目、两手血肉模糊,人已经彻底疯了,连我都感到胆寒。正要下去阻止,地下再次裂开,地中人又出现了。他他他……"

发生了什么诡怪的事,竟然让这样铁打的汉子惊恐万状?

王贺惊问道:"你看清他的面目了吗?"

朱安世没有接腔,继续道:"地中人持刀而立,长声叹气,说

'你疯了，没用了，要坏我的事'，话音未歇手上划出一道亮光，斩落义渠昆邪的头颅。"

两人怔住，空气沉闷得密不透风——一刀砍掉首级，此情此景，实在骇人。

朱安世道："他丢了刀，抬起头，冲着我诡异一笑。"

王贺追问道："看清相貌了吗？"

朱安世道："脸上戴着青铜面具，仅仅露出眼睛和少许肌肤，无法分辨。我肯定，年纪不小于三十岁。"停顿片刻，朱安世道："随即，他提着人头走出屋子，不知去了哪里。过不得多久，他竟然换了一身火红的长袍，上面挂满黄金、羽毛，出现在房顶上，大声呼喊我的姓名。他在东厢房，我在西厢房，隔着一个硕大的院子我一时无法接近他。那人像地府钻出来的恶鬼，发出阴森恐怖的笑声。随即房顶烟火四起，噼噼啪啪响成一片，府内的武士和山下的民众惊醒，聚拢来看……"

黑马打着响鼻，马蹄敲打地面，发出异样的声响。朱安世为了控制它，把缰绳缠绕在左小臂上。

王贺毛骨悚然，颤声问道："后来如何？"

朱安世道："那人狂啸数声，挥臂一甩，首级凌空落到西厢房上，砸烂瓦片，滚落屋内。他手指众人，朗声道，你们还记得我吗？你们还忠诚于我吗？我来了！说着，摘下面具……"

尹鹏颜转眼望着山岭下的於单大墓，浑身冰凉。

朱安世道："那人面向我，高声笑道，'朱安世，感谢你替我诛杀背叛匈奴的贼臣，跟我去匈奴地，我封你做将军'，说罢两脚一跺，整个身子穿瓦而落，自此踪迹全无。"朱安世眉目间阴云愈浓："奇怪的事发生了，武士与民众一片惊呼，一部分人惊在原地，一部分人跪倒磕头，大叫'太子、太子'。"

王贺惊诧至极："太子？"

尹鹏颜冷峻道："於单。"话音未落，他面色一变，炭刀出鞘，斩向朱安世手臂。

与此同时,黑马狂啸一声,口鼻血沫喷溅,前蹄高扬,冲向山崖。朱安世天生神力,能单手控制奔马,可是,他方才遭遇的事实在骇人,牵住了他全部心思,毫无防备地被马拖倒。千钧一发之际,炭刀斩断牵连人马的缰绳,那马完全是一副寻死的模样,毫不迟疑地跃入深渊,摔成一摊烂泥。

夜半时分,期门军和北军开进荒原,围绕於单大墓驻扎。尹鹏颜向路博德简单说明了义渠昆邪的变故,在路博德指挥下,期门军集中武刚车,陈列外围,形成一道森严的壁垒,对外宣称於单太子忌日将至,太常接朝廷之令,于近期前来主持祭祀,祭礼施行之前,先以士兵压制邪祟。

营地设了一顶大帐、三十顶小帐,北军工匠营的士兵集结大帐,朝着於单大墓掘进,将挖出来的土石堆于帐内。工程悄然进行,掩人耳目。大约一个时辰后,匈奴太子的墓道豁然洞开。

两名士兵高举火把,当先开路。尹鹏颜、王贺、路博德和五名军吏全身披甲,一手持盾,一手持兵器,小心戒备,躬身深入幽闭寒冷的墓穴。一路呼吸可闻,幸无危险,顺利进入墓室。面对巨大的棺椁,火把一照,众人身心一阵发寒——棺木移动过,盖子还有撬动的痕迹。

路博德惊讶地道:"怪事,匈奴人时刻盯着这座大墓,竟然还有人来盗窃。"

尹鹏颜听了,长声叹息。

路博德吓了一跳:"你叹啥气,存心吓死我吗?"

王贺道:"将军,闲话休说,事不宜迟。"

路博德顾盼左右,命令道:"打开。"军吏一拥而上,推开棺盖,众人凑近一看,里面除了几件衣裳、几张绢帛,一无所有。

路博德满脸狐疑:"不可能啊,於单太子下葬时,我受天子令,以期门军护送,亲眼见尸身装殓,亲手钉钉,亲自抬棺,怎么会……莫非,谁这么恶心,盗走了尸体?"

王贺倒吸了一口凉气:"看来,朱君所见的於单,真的复活了。"他靠前两步,伸手往棺内摸索,喃喃道:"对了,对了。"

路博德道:"啥对了?"

王贺摸出一张帛书:"匈奴人的习俗,人死后要归葬故地,所谓'胡马依北风,越鸟巢南枝'。你们看,这份祭告神灵的文书写得很清楚,於单王子的部下,趁着夜色带他走了。"

路博德一把夺过帛书,看了一阵,上面描绘的不是文字,而是图形,绘制着一些奇奇怪怪、歪歪扭扭的符号,一个也不认识,不由问道:"如果这是符合风俗的,为甚不光明正大带走,连朝廷都不报备?你看,那么多匈奴人天天来拜,拜个鬼啊,甚也没有。"

尹鹏颜突兀问道:"於单是谁?"

路博德奇道:"明知故问,他是匈奴太子啊。"

"他本来准备继承父亲军臣单于的汗位,却被叔叔左谷蠡王抢了。他的尸身送归北境,依照习俗,必须归葬家族墓地,否则不能登天或转生——此处与单于军帐仅仅隔着三百步,出帐即见。"尹鹏颜道,"部众同情太子的遭遇,必然聚集祭扫,形成一股不满的势力,篡位的伊稚斜对其忌惮之深,如鲠在喉,肯定会将其挫骨扬灰的。"

"明白,明白。"路博德恍然大悟,"归葬漠北不可能了,还不如留守汉地,受些香火,不至于孤苦无依。"

尹鹏颜拍拍手掌,抖去灰尘,环顾四周沉声道:"诸位,於单不但是匈奴的太子,还是大汉的涉安侯。盗掘王侯阴宅者,斩。你们出去切不可提,否则有司追查下来,都得死。"

众军吏悚然心惊:"不敢说,不敢说。"

尹鹏颜道:"另外,洞是你们挖的,如果匈奴人知道你们进过墓穴,而尸体又不见了,或不会善罢甘休啊。轻则上告朝廷,重则刺杀复仇……"

这一句更为骇人，连路博德也牵扯进来了。众军吏脸色苍白，腹诽嘀咕，这还不是你们绣衣使者指使的？嘴上却很识时务，求饶道："还请直指使者与卫尉宽恕，替众弟兄隐恶扬善。"

尹鹏颜爽朗笑道："不能隐藏，不能隐藏。弟兄们远行辛苦，有大功于国家，我有幸见到天子，要说几句公道话的。不过，掘墓一事就此成为一个秘密，深埋地下吧。"

众人神色稍缓，合上棺盖，一拥而出，挥舞工具掘土封堵了墓道，手足并用爬到地上。大家心照不宣，就当什么事也没发生。

事实上，挖掘大墓一事已向天子报备，征得同意，由此才调了北军工匠营随行，不存在按律获刑的问题。尹鹏颜故意恐吓众军，提防的是人多口杂，泄露出去，为匈奴人周知，引起祸端。

此时，天色晚了，凉月孤悬，苍茫的大地上显得十分凄切，汉军将士留数人警戒，大部疲惫睡倒。

数百匈奴人在四方聚拢，远远地窥伺着汉军营地，十数快骑抵近侦察，其间不乏射雕手。他们燃起篝火，唱着苍凉悲苦的歌，虽然听不懂他们的言语，却令人怆然泪下。

路博德问道："他们唱甚？"

背后，一道身影铺在荒原上，一个声音黯然道："离乡背井的悲凉、朝不保夕的忧惧……"

路博德循声望去，看见一名身材健硕、眉目英挺的女子——绣衣使者诸胡校尉沮渠倚华不期而至。王贺欢喜之下正待上前叙话，却见沮渠倚华一脸严肃，直接走到尹鹏颜面前似有要紧事禀报，赶忙收住笑容，肃立一侧。

沮渠倚华满面忧怅地道："尹先生，全镇传言四起，已经乱了。一部分匈奴人认为，朝廷武士装扮成於单杀了义渠昆邪，他们立誓报仇，正在收整兵器、聚拢壮士，准备攻击营地；一部分坚信於单还活着，也蠢蠢欲动，厉兵秣马，听从他的号令。"

路博德感到惊诧，急令诸军吏增设岗哨，加强巡逻，以备不测。

漆黑的天地间，尹鹏颜看向终南汉宅，明亮的双眸恍如星辰。

王贺眉眼间刀光闪烁："实战证明，两军对阵之时，一名汉军壮士可敌五名匈奴勇士，区区数千匈奴黔首，何足道哉！卫尉，一旦匈奴人敢于围攻，请你立即下令，推开大车，擂鼓出击，下走愿领兵陷阵，片刻之内，尽数杀灭。"

路博德睁大眼睛盯着王贺，过了半晌，诧异地喝问道："你说甚？"

王贺奇道："将军长居宫室，不敢作战吗？"

路博德怒道："王贺，这些人都是我大汉在籍的子民，我岂能用兵杀伤他们？"

王贺叫道："你想做好人尽管做，就等到陇西、北地、朔方、云中、代五郡的匈奴人反了，冲过来屠杀我们吧！"

沮渠倚华摸摸干裂的嘴唇："将军，营地缺水，我们等不到那个时候。"

抚远镇隐秘的角落，早有天子的眼线。京城近郊发生了这样天大的事，第一时间急速奏报。半日之间，未央宫左近一个茶肆的后院陆续来了十数批细作，带来一个比一个更让人惊诧的消息。店家佣收了情报，递交守在后门的骑士。骑士装入行囊，驰马而去，急报石庆。石庆小步疾行，来到宫内一个幽静的花园里。

义渠昆邪身死的消息急速传至，天子正与皇后饮酒，不觉酒樽坠地。

卫子夫初觉惊惧，抬眼一看，天子面色迅速恢复了正常，亦稳住心绪，重新取杯，满上琼浆，递予天子。

刘彻持杯不饮，半晌不语。卫子夫小心问道："君上，事态紧急，是否召集诸臣问一问主意？"

刘彻抬起眼来，纵目园林远端，轻声道："那位彩衣女子，可是无庸姬？"

卫子夫笑道："是她。我爱她服饰，因此请来教宫人染色制作。"

"善。梓童发美,应裁天衣搭配。"刘彻道,"我们一起去问问她。尹先生爱慕的人,必然不会缺少见识。"说着丢了酒杯,缓步行去。

众内臣、宫婢见帝后临近皆惊惶,跪下俯首。他们换上无庸姬新制的衣裳,整个世界增了许多颜色,令人赏心悦目。

卫子夫侧眼一看,躬身迎候的无庸姞神色祥和,似清风拂面,不禁暗自称奇,轻启朱唇,温声道:"无庸姬,天子接到情报,义渠昆邪死了,抚远镇及五郡陷入混乱。你可有良策,替君父分忧?"

眼前的美人,身段曼妙,配饰雅致华美,如同芙蓉和兰花一样纤细美丽。她头戴玳瑁长钗,身佩白色玉环,耳畔环绕翡翠珠珰,腰系镶饰金银的玉石带钩。穿着齐阿之裳、雍锦蔡纺、邯郸直美、郑裤鄙带,一对玉足裹在精心缝制的履内,气质优雅,如同《楚辞》中的神女下凡。

无庸姞低垂眉目,身形谦恭,然语气铿锵:"此事容易。"

刘彻听罢,眉眼一亮。

卫子夫顾盼左右,见亲随甚多,轻声道:"无庸姬,附耳来说。我听了,再向君上禀明。"

无庸姞奉命,膝行四步,与皇后耳鬓若即若离,轻轻说了两三句话。卫子夫振奋,眉目间渐生情趣,欢乐溢出面目,凑近刘彻,举着右手挡住唇齿,转述话语。刘彻闻之,一下站直了身子,朗声大笑,转身自内臣端着的玉盘上取了烈酒,一连饮了三盏,大叫痛快。

天空清冷而萧索,偶尔划过几丝云缕,一只大鹰盘旋许久,展翅飞向辽远的西方,渐渐变作一粒黑点。无庸姞追着鹰迹,神游八荒——苍鹰去的地方,正是遥远的河西。她的嘴角浅浅咧开,脸颊补充了许多红润之色。

耳边传来天子威严的声音,令内臣急传一名贵官来见。片刻,花园远端的木质拱门处响起一阵轻快的脚步声。无庸姞笑了。她收回扫向长天的目光,穿透面前的一团迷雾,清晰地看到一片澈明。

这个人一现身,一切困厄将迎刃而解。

无庸雉微微颔首,喃喃自语道:"来了。"
　　众人往前看去,但见一个身材魁梧的少年,穿着崭新红袍,好似俊俏的新郎官,迈着轻盈的步子阔步而来,好一个春风得意。

　　匈奴人逐渐增多,漫山遍野,目测不少于千人,他们和汉军将士依托武刚车僵持,一直对峙到午夜时分。路博德自领士兵,设土垒战备。
　　沮渠倚华听到帐外有人踩动草秆,发出轻轻的脆响,瞬间醒来,见一道黑影闪烁摇曳。她探手握住短刀,任由黑影挑帘而入。
　　虽然光线暗淡,但来人的身影如此熟悉,沮渠倚华握刀的手一松,手心皆汗,一颗心乱跳。
　　王贺道:"睡了吗?"
　　沮渠倚华结结巴巴道:"睡了。"
　　王贺道:"到我帐篷去。"
　　沮渠倚华奇道:"什么?"
　　王贺道:"跟我来。"
　　沮渠倚华像听到魔咒,披衣下榻,两人一前一后出了帷帐,踏着霜雪,来到王贺住宿的帐房——里面新土芳香,上半夜封堵的墓道被再度掘开,朱安世拿着两把铲子,满身污泥,席地而坐,频频往里张望。原来,不是私密的约会,而是另一次行动的开始,沮渠倚华略觉失望。
　　王贺道:"将士们挖穿於单的墓道,暴露了一个惊人的秘密,方才人多口杂,因此暂停查验。直指使者命令我们,趁夜勘察清楚,及时呈报。"
　　第一次进入,担心里面有埋伏,因此带着武装军吏,确认内部空无一人,则以私密的小分队再次勘查。
　　沮渠倚华道:"尹先生身在何处?"
　　王贺道:"他穿上黔首装束,趁夜走了。不知为何,他最近迷上匈奴丧葬文化，事情如此紧急，他竟然跟我讲了一个半时辰，还说早晚拜访一下匈奴祭师，学一些祭祀礼节。万一朝廷罢免了他的官职，也好在河西开办一个祭场谋生。

"走之前他还叫我选了一名擅长攀爬的士兵，悄悄爬上墓顶去寻酒卮，一个个数清楚……我听说，匈奴人把黄金做成人头状丢在坟墓上。他不会缺钱了吧，想趁机捞一笔？"

沮渠倚华听了哭笑不得："黄白之物都是埋在地下的，哪会丢上墓顶？"

王贺道："是啊，那数酒卮做甚？"

沮渠倚华道："於单的尸体，真的运往北方了吗？"

王贺道："还不能确定。"

朱安世道："说这么多做甚，下去看看不就清楚了？"

王贺道："如果无庸姬在就好了。"

沮渠倚华道："你担心墓穴内设有机关？"

王贺道："破解机关，谁比得过无庸家的人啊。"

"你又不是第一次下墓了，怕甚？"朱安世道，"两位尽管躲在我身后，走。"不由分说，径直跳下。

王贺、沮渠倚华相视苦笑，各自取一副士兵存放的皮甲、铁盔，穿戴整齐，做好防护，顺着软梯一步一步下到地底。朱安世点亮火把，照出数尺之地，三人一边摸索，一边沿旧路前进。不时，匈奴太子於单的灵柩重现眼前。

墓穴里气氛阴森，满室清凉，沮渠倚华连打几个寒战。王贺握着她的手，轻声道："第一次进来我就觉得不对劲，因此骗走路博德，趁夜来看。本来不想打扰你，但棺椁内刻着符号，不知是何文字，需要你仔细辨认。"

沮渠倚华道："都到了这样紧急的时候，你我不用客套了。"

王贺、朱安世合力推开棺盖，丢了两三支小火把进去。王贺屏住呼吸，壮起胆气钻到棺内，取下棺底的木板，露出一堆黑土。他两手一阵扒拉,摸出一堆半尺长的小玩意。

沮渠倚华探身一看,不禁倒吸一口凉气,眼前的东西令人毛骨悚然——这些奇怪的东西并非骸骨,而是木偶小人,刻着名字,插满钢针。刘彻、卫子夫、刘据、卫青、霍去病、公孙贺、张汤、李敢……庙堂之高、宫闱之深、军旅之重,但凡有些势力的人物,一个不漏。尤其令人惊愕的是,还有一些木偶残损破败,依稀看出是窦婴、主父偃、刘安、刘陵、刘赐……

魏其侯窦婴,元光四年十二月,因矫诏弃市;中大夫主父偃,因逼死齐王,凌暴宗室,弃市;淮南王刘安、郡主刘陵,因谋反弃市;衡山王刘赐,因谋反弃市。

人偶破,主人死!

沮渠倚华喃喃道:"谁对汉朝怀着如此刻骨铭心的仇恨?"

王贺捡起一个木偶递过去,沮渠倚华伸手去接,没拿稳,人头落地,滚出老远,声音不大,却令人魂飞魄散。她定睛再看,发现木偶身上赫然写着"汉贼将李广"。

沮渠倚华抚摩着木偶的断口,若有所思:"刀痕尚新,估计是最近才斩断的。"

王贺道:"李将军木偶的首级斩下不久,这说明近期有人进过墓穴。"

朱安世打了个寒战:"李将军是被这人咒死的吗?"

王贺道:"诅咒岂能死人?"

沮渠倚华道:"这叫巫蛊之术。以桐木制作偶人,写上仇家的姓名和生辰八字,施以诅咒,深埋泥土。用这样的邪术,能控制并摄取仇家的灵魂。"

朱安世击掌叫道:"听军人说,李将军自杀前时常魂不守舍,原来如此,原来如此!"

王贺道:"这门邪术传自哪里?"

沮渠倚华道:"此为匈奴的萨满巫术。"她一解释,满室冷凝,墓穴内充满了诡异肃杀的气氛。

沮渠倚华道:"你出来,我看一看。"

王贺道:"你千万小心。"

沮渠倚华向朱安世要了一支火把,鼓起勇气翻身进入棺椁,仔细查看内壁的壁画和文字。看了一阵,她探身出来:"棺内的文图,记录的是匈奴王子於单的生平。"

朱安世道:"这个人让叔叔夺了位子,跑到汉朝讨饭,不久死去。他的故事没有多少价值。我们还在这里做甚?走走走,睡觉去。"

沮渠倚华道:"且慢,这幅画有些蹊跷。"

朱安世道:"蹊跷?"

沮渠倚华道:"画的是於单接见伊稚斜。於单穿着单于的服色,伊稚斜穿着左谷蠡王的服饰。不对啊,事实上,於单还没有正式履行登位的程序,伊稚斜就发动了叛乱。两人之间根本没有这次聚会,即使有,也不应该是这样装束。"

"陵墓里的各种信号,记载主人生平,一般不会作伪。"王贺道,"世人可骗,鬼神难欺,编造一堆假消息拿去哄鬼吗?"

沮渠倚华继续看下去,惊诧道:"奇怪奇怪。"

朱安世道:"沮渠姬,你不要一惊一乍的。"

沮渠倚华道:"於单脱下身上的衣服,给伊稚斜穿上。"

王贺叫道:"这不是篡位,这是禅让?"

沮渠倚华抬起头来,肯定地道:"禅让。"

王贺道:"赶快看看后一幅画。"

沮渠倚华道:"没有了。"

王贺道:"什么?"

沮渠倚华道:"棺壁上留有大片空白。可能,这个人还会来画。"

三人越来越疑惑,不知这座匈奴太子的大墓埋藏着多少骇人的秘密,这些阴私是否与当前险恶的局势有关。

朱安世道:"沮渠姬,让个身位,我看一眼。"

沮渠倚华道:"全部图画我已经看过,没有其他了。"

"朱君,好。"王贺眼睛一亮,"沮渠姬,你且出来。"

沮渠倚华爬出棺椁,朱安世跳进去,凑在壁上看了几眼,大叫道:"果不其然,果不其然,我明白了!"

突然一声异响传来,四角尘土飞扬,棺椁轰然塌陷,坠入深不可测的地洞。王贺、沮渠倚华大惊,一起去抓朱安世。无数火星直扑面门,王贺拉着沮渠倚华仰身躲过,火星砸在头顶的墓壁上,发出金属之音。

机关启动了。

随即,墓室的孔洞缓缓开合,冒出黄色烟气,从淡到浓,由远及近。

沮渠倚华颤声道:"快走,乌戾毒烟。"

乌戾山,处于陇西与黄河之间,霍去病当年进军河西的路上。

两人捂住口鼻,憋着气息奋力奔跑,一口气冲出墓道,拼命掘土,堵住通道。做完这些,两人早已筋疲力尽,背靠着背大口喘息,连连干呕,脑眼昏沉,全身瘫软。稍作休息,他们才爬上地面,相对无语,想起朱安世生死未卜,不觉忧心忡忡。

红袍少年与无庸雉行走在宫室的园林内,数名马奴牵着骏马在身后跟随,未央宫来往之人一边躲避,一边又被吸引,围观不退,举目欣赏,低声议论——他们的身形相貌、气质谈吐,折服半园之人。少年眉目含情,殷勤地回复众人的致意,他的发音略显生涩,腔调不正,但语气温和,从容闲适,令人顿生好感。

一名年老宫人老眼昏花,不提防撞到少年身上,赶忙后退两步,行礼致歉:"侍中,老朽……"

少年伸手扶住,还予子侄之礼:"太公客气,折煞晚辈了,折煞晚辈了。"

原来,此人正是当今天子新晋的宠臣、匈奴休屠王的儿子金日䃅。

刘彻喜用新人，不少新贵都是少年，有些人不过区区数载地位跃升于老臣之上。这位新任的侍中陪侍天子身侧，早晚亲近，如旭日初升，前程不可限量。

两人走到一棵槐树的阴影里，金日磾幽幽道："满朝文武皆英雄豪杰，无庸姬为何举荐我？"

无庸雎淡淡一笑："王子殿下。"

金日磾眼里掠过半寸复杂的光芒："朝廷自有王子，下走是大汉的侍中。"

无庸雎道："殿下，尹先生困于抚远镇，你欠他一个人情，还了吧……"

金日磾诧异非常，笑道："下走与直指使者不熟，或许我生性凉薄，确实记不起哪里欠过他的人情。"

无庸雎别有深意地道："因为绣衣使者的行动，义渠昆邪被杀。无论这个人死于谁人之手，不都是替殿下复仇了吗？"

金日磾浑身一震，与无庸雎目光相对。

无庸雎道："当年，义渠昆邪杀死令尊，吞并休屠部众，一千多个日夜，痛苦吞噬心肺，殿下一刻也不会忘记吧？"

金日磾蓝宝石一样的漂亮眼眸里，痛意渐深。

"乌鞘岭下，祁连山南麓，今日汉军亭所在之地，当年，骠骑将军领兵受降，匈奴阵营骚动，千钧一发……"无庸雎道，"义渠昆邪趁乱挑拨，导致休屠王室和八千部众引颈就戮，热血渗透草原深达三尺，尸骨堆砌戈壁高如荒丘……"

金日磾攥紧拳头，浑身发抖："无庸姬，这个人情，我欠你，我认。"

无庸雎躬身行礼，改了称呼："敬谢侍中。"

"如今，与长安近在咫尺的抚远镇群情鼎沸，陇西、北地、朔方、云中和代郡同时骚动，一旦酿成祸事，局势定不可收拾。朝廷准备出塞北上的大军不得不滞留平叛，从而给单于带来喘息之机。同时，义渠昆邪的死讯必然传到北方，右谷蠡王一定顾虑重重，对汉朝招降的诚意有所质疑。义渠昆邪啊，他该死，但死得不是时候。如果应对失措，天子的千秋功业或将化作泡影。此时朝廷需要一个合适的人替代义渠昆邪，重塑匈奴降人的标杆，打消右谷蠡王的疑虑，从而促成招抚计划继续推进。"

"你的意思是，由我出面安抚匈奴旧部，解决天子的麻烦？"金日磾道，"但是，恕我愚钝，你告诉我，义渠昆邪暴死，众皆惊疑，我年纪尚小，他们会听我的吗？"

"令尊部众多达数万，占南归匈奴的一半还多。义渠昆邪一死，故休屠王王子临位，不正合其意？此时抚远镇的乱局，看似不好收拾，其实平息风波易如反掌，为何？他们并非敬爱义渠昆邪，徒畏惧耳。他们猥集汉军周围，本无意替死者伸张，不过害怕朝廷诛杀，从众鼓噪罢了。侍中深受天子器重，你一到，光明重现，他们看到希望，一切问题迎刃而解。"无庸雉停顿片刻，"今后，不但令尊的旧部重归侍中，连义渠昆邪的部属亦归旗下。失去的全部夺回，还拿到敌人原有的一份，令尊九泉之下当可瞑目。"

见金日磾眉宇展开，心意已动，无庸雉补充道："以才奉人，和以色事人一样，没有太多差别。天子的恩宠虽然深厚，或总有消散的一天。侍中一旦保有五郡之地，势力等同藩王，一举改变孤立无援的处境，未来，便可积极展望啊！"

金日磾沉吟许久，抬起头来，眼睛里闪烁着热烈的光彩，看着她道："替直指使者办一件事有这么多好处，我竟然没有想过。感谢无庸姬点破。"

无庸雉含笑玉立，大感宽慰。

金日磾笑道："其实，即使尹先生亲手诛杀义渠昆邪，陛下也会网开一面。"

无庸雉奇道："咦？"

"陛下乃天选之子，要替天下苍生开辟亘古未有的极盛之世，他最爱人才，而人才何其珍贵，盖有非常之功，必待非常之人，直指使者正是这样明如日月的旷世俊杰，哪怕他犯下十恶不赦的大罪，我们的陛下，或许都会一笑而过。"金日磾远眺天子居所，眉目间焕发着光彩，"但凡有事，动辄杀人，岂是当今圣天子的胸怀？无庸姬，陛下心里，十个义渠昆邪的分量，也比不上一个尹先生。"

这句话说得过了，尹鹏颜无论多能干，毕竟只是一个人，赶不上掌控几万人、左右一方安危的实权人物。

无庸雉长揖行礼，施施然离开。

金日磾看着她的背影，前尘往事涌上心头，胸膛一阵起伏，面上笑容褪尽，眼神越发狠厉。

时近中午，廷尉张汤领一队掾吏浩浩荡荡开出衙署，前往抚远镇解决危机。一队快骑举着旌旗急速追至，首骑的黄门侍郎扬声道："天子令，侍中金日磾接管抚远，持天子符节，巡视陇西、北地、朔方、云中、代郡。"

张汤惊诧莫名，仰起头颤声问道："你说甚？"

黄门侍郎下马，向张汤行礼："廷尉，君上问，可有闲暇与侍中游历五郡？"

张汤唇齿干涩，沉声道："罪案未了，不敢行远。"

"没有什么罪案。胡人黔首骚扰王师之罪，天子已经赦免。"黄门侍郎道，"圣谕，金日磾参与义渠昆邪横死一案。廷尉不必出城受苦了。"

张汤按捺住沸水一样翻滚的心绪，故作从容："现在，臣汤需要做甚？还请示下。"

黄门侍郎笑道："廷尉回府饮一盏清茶吧，消消心火。君上言，明日正午，上林苑宴请诸臣，廷尉若得闲暇，可一并前往。"说罢领骑士疾驰出城，卷过山岗，直奔抚远。

夯土路面上飘着淡淡的烟尘，好似失意人飘忽的心绪，张汤愕然。

这一天，朔风停了，一阵小雨过后，天地间充满了温柔的凉意。

午时刚过，东方来了一队人马，高张旗帜，意气昂扬，直插汉军和匈奴人中间。骑兵自两侧分开，一名身穿大红锦袍的贵官越众而出。他眉目俊朗、面色严肃、凛然生威，他挟带着太阳般的金辉，让遍野之人相形见绌、黯淡无光。

路博德惊喜参半，喃喃道："金日磾。"

金日磾一挥手，十数骑同时勒马整齐立定，这般骑术实在精妙，引起围观的军民惊呼叫好，定睛一看，这些人大多是旧时的马奴，以马为姓，如今得了官身，个个穿上锦衣，水涨船高了。

金日磾下马，身形庄重、满面春风地步入匈奴阵营。部众认出他，蜂拥而上，抱成一团，哭成一片。黄门侍郎清清嗓子，宣读朝廷诏令，读一句，十余名从者复述一遍，声振山野，直击人心——朝廷委任金日磾管理南归匈奴各部，择属国精壮，编选六千骑，供给骠骑将军军用。匈奴人听到喜讯，群起欢呼，似松涛海潮，轰然作声。

金日磾朗声道："今日，没有休屠王、昆邪王的区别，有的是过去的匈奴故旧，现在的大汉子民。一切都过去了，刀口舔血的日子结束了，我们一起享受太平的生活吧！"

匈奴人抬起王子抛到半空，人群汇聚成一条河流，托着金日磾，巡游每一顶帐篷、每一栋房舍。大家喝光了所有的酒，流尽了全部的泪。

路博德一声令下，期门军整齐列队撤离临时营地，迅速包围终南汉宅，找到义渠昆邪的尸体、首级。军吏们上前确认，在一份爰书上签下名字，证明无误。路博德亲临血案爆发的卧室，仔细验看一遍，一边看一边叹息。汉军把尸身交给早已等待多时的匈奴祭师蛮貃，撤营东返。

远远地，路博德见营地内孤零零地还剩一顶帐篷，便脱离队伍，挑开帘子进去，问道："两位不走吗？"

王贺道："义渠昆邪死了，下走辜负直指使者重托，令君父困扰，就地自囚，等待处置。"

路博德道："义渠昆邪虽死，金日磾继承其位，匈奴人汹涌的情绪已经平复，右谷蠡王应无疑惧。事情得到圆满解决，天子的怒火逐渐平息，不至于株连校尉……啊，朱安世呢？"

王贺、沮渠倚华面面相觑。

沮渠倚华道："如果我告诉你他失踪了，你信不信？"

"我信。至于君上信不信，我不敢保证。"路博德诡秘一笑，"我也希望他跑得快一点儿，不被人逮到。"

两人苦笑不已，路博德肯定认为朱安世潜逃了。自从郭解事件后，他一直逃亡，吃了无数苦，受了无穷累，至今依然改变不了逃亡的命运。不过，逃亡还算好的。最大的可能是，这位一等的勇士已经死了。帐篷里的三个人，其实都希望朱安世真的逃出生天。王贺、沮渠倚华是他的朋友，路博德敬慕他的武力与忠勇，与他惺惺相惜。

不过，这个人实在太诡异了——他砍下端木义容的首级、坐视义渠昆邪人头落地，每逢关键时刻，恰到好处地掐断逐渐清晰的线索，让狱事重新回到原点、陷入僵局。

傍晚时分，随着匈奴人和汉军将士的撤离，剑拔弩张的荒原再度空寂冷清。於单大墓隐没于浓郁的昏暗之中，香火若萤火，微弱却不断，显得庄严而诡异。

一匹快马敲打着原野，驮载骑士远道而来，原来是绣衣使者在编的讨奸兵。讨奸兵道："校尉，天子定于明日正午在上林苑宴请诸臣。直指使者已然退出抚远前往赴会，请两位柏谷镇相聚。"

两人精神一振，走出军帐，翻身上马，望着夕阳余晖下的抚远镇、终南汉宅、於单大墓，以及遥远山涧深处楼兰箭庐上空浅浅的烟尘，不由心间发冷，神色忧悒——事态虽然平息，这里潜伏的秘密，实在太多了。

三骑绝尘而去。

高高的山岗之上，一人眺望着荒野，左鬓红色的胎记蓄饱了血，分外醒目，似乎比晚霞还要鲜亮。

第十六章
上林盛宴

这个名叫柏谷的小镇，居于长安直城门和上林苑辽阔荒凉的地域之间，并非通向皇家林园的必经之地，但方圆数十里并无其他市镇，来往客商、工匠往往绕行居住一晚，再向西去。这里原本仅有数十户人家，上林苑修造期间来往的人多了，一日比一日繁荣起来。

王贺、沮渠倚华渡过渭水入镇，走进街道一侧的客舍，上到二楼的包间，见里面坐着两人，穿粗布民装，正吃一盘填满肉馅的胡饼。

沮渠倚华欢喜笑道："无庸姊姊！"

无庸雉道："快来。"拉着她的手并肩坐下，姐妹俩开心地说起话来。

王贺整整衣冠，向尹鹏颜深施一礼——领命以来，形势一天比一天复杂，人人自危，前景晦暗不明，这样急迫的时刻，尹鹏颜处变不惊，用极其简洁的方法一一化解，其缜密的思维、干脆的手段令人由衷佩服。

尹鹏颜举手相邀："两位辛苦了。"

王贺道："朱君陷身於单大墓，至今帷灯匣剑、生死不明。是否出一队人寻找？"

尹鹏颜沉吟半晌，不置可否："先吃饭，吃饱了再说。"

王贺坐下，拿起一个胡饼掰开，凑在眼前看了片刻，眉头紧蹙，若有所思："无馅。"

无庸雉道："无馅？"

沮渠倚华道："尸体。"

无庸雉嚼着肉饼，闻之连连干呕，吐在手心，放于桌上，用空碗的碗底盖住。尹鹏颜一边替她拍背，一边倒了半杯水给她。

王贺满怀歉意："我错了，我错了，用餐时说这种恶心的话。"

尹鹏颜道："你认为於单还活着？"

王贺道："是。"

尹鹏颜道："面对汉朝凌厉的攻势，於单、伊稚斜合演一出双簧，伊稚斜篡位，於单逃往关中避难，部众随其而入。然后，於单诈死，把义渠昆邪推到前台，迷惑世人，他潜藏幕后，伺机举事，一旦时机成熟，便直击腹心，攻进长安。计划执行期间，义渠昆邪身份暴露，于是於单当机立断，杀了他嫁祸朱安世。"

"冢蝮，冢……"王贺眉眼发光，急切道，"谁会自称墓穴里的黑蛇？谁潜伏在坟墓里？於单，除了於单，还能有谁？"

尹鹏颜望向窗外，朔风渐起，他幽幽道："如此说来，朱安世的处境十分危险。"

"匈奴人认定朱安世杀了义渠昆邪。"王贺忧虑地道，"他若真的掉下墓穴死了，百口莫辩；万一活着，河西、五郡的匈奴人都将追杀他。"

尹鹏颜道："但愿他凭借武力再度创造奇迹。"

沮渠倚华："棺椁沉陷之时，朱君专心查看内壁图画，根本猝不及防。他大叫，'果不其然，果不其然。我明白了'。我实在猜不透此话有何深意。"

尹鹏颜道："他发现壁画上的人，与现实中人一模一样。"

王贺明白过来："壁画上的於单，与他看到的、杀死义渠昆邪的人一模一样。"

尹鹏颜道："这样说来，於单大墓与义渠昆邪的卧室有地道连通。"

王贺道："我们分头行动，从两端潜入，看看能不能相会于地下，如何？"

沮渠倚华道："呸呸呸，相会于地下，你能不能说点吉利的？"

王贺尴尬地摸着头，想到重返抚远镇行阴诡之事，胸腹深处油然而生一缕寒意。尹鹏颜看着悄然计时的滴漏，沉吟不语——面圣在即，时间根本来不及。

他们都是天下一等的聪明人，三言两语说清讲透了一系列诡秘费解的事件。至于破解的方法，尚待实践检验。

酒菜陆续上桌，朔风大作，窗户重重砸向窗台，差点碎裂。王贺赶紧顶着风锁闭户牖，众人心事重重吃过晚餐，找旅店住宿，等明日一早赶往上林苑，接受天子的宴请。

原定日程，天子明天游弋上林苑，接见臣僚与外邦使节。傍晚时分，内廷突然传下谕旨，当即起行。天子一向主意多，时常心血来潮，宫中早已习惯，略略紧张了一阵，依然有条不紊准备妥当。

一队人马浩浩荡荡出未央宫，经过章城门，往上林苑方向进发。龙行从风雨，风雨就是仪仗，大汉天子一向喜好排场，每次出行皆扈从如云，延绵数里。天子的车驾一时在前，一时在后，飘忽不定，盖汲取秦始皇遇刺的教训，做足防范。

半个时辰前，北方传来好消息，甘夫、田甲已经秘密进入右谷蠡王的王帐，双方共进午餐。天子兴致高昂，提出弃车乘马，经石庆苦劝，终于作罢。

少年时代，刘彻经常带领期门军骑马田猎，练就一副好身手。可惜，他做了皇帝后，天下系于万金之躯，不可能纵情肆意了。

一路没有像样的城镇，估算着走到能够住宿的宫室应为子时，而各宫还在修建，接待御驾多有不便。石庆经过深思熟虑，打马来到天子的车辇之前，躬身请示："君上，天色已晚，前途荒凉，不如绕行柏谷镇暂且歇息，天亮了继续前行，可否？"

车内，一个尖利的声音笑道："柏谷，好一个景致绮丽的地方。"音调与平时不同，似乎受了风寒，以致嗓音大变——其实，天子经常用内臣参乘代为传话，里面说话之人应为内臣无疑。

用内臣传话办事这种习惯，是主爵都尉汲黯帮他养成的。汲黯，当时闻名遐迩的第一流人物。他出身官宦世家，这个家族自卫国国君开始，荣任卿大夫之高爵显位整整七代。他倨傲严正，忠直敢言，从不屈从权贵，逢迎主上，令上下敬畏。大将军入侍宫廷，天子时常衣冠不整，斜靠床边接见。丞相进宫商谈国事，天子有时连帽子都不戴。闻说汲黯来了，天子不穿戴好绝不现身，以免又让他数落一顿。这一天，刘彻威严地坐于武帐，适逢汲黯前来启奏公事。他左右搜寻，找不到帽子，担心失仪，连忙躲避帐内，派近侍代为批准汲黯的奏议。一来二去，他感觉这样比较方便，因此，经常居于幕后，而用内臣传声。

石庆听音识人，此内臣姓苏名文，年纪不大，十分伶俐，天子甚爱他。石庆道："君上真乃天人也，连这样名不见经传的小镇，竟然也在御览之中。"

苏文道："吾去过。"

石庆深感惊异，他贴身陪侍天子十余年，可记不起到过这样一个地方啊。

苏文感慨道："那已经是二十年前了。"说着，以拳击掌，唏嘘不已。

亥时三刻，一队快骑打着火把驰入柏谷镇，叫起居民和客商，仔细搜检。军人环绕市镇，设军帐以作住宿、立营垒以作警戒。百余名宦官、宫婢涌入最大的几个旅馆，驱散客人，铺床叠被、烧煮热水，备办饮食。无庸雉、沮渠倚华也在受驱之列，两人正要和闯入的宫人理论，透过窗户看到尹鹏颜、王贺早已站在朔风猎猎的街上，因此放弃折辩，拖着行李怏怏来到两人身边。

沮渠倚华叫道："匪徒、强盗！嚣张霸道，凭什么抢我们的客房？"

王贺道："还不明显吗，宫中之人。"

沮渠倚华道："你也是宫中之人，他们不给几分薄面？"

王贺苦笑道："我对于未央宫，不算什么重要的人物。"

无庸雉道："这么大的排场，莫非天子转道亲临？"

尹鹏颜道："飞龙在天，星象璀璨，他来了。"

话音刚落，头顶马鞭脆响，一名骑士沉声叱责道："再敢私自议论、泄露机密，格杀勿论。"

沮渠倚华大怒，一鞭挥出，触碰到马鬃的一刻王贺迅疾出手，坠住她的手臂。骑士见平民竟然带着武器出现在天子即将驻节的地方，忿惧之下便来夺鞭。王贺情急之下掏出腰牌正面一亮，骑士神色稍缓，仔细查验一番，默然而退。

冷风清霜里等了几十个弹指，期门郎浩浩荡荡开进小镇，内官、宫妃簇拥着御驾迤逦而来。满镇军民跪伏泥水，屏气凝神，不敢抬头窥探。

天子出巡，是把双刃剑，好的方面，能震慑不臣；坏的方面，会刺激豪杰的野心——"大丈夫当如此也""彼可取而代之"，言犹在耳，殷鉴不远。

车中人一声断喝，驭手勒马驻车："这不是尹先生吗？"这个声音并非出自天子，但既在皇帝车辇之上，必是皇帝的贴身参乘，代天子发号施令，众人从不质疑，等同御音。

尹鹏颜俯身行礼："尹鹏颜见过陛下。"

车中人朗声大笑，掀开车帘，露出一张白皙清瘦的脸，此人二十岁左右，眼神飘忽，隐约射出蛇蝎之光，其心术必定不同常人——龙行之处，若跟着些恶兽，自会增添威严，令禽兽畏服，因此，上意常用恶人。苏文道："你们都跟来吧。"说罢下得车来，携着尹鹏颜的手，目不斜视，走了百余步，径直往一个名叫"来思山庄"的客舍行去。沮渠倚华、王贺和无庸雉整整衣冠，在店外等待。

庄内遍植杨树、柳树，此时，枝条枯黄悬垂，尽随风雪，翩然舞动。苏文立于庭院，左右打量，感慨不已，口中吟诵道：

昔我往矣，杨柳依依。
今我来思，雨雪霏霏。

当年来时，恰逢春天，青春年少，杨柳飘飞。再来时，已经是雨雪交加的冬天，人生行至中年。这些时光里，经历了什么，无处言说，一切尽在不言中。一想到故人依在故地，便生温暖，即便旅途受尽苦难，也浑然无畏，满怀深情等待相见的一天。

卫士带店主来见，苏文问道："你姓如？"

店主不满三十，身材肥胖，肚子如鼓，几乎触及地面，一看就是生活优裕、口福丰沛之人。他满面堆笑，不卑不亢，行礼道："草野之民如侯。"

苏文温声问道："令堂是不是诸怯夫人？"

如侯道："回禀陛下，哦，不，回禀中官……"

苏文笑道："君上俯览一切，洞若观火，下走说的一词一句，皆非僭越，乃君上亲口言说，借我口传达予诸位。下走素无才干，唯一可取，在于能够记事，问话过后，书写成文，呈报君上，保证无一谬误和错漏。"

如侯终于调适过来，谦声回复道："正是家母。"

苏文的神色有些欢喜，又有些悲凉，沉声问道："为何不见她？君上问，她物故了吗？"

"劳烦陛下牵挂，草民代家母敬谢天恩眷顾。"如侯道，"年初承蒙陛下恩准，阿翁以期门军校尉的身份退役，阿母说，你尽忠之时我不牵绊你，如今你差遣交了，一切听凭我的安排，翌日一早，洗漱完毕，收拾了几件细软，当即拉着阿翁游历去了。此时可能在泰山之巅，过不得许久又要泛舟出海，直至蓬莱、倭国。"

苏文听了，如释重负，笑道："你的母亲，是个有眼光、有主见的奇女子。你们如家迎娶到她，真是无边的福气。一个好女人管三代，丈夫是妻子规范的，儿子是妈妈培养的，孙子是奶奶带大的。娶妻娶德，多么重要。我看你，虽在市井，举止端正、谈吐有致，可见令堂的教育，已经大获成功；你们如家的家风，已然世代传承。如侯，好自为之，做一个堂堂正正之人，不辜负你的母亲，不辜负吾的期望。"

这样温情真挚的话语，从天子信使口里滚烫涌出，如侯听了，感怀落泪，跪下行礼，哽咽不能出声。

"如侯，起。"苏文回顾身后，"尹先生，君上有几句话，令下走与你言说。"

众人一听，行礼散去，偌大的庭院，仅剩下君主的替身、执掌暗器的臣子。

"君上言，吾十六岁执掌国家，爱好犬马，时常与一群擅长骑射的青年郎官、北地良家子相约宫殿前集合——此期门军名号来历之处也，北至池阳、西抵黄山、南猎长杨、东游宜春，纵情驰骋。十八岁那年初春，领扈从，骑骏马，出城田猎，来到柏谷，晚上住进一家客舍。店主见我们年纪轻轻，财帛丰厚，行动诡秘，以为来了一伙盗贼。吾口渴了，讨要水喝。店主刚正，一身凛然之气，不怕得罪我们，脑袋一扬说，'没有水，只有尿'，说完偷偷出店，打算召集附近的黔首袭击我们。此时，店主的妻子诸怯夫人猜出丈夫的心计，好言相劝说，'我看他们不像盗贼，那领头的气度过人，非等闲之辈。你不能轻举妄动，错伤好人'。诸怯夫人拉丈夫回屋，好言相劝，然后灌醉了他，掌握了客舍的控制权。她又是杀鸡又是宰羊，摆下酒席盛情款待。"苏文娓娓道来，满怀深情地讲述过往之事，叹道，"二十年了，这一餐美味佳肴依然让吾回味。"

天子一向威严，吝啬言辞，这一次故地重游，滔滔不绝，借一个内臣的口说了三天的话，可见他内心的热烈，情感的充盈。

尹鹏颜道："店主勇于地方治安，敢于召集黔首攻击疑似的盗匪，不失为一个壮士。诸怯夫人见识过人，行动干脆，真是位令人钦佩的巾帼英雄。十步之泽必有香草，十室之邑必有忠信，盖非虚言啊！"

苏文颔首道："吾回宫后，召见这对夫妇，赐诸怯夫人千金，拜店主为郎。"

尹鹏颜道："陛下圣明。"

朔风骤然大作，柳条狂乱飞舞，似装神弄鬼的巫师，苏文神色突变，眼神深邃狠厉，幽幽道："直指使者，匈奴太子於单还活着，如此重要的消息为何不及时奏报？"这句话问得极其突兀，说得石破天惊，令对方措手不及。

说着，苏文丢来数块串在一起像鱼鳞盔甲一样的木片，尹鹏颜接过一看，上面用墨汁绘制着几幅图谱，完整再现了神秘人物斩杀义渠昆邪的全过程。

苏文语调低沉，恨恨道："哼，他身着匈奴服色、手持弯刀，一招斩杀吾的漯阴侯，公然挑衅朝廷的尊严，这可是本朝有史以来死于刺客的第一个侯爵啊。是可忍孰不可忍！"

风愈烈，一根柳条长鞭般跃起，扫在尹鹏颜脸上，打出一道深深的印痕。

天子的车驾出了柏谷，往前行进一个多时辰，触及上林苑外围。到目前为止，依然见不到真龙的一鳞半爪，仅有一个内臣代为传话。

朔风止了。

水波不兴，风光静谧，一艘楼船缓缓驶入太液池深处。这个人工开凿的池子，从建章宫西北引渠而成。北岸石鲸，长一丈五尺，高五尺；西岸石鳖，长六尺；池里渐台，高二十丈，堆筑着象征瀛洲、蓬莱、方壶的仙山。水润万物，也能隔阻一切无关人员，避免信息外泄，水泊之间，适合商谈机密。船上不用舟子，仅有两人，石庆、尹鹏颜对坐饮茶，悄声商议。

石庆道："天子的情报与朱安世所见互相印证，确认无疑了，於单尚在人世。"

尹鹏颜陷入深深的沉思。

石庆道："君上令我盘点一下,如今有多少人知道於单还活着。"他扳着指头,念念有词:"於单站在屋顶,揭开面具遍示众人,抚远镇的黔首、终南汉宅的护卫亲眼见过;至于耳闻的,有君上、下臣,绣衣校尉,以及御前亲随,十数名宫妃……"喃喃自语一阵,他摊开两手:"不算了,这么多人或亲见或听见,必然传了无数次,我看哪,朝野上下,都传遍了!"

"这个人燃放烟火、高声呼叫,吸引众人过来,如此高调亮相,目的只有一个……"尹鹏颜沉吟道,"就是希望人们相信,义渠昆邪死了,於单依然在世。"

"义渠昆邪既死,太子归来,顺势接手义渠昆邪留下的地盘。"石庆面带忧容,"如此一来,五郡人心必乱,莫测之祸啊。"

尹鹏颜道:"我请求石公同意,准我立即赶往抚远镇,领两队人马分别自於单大墓和终南汉宅掘进,再次勘察墓穴。"

石庆道:"不劳直指使者辛苦,君上已经传令路博德前去探寻了。"

尹鹏颜微闭双目——天子的应变速度,让他由衷感到佩服。陪伴这样的英明决断之主,不得不万分小心。

中午时分,楼船靠岸,两人下船,石庆自去。趁着众人备办宴席的间隙,绣衣校尉和无庸雎聚首密议。

尹鹏颜道:"自称於单的人现身,抚远镇尽人皆知,以朝廷严密的情报系统,陛下第一时间得到报告不奇怪。奇怪的是,他竟然获得了图谱,对不为人知的细节了如指掌,比如,这个人穿着匈奴服装,手持弯刀……"

沮渠倚华肺腑一紧:"朱君描述过这些细节,不过,当时,仅我们数人在场。"

尹鹏颜和王贺对望一眼,欲言又止。

无庸雉压低声音,一字一句道:"莫非,绣衣使者里有天子的眼线?"

王贺苦笑道:"是。说来说去,还是我最可疑。"

尹鹏颜目光炯炯,坚定地道:"不是你。"

王贺眼睛一亮,正待说话,尹鹏颜道:"你不用解释。"

尹鹏颜看向湖泊岸边的楼阁,依稀可见十数名重臣正装肃立,等待召见。他神思幽远,缓缓道:"我们中必有一人向陛下密报。陛下故意让内臣拿图谱给我看,他的目的很明确,让我们互相猜忌,他从中有效控制整个组织。他需要一个绝对忠诚的绣衣使者,需要一把绝对锋利的暗器。"

无庸雉倒吸了一口凉气:"天子的心思,绕来绕去,深不可测。"

沮渠倚华道:"即使我们看破他的心机,又能怎样?出了奸细,我们之间还能坦然不疑吗?"

尹鹏颜苦笑道:"不能。"

王贺道:"不过,也有一样好处。"

沮渠倚华道:"还有好处?"

王贺道:"天子不会花心思在一个无用的东西上,他既然琢磨我们、离间我们、控制我们,说明他会补充我们、加强我们、倚重我们。绣衣使者前途一片光明啊!"

尹鹏颜道:"我们明里替天子办事,这个人暗中替天子办事,我们方向是一样的,不存在根本的利害冲突。我们循规蹈矩,不触犯天子的禁忌,这个人享受秘奏之权,不会对大局造成损害。"

王贺听罢想起旧事,一时肃然,手握刀把立正站好,庄重地道:"从今往后,下走唯尹先生马首是瞻,再不私自行动了。"

沮渠倚华道:"你背后那些大佬甩得开吗?"

王贺抽出佩刀,斩断一棵松木:"自今日起,我眼里、心中只有天子!"

众人相视苦笑,不知未来是好是坏,是祸是福,不知王贺信誓旦旦,是形势所迫,还是发自肺腑。

远方,一名苑啬夫仓皇跑来,手舞足蹈,厉声喊道:"砍伐天子林木,大逆。抓住他!"

王贺脸色一黑,把刀丢进水池拔腿便跑,瞬间不见了踪影。

傍晚时分,路博德领着两三名军吏灰头土脸返来复命:"下臣领兵化装潜入,悄悄挖开於单大墓的墓道、终南汉宅的密道,两道果然于地下相接。"

苏文道:"还有什么发现吗?"

路博德面色一沉,恨恨道:"地下突起毒烟,墓穴随即垮塌,损伤了两名战士,下臣不敢逗留,急急退出。"

苏文道:"将军辛苦了,我奉天子诏,问话完毕。"

苏文进入帷帐深处,与里面的人窃窃私语,过了良久挑帘出来,立于风雪,半闭眉目,言语阴森:"闻说棺椁内,有吾的木偶?"

路博德脸色煞白,扑通跪下,沉声道:"下臣再领兵去。"

苏文挥挥手,厌恶地道:"吾最恨阴诡下作的巫蛊之术,绝不能教它见于天日。一旦查实谁在地下诅咒吾,吾杀他全族,绝不姑息。"

路博德汗下,行礼退下。

沮渠倚华追着喊道:"将军可寻到朱君的踪迹?"

路博德没好气地道:"没有。"说着上了马扬鞭狂奔。

苏文的目光依然凶狠,略带几丝惧意,疲惫地道:"直指使者,无用先生教过你破解巫蛊之术的方法吗?"

尹鹏颜道:"未曾教过。恩师亦不甚懂。"

苏文颇觉失望,沉吟许久:"吾对得起於单,他为何如此恨吾?"

石庆道:"君上设伏马邑,军臣单于仓促撤退,遗落心爱的阏氏,此女为汉人捕获,藏于民家,旋即死去。这笔账,於单算在君上头上了。"

苏文神色肃然:"吾想杀他,可惜没有杀成。如果军臣单于的夫人因吾而死，吾甘愿认领这条人命。"

四十一年前，大汉文帝时期，军臣单于即位后起兵大举南下，掠夺人口和财富，示警的烽火一度烧到甘泉宫。景帝时期，军臣单于趁七国叛乱，与其联合，准备伺机攻入长安。幸好内乱很快平息，单于放弃了进攻。对于这个带给父祖无尽耻辱、窘迫的敌酋，刘彻刻骨铭心，第一战，矛头直指。

元光二年，马邑太守发现中原一些商人违禁运货出塞交易。于是，刘彻让他联络豪商聂壹，佯称里应外合献出马邑城，以此引诱军臣单于，设伏兵三十万，一举消灭。军臣单于贪恋财物，起十万骑兵入侵。大军距城一百余里时，看到牲畜遍野却无人放牧，感到奇怪，分派小股士兵攻打汉朝哨所，抓获一名尉史，此人和盘托出汉军的计划，军臣单于率兵紧急撤离。

这一事件，史称"马邑之围"。

军臣单于为了报复，断绝和亲，攻击边塞，杀人抢掠，次数多到无法计算。汉朝奋起反击，自此重燃汉匈百年大战的烽火。

元朔三年，距马邑之围七年后军臣单于死。他的胞弟左谷蠡王伊稚斜自立，军臣单于的儿子於单逃入汉境，汉朝封他为涉安侯，数月后暴病离世。

前情往事逐一梳理，事情越来越清晰——於单厌恨未消，因此舍弃至尊之位，冒险突入汉地，替母亲伺机复仇。於单的真面目——冢蜮——终于暴露。

天子严令路博德挖通於单大墓和终南汉宅，一则破坏巫蛊之术，一则找到於单。至于找到之后如何处置，天子没有丝毫犹豫，直接杀掉。他已经得到金日磾的辅助安抚北来之人，作为匈奴归附的旗帜，这个过气的匈奴太子并没有太多用处，不如一杀了之。问题是，怎么掘地三尺，挖出於单？

暮色渐深，上林苑燃起灯火，近臣、宫妃围桌而坐，面前摆满箸、勺、碗、盏、盘、钟、壶、钵、盆、箄、笥、杯、卮、尊、案，餐具琳琅满目。应召跟来襄助餐饮的柏谷镇店主如侯奉上鸡羊，美味飘香，色泽悦人，与二十年前一般无二。

众人原本心情阴郁，此时略微向好，大口吃喝，尽数沉醉。不过，至今依然不见天子现身。期门郎卫保持一贯的低调，安静地坐在角落，其中几人服色与众不同，帽檐上插着雕羽，看起来极受尊重，士兵们众星捧月，相继上前敬酒——他们都是和天子同年的军吏，当年伴随皇帝巡游各方，飞鹰走狗，驰马射猎，践踏庄稼，纵情恣意，干尽坏事和荒唐事，度过了美好的少年时代。享受着美食，老兵们不胜感慨，与十八岁的少年相比，三十八岁的中年人胃口还是虚弱了些，同样的食物，滋味远不如过去。

苏文附耳石庆说了几句话，石庆面色一沉，行礼避席，召集乐工、倡伎和舞女，轻声叮嘱。众人皆觉惊疑，却不敢言，退避一边商量良久，不时各带乐器，鱼贯而入。

曲乐响起，倡伎唱道：

> 天地并况，惟予有慕。爱熙紫坛，思求厥路。
> 恭承禋祀，缊豫为纷。黼绣周张，承神至尊。
> 千童罗舞成八溢，合好效欢虞泰一。
> 九歌毕奏斐然殊，鸣琴竽瑟会轩朱。
> 璆磬金鼓，灵其有喜，百官济济，各敬其事。
> 盛牲实俎进闻膏，神奄留，临须摇。
> 长丽前掞光耀明，寒暑不忒况皇章。
> 展诗应律铙玉鸣，函宫吐角激徵清。
> 发梁扬羽申以商，造兹新音永久长。
> 声气远条凤鸟翔，神夕奄虞盖孔享。

众人听了，都不敢相信自己的耳朵，一个个目瞪口呆。这一曲，由当今天子亲自创作，是用来祭祀的歌曲。《左传》说，国之大事，在祀与戎。祭祀天地是一种极其庄重的国礼，本朝行三年一郊之礼，即第一年祭天，第二年祭地，第三年祭五畤，每三年轮一遍。这样一个寻常的宴会，仅凭着天子的心血来潮，竟然演奏起祭祀的礼乐，实在让人忧虑。

石庆忧心忡忡，悄然行到尹鹏颜面前，沉声道："尹先生，可否借一步说话？"

两人行至林木深处，石庆长声叹息，神情甚为郁郁。

尹鹏颜笑道："石公，你多虑了。"

石庆道："此话怎讲？"

尹鹏颜道："石公担心的，不过两点：第一，天子以内官作为替身，大损威仪；第二，天子在欢宴之上演奏祭歌，不合礼法……"

石庆道："先生所言极是。"

尹鹏颜道："陛下乃亘古以来难得的英明睿智之主，怎么可能如此荒谬？石公想过吗，或许，陛下和石公开玩笑呢？"

石庆半信半疑："开玩笑？下走委实不解。"

尹鹏颜道："自出了未央宫，石公亲眼见过陛下吗？"

石庆恍然，沉吟道："你的意思是……"

尹鹏颜微微颔首。

石庆惊问道："既然君上脱离了行伍，他去了哪里？"

尹鹏颜道："陛下烦透了石公和大臣的说教，骑马行路去了。"

石庆道："先生，你如何这般肯定？我总不能去掀君上的帘子吧？"

"石公请看，这三名侍卫年岁与天子相近……天子车驾行至柏谷镇时，他们不曾现身，其人去了哪里？当然另辟蹊径，护卫着陛下骑马赶路。"尹鹏颜指点围着篝火欢唱畅饮的人群，"你再看马厩，伴随石公来的马匹，马蹄污浊不超过五寸。却有七匹快马泥浆没及膝盖，可以想见，他们走了一条泥泞艰险的路。"

石庆稍安："如此说来，侍卫到了，君上肯定也到了。"

尹鹏颜长声叹息："这可未必，上林苑树木茂密、楼阁众多。天庭之上,风云敛形,星月淡薄,神龙见首不见尾啊!"

石庆神色肃然,抬眼看向远方,不禁忧心忡忡——他一贯认为,少年心性,不适合一国之主,浪漫情怀,每多坏事。天子玩弄的游戏脱离了纲纪规则,或许,并非什么好的征兆。

元狩四年,于刘彻、于大汉、于华夏而言,都是重要的一年。这一年之前,刘彻生命力旺盛、雄心勃勃,干脆直接地解决了诸侯割据、豪强崛起、匈奴犯边的致命问题。这一年之后,政局逐渐晦涩阴冷,展现出一种暧昧残酷的形态。

四匹骏马连夜缓行,穿过戒备森严的上林苑,一出园林大门,骑士像挣脱囚笼的脱兔,扬鞭击打,轻声催促,神驹奋蹄飞奔。

上林苑的宴席开到一半,天子禁卫送来一卷帛书,令绣衣使者立即再查於单大墓,清除巫蛊之事——天子忌讳这些阴诡恐怖的巫术,如鲠在喉,长期拖延下去不知会引发多少雷霆之怒,又不知谁会在震怒之下遭受灭顶之灾。

对于绣衣使者诸人而言,办理皇差固然重要,最急迫的,还是找到朱安世。尹鹏颜、王贺、无庸雉和沮渠倚华心急如焚,恨不得立即赶到抚远镇。

路博德此次办事草率,仅仅打通两条密道,根本没有仔细搜检,因此没看到天子最关心的木偶,没找到绣衣使者最牵挂的同伴。

沮渠倚华道:"尹先生,你说朱君还活着吗?"

不待尹鹏颜回答,王贺插言道:"尹先生又不是神祇,怎么可能回答你的问题?"

尹鹏颜道:"他还活着。"

沮渠倚华、王贺精神一振,异口同声叫道:"活着?"

尹鹏颜道:"雉儿,你对於单墓穴的地下机关怎么看?"

"於单大墓和终南汉宅形成的机关,名叫'地狱人间'。"无庸雉道,"阴宅、阳宅连通,主人出入生死,勾连两界,历来是人们诈死求生的一门妙法。"

沮渠倚华明了大概，生出几丝欢喜。

无庸雉道："朱君坠下的地方，叫'十九泥犁'。"

沮渠倚华闻言一惊，差点从马上掉下来。

王贺伸手扶住她，问道："这个有啥说法？"

沮渠倚华道："泥犁乃身毒梵语，意为地狱。第十八层已到极限，最恐怖、最血腥、最凶残。第十九层，岂不是比十八层还厉害？"

无庸雉笑道："妹妹不必担心。这正是阿郎说朱君还活着的原因。"

沮渠倚华既狐疑不解又满怀期待。

无庸雉道："终南汉宅相当于人间，於单大墓相当于地狱，地狱有十八层，棺椁坠下之处比地狱还深，因此叫'十九泥犁'。既然已到地狱的终点，深无可深，于是往生，向死而生了。"

其时佛教尚未传入华夏，社会上对这门学说不甚了解，众人听得一头雾水。但是，物极必反、否极泰来的道理都是明白的。

尹鹏颜补充道："做这个机关的出发点，不是杀人，而是自救。"

王贺一听，头脑瞬间澈明："大墓内，最能救人的就是棺椁。又厚又重，盖得严严实实，箭射不透，刀斧不毁，遇险下坠，即使敌人攻破墓穴，也能借此遁走。"

尹鹏颜道："下面设置了缓冲装置接住棺椁，储备着饮水粮食。"

沮渠倚华十分欢喜："我们赶快去吧，带朱君出来。"

王贺满面焦急看着尹鹏颜，两人同时叹了口气。

无庸雉道："於单大墓是匈奴人的圣地，路博德不可能大张旗鼓地挖掘。他的方法我猜得出几分，封锁终南汉宅，令士兵从义渠昆邪的寝榻之下掘进。此时，内藏毒烟，墓穴坍塌，先要挖出几个孔洞，待烟雾逐渐消散，再一点点运送土石出来。我初步估算，至少半月才可能抵达原来停放棺椁的地方。"

想到这一层，每个人的心情又低沉下去，似乎和"十九泥犁"里的朱安世一样，坠入无底的深渊。

上林苑宫宴虽然丰盛，但形式大于内容，都在看礼官眼色，不能尽兴，顶多吃个半饱。急急赶路消耗了太多体能，饥肠辘辘，往前又行了一阵，四人来到路边一个驿站，出示官府文书，补给食物，坐下来吃些饭菜。驿卒牵马刷洗，喂予清水饲料。

王贺道："尹先生，说到於单归汉的原因，你相信石庆的说辞吗？"

"不相信。"尹鹏颜道，"军臣单于向马邑进军时，确实带着他的阏氏。但是，汉匈两军未尝接战，十万匈奴全身而退、毫发无损，单于夫人如此尊贵，怎么可能遗落？"

王贺道："民间之所以有这样的传言，是当地的官员担心合围失败后天子震怒，降下罪来，因此编造了这样的谎话。毕竟，杀不掉单于，杀了阏氏，也能抵销一些罪责。"

尹鹏颜道："用兵三十万，耗费无数钱财，却徒劳无功，总要找人顶罪。廷尉以畏敌观望的罪名判处将屯将军王恢死刑，逼其自杀，其后没有依循旧例株连，各级将佐、郡县官吏得于保全，或许，这个伪造的传说起了一些作用。朝廷当然清楚谎言荒诞不经，但依然采鉴网开一面，为的是自存颜面，以塞悠悠之口，鼓舞官心士气，以利再战。"

"忠孝一事，人臣人子本分，於单替母复仇也就情有可原了。"王贺道，"石庆旧事重提，目的也和那个编造流言的人一样，希望天子难得糊涂，不要一个劲儿追查下去。"

尹鹏颜道："侍从天子这几年，石庆真的害怕了，不愿再起波澜、再兴大狱。他这一点点仁厚之心，希望得到好报。"

"不对。"沮渠倚华一拍桌子，眸子既闪亮又迷惑，"既然於单和天子之间没有深仇大恨，他为何诈死寻仇？退一步讲，即使为了破坏汉朝对匈奴的战争，也不必放弃单于之位，亲身犯险吧？"

确实，历来有大臣作间、将领作间、嫔妃作间的，至于君王，除了赵武灵王装成使臣亲自刺探秦国,很少闻说帝王、单于屈尊降贵,冒险潜入敌国行阴诡之事的先例。

王贺沉吟道:"或许,冢蛾另有其人。"

无庸雉道:"甘夫、赵信、义渠昆邪的嫌疑都排除了,如果不是於单,冢蛾到底是谁?"

王贺道:"这个人能让酒泉郡的主官和副官、帝国的封君与匈奴的两个王替他服务,身份之贵,或可通天。"

沮渠倚华道:"最不可思议的是,知道他真面目的端木义容、义渠昆邪还被杀了。"

尹鹏颜伸手打断她的话,沉声道:"停。"

众人吓了一跳,不知尹先生想到什么可怕的事。

尹鹏颜道:"你说甚?再说一遍。"

沮渠倚华忐忑不安,结结巴巴道:"最不可思议的是,知道他真面目的端木义容、义渠昆邪,还被杀了。"

尹鹏颜一拍桌子,霍然离席,往外便走。沮渠倚华、无庸雉面面相觑,惊疑不定。

王贺灵光一闪,跳起身来,带翻一桌的杯盘碗盏:"快走,查验义渠昆邪尸身。"

时近中午,太阳躲在层层黑云之后,天地间一片阴沉,朔风清冷,人畜冰凉。四人一路急行,赶到抚远镇,隔着六七里远远看去,於单大墓巍然耸立,上面铺满花花绿绿的旌旗、祭品,无数匈奴人聚拢拜祭,和以往并无差别——他们根本想不到,陵墓下面早已坍塌,期门军正在奋力挖掘。

大墓左侧五百步处黑压压站满了人,围着一个堆满木柴的大帐。五百骑士绕帐而行,高唱歌曲。为首的几个举着火把,摇动双臂。尹鹏颜一向从容,此时神色亦紧张起来,问道:"今天是哪一日?"

无庸雉道:"二十五日。"

尹鹏颜自言自语道："坏了。"连打数鞭，骏马负痛，往前急速冲去。三名同伴紧紧跟随，马蹄如同击鼓，卷过山岗。

王贺道："今天这个日子，有甚奇异之处？"

沮渠倚华道："每月的五、六、十五、十六、二十五，匈奴人以为吉日。他们通常在戊日或巳日送葬。"

王贺道："匈奴人将烧掉义渠昆邪的尸体？"

沮渠倚华道："是。"

无庸雉道："不对啊，匈奴人的葬礼有棺椁、金银和衣裳，甚至用人殉葬，但不起坟、不种树，很少听说火葬啊！"

王贺道："匈奴地确实不起封树，但匈奴人南迁后，为了表现出对汉文化的归附，主动修改了一些丧葬习俗，於单大墓率先起坟，引得龙颜大悦。这些逐水草而居的人，居无定所，无拘无束，一向懂得变通。他们入乡随俗，采取火葬也在情理之中。"

听了王贺的分析，大家不由自主地往马上打了几鞭。

奉死送生，不但汉人重视，匈奴人也当成一件大事。他们相信灵魂之说，认为人死后生命继续存在。他们对墓葬颇为重视，匈奴贵族皆实行厚葬。贵族死去，以男性奴隶和漂亮的女子殉葬。单于过世，妻妾近臣殉葬可能多达几百人。马是匈奴人最亲密的朋友，也是最好的随葬品，主人死后第三天、第七天、第四十九天，把马宰杀了，留马身食用，马头埋入地下。笼头、马鞍、武器一同陪葬。衣冠、织品、陶器、木器、铁器、铜器、金银器、玉器、饰品皆随主人而去。

义渠昆邪的葬礼正进行到高潮，男人们剪下辫子，划破面颊，混合血水、泪水哀悼逝者。遗体安放大帐，歌手骑马高唱哀歌。接下来，举行狂欢的酒宴，哀悼与娱乐交替进行。

百余骑士仰天长啸，骏马口鼻喷着热气，马蹄凌乱，似万千雨点。悠长哀恸的葬歌声里，蛮貊越众而出，登上高高的祭台，念念有词，丢下一卷着火的布帛。

尹鹏颜一骑当先冲至外围，马未站稳已厉声道："休得点火！"

话音出口，他身子腾空而起，落入人群，奋力推开众人往内疾行。

即使这样，依然迟了一步，随着布帛落地，蛮貊一声断喝，牛角号响，百余骑士振臂一甩，无数火把流星般射向帐篷，不知帐内存了什么，遇到火焰，立即轰然烈烧，火焰高达三丈，热浪逼得众人踉跄后退，差点造成踩踏事故。顷刻间，大帐同义渠昆邪的尸身一起化作灰烬。

火势甚猛，黑烟滚滚，原野上充斥着一种奇异的味道。尹鹏颜呆住，大脑一片空白。

围观祭拜的匈奴人跪倒，齐声吟唱往生的祭词，恭送灵魂升天——四名汉人突兀地站在人群里。惊扰贵族首领的葬礼等同挑战，匈奴勇士惊怒之下，个个神色狐疑，眼含敌视，兵器出鞘，把四人卷挟到人群深处。

葬礼上闯入敌人，依循旧例正好杀掉，用首级与热血祭奠亡者，作为他登天之时送予天神的礼物。

沮渠倚华深知匈奴祭礼的神圣庄重，一句话、一个动作都可能引发人潮暴怒、尸横就地，到时极有可能变成义渠昆邪的殉葬品。她赶紧眉目示意，提醒随波逐流，不要做出任何举动。

脸上绘制着奇异图文的蛮貊盯着不速之客，似乎在思索什么。尹鹏颜、王贺在探访楼兰箭庐的路上见过他一次。此时，不知是过于劳累，还是生了重病，他的精神极其委顿，眼神里的骁悍睿智之色尽数消散，像云层深处的孤光，黯淡隐晦，隐隐夹杂了几丝惧意。

双方僵持片刻，蛮貊右手握拳，下定决心，沉声道："杀。"

一声令下，嗜杀的野性唤起，以蛮貊为圆心，杀声海潮般扩散到整个荒原，汇聚成令人肝胆破裂的惊涛。

值此危急关头，朔风突止，浪涛自四周向内收紧，直至鸦雀无声，匈奴人缓缓转身，背对着熊熊大火，似飓风过处的稻谷一样跪倒——人潮裂开一条缝隙，太阳高悬，一道光直刺面目，一个身影天神般缓缓现于眼前。

第十七章
郎中司马迁

金日磾身穿匈奴服色，手持汉官符节，长身玉立，笑意盎然，温声道："直指使者前来抚远，吊唁还是闲游？"

尹鹏颜唇齿干裂，嗓音嘶哑，沉声道："吊唁。"

金日磾道："我似乎听到直指使者喝止点火，此次祭礼有不合礼法之处吗？"

仓促之间，尹鹏颜不能应答。

无庸雉道："侍中，看来你和义渠昆邪的仇恨，依然没有解除啊？"

金日磾道："我和他有嫌隙不假，但我不至于心胸狭窄到报复一个死人。"

无庸雉缓缓走近，用仅有周围数人可闻的声音道："你既然不存报复之心，为甚用桃木来点火把？你不知桃木辟邪，会损害魂魄吗？义渠昆邪三五百年之内，无法转世为人了。"

金日磾神色不变："做人有甚好的。"他面向匈奴部众，两手前伸，朗声道："收了兵器，好生待客。"

众人轰然响应，大地上卷起阵阵松涛。

金日磾道："尹先生，你是我的朋友。来，我们进镇饮茶。"说着过来携了尹鹏颜的手，匈奴卫士替众人牵着马，昂然穿过人群。

刀枪入鞘的声音、武士后退的声音、鞠躬行礼的声音交织在一起，其声势之大，令人胆寒。

金日磾道："诸位，不要愁眉苦脸，你们平安了。不必担心，他们个个都是守法良民。"

王贺冷冷道："在侍中手上他们才遵守法制，哼，不然这些人连朝廷命官也敢猎杀。"

金日磾停住脚步，眼里闪烁着坚定温和的光芒："不，不是在我手上，是在陛下手上。这漫山遍野的人啊，皆大汉天子的子民。我向你保证，半月之后，类似的事件绝不会发生。没有谁比逐水草而居、跋涉风沙的匈奴人更渴望安定的生活。"

王贺道："下走拭目以待。"

宾主来到镇内一个不起眼的客舍，金日磾立于门前，以主人的礼节躬身相邀。

沮渠倚华道："侍中住这里？"

金日磾道："暂住。"

沮渠倚华道："为何不像义渠昆邪一样盖一栋宅邸？"

金日磾道："时间紧，还来不及。"

王贺道："侍中借居客舍，每过两天换一家，不是来不及建盖府邸，而是担忧一旦固定，族人早晚来往形成一股私人势力。下走猜得不错的话，过上三五个月局势平静了，你会上书朝廷，放弃这块地盘，重回未央。"

众人脸色大变——原来，王贺一向胆大包天，依然自作主张，暗中调查金日磾，搞清楚了对方的行踪和生活习惯。他违抗天子禁令，隐瞒终止调查的指令，差点毁灭了整个团队，好不容易涉险过关，怎么不汲取一点教训呢？

金日磾却不生气，依然是一副雍容大度的样子："校尉消息如此灵通，下走佩服。平时除了替绣衣使者服务，还接着其他人的活计吗？"

反击开始了。

这句话杀伤力甚大，绣衣使者尚未启动对金日磾的调查，而王贺早已展开行动。从好的方面来说，他可能领受了朝廷的密令，从不好的方面来说，他可能受一些阴诡势力的差遣——对付天子喜爱的少年才俊，你意欲何为啊？是不是对天子不满呢？

大家推测绣衣使者内部出了奸细，如今金日䃅一提醒，这个奸细的身份，坐实王贺无疑了。面对沮渠倚华的目光，王贺躲闪退避，不敢直接对视。

尹鹏颜道："我向侍中诚挚致歉。李将军一案，天子准我便宜行事。我奉差以来，把秩五百石以上的官吏登记造册，盯梢监视，希望寻觅到一些线索。你升任侍中，职级满足条件，自动纳入监视名单，我部文牍校尉的部属立即跟进。多有得罪，还请见谅。我马上撤走耳目，还侍中清净。"

此时已经走到屋内，分宾主坐下，金日䃅笑道："你们刺探朝廷官吏，陛下知道吗？你们刺探的对象，仅仅是匈奴人，还是全部官员？直指使者不必撤走什么耳目，昨夜，跟随下走的一名侍从不慎坠井死了，我缺人手，这个耳目让他继续留在身边吧。"说完行了一礼："诸位稍坐，我去煮一釜茶来。"

他的身影一出房门，王贺颓然坐下，面如死灰——休屠王的儿子，鬼神一般的人物，太聪明、太凶险。王贺十分懊悔，不该自作主张轻易冒犯他。金日䃅短短几句话轻描淡写，不明就里的人听不出什么，局中人一听，好似泰山崩塌，黄河泛滥。他的话有许多层意思，可谓句句诛心：

第一，你们不经天子同意，擅自扩充职能，放纵权力，调查大臣，这是欺君之罪，要杀头的；第二，如果你们不是调查全部大臣，而仅仅针对匈奴人，指向如此明显，匈奴人是不会善罢甘休的，你们要为匈奴人多次的反抗，包括围攻期门军、北军事件，负主要责任；第三，这个调查我的密探，我已经丢到井里了。

众人枯坐良久，相对无言，沮渠倚华一拍桌子，指摘道："王贺，你又一次擅自行动，竟然往天子宠信的匈奴王子身边安插眼线。你想害死我们吗？"

王贺道:"我的错。"

沮渠倚华道:"向天子告密的,是不是你?"

"不是我。"王贺委屈地道,"你不明白吗,天子最讨厌的人是我啊。告密这种事,不是心腹才能做的吗?"

沮渠倚华冷笑道:"不是你,难道是我?尹先生、田公、朱君和我,谁像奸细?谁像你一样汲汲功名,整天渴望立功幸进?不是你是谁?"

王贺无可辩驳,唯有喟然长叹。

尹鹏颜道:"向陛下奏报之人,绝非翁孺。"

王贺眼神一亮,好似旱了许久的庄稼逢得一夜春雨。

沮渠倚华叫道:"尹先生,你不必替他遮掩开脱。不是他,难道是我不成?"

尹鹏颜道:"我们这个团队,确实有人把一些重要的情报第一时间告知天子,但这不是告密,应该叫报告。我保证,这个人,绝对不是他。"

沮渠倚华道:"不经尹先生同意,私自报告就是告密。"

尹鹏颜道:"天下是天下人的天下,但绣衣使者是天子的绣衣使者,有人向天子呈报事情,岂能以告密论之。"

沮渠倚华道:"你这样糊涂,一味包庇,丝毫不讲原则,以后你手下奸伪不法的事件会越来越多。绣衣使者这个组织在你手里组建,传统太差、血脉含毒、懦弱暧昧,迟早因为纪律不严、各行其是而遭受灭顶之灾。"

女人的直觉,有着天然的敏锐性。对于这个判断,尹鹏颜无言以对,他真的过于宽纵了。

大家话不投机,许久不出一言,一片沉静中无庸雉轻声道:"金日磾寥寥数语,让我们这些共同患难、经历过生死的人吵成一团,彼此猜忌,以致忘记了自己的初衷。我们不应该对这个人保持敬畏吗?"

路博德躺在终南汉宅的房顶上晒太阳,慵懒地舒展身体,显得好生惬意。他攀爬房顶不靠梯子,而是直接踩着庭院里堆积成山的砂土轻松登顶。

终南汉宅的选址下了一番苦功,抚远镇方圆五十里此处最高,俯览全镇,从任何一个角落都无法窥探它的内部。七百期门军挖掘了半天一夜,挖出的土方堆满屋子、院子。站在宅邸外面往里看,一切与平常毫无区别,仅仅是多了一些士兵严密守卫。

路博德的秘密行动,全镇居民一无所知,他完全不必顾虑引起什么麻烦。但是,他的表情看似从容,内心却惶恐不安,万一工程推进不力,不能尽快挖出木偶,或挖掘时发生事故,损伤士兵,都无法交代。

宫中贴心人冒死透出密信,说天子惊疑,白天小睡时梦见好几千木头人手持棍棒袭击他,霍然惊醒,从此感到身体不舒服,精神恍惚,记忆力大减。

山岭下,许多放牧的人也在悠闲地晒着太阳,似乎路博德同他们一样。其实,这位卫尉高官早已外热内焦,处境不如一个卑贱的牧民。无官一身轻啊,上天真的爱王侯将相吗?未必,我看他对贩夫走卒也不差啊!

府门缓缓洞开,又缓缓合上。两名士兵拿着锄头、铁锹往土山上挖出台阶,一人缓步踏足,走上屋顶,踩着瓦片行至路博德身边躺下,眼望蓝天。

路博德道:"尹先生,你总算来了。"

尹鹏颜道:"我同样杂事缠身,焦头烂额,对你于事无补。"

"从原来我们扎营的荒地掘进应是很快的,但在匈奴人众目睽睽之下,这个计划已经行不通了,只能从终南汉宅下手。"路博德道,"我找人测算过,挖到原来安放棺椁的地方还需五日。因为不知棺椁下通道的深浅,掘开地面找到它,取出木偶,就不知何年何月了。"

尹鹏颜道:"你有办法了?"

路博德道:"我是得了一个主意才敢躺着晒太阳,不过,这个计策搞不好就是杀头的重罪,因此忐忑不安,辗转反侧。你看,瓦都压烂了。"

尹鹏颜道："这个救命也要命的计策，是王贺替你想的吧？"

路博德道："对，他一早来过。"

尹鹏颜道："你派兄弟到市镇找匈奴人买木偶，我全部拦住了。"

路博德一时失望一时释然，半晌，心有余悸地叹息道："唉！"

尹鹏颜道："一旦期门军买来木偶，你拿去向天子交差，宫中定然私下审问采买之人，巫蛊之术的证据就会指向你。将军，抄家灭族，即在眼前。"他声音虽轻，字字如针，扎得路博德的一颗心如刺猬般。

路博德满面焦黑，翻身而起，左看右看，纳头便拜，沉声叫道："万幸先生救我！方才我昏了头，听信王贺这厮。我一定老老实实挖，直到找到全部木偶。"

尹鹏颜笑道："不过，期门军求买木偶一事，还是有益处的。"

路博德两眼睁圆，不知尹鹏颜打的什么算盘。

尹鹏颜道："你的弟兄求买木偶，问了好几个人，真正制木偶、卖木偶、买木偶、埋木偶的人会收到线报，产生警觉。他一动，或将留下痕迹，我们就可能揪他出来。"

路博德拱手行礼，表示佩服。

尹鹏颜道："但是，卫尉，请记住，你的人绝对不能沾上木偶，一碰，天子就会认为你拿假的骗他。他震怒之下，你和这些弟兄将化作填平於单大墓的泥土。这个墓穴还得挖，一挖到底。毕竟，陛下十分忌讳巫术，一直在担忧，以致精神都有些恍惚了。"

路博德悚然心惊："是呀是呀，我听说了，君上方寸大乱，宴会上唱祭祀的歌曲。他真的受到诅咒和蛊惑了吗？"

尹鹏颜道："子不语怪力乱神，世间哪有咒死人的法术？但对于陛下而言，心理暗示的效果是极其明显的。你设身处地想一想，写着你名字的木偶扎满钢针，贴上符咒，深埋阴森恐怖的棺木里，跟蛇鼠鬼魂为伴，你怕不怕？"

路博德道:"我怕极了,一想到这种事就恶心。所以,我将尽快挖出木偶,以慰君父。"

尹鹏颜道:"将军还做漏了两件事。"

路博德急道:"先生快讲,哪两件?"

尹鹏颜道:"第一件,拨一百士兵,拆了偏殿;第二,选三十精细之人,换上民服,轮流到於单大墓前烧香。"

路博德一脸迷茫。

尹鹏颜道:"砂石松软,墓道无法持久,挖了几天,一旦塌了又要重挖,空耗时日,人家以为你消极怠工,到时百口莫辩。用偏殿的木材支撑通道,避免再次坍塌,等待天使来看,证明将军你确实掘进了,这样能破除你伪造木偶的指摘,免除你杀头的祸患。至于墓前安插细作,因为那是另一个出口,没有你的弟兄看着,一旦有人潜出墓穴趁乱混迹于黔首,很容易逃走的。"

路博德大叫一声,跳起来再次跪拜,瓦片纷纷掉落,碎了一地。

尹鹏颜叫道:"罢了罢了,卫尉啊,你这个礼节是拜死人的,快起,快起!"

路博德道:"活人哪有先生这样的大才啊,鬼神莫测,鬼神莫测!"

听罢这话,尹鹏颜两眼一黑,肺腑一阵寒彻,战栗不已,仿佛墓穴深处也埋着一个他的木偶——此时,他才真切感受到刘彻内心的惊惶,是有多么蚀骨。

"哦,还有一件私事委托将军办一办。"过了许久,尹鹏颜道。

路博德大喜:"我欠尹先生情,时刻望报。幸有差遣,我立即去办、办好。快讲!"

尹鹏颜道:"选一精细军士,换穿民服,趁夜黑风高避开人的耳目,爬上於单大墓墓顶,去数一数拳头大的酒卮有几只。超过十一只,立即报我。"

他说得一本正经,不像开玩笑,路博德愣了。

"可以吗?"

"这，这个……"路博德狐疑道，"没问题。可是……"

"记住，是整整齐齐面朝龙城方向摆放的酒卮。"

金日䃅走在抚远镇的街道上，沮渠倚华、无庸雉左右跟随。金日䃅真诚地道："两位小娘看中什么尽管拿走，我来付钱。"

沮渠倚华道："我不要首饰、胭脂和衣服，我要木偶。"

金日䃅苦笑道："这种用来施行巫术的木偶，制作人的身份极其隐秘，不会泄露的，我们根本找不到卖家。"

沮渠倚华道："义渠昆邪，不，那个诡诈的冢螈，或者说於单太子，是怎么买到的？你不会告诉我，他是亲手拿刀雕刻的吧？"

金日䃅幽幽道："这个问题，你最好问问义渠昆邪、问问於单。"

沮渠倚华打了一个寒战："你不要吓我，我到哪里问他们？"

金日䃅闻言，笑意似一缕光自眼前一闪而过。

沮渠倚华道："你老实告诉我，你会不会雕刻木偶？"

金日䃅道："不会。"

沮渠倚华道："我不相信。义渠昆邪杀了你的阿翁、八千族人，你没想过刻个木偶诅咒他？"

金日䃅道："我不诅咒他，我用行动杀他。诅咒是弱者无用的、臆想的武器。"

沮渠倚华揪住他的双臂，叫道："好，你终于招供了。你说你杀了义渠昆邪，你就是冢螈。"

金日䃅满面无奈，用眼神向无庸雉求救。

无庸雉笑道："妹妹，不要闹了。"

沮渠倚华道："姊姊，你亲耳听到金日䃅说他用行动杀义渠昆邪。"

无庸雉道："两年来，侍中以戴罪之身困居冷宫，与御马寸步不离，自领了坐镇抚远的诏令才第一次出宫。他去过哪里，见过什么人，和什么人说过话，一切细节按律内宫皆详尽记录。你不相信，尽管去查。"

沮渠倚华道："他族人众多，遥控指挥即可，何必自己动手。"

无庸雉面带苦笑，两手抱于胸前，不再和她胡搅蛮缠。

金日䃅道："无庸姬，你洗刷了我的冤屈，你想买什么，尽管开口。"

这本来是一句客气话，没承想无庸雉当了真，她收起笑容，当街站定，伸出手来正色道："石漆。"

金日䃅变了脸色，片刻后颇具意味地道："无庸姬真是见多识广啊，连这种奇异的东西都知道。"

无庸雉与他眉目对视，沉声道："这个东西，烧毁弱水置，烧死里面一切人畜，包括百余名汉军将士；这个东西，烧掉义渠昆邪的尸身，一丝痕迹未曾留下，一切秘密化作青烟。我亲眼所见，岂能不知？"

王贺登山，尹鹏颜下山，两人相遇，心照不宣，一起走向山林。

王贺道："焚烧义渠昆邪尸身的东西，确认石漆无疑了。"

尹鹏颜道："这东西用不好害人，用好了不得了。"

王贺道："金日䃅为何急急烧毁义渠昆邪的尸体？"

"为义渠昆邪实施火葬，而且急不可耐地速速烧掉，可能是匈奴人的自发行为，也可能是休屠部的人主导了这件事，一则复仇，将其挫骨扬灰；二则消除影响，让义渠昆邪彻底消失，不像於单一样成为一个精神图腾。"尹鹏颜道，"如果排除了上述原因，那就只有一种可能……"

王贺面色一沉："尸体有问题。或许，不是义渠昆邪的。"

尹鹏颜眉宇深锁："我想到这一层，因此急急赶来，希望亲自仔细查验，作出判断。"

王贺道："烧掉了，一切都不可能复原了。"

两人踩着枯草缓缓行了百余步，王贺道："期门军从终南汉宅抬出义渠昆邪，他们查验过，详情记录在案，他们的证词很重要。"

尹鹏颜道："头颅落地，面目全非，不好辨识。他们说，看身形,尤其是鬓角的胎记,应是义渠昆邪无疑。"

王贺道:"早知这样,我们当时无论如何紧急都应该亲眼看一看。寻一两个仵作扣下尸身,不使匈奴人拿去,也不至于留下那么多疑团。"

尹鹏颜道:"最近千头万绪,我们往往遗落了最要紧的事务。"

王贺忧心忡忡,转移话题:"那个向天子告密的人,你有眉目吗?"

尹鹏颜道:"暂时还没有。"

王贺道:"你真的确定,他潜藏在我们内部?"

尹鹏颜道:"确定。"

王贺道:"他这样做的目的是什么?"

尹鹏颜道:"我说过了,天子暗示他这样做,以显示天威浩荡,无所不见,无所不知。"

王贺道:"天子故意让我们知道绣衣使者有他的眼线,这样的话,好比头顶悬着一把利刀,榻前伏着一道耳目,我们说话办事都会谨慎一些,从此不敢欺瞒天子。"

尹鹏颜苦笑道:"你我的性格一贯如此,喜欢自行其是,有些事自己掌握,不会立即奏报。天子来这一手,目的在于警告你我。"

王贺道:"事事奏报,必然坏事。尹先生,你和我坦诚不疑,我们办差还是因循旧例,该报则报,不该报则不报。"

尹鹏颜道:"善。"

王贺看着他道:"作为天子亲信和心腹的绣衣直指,想不到你竟然支持我这种离经叛道的建议。"

尹鹏颜道:"一味顺从,那是内廷的宦官。我们的第一职责不是听话,而是能够办事。你我作为天子的刀,杀不了奸人,砍不开乱麻,自然无用,一旦无用,我们这些掌握机密的人就将遭受灭顶之灾。这一分寸,天子是清楚的。我们便宜行事,他绝不会苛求。"

王贺道:"尹先生,奉教。"

金日磾望着西边辽远的天空，怅然道："石漆，这件神奇的东西，很多年前我接触过。"

沮渠倚华精神一振，急问道："酒泉郡的大火与你有关？"

金日磾充耳不闻，两眼空洞，陷入一种神奇的冥想状态。沮渠倚华还要追问，无庸雉拦住她。

片刻之后，金日磾回到现实："河西之地一开始由西戎占领，后归乌孙，接着归属大月氏。我们匈奴人取自大月氏，休屠王、昆邪王分领其地。家父主政河西之时，从大月氏俘虏身上缴获一本传自西极的书——《石漆火术》，上面记载了提取石漆的方法。"

沮渠倚华道："西极？"

金日磾道："西方之极，太阳落山之处，比西域还西的神秘土地，据说要穿过银河一样宽阔的瀚海与大洋，跋涉数百日、航行数百日才可能抵达。"

沮渠倚华道："令尊教过你这套方法？"

金日磾眼神暗淡："没有。这本奇书突然失踪了。"

沮渠倚华讶然道："这……"

金日磾道："元狩二年，大汉天子令骠骑将军领兵两次进击河西，一次春季、一次夏季。第二次大战之前义渠昆邪约见家父，提出献土降汉。当时家父实力犹在，打算观望一下，不置可否。于是，义渠昆邪暗中与大军接触。他奉上的礼物，就是这本奇书。"

沮渠倚华、无庸雉听得入神，以前不知道这个宏大的历史进程里，还潜藏着如此的细节。

金日磾眼里痛意渐深："家父闻说书籍落入义渠昆邪之手，十分震怒，到大帐责问他。义渠昆邪对盗窃一事供认不讳，当着双方部众的面跪在家父脚下，亲吻家父的靴子，求情说，他之所以这么做，是因为第一次河西之战汉军俘虏了他的儿子浑苏，不得不委曲求全，献上奇珍，保住儿子的性命。"

金日磾嘴唇颤抖，声音哽咽："家父一时心软，同意不再计较。没想到这天半夜，义渠昆邪突然袭击我部……"

沮渠倚华望着无庸雉，两人心头一紧，侧耳倾听。

"义渠昆邪先行下手，持刀追杀我的家人，火光冲天、尸横遍野，无论老少，一概杀死，整个休屠部都乱了。最危险的地方最安全，我仓促无路，背着阿母躲到昆邪部的帐篷，无意间发现一桶炼制完成的石漆。我挟持了义渠昆邪的妾，浇上石漆，举着火把与追兵对峙。"金日磾惨然一笑，"恰在此时汉军到了，他们听信义渠昆邪的谗言，说我部骚动，他正在平叛，汉军因此继进，斩杀我部族八千余人。骠骑将军见我刚烈，动了恻隐之心，又因我擅长养马，而朝廷稀缺蓄马之人，于是网开一面，送入宫廷为奴。"

"做奴隶也没有什么不好，至少，我和阿母、阿弟保全了性命，义渠昆邪再凶狠，也不敢进宫杀人吧。但我部精锐、长老，但凡有勇力、有威望的人，随后几年相继暴死……这些，与义渠昆邪脱不开干系。"

沮渠倚华听了他的遭遇，心中一阵剧痛，对这个表面春风得意、其实饱受折磨的年轻人产生了深深的同情。她不再咄咄逼人，柔声道："据你所知，世间还有谁存着现成的石漆？"

金日磾道："能提炼石漆的人，或许已经死绝了。经年来仅仅出现过两次，无庸姬你运气好，两次都亲眼见证了。我仔细盘问过主持义渠昆邪葬礼的祭师，问他所用石漆取自何处。他说，今日一早此物出现在他的卧榻之侧，上有一张锦帛，交代他用于义渠昆邪葬礼。如此一来，义渠昆邪必脱人间罪恶，上得天廷。"说后面几句话时，金日磾已经咬牙切齿，浑身颤抖。

沮渠倚华道："你放心，义渠昆邪上不了天堂，他一定在地府偿还他的罪孽。"

无庸雉道："酒泉那把大火，无疑是义渠昆邪和赵信的手笔。说来说去，当今之世，真正掌握石漆冶炼秘术的，仅有义渠昆邪一人？"

金日磾道："未必。义渠昆邪把书献给了骠骑将军，在这期间，不知什么人接触过，什么人抄录过。"

无庸雉道："虽然这条线索十分模糊，但总比丝毫头绪没有好。侍中，谢过。"

金日磾苦笑道："两位小娘，难道你们打算赶赴骠骑将军的军营，亲自质询将军，问个究竟吗？"

沮渠倚华抿抿嘴，道："我们自有主张。"

王贺下山进镇，闻着饭菜香味，正感饥肠辘辘，忽见沮渠倚华在一个食肆向他招手。他精神一振，快步而入，笑盈盈地坐下。店家佣送上饭菜，两人用了半个时辰，其间沮渠倚华向王贺讲述了一遍石漆书籍的传闻。

王贺沉吟道："石渠阁、天禄阁。"

沮渠倚华微微颔首："大军接受战利品，尤其取自异族的贵重物品，按律一一登记，但凡有人接触都会留下查阅、借用的痕迹。像记载石漆提炼方法的奇书，通常作为奇闻异录，藏于这两个地方。"

王贺道："我立即前去。"

墓道一时挖不开，久等无用，王贺向尹鹏颜请准，东返长安，试图寻找到一线光明。他骑马走出抚远镇，见沮渠倚华一身劲装早已等候在路口，不禁心中一荡。两人并辔而行，但觉风光绮丽、时光美好，不知不觉已然进城。

未央宫西北，一栋古朴庄重的石木混合建筑耸立在桑槐之间，一块巨大的青石上写着"石渠阁"三个篆字。建筑周围以磨制石块构筑成渠，渠内导水，围绕盘旋。这里，不但是大汉的档案典籍收藏机构，还是学术讨论研习场所。

秦朝末年刘邦率军攻入咸阳，萧何收集秦朝图书典籍、档案，于未央宫北侧建造石渠阁、天禄阁用于储藏，相当于大汉的国家图书馆和国家档案馆。

始皇时期焚烧《秦记》以外的书籍，颁布"挟书之律"，禁止民众私藏图书，导致大量文献损毁。西汉初年继续沿用此律，惠帝时废止这道律法。刘彻积极收集整理图书，设置写书的官位，经过无数人不懈的努力，终于重新整理出秦末散失的部分书籍。目前，石渠阁藏书一万三千二百六十九卷。

王贺、倚华翻身下马，将马拴在石柱上，收敛心绪，屏气凝神，在水池边清洁了面容，剔除了鞋子上的泥垢，仰望高峻的阙楼，怀着朝圣的心情久久伫立。石渠阁对于他们而言，是比未央宫还神圣的地方——大大小小的邦国，形形色色的风物，迥然各异的风俗，不同肤色、种族、语言、服饰的人们，广袤土地上神奇荒诞的传说，军人、商人、旅人们九死一生的冒险经历，这一切，都汇聚阁中，世间还有什么比这更令人痴狂的诱惑吗？

许久，两人缓缓走上台阶，恭恭敬敬跨过门槛走进内院。馆中仅有数名年迈的书吏，或端坐抄写，或倚墙诵读，或晾晒经书，显得十分悠闲从容。王贺满目含笑，依次见礼。

一位面容清瘦的老书吏迎上前来，笑道："翁孺先生，许久不见。"

王贺满面春风："晚辈十分思念褚先生，可惜琐事缠身，无福消受这般清净。"

褚先生道："青春年少，美人在侧，官禄加身，春风得意，翁孺，你让我们这些老朽羡慕不已啊！"

王贺道："算不得美人，不算太美。"

沮渠倚华秀眉微蹙，轻喝道："不美，什么才叫美？"

众人闻之大笑。

王贺道："请问子长最近来过吗？"

褚先生道："来过。但是，来过没来过全无区别。"

王贺一半欢喜一半疑惑。

"他结束游历回京来了，见过父母，第一时间便至此处。"褚先生道。

沮渠倚华来了兴趣，含笑问道："都去了哪里？"

"他写给朝廷的报命文书我看过，墨迹未干。"褚先生满面红光地道，"此行壮哉——他南游江、淮，上会稽，探禹穴，窥九嶷，浮于沅、湘，北涉汶、泗，讲业齐、鲁之都，观孔子之遗风，乡射邹、峄，厄困鄱、薛、彭城，过梁、楚以归。"

沮渠倚华道："哎呀，大半个汉土都走了一遍，可以想见，花费繁巨。敢问，他一介布衣，钱从何出？"

想不到小娘子另辟蹊径，问出如此偏门的问题，褚先生语塞。

沮渠倚华道："据说，司马家祖上做过铁官以及掌管长安集市的市长，得钱的渠道还是挺广的啊，哈哈……"王贺与司马迁相知投契，到处传扬他的美名，向倚华讲述过司马家的渊源来历。

话未说完，褚先生大怒，作势打人。王贺大窘，连连告罪，把沮渠倚华扯至身后，转身解释道："你有所不知，子长此行担负着朝廷给予的使命，搜集散落各地的历史文献，因此乘坐朝廷提供的公车，衣食皆有保障。先生啊，子长何在，我须见他。烦请……"

"在与不在，全无分别，他与我说过两三句话，拱拱手就躲藏到书库，再未露面。"褚先生神色稍缓，"倒是我那幼孙，今年三岁，甚是爱他，寸步不离，跟进去了。"

王贺道："我记得贤孙名叫少孙，小小年纪便爱学问，大赞。君家出身沛县，与天子同乡，以后做个通晓史事、掌管书籍文典的博士，光大门楣、传扬千秋。"

褚先生道："此子天资有限，非缘附骥，其力不足自存。能追随子长做些增补修缮的小事，便也不负生人一场。"他话语谦虚，但面上满满的骄傲欣慰之色。

沮渠倚华道："他进阁几个时辰了？"

"四日半。"

沮渠倚华惊叫道："还活着吗？"

褚先生苦笑道："自然活着。"

沮渠倚华道:"确定?"

褚先生无语。

王贺道:"你放心。他随身携带一个肥大的布囊,背着干粮、清水,不惧饥渴,历来如此。"

褚先生捋着胡须含笑点头。

正交谈间,阁外一阵喧闹,数骑快马嘶鸣驻足,十余内臣和期门军吏簇拥着一名黄门侍郎阔步而入,高声叫道:"司马迁接旨!"

褚先生上前迎客,殷勤道:"中官来了,许久不见。"

"下走进京游历,受天子征辟暂任现职,领六百石钱粮度日,迟早要走的。先生这般称呼,过于见外了,直呼下走名姓即可。若再叫错,少孙的功课我可不管了。"黄门侍郎道。

褚先生笑呵呵地改了称谓,亲切地道:"敢问王式公,朝廷要给子长任官吗?"

"前些天与人研习《曲礼》,告假半月,今日一早点卯办差,接的第一件差遣就是好事。"王式道,"不仅任官,而且是亲随之官。"

褚先生大喜,比自己得了功名还欢悦,亢奋地道:"确实是天大的好事,子长之学识阅历亘古罕有,他获得封赠,一定能光大我汉家文章,传承滔滔文脉。"

王式顾盼左右,看到同为郎官的王贺,笑道:"故人也在。"

王贺、沮渠倚华上前见礼。

王式道:"两位差事办好了吗?想不到你们还有闲暇进阁读书。"

王贺道:"下走前来不为读书。"

王式道:"不读书,莫非陪伴佳人游弋京城吗?好一个闲情逸致。"

沮渠倚华道:"你休构陷好人,我们没有偷懒,我们千里迢迢赶来这个堆放废旧物品的地方,是一心为公。"

众人听了讶然。褚先生怒气勃勃,训斥道:"荒谬,石渠阁是堆放废旧物品的地方吗?"

沮渠倚华犹自不服，正要开口折辩，王贺赶紧拉住，上前两步把她隔在身后，不停作揖赔罪。

说话间已经过去半刻钟，王式道："司马迁怎么还不出来接旨？"

众书吏道："回禀中官，我等进去催促数次了。"

王式佯怒道："天子的诏令一直等他？岂有此理。"

沮渠倚华从背后伸出头来："不会真的死了吧？"

王贺十分尴尬，拉着她出了阁门，推推搡搡走到门口。里面正在办理任官的大事，他们作为闲杂人等不好一直滞留看热闹。又等了一刻钟，王式与扈从昂然而出，褚先生手捧诏书屈身紧随，至门前行礼送行。

褚先生道："司马迁中邪了，竟然怠慢中官，下走立即告知太史令，打折十根柳条，禁足十天，不准读书。天子驾前还请中官多多美言，替司马家遮掩一些。"

"罢了罢了，我得罪谁也不敢得罪他啊！他一支笔，胡乱写我几笔，我就遗臭万年了。"王式苦笑道，"先生，你可千万小心，司马迁如今已得郎中之职，秩比二百石，打不得、关不得。你提醒太史令，他若忍不住气动用私刑，廷尉就要拿他问罪了。"

褚先生摇头叹气："无论多贵的官，太史令总归是他阿翁。"

王式道："不然。世间许多做阿翁的，父以子贵，依靠儿子彰显名声，这才为人所知呢。"

沮渠倚华撇嘴道："县令都六百石，二百石小官，打了又如何？"

王式道："小娘错了。放眼天下，六百石官、两千石官皆打得，这二百石官打不得。陛下知晓司马父子写史的宏图，相信他们能记录和讴歌我们伟大的时代，特意安排司马迁随侍左右，进入历史现场。以后，司马迁只要谨言慎行、用笔周正，得天子喜欢，便一生顺遂，高官得坐、厚禄得食。"

"读书人不可轻视，写字人不能小觑。"他兴致甚好，看来也不忙，抖抖衣襟，坐于阶上，说出一席话来，"有个词叫'望文生义',如今用作贬义,但'望文',真的能够'生义',看清一些本源本质的真义。文字作为人类破除蛮荒的密码,似乎神授。它是一种比整个地府的火还烈、比整个人间的刀还利的神器,它成全和毁掉的人,车载斗量、数不胜数,多如沧海之沙。无论王治时代还是帝制时代,天子与士大夫治天下,文官汇聚成的江海,数千年来,一切要紧的,生死攸关的,皆写在简牍上;一切珍贵的,众人热爱竞逐的,皆印在简牍上。军中虽呈武象,执掌权柄的却是读书人。升迁进退、粮秣补给、行军作战,哪一项不由文字勾连通达?一道命令寥寥数语,一块钱钞薄如蝉翼,小则关乎个人进退,让矮小的平添威势,贫贱的瞬间高贵,僻野为闹市,仇寇成良朋;大者左右朝局时势,让萤火明如星辰,溪水咆哮似沧海,天地倾覆,改换日月。一页薄书,几点朱批,让农夫登上庙堂,士卒统御千军,享尽荣华,青史留名。一贴文书,寥寥几句,让将相阶下为囚,富商败身丧家,声名狼藉,亲朋星散。多少名臣宿将,位高权重,显赫一时,若无文字记载,百年之后,不过腐土一抔。多少寻常百姓,僻处山野,籍籍无名,有缘在诗词典籍里一笔掠过,千载之后,余音袅袅。因为亲近文字,穷困山乡的孩子也敢深藏希望,寄托将来。因为手捧书本,出身世家的子弟更加高贵从容,宠辱不惊。百千年前的忠奸善恶,谁曾见过?裁定忠奸,分辨善恶,一言九鼎的,除了文字,还有什么?即使贵为天子,权势所至,也不过百年之间、四海之内,哪里比得上昏黄油灯下,挥动狼毫标注青史的书生呢?一个人只要读书,就有可能从民到兵、从兵到吏、从吏到官,直至蟾宫折桂,宰执天下。一个人只要读书,就与广阔的世界兼容共通,古往今来,四海之内的能人贤士,亦师亦友。一个人只要读书,就拥有了看见远方的慧眼,通透古今的慧心,顺和大道的慧根。字,同样的字,不同的组合,形成不同的文风,有的高远豁达,有的激情澎湃,有的温馨惬意,有的闲适自然。书斋所在,斗室之内,书柜之间,沟壑密布,风云激荡。文字这样深邃,我们怎敢亵渎?文字这样伟大,我们岂能不真诚敬畏?所谓识文断字,不只认识几个字、能够书写记事这么简单，从文字里看到古人的敬心诚意，从文字中了解为人的行止操守，或许，才是我们读书人需要掌握的基本功课。"

王式高谈阔论，说得酣畅淋漓，浑身燥热、满面油汗——这正是儒者的自信和豪情。他直抒胸臆，似畅饮了一坛烈酒般快意，霍然挺身，一抖衣袖朗声道："班门弄斧，见笑了。"拱拱手，大笑而去。

过得许久，子长依然不见踪迹。众书吏前来献策，一人道："这满屋的书籍，短则三十年，长则一千年，藏于幽深，与鬼神为伴，平时很少有人翻阅打扰。子长孤身一人躺卧卷轴之中，肯定中了书魔。我们请太史令来，进去痛打一顿，令他清醒，救他性命。"

褚先生满脸无奈："王公警告过，不能打、打不得。谁爱管谁管吧，我技穷了。"说着自院墙边折了一根柳条，塞到王贺手上，"翁孺，拜托了。"

王贺接也不是，不接也不是，立在原地，手足无措。

沮渠倚华开心地咯咯欢笑，一把夺过柳条："我替你去打，我最喜欢打人。"

众人重回阁内，王贺望着宏阔楼宇，正色道："我们不去打扰他，让他好好读书。"

沮渠倚华道："许久不见，你不想念他？"

王贺道："他在做一件重要的事，他的功业将传承千秋万代，每一弹指都比珠玉还要宝贵，我们不能浪费他的时间。"

沮渠倚华装作似懂非懂的样子，柳条一挥，蹦蹦跳跳跑向后院。褚先生追之不及，神色一肃，问道："翁孺，你领了皇差，一直忙碌，许久不来读书。这次远道而来，为的什么？"

王贺道："有劳前辈，晚辈找一本名叫《石漆火术》的书。"

褚先生怔住，显得十分迷惑，过了片刻，顾盼左右，问道："你们谁看过这本书？"

众人纷纷摇头。

褚先生满面狐疑："石漆？"

王贺道："地下一种黏稠的黑色液体，采用秘术提炼之后，用火一点即燃，火力极其猛烈，触者皆成飞灰。"

褚先生沉吟半晌："珍奇异闻库里或许会有，我去寻来。"

王贺行礼致谢，补充道："这件宝物，据说是骠骑将军从河西取来的战利品。"

褚先生听了，停住脚步："如此说来，老朽帮不了翁孺。"

王贺道："为何？"

褚先生道："骠骑将军年少，一向淡薄，视钱财器物为粪土。他缴获的战利品一样不取，大部分赏部下，至今没有一件送到石渠阁的库房。倒是大将军严谨，但有斩获，除天子恩诏赐予将士的外，都送交府库。如果寻觅大将军送来的斩获，我倒有些办法。"

王贺极其失望，思索良久，问道："太公，天禄阁会不会有？"

褚先生道："天禄阁存放国家文史档案和图书典籍，这既然是一部书，或可寻见。"

王贺一揖到地："敬谢太公，我去了。沮渠姬，沮渠姬……"

听到呼喊，沮渠倚华三步并作两步过来："唉，找不到你说的那个子长，谁爱打谁去打吧！"说着将柳条一丢，拉着王贺快步走出阁门——她精研典籍，早已爱上这个恢宏博大的宝库，之所以口不择言、举止粗鄙，装成懵懂愚笨的模样，是让可能存在的敌人放松警惕，好趁机潜入侦察，减少风险。

天禄阁距石渠阁不过七百步，顷刻即到。走到半路，王贺突然想到什么，抓住沮渠倚华："等一下。"

沮渠倚华浑然不解，问道："事情紧急，你还要等甚？"

"石渠阁、天禄阁典藏差不多，基本是互为备份的，防虫、防火、防盗，以防万一。一阁没有，另一阁也未必会有。"王贺道，"再说，天禄阁皇家藏书经过校勘、分类、编目形成定本，计有提略、六艺略、诸子略、诗赋略、兵书略、数术略、方技略七部分，共三万三千九十卷，一时半会儿怎么可能穷尽，没有十天半月根本找不出来啊！"

沮渠倚华道："仅从字面意思理解，有关石漆的书应该归属方技略。我们缩小目标，试一试再说。"

王贺道："我之所以先来石渠阁，是因为和褚先生相熟。至于天禄阁，平时去得少，阁内书吏肯定要求我出示正式文书才准查找。"

沮渠倚华道："两阁比邻而居，典藏互相辉映，必然经常来往，为何不请褚先生代为引见，请他们破例一次，省得往返耽搁时间。"

王贺击掌笑道："好好好。"

两人折返石渠阁推门而入，众书吏笑脸相迎："翁孺、小娘，又回来了？"

王贺道："唉，下走未带官方文书，查阅不了阁内资料，还须劳烦诸位。请问，褚先生何在？"

一名书吏道："他回房歇息去了，先生你与他相熟，直接过去相见就是。"

王贺行礼致谢，一边走一边道："以前读书累了经常到褚先生处吃饭闲谈，他自备锅灶，烧得一手好饭。那些日子，实在美妙。"

沮渠倚华道："别人都说你急功近利，但你说起这些吃吃喝喝的事，满眼放光，我知道你爱的不是功名，而是书读多了，凭空多了许多追慕先贤、建功立业的豪情，太想做事罢了。"

听了这话，王贺心意一动，感动得差点掉下泪来。

两人行至褚先生卧室外轻轻敲击房门，许久不闻动静。王贺正不知如何办才好，沮渠倚华鼻翼轻轻一动，神色错愕，颤声道："血腥味。"

她奋力推开房门，眼前所见令人惊骇万端——褚先生胸口插着一把利刃，一动不动躺在血泊中，双眸一片晦暗，魂魄几乎散尽。

"啪"，长鞭出手，沮渠倚华四处搜检，防备敌人来自暗处的攻击。

王贺泪下，跪倒膝行，抱着褚先生哽咽半晌，喃喃道："是我害了你，是我害了你啊……"

褚先生唇齿微动，王贺附耳去听，褚先生用尽最后游丝般的气力，断断续续道："阁，阁，藏着《石漆火术》，我……"话未说完，血尽气绝。

王贺紧紧抱着褚先生嘶声恸哭，面目似暴雨冲刷的黄土山坡，烙出无数道印痕。

第十八章
鸣蝉卫

绣衣校尉再次相聚抚远镇，听了王贺的陈述，屋内一阵沉寂。过了许久，沮渠倚华道："敌人早我们一步赶到石渠阁，胁迫了褚先生，后来担心事情败露，索性杀死他。我们接受廷尉与长安令的属员调查，拖延了一夜，中午才得以脱身。"

王贺眼里血丝形如乱麻，拼力开启干裂的嘴唇，疲惫地道："幸好天无绝人之路，子长读过这本奇书，还做了摘录。他痛惜褚先生冤死，把复制的内容转赠予我，希望我们尽快察狱。"

尹鹏颜道："这位司马兄真是旷世奇才。"

无庸雉道："可是，书的内容对狱事无用。我们需要的，是查阅过这本书的读者信息。"

王贺道："子长连这些人的名姓，也默写出来了。"

无庸雉奇道："背书有价值，记住读书的人有甚意义，他为何关注这些？"

王贺道："一个人读书，思想总会有一些局限，读生僻冷门之书的人绝非常人。子长希望与他们交流切磋，因此记下了读者的资料。"

尹、无庸两人精神一振，上天有好生之德，天道昭昭，天无绝人之路。

无庸雉道："谁读过？"

"子长说，此书制作极其精美，第一页是封面，第二页、第三页空白，方便阅者题注。里面，有两三处奇奇怪怪、歪歪扭扭的文字，时日久远，疑似极西之处的书商和收藏家的题跋。"王贺道，"元狩年间，第三页空白处出现了休屠王的印章。"

无庸雎道："这就印证了金日磾的说辞。"

王贺道："随后，写有义渠昆邪向骠骑将军献书的文字。骠骑将军似乎对这类书籍不感兴趣，未尝留下任何痕迹，仅有一名辎重官的印鉴，他是负责清点储运物资的军吏，身家清白，如今依然在职。"说完，拿起茶盏大口饮用，不再说话。

无庸雎问道："还有吗？"

王贺道："没有了。"

无庸雎甚觉失望。

沮渠倚华道："姊姊不必忧虑，书上没有，但半月前有人借过这本书，借阅图书的登记册上留下了一个签名。"

无庸雎神情一振，坐直了身子。

王贺道："子长正在研究游侠刺客，替他们立传，他对这个签名很感兴趣，因此牢记在心。"

无庸雎颤声问道："谁？"

王贺道："金蝉。"一个陌生的名字。

无庸雎道："什么人？"

沮渠倚华幽幽道："姊姊同他很熟悉的。"

无庸雎惊诧不已，嘴巴合不拢，一字一句道："难道，难道……"

王贺颔首道："是他。"

尹鹏颜道："朱安世。"

未央宫，一栋破败的偏殿，方圆千余步鲜见人迹。石庆斜躺在卧室的软榻之上，享受好不容易挤出来的清闲。内臣王弼在一旁奉茶伺候，两人有一句没一句地随口说着话。

石庆道："天子很好奇，廷尉这几天在忙什么？"

王弼道:"这段时间市面还算清净,他比较沉寂。不过,昨天石渠阁横死了一个老吏,够他忙一阵了。"掾吏生死烦劳不到廷尉,然石渠阁收存国家要典,祸事上达天子,不可等闲视之。

石庆长声叹道:"前几日我到过石渠阁,不承想一转身就发了命案。青灯黄卷、与世无争,多少人羡慕这样的生活。如此清净之地,淡泊之人,人畜无害,谁会杀他?"

王弼道:"绣衣使者文牍校尉、诸胡校尉到阁里查石漆,老吏提供方便,受到牵累,因此罹难。"

石庆悚然道:"天子新锻的这把刀,太血腥,他们一到哪里,哪里就生血光之灾。"

王弼道:"不过,这把刀直接锋利,还算好用。"

石庆道:"天子问,甘夫那边有甚消息?"

王弼道:"上午青鸟传来密信,说右谷蠡王尚存疑虑,双方正在商谈条件、拟制方案。"

石庆道:"有唯许卢、於单、义渠昆邪和金日䃅的先例,他还担心什么?除了不能违背高帝的盟约给他封王,但有所求,天子一概应允,要爵给爵、要官给官、要钱给钱。要地,亦无问题,陇西、北地、朔方、云中、代郡可尽归其下,势力等同封国,而且是比肩齐、赵的大国。"

王弼道:"石公,上述领地不是交由金日䃅代管了吗?"

石庆道:"天子吩咐,金日䃅年轻,暂时让一让,他以后还有机会,朝廷会给他一些奖赏作为回报。"

王弼听罢默然——天子眼里,一切都是资源、一切都要服从大局,即使对金日䃅的恩宠也是随时可以改变的。天子的特殊身份,要求他尽量削减人类的情感,站在神的角度理性冷酷地看待人间,选择利益最大的方式施行自己的行动,替天行布大道。

石庆沉吟半晌,脸带忧色:"查石漆,定然探得朱安世。他一向办理重要的差事,万一听说官府查他,一时应对失措,岂不误了大事?"

确实，被士兵、求盗追捕了数年，好比惊弓之鸟，即使换得了官身，难免心有余悸，反应过激。

王弼道："廷尉府不会查他，是他的同伴、绣衣校尉们查他。"

石庆道："这正是天子担心的啊！廷尉府查还好，绣衣使者效率太高，说不准一两天内就能查个大概。天子有意令我去一次抚远镇，一则督促路博德的进展，一则向尹鹏颜传达君上口谕，禁止他们追查朱安世。"

王弼道："绣衣使者冲得太快了，适得其反，往往坏事。"

石庆对此不置可否，转移话题问道："如侯来了吗？"

王弼道："门外候见，等待多时了。"

石庆道："请来。"

不时，如侯甩着肚子小步疾行，跪倒道："草民见过中书谒者令，见过中官。"

王弼知道石庆有重要事务交代，须传达天子的旨意，于是识趣地放下茶杯，离座避席，把房间留给两人："石公，下走办差去了。"

如侯俯首看着地面，石庆盯着他的发髻，二人相对良久，一时不知说什么好。

"起。"石庆拿出接待天子故人的态度，温和地道，"前些日子天子吃过你烹饪的美食，又想起当初意气飞扬的少年时光。最近他时常心慌气短，神思恍惚，人近中年，大概如此。唉！"

如侯起身，恭谨地站着，像一个殷勤的店家佣："陛下春秋鼎盛，时光绵长，偶有小恙，毕竟邪不压正，不过两三天也就好了。"

石庆道："你会说话，可否继承父职或出任食官长一职，长居宫廷陪伴天子？"

如侯道："父母年纪渐长，草民希望留居柏谷镇，尽了孝道，再进宫效忠。"

石庆笑道："甚好。以后馋了，天子到柏谷看你。对了，令尊和令堂何时游历归来？"

如侯道:"下月底二十七日,差不多新年前后。"

石庆道:"君上言,夫人归来次日,他当前往柏谷,如此看来,就是二十八日了。一则见见故人,一则问问出海寻仙的事情。"

如侯窃喜,又有些惶急,沉吟半晌,谨慎地问道:"可是当真?阿翁阿母得知,一定笑掉牙齿。"

石庆道:"君无戏言,岂能骗你?二十八日酉时三刻,天子准时到。"

如侯道:"陛下巡视柏谷,时逢下午,看来要住上一晚。柏谷狭小,需备办多少酒菜,安排多少房间,请提前告知,以便草民安排人手,早早准备。"

石庆道:"为时尚早,不给你们添麻烦。当年天子不过十三骑,纵横旷野、呼啸而过,何其畅快?如今受制于礼法,每次出行,扈从如云,郡县骚动,实在无趣。这一次,照旧。另外,天子不想惊扰地方,此事连太仆都瞒着,天子知、你知、我知,暂且保密,不可为第四人知晓。"

如侯恭恭敬敬行礼,脸上掩饰不住由衷的惊喜惶恐之色,颤声道:"诺。"

终南汉宅内部的秘密工程昼夜不息,挖到第七天,推进到原来安放棺椁处,毒气未散,十数名士兵出现呕吐症状,无奈退出。等待一天,以湿毛巾捂住口鼻,举着火把再次进入,状况稍好。估摸着再过一天,毒气会全部散去。到时集中兵力一举挖到地底,一切未解之谜,或重现人间。

中书谒者令石庆亲临,为表现出办事得力、与将士同进退的精神,冒险进入地下。他看到用梁柱、木板加固的甬道大为赞赏,抚摸着墙壁道:"下走当奏明天子,表彰将士的辛苦。"

路博德十分欢喜:"幸好直指使者提醒,不然早已多处坍塌,无数次返工。"

石庆道:"听尹先生的话,断然不会错。"

路博德道:"他在墓穴内等待石公。"

石庆弯腰急行通过甬道,行进半刻钟,远远见十数名军士打着火把,握着刀枪,簇拥着尹鹏颜四处勘察——内间阴潮,火光摇曳,惨淡青绿,好似随时就会熄灭的鬼火。两人见礼完毕,说了几句客套话,石庆大口喘息,保持呼吸通畅:"先生有甚发现吗?"

尹鹏颜道:"我估计,棺椁坠入之处另有密道通往外界。"

石庆道:"於单大墓一个出口,义渠昆邪卧房一个出口,地下还有一个出口,倒也符合狡兔三窟的结构。我们找到木偶就够了,破不了的案子很多,不急于一时。"

路博德道:"既然有密道,希望朱君已经逃出生天。"

石庆语气平和,一字一句道:"他若脱险,肯定向尹先生报告,至今不见人影,生还的概率已经很小了。"

想起朱安世神勇过人,英雄一世,如今却遭遇不测,路博德十分悲怆,脱掉上衣,赤着胳膊,拿了一把铁镐,叫道:"来人,快挖,明日一早必须挖到棺椁!"

石庆皱着眉头,捶捶胸口,捏捏喉管,尽量抵御窒息感,轻声道:"尹先生,借一步说话。"

两人走出墓道,来到一处偏僻的山岭,石庆贪婪地呼吸着冰凉的空气,俯瞰着看似静谧,其实惊疑不安、暗潮涌动的抚远镇。良久,石庆满脑子的眩晕略微缓解,清清嗓子直言道:"闻说绣衣使者查到了朱安世。"

尹鹏颜道:"与石漆有关。"

石庆道:"我和你交个底。国家急需用钱,廷尉张汤作为理财好手颇受天子器重。他有一项本事,无中生有,广纳财源。这个奇才无意间听说骠骑将军得了一本有关石漆的书,因此审时度势,提出一个不可思议的建议,冶炼石漆,行商天下,换取无穷无尽的金钱。半月前,他见朱安世清闲无事,请他专门去借了书来仔细研究。随后,张汤还写成文书递交内廷,我亲手接过,呈报君上。朱安世本名金蝉,郭解案发后逃亡江湖,遇到一位修行之人,替他改的名字。"说着递上一份奏章的副本,上面详细记载了研究《石漆火术》的过程,有廷尉府主官和官衙的签章。张汤做事仔细,还讲述了书的来历,甚至包括由朱安世前去商借一事。

朱安世借阅书籍的时间,在他和田甲闯入博望侯府,引发元解忧自杀等一系列事件之后。当时,绣衣使者暂停办差,他困居长安,闲极无事,张汤让他去取一本书来倒也符合常理。听了石庆的解释,尹鹏颜想起,当时朱安世耽搁了半天才呈报病书,确实说过替张汤跑腿借书。两相对照,免除了朱安世的嫌疑,他当即释然,好似卸去胸口泰山一般的重负。

石庆道:"可惜校尉们追查期间书毁了,殊为可惜。"

尹鹏颜缄默,他对石漆之书的效用不甚了了。毕竟,即使绝顶聪明的人,也受制于现实条件,不可能预见千年以后的世界。有些能改变历史进程的人和事,或在不经意之间被人们错过了。

两人迎着冷风站在山岗之上,眺望辽远的山川与城寨。过了许久,石庆开口轻声道:"我私下与君上禀报过,归附之人不宜群居。应离散部众,编户齐民。否则,必生祸患。"

此议牵涉千万人身家性命,尹鹏颜不敢妄言。何况,天子自有主张,非人臣可以猜度。

连续两个话题投掷到虚空里,石庆依然谈兴不减,道:"当今的朝廷,君上最担心两个人,你知道吗?"

尹鹏颜似从梦境中醒来,接腔道:"一个是骠骑将军,一个是我。"

石庆道:"过慧易夭,过利易折,你们办事直接干脆,太有效率,不是好事。天子爱惜你们,因此叮嘱你们,缓一缓,慢一点,从长计议,寻一个持久之道。天子不愿你们化作流星,他希望手持两轮明月,照亮前路。"

尹鹏颜道："陛下的苦心，我记住了。"

石庆道："义渠昆邪死了，金日磾代替其位，五个郡不至于出太大的乱子。等右谷蠡王正式归顺，这一场持续百年的汉匈大战就将以大汉完胜结束。大局向好，即使於单复出，恐怕也不会有多少作为。找到他自然很好，找不到，报一个暴死结案，做完卷宗，也可以。"

尹鹏颜道："奉谕。"

石庆唇齿微微开合，一字一字缓声道："天子有一句话，曾御笔亲书，赠予骠骑将军。如今，我找人写下来，盖上印鉴，转赠予你。请好生理解、好生领会。"说罢递过来一卷帛书，别有深意地笑笑，转身下山去了。

待他的身影隐没于松涛深处，尹鹏颜展开帛书，但见上面用朱砂写着几个炫目的文字：

轻用其芒，动即有伤，是为凶器；
深藏若拙，临机取决，是为利器。

你看哪，这无数的坟茔，就是我们的未来，结果早已注定，何必清楚明白？糊涂一些，迟缓一点，何尝不好？

尹鹏颜一个人伫立于山腰，若松似柏，半晌不动。

这天半夜，期门军的锄头终于挖到棺盖，众人一阵欢呼，又心惊胆战，急急向卫尉、中书谒者令和直指使者禀报。士兵做好内外警戒，石庆、路博德与尹鹏颜再次深入墓穴，大家屏气凝神，亲眼看着士兵剖开棺木——里面空无一人。

士兵扒去杂物，取出一大堆木偶。石庆忍着不适亲自动手，拿早已备好的桃木箩筐装了，覆盖施行过法术的红布与符咒，插上两把剑，拿终南山的青藤捆好。两名士兵用木杆抬着，急急运到地上。

数十名期门军骑士全副武装，刀枪在手，严密护卫，石庆翻身上马，向众人拱手致意，打马东去。

路博德、尹鹏颜送出洞口,看着一行快马消失在山脚。路博德长长吁了一口气:"尹先生,你我总算逃过一劫。"

尹鹏颜道:"将军辛苦,歇息去吧。"

路博德道:"我还要带领弟兄掘进,找到第三条密道。"

尹鹏颜道:"朱安世有你这样的朋友,实在幸运。"

路博德喃喃自语:"朋友、朋友……"他咀嚼回味着这两个字深邃的含义,毅然钻进洞里,胖大的身躯几乎塞满甬道。

尹鹏颜走进终南汉宅后院的一个小房间,里面亮着灯火,王贺、无庸雉、沮渠倚华对坐无语,吃着飧食。尹鹏颜用了几口,食之无味,索性放下。

王贺打破寂静:"朱君还活着吗?"

尹鹏颜道:"我初步观察,没有机关击发的痕迹。"

沮渠倚华满眼血丝,疲惫地道:"机关杀不了他,不代表人杀不了他。"

无庸雉道:"期门军还在搜寻,我们等待第三条密道打开再作计较。"

沮渠倚华道:"褚先生的案子下一步怎么查?"

尹鹏颜道:"可以肯定的是,此案的凶嫌,和整个事件的幕后主使豕蝝同为一人。我们破了大案,小案自然水落石出。"

沮渠倚华咬牙道:"於单。"

尹鹏颜道:"暂且这么说吧。"

无庸雉道:"除了於单,难道还有别人?"

尹鹏颜道:"翁孺,你说呢?"

王贺道:"於单,一个活在传言里的人物,我们至今没有见过这个人,也没有找到与他面对面接触过的人……或许有一个,刚刚烧掉了。我持保留意见。"

沮渠倚华道:"一切的线索,所有的人,走到义渠昆邪这个交会点就结束了。如今,义渠昆邪死了,烧成了灰,我们到哪里找於单?

一直守着这个墓,挖十几年吗?"

无庸雉戏谑地一笑:"尹先生,我们都指望你呢,你告诉我,你又想到什么计策了?"

尹鹏颜饮了一口水,咂咂嘴,百无聊赖地道:"我觉得,我们不妨考虑一下,予告。"

王贺、无庸雉和沮渠倚华瞪大了眼睛。这个衙门的待遇也太好了,屡次给予强制休假。对于事务繁巨的京师诸衙而言,写在纸面上的休沐都难于落实,老天开恩式的予告无异于上古神话。谁能想到,绣衣使者竟然任性到随时停止营业,放属员逍遥呢?

恰在此时,一声轰然巨响,地面陷了,半栋建筑随着大地往下陷落。四人两耳轰鸣,两眼发黑,即刻冲出屋宇,但见甬道入口处猛烈喷射着烈火,庭院乱作一团,路博德和士兵们满面黑烟,衣衫尽毁,不少人被烧得皮开肉绽。有人身上还在着火,哀叫着打滚,众人一拥而上,脱衣扑打,倾倒冷水,场面极其混乱。

王贺惊疑道:"为何如此?"

"弟兄们移开棺椁,不知触动了甚,地下发出'滋滋滋'的声音,喷出一阵猛烈的大风,整个甬道充满奇怪的味道,咽喉像被扼住,呼吸不畅……这风遇到火把,顷刻间一片红光,无处不着,接连巨响,墓穴、密道彻底炸毁。"路博德掐着喉咙,咳嗽许久,灌了半袋水,嘶声道,"我本在墓内,恰巧军吏前来禀报军情,正往外走,只听身后异响,忙一边高声示警一边往外狂奔,被气浪冲出。若非如此,我也完了。幸好尹先生有先见之明,提前加固了甬道,不然很多弟兄都要陪葬。"说着,连连向尹鹏颜作揖。

无庸雉奇道:"什么东西引起爆炸?"

尹鹏颜深吸一口烟火气,眉目间忧思愈重:"泽中有火,上火下泽。"

王贺眼睛一亮:"火井。"[1]

於单大墓骤然起火燃烧,几乎摧毁了一切。至于墓下是恰有火井还是敌方人为准备,已不可查验。一念及此,王贺越发惊愕,半晌他灵光一闪,转身看着山下滚滚烟尘,颤声叫道:"不好!"

期门军挖开墓穴之下的密室,触发火井引起爆炸,不但毁了终南汉宅,还炸塌了於单大墓,波及墓前祭拜的人。声势如此巨大,汉军秘密掘墓一事必将迅速传遍全镇,匈奴人一定群情鼎沸,敌对情绪迅速酝酿,一旦爆发,必泛滥成灾。

路博德同时想到这一层,一颗心提到嗓子眼,不敢怠慢,强忍伤痛,一瘸一拐紧急布防去了。

石庆迈着不紧不慢的步子,捧着一个硕大的食盒,穿过重重廊宇,走进未央宫白虎门左近一栋偏殿。此殿早已破败,尘灰堆积,光线晦暗,人的面目模糊不清,因此增了几分诡秘阴冷的感觉。角落里燃着一盆炭火,略微有点暖意。暗影深处,一名身材魁梧的褐衣武士肃立行礼:"见过石公。"

他硕大的脑袋上包裹着青布,仅仅露出眉眼和额头,额头上镶嵌着一枚狰狞的铁铸黑蝉。他背着一条长长的布袋,隐隐露出生铁的锋芒,腰间挂着一把寒意森森的弯刀。

石庆把食盒放置到屋内唯一的一张木桌上,幽幽道:"我闻说,抚远镇又出事了。"

武士道:"石公放心。侍中闻变,及时出面,三言两语一说,因

---

[1] 尹鹏颜提示的八个字,出自西周成书的《易经》,记载了天然气在水面上蒸发起火的现象。《华阳国志》描述过秦汉时期的人们使用天然气,临邛县"有火井,夜时光映上昭。民欲其火,先以家火投之。顷许如雷声,火焰出,通耀数十里。以竹筒盛其火藏之,可拽行终日不灭也"。西汉时,开凿水井和盐井时,地层下天然气时常溢出遇火燃烧,因此命名为火井。学者认为,中国使用天然气的历史已有两千多年。

於单墓损毁而聚集的匈奴人已尽数散去。"

"极好。这么短的时间内金日䃅竟然顺利取代了义渠昆邪,让休屠部、昆邪部冰释前嫌,合二为一,真是大才,君上没有看错他。"石庆沉吟半响,问道,"爆炸后多久,侍中出来平息事端?"

武士道:"两个时辰。"

石庆冷笑数声。

武士道:"抚远镇诸事已了,从此不必牵念了。"

石庆道:"天子已有口谕,令路博德撤回。明日上午,召见尹鹏颜。"

武士长声叹息,哀怜地道:"卫尉依然执着,亲自挥舞锄头掘土不止,说一定要挖出他的朋友。"

石庆面含讥讽,明知故问道:"朋友?於单?"

武士怅然道:"朱安世。"

石庆闻言大笑,拍拍武士柱子一般粗壮的手臂:"感动吗?"

武士欷歔道:"卫尉是个好汉子、大丈夫,当然,还是个好朋友。"

石庆道:"可惜,朱安世死了,领不了他的情,不然应该向路博德敬杯酒。"

武士道:"生死不过隔一线,向死而生的先例同样存在。或有一天,这杯酒能够当面满上,开怀共饮呢。"

石庆目光冷峻,沉声道:"朱安世,我提醒你,你已经死了,不要再作这样不切实际的打算。"

武士低下高昂的头颅,好似一座倾颓的荒山。

石庆道:"我听说你撞坏了脑袋,解开,我看一看。"

武士抬起蒲扇般巨大的右手往头上一抹,那个恶来、樊哙一般的猛士赫然出现在面前。一道深达半寸的伤疤自右颊延伸到下巴,左耳为利器削掉一半。

"地下一战如此凶险,差点折损一员神将。"石庆两手发颤,缓缓向前,指尖触碰伤痕,战栗道,"你杀了多少人?"

朱安世道:"二十七人围攻我,全部诛除。"

石庆愕然叹息道:"战神、战神!"

朱安世道:"多亏石公赠予锋利兵器。"

石庆道:"这么好的上古神兵,你却不珍惜,据说你试图转赠一名少年兵士,幸好他拒绝了。"

朱安世道:"是。"

石庆道:"那时你就心生退意了吗?"

朱安世道:"山间砍柴用不到神兵,它跟着我,委屈了。"

石庆道:"或许,兵器和你一样,也想着归隐山林呢。"

朱安世道:"我改日问问它。"

"这是天子委托我转交给你的礼物。大汉疆域内,赤金一出,府库尽取,兵卒任用,百官折服。"石庆取出一面赤金令牌、一双竹箸,温声道,"令牌虽贵,不过权重、值钱罢了,算不得什么。而筷子,则是当年柏谷镇里,天子与你们这些手足兄弟对坐宴饮时使用过的。"

朱安世跪倒,双手捧起竹箸,牙齿紧紧咬着,又接过令牌,怆然泪下。

石庆道:"天子少年时受到太皇太后掣肘,大权旁落。陈皇后多年无子,引起各方觊觎。连君上的母弟田蚡,都暗中结好诸侯。朝野上下没有几个人看好君上,做好了取而代之、择主而事的准备。君上无奈,自陇西、北地良家子能骑射者中,精选了十三名勇士……"

朱安世道:"君上心疼我们这些阴诡之人,因此称我们为鸣蝉卫,是希望我们有朝一日,能站在众人瞩目的高树上放声歌唱。"

石庆道:"你们或诈死或改名换姓,或背负重罪,与家人彻底隔绝,躲藏在不见天日之处,没有身份、没有前途,牺牲一切替君上效力,二十年来历经了多少磨难,化解了多少危机。如今,仅五人幸存。唉,你们的功勋,君上一件件记在心里,却无法封赏,无法给予名分……"

朱安世道:"大汉天子千秋功业的基石上,有我们十三粒沙砾在，这就是封赏、名分。"

石庆长叹一声，有些苍凉，有些深情，缓缓道："朱君，你面相凶恶，心地慈悲。朝廷令你潜入郭解处作间，时至今日，你却对他念念不忘。朝廷让你伪装逃亡，一路引出潜伏的豪强草莽，你却不出卖任何一人。朝廷任你为格战校尉，你却不禀报一件不利于绣衣使者的私密事项……朱安世，你老了，你不是年龄老了，你是心老了。"

朱安世没有否认，也不觉得伤感，他的双眸依然清澈明亮——这是一个心地光明的人，因此面目日月普照，闪耀着光华。

他从怀里摸出一枚竹片，双手递送过去。

石庆诧异问道："什么？"

"一个名字。"朱安世道，"与郎官王贺接触，竭力破坏招抚计划的人。"

石庆的左脸颊不受控制地抽搐，眼里光彩收敛转成晦暗，两手微微抬起，又放下，不敢去接。两人面对面站立许久，心事若潮水奔涌。

朱安世道："石公。"

石庆道："不是说过不查了吗？"

朱安世道："我不愿君父忧惧，希望君上明察秋毫，有备无患。当年，义渠昆邪来降，长安令一时未能备齐接运的车，君上愤怒，下令诛杀；商人不经批准，私自与南归匈奴贸易，有司逮捕五百人，下狱论死。两件事皆因此人犯颜抗命，全部赦免了。他甚至提议，把匈奴人作为奴隶赏赐给公卿、将士和家属。此人公然废格诏令，已经不是第一次了……"

石庆胸膛起伏，喉咙不受控制地发出一声沉闷的音节，断然呵斥道："噤声。"他一把抓过竹片，急步走到屋角丢进火盆，眼睁睁看着这骇人的秘密化作数缕青烟。

朱安世并不阻止，稳稳站着，好似一切都没有发生过。石庆转身走来，两手按住他的小臂，指尖用力，与他面目几乎相触，目光撞在一起，沉声道："自汉兴至孝文二十余年，会天下初定，将相守令皆军吏。景帝时期，本来打算大量选拔平民担任要职，一次七国之乱，又崛起无数立下战功出任要职的贵人……本朝开国八十余年，除一名外戚外，担任丞相的都是军功贵族或世袭侯爵的子孙。他们的人数有多少，你知道吗？他们的势力有多大，你知道吗？此人七世卿大夫，乃功勋家族的扛鼎人物。这个名字呈报上去，一旦公开，你置天子于何地？你想让君上亲近的将臣，一夜之间全部变成敌人吗？哼，到时乱自内作，中枢搅扰，百官不安，黔首惊疑，本朝对匈奴保持的优势将荡然无存。长安一旦陷入政争，当世最聪明、最能干、最凶狠的人围绕未央宫内斗撕咬，好比天下的豺狼蛇蝎突入城池，亮开利爪毒牙寻人而食，我等即使苟全性命亦不可得啊！"

朱安世默默听着，一言不发。他尽力履职，至于履职产生的结果，朝廷如何运用，不属于他考虑的范畴。无论如何，天子的意志就是他行动的方向，天子既然无意深究，这一切就到此为止吧。

石庆道："盒里有些酒食，是君上请椒房专门替你烹饪的。"

朱安世打开食盒，看见一坛仪狄美酒，一条生猪腿，不由大喜。他向帝后长居之处跪拜致谢，礼毕，席地坐下，双手捧起酒坛痛饮大半，取弯刀切开生肉大口啃食。不时，猪肉吃完，他单手抓来酒坛，一口饮尽残酒。

当年项羽曾赐樊哙斗酒彘肩[1]，此时，天子赐卮酒彘肩，用心良苦，视朱安世为自己的樊哙，亲近爱惜之意，展现得委婉又热烈。

酒肉皆尽，朱安世收酒坛、猪骨于行囊，再度跪谢天恩。石庆道："阳陵风物甚佳，依山傍水处设一美宅，地契、房契在阳昌典

---

1 当年项羽设下鸿门宴，邀请刘邦赴约。项庄拔剑起舞，意击沛公，形势极其危急。樊哙拿剑持盾冲入帷帐，瞪眼看着项羽，头发直竖，眼角裂开。项羽握着剑挺身问："客人是谁？"张良道："参乘樊哙。"项羽道："壮士！赏他一杯酒。"樊哙拜谢，喝了酒。项羽道："赏他一条彘肩。"左右给他一条未煮熟的猪腿。樊哙倒扣盾牌，将猪腿放置其上，拔出剑切着吃。他豪勇的气质令项羽十分震撼喜爱，赐座叙话，为刘邦赢得了转圜的机会。

铺，你去取了。天子体谅你，准许你借於单大墓一案就此隐遁。恭喜你，交出令符，谢恩吧。"

朱安世从贴身处摸出一面寒铁铸成的蝉状令牌，带着体温一并放置于石庆掌心，面向宫室方向磕头，额头触地发出金石之音，哽咽道："请石公带一句话予君上，下走依然是当初纵马相随的少年。"

石庆道："退。"

朱安世起立，往前数步，身形一顿，欲言又止，之后毅然推门走了。

这日上午，路博德焚烧了两车锦帛，砸了三十坛好酒，祭奠他的朋友朱安世。他纵饮狂醉，无法骑马，士兵们在两匹战马间铺上渔网，让他躺着行路。各处洞穴尽数填埋，抚远镇的期门军全部撤出。尹鹏颜专程进镇，向金日䃅辞行。

一切尘埃落定，新的主人将在旧的土地上建立属于自己的秩序。金日䃅眺望着远去的队伍，神思幽远，轻声道："李将军自杀一案，查到今天依然没有结果，直指使者不着急吗？"

尹鹏颜道："为山九仞，但差一篑。我会查到底。"

金日䃅道："直指使者想过没有，纵使坐实了於单的罪状，又有甚好处？不过让归附的匈奴人更加惊疑，让朝廷的招抚计划遭遇变数，给前线的战事增添阻力。"

尹鹏颜道："侍中也认为这一切的始作俑者是於单？"此问言不尽意，带着些征询的味道。

金日䃅道："我在潴野泽、石羊河之间见过於单太子一面。他奉单于的号令巡视四方，第一站西域，第二站河西。西域诸国畏惧匈奴，多予馈赠，太子一毫不取，但不是直接拒绝，而是致谢后令人收入辎车。他懂得权衡变通，上一国受的礼物转赠下一国，最后一国受的礼物又回赠第一国。他的车驾到了河西，空空如也。其人生活极其简朴，甚得众心。他对匈奴领地了如指掌，三言两语说透河西的攻防形势，家父听了也深感佩服。我们都以为，他会成为一代有为之主。如果於单太子即位，与当今大汉天子日月并明，汉匈两国的战争或许更为壮烈，结局实难预料。当然，也可能双方旗鼓相当、互相忌惮，相安无事。"

尹鹏颜道："蹊跷的是，他归降了汉朝，而且很快物故。"

金日䃅道："实在出乎意料，时至今日，我依然不相信这是真的。"

尹鹏颜道："不少匈奴人希望他真的活着吧？"

金日䃅道："伊稚斜接连战败，丢了河南、河西和漠北，下一步，连西域也将全面退守。在这样的形势下，人们对於单太子的展望早已盖过对伊稚斜单于的期待。"

尹鹏颜道："站在大汉的立场来看，存在於单这样一个人是十分危险的。"

金日䃅道："因此，陛下要求你尽快证明於单已经死去，从此断绝匈奴人的念想。"

尹鹏颜道："最好的证据是於单的尸首，不过，棺椁空空，无迹可寻。"

金日䃅道："直指使者，你已经有了对策，是不是？"

尹鹏颜道："过几日侍中骑马登山，在密林深处偶遇一具尸体，其配饰、遗物皆为於单所有。随即，侍中上书朝廷，请求以列侯之礼下葬。朝廷派遣天使吊唁，赠予名号、钱物。经过隆重的仪式，一切恩怨与真相就此深埋地下，再不见天日。"

金日䃅击掌笑道："这样做对大家都有利。天子消除了潜在的祸患，我消除了潜在的劲敌，伊稚斜消除了心腹大患，直指使者，你据此终结此案，从此太平逍遥。天子会支持的！"

尹鹏颜道："至于於单，我继续秘密查访。"

金日䃅道："我也会暗示部众搜寻线索，一旦找到，直接清除。"

两人对视一笑，但觉前途一片明朗。

金日磾轻声叹息:"不过,我接管五郡不久,尚未形成自己的势力,没有机密的心腹团队来做这种事。而且,经过义渠昆邪、於单的风波,天子对蓄养私人部曲的行为深恶痛绝,我不敢在这件事上走得太远,以免重蹈义渠昆邪的覆辙。"

尹鹏颜道:"侍中的意思,你从此要做一个恭顺的人,以大汉朝的忠臣身份走完一生?"

金日磾道:"天子明察秋毫,我相信他在廷尉府、中尉府、内史府和绣衣使者之外,还有更为妥帖的力量。我还是老老实实做一名良臣吧。旧事已了,不必耿耿于怀。"

尹鹏颜道:"匈奴本夏桀之子淳维建立的国家,与我大汉同根同源、一脉相承、世代兄弟,原不用分出彼此。侍中这样聪明通透的英雄人物统领南归匈奴,两族求同存异,融合一体,实在是天下的福祉、无上的功德。"

金日磾道:"於单阴魂不散,匈奴惊疑不定,天子寝食难安。你我作为臣子,无论是为报效国家、报答君父还是安抚黎民,都应该尽快了解这个悬案。"

尹鹏颜笑道:"我坐等侍中登山的收获。"

金日磾道:"与君勠力同心。"

两人计议已定,各怀心事,拱手作别。

经历了那么多不可思议的事件,绣衣直指再次面见大汉天子,诧异地发现高堂广厦的宫室内仅天子一人,他屏退亲随,单独召见自己。刘彻亲手煎了一釜茶,举手相邀。君臣对坐品茗,说了一些闲话,慢慢讲到正题。

尹鹏颜道:"前将军一案办到今天,依然查不到首恶,臣十分惶恐。"

刘彻笑道:"天下都知道,於单下了这一局棋。你已经办好了差遣,何必自责?"

尹鹏颜道："可是，还有两个要件没有获得，一是直接的证据，一是於单的结局。"

刘彻道："你属下校尉房顶上看到的一幕，足以作为证据。"

尹鹏颜道："察狱人员提供的说法属于一面之词，缺乏佐证，按律是不应该采纳的。而且，朱安世失踪了，无法录得证词。"

刘彻含笑不语，君臣共饮两盏。过了许久，刘彻道："现在，我们给於单一个结局吧。"

尹鹏颜道："臣建议，设计一个现场，让於单的尸体出现。当天下都认为於单死了时，他即使活着，也是死了。"

刘彻轻描淡写地道："侍中亦有同样的设想。"

尹鹏颜身心一冷，肚腹深处滋生出一股惧意——金日磾的心机实在太深邃了，他和自己商定的计划听起来像密谋，其实早已呈报过天子，请准同意。

尹鹏颜道："陛下的意思，这件事就此了结吗？"

"就此了结。"刘彻道，"不过，吾还有几件事要办。第一，为於单重新举行葬礼；第二，正式行文，封赠义渠昆邪的儿子继承漯阴侯爵位；第三，慰劳前将军的亲属。这些事情，还须先生襄助。"

尹鹏颜道："奉谕。"

刘彻道："你的格战校尉失踪了，我看哪，他可能已经死了，你问问路博德，问问郎中令，若有堪用的勇士，尽管选拔数人补缺，为你所用。"

"恕臣直言，"尹鹏颜道，"陛下以为，格战校尉真的死了吗？"

刘彻别有深意地看着他，像品茶一样品人："你说呢？"

"寻常的臣子提到天子，口称'陛下'；而亲贵之人，则称'君上'，比如中书谒者令、路博德等屈指可数的几个人。即使廷尉，因处外朝，亦不敢僭越。朱安世一个江湖闲人，口口声声皆敬语'君上'……其人与陛下的旧情，殊为深厚。

"二十年前，一个朔风猛烈、漫天飞雪的傍晚，陛下微服田猎，从者一百,突然遇到盗匪,死十三人……"

刘彻纵声笑道:"连这个你都知道?"

尹鹏颜道:"臣不敢胡乱猜度,更不敢掀开天幕窥视天意,只是前些日子刚探得一些蛛丝马迹,宫中就第一时间接获线报,臣担心陛下身边潜藏了奸细,因此多用了一些心思。"

刘彻道:"你前往抚远镇之前,专门向我提了一个奇怪的要求……"

尹鹏颜道:"借用郭解的耳朵。"

刘彻道:"为此,我专门下了一道口谕,让长安令把密封的郭解的耳朵装到榆木箱子里秘送给你。那时,你就已经识破朱安世的身份了吗?"

尹鹏颜道:"当时没有确凿的证据,仅仅停留在推测阶段。博望侯出使前,做过陛下的侍从官。臣估计,如果朱安世早年追随过陛下,他们年纪相仿,他或与博望侯熟识。此案影响巨大,涉案之人身死名灭、家族破败在所难免,派他到博望侯府办差,把故人卷到案子里,以他的忠义必然拒绝。因此,用郭解的身后事作为赏格,可以驱使他奋力向前。"

刘彻听了半晌无语,眼里含着复杂的味道,不知是鼓励与欢喜,还是厌恶和忌惮。尹先生,聪慧敏锐、心细若发,几近于神。更难能可贵的是,他还有强大的执行力,事无巨细,全盘掌控,事情做得密不透风、锋利直接。

君臣对坐,近在咫尺,却好似多了一层厚重的障碍,各自往后移动半寸,气氛一时沉静。过了许久,刘彻道:"盗匪是假的,十三名卫士战死也是假的,他们像种子一样,散布到五湖四海、大江南北,替我去看、去查、去杀……他们是我千里之外的耳目,阴诡之处的触须。他们虽然人少,但无处不在,无所不能,给人们造成的震恐是极其深刻的。因为有他们的存在,天下悚然,没有人再敢欺瞒我,暗地里诅咒我。"

尹鹏颜低眉苦笑，天子的话太绝对了，那些背后破坏招抚计划的人，不是欺瞒他吗？那些深埋地下的玩偶，不是诅咒他吗？天子毕竟是人不是神，岂能做到明察秋毫、无一遗漏？

尹鹏颜道："今日证实朱君乃陛下的心腹武士，不是奸人安插的密谍，臣也就放心了。"

朱安世，朱安世，区区一名卫士，名字叫"安世"，他能安什么世呢？除非背后有一个强大的力量对他寄予厚望。

刘彻举盏相请，君臣对饮数次，避席更衣两次，重又坐下。过了几十个弹指，刘彻一副神思幽远的模样，缓缓道："吾十六岁继承这大汉基业，吾的祖母眼睛虽然看不见，但心思澈明，掌控一切。吾的皇后虽然没有见识，但她的母亲及背后的外戚主导着国政。吾的母弟田蚡身材矮小，其貌不扬，可骄横跋扈，暗自经营了一番天地。他入朝奏事，往往一坐大半天，他说的话吾必须听，他推荐的人吾必须用，有的日出闲居，日暮一下提拔到秩二千石。荒谬，实在荒谬！本来属于吾的权力大多转移到他手上，吾十分无奈，甚至请求说，你的官吏任命完了没有？吾也想任命几个官来做事呢。田蚡要求划考工官署的土地给他扩建住宅，吾责问他，你何不把武库也取走？经此剑拔弩张的申饬，他才稍微收敛一些。即使这样，他修建的住宅，其规模与豪华程度超过戚里所有贵族的府邸，田地庄园极其肥沃。他派到各郡县购买器物的人，大道上络绎不绝。前堂摆设着钟鼓，竖立着曲柄长幡，后房的美女数以百计，诸侯奉送的珍宝金玉、狗马器物数也数不清。元光三年，黄河改道南流，十六郡遭受水灾，他的封邑处在旧河道以北，没有受灾，因此力阻治理，使治河工程停滞二十年之久。淮南王刘安来朝，他到灞上亲迎，说皇上没有太子，大王是高皇帝的亲孙，施行仁义，天下无人不知。假如有一天宫车晏驾，不是您又该谁继位呢？！逆贼刘安闻之大喜，厚赠他财物，随即各方筹备策划谋反……晏驾？刘安四十岁，垂垂老矣；而吾十七岁，尚青壮。他让刘安等我先死，难道要我暴死、横死不成？哼，田蚡如果不是死得早，吾一定杀他全族！"

刘彻越说越气，双手颤抖，茶水溢出，索性丢了茶盏。

尹鹏颜道："陛下天纵雄主，在如此不利的局面下，依次解决了外戚专权、诸侯割据、豪强横行、匈奴犯边的旷世危机。千载之后，必当比肩尧舜，远迈秦皇。"

刘彻神色稍缓，道："你讲的这四大危机，足可阻断大汉国脉，毁灭祖宗传下的基业。因此，吾遴选亲信禁卫，渗透到外戚、诸侯、豪强和匈奴腹心。朱安世就是在那个时候潜入郭解府的。他办完郭解的事又肩负着秘密使命，装作逃亡，一路上接触地方豪强、巨贪大恶。朝廷的吏卒尾随其后，一一清除这些毒瘤。后面的事你已经看到了，追查冢蜮他也出力不少。经年来，朱安世之苦不可尽言，直至今日方才解脱。"

一切都清楚了。

冢蜮、义渠昆邪、於单，他们背后，可是一个庞大的部族、十数万丁口啊！不仅如此，他们还是整个匈奴帝国的人们对遥远南方的念想与灯塔，是大汉天子海纳百川、天下归心的标杆和示范。

朱安世为什么杀了端木义容，斩断追查冢蜮的线索？因为，导致一名将军自杀的罪还不够大。天子需要冢蜮再疯狂一些，待反迹昭彰、声名狼藉，则从容诛杀——尤其是使得南附的异族及即将归附的部族都认为他该死，主动切割，撇开关系；让他们坚信，尽可放心地归降，到了汉地，只要循规蹈矩，一定能够很好地活着。

可以想见，朱安世砍下端木义容首级之前，已经问出了冢蜮的身份。他和天子早已看到结果，尹鹏颜、张汤还在苦苦求索。

咽下一口苦涩的唾液，尹鹏颜道："朱君对郭解的情义，不像作伪。"

刘彻道："吾少年时代也崇拜郭解，喜欢任性游侠的生活。当了皇帝后，从国家长治久安计，帮助地方政府夺回被豪强侵占的权力，这才拿郭解开刀。郭解在朝野甚有威望，若无确凿证据很难定罪量刑，让天下心服。朱安世的任务，是潜入郭家搜集他的罪证，作为廷尉审决的证据。他这样的勇士，与郭解朝夕相处，对郭解产生一些情义一点也不奇怪。吾不怪他。吾已经传令，准许郭家人收敛骸骨，归葬祖墓，同时修改郭氏后人不得为官的禁令，算是与郭解和解了。"

尹鹏颜道："陛下与其说与郭解和解，不如说是完成朱安世的心愿吧？"

刘彻道："替吾分忧的人，吾绝不辜负。尹先生，你也一样。你要什么，尽管说来。"

尹鹏颜道："陛下已经给予过我。"

刘彻道："官职吗？"

尹鹏颜道："赦免无庸家族。"

刘彻道："无庸无罪，这叫平反，不叫恩赏。"

尹鹏颜道："如此说来，下臣再向陛下求一个恩典吧。"

入朝以来，尹鹏颜面对天子从来自称"臣"，这是他嘴里第一次吐出"下臣"二字，其间的微妙变化并未引起天子的警觉，毕竟，张汤这些臣僚，口口声声都是"下臣"——从此以后，大汉天子面前，再没有人格对等的"臣"了。

刘彻见他有所索求，好生欢喜，立即允诺，举手示意他尽管开口。

尹鹏颜道："河西苦寒，京师喧闹，下臣有些厌倦了，想在长安近郊买一栋农舍，读几年书，做一些学问。"

刘彻笑道："先生年轻，还不到专心读书做学问的时候，我尚有许多事务需要你的襄助。不过，于郊外选一安静之处，闲暇之时前去消遣，也是好的。你看中哪里，尽管说。"

尹鹏颜道："柏谷镇。"

刘彻听罢，两眼放射出锋利的光芒，面上骤然堆积起厚重的乌云。

第十九章
柏谷亭侯

匈奴王子、汉朝涉安侯於单的葬礼再次举行；匈奴昆邪王、汉朝漯阴侯义渠昆邪亦受祭奠，同时落葬。中书谒者令石庆送来天子亲书的祭文，卫尉路博德领三百期门军抬棺护卫，侍中金日磾率匈奴部众主持祭祀。六百石以上官员、列侯以上亲贵悉数到场。官员们惊讶地发现，绣衣直指尹鹏颜穿着礼服，以柏谷亭侯的身份出席，不禁窃窃议论。

"尹鹏颜一向标榜淡泊名利，说办好差事就归隐河西，不承想他竟然用离职为借口，以退为进，争取了一个爵位。"

"一生未得封侯的李将军尸骨未寒，追查李将军案的人却封侯了。李将军泉下有知，何其悲怆！哼！"

"高帝与功臣立下白马之盟，非军功不得封侯。侦破一个案子，微末小功，竟得侯爵！朝廷重器轻易付人，如何服众？"

"我听说，尹鹏颜上书自陈，罗列了制作舆图、引导三军、击伤匈奴自次王等十三件功绩，皆军功。论功叙爵，恰如其分，并非横恩滥赏。"

"李将军尝为陇西、北地、雁门、代、云中郡太守，皆以力战为名，军功丰硕，为何不得封侯？"

"大汉律法，除非战死追封，防御战表现再出色，也是达不到封侯标准的。因此，即使陛下认可他的才华，嘉许他的功绩，甚至把他放到最亲近的人才能担任的郎中令职位上，但论及封侯，却是无缘。贵为天子，也须遵守祖宗成法啊！"

"当今天子御极后形成心照不宣的常例，出任丞相者，须持侯爵身份。尹鹏颜不会想当丞相吧？"

"以他的智谋和陛下的信任，很可能做丞相啊。"

"资历似乎浅了点儿。"

一名官员操着绵软的吴音讪笑道："天子用人，何时讲过资历？如果讲资历，统领汉军北伐匈奴、封狼居胥的就是李将军，而不是什么卫青、霍去病。"

众人听他说得越来越忤逆，涉及当朝权势熏天的贵戚和功臣，都吓了一跳，赶紧合上嘴巴。

张汤在旁听了心里不是滋味，食指、拇指放进嘴里一咬，怒道："朱买臣，噤声！你想死吗？"

不敢背后议论卫、霍，但当面顶撞廷尉的实力和胆气还是有的，一向擅长表演、通过折辱他人来显摆自己享受快感的朱买臣轻蔑地冷笑数声，反唇相讥："廷尉，下官记得不错的话，你连食邑五百户的低级列侯也不是吧？满朝重臣，武如李广，文如张汤，都是一样的命运吧？"

张汤勃然大怒，正待发作，曲乐突起，赞礼官朗声吟唱，行礼如仪，祭典开始了。

胡骑车父赶来十三辆大车，装满拳头大的酒卮，抬起车厢倾倒，滚满方圆十步的区域。祭师领弟子过来搬运，整整齐齐码于昆邪的坟冢之上。生前杀一人，死后摆一卮，昆邪，杀了多少人啊？出席仪式的宾客心肝发颤，连伴装的哭声也增了三分真诚，生怕恶灵钻出来，问其不敬之罪。

如此众多的斩获，自然包括休屠。

满目公卿、遍地朱紫，金日磾的职级不算高，但他身兼匈奴休屠王子、汉朝内廷贵官的双重身份，作为天子委托的代表充任礼官，站在百官前列领头致祭，吟诵文章大家司马相如撰写的给予於单和昆邪的悼词。司马先生风烛残年，天子令他耗费精力、抱病泼墨，更彰显了汉廷对两名逝者的重视。

念到义渠昆邪生平，文辞雄浑绮丽，一个个溢美、褒扬、惋惜和哀怜之词响彻飘动，直击耳膜与人心，文章里的义渠昆邪，比肩往圣，堪比霁月清风，至纯至美，无可挑剔。金日䃅浑身颤抖，号哭失声，因悲愤过重，委顿地上，涕泪齐下，几乎昏厥。他的举动引发匈奴人的哀恸，赢得匈奴人的倾心——不管这种极度的悲伤，是来自与逝者深厚的情谊，还是源于仇人授首的酣畅快感；不管这些哀号烘托着义渠昆邪登上天国，还是拖拽他坠落地府。

自此之后，於单、义渠昆邪彻底成为历史，汉匈之间的缓冲地带重新崛起一颗璀璨的明星。这颗明星之所以光芒万丈，只因他用世间最深厚、最浓郁的黑暗熬制而成。

队列里的张汤极其窘迫愤怒，他前后左右皆虎视眈眈、心怀叵测的政敌，似置身蛇蝎之间，越来越焦躁，又没有离开的理由。正郁闷时，一名掾吏过来行礼，附耳道："廷尉，尹先生有请。"

张汤诧异道："众目睽睽之下他是何时跑掉的？"

掾吏笑道："棺椁运到墓前、建鼓敲响之时他走的。"

张汤道："好样的，会选时机。我现在走得掉吗？"

掾吏道："廷尉借一步说话。"两人在众臣异样的目光斜视下脱离队伍，挤出人群，潜身一顶帐篷后，掾吏脱去外衣，一拉斗篷，俨然和张汤一般装束。张汤醒悟，脱掉白袍，低垂着头，迅速离场。

王贺早牵着马在山岭上等着，张汤翻身上马，两人往大山深处奔驰而去。

行了十数公里，道路越发险阻，两人将马拴在树上任其吃草，徒步穿过湍急的溪流、开阔的草场、杂乱的灌木。大约一个时辰后，他们深入一片茂密的原始森林，奋力穿行了一刻钟，来到一株五丈多高的大树面前。

王贺举头望向高处，满目欣然："到了。"

森林太深，看不到一点儿有人出没的痕迹。张汤满面狐疑："另有乾坤？"

王贺道："有一个小世界。"说着击掌数下，枝叶间垂下一根藤蔓，王贺取来捆住张汤的腰，又击掌数下，上面一道强劲的力道奋力拉扯，张汤扶摇直上，隐没到茂密的树荫里。他堂堂一个九卿高官，竟然沦落到像猴子一样爬树，外间人见了，定会瞠目结舌。

王贺抓着藤蔓紧随其后，不时，两人爬上大树中上部，枝叶遮天蔽日，连半缕光都透不进来。如果这时樵夫经过，抬眼搜寻，也不会看到他们的身影。王贺揭开树杈上的一块青苔，搬开一堆枯枝，露出一个硕大的深洞——唯有猿猴才会使用这样隐蔽的藏身地，绣衣使者设置的营地匪夷所思，张汤作为隐蔽战线的祖师爷，亦暗自钦佩。

王贺俯下身子，轻声道："尹先生，廷尉来了。"

洞里发出清脆的机械之音。访客们猜到，这是主人在关闭机关。幽深之处亮起灯光，照耀着床铺、木桌和炊具。

洞中人手指往桌面一按，树洞口裂开一道缝隙，王贺探手过去，拉出一把蔺草搓扎的软梯，缓缓放下。两人顺着软梯下到洞府深处，立稳身形，粗略一看，里面生活设施一应俱全，甚至还养着八哥、游鱼、大雕和飞鸽，真是一个休养生息的上佳寓所。

十几个弹指后，张汤在绣衣使者的"浆房"坐定，品着香茶。尹鹏颜、王贺、无庸雉和沮渠倚华在一侧相陪。

张汤笑道："好地方，会享受。"

"廷尉喜欢就好。"尹鹏颜道，"奉使君慷慨，他的营地都无偿移交给我了。"

王贺道："葬礼繁复，十分枯燥辛苦，因此叨扰廷尉跋山涉水，享受一些清闲。还请见谅。"

张汤道："你们若一刀杀了我，过不得三个月我就成了大树的肥料，神仙也查不出来。"

沮渠倚华道:"我们杀你做甚,你对我们很有威胁吗?尹先生已经是侯爵,你还是一个事务官,我们还怕你抢我们的风头不成?"

张汤满脸晦气,猛灌一口,呛得连连咳嗽。

无庸雉道:"杀你,我们暂时没有动机。"

张汤叹息道:"小娘,杀人有时是不需要动机的。"

王贺道:"廷尉,时间紧急,我们不开玩笑,谈一下正事。"

尹鹏颜道:"这个案子办到现在,各方认可满意,算是完成了。绣衣使者没有结案的权力,一切卷宗和手续还需廷尉费心。"

张汤道:"这是自然,我会安排我的掾使鲁谒居领三十名书吏补齐爰书,呈交内廷用印,存档备查。"

王贺道:"狱事怎么结?"

张汤道:"你们打算怎么结?"

尹鹏颜道:"这件事十分让人头疼,我们请廷尉来就是想听从你的意见。"

张汤道:"以目前的证据来看,是於单主导和操纵了一切,他推义渠昆邪到前台吸引天下的目光,自己躲在幕后布局下棋。是这样吧?於单啊,不愧冢蜸之名,即使端木义容不死,毒打招供,也查不到他。"

沮渠倚华道:"是这样。"

王贺道:"可我们不能把於单当成主谋写在文书里,他和金日磾一死一生,都是天子需要的工具。包括义渠昆邪,他们必须作为一个图腾抚慰匈奴人,必须作为一面旗帜招抚右谷蠡王。当然,如果匈奴单于愿意,这也是他的标杆。"

张汤道:"好办。"说到此处,他故意卖个关子,举杯饮茶,触而不呷。如此头疼的事,连尹鹏颜都无法拆招,不知张汤嘴里的"好办"到底有多好办。

沮渠倚华道:"廷尉你快说。今天的祭礼马上就要结束了,不要误了吃饭。"

无庸雉道:"葬礼上还有礼物赠送宾客,去迟了就领不到了。"

张汤面色一黑,闭紧了嘴巴。

王贺道:"两位,噤声。廷尉请尽管吩咐。"

尹鹏颜道:"廷尉,我送给你柏谷亭侯今年的收成。"

张汤哈哈大笑:"善,成交。"

众人面色一振,凑上前去,洗耳恭听。

"有一人,辗转来往于汉匈之间,两地皆谙熟,且有相当的势力。此时,其人远遁,无迹可寻,问不到呈堂证供,亦不会贸然现身自证清白,可任由刀笔吏行文栽赃……"张汤哈哈笑道,"一切,都是匈奴自次王赵信于幕后指使的。"

於单大墓埋了一个冒牌货,大家依然恭恭敬敬地行完礼仪,表现出必要的哀恸。大部分人诚然蒙在鼓里,少部分知道内情的人表现得滴水不漏。这些表演艺术家注定分割这个国家的权力,作为一个时代的顶级人物,掌握天下人的命运,建功业于当代、留名于千秋。

侍卫马通向金日磾附耳密报,金日磾暗自冷笑,问道:"都不见了?"

马通道:"十里外的溪谷旁找到两匹无主之马。"

金日磾沉吟道:"廷尉、尹先生,你们到底有多少私密的话说?"

马通道:"他们察狱之人一向阴诡。"

金日磾道:"葬礼如此热闹,於单若活着,或于附近出现,我实在担心张汤、尹鹏颜提前找到他,又起波澜。继续严密查访,一旦找到於单,立即击杀。这是天子的意思。"

马通道:"诺。"

金日磾伫立墓前,望着山一般高峻的陵墓喃喃自语:"太子,连死两次,次次风光,不会有第三次了。"

一团乌云挡住了阳光,石庆身上披着斑驳的阴影缓步走来,金日磾躬身行礼。石庆道:"大事已了,却感觉万般萧索,十分荒凉。"

金日䃅道:"石公,朝廷之上,从来是一事方了,一事又起,从不缺热闹。"

石庆道:"说来也是。"

金日䃅道:"下走拟用半年时间代天子巡视五郡,安抚地方,完成任务归来后上书辞去代管之职,回宫伺候陛下。"

石庆欣然点头,温声道:"这怎么行?当今天下谁还能管理好五郡,令君上放心呢?"

金日䃅笑道:"於单之后是义渠昆邪,义渠昆邪之后,马上就有新主人来了。"

石庆道:"你说右谷蠡王?"

金日䃅道:"是。"

石庆道:"我闻说奉使君和田甲这一趟差遣办得好,他们在右谷蠡王的王庭享受座上宾的待遇,双方相谈甚欢,签署了几个协议。按照这个节奏,待你巡视归来,他们应该一起归汉了。"

金日䃅道:"恰好交五郡予右谷蠡王,接纳部众,安抚其心。当然,这是天子的权柄,下走说说个人的建议,劳烦石公代为奏闻天子。"

石庆道:"侍中舍得?"

金日䃅道:"我比右谷蠡王年轻。"

石庆笑道:"彩!好长的眼光、好阔的胸怀。君上没有看错你。可以想见,右谷蠡王死后,这五郡之地还是你的。"

金日䃅躬身行礼:"是天子的。下走愿做一条牧羊犬,替天子管理牧场。"

半个月后的一个下午,尹鹏颜在廷尉府送来的爰书上签字,正式终结狱事,邸报遍发朝野。正式场合、正规渠道,未见异议——有些案子,办到最后,不是寻找正凶、查明真相,而是摆平关系,皆大欢喜。

天子派遣石庆带礼品慰劳关内侯李敢,将其封邑自二百户增至一千户，李敢收下御赐之物。

陇西成纪李家，时代簪缨望族。这个家族人才辈出，子弟皆出类拔萃，李广之后，又有李敢、李陵等优秀的子孙。厅堂之上，历代先祖的画像和牌位摆得满满当当，连石庆这样的亲贵重臣亦由衷叹服，亲手点香行礼，表达敬意。

待天使走后，李敢脸色阴沉，立于灵堂之中对幕客道："廷尉府的卷宗做得滴水不漏，但我不相信他们。卫青的罪责无一字提起，阿翁九泉之下，如何瞑目？"他令亲随军候管敢请方士来，在庭院摆好香案，转身跪在李广灵位前盟誓道："儿子三百步外射击香头，若应弦而落，说明阿翁愤懑未消；若射不中，说明阿翁已魂归天国，不再管人间事。"

说罢，他沐浴更衣，换了一身素净的衣服，持弓箭站于灵前，轻喝一声，手臂肌肉一动，弯弓劲射。眼看利箭直奔香火而去，殿外走廊突然伸出一只手臂，抓住了箭杆。嘶鸣之声突止，箭羽犹自颤抖。李敢惊怒，又搭上一箭，对着门外。

殿宇一侧走出一名戴孝的白衣少年，倒退至阶下，双手捧箭举过头顶："叔父为何如此执着？"

李敢一见转怒为喜，把弓箭交与仆役，阔步迎去，温声道："陵儿何时回来的？"

原来，这名少年正是兄长李当户的儿子李陵。

李陵道："一刻钟前。"

"本朝以孝治天下，历代先帝谥号皆带一个'孝'字。律令对血亲复仇者多加宽宥。"李敢扶起从子，庄重地道，"你大父的仇怨，我一定要报。我一旦遭遇不测，李家的家风与血脉传承流布，全部仰仗贤侄了。"

李陵道："侄儿斗胆抓住叔父的箭，就是不希望它击中目标，刺破无穷的祸患。叔父若有变故，李家就是灭顶之灾，侄儿一个人是撑不住的。"

李敢长声叹息:"罢了罢了,快去梳洗,我下厨做几个小菜,吃饱了再说。"

李陵笑道:"诺。"

李敢亲昵地拍拍从子的脸:"一会儿你别光顾着吃,给我讲讲军中之事。明日一早我见过李相,我们还要去演兵场,我看看你的弓马有无长进。"

当今大汉丞相姓李名蔡,一名宿将、一位重臣,从军则军功显赫,从政则政绩卓著。除此而外,他还有一个身份——飞将军李广的堂弟、关内侯李敢的族叔。

李陵道:"叔父,说来不巧,我约了一人见面,他对军队的事情甚感兴趣,想听我讲述祖父的战史。"

李敢骤然紧张起来,问道:"谁?"

李陵道:"叔父不必多虑,是子长。"

李敢面色一振,欢喜道:"太史令司马谈的儿子司马迁?"

李陵道:"是他。"

李敢道:"你们时常交往?"

李陵道:"不算谙熟,彼此知名而已。"

"恰好,他得郎中新职,是我的部下,按律须来谒我。明天我与你先去见他,他必振奋感激。"李敢深渊一般的眼睛里像有一道闪电划过,"我始终相信,公道自在人心,人心须标青史。阿翁一生的功业和抱负,行之笔墨,就不会湮灭。"

朝野上下的达官显贵不过百年之身,但史家一支笔,点下的墨迹,却是千千万万年啊!

话语权就是真相、是胜负、是历史、是未来。芒刺短的笔比锋芒长的枪恒久,拿笔的人比拿枪的人更有可能刺穿时间。真实的人生是走出来的,但比真实的人生还要真实的,充满了虚构、附会、演绎、人情的史书,则是写出来的。与其把一生烙在世道上归于虚妄,不如想方设法写进书籍里再造真实。

奢求一个皇帝、一个时代同情李广、非议卫青很难，但求得从此以后的几乎全部皇帝、所有时代同情李广、非议卫青，却极简单——修书、入史。

李陵听懂了关内侯、郎中令话语里深邃的含义，一时热血盈面，沉声道："奉令，叔父。"

柏谷镇，来思山庄，夜色已深。

如侯还在厨房忙碌，备办明天的食材。店员歇息去了，空旷的后厨仅他一人。

每天的这个时候，一些不宜示人的独门秘籍就从如侯手里变成美食。小店开了三代五十年，建元年间以来，为了一位旧日恩客不改造、不扩建，一直保留了原样——二十年前的那个夜晚，当今天子留宿，此店声名大噪，成为天下第一名店，俨然超过本朝高帝年轻时经常光顾的沛县武负食肆。

时过三更，滴漏滴答，青石板上马蹄声响，似乎一位远行的游子错过了行程，半夜才偶遇这个小镇。他轻轻拍打着店门，显得舒缓而从容。几个被吵醒的店家佣骂骂咧咧，从枕边摸出短刀，正要出去训人，如侯挥手阻止他们，径直开门。

门外，风雪满满，来人一身寒彻，面色黝黑，但眼睛明亮，唇角简洁，一看就是个阳光清澈的年轻人。如侯一眼认出，当即双膝着地，沉声道："草民如侯，见过君侯。"

尹鹏颜扶住他，含笑道："今夜没有甚君侯，仅有一个食客。而且，我的封邑不过一亭，此等尊称受之不起。"

"不可小觑柏谷亭，这可是天子器重的地方。"如侯笑逐颜开，"君侯，请。"

尹鹏颜道："如东家，我尝尝你的手艺，不必惊扰店员。"

如侯道："诺。"说着挥手驱散左右，取下尹鹏颜的外衣，抖去雪花，送到炉火旁烤热了，替他重新披上。尹鹏颜轻咳两声，拥炉向火。一刻钟后,热腾腾的佳肴上桌,尹鹏颜一把抢过,大快朵颐。

如侯坐于火炉右侧稍靠户牖的一角,一边搓手一边喷着热气,小心翼翼地道:"不知怎的,今年的风雪来得比往年要早一些。天地肃杀,百业凋敝,日子挺难的。"

尹鹏颜道:"我踏雪而来,你肯定误会了。"

如侯道:"是。我以为君侯是来收税的。"

尹鹏颜口里的食物喷了一地。

如侯正色道:"君侯的封邑在柏谷,本镇税收理当送到府上。"他说得一本正经,一点儿也不像开玩笑。

"没有什么府上。我半夜前来,主要是怕惊扰居民。绣衣使者的差遣,下一步我会交割出去,专心做一个不管事的清闲散人,至于赋税钱物,着实用不到许多——无庸家产业甚大,我做了上门女婿,衣食无忧,不至于盘剥你们。"尹鹏颜又好气又好笑,赶紧辩解道,"不过确有一事相托,我在长安没有产业,请如东家帮我物色一处居所,以后我要长期居住。"说着他上下环顾一阵:"此处甚好。"

如侯喜道:"小店倒有些闲房,就怕来往人多,过于吵闹。"

尹鹏颜道:"大隐隐于市,恰好。"

如侯一张肥脸似绽开了热烈的夏花:"君侯你先用餐,我去收拾一间向阳的房。不过,最近天色一直阴沉,向阳、背阴均无区别。唯有等到开春,或会好些。"

尹鹏颜拱手致谢:"善。"

如侯行礼而去,尹鹏颜一边饮酒,一边用余光向盏外流连四顾,把厨房里的摆设及户牖看了个大概。

不时,如侯含笑前来:"君侯,床榻已备,一切用品齐全。再用些饭菜,早点歇息吧。"

尹鹏颜放下餐具,说声"有劳",离开前厅,穿过走廊来到卧房之前,但觉背后若有芒刺。他侧身还顾,身后数道眼光一闪而灭。

如侯喝道:"你们不睡觉吗?仰慕君侯英姿,何必躲着偷窥?天明来谒见就是。"赶走了店家佣,如侯赔礼道:"小民没见过世面,失礼了。"

尹鹏颜浅浅一笑,推门而入。里面早已摆好炭火、热水、洗漱工具,铺设了松软的床铺。他颔首而笑,表示满意,当即清洁完毕,上得床来,懒洋洋道:"如东家,明日相见。"

如侯殷勤提醒道:"炭火容易中毒,君侯切记,勿闭紧窗户。"

尹鹏颜道:"你想得周到,我晓得了。"

如侯行礼,倒退着出门,拉好房门站在过道上,脸色瞬间阴云密布,揉搓手,一跺脚,轻轻叹息一声。

一夜无话,暗夜悄然而逝。如同漫天风雷雨雪,声势盛大,令人胆寒,却未摧毁一株杂草、击落一片瓦当。

天亮了,小镇醒了,像小孩一样喧闹起来。等到中午,餐点已过,不见人出来,如侯敲门数下,依然没有回音,大着胆子推门一看,床上空无一人。

这一天刘彻忙完公务,突然心意一动,问道:"尹鹏颜何在?许久不见他了。"

石庆道:"不过十天君上就觉得久了?他已经迁居柏谷,住如家的厢房。"

刘彻道:"他倒会享受。那个小店,说到住宿条件,一般;然,吃的,每一件都属人间绝味。美食在口,住的苦楚不妨忽略掉。"

石庆道:"君上喜欢如家的滋味,令如侯进宫就是。"

刘彻道:"待诸怯夫人归来,吾再去柏谷会会故人。吾想听听民间对吾真实的评价。吾要当面和诸怯夫人讲,她当初没有看错人。"

石庆道:"二十年前诸怯夫人那一句赞语,激发了君上不甘沦落、大有作为的豪情。"

刘彻道:"世间的英雄人物,他们的雄心豪情,好比深埋地下的石漆,都需要一个点火之人。"

石庆道:"再度与君上重逢,诸怯夫人一定不会失望。"

刘彻的眼睛像初点的宫灯,逐渐明亮。

石庆道:"君上,准备按时赴约吗?"

刘彻道:"你既然已经与如侯说好,吾岂有毁约的道理?至于准备,不急,当天完全来得及,此次出行仅带十数骑。"

石庆惊道:"万万不可。"

刘彻道:"你担心安全问题?"

石庆道:"是。"

刘彻道:"如今,豪强尽除,海内清吉,三辅地区更是一团祥和,何须顾虑?即使真有小股盗匪,以期门军的战力还应付不了吗?按照你以前的安排,车骑如云,扈从动辄上千,搅扰得郡县不宁、官民憎恨,没有必要。"

石庆正待说话,刘彻挥手阻断:"你就让吾再年轻一次吧。"

知道天子决心已下,石庆不好坚持什么,为稳妥起见,还是多说了一句:"君上,既然微服出巡,切记保密。"

刘彻道:"除了吾,不过如侯与你两人预知罢了。"

石庆骤然紧张起来,颤声道:"如侯可靠吗?"

刘彻道:"我认识他比认识你时间还长,他小时候我抱过他。"

石庆俯首低眉,斗胆道:"君上抱过的人还少吗?"

刘彻忍俊不禁,将酒杯砸来,笑道:"退开。"

新任柏谷亭侯单骑就位,住在来思山庄不觉过了十天。朔风渐紧,时常白昼飘雪,天越来越冷了。镇里有些身份的人和远近官吏、名士、客商慕名谒见,尹鹏颜欣然接纳,对坐言欢,一说大半天,客舍的生意一日好过一日。

转眼到了冬至,人们纷纷为即将到来的腊日做起了准备。腊日在冬至后的第三个戌日,夏代称嘉平,商代称清祀,周代称大蜡,自上古起,中国人在这一天祭祀祖先、门神、户神、宅神、灶神、井神,祈求丰收吉祥。

如侯一早起床，梳洗完毕，叫上两个店家佣去旗亭市场采买。尹鹏颜葛衣布帽，踏雪跟上，与如侯并肩而行："我对这个镇还不了解，今天无事，跟着如东家四处看看。"

如侯恭恭敬敬道："君侯不弃，与草民同行，是草民的荣耀。"

尹鹏颜道："如东家，不愧天下第一草民。"

如侯佯装听不懂，面相呆萌，问道："君侯何意啊？"

尹鹏颜道："以诸怯夫人在天子心中的地位，若为儿子谋取一官半职，还不是探囊取物一般容易？"

如侯道："做官毫无滋味。"

尹鹏颜道："确实，不及如东家逍遥。"

如侯苦笑道："替来往黔首和商贾做一辈子饭，命苦如此，哪里逍遥啊？"

尹鹏颜无语。两人对视许久，同时开怀大笑。

说话间，来到一个搭在山脚的小市场。商人们列肆其中，贩卖货物，无非一些山珍、野味、家常小菜、日用百货、耕作工具。旗亭下，各色商贩见到如侯，一起围过来行礼，说着讨好的话，指望他照顾生意。如侯从容不迫，一一接洽，既保持分寸又让人感到亲切。尹鹏颜随意看了一阵，挑拣了几样器物，选购了几样小菜，准备回去后自己也开火做饭，一展厨艺。

一名菜贩叫道："这位不是柏谷亭侯吗？"

众人围拢过来，黑沉沉跪了一地，乱纷纷道："草民见过君侯。"

尹鹏颜温声道："诸位不必拘礼、不必拘礼，站直了，休冻坏膝盖。"

一人问道："君侯不放心镇里办事的掾吏，专门微服私访来看每天的生意，好确定税收吗？"

一人恳求道："亭啬夫金笑公欠小人三十文菜钱，已经两年了，请君侯责令他尽快归还。利息不要了，本金不可短缺。"

一人抢前两步，哭喊道："君侯替草民做主，隔壁摊位的张小三数次侵夺草民的地盘，还打伤草民的阿翁……"

尹鹏颜并非治民之官，无行政之权，如何越俎代庖？他无奈苦笑，透过人缝看去，如侯两手一摊，表示爱莫能助。

这一阵喧闹足足耗去大半天，尹鹏颜勉为其难，就近坐到路边一个食肆，替黔首调解琐务，涉及民政的一一记录在案，承诺代交县、亭官吏按律处理。如侯等不得他，早已归去。不觉金乌西沉，月上柳梢，他一身困倦踏夜而归，尚留下许多疑难杂症无法拆解。当事人说，明天一早还在此处等待君侯。尹鹏颜叫苦不迭，深切体会到当一个亲民官实在艰辛，还是做清闲散人的好。

翌日清晨，如侯特意来请，邀尹鹏颜再赴集市。尹鹏颜用被褥捂住头，连声求饶，叫如侯自去，休得攀扯他。如侯暗自好笑，咧着嘴自去采买。

其后二十余天，柏谷亭侯潜身旅店，不再出门。如侯也不来打扰他，除每日饮食之外，听他指令，送一些书籍、竹简、缣帛和笔墨进去。

这个傍晚，卫尉程不识麾下两名骑士陪着长乐女官丽戎远来，丽戎捧着一只小木箱施施然进店，立于门外笑盈盈道："君侯，近日后宫无事，椒房特意叮嘱，出无庸姬到镇上来省亲，与君侯说说嫁娶之事。箱里有七千钱和一份账单，这可是皇后出私库赏赐小娘的脂粉钱哪，务必提前对照，一一备好用品。"

尹鹏颜手忙脚乱，草草收整了床榻和几案，打开房门行礼致谢，引客人入内。他双手接了箱子置于几上，紧张地打开，见里面装着些女儿家的私密物品，脸色大窘，忙合上箱盖，手忙脚乱取出清单，一眼看去几乎晕厥，原来是聘礼三十件：

玄纁、羊、雁、清酒、白酒、粳米、稷米、蒲、苇、卷柏、嘉禾、长命缕、胶、漆、五色丝、合欢铃、金钱、禄得、香草、凤凰、舍利兽、鸳鸯、受福兽、鱼、鹿、乌、九子蒲、阳燧钻……

这些东西种类繁杂，各不相干，一时哪里备得齐？还有飞禽走兽，是不是要寻圈舍养着？至于凤凰、舍利兽、受福兽，皆传说中的珍禽异兽，只闻其名不见其形，到哪儿寻找呢？

"平阳侯府是个神奇的地方，除了历代尊侯，还直接或间接出了一位皇后、一位大将军、一位骠骑将军。"丽戎话多，笑意盎然叮嘱道，"历朝历代的世家大族，其发轫之初，都是出了一位开疆拓土的前辈，生下无数的子嗣，像水一样数道并进、像柴一样数根并燃，互为倚辅，而上天又慷慨地赐予每代英明雄俊的子孙，做扛鼎人物。如此数世，则枝繁叶茂，功名的果实低垂面前，唾手可取，终成名门。天下人间，兴衰成败，所在得人。一人之功业，若不能传诸后世，终不足守，没有听说一枝孤危而运势长久的。若卫皇后无兄弟、姊妹、子侄，即使主持后宫一百年，亦不能形成今日之声势！文景时代的名门望族，一定出自汉高时期生育三个以上孩子的人家。未来前程如何，还请先生与无庸姬勤自耕耘，多多努力啊！"说着掩唇而笑，屈身行礼，翩然去了。

尹鹏颜连门都忘记关上，转身坐到屋内，怔怔地坐了许久——刀山火海、龙潭虎穴，义之所在，他浑然不惧，说到成家，却好似一个即将打开神秘殿宇的小孩，登时手足无措。

如侯蹑手蹑脚靠近，倚门浅笑，轻声问道："君侯，若不便外出，草民……"

无庸姬的用物，怎好假手他人去买？许久，尹鹏颜回过神来："我与东家同去。"

翌日，风雪愈急，两人起个大早，带上几名店员，沿街买货。尹鹏颜取一套店家佣的衣裳穿上，特意顶了一个斗笠，尽可能遮住面目，谁承想还是让人发现了，一时间街市上聚拢无数人，簇拥围观。不时，半个镇的人都来了，街道壅塞寸步难行——他们已经精心准备了二十天，苦苦等待了二十天，好像火山喷发，谁也按不住了。果然，人群中又响起鸣冤叫屈之声。

如侯感到不妙，企图用身子挡住人流，护送尹鹏颜避走。但是来不及了，早有一名年轻樵夫丢了柴火，一把抱住尹鹏颜左腿，号啕大哭，涕泪糊了柏谷亭侯半条裤腿。

见有抱腿的，其余黔首胆子大起来，一拥而上，把住手臂，按住肩膀，搂住腰腹，七嘴八舌，各有诉求，好似撞开十窝胡蜂，令人头晕目眩。

突然，如侯变了脸色，满眼骇然。

尹鹏颜顷刻惊醒，一脚踢开左边两人，抬起左脚，把困住右脚的人踩入泥浆。与此同时，他右手拇指和食指一转，扣住拉手那人的脉门。待那人力道一松，他肘部横击，撞开身侧三人，手刚释放出来，便往下直切，在两把利刃即将穿破腹部的一刹那，敲断两人的手腕。

事发猝然，黔首们惊慌四散——这时他们才知道，自己遇到的麻烦，跟亭侯的相比，根本不算什么。

刺客们暴露在天日之下，他们占据了进退之间的关键位置，拿着短刀聚拢围攻。尹鹏颜手无寸铁，自知抵挡不住，急步仓促后退。刺客一边狂叫，一边竭力追击。其中一人身短腿长，迅疾如风，首先追及，握刀狠狠扎下，刀尖刺入尹鹏颜背部，帛衣尽破，黑血流淌。

"得手了，得手了。"

其余刺客大喜，攻击更为狠厉。

危急关头，如侯以扁担作枪，杀入战局，砸烂一名杀手的手臂。

此时，人群里又突出一队伏兵，计有十数人，拿着菜刀、水果刀、铁钩，狂啸而至，每一招都不留余地，尽往要害处杀来。如侯自知不敌，颤声招呼跟随的店家佣，店家佣犹疑观望，不敢向前。

刺客举刀指着店家佣，喝道："退！"店家佣丢了菜担、箩筐，弃了木车，落荒而逃，瞬息之间不见踪影。

尹鹏颜喝道："如东家，走！"

如侯听而不闻，挥舞扁担砸开一道豁口，大踏步走向他，靠着他的背，与他并肩作战。

刺客们昂首睁眼，脚步铿锵，再度四面合围，发起凌厉攻击。

千钧一发之际，马蹄声响，神驹长啸，两匹快马疾驰而至，长枪连接戳翻数人。房顶上跳下一名彩衣女子，挡在尹鹏颜面前。三人联手，撕开重围，逼得刺客仓皇后退。

"杀贼一人，赏钱一万！"骑士厉声喝道。

驱市人而战，最好的方法就是明标赏格，以钱动之。果然，远远围观的亭吏、屠夫、恶少们眼睛先亮了。

刺客见占不到便宜，还有陷入重围的危险，尖啸一声，冲入人群，趁乱而去。两名骑士纵马追击，一枪戳倒刺伤尹鹏颜的杀手。刺刺客用尽最后一点力气翻身仰躺着，满口血污，面含讥讽，冷笑道："尹鹏颜，你死定了。"

骑士大惊，喝问道："你说甚？"

刺客道："刀上涂有乌头剧毒，不出三日，全身溃烂而死。"

骑士惊怒不已，颤声呵斥道："交出解药，饶你一命。"

刺客狂笑数声，冷酷畅意地道："没有什么解药。"说罢咬断舌头，口鼻喷血，挣扎一阵终于悄无声息，好似旁边案板上杀翻的黑羊。

两名骑士面面相觑、浑身冰凉。彩衣女子抱着尹鹏颜，啜泣道："校尉、倚华，快传医匠来，阿郎……"

於单太子的第二次葬礼后，立下大功的绣衣使者迎来一个相对清闲的时期。其首领直指使者因功封侯，是有汉以来晋身侯爵最快的一人。可惜，没有任何一样收获是不必付出代价的，新任柏谷亭侯尹鹏颜在自己的封邑遭遇刺客，伤重不治，困卧来思山庄，奄奄待毙。

尹鹏颜遇刺第一日下午，伤口溃烂，脓血崩流，臭不可闻，惊动郡县医曹掾史来看。快马奏报宫廷，刘彻闻报，长久不语。不时，未央侍医十三人急行柏谷，轮流诊治，十三个人开出七套治疗方案，让人无从抉择。王贺拦住侍医，问道："请先生说实话，还有救吗？"

侍医斩钉截铁："百药莫治。"

无庸雉满眼含泪，衣不解带，贴身服侍，悲痛搅烂了她的心。沮渠倚华选了一匹快马连夜直奔楼兰箭庐，到烧成残垣断壁的旧宅寻找残存的医家档案，试图找出一条生路。王贺赶往石渠阁、天禄阁，遍寻经典，查看上古医书，根据症状寻觅药方，毫无头绪。

夜半时分，无庸雉的信使急急来见两人："尹先生弥留之际，有事相托。"

两位校尉无奈，放弃一切希望，再度返回柏谷镇。卧榻之上，尹鹏颜气若游丝，抓住王贺的手断断续续道："我已无法提笔，不能上书朝廷，我意，建议天子恩准，由你接替直指使者一职。"

王贺怆然泪下："我半生功利，一直渴望开府做官，轰轰烈烈过完这一生，但我实在不愿意通过这样的方式取代你。尹先生去了，以下走的能力和性格，绣衣使者一定会遭受不可预测的挫折，我战战兢兢、诚惶诚恐，不敢奉命。"

尹鹏颜苦笑道："你不要高估我，我若有过人的智慧，就不会让刺客轻易得手。你不要低估自己，满眼所见，无一人比你更堪当大任。"他勉强移动身子，满脸温柔地对沮渠倚华道："小娘生长在山野间，何其自由快乐，受了我的影响，来到这暗潮涌动的长安城，是我的过错。朱君生死不明，田公北上未归，翁孺初扛重任，一切仰仗沮渠姬了。"

沮渠倚华抹去眼泪，强笑道："先生这个时候不必再说公事了，多和无庸姊姊讲讲话吧。"说罢捂着嘴巴，拉着王贺跄跄出门。门一关上，她终于忍不住，背靠墙壁瘫坐地上，无声地流起泪来。

如侯与众店家佣站满走道，拿着热水、毛巾、汤药待命，他们知道事情已经不可挽回，各怀心事黯然退去。

上半夜，方圆数十里的名医，不管真才实学如何，都受到征召，陆续赶往柏谷镇，路上车骑穿梭，来了三十余人。医工到了，无庸雉却不开门——已经没有任何机会了,何必浪费两人共处的时间呢?

王贺叹气道:"诸位,请先寻客舍住下,一切费用我来结算。若君侯需要疗治,再行邀请吧。"

医工叹息而退,各自安歇去了。

挨到次日卯时,整个屋间透出浓重的腥臭味,无庸雉的哭声从悲切到低沉,直至毫无声息。送到门前的饭菜无人食用,一直放着,气氛越发沉闷悲凉。

辰时,一骑快马东来,一名客商模样的人直入客舍,朗声叫道:"如东家,如东家!"

如侯急步出来见礼,客商高声叫道:"令尊、令堂游历归来,到函谷关了,预计酉时归家。夫人托我对你说一声,准备好晚餐,不许饿着老娘。"

如侯听了,不知是惊是喜,手里热汤失手跌落,鞋袜尽污。

第二十章
春秋决狱

刘彻闻说诸怯夫妇西归，喜忧参半："若尹先生未曾负伤，这一次聚会，诗酒唱和，纵论北境之事，大有滋味。可惜了。"

石庆道："君上准备何时起驾巡行？"

刘彻道："现在。"

石庆惊诧问道："现在？元日将至，文武百官齐聚京师，于正旦大会上朝拜天子。骠骑将军和大将军领麾下将领正向长安来，君上原定与其商议兵事……这诸多事项皆已下诏周知，如何还有闲暇……"

刘彻道："见诸怯夫人，可以从容；然尹先生伤重，去晚了，或许就见不到了。不必多说，我们马上出发。"

石庆知天子刚强，争之无奈，于是屈服，问道："是否按旧例安排车驾？"

刘彻愠怒道："吾早已说清楚，仅带十二骑。我已经告知过你，你已然和如侯说过，你忘记了吗？路博德，路博德！"

石庆抗声道："可这是夜间……"

路博德带剑而入，行礼道："君上，骑士已备，算上君上、下臣，一共十三人。"

卫尉竟然召集了扈从甲士，而这些侍卫也太少了。石庆大感诧异。

刘彻笑道："善。"一手按剑一手持鞭出了大殿，见风雪里所忠、徐乐、严安、枚皋、胶仓、庄葱奇等端坐马上，甲胄在身，刀枪在手，背负弓矢，人人精悍，目光清澈，不由大喜。

将士们向天子行予军礼，刘彻豪情勃发，以军礼回敬。

路博德沉声道："天降大雪，此行路险，诸公，上路吧。"

将士齐声应道："诺。"

路博德眼珠似为风雪所击伤，他转身掩面，用衣袖擦去眼角沁出的泪花。

刘彻道："李陵到了吗？"

路博德道："他在司马门前等候君上。"

刘彻两眼精光四射，凌厉之气堪比冰霜，望者生寒。一名期门禁卫俯下身子，刘彻踏着他的脊背登上一匹枣红骏马，两腿夹紧马腹，扬鞭道："走。"

石庆追出来正要开口，刘彻回顾身后，突兀问道："你子名叫石德？"

"犬子……"石庆不知天子为何有此一问，不禁悚然。

"吾拟用他替你办差，吾另有重任须你承担。"刘彻轻描淡写地道，"你们石家的长处，在于恭顺听话，然吾闻说，你这个儿子颇有主见，不好。你须提醒他，若抛弃祖德、背离根本，万石君传下来的整个家族便一无可取。慎之。"

不待石庆醒悟过来，马蹄如银枪触地，滴答作响，狂风骤雨般卷过重重宫室，好似龙腾九天，鱼入大海，径直远去。

司马门前，积雪半尺，少年将军骑马肃立，见到天子马队抱拳屈身，行予军礼。刘彻目光扫过李陵的面庞，好似当年检阅自己的第一支卫队，面上充满了无限的热烈。他不说一个字，但将士们都已明了天子的心意。李陵加入期门卫队，十三名骑士纵马穿过街市，突出直城门，奔向辽远的荒野。

天光乍亮，天降大雪，不时盈尺之厚。绣衣使者旗下一名讨奸兵快骑来报，说天子已出直城门。有关天子行踪的消息，从来是随机的，不到最后一刻不可能通传下来,而且仅限于特定的机构和个人知晓。

他同时转述皇后懿旨——卫子夫托丽戎带至绣衣使者衙署一条口信:征辟倚华出任长御女官,随侍左右,兼顾太子家事。

"恭喜校尉。此次任命,据说是即将出任太子太傅的中书谒者令石公提议的。"

石庆,我与你有仇怨吗?倚华闻之愕然,身心缩成一团,好似一头奔跑的小鹿,被一面从天而降的巨网罩住。

王贺眉宇凝结,忧心忡忡。他好不容易出了深宫,倚华却须进宫,实在祸福难料。他沉吟半晌,有气无力地挥挥手,沮丧地道:"晓得了,你回城去吧。"

作为臣子,要赶在天子进镇之前迎候圣驾,他来到尹鹏颜卧房外轻声道:"君侯,下走出镇接驾,你务必保重身子。"

里面悄无声息,似夜半的墓地一样沉静阴诡。

王贺与沮渠倚华满面忧怅,相对无语,长叹一声,并肩出门。在街上行了十数步,他们突然发现,一切都变了。来往的居民、摆摊的商贩全部换了一批,和昨天的根本不一样。王贺笑了。沮渠倚华悚然,抽出腰间长鞭。两人立于街道上望着前方,不经意间十指相扣,手心的凉汗融合在一起,顺着指缝流淌。

王贺道:"现在我们怎么办?"

沮渠倚华浅浅一笑:"无法。或许我们能做的,就是找一个逃命的出口。"

王贺道:"好。"

风雪越发猛烈,冰刀呜咽,切割面目。三十步外,依稀走来百余名皂服少年,手持大鼗同时摇动,发出令人心烦意乱的声音。十二人扮作野兽,簇拥着一名戴面具、披熊皮的人,边走边舞。后队十数骑,用长矛挑着一幅画像,齐声大喝,点火烧掉。场面极其诡异。

这伙人着装各异,但左脸颊上都贴着一条面目狰狞的黑蛇。

小蛇群出,冢蛾不远了。

王贺见识广博，沮渠倚华通晓民俗，他们知道，每年新旧交替，汉地无论官方还是民间都会举行驱邪活动，希望坏运气留在旧岁，新的一年好运当头。面前的仪式叫大傩戏，熊皮人称作方相——专门驱除疫鬼和精怪的神灵。造像代表疫病，驱赶之后烧毁。

令人惊诧的是，这幅造像俨然刘彻的模样，面容身形、服装配饰做得十分逼真。

两人面面相觑，手指越发用力，指骨几乎折断。

雪雾与火光交织处缓缓行来一人，手上提着一个布袋，背后跟着八名壮汉，各扛一把硕大的砍刀。这个骤然出现的中年人，长着一张肥硕富态、笑容可掬的脸，在雪花的衬托下，左鬓红色胎记似一朵山茶花，鲜艳夺目。

沮渠倚华揉揉眼睛，颤声道："义渠昆邪！"

王贺苦笑道："还有谁，还能是谁？脸上长烂疮的，我就认识他一个。"

说话间，义渠昆邪已到面前，一堆肥肉各司其职，挤成一堆，露出讥讽的微笑。他把布袋往前一扔，砸出一个雪坑，袋上一片污浊，渗透出黏稠的血水。

"女娃，我们又见面了。"义渠昆邪道，"两位，别来无恙，先送一礼。"

沮渠倚华道："装着什么恶心的东西？"

义渠昆邪温柔地注视着沮渠倚华，就像一位送来神秘礼物的本家叔叔："你猜？"

王贺道："你杀了我们的弟兄，不应该这样羞辱他。"

布袋里装的竟然是传信讨奸兵的首级！两人异常悲愤，放开携着的手，彼此看了一眼，紧紧握住兵器。

义渠昆邪狠狠盯着王贺，暴怒道："说得对，我接受批评。"他一脚把布袋踢上高空，布袋落到房顶上。王贺抬眼看去，一颗心坠入深渊——街道两侧的高点，全被身披白色披风的弓弩手占据。

顷刻之间，这些人竟然把柏谷镇改造了一遍，变成一个伏击的猎场。

义渠昆邪对着客舍高声叫道："尹鹏颜，就是因为你，我才得了一个机会，在此设下天罗地网，诛杀刘彻。"

王贺道："君侯伤重，不能回答你。"

义渠昆邪叹息道："我这样的大手笔他无法欣赏，仅仅给你这样的蠢货看，实在可惜啊！"

王贺道："时间还早，跟我讲讲你的妙计吧。"

义渠昆邪道："没意思、没意思，我只讲给尹鹏颜听。"

王贺道："他中了一刀，邪毒攻心，耳朵失灵了，你说甚，他一概听不进去。"

"试试吧，或许服了我的药，他的耳朵还有救。"义渠昆邪清清嗓子，叫道："如侯！"

如侯从客舍小跑出来，差点摔倒，气喘吁吁站定，低垂着头。大冷的天，就他一个人满脸流汗。

义渠昆邪道："去，进店，请君侯出来。"

如侯一副不忍之色，斗胆道："不能让他死在床上吗？"

义渠昆邪大笑道："荒谬！英雄人物和你们草民不一样，英雄死在床上是一种耻辱。"

如侯无言以对，四名大汉阔步向前，裹挟着如侯走向客舍。

沮渠倚华挡住去路，责问道："如侯，你本良家子弟，父母都是天子的故人，为何自甘堕落，跟着这些贼人？"

如侯不敢与她正面相对，看着虚空轻声道："家父家母在漯阴侯手上，下走替他们做事实属无奈，请沮渠姬见谅。"

沮渠倚华冷笑不语。

王贺道："如东家，你好孝顺啊！你可知，天子遇刺，此为泼天的大事？天子无论生死，你们如家都逃不过抄家灭族。你以为你保得住你的父母吗？如果你拒绝义渠昆邪，及时向朝廷示警，天子安然无恙，存续了你父母的节义,你活下来传承如家的香火,这才叫忠孝两全。"

如侯缄默,脸上肌肉接连颤抖。大汉推推搡搡,他身不由己,跌跌撞撞进入客舍——几十年来,他第一次觉得这个温暖的家面目可憎,门窗像吞噬人的兽口。几十个弹指后,一群人捂着口鼻带出尹鹏颜、无庸雉。

无庸雉泪痕未干,形容枯槁,唯一身彩衣,依然绚丽夺目,映衬着满目冰雪,甚是好看。尹鹏颜满脸蜡黄,眼眶浮肿,几乎连眼皮都抬不起来,仅唇角微启,进出着几缕游丝。

"好臭,比我这养马的还臭。"义渠昆邪扑打着鼻翼前的空气,戏谑地笑道,"君侯来了?"

尹鹏颜好似见到鬼一般,身躯往后倾倒,眼里满是惊诧。

义渠昆邪大感畅意:"君侯,谢谢你给我这样一个改变历史的机会。你的耳朵还能用吗?"

尹鹏颜苦笑道:"你不用谢我,放我走,就算报答我的恩情了。"

义渠昆邪道:"放你走,不可能,我请你看一场免费的大戏吧。我一直不杀你们,就是担心少了看戏的人。"

尹鹏颜长声叹息:"做观众,总比上台表演轻松。今夜,不知要死多少唱戏的人。"

王贺道:"义渠昆邪,我配得上做你的观众吗?"

义渠昆邪道:"勉勉强强吧。"

尹鹏颜道:"我们带着家眷看,可以吗?"

"自便。"义渠昆邪道,"不过,我纠正一下,你可以带着家眷看。姓王的竖子,他可没有家眷。"

越胖大的人心眼越狭小,义渠昆邪念兹在兹,还不忘与情敌斗气。倚华又尴尬又气恼。尹鹏颜如释重负——至少此时此刻,义渠昆邪还不会攻击他们。

义渠昆邪真诚地祈求道:"我导演这场大戏用了大量心血,实在辛苦。君侯,希望你仔细体会,认真观摩。"

尹鹏颜道:"我大概明白了。"

义渠昆邪眼睛一亮:"你说说看。"

尹鹏颜虚弱地甩开挟持他的汉子,斜靠着墙坐到寒彻的台阶上,喘息良久,艰难地道:"你知道陛下耳目众多,又识破了你的计划,虽然为了招降右谷蠡王暂时宽赦你,可一旦大事完成,没了顾虑,必定对你动手。"

"我不相信刘彻的慈悲,你们也不要相信。他吞噬的人实在太多了,过去很多,以后也不会少。你们时时刻刻要做好自保的准备,这是我给你们的忠告。"义渠昆邪露出嘲讽的微笑,"唉,我说这些做甚?你们都要死了,说给你们听,我真是愚蠢,愚不可及。"

尹鹏颜道:"因此,你当着朱君的面演了一出好戏,诈死隐身。你移走於单的尸体,在棺壁上绘制极具迷惑性的壁画,把我们的视线引向这位匈奴王子。可怜啊,於单离世多年还无法安息,受你利用。"

"废话!仅仅我利用他吗?他躺在墓穴里接受大家的祭拜,族人从他那里寻求慰藉,难道不是利用他?"义渠昆邪道,"我这样做,其实是为了避祸,搞一个金蝉脱壳。我死了,罪过也就一笔勾销了。我拥有的一切,将全部留给我的儿子。这个计划十分良善,人畜无害。"

尹鹏颜道:"我承认,这样做未尝不可。"

义渠昆邪咬牙道:"谁承想……"

尹鹏颜道:"谁承想,天子突然任命金日磾接管你的一切产业。"

义渠昆邪恶狠狠叫道:"我苦熬半生一无所获,而那个小子福分好得离谱,什么也不用做,却坐享其成,五个郡,十几万匈奴人、几十万汉人,尚有无数雨点般汇聚而来的各族之人、军人罪人,全部收入囊中。你说我生不生气?"

尹鹏颜道:"生气。你不但生气,你还恐惧。你杀了他的阿翁,他吃饱了,势力渐长,未必不会杀你的儿子。因此,不管是为了现实的利益,还是为了消除未来的祸患,你都不得不重新谋划、立即行动。"

义渠昆邪骨髓里生出一股寒意:"刘彻是非不分,拿我的财产随便做人情,该不该杀?"

尹鹏颜道:"这种大逆不道的问题,我不回答。"

义渠昆邪两臂张开,浊血热涌,恶意几乎涨破面皮:"今天,我会送他往生。"

王贺面带不屑,冷冷道:"你杀掉一个皇帝,并不能摧毁汉朝。新君继位,你那位封爵漯阴的儿子浑苏怎么办?我知道,你是一位好父亲,为了这个儿子,你不惜背叛你的盟友休屠,不惜用休屠部八千条人命换他一人。"

尹鹏颜道:"翁孺,你多虑了,浑苏现在想必行装已经收整好了。"

王贺讥讽道:"义渠昆邪,你在汉地立下这旷世奇功,大单于绝对不会吝啬区区一个王爵。从此,你的家族继续做匈奴的王,不会因为你丢掉河西、投降汉朝而终止富贵。大赞,大赞!"

义渠昆邪纵声大笑,笑得屋顶上的雪花纷纷坠落,笑得咳嗽不止,涕泪齐下。

众人不明所以,唯尹鹏颜与之唱和,亦笑道:"你们低估了义渠昆邪的宏图伟略,他的理想,岂止一个侯爵、一个王爵?"

义渠昆邪的笑声戛然而止,满脸诧异地看着尹鹏颜。

"咯咯咯",平白无故地鸡鸣三声,旗亭下一户人家的房顶升起炊烟,众人竦然。

尹鹏颜道:"对即将上演的大戏,我有些急不可耐了。"

义渠昆邪表情复杂,又恨又怕,沉声道:"既然如此,我们看戏吧。"

尹鹏颜蜡黄的脸上挤出一丝笑纹,疲惫地道:"善。"

"喝茶、吃烤肉。"义渠昆邪笑盈盈的,像一位殷勤的主人。

街道两边涌来十多名小蛴,往四人身上披挂一层雪白的布,拉到街角。义渠昆邪考虑十分周全,令人取来一张软榻让尹鹏颜躺着。如侯点起炉火,在一旁烹制茶水、烤炙食物。义渠昆邪在主位端坐,笑嘻嘻地奉上香茶。小蛴挥动铁锹,铲雪挡在面前。众人隐没于风雪中,如果这时步行的人经过,不凑近了看根本看不出端倪。

天上鹅毛纷飞,棉花漫过马蹄,刘彻兴致高涨,一骑当先,手持天子之剑,三尺六寸的八服,呐喊纵横。久居深宫之人骤然来到野外,豪情再生,心血热烈,更加体会到少年意气的可贵。

三十八岁,正当壮盛,但气象仍有些消减,明显不如当年。人近中年,才知少年的美好、少年的直接,少年的光明。

人马皆出细汗,刘彻策马缓缓行进,走了一阵,回顾左右问道:"卫尉,这几日精神不振,是何原因啊?"

路博德道:"下臣的一个故人死了。其实,我们认识的时间不长,是那种一见如故的故人。"

刘彻道:"久居禁宫不好,你应该外放领兵了。"

路博德大惊,颤声道:"下臣,下臣有甚做得不对的地方吗?"

刘彻道:"如果你像李陵一样长久出入战阵,见惯生死,就不会为一两个人的离去耿耿于怀了。"

路博德道:"下臣的心肠越来越软了,辜负了君上的重托。"

刘彻道:"北方的战事有人主持,用不到你,你到南方去,替吾取来南越之地。吾封你做邳离侯,食邑一千六百户,还要替你设置一个全新的将军封号。闻说广袤的南方,穿透丛林之后便是一片汪洋大海,风浪滔天,你的军职就叫伏波将军,可好?"

当时,将军地位由高到低分别是大将军,骠骑将军,卫将军,前、后、左、右将军,然后才是名称威猛、秩序相对较低的杂号将军,比如骁骑将军、横海将军、楼船将军。这个伏波将军,想必归属此列。路博德已领南军,距金印紫绶、总领南北军的卫将军一步之遥;即使不能名列卫、霍之后,放出外任,也应该像前任卫尉李广一样,得个"前"字,居于四方将军之首,最差也要纳入四方将军之列。天子此次人事安排,为了办事忘了官爵,看似器重实则造成贬谪的事实。

唯一的好处是封侯了，实现了李广梦寐以求、求之不得的目标。不过，邳离侯的恩赏，本来就是漠北之战的酬劳，并非发遣南方的补偿。

路博德惊愕，心绪比风雪还乱，翻身下马跪下行礼，朗声道："君上天恩，下臣肝脑涂地，无以为报！"

刘彻笑道："一个行伍中人说这种文绉绉的话，荒谬！起。上马吧，我们继续赶路。"

路博德闻令，翻身上马，跟在天子身侧。他于众人视线不及之处上下牙用力咬合，面部狰狞，眼眸里涌出忧怅和憎恶的光芒。

刘彻眼光一厉，冷峻地道："李陵。"

李陵道："臣在。"

"卫尉离京，我反其道而行之，招你进京。李将军担任上郡太守时，你生于边地，你的使命早已注定，便是守卫边疆、拱卫国家。骠骑将军攻取河西，你随即前往，替吾训练射手。如今，关内关外，北境河西，遍布李氏将士，吾心甚慰、甚慰啊！你是对大汉有用之人、积劳积功之人。"刘彻毫不掩饰欣赏动容之意，"吾记得不错的话，你今年十五岁，比吾当年纵马田猎时还小两岁。"

李陵道："陛下竟然记得臣的年齿，臣不胜感激。"

刘彻道："成纪李氏世代为将，替国家浴血征战，乃我朝历史渊源最悠久的军功家族。前将军去了，你和你的叔父要传承李家的家风，继续发扬光大，不必纠结过去，以致忘了前路。"

天子的话语十分清晰，李广自杀一案有诏勿论，自此翻篇了，任谁也无须提起，不能提起，以免再起波折，再生猜忌，再增损耗。李陵虽然少年心性，但比起李敢还要理性务实，天子的态度正是他一贯的立场，因此毫不犹疑答允道："诺。"

刘彻道："听说你骑射技艺精湛，尤其擅长用弩，颇有李将军遗风。吾从来爱惜人才，前些日召集诸臣廷议，拟选拔你做侍中、建章监，望你不负吾的苦心，借这开阔热烈的时势，努力做一个良将、名将。"

李陵听罢滚鞍下马，跪地叩谢天恩，头颅埋没深雪——这道任命

495

一旦成为现实，代表了一种非同凡响的际遇，代表了天子无条件的倾心栽培。侍中、建章监，这是大将军卫青的第一任职啊，天子要把李陵当成另一个卫青来培养吗？即使做不了卫青，不妨比肩另一位恩宠万千的新秀金日䃅。金日䃅目前的任职，也是侍中。

风雪实在太大，不时掩盖了半身，李陵通体寒彻，心血热烈。长久不闻天子的回复，李陵不敢抬头，等了十几个弹指，预感到不太对劲，抬眼一看，天子的马队早已远去，依稀可见一道浅浅的暗影。他暗自苦笑，一跃上马，踏雪急行，追上队伍。

众人一边用餐，一边说话。因为被麻绳拴住两手，王贺、沮渠倚华无法伸长嘴巴直接对准餐具进食，像猪狗一样狼狈，惹得义渠昆邪哈哈大笑——死到临头，你们竟然还有心情大吃大喝！

尹鹏颜喉结耸动，他一个伤重之人，无法进食，只能眼睁睁看着别人吃。无庸雉饿得头晕眼花，但为了表达悲痛的心情，强忍着不适，未食用一滴水一粒米。沮渠倚华咬着碟子，递蒸馍到她嘴边，无庸雉连连摇头。

尹鹏颜道："雉儿，你吃两口。"

无庸雉苦着脸，哭道："你都这样了，我哪里吃得下去？"

尹鹏颜勉强动一下身子，证明自己还没死透："吃吧吃吧。"

一阵风吹来，义渠昆邪捂着鼻子蹙眉道："你真臭。"

尹鹏颜道："臭吗，我怎么不觉得？"

义渠昆邪道："你好比鱼店的咸鱼，自己不觉得臭，其实，你臭不可闻。"

"君侯，你用的刺客太狠，刀尖上竟然涂了乌头毒药。你看看，脊背全烂了。如果是炎热的夏天，五脏六腑可能都已经烂透，冬天好一点，可也好不到哪里去啊！"如侯虽然受制于人、朝不保夕，但当大家都在吃他的食物时，这就成了他的主场，他有资格教训食客几句，"为什么不让他干净地死？"

义渠昆邪连声叫屈，拍着胸脯赌咒发誓："天地良心，如果刺客是我派出的，管教我肚肠腐烂，比尹鹏颜还臭，彻底臭死。"

如侯十分诧异，问道："真不是你？"

义渠昆邪两眼一瞪，数落道："我是那种奸邪小人吗？我杀人还用得着下毒？尹鹏颜自恃才高，目空一切，他得罪的人又不只我一个，想杀他的人多如漫天雪花，天知道谁下的手？报应，报应！"

如侯长长吁了一口气："君侯光明磊落，自然不会做这种事。"

义渠昆邪道："你这句才叫人话。你阿母、阿翁经过我儿子的辖区，打算买船出海，我们暂时留他们在船上好吃好喝伺候着。过些日子开春了，冰雪融化，风浪平息，我们按照令堂的意思，驶入深海去看仙山，费用你尽管放心，全部由我付。"

如侯露出两排雪白的牙齿，赔笑道："君侯恩德，草民没齿不忘。"

义渠昆邪道："但是，你若耍什么花招，船就沉了，我还要砸碎你的门牙。"

如侯道："不敢，不敢。"

义渠昆邪道："说来奇怪，这些人突然出现在柏谷，拿淬过毒的刀刺杀尹鹏颜，肯定怀着深仇大恨。刺客的真实身份，你们探得了吗？"

王贺断然道："匈奴人。"

义渠昆邪愠怒道："不要把坏事都往匈奴人头上推。哼，说不准是你们的皇帝派出来的呢！"

沮渠倚华道："我们替天子办事，他怎么可能杀我们？"

义渠昆邪摇头叹气："女娃，你在山上呆傻了，完全不懂山下的人心。你们，尤其是尹鹏颜，掌握着那么多秘密，办完了事，自然是要死的。"

沮渠倚华感到毛骨悚然，喃喃道："是你心思太复杂了。"

义渠昆邪叹息道："女娃，你不信我，你还要吃大亏的。"

一名白衣小蛾急步跑来，带着惊喜参半的表情："大王，狗皇帝现身伏龙岗，算算行程，半刻钟后进镇。"

空气骤然紧张起来，义渠昆邪颤声问道："多少人？"

小蛴道："十三人、十三马。"

义渠昆邪喜得满脸红光，胎记蓄饱了血，几乎炸裂，沉声问道："确定？"

小蛴道："确定。"

义渠昆邪心肝颤抖，喘息粗重，嗓音嘶哑："叫弟兄们准备。"

李陵追上队伍，跟着行进。即使天寒地冻，也有人为了生计奔波，路上商贾来往不断。

走了十余里，他突然发现有些不对劲。人马的数量未尝减少，却好像少了什么。军人对外部环境的感觉是十分敏锐的，他确定，此时和方才，短短一瞬间，一定有所不同。

但是，他不能像平时一样纵马跑遍全队，仔细察看端倪。毕竟，打马狂奔，惊扰圣驾，不是一件轻描淡写的事。臣子们在天子面前失仪，轻则罚俸，重则下狱，已经有过不少先例。

犹豫之间，马队行至柏谷镇外围，满镇军民伏于风雪，恭迎天子。马队越行越深，刺进柏谷中心，镇口的黔首纷纷站起，追着后队围观，远端的居民一拥而来，堵住前路。两侧，还有百余名跪倒的百姓。这些人的眼睛里闪烁着骁悍的野性之光，遍地杀机，一触即发。

作为一名生长于边塞、见识过匈奴人捕猎、数次被围的年轻的老兵，李陵最先感知杀气，骤然惊醒，他来不及拉动弩机，于是拔出环首刀，嘶声喊道："卫尉，护驾！"

领头的将领回转身来，一照面，李陵好像掉进冰窟——这个人，根本不是路博德。

"如今，关内关外，北境河西，遍布李氏将士，吾心甚慰、甚慰啊！"阴沉的天空划过一道闪电，像天神用巨斧劈开了李陵的头颅，他身躯一颤，天子的话，从裂缝深入，直抵脑髓。

百姓出手了。

房顶一层层被掀开,街道上人如潮涌。天上,箭比雪花还繁;地上,刀比风霜还密。顷刻之间,马腿皆断,骑士重重砸落,随即白刃加身,个个化作一摊骨血。十二名劲装骑士,连一个反击的动作都未做出,尽数死去。

预警最早的李陵,一开始怀着拯救君父的决心往队伍前方疾驰,他一直跑到假冒的路博德面前,仍然没有发现刘彻。刀光与风霜直击面目,通体寒彻,此时,他终于想到自己。

后路已断,左右埋伏重兵,唯奋力向前才蹚得出一条活路。李陵跃马扬鞭,撞开人墙,砍翻数名迎面奔来的敌人,一鼓作气冲出战局。

原来,伏兵的重点在宫廷马队,各种兵器都朝向他们,前方堵截的兵力相对薄弱,阴差阳错之下让李陵撞开一条生路。

小蜾们或骑马或步行,踏雪追赶,数十人的洪流咬住猎物不放。李陵长剑入鞘,弩机抬起,满弦劲射,锋利的弩箭穿喉而入,伏兵追出百步,已有七人落马。攻击顿挫,骑士勒马不敢靠前。而积雪甚厚,步行者行进艰难,只有望洋兴叹。

李陵打马狂奔,积雪随着马腹翻飞。他胯下这匹良驹生于极寒之地,长期随他踏冰卧雪,在冬日的柏谷大展神威,远远甩开追兵。此时,他无意间看到街边一幅奇异的景象——早已死去的义渠昆邪和绣衣使者的几名鹰犬围坐用餐,不可一世的绣衣直指死狗一样僵卧软榻。

李陵没有直接面对过这位誉满天下的人物,仅仅在汉军亭对阵时,远远地看过他一眼。当时,尹鹏颜身着士卒制服,骑着一匹烈马,错开半个马头,立于廷尉张汤左侧。以前他不过一介卑贱的士兵,但气宇轩昂,威风凛凛。数月不见,他贵为朝廷秩二千石贵官、荣任亭侯,却困于床榻、苟延残喘。时势和个人的命运,转换得实在太快了。

尹鹏颜如果死了,那将是本朝死得最快的一位侯爵。

此时,大家都用一种匪夷所思的目光看着李陵。李陵认为自己做了一个梦,但这个梦太真实了,吓得他惊慌失措——莫非,我也死了,灵魂出窍,因此见到这些非亲非故的"故人"?

赶快离开这个凶险的地方!一念及此,李陵打马冲出柏谷,往山岭深处而去。

义渠昆邪想不到还能有人从这样的重围里突出,张口结舌,半晌颤声问道:"这名少年将军是谁?"

尹鹏颜道:"前将军李广的孙子。"

义渠昆邪长声叹息道:"除了李家的子孙,谁有这样的骑术和射术啊?"

沮渠倚华讥讽道:"你密谋杀害李广的时候,没有感觉到恐惧吗?"

"我没有杀李广,他是自杀、自杀!"义渠昆邪大声叫道,好像一定要李陵听到似的。过了许久,他喘了一口气:"如果时光倒转,让我先看到方才的一幕,我绝对不敢动这样的心思。我即使杀卫青、杀霍去病,也不敢杀李广。"

他站直身子,盯着街道上的一条血路、一摊血污,一时惶恐,一时紧张,一时惊喜,喃喃道:"我宰了刘彻了,我真的宰了刘彻了?"

一名小蛾涉雪跑来:"大王,除了一名骑士,全部射杀。"

义渠昆邪两手抱住他的双肩,头脸凑到面前,血盆大口喷着热气,问道:"刘彻死了?"

小蛾绝望地挤出两个颤音:"没有。"

义渠昆邪失声叫道:"什么?"脸上毒疮爆裂,黏稠的汁液飞溅——如侯的美食,全被糟蹋了。

小蛾用尽全身最后的力气,悚然道:"他不在队伍里。"

主公的疮破了,地府的大门裂开了!众小蛾勉强鼓起勇气上前搀扶,替他擦拭。义渠昆邪大喝一声,振臂推开,茫然无措立于风雪中,痛意牵扯肺腑,另外半边脸寒彻发白。他的脸,比雪还白,他的心,比冰还冷。

一阵朔风卷着雪雾砸来，人皆无法睁眼。趁着这股气势，卧榻之上的尹鹏颜一跃而起，突然出手，击倒两名护卫的大汉，抢过佩刀迎面劈下，斩落王贺、无庸雉、沮渠倚华手脚上的束缚。不等义渠昆邪反应过来，他的贴身侍卫已经被绣衣使者清除干净。

众小蛱见主公危险，一拥而来。他们经年刀口舔血、人多势众，对付区区几名校尉绰绰有余。可惜，迟了——王贺忍着恶心，左手勒紧义渠昆邪的脖颈，以烤肉用的铁钎抵紧其咽喉。义渠昆邪圆睁双眼，嘶声叫道："你们快走，能走几个算几个。"

降汉多年，几经风雨，大浪淘沙，还坚守在身边的人皆凶顽忠心的好汉，小蛱们围而不退，没有一个人走。义渠昆邪叫道："我输了！"

输就是死。

一人道："大王，若真的想走早就走了，不必等到今天。"

一人道："大王不必多说，我们早已把自己当成了死人。"

众人杂声呼应，叫道："我们来生还追随大王，重返河西，逍遥自在！"

义渠昆邪深感欣慰，诸多愁绪一扫而空，释然了。

一人道："我们虽然突不出重围，但依然可以一拥而上，斩杀尹鹏颜，替家乡清除一个大患。"

义渠昆邪转头看着尹鹏颜，幽幽笑道："这倒是个好主意。"

"无冤无仇，"尹鹏颜苦笑道，"你们为甚总是针对我？"

义渠昆邪道："没有你从中作梗，我们这些弟兄此时已做下滔天大案、全身而退。"

尹鹏颜道："好好地活着不好吗？为什么不停地惹是生非？唉，你心太大了，大到需要无数的尸骨、无数的血泪来填充。"

义渠昆邪朗声道："当今天下皆知匈奴单于、大汉天子，却不知还有第三个英雄，就是我义渠昆邪！难道我就不能建功立业，独霸一方？"他过于激动亢奋，导致脖颈粗胀，血管跳跃，一次次弹向铁钎的尖锋，王贺担心刺穿他的动脉，收了半寸。

"我部虽属匈奴,却并非纯种的东胡,乃义渠后裔。从商王朝武乙年间建部落方国算起,至秦昭襄王时存续八百余年。其中,建于豳地的义渠国,雄踞一方达五百年之久,参与中原纵横争夺之战,一度与秦、魏等强国并立。秦宣太后摄政,采用怀柔、拉拢的政策以堕吾王之志。我义渠王为了休养生息,与秦结盟,亲至秦国朝拜,被诱杀于甘泉宫。秦发兵灭了我国,收地设置北地郡、陇西郡、上郡。秦、汉之际,我族人逐渐聚拢,以昆邪部称之,后依附于东胡,成为匈奴部落联盟中的一支。"

王贺插话道:"太仆公孙贺、校尉公孙敖,皆你义渠族人,一个得到天子倚重,一个受到大将军亲爱,你怎么不学他们?"

"呸,燕雀安知鸿鹄之志哉!此二人,今日威风凛凛,犬豕耳,刘彻宰杀他们不过一念之间、举手之劳。"

"当年,我早已定下大计,吞并休屠、独霸河西、控制南羌、征服西域,与匈奴和汉朝分庭抗礼、三足鼎立,恢复祖业,重造煌煌之义渠。我的棋局,比楚汉相争时齐王韩信的还大。他算什么!大业,差点就完成了,差点就完成了。可惜,霍去病这个竖子,竖子!毁灭了这一切。"

"但我绝对不会认输,我暂时蛰伏,率部众南渡。虽然名义上丢了河西,但我在河西依然保持着足够的力量,而且,还多了五个汉郡的地盘,势力直抵三辅地区——哼,刘彻把秦人夺走的故地还给我,此非天意乎?事实上,我比以往任何时期都更强大,更有可能实现我的理想。到了这种时候,换作你,你扪心自问,你停得了吗?"

尹鹏颜看着他逐渐泛起血光的肥脸厌恶至极,一字一句道:"古往今来,无数的英雄豪杰为了一己之私,不惜牺牲千万条性命、葬送数万个家庭,轻易发动叛乱、挑起战争,用血泪尸骨筑造他的宏图伟业。这样的人,如今都在哪里?我告诉你,义渠昆邪,他们都在地府赎罪,永世不得超生。"说到此处,愤怒冲毁了他的理性,这一向稳重深沉的人,竟然两手颤抖,杀心大炽。

义渠昆邪讥讽地笑道："你的才略智谋远胜于我，可惜，你心慈手软，一心追逐虚无缥缈的公道，为所谓的家国大义浪费时光。所以，你这样的人永远做不了枭雄，你这一辈子都是别人的工具。一百年之后，你尸骨无存、烟消云散，好似一团薄雾，一点痕迹都不会留下。"

尹鹏颜憎恶地道："我来这个世间，不是做甚枭雄的，而是为替天行道，把你这样的禽兽赶出人间。"

义渠昆邪连声狂笑，笑得咳嗽不止，过了片刻稍稍平息下来，问出一个令他百思不解、如鲠在喉的问题："我不明白，你是怎么识破我的计划的，你怎么知道我还活着？"

尹鹏颜道："祭师。"

义渠昆邪脸色一变，僵直在原地，许久后怅声道："你果然非同寻常。一个匈奴人死去，祭师这个关口是绕不开的。"他嗓音沙哑，问道："你何时派出的密探？"

尹鹏颜道："第一次见到蛮貊的时候。"

义渠昆邪惊诧地张着嘴巴，喉咙里发出豺狼一般的音调——第一次见到蛮貊的时候，岂不是尹、王两人造访楼兰箭庐的那一天？

尹鹏颜，你根本不是人！

"我喜欢事无巨细，早作准备，任何空白的棋盘上都布一枚闲子，谁知道它何时就起作用了呢？我早早选了一精细之人，日夜监视蛮貊，记录他的一举一动。奉使君失踪后生死未卜，我知道，作为一个纯粹的匈奴人，他如果濒临死亡，将设法通知祭师，避免孤独地登天，因此加派了人手，持续监视。"

雪越来越大，落到地上变成了冰。这个比漠北的酷寒冬日还冷的日子，注定以悲凉收尾。小蜈热血已冷，目光纷纷投向北方。

王贺冷笑道："义渠昆邪，你绝顶聪明，却毫无智慧。可惜啊，聪明人一旦吃亏，就是大亏。你派人送石漆到蛮貊的账房，仅留下一句口令，他以为这是丧家的特殊需求，一概照办……你行事诡秘，一点破绽也没有。可你做梦也想不到，君侯安排的人追踪你的下属，顺藤摸瓜，找到你的秘密据点……"

义渠昆邪脸上的颜色再度褪尽，几乎全部集中到肉瘤上，再次撑破它，脓血横流。事已至此，义渠昆邪彻底服了。他自诩为旷世豪杰，面对真正的豪杰，不过笼中一鸟。此时他作茧自缚，穷途末路，还要再投降一次，自取其辱吗？

事实上，尹鹏颜并没有揭示全部谜底，他的阐述相对克制——如此泼天大案，怎么可能派一组暗探追踪祭师便能轻易破获？他在背后做了大量的功课，四处寻求佐证。作为一名司法官，为了保护相关人不受义渠昆邪残余势力的报复，他选择欲言又止、有所保留。

义渠昆邪仰面朝天，任风雪切割僵硬的面目。他的眉目间闪烁着怨毒之色，冷酷地道："此时，拜刘彻所赐，收纳北人，置于陇西、北地、朔方、云中、代五郡。你们大汉的边疆，皆我匈奴人安置之地。大风起于青萍之末，一粒渺小的种子，在盛世的土壤里汲取四百年日月精华，一定会长成参天大树、漫山野草。你们汉人长于内斗，总有一天兵戈四起，互相残杀。当你们内战不止、消耗殆尽、中原空虚时，我的族人、我的子孙便乘虚而入，把你们当作羔羊，屠杀殆尽，把你们的土地劫掠一空，变成牧场。哈哈哈……我可以输，我可以死，但我绝对不会失败。这是我的诅咒，你们好生记住！"

一席话说得众人寒意攻心——历史证明义渠昆邪是对的。胜利越辉煌，祸患越深远；功业越伟大，灾难越深重。终有一天，刘彻和他的帝国消失了，继起的魏灭亡了、晋衰败了，一个匈奴部落崛起，杀掠北方，掀起五胡乱华的序幕，开启三百年血腥乱世的序章，长安、洛阳等名城皆成灰烬废墟，汉族几乎灭种。

奇诡的是，这个部族的首领，以刘为姓、受封冠军将军、自称汉王、建立汉。

这个匈奴部族，名叫屠各。

屠各，还有另一个名字——休屠。

当年，冠军侯、骠骑将军霍去病征服的休屠。

与义渠昆邪相爱相杀的休屠。

上天早已编好剧目，用太阳、星月点亮人间的舞台，用风云扯开戏剧的帷幕，秦皇帝、汉天子、唐圣人、宋官家，区区一演员而已。至于芸芸众生，蜗牛角上的飘尘，得不足喜，失不足忧，生亦何欢，死且何惧。

许久，义渠昆邪面色一沉，环顾众多死忠的部属，朗声道："弟兄们，再战一次，一了百了，畅快，畅快！"说着，闭紧眼睛，脖颈往前一撞，利刃切入，铁质与肌肉之间出现浅浅的一圈嫣红。他面上带着不怀好意的笑容，眉目间充满了惆怅与仇恨的色彩，口里喷溅出大堆污浊的泡沫，似乎想说什么，却已无法成声。

"让倚华走。"

只有沮渠倚华读懂了义渠昆邪最后的遗言，她浑身战栗，冷泪滂沱。

王贺惊骇之下下意识缩手，铁钎掉落雪地，血水喷射三尺，义渠昆邪倒伏地上，污血融化雪水，又被冰雪冻结。尹鹏颜怅然若失，并没有丝毫胜利的喜悦。沮渠倚华不敢直视，如痴如醉忘了身处何地。唯有王贺保持着必要的清醒，大叫一声，拉扯两个女子朝李陵逃跑的方向狂奔。

蜂王死了，群蜂无主，不死奈何？小蜾们眼睁睁看着义渠昆邪死在眼前，又惊又怒，舍命向前围击尹鹏颜。尹鹏颜冲进一侧的民房，从梁柱之间取出炭刀，格挡自卫。朔风愈烈，天地寒彻，刀尖刺穿皮肉的声音、刀刃砍碎骨头的声音、伤者踉跄摔倒的声音、死者沉闷怒吼的声音交织混杂，零落而低调，好似飞雪着地，凄凄切切，轻轻巧巧，分外寂静。

一道接一道的血，分泌、喷薄、飞溅，与白色的雪混杂，红白映衬，好似山茶绚烂绽放，姿态万千，分外好看。战地上的每个人，都像手艺娴熟的工匠，小心翼翼、目标专一、聚精会神面对当前的工作：杀！

围攻的人不少于三十，近身的人不少于六七，远远的街道上，依然源源不断涌来杀手——谁也不知道有多少致命的敌人，就像不知道天上会倾倒多少雪花。尹鹏颜身陷重围。自河西定谋以来，他一度危在旦夕，又稳操胜券，此时，又危在旦夕。

形势的跌宕起伏，尽在转瞬之间。纵然智计百出、天下无双，亦全然无用，唯有苦笑。

廊宇之下，如侯满面热泪，叫道："结束了，结束了，都住手吧！"

没有人听他说话，也没有人管他。眼前这些相生相杀的人，正在做人生最后的表演，他们中的大多数，生命倒计时的滴漏已经响到微弱的最后几声。

尹鹏颜浑身浴血，分不清是自己的血还是敌人的血，他连自己是否负伤也已经无暇顾及，一无所知，不过是凭借本能、依照惯性，不停地移动身躯、挥动兵器。他没有想过自己，唯一的念头，是找到无庸雉，在她身边，保护她。

突然，他的背部贴上一具温热的身躯，无庸雉回来了，站在他的身后。

随即，左右的压力骤然减轻，王贺回来了，沮渠倚华回来了。

他们既然来了，就只有两种可能，要么一起死去，要么一起离开。

绣衣校尉们处在人生最为艰险的关头，至暗的时刻。他们窥破了一代枭雄义渠昆邪的惊天布局，提早预警拯救了一位旷世雄主，让历史的车轮按照既定的方向，破除阻碍轰隆向前。但是，他们的命运，面对难测的天威，何尝不似一只蝼蚁？

当尹鹏颜把掌握的一切情报向刘彻密报，并和盘托出应对策略时，刘彻似乎并不震惊，他仅仅轻描淡写地表示同意，同时承诺立即部署大军，随时接应作为饵料的绣衣使者。

经历过马邑之围的失败，军队苦苦钻研设伏科目，已经能做到隐匿踪迹滴水不漏。在柏谷镇四周极其要紧的地方布置汉军精锐，甚至穴地而进，于整个小镇的地下潜伏一支劲旅，都没有问题。将士们闻令而出，一举绞杀全部的小蜈，也没有问题。

问题是，士兵们出击的时机，是在黑蛇吃掉饵料之前，还是之后？

尹鹏颜和他的同伴们赢了义渠昆邪，却依然被握在刘彻的手心里。刘彻，才是这个时代第一的枭雄，没有谁够格挑战他的地位。义渠昆邪与之相比，不过一介过客，一个龙套，连配角都算不上，未来的史书上顶多寥寥数笔，写到他战败归汉即戛然而止。

此时此刻，绣衣使者比谁都深切地理解什么叫天恩浩荡，什么叫天心高远，什么叫天威难测。他们一边浴血苦战，一边翘首以待，若瑟瑟发抖的寒鸦，望东方之日出。

或许，在一个居高临下、俯览一切的至上之地，当今天子刘彻，含笑欣赏着这一切，像辍耕垄上的农夫，看一群蝼蚁表演。绣衣使者几条人命的生死、绣衣使者整个官署的存废，尽在他一念之间。

义渠昆邪蓄养的小蜈情知必死，因此谁也不作苟全的妄想，早死晚死，不过长短片刻，何必在乎呢？他们不考虑生死，忘了招式，只知砍杀。他们竭尽全力，罔顾伤亡，疯了一般向前、向前。一人拼命，百夫莫当，何况数百夫拼命？

校尉们退避到一面高墙之下，彼此看着对方，相视而笑。

王贺嘶声道："我们还有机会吗？"

尹鹏颜道："依靠我们自己的话，没有。"说着，他看向正面一座高峻的山岭，浅浅一笑。手冻僵了，炙热的炭刀脱手坠地，融化冰雪，瞬间又为冰雪覆盖，踪迹全无。

沮渠倚华颤声道："我们放弃了吗？"

无庸雉握住她的手，柔声道："不是放弃，是交给那个人来决定。"

他们丢了兵器，携手而立。无庸雉对着尹鹏颜展颜一笑，两人的眼睛，似高天之上明媚的星辰。

王贺温声道："沮渠姬。"

沮渠倚华笑得天真烂漫，不说一个字，伸手与他冰凉的手指交叉，轻轻用力，一切尽在不言中。

507

小蜮们犹豫片刻,脚步稍稍停顿,瞬息之间,又合围而上。

无庸雉偏了头,斜靠在尹鹏颜肩上。沮渠倚华面朝王贺,抱住他的脖颈。

最后的时刻到了,天意如何抉择呢?

一阵风暴卷来,户牖毁坏,陶瓦翻飞,整个柏谷似乎都将随风直上九霄,然后骤然坠落,摔得粉碎。

上天震怒了!

军号长鸣,大地作鼓,马蹄为杵,似有十万大军滚滚而来。各处民房内跃出三十余名医工,从药箱里取出银刀、杵臼、石碾、金线,贴身攻击。

顷刻间,汉军马队突入柏谷。

背后高墙之上,与落雪一起跃下数不尽的士兵,同小蜮撞在一起。整个柏谷好似一间厨房,切肉之声不止。红色的浪潮把白色的浪潮倒推而去,红潮越来越大,白潮越来越小,一点点一层层,直至全部被吞噬。

群蜮占尽优势的攻击骤然反转,变成一场无望的困兽犹斗,汉军不留情面地大肆屠杀,很快,尸骸填满了每一条巷道。

如侯呆呆地伫立在风雪中,看着市镇淹没于血泊,掩面抽泣。一对中年夫妇蹒跚走来,跪下,紧紧拥抱他。

面前的危机顷刻消解,平安了!沮渠倚华又饥又渴,她缓缓走到街边,餐具皆在,食物丰足,她坐下,放开肚子猛吃,吃着吃着突然痛哭起来。面前死去的人,实在太多了。

无庸雉扶着她的臂膀,她们转过脸去,不敢看镇里的情景。纵使王贺这样冷酷理性的人,也深感哀恸,眼角沁出热泪。

尹鹏颜一动不动,许久,身下积雪缓缓融化,血水没及脚背。他的身形如此修长端庄,远远看去,好似新植了一棵笔挺的柏树。

无数的血肉,会变成柏树的养料,让他茁壮成长、吐芽开花,从此成为大汉朝的栋梁柱臣吗?

死神屠杀众生，担心其他神仙看到，扯了一块黑幕，盖住凶杀现场。经过这场浩劫，整个柏谷镇昏沉晦暗，即使白天，也需要点起火把才看得清道路，阴惨之气半月不散。

下午时分，廷尉张汤驱车赶到，手持一份帛书，站到义渠昆邪的尸身前，煞有介事地宣布判决文书，完成"读鞫"的程序。即使义渠昆邪不服，也无法跳出来"乞鞫"了，从司法程序上看，罪犯对判决无异议，此案圆满办结。

各郡县调集民夫彻底清洗柏谷镇，掘地三尺挖走渗血的土，重铺沙砾，覆盖石板，撒生石灰压制腥味。

一辆辎车缓缓驶入小镇，赶车的年轻人匈奴装束，殷勤地搀扶祭师蛮貊下车。蛮貊双眼静谧、面色平和，他早已见惯人间的生死，洞悟世道的源流，像居延泽水边的磐石，没有任何波澜能让他动心。

"尹先生，感谢你终止一切，活着的汉人、匈奴人都希望看到这一天。"

尹鹏颜躬身回礼，喃喃道："愿袍泽相亲相爱，愿生活平淡无奇。"

蛮貊浅浅一笑，脚步虚浮、气喘吁吁地往一条山谷行去，去做最后一件事，送别他的同胞。

"下走檀何，见过亭侯。"驭手俯身媚笑，主动介绍自己，随后畏怯地收了目光，疾步跟上，搀扶着蛮貊，留下一道比天气还阴暗的背影。

蛮貊老了，时日无多，这是他选定培养的接班人吧？

王贺道："你提前请了祭师到柏谷来，你真的确定，他不是来超度你的？"

尹鹏颜道："我喜欢事无巨细，早作准备。"

路博德口里咀嚼着树叶，像一头反刍的老牛般缓步走来。他指挥军队一举屠灭反贼，消除了天子的敌人，保全了天子的鹰犬，但他看起来心事重重、闷闷不乐，好似做生意赔光了本钱的商贾。他开口说话之前,王贺赶紧退避到上风方向三十步外——这个人一定带来了天子的私密话,要说与尹先生听。

"方才我侍从天子临高俯视,见柏谷一战,血雨翻飞,我问天子,何时出击?天子言,当日从泉鸠里返回未央宫的路上,尹先生给我的红缨木牍写的什么?我暗自侥幸,还好多留一个心眼专门记诵过,这个问题问不住我。我说,君上,写的人名。天子问,多少?我答,一百。天子言,咦,一一说来。

"张棐、韩曼金、郭铃、董圣、郭赐之、吕弘、郅安世、桥建、吾丘、董辅、武光、李赦之……我说一个名字,山下便死两三个人。我有些急了,加快了语速。天子言,慢慢讲,快了听不清,每个名字都代表了一个活生生的人,你必须尊重每一个人。

"待名册报完,天子缄口,沉寂了整整二十个弹指,问,这不是求官的文书?

"我道,君上,这是殁于弱水置将士的名簿。

"天子神色稍缓,突然变得狠戾,高声道,幸毋相忘,幸毋相忘。吾的兵死了,吾会记住,不劳一个外人提醒。尹鹏颜沽恩市义,染指王师,意欲何为?

"我一听愕然,先生好心,不愿壮士湮没风沙,携姓名于高堂,谁会料到,天心难测,此等事,却比求官还遭天子忌恨。我思索哀叹,尹先生完了,此役必蹇。

"谁料到,又过十余个弹指,天子言,吾不能教尹鹏颜稀里糊涂死了,这个世间他还有许多禁忌要学,不然到了地府也不安生。吾对他,有教化的义务。路卿,擂鼓,进兵!"

路博德自顾自说完,吐出口里稀烂的树叶汁液,不管尹鹏颜是何表情,径直走了。

在官吏的威逼利诱下,各处市镇、店铺恢复营业,民众鼓起精神,迎接他们期盼已久的大汉天子。刘彻领百人马队,穿汉军制式红色战袍,负弓按剑,在三公、九卿、宗室、嫔妃、将校、侍从、方士的簇拥映衬下，扬鞭直入。他一边接受黔首、士兵的欢呼，一边慈祥温和地嘘寒问暖。短短半里长的街道，走了一个多时辰，这才抵达来思山庄。

如侯背荆条跪于阶下，身上伤痕累累，看来家法森严，受伤不轻。诸怯夫人与丈夫降阶跪迎，刘彻下滚鞍马，一一扶起。他双眼明亮，满脸潮红，胸膛起伏，热烈地道："夫人、校尉，我们又见面了。"

诸怯夫人道："前些日楼船半夜逼近，将士潜水登船相救，婢子逃过此劫，苟且残生，厚颜活着，为的是当面致谢陛下的恩典。"

刘彻回顾身后，浅笑道："此君侯之功劳也。"

诸怯夫人向尹鹏颜行礼，尹鹏颜回礼。刘彻不看如侯，昂首进店。

众人至前厅坐下，致问叙旧。诸怯夫人、如校尉下厨，端来饭菜、一坛老酒奉于天子面前，宾主对坐交谈。厅房两侧早已摆了数桌饮食，供随员食用。

刘彻道："这个案子办到今天总算结束了。"

张汤道："一切仰仗陛下英明神武、明察秋毫。"

"廷尉，言过其实了。若无直指使者的大智慧，我们还在追查於单。"刘彻一边大饱口福一边拿筷子指点，"尹先生，你说说，此案最后的章节你是怎么收笔掩卷的？"

与会之人皆显贵私密，察狱的隐秘过程尽可坦然相告。

"於单大墓上面朝龙城方向摆放的酒卮，从始至终都是十一只。"尹鹏颜说出一句莫名其妙的话。

"匈奴风俗'其攻战，斩首虏赐一卮酒'，每杀一人，便饮了酒，留下酒卮，死后砌至墓上；活人预设陵墓的，适时更新。少报或多报，鬼神便取墓主的首级充抵，千万年后都无法往生。因此，数量不会少也不会多，绝对不敢欺瞒。若於单亲手杀了昆邪，十二个时辰之内，大墓上一定会增加一只酒卮。然而，没有。

"下臣调查过於单的生平，知道他归汉前已经身染重病，因身体朽坏，性情大变，脾气暴躁，时常迁怒部属，这才让叔父左谷蠡王篡位成功。他南附后确实很快物故，文牍校尉、诸胡校尉查验过汉匈两种文字记录的病历，走访过知情的医工和侍卫，相信以他这样的病势，即使一时不死，也无法存活到今年。治粟校尉北上公干，替我遍访匈奴旧人，主要是与於单交过手的武士，得出一个肯定的结论：直面对决，他根本不可能战胜义渠昆邪。这样一个死人突然重生了，玩弄义渠昆邪于股掌之间，一刀斩杀不合事实。唯一的解释，就是义渠昆邪用他来转移视线、混淆视听。"

张汤抚掌赞道："明辨，明辨，此獠坐实豖蜕无疑了。"

尹鹏颜道："上一次在柏谷镇，听如侯说起诸怯夫妇东行游历，准备乘舟出海。我查询海图，了解到时值冬季，海面封冻，又起飓风，渔民皆退而守藏，根本雇不到海船。既知其伪，就须了解背后的原因。经请准陛下，调动齐地水军，沿海搜寻……"

诸怯夫人再次起身，向尹鹏颜致谢。

尹鹏颜道："此案最终告破，义渠昆邪伏诛，下臣不敢贪天之功，皆陛下雄才大略，调度各方，以至功成。陛下早定大计，要彻底诛除隐身逃遁的贼人，为此召见如侯，提出待诸怯夫人归来，柏谷相见。不出所料，如侯立即把这一重要情报透露出去。义渠昆邪果然中计，集合全部力量夺镇伏击。同时，陛下拜我作柏谷亭侯，先来布局。然，我驻守镇上，义渠昆邪必然忌惮，可能一直蛰伏不敢现身，让我们的围猎计划长期搁置。为免其顾虑，陛下安排亲卫将士扮演刺客，导演了一场行刺大戏。"

天子亲身作饵，诱杀义渠昆邪，捣毁蛇巢，尽灭其种。

"彩！"

众人听罢，驱动早已准备就位的手掌热烈地拍击，同举酒樽，急不可待地起身向天子表达敬仰祝贺之意。

尹鹏颜把事情的来龙去脉说了一遍，唯独隐藏了蛮貊一事，因为他知道，匈奴祭师拥有尊贵神圣的地位，他是一个精神图腾，万一朝廷的刑律付诸其身，将引爆匈奴敏感的惧心、切断各族脆弱的纽带，再度形成对立，滋生莫测的祸患。如今，教一切平息下来，让人们好好过日子，比什么都重要。

刘彻笑道："你们都是好优伶。委屈无庸姬了，哭了一场、饿了一场。"

张汤道："陛下应该补偿无庸姬。"

刘彻道："送几匹蜀地进贡的锦缎可好？"

张汤坏笑道："不如正式赐婚。"

刘彻道："善。"

天子赐婚，私礼就成了国礼，那些繁杂的物品、繁芜的程序，有司自会介入，采办、筹备，省了数不胜数的麻烦。

无庸姊两腮比身上的彩衣还红，尹鹏颜亦腼腆地低下头来。朔风打穿户牖，砸在面上，隐隐带着些血腥之气，两人在这样肃杀的氛围里订立婚约，不知福兮祸兮。欢喜之余，忧惧犹深。

门外一声闷响，期门军校尉禀报道："天气太冷，如侯冻僵了。"

刘彻不置可否，众人不敢开口——

如此滔天大案，依谋反律应斩首主从，全家骈诛。

翻遍《九章律》《傍章》《朝律》《越宫律》六十篇，找不到一句话说胁从谋刺主上是可以宽赦的。

如侯一旦获得赦免，必然破坏律令，导致纲纪失常，人心混乱，使得民间轻视皇权。到时，"大丈夫当如是也""彼可取而代之"的咒语执念，将再度萌发滋生。

室内沉寂许久，天子和如家陷入了两难境地，不知如何面对这个局面。

诸怯夫人向宾客敬酒，其气质雍容、举止华贵，令人迷醉。她从容道："夜宴欢欣，不觉食尽，婢子再到厨房调一道热羹，献予陛下、诸公。"说罢，拉着丈夫的手一一行礼。

宾客知道，他们不愿皇帝为难，因此避席自裁谢罪。紧张、惋惜、哀恸，各种复杂的情绪塞满了众人的胸腹。

刘彻离席半坐，左手微微前伸，满目悲怆，唇角一动，要说什么，又说不出来，颓然坐下。诸怯夫人在他苦闷困顿时点亮了一把心火，是他辉煌功业的起点、远大理想的春雷，她一死，他的少年时代便真的结束了，过去的美好记忆、青春岁月，顷刻间就会烟消云散，化作遗憾。

他还想邀请诸怯夫人，与卫青、霍去病、张汤、桑弘羊、汲黯等卓越的军事将领以及司法官、财政官、政务官一起东行，登临泰山，借她的口向太一天神上计述职呢。

可惜！

"夫人，酒食尚丰足，不必费心了。何妨安坐？"

值此绝望悲凉的时刻，一个声音响彻屋宇，好似天籁之音。

众人又惊又喜，抬眼看去，见张汤从席间出来，拉住诸怯夫人和如校尉，扶他们坐回原位。张汤回转身捧了一杯酒，食指、拇指紧紧压住杯壁，向刘彻致敬："陛下，下臣讲一故事，为陛下与宾客佐酒，可否？"

刘彻神色一振："卿尽管讲。"

"二十年前，陛下驾临柏谷，驰马田猎，下臣说一个与田猎有关的故事吧。"张汤清清嗓子，停顿片刻，环视席间，见众人目光皆落在他的身上，不禁精神振奋，朗声道，"春秋时期，一个春意盎然的日子，一位大夫跟着君主进山打猎。君主捕获一头小鹿，让大夫带回，半路上碰见母鹿，两鹿相对哀鸣，大夫可怜它们，放走小鹿。有司认为，大夫违背君命，应该接受处罚。但是，君主不但免其罪过，还提升了他的职务。"

刘彻似有所悟，急道："君主依据什么律令作出了如此裁决？"

张汤道："没有对照的律条。毕竟，现实生活千变万化，日新月异，法律条款往往跟进不及。"

刘彻道："既无律令，如何服众啊！这不是枉法乱法吗？"

问到关键点了，天子的弦外之音已然在耳——张汤，快给我依据啊，一旦有了依据，我就能赦免我的故人。

张汤道："孔丘作《春秋》，禁止捕杀一切幼小禽兽，春天时禁止捕杀任何禽兽。君主春季捕猎，大夫没有阻止，违背了《春秋》大义，有罪；后来释放小鹿，符合《春秋》精神，算有功，符合赦免条件，只是不应该提拔。"

刘彻眼前一亮："廷尉的意思，用春秋决狱[1]？"

张汤道："陛下还记得董夫子吗？这一套理论不是下臣的首创，多年前他就用于实践了。下臣复述而已。"

刘彻坐直身子，恢复了庄重严肃的语气："速寻一本《春秋》来，吾看一下。"

众人手足无措，闻令而起，装作忙碌搜寻的样子，有人小步出去，喊下属寻找——这样的装腔作势是毫无意义的。天子的指令下得不是时候、不是地方，随行的官吏、将士谁会随身带着《春秋》啊？这样一个荒凉的小镇，谁会藏着《春秋》啊？

却见文牍校尉王贺款步过来，取下背上一个小竹箱，捧出一卷书举过头顶，跪倒御前，沉声道："下臣有御赐《春秋》在此。"

众皆惊诧，又有几分欣喜、嫉妒。

此书一万八千言，是《道德经》的三倍有余，甚为沉重。越重，越显出负书之人的恭谨至诚。刘彻浪漫，却喜爱谨慎的臣子，当即展颜笑道："没承想，吾予你的书你朝夕带着。甚好。翁孺，起，速起，近身。"

---

[1] 春秋决狱又称经义决狱，由儒家代表人物董仲舒提出，是一种审判案件的推理判断方式，除法律外，还可用孔子《诗》《书》《礼》《易》《乐》《春秋》这六经里的思想，分析案情、实施定罪。凡法律没有规定的，司法官就以儒家经义作为裁判的依据；凡法律条文与儒家经义相违背的，则儒家经义高于现行法律。如果罪犯的动机是好的，一般从轻处理，甚至免罪。如果动机是邪恶的，即使导致好的结果，也需严厉惩罚，犯罪未遂按照已遂处置，首犯从重处罚。

王贺道:"圣天子以圣贤书砥砺下臣,下臣日夜诵读,日日精进,幸得所成。"

苏文取了书,呈递天子案前——天子正在组建太子班底,令其开府,选石庆做太子太傅,石庆全盘负责筹建,因此没有跟来。

太子居东宫,东方属木,于色为青,故称太子所居为青宫。据说,期门军都伯无且、绣衣校尉倚华等人,被列入了石太傅的《奉御青宫吏卒名籍》。

王贺上前三步,轻声提示廷尉方才所言的出处,几章几节,没有一点谬误。可见他在这本书上,下了不少苦功。

刘彻寻到佐证,满目欢喜:"两年前董夫子自胶西国相的位子上致仕,他功勋卓著,吾岂能忘了他?张卿,义渠昆邪柏谷行刺一案交由你们全权办理,速至广川,当面向董夫子请教。"

满室宾客听到这句话放下心来,诸怯夫人喜极流泪。天子明确定性,"义渠昆邪柏谷行刺一案",说明义渠昆邪为主犯,如侯为从犯。而且,他受制于贼,为的是救护父母,忠孝人臣之本,动机是好的,且犯罪未遂,这一桩桩叠加在一起,按照春秋决狱的精髓,符合法外施恩的条件。

刘彻早已存心宽赦如家,令张汤向董仲舒请教,不过是求取依据,塞悠悠众口。相信董仲舒一定会配合表演,给出更严谨的、经得起推敲的脱罪理由。

廷尉张汤一向懂得察言观色,为官几十年,办了不少案子。他察狱既依律令,也遵照天子的意愿——本质上,律令源于历代帝王和现任帝王,无原则地遵奉他们,即为守法;无条件地附从他们,便是奉公。刘彻想严办,张汤就会让无罪变有罪,小罪变大罪;刘彻想宽纵,哪怕这人罪恶滔天,张汤也能留下一条性命。董仲舒的春秋决狱,加上张汤的曲意逢迎,诸怯夫人一家算是保住了,可谓一个皆大欢喜的结果。

当然,死罪可免、活罪难逃,如侯仍属戴罪之身,需要按程序在各种衙门和律条上过一遍。

刘彻得以回报故人,大悦。

这一场夜宴之后,张汤更受信重,地位日益稳固。

王贺在天子心目中的形象亦得以改观。他于御前谈论学术,被当面褒奖,朝野皆知天子器重他,从此不敢染指和轻视——此时,天色虽然越发暗淡,他的前途却显露出夺目的曙光。

查办此案,出力最多的是尹鹏颜,获利最丰的是张汤、王贺。

第二十一章
天子之犁

这一夜，期门军举火进驻，把柏谷防守得水泄不通。

精致华美的宫灯以稀罕名贵的蜂蜡为燃料，丽光摇曳，宴饮直至深夜，喝尽方圆百里的每一滴存酒，宾主酩酊大醉，刘彻似乎又回到意气风发的少年时光。寅时，路博德挥挥手，众人退出。无庸雉眉目含情，用食指点点尹鹏颜的手心，又用手掌贴着他的额头，温声道："我出门等你。"

室内仅余刘彻、尹鹏颜两人，空间反而显得更为局促，十盆炭火，烧得斗室比旷野还冷。

刘彻道："若无先生，吾已经死了。"

尹鹏颜道："一切掌于陛下，下臣不过顺水推舟。"

刘彻眯着醉眼，意味深长地道："是吗？"

尹鹏颜道："天威难测，天心深远。"

刘彻道："先生准备辞去吗？"

尹鹏颜道："去留应由君父裁夺，人臣不能自专。"

刘彻朗声笑道："你变了。"

尹鹏颜道："陛下天纵雄主，下臣不敢藏私。"

刘彻道："柏谷亭侯，你继续做。绣衣直指，吾留够三年，不轻易予人。吾准先生一年休沐，先生逍遥去吧。明年此时，我们长安相聚。"

尹鹏颜缄默不应。

刘彻道："先生对吾越来越客气，吾不习惯。其实，称孤道寡之人，也需要几个朋友，至少一个朋友。"

"体容与，迣万里，今安匹，龙为友。"尹鹏颜口吟天子亲作的《天马》，问了一个深刻毒辣的问题，"龙为友？我辈凡人，真能以龙为友？"

"诸怯夫人，她算一个。"刘彻搜肠刮肚，实在想不起他还有什么可以称作朋友的人，举樽掩饰尴尬的神色，辛辣的液体刺激着喉管，违心地道，"你算一个。"

看破不说破，可破世间大部分障碍。尹鹏颜屈身行礼，回应他的谎言，缓解紧张尴尬的气氛。

刘彻道："今夜吾饮了许多酒，但吾没醉。一个人想保持清醒，是不会醉的。吾知道你满腹心事，你有话说，所以，吾请你牺牲高卧酣睡的时间，把话说完。"

尹鹏颜直言道："李陵何罪，陛下要借义渠昆邪之手除掉他？"

刘彻面色一沉，眼神狠厉："此行准备了两队人马，李陵掉队，跟上进镇诱敌的一队，他空长双眼，不辨方向，与吾何干？"

这句话完全经不起推敲，一听就是狡辩——真实的一队，包括刘彻、路博德、李陵，一共十三人。诱敌的一队，加上李陵，也是十三人。如果李陵真的走错了路，无意间跟上诱敌的一队，那么，进入柏谷的骑士应该是十四人才对。这一队仅十三人，说明一开始就预留了李陵的位置，存心杀他。

如此低级的伎俩，如此浅显的算术，岂能说服尹鹏颜？但是，他不能继续质问下去，不能让刘彻难堪，一旦天子被逼到墙角反击将极其凶狠，无人可挡。他冒死一问于事无补，不过略微安抚了自己的良心。就像张汤在漠北就李广一事追问卫青一样，知其不可为而为之。

尹鹏颜道："下臣多虑了。"

刘彻肩背似不堪重负，往后倾倒，倚靠墙柱之上，眉目间一片萧索，轻声叹息，恨声道："案子已经审结，但李家犹自不服。闻说，李敢胆大妄为，私下招揽方士，潜身私宅，行阴诡之事，秘密勾结丞相，意图军政合谋，重审旧案。李敢、李陵叔侄还悄悄游说太史令的儿子，意图篡改史实，记述李广功大，而朝廷不察，裹挟舆论，令千秋万代都说吾残酷薄情。吾抛弃人间的一切，就像丢一双破旧的鞋子，完全不会吝惜，但吾身后之名，岂容玷辱！"他举樽饮了一口，压住心火，神色稍缓，自辩自诉，沉声说出一段晦涩曲折的话："如果吾跟你讲，此次出行的具体事宜吾未尝详询过问，吾对李陵今日的遭遇一概不知，你信不信？或许，你有理由怀疑中书谒者令私自安排，吾保证，他对吾绝对忠心，绝无二心。这一切，或他人为之……对于这个人，或这些人，吾并非看不见、听不到，可是，时机还不成熟。甚至，永远不会走到撕破脸面公开对决的一天。先生，你天心慧眼，必然明白吾在说甚。唉，话多无益。有些事，下面人妄测吾意私自做了，吾又能如何？还不是装作昏庸，任其作为，以免误了他们主动办事的好心。

"先生，宴会上我们论及《春秋》，这确实是一部了不起的书。孔丘高贤大德，吾甚敬慕。然，吾最爱的还不是他，而是他载于别处的一句话。"天子道，"孔丘曰：'铸剑习以为农器，放牛马于原薮，室家无离旷之思，千岁无战斗之患。'"

讨论学术问题，应该找五经博士、侍从郎官，以及东方朔等奇智之士，同一位司法官谈起，便不是学术，而是实务。

"秦二世元年，天下鼎沸，群雄并起。"从一个年代久远的故事开始，天子缓缓地开启金口，吐出相当于过去半年的话。

"会稽郡守殷通、沛县县令鉴于严峻的形势，作出一个相同的抉择，顺应潮流，举兵起义。殷通召见当地豪强项梁，希望他和猛士桓楚担任将军，领吴越之兵。沛令通过一个狗屠樊哙，向昔日的部下——泗水亭长，吾大汉的高帝求助，请他带党徒入城，增强城防实力。当时，项梁因杀人重罪避祸吴中，桓楚犯法流亡草泽，高帝私自放走官府送到咸阳的刑徒，丢弃吏职，潜身芒砀山，落草为寇。此三人，一个杀人犯、一个流窜犯、一个通缉犯，皆豪强也。以郡县治国的大秦，它的郡守和县令行至危急时刻、面临生死一线时能够使用和借助的，并非合法的政府力量，而是市井江湖间的豪强，豪强的资源总量和人才质量胜过合法政府。真是一个匪夷所思的悲剧性事件。秦朝赫赫军功之下，是一个千疮百孔、虚弱不堪的基层。这也说明，豪强是反政府最直接、最有效的组织，拿来就可以用。殷通和沛令对豪强缺乏透彻的认识，抱着不切实际的幻想，太平时节坐视豪强势力滋长不闻不问、变乱时刻企图收为己用，结果，横死于豪杰之手。豪强夺占他们的官衙、府库、地盘和兵民，北上争衡、西入关中，打出一个风云激荡的壮阔时代。

"发生在会稽与泗水的悲剧并非孤例。与此同时，田儋杀狄令，东阳人诛东阳令，郦生斩陈留令……史载：'家自为怒，人自为斗，各报其怨而攻其仇，县杀其令丞，郡杀其守尉。''山东郡县少年苦秦吏，皆杀其守尉令丞反。'崤山以东广大地区，秦帝国设置的官吏，无论郡守县令、郡丞县尉，几乎被扫荡一空。秦朝，一个为豪强蚕食蛀空的朝代。

"不仅官吏受到豪强的威胁，即使贵为天子，亦不能置身事外。始皇二十九年，嬴政巡游东方，经过阳武，埋伏的豪强杀手投掷铁锤，击中副车。三十一年十二月，嬴政微服夜巡咸阳，至兰池，与武装分子狭路相逢，随行的四名武士苦战良久，侥幸击杀了盗贼。两起事件，距天下平定的时间分别为三年和五年。激起的风波让人胆寒。阳武并非秦国本土，咸阳却是帝国腹心。两起刺杀事件，性质相同，程度不同。敌人的攻击越来越近，力度越来越强。但是，比起后来的事件，上述危机还不算严重。三十六年，东郡坠下流星，陨石上刻着几个字，'始皇帝死而地分'。使者从关东夜过华阴平舒道，有人持璧面见使者，警告说，今年祖龙死。天上没有懂得小篆的神灵，地上没有预测生死的术士，这一切，不过人力有意为之。

"大秦的虎狼之师击灭六个蜂巢，却未能在十五年内通过完善的民政系统收拢和安置好胡蜂，无能为力地眼睁睁看着其乱飞。始皇帝遍招天下青壮，修筑长城、阿房宫、骊山墓，如此大兴土木，本意在于把胡蜂组织起来，使其在可控的范围之内，不生变乱。这和'收天下之兵，聚之咸阳，销锋镝，铸以为金人十二，以弱天下之民'的初衷，异曲同工、配套进行，可惜，他的长策不为时人认可，亦不为后世理解。人们说，秦始皇不惜民力、大兴土木，实在太残暴了。这些人看不到，青壮年散布于政府视线和股掌之外，流布在草莽荒野之间，啸聚山林、盘踞市井、侵夺官府，多么可怕。六国的势力并没有消亡，它变身豪强，潜藏在政府治理体系之外，寄生于民间，好似床下的强盗，不知何时挺身一击。

　　"灭国者易，灭人心者难。敌对势力从行刺升级到操控舆论，更危险了。大秦名义上拥有四海，却连屡次挑战的对手都找不到。嬴政气急之下，将事发地点方圆数里的人畜屠杀殆尽，依然于事无补。有人对他说，东南有天子气。这句流言最终引发更大的危机，直接导致嬴政累死在路上，间接促成胡亥上位，使得秦朝灭亡。强横不可一世的大秦天子，拖着病弱的身躯多次巡行，力图抑制滋生的黑恶势力。正如一个农人面对漫山野草，左支右绌、心力交瘁。其间的无奈，岂是后人所能体谅的？这一切毫无意义，倒激起豪杰的欲望和不臣之心。一个读书不成、习武不精的青年说，'彼可取而代也'。一个年过四十、职司亭长的小吏说，'嗟乎，大丈夫当如此也'。

　　"自秦朝小吏蜕化成豪强，又由豪强进化成大汉天子的高帝，自然深知豪强的危害。从哪条路走来，就把哪条路堵死，他继承了秦始皇的帝国，亦承接了始皇帝的重担。他一度向豪强开战，力图消弭祸患，以免重蹈前朝的覆辙。高帝终其一生，封枭雄为王，任英雄为侯，按照秦制，重新构建军功贵族阶层，作为国家政治的基本盘。他使用叔孙通的礼仪、朝廷的官爵、府库的粮秣、封地的食邑，把跟随和支持他的贵族、豪杰与草莽改造成王侯将相，经过文景两代和平生活的磨砺，逐渐夺其权位，终于在庙堂之上稍稍压制了这些危险的敌人。

"不过，大汉立国之初，面临匈奴犯边、诸侯坐大、外戚弄权三大危机，威胁迫在眉睫。高、惠、文、景以及吕后、窦后，举全力以应对之，确保国祚延续。他们的精力消耗在敌国内患上，已无余力整顿地方。对于社会层面，长期保持前秦模式，政策一以贯之，皆黄老学说，似乎波澜不惊。这个阶段，官府对豪强采取姑息态度，与豪强和平相处，极少亮剑。大规模的决战，时机尚不成熟。

"羁縻到景帝时期，吴、楚、赵、胶东、胶西、济南、淄川七国叛乱。太尉周亚夫带兵出征，一路急如星火，昼夜兼程赶到河南，会兵荥阳。他到洛阳后，见到侠客剧孟，立即如释重负，大喜道：'洛阳得以保全，这是我没有想到的，剧孟没有行动，也是我意料之外的，荥阳以东不用发愁了。吴楚举大事不求助剧孟，可见他们成不了大事。'三个月内，叛乱平定。人言周亚夫得剧孟如得一国，足见其人势力之大，对天下争衡具有举足轻重的分量。其实，这个人死后，家中一贫如洗，财产不足十金。剧孟，算得上豪强的至高水准了。

"战乱平息后，先帝和他的统兵大将或许还是睡不安枕，一想到有剧孟这样又大又猛的恶兽蹲在函谷关以东广袤的土地上，必然心有余悸、战栗愤怒。数代以来，朝廷对市井江湖的沉渣尚无暇顾及，它们蛰伏在平静的水面之下，吞噬其他，缓慢地生长。

"虺五百年化作蛟，蛟一千年变成龙。吾大汉王朝肌体内的黑恶势力，从毒蛇到毒龙，不过用了六十年。待吾即位时，放眼天下，野草蔓蔓，已成莽林之势，连吾的御座之下、卧榻之侧，都长了草、生了根……

"豪强从哪里来？谁是它滋生的土壤，蔓延的养分？豪强的背后是权臣、外戚、诸侯、军阀、官吏……豪强不过是他们的猎狗、触须、爪牙。"刘彻咬牙道，"为政者须谨记，面对豪强，不可能与虎谋皮，只能势不两立。"

"铸剑为犁,好词!惜乎,世间人曲解了其中的真意。纵使嬴政,也误以为收了兵器熔铸成农具、金人、钱币、器物,天下便太平无事了。荒谬!"刘彻回到孔丘的话,阐释自己对圣人箴言的理解,"犁也是武器,比刀枪剑戟更锋利残忍的武器。吾的率土之滨,战火烧过一遍,还要用铁犁彻底翻一遍土,锄尽匈奴、权臣、外戚、诸侯、军阀、豪强的杂草,洒下吾的汗水、种上吾的庄稼。"

"铸剑为犁,并非自剪羽翼、收敛爪牙、刀枪入库、坐享其成,而是在另一个战场上,更艰苦地、更凶险地、更持续地,战斗!

"吾要把这些墙头草种在土地上,让他们再不能随风摇摆、见风使舵。

"你们仰视吾,可能看到浪漫多情、刚猛锋利、刻薄冷峻,这些,是真相,也是假象。吾是什么?你们不知,后人也不会知。唯夜深人静之际,吾独卧帷帐,摒除了纷纷扰扰,才触摸到吾的本相,这时,连吾都吓一跳,感到悲哀。每个人降生于世,好似赴一场戏剧,带着专属的剧本,有人是兵卒、有人是农夫、有人是工匠,而吾,天命的帛书上是大写的两个字'天子'。吾必须克制人与生俱来的情感,演好命定的角色,做恰如其分的事。"

皇帝结束了冗长枯燥的阐述,向一位臣子解释他施行一系列看似狂悖、偏执的国策的根本原因、良苦用心,希望得到对方的认可。这些话,长久地压在他的胸口、坠着他的肝肠,令人窒息,却不足为外人道。此时一口气倾吐出来,说得疲惫不堪,但整个人一下轻松了许多。

尹鹏颜眼前,出现了一幅图景——

空旷辽远的大地上,斧钺砍断树木、镰刀割断野草、铁锤砸烂顽石;随即,烈火燎原,草木成灰,一片焦黑。一名农夫顶着凌厉的风霜,扶着铁犁,高举皮鞭,啪啪击打,赶着一头羸弱的老牛奋力耕田。牛喘着粗气,口吐血沫,疲惫不堪,奄奄一息。冻土翻卷,杂草连根拔除,虫蚁仓皇逃窜。农夫毫不怜悯,脚步蹒跚而坚定地向前跋涉。

本质上,秦皇汉帝就是普天之下、率土之滨的农夫,朝廷、郡县、军队及整个官僚体系是牛和犁，绣衣使者，是这高高举起的皮鞭上的一颗铆钉、一缕丝线。

对于整块土地来说，种上庄稼，就有了收获的希望；对于即将到来的秋天而言，春天的耕耘，是未来物产的基础。但站在当时负重的牛、枯萎的草、失去巢穴和生命的虫豸的立场，这绝对是灭顶之灾。

大汉天子刘彻，开创了一个令人仰望的时代，时至今日，人们还从他用土地、制度构造的仓廪里，取出遗留的硕果品尝，受用不尽。但如果你作为普通人，生活在他的时代，那你演的，便是一出悲剧。

刘彻放下酒樽，微微倾身，出乎意料地、破天荒地，用一种祈求的口气温声道："尹先生，吾与大司马、大将军、丞相商议，任命李陵为侍中、建章监，两三日内诏令走完程序，很快下达，很快。愿你知吾心意，谅吾难处。

"吾再说一遍，李陵遇险与吾无直接的关系。石庆保守，尚属忠直，他不会背着吾……"

中书谒者令忠直可靠，卫尉呢？人马仪仗、正兵奇兵操之其手，天子为何不替他辩白？是不辩白，还是黑漆漆一片阴森恐怖，无白可辩？

"圣恩浩荡，李将军在天之灵一定感激宽慰。"尹鹏颜道，"下臣告退。"

"且慢，"刘彻挺直上身，伸出手臂，似乎想抓住他这位稍纵即逝的臣子，"你还欠吾一件物事。"

"嗯？"

"无庸夫人，"刘彻道，"那个冒充无庸夫人的奸细，他是谁、他在哪儿？"

追踪甘夫、猎杀端木义容、伏击义渠昆邪，办成了几件大事，偏偏遗忘了这一切的源头——那根点火的引线、那道刺人的蜂针、那口陷阱的第一抔泥土。

"下臣不知。"尹鹏颜苦涩地回答。这个人借口探路，脱离前军就此消失，或许，死在厚重滚烫的沙碛里了吧。

"未央马廊下曾有一匹来自乌孙的青骢马，配金络头、白玉鞍，值二十万钱。吾经常骑着它，扬起长长的鞭子，在京郊的大道上奔跑。"刘彻神游八荒，娓娓道来。

此时此刻，说这种题外话有些莫名其妙。酒是最烈的浪潮，能轻易冲毁理性的堤坝，天子戒备森严的肺腑，此时已是一片恣意的汪洋。

不过，天子一向步步为营，从不讲一句废话、下一步废棋。他的推心置腹、他的胡言乱语，更像包藏玄机的表演，需要听众好生参悟。尹鹏颜静静地听着。

"两年前，义渠昆邪缺钱，吾虽不舍，还是赐马予他。一同送去的，是内府两百万私房钱。其后，时时馈贻，赏赐无数。

"河西苦寒，勉强养活人，平素没有积蓄。举族南附好比穷汉搬家、黔首逃荒，越走越穷。匈奴游牧与农夫耕种不同，他们归附后，很长一段时间没有谋生的本事，全靠郡县供养。义渠昆邪贵为王侯，其实早已破落，空架子罢了。吾若不管他，他连狗都养不起，只好出去讨饭，遑论请人吃全牛宴、烤骆驼。

"或许，你知道，吾最上等的臣子，并非带兵打仗的将军，亦非治事牧民的太守，也不是问案察狱的酷吏，而是办理财务的上计官吏。在吾的计吏主持下，通过算缗告缗，天下之事，肥厚薄瘠，纤毫毕现、一览无余——包括五郡的收支状况、诸王列侯的经济账目。

"你筹备过婚礼，知道寻常夫妇联姻办一场简单的婚事需要花多少钱，何况牵涉数百人、上千人的行动！一个寄食于吾，受吾豢养的门客、食客、破落胡酋，如何纠集起众多费钱的死士，于漠北攻击军队、于酒泉捕杀大臣、于柏谷围猎天子？

"有人拿钱养他，更多的钱。不是满足衣食住行生活开销的小钱。"

刘彻往后一仰，半躺榻上，眼睑周围的青黑之气越发浓郁，疲惫地道："义渠昆邪以冢螣的面目示人，但他不是冢螣，他只是冢螣的影子。

"你捞起水里的月影，月，还在天上，裹遁于乌云之中。"

明月何皎皎，照我罗床帏。窗外，黑幕沉沉，哪里有婵娟？似乎亘古以来，这面玉镜就不曾存在过。它但凡出现过一个弹指，人间也不至于幽寒如此、污浊如斯。

尹鹏颜心中一凛，一个模糊的身影一闪而过——此人好像朽坏的枯木、丢弃的蔽衣，嫣红的眼斑、白骨森森的右掌，满面病容、步履蹒跚、臭不可闻、奄奄一息……

颅内若针刺般生疼，尹鹏颜拼力挥散让人胆寒的念想，屈身长揖，正式辞行——他不愿再浪费任何时间，哪怕半个弹指，继续接收关于这个案子的任何信息。

他推开客舍的大门，风雪好似刀枪箭镞，直击面目。此情此景，让人产生身在大漠、行军迷途的错觉。

沮渠倚华清秀的面目带着无限的冷峻惶恐之色，从阶下迎来，递上一只寒铁铸成的黑蝉。尹鹏颜惊疑之下，定睛看去——这蝉制造得极其精致，沉甸甸地压手，甚至让冰雪冻僵的手亦感觉到一丝寒意。沮渠倚华翻转蝉身，触摸其上凸显的铭文，轻声道："绾臧鸣蝉卫十一。"

绾臧？这不禁让人想起建元年间，靠文章儒学受到刘彻倚重突然跻身公卿，又突然身死名灭、彗星一般扫过朝堂的赵绾和王臧。编号前还有字，尹鹏颜正待看时，一片雪花撞向眼帘，好似一道剑光刺入眼球，令他头晕目眩。冰凉彻骨的雪雾里，王贺快步登阶，在他耳边一字一字念出余下的六个字："河西无庸夫人。"

无庸夫人是鸣蝉卫？

世受国恩、封疆任事的端木义容为何背叛汉朝，替匈奴人服务？被汉军铁骑长弓杀破了胆的义渠昆邪为何自不量力、突生异谋？这不合常理的变化之中，肯定发生过什么。或许，出现了一粒火种和一个引火之人，恰到好处地挑拨与撺掇，扰乱了豪杰的心智，让他们作出错误的判断，实施自毁的行动。这个人是谁，他的背后隐藏着什么？

赵信突击前军军营，张汤、卫青和李敢生死一线之时，骠骑将军作为一军主将，为何枉顾领兵重任，奔驰近千里，恰到好处地赶到？骠骑将军建议张汤暂不返京，而是转道河西并提供护卫、骆驼和战马，背后有没有他人的授意？尹鹏颜刚打定主意前往河西保护无庸家族，尚未离队，骠骑将军已经前来游说，请他与廷尉前往。这里面，仅仅是将军体谅部属，成全他的私心吗？绣衣使者组建伊始，天子放在檀木箱中的情报，料敌先机、周全精准，是不是早有预谋，有意把侦察的目标指向一个既定的方向？

如此看来，端木义容、胡笳一、甘夫、李广、金日䃅，甚至尹鹏颜及绣衣使者团队，都不过是棋盘上的棋子，利用、牺牲他们，目的只有一个——制造确凿的罪证，在不引起匈奴降人与潜在内附贵族疑虑的前提下，剪除坐拥十数万众、势力围绕并逼近长安的义渠昆邪。

或许，霍去病征服河西、接收昆邪部和休屠部的喜悦持续不了多久，就有一些眼光深邃到穿透前后数百年烟尘的智谋之士，从胜利中看到祸患，从上升处预见坠落，提出严厉的警告——五个安置异族的边郡，铁箍、绳索一样环绕着大汉王朝的脖颈。匈奴人在此繁衍生息，时日一久，人口滋长、武力恢复，一旦生出异心，必将席卷旷野、摧毁山岳、直击长安、一刀斩首。

"君上，当年匈奴远处塞外，策马而至甘泉；今日匈奴近在咫尺，一旦东进南下，长安……"

天子听了建言，念及未来，后悔了。但河西归附，皆大汉子民，已经不可能像昆邪杀休屠一样，堂而皇之地诛杀干净昆邪及其骨干力量，因此，借着凌厉的朔风摆下棋盘，开了一次杀局。

平川每从峡谷出，红日长在风云上。

天下万物仰太阳而生，即使在暗无天日的黑夜，它也在比地府还深的另一侧，照耀着你。

尹鹏颜但觉背后一阵刺痛，整个客舍化作巨大的刺猬，芒刺狠狠扎入血肉。他面带苦笑，快快下阶。身后，王贺携着沮渠姬的手，轻声问道:"先生这就走吗,为何不等到天晴日出?"

尹鹏颜道:"未来很长一段时间,不会有这样的一天。"

此时道上蹒跚跑来一匹棕红骏马,骑士背负期门军黄色旌旗,手持赤白书囊,翻身滚落,带着朔风与冰雪跟跄撞开店门。

玄铁符传重重砸中案几,骑士颤声说着什么,话音为风声剪断,依稀飘来几片碎屑——骠骑将军、甘泉宫、射猎、李敢、中箭……

店内沉寂,不知过了多久,依稀传来酒樽放置于桌面的声音,天子语调平和,缓缓吐出一句话:"鹿,好锋利的鹿角。"

这一夜,暴雪。

江河为冻、山谷为填,关中、陇西、河西、北地、上郡……平地积雪三尺三寸,崤山巨树摧折十万,三秦民房崩毁万户,一队出直城门向关西就食的流民队伍直接被冻成坚冰,月余方倒。

天地肃杀、至酷至烈、英雄辈出、人头滚滚……

一通鼓骤然响起,击碎风,撕碎雪,直击人的心魄。昼漏尽,指夜临,鸣钟报时;夜漏尽,指天明,鸣鼓报时。尹鹏颜身心凛然,这才惊觉,眼前已是新的一天,不,新的一年。时间,在世人劳碌纷争、无暇顾及之时,急速飞逝。

此时,壮丽辉煌的元狩四年戛然而止,风烈水冷的元狩五年像一头巨兽,猝不及防地撞到面前。

尹鹏颜身躯一震,刹那,按住沸水一样激烈的心绪,毅然闯入风雪深处,迎接凛冽寒彻的洗礼。

知人世幽暗,持心地光明。

世道从未好过,人还在,热血便不会冷,前路便不会断。

街道上,一道彩色的身影立在没过膝盖的积雪里,似一团火苗,满怀温暖,等待着他。

突然,闪电劈开寒彻灰暗的天空,惊雷肆无忌惮地炸响,冰雪山崩般倾落,塞满人类开天辟地以来修造的一切通道,阻断人们跋涉的脚步。尹鹏颜依稀看见彩影轻轻颤抖,耳边听到游丝般深情的嘶喊:

"尹郎……"声息迅速消散于狂暴的朔风中。一根三尺长的铁矛呼啸而至,扎进彩影心脏位置,把她击退一丈之地,牢牢钉在土墙之上。

这一击,似击中尹鹏颜要害之处,令他肝胆痛碎,嘴里一个音节也发不出来。他竭尽全力,手脚并用冲向前方。但见彩影委顿垂首,满目赤红的血水,混合了墙下大片冷雪。尹鹏颜惊骇悲怆到极点,浑浑噩噩之下,左腿一软,摔倒于地,正待伸手触碰,两臂已无法举起。耳边又传来一声尖啸,一根更长的利箭洞穿了彩影的头颅,直接射穿土墙,打开一个缺口,落到十步之外的庭院里。

汉军兵士已然惊觉,披甲挟器一拥而来,急速封堵道路。

一个锋利冷酷的声音,带着鬼魅的腔调,夹着剔肉刮骨的风,裹着寒彻阴冷的雪,自九霄之上凌空砸落:

"关山如钥,以开天地之锁。人心似针,以破玄妙之机。天下熙攘,逐利来往。欲壑未满兮老将至,功名无限兮时有穷。尹鹏颜,若要报仇,我在狼居胥山,等你!"